U0523707

郑金辉◎著

诗词史脉题解

海峡出版发行集团
海峡文艺出版社

图书在版编目(CIP)数据

诗词史脉题解/郑金辉著. —福州:海峡文艺出版社,2023.11
ISBN 978-7-5550-3411-7

Ⅰ.①诗… Ⅱ.①郑… Ⅲ.①古典诗歌－诗歌史－研究－中国 Ⅳ.①I207.209

中国国家版本馆 CIP 数据核字(2023)第 202962 号

诗词史脉题解

郑金辉 著

出 版 人	林　滨
责任编辑	余明建
出版发行	海峡文艺出版社
经　　销	福建新华发行(集团)有限责任公司
社　　址	福州市东水路 76 号 14 层
发 行 部	0591－87536797
印　　刷	福建新华联合印务集团有限公司
厂　　址	福州市晋安区福兴大道 42 号
开　　本	720 毫米×1010 毫米　1/16
字　　数	386 千字
印　　张	32.5
版　　次	2023 年 11 月第 1 版
印　　次	2023 年 11 月第 1 次印刷
书　　号	ISBN 978-7-5550-3411-7
定　　价	96.00 元

如发现印装质量问题,请寄承印厂调换

目 录

先秦、秦汉魏晋南北朝作品

诗经 / 3
 关雎 / 3
 式微 / 4
 蒹葭 / 5
 静女 / 6
 无衣 / 7

屈原 / 7
 九章·橘颂 / 8

汉乐府民歌 / 10
 十五从军征 / 10

古诗十九首 / 12
 涉江采芙蓉 / 12
 行行重行行 / 13

曹操 / 14
 短歌行 / 15
 观沧海 / 16

曹丕 / 18
 燕歌行二首·其一 / 18

曹植 / 20
 白马篇 / 20

王粲 / 22
 七哀诗三首·其一 / 22

刘桢 / 24
 赠从弟三首·其二 / 24

蔡琰 / 26
 悲愤诗 / 26

阮籍 / 30
 咏怀八十二首·其三十一 / 31

张华 / 32
 情诗五首·其五 / 33

潘岳 / 34
 悼亡诗三首·其一 / 34

陆机 / 37
 拟明月何皎皎 / 37

左思 / 38
 咏史八首·其一 / 39

刘琨 / 41
 扶风歌 / 41
郭璞 / 44
 游仙诗十四首·其一 / 44
陶渊明 / 46
 归园田居五首·其一 / 46
 庚戌岁九月中于西田获早稻 / 48
 饮酒二十首·其五 / 50
谢灵运 / 53
 登池上楼 / 53

鲍照 / 55
 代出自蓟北门行 / 56
谢朓 / 58
 晚登三山还望京邑 / 58
何逊 / 60
 相送 / 60
阴铿 / 61
 江津送刘光禄不及 / 62
庾信 / 63
 拟咏怀二十七首·其二十六 / 63

隋唐五代作品

薛道衡 / 67
 昔昔盐 / 67
无名氏 / 69
 送别诗 / 69
虞世南 / 70
 蝉 / 70
上官仪 / 71
 入朝洛堤步月 / 72
王绩 / 73
 野望 / 73
卢照邻 / 74
 长安古意 / 74
骆宾王 / 78
 在狱咏蝉 / 79

王勃 / 80
 送杜少府之任蜀州 / 80
 滕王阁诗 / 82
杨炯 / 84
 从军行 / 84
刘希夷 / 86
 代悲白头翁 / 86
张若虚 / 88
 春江花月夜 / 88
沈佺期 / 92
 杂诗三首·其三 / 93
宋之问 / 94
 度大庾岭 / 94
杜审言 / 96

和晋陵陆丞早春游望 / 96

陈子昂 / 98
感遇诗三十八首·其二 / 98
感遇诗三十八首·其十九 / 99

张九龄 / 101
感遇十二首·其一 / 102

贺知章 / 103
回乡偶书二首 / 103
咏柳 / 105

王湾 / 106
次北固山下 / 107

王翰 / 108
凉州词二首·其一 / 109

孟浩然 / 111
过故人庄 / 111
秋登万山寄张五 / 112

王维 / 114
寓言二首·其一 / 114
使至塞上 / 116
山居秋暝 / 118
送元二使安西 / 120
竹里馆 / 121

常建 / 122
题破山寺后禅院 / 122

王之涣 / 124
凉州词二首·其一 / 124

崔颢 / 126
黄鹤楼 / 126

李颀 / 128
赠张旭 / 128
送魏万之京 / 130

王昌龄 / 132
从军行七首·其四 / 132
芙蓉楼送辛渐二首·其一 / 133
长信秋词五首·其三 / 134

高适 / 136
封丘作 / 136

岑参 / 138
白雪歌送武判官归京 / 138
逢入京使 / 140

无名氏 / 141
菩萨蛮·枕前发尽千般愿 / 141

李白 / 143
渡荆门送别 / 143
行路难三首·其一 / 144
将进酒 / 146
蜀道难 / 148
梦游天姥吟留别 / 152
丁都护歌 / 156
闻王昌龄左迁龙标遥有此寄 / 158

杜甫 / 159
　望岳 / 160
　兵车行 / 161
　月夜 / 164
　春望 / 165
　蜀相 / 166
　旅夜书怀 / 168
　秋兴八首 / 169
　又呈吴郎 / 182
　登高 / 184
　江南逢李龟年 / 186
元结 / 187
　贼退示官吏·并序 / 188
顾况 / 190
　子规 / 190
张籍 / 191
　野老歌 / 191
王建 / 193
　水夫谣 / 193
元稹 / 194
　田家词 / 195
李绅 / 196
　悯农二首 / 196
白居易 / 198
　赋得古原草送别 / 198
　轻肥 / 199
　卖炭翁 / 201

　钱塘湖春行 / 204
　忆江南三首 / 205
刘长卿 / 208
　送灵澈上人 / 208
　长沙过贾谊宅 / 209
韦应物 / 210
　滁州西涧 / 211
　调笑令·胡马 / 212
钱起 / 213
　省试湘灵鼓瑟 / 214
卢纶 / 215
　和张仆射塞下曲六首
　（节选）/ 215
李益 / 217
　塞下曲 / 217
韩愈 / 218
　山石 / 219
　早春呈水部张十八员外二首·
　其一 / 221
孟郊 / 222
　寒地百姓吟 / 222
贾岛 / 224
　题李凝幽居 / 224
刘禹锡 / 226
　金陵五题（选两首）/ 226
　元和十年自朗州至京戏赠看
　花诸君子 / 228

酬乐天扬州初逢席上见赠 / 229
柳宗元 / 231
　渔翁 / 231
李贺 / 233
　秋来 / 233
　金铜仙人辞汉歌 / 235
　老夫采玉歌 / 237
　雁门太守行 / 238
许浑 / 240
　咸阳城东楼 / 240
杜牧 / 242
　过华清宫绝句三首 / 242
　江南春 / 245
李商隐 / 247
　初食笋呈座中 / 247
　重有感 / 248
　锦瑟 / 250
温庭筠 / 252
　商山早行 / 252
　菩萨蛮·玉楼明月长相忆 / 254
皮日休 / 255

　橡媪叹 / 256
聂夷中 / 258
　咏田家 / 258
杜荀鹤 / 259
　山中寡妇 / 260
陆龟蒙 / 261
　新沙 / 261
韦庄 / 263
　台城 / 263
　女冠子·四月十七 / 264
顾敻 / 265
　诉衷情·永夜抛人何处去 / 265
冯延巳 / 267
　鹊踏枝·谁道闲情抛掷久 / 267
李璟 / 269
　摊破浣溪沙·菡萏香销翠叶残 / 269
李煜 / 271
　虞美人·春花秋月何时了 / 272

宋代作品

王禹偁 / 277
　村行 / 277

林逋 / 279
　山园小梅二首·其一 / 279

5

范仲淹 / 281
　　渔家傲·秋思 / 281
欧阳修 / 283
　　戏答元珍 / 284
　　生查子·元夕 / 285
苏舜钦 / 287
　　淮中晚泊犊头 / 288
梅尧臣 / 289
　　鲁山山行 / 289
曾巩 / 291
　　咏柳 / 291
王安石 / 292
　　示长安君 / 292
　　登飞来峰 / 294
　　泊船瓜洲 / 295
　　桂枝香·金陵怀古 / 296
晏殊 / 300
　　破阵子·春景 / 300
晏几道 / 302
　　临江仙·梦后楼台高锁 / 302
张先 / 304
　　天仙子·水调数声持酒听 / 304
柳永 / 306
　　望海潮·东南形胜 / 307
　　蝶恋花·伫倚危楼风细细 / 309

雨霖铃·寒蝉凄切 / 311
苏轼 / 314
　　饮湖上初晴后雨二首 / 314
　　题西林壁 / 316
　　六月二十日夜渡海 / 317
　　江城子·乙卯正月二十日夜记梦 / 319
　　水调歌头·明月几时有 / 321
　　念奴娇·赤壁怀古 / 324
　　定风波·莫听穿林打叶声 / 327
黄庭坚 / 329
　　寄黄几复 / 329
　　雨中登岳阳楼望君山二首 / 332
陈师道 / 334
　　春怀示邻里 / 334
张耒 / 335
　　初见嵩山 / 336
晁补之 / 337
　　芳仪怨 / 337
秦观 / 340
　　鹊桥仙·纤云弄巧 / 341
　　满庭芳·山抹微云 / 342
　　踏莎行·郴州旅舍 / 345
贺铸 / 347
　　青玉案·凌波不过横塘路 / 347

周邦彦 / 349

　苏幕遮·燎沉香 / 349

　玉楼春·桃溪不作从容住 / 351

李清照 / 353

　如梦令·昨夜雨疏风骤 / 353

　一剪梅·红藕香残玉簟秋 / 354

　声声慢·寻寻觅觅 / 356

　渔家傲·天接云涛连晓雾 / 358

张元幹 / 360

　贺新郎·送胡邦衡谪新州 / 360

岳飞 / 362

　满江红·怒发冲冠 / 363

　小重山·昨夜寒蛩不住鸣 / 365

张孝祥 / 366

　六州歌头·长淮望断 / 366

　念奴娇·过洞庭 / 369

陈与义 / 371

　伤春 / 372

　咏牡丹 / 373

吕本中 / 374

　春日即事 / 374

曾几 / 375

　苏秀道中 / 376

杨万里 / 377

　晓出净慈寺送林子方 / 377

　过松源晨炊漆公店六首·其五 / 378

　初入淮河四绝句（节选） / 379

范成大 / 380

　催租行 / 381

　四时田园杂兴六十首（节选） / 382

陆游 / 384

　关山月 / 384

　游山西村 / 386

　临安春雨初霁 / 388

　书愤 / 390

　示儿 / 391

　钗头凤·红酥手 / 392

　卜算子·咏梅 / 394

辛弃疾 / 396

　破阵子·为陈同甫赋壮词以寄之 / 396

　水龙吟·登建康赏心亭 / 398

　南乡子·登京口北固亭有怀 / 400

　永遇乐·京口北固亭怀古 / 402

7

摸鱼儿·更能消几番风雨 /404
青玉案·元夕 /407
清平乐·独宿博山王氏庵 /409
西江月·夜行黄沙道中 /410
陈亮 /412
念奴娇·登多景楼 /412
韩元吉 /415
好事近·凝碧旧池头 /415
刘克庄 /416
贺新郎·送陈真州子华 /417
玉楼春·戏林推 /419

落梅 /421
刘辰翁 /422
柳梢青·春感 /422
姜夔 /424
扬州慢·淮左名都 /424
点绛唇·燕雁无心 /428
蒋捷 /429
贺新郎·兵后寓吴 /429
文天祥 /431
过零丁洋 /431
郑思肖 /433
寒菊 /433

金元明清作品

宇文虚中 /437
在金日作 /437
吴激 /438
人月圆·南朝千古伤心事 /438
蔡松年 /440
大江东去·离骚痛饮 /440
赵秉文 /443
寄王学士子端 /443
元好问 /444
岐阳三首·其二 /444
论诗三十首(节选) /446

木兰花慢·渺漳流东下 /447
刘因 /449
溪上 /449
马致远 /450
天净沙·秋思 /451
虞集 /452
挽文山丞相 /452
王冕 /454
墨梅 /454
萨都剌 /455
百字令·登石头城 /455
刘基 /457

古戍 / 457

高启 / 458
 田舍夜春 / 458

于谦 / 459
 石灰吟 / 459

李梦阳 / 460
 秋望 / 460

何景明 / 461
 鲥鱼 / 462

陈子龙 / 463
 辽事杂诗八首·其七 / 463

顾炎武 / 464
 海上四首·其一 / 464

陈维崧 / 466
 南乡子·邢州道上作 / 466

朱彝尊 / 468
 长亭怨慢·雁 / 468

屈大均 / 470
 读陈胜传 / 470

吴伟业 / 471
 遇旧友 / 471

王士禛 / 473
 真州绝句五首·其四 / 473

郑燮 / 474
 潍县署中画竹呈年伯包大中丞括 / 474

纳兰性德 / 475
 蝶恋花·出塞 / 475

龚自珍 / 477
 己亥杂诗(节选) / 477

林则徐 / 479
 赴戍登程口占示家人二首·其二 / 479

谭嗣同 / 480
 潼关 / 481

袁枚 / 482
 箴作诗者 / 482

附:乡曲馀话(诗体、诗法、诗评、诗者) / 485

后记:诗从学问来 / 497

前　言

　　四十年前，我在就读中文专业时，就想拥有属于自己的一本"诗词史脉选题解读"之书。这一本书，可览历代之精品，可寻诗源之始处，可窥体裁之完备，可仰大家之风格，可探技法之奥义，从历代诗词发展脉络中探究写作智慧和传世价值。但由于工作繁忙，加上知识储备不足，故一直拖到退休后才动笔。中途写写停停，担心这不行、那不是。于是，参阅一些诗词界名家书籍，在原有一些学习资料和笔记的基础上，逐渐整理写作，总算了结心愿，诚惶诚恐地拿出来与大家见面。

　　集精华于一册，乃是本书之初衷。作为中国人，非常荣幸能生活在诗词大雅的国度里。老祖宗为我们留下这么丰厚的精神财富，成为非物质文化遗产的重要组成部分，实实在在难得啊！诗歌的历史传统悠久，远在两三千年以前，古老的《诗经》就取得了辉煌的成就；又经过千百年来的历史洗礼，许多作品经过大浪淘沙，终见真金。本书以史脉为主轴，共选出248题进行串珠。这些作品如金子一样粒粒闪光，也如星月一样照耀山河大地。为了能选好篇目，既放在社会公认程度上考虑，又放在诗词发展历史上考量，把思想性和艺术性结合起来，从名家中取名篇。除了李白、杜甫、苏轼、辛弃疾等少数名家外，绝大多数以一人一首来定选，可视为代表作，是宝库中的精品。从朝代划分看，先秦及秦汉魏晋南北朝32题，隋唐五代106题，宋代80题，金元明清30题，涉及名家148人（不包括无名氏）。

诗词史脉题解

中华诗词源远流长。《诗经》的出现，成为古代文学优良传统的开端，被尊为"不学诗，无以言"的典范。此书正是从《诗经》这一源头开始，以历史朝代为主线，将精华作品串通起来，探源流、理脉络、观其变、析得失，使得诗词发展演化过程清晰可见。尤其是浪漫主义和现实主义两大源头以及诗和词两座高峰如何进化，可从选本中了然。当读到先秦以来有名字的第一位诗人屈原的作品时，就知道谁是"楚辞之祖"；当读到汉末《古诗十九首》时，就知道所谓的"五言之冠冕"；当读到南北朝何逊《相送》时，就知道"五言古绝"之初；当读到隋代无名氏《送别诗》时，就知道"七言绝句"之始；当读到唐初王绩《野望》时，就知道"五言律诗"之首；当读到唐天宝年间无名氏《菩萨蛮·枕前发尽千般愿》时，就可知民间词之来历，许多首创作品也都可以领略到。

曹丕曾说："文非一体，鲜能备善。"陆机曾说："体有万殊，物无一量。"正因如此，选本在各种体裁上都有所兼顾，有古体诗、近体诗，有五绝、七绝、五律、七律以及乐府歌行、组诗、词等，词还包括单调、双调，其中涉及格律诗100多首和词60多首，丰富了各类体裁的阅读。由于在人类与自然、历史、现实的交相推动下，产生无穷无尽的事物，需要不同方面的创作，题材也呈现出丰富性，涵盖叙事诗、咏史诗、怀古诗、边塞诗、田园诗、山水诗、感遇诗、讽喻诗、闲适诗、感伤诗、爱情诗、赠答诗、送别诗、友情诗、咏物诗、哲理诗、悼念诗、题画诗、论艺诗等，众材兼备。尤其在词的题材上，由原来"花间"集咏，到后来各种题材的逐渐融合，在内容上也呈现多元化，由无事不入诗到无题不入词的发展，可谓洋洋之大观。

风格的多样性，是诗词繁荣的重要标志。"名家辈出，众体擅胜"，选本注意收集各种风格和流派作品，呈现出百花齐放、万卉争妍的景象。当读到曹氏诗时，感知"建安风骨"；读到陶渊明诗时，顿觉"一语天然万古新，豪华落尽见真淳"；读到杜甫《登高》时，倍感"七言难于气象雄浑"；读到王维《山居秋暝》时，看出"澄澹精致，格在其中"；读到王安石《泊船瓜洲》时，方知"清诗要锻炼，乃得铅中银"；读到苏轼《念奴娇·赤壁怀古》时，浑听"铜琵琶、铁绰板来伴唱"……还有以李白为代表的浪漫主义诗派，以杜甫为代表的现实主义诗派，以高适、岑参为代表的边塞诗派，以温庭筠为代表的花间词派，以黄庭坚为代表的江西诗派，有因杨万里而得名的"诚斋体"诗派……各种风格交相辉映，充实辉光。

诗、词不同于其他文章，更为注重艺术手法。在古老的诗歌里，就有赋、比、兴之大备。到后来体裁不断演化，要求规范的作法也越来越多。尤其是律诗和填词等方面的作法，在选本中都有所涉及。其中，诗以"平水韵"、词以"词林正韵"进行分析，而且每首词都附有"钦定词谱"，喜好填词的人，免得再拿一本书来校填。在鉴赏每一首诗词中，除了思想方面的分析外，对艺术方面均有点评归纳，及时充实各种艺术层面上的知识点，尤其在章法方面重点分析，对创作有一定的帮助和借鉴。比如，在分析白居易《赋得古原草送别》时，特地分析其颔联的拗救问题，并对诗题中的"赋得"进行解释。将诗词艺术的一些知识点穿插在鉴赏中，这样感受更为直观，对提高这方面的认知有较好的帮助。我作为喜爱诗词写作的人，更加体会到它的重要性。所以，也特地选了像清代袁枚《箴作诗者》这样的论诗作品，觉得很有益处。

清代沈德潜《国朝诗别裁集·凡例》中说："诗必原本性情，关乎人伦日用及古今成败兴坏之故者，方为可存，所谓其言有物也。"诗言志、言情，还有言教、释人伦的功用。因此，在选题中特别注重"须有益于天下"的作品，并结合当代社会价值观的要求，侧重对社会有普遍的教化作用；同时，也考虑到对青少年的诗教作用，已涵盖初、高中必读古诗词，扩大这部分的阅读需求。在古诗词中，重点选进了一些爱国主义的题材，像陆游《示儿》、岳飞《满江红·怒发冲冠》、辛弃疾《永遇乐·京口北固亭怀古》、文天祥《过零丁洋》等。这些名家的思想光辉永照大地，对当今也很有意义。另外，作品也体现在真、善、美上，吸收古人修身养性方面的营养。像屈原《橘颂》、虞世南《蝉》、陆游《卜算子·咏梅》、于谦《石灰吟》等都是真感情者，谓之有境界之作品，因为真，所以打动人心，引发共鸣。古人还特别重视友情爱情、寄托乡愁的咏唱。所以，孔子说：《诗经》"乐而不淫，哀而不伤，一言以蔽之，思无邪"。像何逊《相送》、李颀《赠张旭》、岑参《逢入京使》、李清照《声声慢·寻寻觅觅》等，都是体现民族向善的作品。通过阅读与古人神交，自然会有向善的感觉。另外，诗词是最接近音乐的文学形式，读之朗朗上口，有一种美感，对陶冶情操也很有帮助。

每种选本的鉴赏都"自有文章面貌"，有自己的特色和风格。我想也应该这样，鉴赏文章灵活多样，有整体综述，有分段分析，也有逐句点评，更有穿插论诗赏读。除了一些公论的认知之外，许我有不同的见解。比如在鉴赏李商隐的《锦瑟》时，对首联的分析提出自己的看法，与史上众多解说有很大不同。在艺术性方面，有碰到不同的见解也能提出来，备为一参。另外，在鉴赏中还有延伸作品或名句的阅读，通过归类比较，更加全面地了解名家的艺术风格。

朱熹曾观书感言："半亩方塘一鉴开，天光云影共徘徊。问渠那得清如许？为有源头活水来。"古代诗词是我们学习借鉴的"源头活水"，有取不完的营养，总有常读常新的感觉。诗无达诂，学无止境，永不过时，不同的人更有不同的见解，这也许是诗词的魅力所在吧！

我是在搓草绳串珍珠，自然有许多不足及错漏之处，故祈广大读者不吝批评和指教。

郑金辉
2023 年 1 月 16 日试稿于莆阳

2010年7月,作者参加全国市辖区纪委书记培训

先秦、秦汉魏晋南北朝作品

　　中国诗歌源远流长。早在先秦,就出现了我国第一部诗歌总集——《诗经》。其中的《关雎》《式微》《蒹葭》《静女》等作品,孔子称之为"思无邪"。尤其是《无衣》,更是最古老的爱国诗篇,对后世影响深远。南方也出现了我国第一个伟大的爱国诗人——屈原。他所独创的"楚辞",在诗歌史上大放异彩。像《九章·橘颂》,被称为"咏物之祖"。继《诗经》和楚辞之后,主要是汉乐府民歌的发展,而且酝酿产生了五言诗体。如《古诗十九首》开创了我国抒情诗的新风格,刘勰称之为"五言之冠冕"。同时,曹丕的《燕歌行》开创了七言诗。到了魏朝,以曹氏为代表的诗人走出了"建安之道",形成了"建安风骨",而且没有间断过。西晋以后,像郭璞的《游仙诗》一样,出现了玄言诗;以谢灵运为首的山水诗创作,对玄言诗来说是一个进步;陶渊明开创了田园诗,成为这个时期最有成就的诗人。总之,诗风诗体不断演变发展,创作了一大批优秀诗篇。其中,蔡琰的《悲愤诗》是我国第一首自传体长篇叙事诗;何逊的《相送》是较早出现的五言古绝,为绝句发展奠定了基础。另外,还有咏史诗、咏怀诗、悼亡诗等,都在这个时期出现,成为后来者的学习典范。

　　寻宗问祖诗源古,乐府歌行各有兼。
　　若或先驱无掘井,何来活水润心田?

诗经

　　《诗经》是中国第一部诗歌总集,也是中国诗歌的总源头。它汇集了从西周初年至春秋中叶大约500年间的诗歌305篇,分为"风、雅、颂"三类编排。其中,"风"是风教、讽谏之意,"雅"是正声雅乐之意,"颂"是祭祀乐歌之意。最早的说法,是由孔子选编。《史记·孔子世家》载:"古者诗三千余篇,及至孔子,去其重,取可施于礼义……"

关雎

　　关关雎鸠,在河之洲。窈窕淑女,君子好逑。
　　参差荇菜,左右流之。窈窕淑女,寤寐求之。
　　求之不得,寤寐思服。悠哉悠哉,辗转反侧。
　　参差荇菜,左右采之。窈窕淑女,琴瑟友之。
　　参差荇菜,左右芼之。窈窕淑女,钟鼓乐之。

　　这是《诗经》首篇。之所以放在首篇,并不是男女主人公的身份有何特别,也不是诗篇的艺术成就有何特殊,恰恰是因为诗歌反映了健康、和谐的爱情观,对社会有着很强的典范导向作用,也是人类文学创作的永恒主题。诗中的"关关",象声词,指雌雄二鸟相互应和的叫声。"雎鸠"是一种水鸟,雌雄有固定配偶,象征爱情专贞。"逑"意为配偶。"流"意为择取。"思服"意为思念。"芼"意为拔取。全诗大意是:男主人公热恋一位河边采荇菜的姑娘,为了这位美丽的姑娘,竟长夜无眠,辗转反侧,想象总有一天会把她娶回家,共同过着琴瑟和好、钟鼓和谐的婚姻生活。其实,这首诗歌内容很单纯,可贵之处在于表现男主人公热烈、率真和健康的爱情观,而不是沉浸在愁苦的情绪里。全诗以"关关雎鸠"为起兴,以赋法落笔,层层抒发自己的情感，从"君子好逑"到"寤寐求之"，再到"辗转反侧"，直到最后"琴瑟友之""钟鼓乐之"，突出表现一种乐观自信的感情。这在古代文人作品中是很少有的，只有在民间的情歌里才会出现。孔子说："《关雎》乐而不淫，哀而不伤。"这正是孔子所看重的诗歌价值。

论曰：雎鸠已是多情物，一唱关关寤寐求。恰似佳人山水隔，相思容易美相酬。

式微

式微，式微，胡不归？微君之故，胡为乎中露？
式微，式微，胡不归？微君之躬，胡为乎泥中？

这是《国风》里的一首。"式"作语气助词。"微"意为昏暗，指天将黑。而诗中"微君"的"微"，意为非或不是。对于诗歌的主旨，有不同看法。但从字面来看，应该是妻子盼着丈夫归来的意思。全诗大意是：太阳下山了，你为什么还不回家？如果不是为君主，为什么还在外面餐风露宿？为什么还在泥浆中劳作？这是爱的力量，也是爱的呼唤，不管结果如何，只要有希望，就愿意等待，就不停地呼唤，直至心爱的人归来为止。这样的爱情有温度、有情意，更令人感动。这首诗歌也仿佛穿越两三千年时空，来到当今社会，丈夫外出打工，守家的妻子日夜盼望丈夫归来，此情此景，不是一样吗？

此诗在写法上很有特色，二章都以设问句起调，然后紧接着交代原因，从而强化了情感的表达效果。而在语言结构上，依次为二言、三言、四言、五言，形成阶梯上升的句式，更体现出情绪程度逐渐变化的艺术效果。全诗二章前面三句都用"五微"韵，而后面二句分别换为"七遇"和"一东"韵，短短几句全部用韵，使得词气紧凑、节奏短促、情调急迫，充分表达了慷慨激昂的情感。当时虽以民歌随口唱出，没有统一严格的韵律，但声音却是那样的和美自然，这是最显著的特征。清代牛运震《诗志》评曰："两折长短句，重叠调，写出满腔愤懑。"

论曰：倦鸟皆知落日归，伊人何故忘闺闱？相思无奈乎中露，片片春心没式微。

蒹葭

　　蒹葭苍苍，白露为霜。所谓伊人，在水一方。溯洄从之，道阻且长。溯游从之，宛在水中央。

　　蒹葭萋萋，白露未晞。所谓伊人，在水之湄。溯洄从之，道阻且跻。溯游从之，宛在水中坻。

　　蒹葭采采，白露未已。所谓伊人，在水之涘。溯洄从之，道阻且右。溯游从之，宛在水中沚。

　　这首诗歌表现对远方情人可望而不可即的苦恼，表达思念之情。"蒹葭"即芦苇。"苍苍""萋萋""采采"义同，均形容茂盛的样子。"为霜""未晞""未已"均指白露形态变化。"一方""之湄""之涘"均指水的边岸。"长""跻""右"分别指路长、登高、弯曲。"央""坻""沚"均指水中的沙洲沙滩。全诗大意是：秋天来了，芦苇茂盛，霜浓露重，我所怀念的伊人，就站在对岸河边上。逆流追寻。路阻且长；顺流而寻，她仿佛在河水中央。使我魂牵梦绕，苦苦追求，可她忽而在河水对岸，忽而在水中沙滩。但不管如何，我都要去寻找她。

　　此诗感人之处在于坚持信念、执着爱情，一唱三叹，曲折动人，在心理刻画方面很成功，在艺术上取得很高的成就。全诗三章，都是用秋景起兴，反复渲染气氛，创造了一种情景交融的意境。后人常以"蒹葭伊人"来表示对人的怀念。另外，实景与想象结合，虚实互发，增强了艺术感染力。语言也非常优美，像"所谓伊人，在水一方"常被后人引用，成为千古名句。王国维曾说："《诗·蒹葭》一篇，最得风人深致。"

　　论曰：蒹葭白露最思秋，况是心潮逐水流。所谓伊人何处在？任从逆顺也寻求。

静女

　　静女其姝，俟我于城隅。爱而不见，搔首踟蹰。
　　静女其娈，贻我彤管。彤管有炜，说怿女美。
　　自牧归荑，洵美且异。匪女之为美，美人之贻。

　　该诗描写一对男女相约在城角幽会的情景。"静"是闲雅贞洁之意。第一章是说：一位文静而美丽的姑娘约男子在城角幽会，男子依约而至，但找不到女子，便在等待，搔首踟蹰。这里先写女子的"姝"（即美丽），再写"俟我于城隅"（"俟"即等待），表达出赴女子约会时那种得意而又愉快的心情。而后面两句使意思发生了转折：为什么不见女子呢？男子的情绪由愉快急转为焦虑，马上"搔首踟蹰"起来，反而衬托出男子对女子的爱恋深情。第二章写他们会面以后的情景：女子赠送给男子好看的礼物，男子就说礼物美极了，很喜欢它，表现出对女子的爱情。这章写得很幽默：女子原来并非爽约，而是有意与男子开玩笑，会面后马上送礼物——这个礼物，有的说是红色的乐器之类，有的说是红色的笔——不管怎样，心爱之人所送的礼物就是喜欢。通过凑趣来表达情意，整个过程简洁有趣、生动活泼，给人的印象深刻。第三章写姑娘将从牧场带回来的一把荑草送给男子，所以说"自牧归荑"。"归"同"馈"，赠送之意。"荑"就是白嫩的茅草。男子接过荑草，又故意吃惊：好美哦，你送的礼物都这么美啊！其实是因为你美丽，所以所送的东西也美丽起来。"匪女"："匪"同"非"；"女"同"汝"，指荑草。

　　这是一首抒情诗，写法上有特别之处，在短短的篇幅里，通过情节性的描绘，细腻生动地刻画出人物的心理和感情，也饱满地刻画了人物形象，再现了一个天真烂漫的少女、一个憨厚痴情的男子形象，栩栩如生，幽默风趣，情节真实感人。祝愿天下有情人终成眷属！

　　论曰：彤管不知文笔秀，通心才德露真情。宛然静女怀诚赠，就草堪能及怿生。

无衣

　　岂曰无衣？与子同袍。王于兴师，修我戈矛。与子同仇！
　　岂曰无衣？与子同泽。王于兴师，修我矛戟。与子偕作！
　　岂曰无衣？与子同裳。王于兴师，修我甲兵。与子偕行！

　　这是一首表现爱国思想的诗篇。"袍、泽（通'襗'）、裳"都是指穿在身上的衣服，分别指战袍、内衣、战裙。"戈矛、矛戟、甲兵"均指古代兵器。古代西戎与西北秦地相连，经常发生抵抗侵略的战斗。此诗写得慷慨激昂，如同战争前在动员会上宣读决心书一样，誓死保卫祖国：谁说没有衣服穿？宁可"同袍、同泽、同裳"，也要奔赴战场；只要"王于兴师"，就修好我的"戈予、矛戟、甲兵"等各种兵器，与你"同仇、偕作、偕行"，就一定能战胜敌人。全诗热情高涨，充分表达了团结一心、同仇敌忾、英勇反击、视死如归的大无畏精神。今天读到这首诗，让我们深切感受到爱国思想不是今天所特有的产物，早在古代就已存在，并在以后的诗歌发展中逐渐形成爱国主义传统。

　　诗的篇章很短，采用重章叠句的形式写成，有很强的艺术表现力。清末陈继揆《读风臆补》评曰："开口便有吞吐六国之气，其笔锋凌厉，亦正如岳将军直捣黄龙。"

　　论曰：自古沙场凭血气，无关厚物赴身躯。同仇敌忾齐心力，敢叫泰山低首颅。

屈原

　　屈原（约公元前340—约公元前278年），屈氏，名平，字原，又字灵均，今湖北宜昌人。楚怀王时曾做过"左徒""三闾大夫"。他既是诗人，又是政治家，极力主张改革政治，遭到贵

族势力的反对和诬陷,后被放逐,自沉于汨罗江,以身殉楚国。他是"楚辞"的创立者和代表作者,被誉为"中华诗祖""辞赋之祖",开辟了"香草美人"的传统。作品有《离骚》《九歌》《天问》《九章》等。

九章·橘颂

后皇嘉树,橘徕服兮。
受命不迁,生南国兮。
深固难徙,更壹志兮。
绿叶素荣,纷其可喜兮。
曾枝剡棘,圆果抟兮。
青黄杂糅,文章烂兮。
精色内白,类任道兮。
纷缊宜修,姱而不丑兮。
嗟尔幼志,有以异兮。
独立不迁,岂不可喜兮。
深固难徙,廓其无求兮。
苏世独立,横而不流兮。
闭心自慎,终不失过兮。
秉德无私,参天地兮。
愿岁并谢,与长友兮。
淑离不淫,梗其有理兮。
年岁虽少,可师长兮。
行比伯夷,置以为像兮。

《九章·橘颂》当是屈原少作,既是一首咏物诗,又是一首言志诗,也是一首不朽的名作。诗人以橘树自喻,表达砥砺志节的品格。

第一部分从开头至"姱而不丑兮",主要描述橘树的本性和俊逸动人的外美,体物寄情。前六句大意是:天啊,一棵秀丽的绿橘，深深地扎根于"南国"，非常适应那里的生活环境；即使"受命"也不迁移，生在南国，长在南国，可谓是根深蒂固。这就是橘树的志节，而且是终身的意志。开篇就不同凡响，突出写出橘树适应南国，坚定不移，象征着志士扎根于自己的祖国，表现出坚毅的本性，读之令人敬佩。紧接着十句，如工笔画一样，细致地描绘了橘树全貌，分别从花叶、枝干、果实各部分进行描述，大意是：树叶碧绿，花儿素白，繁华缤纷，真是可喜；与其说树叶有刺，不如说显示锋芒，你的果实能结得如此圆美；每当青黄错杂时，更是灿若彩霞，表皮也亮，内里也洁，好似堪当重任；有如此的气韵，何其脱俗美质。字里行间透露出一种自豪感。可以看出，这里既咏橘又咏人，字字句句都有所寄托，忠于楚国之心跃然纸上。

第二部分从"嗟尔幼志"至结束。这部分从对橘树的外美描绘，转入对它内在精神的热情讴歌，突出写内在品质，也是托物言志。先是承"受命不迁"，写从小就与众不同，立志成才，以独立人格，抱定"深固难徙"，更是"横而不流"，决心做到"闭心自慎，终不失过兮。秉德无私，参天地兮"，即使面临百花"并谢"的岁暮，也依然"与长友兮"，做到"淑离不淫，梗其有理"。这里的"离"通"丽"，附丽之意。两句谓之美丽而不淫，梗直而守道。以上几句突显其高风亮节的品质。尤其是"愿岁并谢，与长友兮"这两句，在抗击新冠肺炎疫情中还被人引用，成为"网红"名句，用来表达对抗疫的坚定支持，愿与朋友共赴生死之情。这种品质历久弥新，千古传诵。最后又承"嗟尔幼志"，进一步表明要向小小的橘树学习。结尾以"行比伯夷，置以为像兮"收结，全诗境界又上升到"伯夷"这位古代贤士的精神上来，把橘树映印在历史天空中。

全诗以四言句为主，两句表达一个意思，把它重叠成章，这明显是受到北方《诗经》句式的影响。语气词"兮"字放在句尾，又体现楚辞体的语言特色。此诗以拟人的手法，借物抒志，

以物写人，心和物不离不即，达到物我神合的境界。立意高远，构思巧妙，语言优美，开拓了后世咏物的先河。清人林云铭在《楚辞灯》中赞道："看来两段中句句是颂橘，句句不是颂橘，但见（屈）原与橘分不得是一是二，彼此互映，有镜花水月之妙。"宋代刘辰翁则称屈原为千古"咏物之祖"。

论曰：灵均咏橘含深味，独树高风物我情。水月分明沉底亮，尘沙自愧脸羞生。

汉乐府民歌

汉乐府民歌，后人称作"乐府诗"，是我国诗歌史上继《诗经》《楚辞》之后第三个诗歌高峰。乐府本是古代音乐机构的名称，"乐"即音乐，"府"即官府。秦代就已经有乐府的设置了，主要负责民歌的采集。现存乐府诗约有40多篇，其中《陌上桑》《孔雀东南飞》两篇最为佳作。

十五从军征

十五从军征，八十始得归。
道逢乡里人："家中有阿谁？"
"遥看是君家，松柏冢累累。"
兔从狗窦入，雉从梁上飞。
中庭生旅谷，井上生旅葵。
舂谷持作饭，采葵持作羹。
羹饭一时熟，不知贻阿谁？
出门东向看，泪落沾我衣。

这首是叙事诗，通过一个老兵的自述，反映战争给人民生活带来残酷的破坏，也揭露兵役制度对人民的残害。诗的大意是写一个老兵，自十五岁从军，到了八十岁才回来。在回来的路上，碰到故乡的邻居,他就问道:"我家里还有什么人?"邻居回话说:"远远望去那片松柏林就是你的家,已经是一个个坟墓了。"老兵到家一看,果然一片荒凉,野兔从狗洞出入,野鸡从房梁上乱飞,院落里长满野生谷子,井上也长满了野菜。于是就把野谷做饭、野菜做汤,但做好饭后要送给谁吃呢?老兵走到门口向东张望,已是老泪纵横了。这里的"阿谁"就是"谁","阿"是语气助词,无义。"狗窦"指狗洞,院墙为狗出入而开的洞。"旅"指旅生,植物未经播种而野生。"贻"指送,送给。

诗的开篇两句即不同凡响,具有高度概括力,可以当警句来读:一个人"十五"岁参军,"八十"岁方回,时间之长令人惊讶!在叙事上看似平淡直白,却是耐人寻味,暗揭不合理的兵役制度。接下来如宋之问所言:"近乡情更怯,不敢问来人。"但他还是迫不及待问乡里人,方知家里的情况,进一步说明了长期当兵,原来对家里的情况一无所知,道出兵役制度对百姓是一种残害。诗从远处看、近眼观,摆在面前的是一片凄凉和荒芜:坟墓累累,野兔野鸡,野谷野葵。通过铺陈叙事,让读者看到了故家院落已经成为一片废墟,惨不忍睹。等他归来时竟然是这样的场景,家破人亡,孤苦伶仃,如何度过自己的残年?只是倚门而望,老泪横流。诗歌如工笔画似的细致描绘出一幅残景图,用无声的语言控诉战争给人民带来的苦难和悲愤,比直接骂街更有说服力。总之,此诗在叙事与抒情结合上,运用白描手法,写得从容平淡,使得老兵所见之情景、所感之心境让人动容。诗歌艺术上有一种"以哀景写哀情"的手法,这里应用得非常巧妙。汉乐府民歌不仅以进步的思想和现实主义创作方法影响后代,而且也酝酿了五言诗体的产生。杜甫的《无家别》和《兵车行》都受这首诗的影响。

值得一提的是,这首诗的情景带有虚拟及夸张成分。从小参军到八十岁退伍,这可能吗?进屋一看,刚好看到野兔野鸡,有这么凑巧吗?既然是荒无人烟,又如何用野谷做饭呢?然而,千

百年来大家都能接受这首诗,连杜甫都受到影响。在这里要告诉大家一个现象,诗不一定纪实,实际上是一种"借景抒情"的艺术手法。正如后人诗中写大雁飞来飞去的情景,果真是亲眼所见吗?

论曰:十五始军征,还乡八十庚。孤坟荒野寂,浪狗废墟行。读罢葵花叹,吟来杜宇鸣。同情兵苦役,一曲动天惊。

古诗十九首

"古诗十九首"的名称,最早见于梁代萧统所编《文选》。这里的"古诗",是指魏晋南北朝以前的诗歌。萧统在选编时把无主名和不知年代的19首五言古诗编辑在一起,题作《古诗十九首》。这组五言古诗代表当时诗歌最高的艺术成就,刘勰曾称誉为"五言之冠冕"。

涉江采芙蓉

涉江采芙蓉,兰泽多芳草。
采之欲遗谁?所思在远道。
还顾望旧乡,长路漫浩浩。
同心而离居,忧伤以终老。

这是一首游子思乡怀人的诗。开头两句是说:划船到江中去采荷花,又到沼泽地去摘取兰草。"兰泽"指生有兰草的沼泽。开篇以"芙蓉、兰草"起兴,写出江南水乡日暖花香的特殊环境,也象征着主人公的高雅风貌,表现出爽朗的心情。虽然不直接写人,但景中见人。三、四句转笔写怀人,大意为:采了花要送给谁呢?我所思念的人远在天边。一问一答,情绪陡然一转,由爽快转为哀愁,字里行间透露出伤怀无奈之叹息。五、六句由怀人转思乡:回头遥望我的家乡,漫漫的长路看不到尽头。这里承第四句"远道"而来,将视线引向遥远的故乡,仿佛看到一个孤单忧愁的人伫立在路边,无奈地向故乡方向张望,一张游子思乡图清晰可见,画面感很强。结尾两句点明了主人公的身份,由"同心而离居"说明他们互相思念的人,原来是夫妻关系;所以最后说"忧伤以终老",意为两个人身处两地,无法团圆,只有忧伤陪伴到终老,一种担忧涌上心头,回味无穷。

这首诗通过采荷花、兰草想送给朝思暮想的人,可又无法送达而引发的怀念之情,情真意切,感人至深。诗人在艺术上采用借景抒情及白描手法,生动描绘出人物的心理情态,并结合虚景实情的艺术表现力,为深化夫妻间的感情起到了很好的作用。诗的风格平易淡远,语言浅近自然,没有刻意雕饰的痕迹,却能十分曲折地表达思想感情。所谓"深衷浅貌,语短长情",这就是艺术上的成功。

论曰:涉沼采芙蓉,深衷厚味浓。离乡愁鹊渡,恨别总难逢。

行行重行行

　　行行重行行,与君生别离。
　　相去万余里,各在天一涯。
　　道路阻且长,会面安可知?
　　胡马依北风,越鸟巢南枝。
　　相去日已远,衣带日已缓。
　　浮云蔽白日,游子不顾返。
　　思君令人老,岁月忽已晚。
　　弃捐勿复道,努力加餐饭。

这首是以离别相思为主题,表达悲苦之情,真切感人。前四句写丈夫在外行行不已,越走越远:走啊走啊,与你活生生地离别,已经相离万里之遥,各处天涯。"天一涯"即天一方,比喻无法相见了。再四句写道路艰难险阻,相隔遥远,会面无期,不知何时何日才能相会。"道路阻且长"出自《诗经·蒹葭》"溯

洄从之,道阻且长",至今还常被引用。这里还用"胡马""越鸟"作比,责备丈夫不如动物知道留恋家乡。再接四句写自己的相思之苦,并写出自己的猜疑。"衣带"是衣服上结的带子,"缓"就是宽松了——因为相思之苦,反衬出身体消瘦了。柳永所言"衣带渐宽终不悔,为伊消得人憔悴"就出自这里。"浮云"不是指游子,而是指奸人,"白日"才指游子,这里作比喻,喻坏人侵害好人,是不是受到别的女子的迷惑而"不顾返"?表达猜度之心。结尾四句是写自己哀叹年华易失和迟暮之感,转而勉强宽慰自己。"弃捐"是丢开之意,古人常比喻被丈夫遗弃。"勿复道"就是不要再说了。结句之意是:丢开相思之苦,不要再想了,多吃点饭,保重身体吧!这是表达无可奈何之情。

　　这首诗主题突出,全篇上下贯通"相思"这条主线,从各个层面表现自己的真实感情;而且结构合理,层次分明,节奏重叠,层层递进,一切都在情理之中。全诗语言朴实,民歌风格,比兴恰当,处处都表现出文人诗的特色。值得一提的是,结尾猛然一转,表面上写思妇的豁达,实际上写出了无可奈何的痛苦,感染力更强,反映出当时由于战乱或动荡所造成离别之社会现象。

　　论曰:自古相思苦,何堪复日朝。离情易猜度,所恨万千遥。

曹操

　　曹操(155-220),字孟德,小字阿瞒,今安徽亳州人。汉献帝初,任大将军及丞相。曾镇压农民起义,以武力统一北方。后封魏王。子曹丕称帝,追尊他为武帝。他是建安文学的开创者,诗存二十几首,均为乐府诗。经人辑校《曹操集》。

短歌行

对酒当歌,人生几何?
譬如朝露,去日苦多。
慨当以慷,忧思难忘。
何以解忧?惟有杜康。
青青子衿,悠悠我心。
但为君故,沉吟至今。
呦呦鹿鸣,食野之苹。
我有嘉宾,鼓瑟吹笙。
明明如月,何时可掇?
忧从中来,不可断绝。
越陌度阡,枉用相存。
契阔谈宴,心念旧恩。
月明星稀,乌鹊南飞。
绕树三匝,何枝可依?
山不厌高,海不厌深。
周公吐哺,天下归心。

　　这首《短歌行》是很有名的四言乐府诗,主要表现作者统一天下的雄心壮志,充满了积极进取的精神。每八句为一个自然段。第一段是感叹人生的短暂,人生好比朝露,很快就会消失,自己的盛年也会过去的,过去的日子有太多的苦处,想到这里,心情慷慨,内心深处的事不能忘怀,那么用什么来解忧呢?只有借酒消愁。"杜康"相传是发明造酒的人,这里借代酒。第二段是写没有得到贤才而思慕和忧虑,以及想象得到贤才后的喜悦之情。这段用了《诗经》里的句子,信手拈来,表达自己的感情。"青衿"是周代学子穿的衣服,借代学子。"沉吟"是低吟之意,展现一种表情。"苹"不是浮萍那种,应该作艾草、蒿草之解。第三段又回来写自己的忧虑和喜悦,从两个方面表达自己求贤若渴的心情：一是说明月什么时候能停下来呢？如我心里的忧虑不可断绝。二是想象那些贤才穿越阡陌，枉驾来问候我、探望我，我会设宴款待他们，想念往日的交情。"契阔"在这里有久别重逢之意。最后一段写贤才去哪儿找到归宿以及我要像周公一样虚心接纳人才，表达礼贤纳士。

  这首诗的主题就是求贤若渴，盼望天下英才都来投靠，以早建立王业。《短歌行》的艺术特点是追求慷慨、刚健的建安风格，有抑扬低昂、反复咏叹之致，加强了抒情的浓度，起到了独特的感染作用。全诗充分运用比兴手法，来达到寄情于理的目的。"朝露"比喻人生好比早上的露水，很快就消失了。"月明星稀"四句既准确又形象地写景，是有比喻深意的。其中，用"乌鹊"比喻贤才。诗中化典之法，自然贴合。如"山不厌高，海不厌深"，是用管子的典故。《管子》里说："海不辞水，故能成其大；山不辞土石，故能成其高。"还有"周公吐哺"，是用《韩诗外传》里记载的周公故事：周公在吃饭的时候，一有人来拜访就吐掉嘴里的食物，去接待客人。这里也是直接化用"一饭三吐哺"之意。这些创作经验显然是值得借鉴的。

  纵观全诗，其中"呦呦"四句，感觉诗脉不畅，但也有人认为是"辞断而意属"。陈如江在《古诗指瑕（修订版）》中说，这四句插入，反使本来明了连贯的诗意变得不连贯了；同时，结尾的"周公吐哺"已包含了善待贤士之意，所以这四句完全可删，可备一参。

  论曰：无关诗法愁，所苦短歌休。若渴才归哺，如饥酒醉求。曹心天下志，王业月圆酬。吟罢听松竹，吹笙入九州。

观沧海

  东临碣石，以观沧海。
  水何澹澹，山岛竦峙。
  树木丛生，百草丰茂。
  秋风萧瑟，洪波涌起。

> 日月之行，若出其中；
> 星汉灿烂，若出其里。
> 幸甚至哉，歌以咏志。

《观沧海》是《步出夏门行》的第一章。《步出夏门行》又名《陇西行》，为乐府古题。该诗借古题以抒情，同样是曹操的优秀作品。而且古诗中咏海的真不多，该诗也是最早的一首山水诗。

曹操一直以图实现统一中国的愿望，其中北征乌桓对他来说是一次十分重要的战争。身为主帅的曹操，面对萧瑟秋风，登上碣石山，借着大海来抒发自己的胸中之意，诗意一气呵成：我路过碣石山，就登上来观看苍茫的大海吧。那宽广浩荡的海面，罗列着岛屿，它们高高挺立，周围的树木花草，多么茂盛青翠。当萧瑟的秋风吹来时，涌起了巨浪。在这宽广的大海里，明亮的日月好像从中起落，灿烂的群星也好像从中涌现。啊，真的很庆幸，我能取得胜利，就以歌咏志吧！

这首诗，通过对沧海的描绘和歌咏，具有一种雄深苍劲的风格，艺术成就很高。首先是在谋篇布局上，能从大处着笔，层层呈现佳境，着力渲染那种苍茫的大海气势。特别是把精彩放在末尾，用四句议论来收束，把所见到的意象归纳成哲理的思考，显得十分有力。"幸甚至哉，歌以咏志"虽是乐府套语，但其潜台词含有凯旋而感谢苍天之意。其次是有丰富的想象力，把我们带进一个宏伟的境界。"日月之行，若出其中；星汉灿烂，若出其里。"这四句描绘出沧海的伟大，并能容纳日月、蕴含群星的意境，画面极其壮观，这是古诗中少有的笔墨。最后是借景抒情，情景交融。表面上写大海的形象，实际上写出了他的性格，用大海那种蕴大含深、动荡不安的特性，折射出自己的胸怀，海纳百川，仿佛像母亲一样，孕育日月星辰，再高大的天象运行也离不开大海的怀抱。这种哲理观察，更是耐人寻味。总之，这首诗生动描绘了沧海的形象，如画家一样大笔涂抹，用几笔粗线条就勾勒出一幅壮阔的画面，单纯而又饱满，丰富而不琐细。可以看出，曹操的诗格与性格完全融为一体。敖陶孙的《诗评》就说："魏武帝如幽燕老将，气韵沉雄。"毛泽东《浪淘沙·北戴河》一词道："往事越千年，魏武挥鞭，东临碣石有遗篇。萧瑟秋风今又是，换了人间。"这是对曹操诗歌的高度评价。

论曰：无限呈佳境，吟声壮阔雄。胸襟堪纳海，品格合情融。

曹丕

曹丕（187-226），字子桓，曹操次子，建安二十五年代汉即位，为魏文帝。由于宫廷生活的限制以及思想上的保守，诗歌题材狭窄，缺乏风力。有辑本《魏文帝集》。

燕歌行二首·其一

秋风萧瑟天气凉，草木摇落露为霜，群燕辞归鹄南翔。
念君客游思断肠，慊慊思归恋故乡，君何淹留寄他方？
贱妾茕茕守空房，忧来思君不敢忘，不觉泪下沾衣裳。
援琴鸣弦发清商，短歌微吟不能长，明月皎皎照我床。
星汉西流夜未央，牵牛织女遥相望，尔独何辜限河梁？

文人学习乐府是从建安开始多起来的。这首《燕歌行》是乐府相和歌平调曲的曲名。"燕"是古地名，大概在今河北北部及辽宁省一带。这首诗是现存最古老、最完整的一首七言诗，是曹丕最著名的作品，为后人的七言诗创作奠定了良好的根基。当然，这首诗句句押韵（押七阳），七言的形式还没有成熟，特别句群划分颇有异同。这里采取三句为一节来解读。

这首诗是写女主人公秋夜怀念远行的丈夫，愁绪绵绵，令人同情。前三句是写深秋时节，天气越来越冷，露已成霜，草木凋残，燕辞归鹄南飞，候鸟皆知归。"萧瑟"是秋风吹动树叶的声音。"摇落"是凋落、凋残之意。"鹄"即天鹅。"念君"三句是为女主人公设想来写：想念夫君欲断肠，丈夫此时此刻也应思归怀乡，却为什么久留外面而不归呢？"慊慊"是怨恨不满的样子。"贱妾"三句也是替女主人公写：现在独自守空房，思君不敢忘，已经落下伤心的眼泪，打湿了衣裳。"茕茕"是孤单的样子。"援琴"三句，取来琴瑟弹奏，却不觉发出短促纤微的音响，这时皎洁的明月照在我床头。"援"是引，拿过来之意。"清商"是乐调名，这种调子音节短促细微。最后三句承上写：夜已深了，满天的星斗和银河向西运行；突然想起牵牛星和织女星还能隔河相望，而我却独自不能相望，连"遥相望"的福分都没有啊！"夜未央"是夜已深而未尽的时候。"何辜"就是何故、为什么。"限"就是隔、隔着。末句所问，看似无理，却显情深。

这首诗艺术上很成功，写景抒情都很细腻，清丽的语言、委婉的笔墨、缠绵的情感，把写景与抒情浑然一体，巧妙融合，这是我们可以借鉴的地方。诗的开头以物起兴，引出女主人公。借用"悲秋"这一传统意象，引发自己的情绪。这种景和女主人公的内心之情是一致的。这里有视觉、有听觉，还有感觉，给人一种忧愁深广、难以排解的感受。自己的"思断肠"与景物连在一起，很自然地过渡到下面一系列的思想动态。通过"守空房""不敢忘""泪沾衣裳"，写鸣琴、歌唱等一系列的动作，表达她那忧不离歌而又难以排尽的心情。我们从女主人公断断续续、若断若续的情景中感受到她心中的哀伤。最后几句再写夜深不能寐，在床上辗转反侧，并用星汉的西沉引出她对牛郎织女命运的悬念——他们还能一年相聚一次，而我连"遥相望"的缘分都没有，从另一个角度进一步写出女主人公的哀怨，发出最强烈的声音。这个声音是一种泪水的控诉，是一种强烈的抗议。这种"翻进一层"的写法，以及言有尽而余味无穷、言低回而又响亮的结尾，是十分精彩的。但曹丕诗风纤弱，刘勰就说过"子桓虑详而力缓"。

论曰：悲秋集韵辞，万物寄情思。歌此七言句，来人视奠基。

曹植

曹植（192-232），字子建，曹操第三子。"生乎乱，长乎军"，曾以才学为其父所重视，一度欲立为太子。及曹丕登位后，遭猜忌，郁郁而死。他的诗歌主要表达自己的理想和抱负，但后来转为对现实的悲愤，风力渐渐地减弱了。他是五言诗的奠基人。有宋人辑《曹子建集》。

白马篇

白马饰金羁，连翩西北驰。
借问谁家子？幽并游侠儿。
少小去乡邑，扬声沙漠垂。
宿昔秉良弓，楛矢何参差。
控弦破左的，右发摧月支。
仰手接飞猱，俯身散马蹄。
狡捷过猴猿，勇剽若豹螭。
边城多警急，虏骑数迁移。
羽檄从北来，厉马登高堤。
长驱蹈匈奴，左顾凌鲜卑。
弃身锋刃端，性命安可怀？
父母且不顾，何言子与妻？
名编壮士籍，不得中顾私。
捐躯赴国难，视死忽如归！

《白马篇》是汉乐府杂曲歌"齐瑟行"的歌辞，以开头两字而得名，是曹植前期的重要代表作。从边塞诗史上看，其地位是不容低估的。他是建安文学杰出的代表人物，又是创作五言诗的奠基人。全诗除了个别押"邻韵"字外，已接近押"四支"韵。谢灵运曾说过："天下才共一石，曹子建独得八斗，我得一斗，自古及今共分一斗。奇才敏捷，安有继之？"当然这个评价也太高了。

这首诗赞美了幽并一带游侠少年武艺高强和奋勇御敌的爱国精神，也寄托了作者自己的理想和抱负。我们可分为两部分来解读：第一部分从开头至"勇剽若豹螭"，写游侠少年的武艺高超。先是以开门见山、设问自答的形式，点明了幽并一带的游侠少年，骑着套有金色笼头的白马向西北方向而去；接着说明他自小就离开家乡去西陲边塞，平时好练武，弓箭不离手，有着精湛的射箭技艺，左右都能中的，上下也能中的，动作比猿猴还灵敏，像豹螭一样勇猛轻快。这里的"幽"和"并"都是州名。"宿昔"是经常、早晚之意。"楛矢"是类似荆条做成的箭。"摧月支"是指射中箭靶，"月支"是白色的箭靶。"狡捷"指灵活敏捷。第二部分转入对游侠少年精神面貌的描述，概括了游侠少年的爱国情怀。在敌人侵扰的紧急情况下，他立即扬鞭催马登上御敌工事，蹈匈奴、凌鲜卑，勇于拼杀，不顾性命，一心杀敌，连父母、妻儿都没有时间挂念。既然已经编在壮士的名册上，就不再考虑个人的私事；为消除国难而献身，视死如归，没什么可怕的。诗中的"籍"指名册；"中"同"衷心"，当"心"讲。全诗既赞赏了游侠少年的武艺高强，又颂扬了游侠少年的战斗精神，寄托了作者建功立业的强烈愿望。

《白马篇》里所描写的那个英勇少年，并非某个具体的豪侠人物，但写得非常动人和感人，成功地塑造了一个高大的侠客形象，在艺术上有它的独创性。首句用借代和烘衬的手法，由马代人，由马烘衬人；接下来以设问自答，点明了一个怎么样的人物。作者又以凝练的笔墨、铺陈的手法，从左、右、上、下不同方位，生动地描绘了他们不凡的本领，回答了白马英雄的来历。第二部分的议论是必不可少的，集中放在游侠少年的精神境界上概括。诗"以叙事为主转向以抒情为主"，这是对乐府诗的一个重大发展。诗人的情感逐步展开，不断上升，到后面已是心潮澎湃，这是"情动于中而形于言"。也正因如此，我们不但没有感到空泛，反觉真情真意，让人心灵震撼。此篇的语言清新，不离平淡朴实和刚健风格。唐代大诗人白居易说过："诗者，根情、苗言、华声、实义。"这首诗正是一棵"奇树"。

论曰：诗歌白马篇，读后识曹贤。少负豪情节，多怀壮志边。如同吟塞曲，不共戴胡天。感此真心意，千秋动地川。

王粲

王粲（177-217），字仲宣，今山东邹县人。先依荆州牧刘表，后归附曹操，官至魏国侍中。与曹丕、曹植友善，是"建安七子"之一，在建安文学中成就最高。博闻强记，过目成诵，文章下笔便成。有辑本《王侍中集》。

七哀诗三首·其一

西京乱无象，豺虎方遘患。
复弃中国去，委身适荆蛮。
亲戚对我悲，朋友相追攀。
出门无所见，白骨蔽平原。
路有饥妇人，抱子弃草间。
顾闻号泣声，挥涕独不还。
"未知身死处，何能两相完？"
驱马弃之去，不忍听此言。
南登霸陵岸，回首望长安。
悟彼下泉人，喟然伤心肝。

《七哀诗》共三首，第一首最著名，也是乐府歌辞。余冠英说："所以名为'七'哀，也许有音乐上的关系，晋乐于《怨诗行》用这篇诗（指曹植《七哀》）为歌辞，就分为七解。"其实是表示哀思很多，并不实指七种哀思。

　　这首诗写于公元192年董卓等人在长安作乱的时候，反映人民流离失所的命运。头两句写社会的动乱，点明了地点和人物。"西京"即西汉的首都。"豺虎"比喻李傕、郭汜等恶人。"无象"意为无道。"遘患"是说他们制造了灾患。三、四句写离开中原地带，托身到荆州去避难。"复弃"是说诗人原住洛阳，因董卓之乱迁居长安，这时又要离开长安，所以说"复弃"。"中国"指中原，泛指长安一带。"荆蛮"指南方的荆州，今湖北省。五、六句写离别时和亲友恋恋不舍的情景。七、八句是表现战乱中人民大量死亡。九到十四句描写一个妇女，因为没饭吃，不得不忍痛把自己的亲生儿子抛弃在路边，自己"挥涕"离开，哭道：自己还不知葬身地，怎能保全孩子性命？结尾六句表白了诗人的心情以及希望贤君来平息战乱，拯救人民。"下泉"是《诗经·曹风》里的一首诗，"下泉人"就是《诗经》里写这首诗的人。

　　这首诗的艺术手法是值得关注的。清代方东树评这首诗为"冠古独步"。该诗先是开门见山地点明了社会动乱的背景以及交代了诗人离开长安的原因。诗人用"复弃"一词，值得注意——这说明诗人的迁徙不是第一次，也说明东汉末年处在频繁动乱之中。"亲戚对我悲，朋友相追攀"两句为互文。这里的"悲"，不仅指亲戚之悲，也是指朋友之悲，更是自己之悲；"相追攀"，不仅指亲戚之追，也是指朋友之追。通过互文，更能表现出丰厚的情感和气氛。诗人自己的"悲"还不算什么，紧接下来的是"出门无所见，白骨蔽平原"。在这广阔背景下，向我们展现一个特写镜头：那个饥饿的妇女把孩子扔下的场景，实在让人惊心，也把她内心的矛盾以及悲痛表达得淋漓尽致。这种处境和上面"出门"两句前后呼应，深刻地揭露了军阀混战给人民带来了灾难，比自己的"悲"更进一层。这种写法对杜甫也有影响。清代何焯说过："'路有饥妇人'六句，杜诗宗祖。"妇人弃子的惨景，使诗人耳不忍闻、目不忍睹。诗的结尾用了两个典故：一是"霸陵"，这是汉文帝的陵墓。汉文帝是汉代一个很贤明的皇帝。南登霸陵望长安，是盼望能有像汉文帝那样的贤君来平息战乱。二是"下泉"。《下泉》这首诗的意思是：盼着能有贤明的君主，我已经悟到了作诗人思念贤君的心情，并且与他一样，但是，那是过去的明君，现在是不可能有这样的人了，于是不禁感伤起来，把"悲"又推向高潮。方东树说"'南登霸陵岸'二句，思治，以下转换振起，沉痛悲凉，寄哀终古"，指出了此诗结尾的艺术效果。

论曰：一曲七哀诗，伤情动地涯。风声驱虎豹，乱世感天悲。

刘桢

刘桢（？-217），字公干，今山东东平人。东汉末年名士、诗人，"建安七子"之一，长于五言诗。有辑本《刘公干集》。

赠从弟三首·其二

亭亭山上松，瑟瑟谷中风。
风声一何盛，松枝一何劲！
冰霜正惨凄，终岁常端正。
岂不罹凝寒？松柏有本性！

《赠从弟三首》分别以苹藻、松柏、凤凰为喻象，表达坚贞气节的情怀，既是对从弟（堂弟）的赞誉，也体现了诗人自己的抱负。其中，第二首写得最好。

这首诗貌似咏物，实为言志，以松柏自喻，表明自己的志向。开头二句以客观描写为主，突出松柏的高大、不畏严寒的形象，在山上耸立，在谷中迎风，用"亭亭"体现松柏的傲岸形态，用"瑟瑟"摹拟刺骨的风声，绘形绘声，句式工整，简洁生动。把青松放在"谷中""山上"这样的环境中，更能体现松柏的傲骨。首句直入主题，确立松的中心地位。三、四两句开始营造氛围，以抒情为主，意思是：尽管寒风呼啸，松枝还是如此刚劲，坚强地挺立着。在这里，以"风声"突起，以一"盛"一"劲"两个字眼来突出诗人的感情倾向，又以两个"一何"更加强调了诗人的强烈感受，加强了语气的意味。不难看出，第三句诗顺接第二句，第四句呼应首句，章法紧密，有序展开。五、六两句更进一层描绘松的刚劲挺拔，由"风声"转到"冰霜"，由一时拓宽为一年，四季常端正，越发突显青松不畏严寒的特性，在凛冽严酷的冰霜里，松树依然那么端正挺立，诗的意境格外高远，松树的品性也更加突现出来。最后两句变换句式，以一问一答作结，意思是：松柏并不是没有遭受严寒的袭击，但是它的本性坚贞，是坚不可摧的。诗人先从"亭亭""端正"的外在表现转入内在的本性，以此表明松树为什么能有坚贞不屈、高风亮节的原因，结尾非常有力。

　　全诗以松柏为中心，用松柏来比喻，由表及里，由此及彼，层层递进，寓意高远，写得集中紧凑，看似反复咏之，却不显得单调呆板，又语言朴素无华，风格雄健，仗气有力。全诗虽不着"从弟"二字，但共勉之意更为深厚。钟嵘在《诗品》中说刘桢："仗气爱奇，动多振绝，真骨凌霜，高风跨俗。"这评论很恰当。

　　论曰：风声听瑟瑟，松柏见坚强。一咏真心骨，高情与弟商。

蔡琰

蔡琰（生卒年不详），字文姬，也叫蔡文姬，今河南杞县人，是汉代著名学者蔡邕的女儿。汉末大乱时，为匈奴所虏，后被赎回。有《悲愤诗》二首和《胡笳十八拍》。

悲愤诗

汉季失权柄，董卓乱天常。
志欲图篡弑，先害诸贤良。
逼迫迁旧邦，拥主以自强。
海内兴义师，欲共讨不祥。
卓众来东下，金甲耀日光。
平土人脆弱，来兵皆胡羌。
猎野围城邑，所向悉破亡。
斩截无孑遗，尸骸相撑拒。
马边悬男头，马后载妇女。
长驱西入关，迥路险且阻。
还顾邈冥冥，肝脾为烂腐。
所略有万计，不得令屯聚。
或有骨肉俱，欲言不敢语。
失意几微间，辄言毙降虏。
要当以亭刃，我曹不活汝。
岂敢惜性命，不堪其詈骂。
或便加棰杖，毒痛参并下。
旦则号泣行，夜则悲吟坐。
欲死不能得，欲生无一可。
彼苍者何辜，乃遭此厄祸。

边荒与华异，人俗少理义。
处所多霜雪，胡风春夏起。
翩翩吹我衣，肃肃入我耳。
感时念父母，哀叹无终已。
有客从外来，闻之常欢喜。
迎问其消息，辄复非乡里。
邂逅徼时愿，骨肉来迎己。
己得自解免，当复弃儿子。
天属缀人心，念别无会期。
存亡永乖隔，不忍与之辞。
儿前抱我颈，问母欲何之？
人言母当去，岂复有还时？
阿母常仁恻，今何更不慈？
我尚未成人，奈何不顾思？
见此崩五内，恍惚生狂痴。
号泣手抚摩，当发复回疑。
兼有同时辈，相送告离别。
慕我独得归，哀叫声摧裂。
马为立踟蹰，车为不转辙。
观者皆歔欷，行路亦呜咽。
去去割情恋，遄征日遐迈。
悠悠三千里，何时复交会？
念我出腹子，胸臆为摧败。
既至家人尽，又复无中外。
城郭为山林，庭宇生荆艾。
白骨不知谁，纵横莫覆盖。
出门无人声，豺狼号且吠。
茕茕对孤景，怛咤糜肝肺。
登高远眺望，魂神忽飞逝。

奄若寿命尽，旁人相宽大。
为复强视息，虽生何聊赖？
托命于新人，竭心自勖励。
流离成鄙贱，常恐复捐废。
人生几何时，怀忧终年岁！

　　蔡琰在汉末军阀混战当中被董卓的部下掳去，后来辗转流入南匈奴，嫁了南匈奴左贤王，生了两个孩子，在那里生活了十二年。之后，与蔡邕有莫逆之交的曹操把她赎回，又嫁董祀。这首《悲愤诗》是被赎回后所写的，是一篇杰出的作品，被认为是我国诗歌史上第一首自传体的五言长篇叙事诗。

　　这首诗写的是诗人自身的遭遇，反映了汉末社会动乱和人民苦难的生活境况，也控诉了军阀混战的罪恶，字字是血，句句是泪，具有史诗级的规模和悲剧性的色彩，也具有一定的典型意义。

　　全诗一百零八句，计五百四十字，可分三大段来赏析。

　　第一段从开头到"乃遭此厄祸"，主要写汉末大乱和自己被俘掠到南匈奴时的情形。这一段以叙事为主，夹以抒情。前八句，先从董卓之乱说起，交代了诗人蒙难的历史背景。"汉季"意为汉末。"天常"意为天理。"不祥"意为不善，是"恶人"之意。接下来十四句集中反映了董卓军队毁灭家园、残杀百姓、掠众入关的暴行，展现了被所掠民众的悲惨遭遇的场景。"金甲"是指铠甲。"平土"意为平原，这里指中原。"胡""羌"都是西北少数民族。"截"意为割断。"迥路"就是远路之意。"邈冥冥"是形容渺远迷茫貌。再接下来十八句，着重写被俘者数以万计，在途中受到非人的虐待，再现了集中营灭绝人性的恐怖气氛。"略"同掠。"屯聚"为聚集之意。"失意"就是使他们失意，指被虏者让掠夺者不满，有使他们不满的地方。"几微"意为稍微。"亭刃"的"亭"通"停"。"不活汝"意为不让你们活。而"毒痛参并下"是说心中的仇恨和肉体上的痛苦交织在一起。

第二段从"边荒与华异"到"行路亦呜咽",写诗人自己被掠到南匈奴以后的生活和心情,以及得知被赎回以后与儿子诀别的景况。这一段以抒情为主,夹以叙事,是全诗最重要的一段。作为被掠夺的妇女,不由自主地在异域婚配生子,又不得不离开自己的亲生骨肉,营造了极其矛盾纠葛的氛围,诉说着自己极其悲惨的局面。"边荒"意为边远地区,这里指南匈奴。"少理义"言其地风俗野蛮。"肃肃"形容风声。"徼"为求取之意。"自解免"是指诗人多年的夙愿。"天属"意为天然的亲戚,指自己的两个儿子。"仁恻"为疼爱之意。"摧裂"是形容哀叫声的凄苦,听了使人心碎。"歔欷"就是哭泣、抽咽之意。"行路"指过路的人。

第三段从"去去割情恋"到结束,写回乡途中诗人思念儿子的感情以及回乡以后目睹家破人亡的悲痛和对自己今后处境的担心。这一段也是以抒情为主,夹以叙事。前六句写出诗人在归途中一直牵挂着自己的儿子,抒发了自己悲痛欲绝的心情。"去去"是催人快离之辞。"遄征"意为迅速赶路。"三千里"是虚指,泛指路程很远。接下来十六句写诗人回乡后见到家破人亡的情景,并由此而感到十分痛心。本来自己有着非常想念故国及家人的愿望,回过头来却是一场梦,一切都荡然无存,又是悲凉极了。"中外"指中表亲,也就是舅父和姑母的子女。"孤景"就是孤影,指诗人自己的影子。"怛咤"为惊叫之意。"息"这里指喘过气来。最后六句写诗人悲叹自己的身世,担心今后生活。"托命"是嫁人的意思,这是指再嫁董祀之事。"勖励"意为勉励。"流离"意为流转、离散。"鄙贱"指被轻视的人。

《悲愤诗》在艺术上也是很有成就的。全诗长达100多句,语言明白晓畅,又善于驾驭材料,抓住主要情节,不碎不乱,层次分明,突出主题,以"悲愤"为主题贯穿始终。诗人还善于挖掘自己的情感,将叙事与抒情有机地结合在一起。而且情感忽喜忽悲,反复转折,波澜起伏,感染力极强。特别是和儿子分别那个片段，写得淋漓酣畅、如泣如诉、充满矛盾，从中看到一颗母亲的心在激烈地跳动，是全诗的高潮，也是本诗艺术成就最高的部分。本诗受汉乐府中叙事诗的影响，善于通过细节，把各种场景和人物的内心活动具体生动地表现出来。这一艺术手法在诗歌史上有重要的地位。诗人也善于铺陈渲染之能事，通过烘托的手法，如"马为立踟蹰，车为不转辙"，极力渲染离别的悲惨情景。当详之处，极力铺写，刻画细腻，如俘虏营中的生活以及与子分别的场景。当略之处，简洁精当，一笔带过。如"边荒与华异，人俗少理义"两句，就是高度地概括了南匈奴地处偏远、文化比较落后以及与汉族的风俗道德习惯差异很大的情况。本诗贵在真情实感。沈德潜说此诗的成功"由情真，亦由情深也"。与子别时，进退两难的复杂矛盾心情，通过儿子的问话，带着稚气的语言，更加显得悲凄，也更刺伤母亲的心。这些语言非亲身经历是难以道出的。近代学者吴闿生在《古今诗范》中说："吾以谓（《悲愤诗》）决非伪者，因其为文姬肺腑中言，非他人所能代也。"总之，本诗以时间为序，以遭遇为主线，以悲愤为旨归，在情感方面挖掘得最深刻、最强烈，因此也最为感人，这是艺术成功之所在。此诗的艺术风格，对杜甫的《北征》《自京赴奉先县咏怀五百字》均有影响，在"以诗记史"方面作出了贡献。

论曰：五言吟愤诗，一曲感天悲。骨肉常离割，亲朋难伴随。听声情梦切，见妇锁愁眉。百句长篇叙，千秋刻怨碑。

阮籍

阮籍（210-263），字嗣宗，今河南开封人。门荫入仕，曾为步兵校尉，世称阮步兵。以谈玄纵酒、佯狂来反抗司马氏集团。与嵇康齐名，为"竹林七贤"之一，长于五言诗。有辑本《阮步兵集》。

咏怀八十二首·其三十一

驾言发魏都，南向望吹台。
箫管有遗音，梁王安在哉？
战士食糟糠，贤者处蒿莱。
歌舞曲未终，秦兵已复来。
夹林非吾有，朱宫生尘埃。
军败华阳下，身竟为土灰。

《晋书·阮籍传》里有这样的记载："籍又能为青白眼，见礼俗之士，以白眼对之……由是礼法之士疾之若仇。"他对曹魏的政治态度是消极反抗的，在名教和自然之间力求调和，表面上很放达，内心却是十分寂寞，而且很痛苦。《咏怀诗八十二首》就是作者孤寂、苦闷和愤懑的复杂心情的反映，其中讽喻方面有较高的成就，其三十一首就是这方面的代表作。

这首诗是以战国时的魏国败于秦国的历史教训来讽喻曹魏统治集团。全诗十二句，四句一层，可分成三部分解读。首四句先以兴亡史事为发端，说是从魏都出发驾车向南边吹台探望，当年梁王声名显赫，在吹台之上置酒高会，声势浩大。当今的箫管之音还似可以听到，但那不可一世的梁王又在哪里呢？"吹台"就是魏王宴乐的地方，在今开封市东南。接下四句写得很深刻，指出战士贤者的遭遇和统治集团歌舞升平的生活。这四句也可参照第三首来解读："嘉树下成蹊，东园桃与李。秋风吹飞藿，零落从此始。繁华有憔悴，堂上生荆杞……"这里把司马氏比作秋风严霜，把曹魏比作憔悴的桃李，表明曹魏覆灭的原因。"蒿莱"即野草。最后四句顺势而下，渲染魏王身败名裂的悲剧结局。"夹林"是吹台中的林苑。"华阳"是今河南省新郑县东。公元前273年，秦兵围大梁（魏都），破魏军于华阳，魏割地求和。

从这首诗可以看出，阮籍继承了《古诗十九首》和建安诗人的传统，用五言诗来直抒胸臆，开拓了一条写政治抒情诗的道路。这一点是值得关注的方面。全诗的艺术成就也是很高的。作者以欲抑先扬之笔，请出统治者去探望"吹台"，将"梁王"历史盛衰的问题赫然推出，如警钟振耳，警世意味极其浓厚。尤其用"遗音""安在"二词，设问有力，发人深省。如此发问，下文虽未及出，而诗意已跃然纸上。紧接着以古喻今，表面上写梁王旧事，实际上写魏明帝今事，曲折隐晦地表达了作者对当朝命运的关切和忠告。全诗在安排篇幅上，略今而详古。全诗仅十二句，其中有八句写梁王往事，说古道今，读之也不嫌其说古之多，反觉得切中时弊。"夹林非吾有"诗中的"吾"字，是拟梁王口气，意谓这样的结果连梁王自己也没有料到。这种以第一人称写，诗意比用第三人称更能透过一层，耐人寻味，嘲讽的意味更浓。钟嵘《诗品》说其具有"言在耳目之内，情寄八荒之表"的隐喻艺术特色。在修辞上，此诗还运用了对比手法。如"吹台"盛况与"军败华阳下"和"歌舞曲未终"与"秦兵已复来"的对比，这种乐哀突变，令人惊心。这样写，句与句之间，层与层之间，平缓与急迫相对峙，使诗篇充满了情绪的张力，强化了抒情的浓度。末句"身竟为土灰"与"梁王安在哉"前后照应，浑然一体。全诗借古喻今，表现了对曹魏政权倾覆的惋惜和哀叹。其艺术成就，对庾信的《拟咏怀二十七首》、陈子昂的《感遇诗三十八首》等都有影响。

论曰：嘲讽成高手，庙堂情怎堪？喻今从借古，故事已包函。

张华

张华（232-300），字茂先，出身庶族，今河北固安人。少年即好文史，博览群书，是西晋学者、诗人。晋武帝时因伐吴有功，进封广武县侯。历任侍中、中书监、司空等。后因拒绝参与赵王司马伦和孙秀等篡权阴谋，被杀。著有《博物志》，后人辑本《张茂先集》。

情诗五首·其五

　　游目四野外，逍遥独延伫。
　　兰蕙缘清渠，繁华荫绿渚。
　　佳人不在兹，取此欲谁与？
　　巢居知风寒，穴处识阴雨。
　　不曾远别离，安知慕俦侣？

　　张华在太康前后诗歌内容淡薄，开始走向形式主义，讲究辞藻华美。但他的《情诗五首》，语浅情深，不失为佳作。其五是较为著名的一首，写游子对妻子的思念之情。诗的开篇写游子在野外游览。起句虽然平淡，好像悠闲自在；但通过"游目""延伫"字眼，我们可以读懂游子内心深处有一种孤独寻觅之感，可以看到一个孤零地、长久地站在野外的情景，迷茫愁情跃然纸上。这里的"游目"是随意观览、毫无目的之意。随后游子看到了清渠边的兰蕙、绿洲中的花儿，是那么芬芳，又是那么美丽，一种睹物生情之感油然而生，引发了游子对妻子的思念之情。但是，游子孤单在外，妻子不在身边，既没办法共赏，又不能让她佩戴兰草蕙花。这里的"佳人"指妻子。中间四句是诗人面对特定的景物引起的特定的情绪反应，这种写法是古代诗歌作品中常见的表现手法。比如《古诗十九首·涉江采芙蓉》："涉江采芙蓉，兰泽多芳草。采之欲遗谁？所思在远道。"后面四句转入写游子内心的感受，是诗的精彩处。"巢居知风寒，穴处识阴雨"是说巢居在树上的鸟最能感受风寒，住在洞穴中的虫子也最能感知阴雨。"穴处"指虫蚁等。这两句化用《汉书·翼奉传》的句意："犹巢居知风，穴处知雨，亦不足多，适所习耳。"意思是只有身临其境、切身体验，才能够知道其中的滋味。结尾两句运用反诘的语气，更加对妻子的思念，也含有深切的人生体验，与哲学家托马斯·卡莱尔所说"没有在深夜痛哭过的人,不足以谈人生"有异曲同工之妙。这段写得情真意切,十分感人。

这首诗不用更多的词汇解释,直白顺畅,语浅情深,由见景思情到切身感触,让人亲临其景、如闻其人,也让人深受感动。沈德潜在《古诗源》中说它"油然入人"。

论曰:兹兹兰蕙秀,念念赠予谁?一片真情意,油然沁入脾。

潘岳

潘岳(247-300),即潘安,字安仁,今河南郑州人。曾任河阳令、著作郎、给事黄门侍郎等职,后为赵王司马伦等所杀。西晋文学家,能诗赋,与陆机齐名,是"二十四友"首领。岳美姿仪,少时出门,常为妇人投果满车而归,传为佳话。潘安之名始于杜甫《花底》诗"恐是潘安县,堪留卫玠车",后世遂以潘安称之。明人辑有《潘黄门集》。

悼亡诗三首·其一

荏苒冬春谢,寒暑忽流易。
之子归穷泉,重壤永幽隔。
私怀谁克从?淹留亦何益?
僶俛恭朝命,回心返初役。
望庐思其人,入室想所历。
帏屏无髣髴,翰墨有馀迹。
流芳未及歇,遗挂犹在壁。
怅恍如或存,周惶忡惊惕。
如彼翰林鸟,双栖一朝只。
如彼游川鱼,比目中路析。

春风缘隙来，晨霤承檐滴。
　　寝息何时忘，沈忧日盈积。
　　庶几有时衰，庄缶犹可击。

　　此篇是诗人悼念亡妻之作，一组三首，是他的名作，也是较早的悼亡诗。所选第一首，字里行间流露出对妻子去世的悲痛欲绝，感情是真挚的。

　　全诗可分三层来解读：

　　前八句为第一层次，交代时间及徘徊坟丘时所感。大意是：时光荏苒，冬春轮回，离开爱妻一年了。临行前依依不舍地徘徊坟丘，心情十分沉重，又引起他的悲伤、怀念。面对层层土壤相隔，已经无法唤回妻子，留在这边也没必要了。现在服丧完毕，须按规定复职。"冬春谢"指一年过去了。"流易"是变换之意。"之子"指亡妻。"穷泉"指地下、深泉之意。"私怀"指永不分离的愿望。"僶俛"是勉力之意。"初役"指这次归家之前所任官职。古代礼制，妻亡，丈夫服丧一年。

　　中间八句为第二层次，写望庐入室时所见所感，深切感人。开头两句总写对亡妻的悼念，紧接着写具体所见所感。大意是：望着住宅，入室睹物，更加思念爱妻。不能在帏屏中见到亡妻，案头上的笔墨还留有余迹，香囊还散发着芳香，挂在墙上的遗物还在，这些都让诗人触景生情，神志恍惚，好像妻子还在自己的身边，心中不免有几分惊惧。"帏屏"指帐帏和屏风。"髣髴"指相似的形影。"流芳"指香囊遗物所散发的芳香。"怅恍"是神志恍惚之意。潘岳娶杨氏为妻，杨氏出身于一个书法世家，爱好书法。这里的"翰墨""遗挂"，应指生前的书法作品。而书法最能反映人的性情，也最能体现其生命特征，潘岳取材这些遗物既真实又富有深意。

　　后十句为第三层次，进一步抒发悼念亡妻之情。大意是：夫妻感情深厚，如林中双栖鸟，如水里比目鱼，现在变得孤独与凄凉。又是春风袭人，檐下春雨点点滴滴，令人哀思，难以入眠。这种哀思难以消却，如同丝雨，绵绵无休，日日在心头盈积。也许这种哀思能衰减，只有效法庄周敲击瓦盆了。《庄子·至乐》载，庄周妻死，惠子前去吊丧，见他正鼓盆而歌。这里的意思是还不能像庄子那样达观，但愿将来能做到。"翰林"指栖鸟之林，"翰"指羽。"比目"是鱼名，据说这种鱼只有一只眼睛，须两两相并才能游行。"沈忧"为深忧之意。"庶几"指也许能，表示希望。

　　此诗最大的成功就是描写细腻，富于感情，颇为感人，一改他原来追求词彩华艳之风格，成为千古名作。先是情寄于景中，而不是空泛抒情。如在徘徊坟茔中，以光阴荏苒、冬春代谢为起兴，以妻赴黄泉、重壤相隔之铺陈，极力表达诗人孤苦伶仃、痛苦思念之情，仿佛看到诗人与亡妻话别的情景，充满着依依不舍又不得不离的矛盾心理，这里笔触细腻、情景交融。又如在望庐入室所见所感中，触景生情，反复表达思念之情，是全诗精彩之处。"望庐"两句以工对出之，又互文见义，反复表达缠绵之意。紧接"帏屏"四句具体描绘睹物伤情之状，无一物不触碰思念之灵魂。这里既是实景勾勒，更是借物抒情，包含了物在人亡的悲怆。再两句直抒胸臆，其中"周惶忡惊惕"五字可谓是五味杂陈，难以言尽，深刻地勾画了诗人极度悲伤的心态神情，颇为委曲深婉。接着又以双栖单飞之鸟、比目离散之鱼自比，喻意贴切，表达了诗人内心的孤寂伤痛。"春风"两句，写春风吹隙、晨霤檐滴，既是景中情，又是情中景，比喻愁思无限。最后以典故作结，想以庄子击缶而歌的达观态度摆脱自己的忧思。结尾以乐结悲，出人意料，更加突出诗人的思念无奈、悲情无限。潘岳的悼亡诗对后人是有影响的。明人张溥辑《潘黄门集》，言潘岳悼亡诗赋文"有古落叶哀蝉之叹"，恰当地评论了诗人凄婉哀艳的风格。潘岳喜欢铺陈，但嫌笔端繁冗，不能裁节，逊古诗含蕴之妙。沈德潜《古诗源》评曰"周惶忡惊惕"五字，颇不成句法，"如彼翰林鸟"四语反浅。

　　论曰：古韵悼亡辞，潘君首创诗。人非留物在，事往感心悲。触景怀情切，重泉隔世痴。流芳难见影，满腹叹生离。

陆机

陆机（261-303），字士衡，今上海松江人。出身东吴世族，是大地主。吴亡以后到洛阳，成为当时最著名的作家。晋惠帝太安初，成都王任命他为后将军，率兵讨长沙王，兵败被害。他喜欢模拟前人，讲究辞藻和对偶。有《陆士衡集》。

拟明月何皎皎

安寝北堂上，明月入我牖。
照之有余辉，揽之不盈手。
凉风绕曲房，寒蝉鸣高柳。
踟蹰感节物，我行永已久。
游宦会无成，离思难常守。

这首《拟明月何皎皎》模仿前人写诗的痕迹比较明显。原来《古诗十九首·明月何皎皎》一诗为："明月何皎皎，照我罗床帏。忧愁不能寐，揽衣起徘徊。客行虽云乐，不如早旋归。出户独彷徨，愁思当告谁？引领还入房，泪下沾裳衣。"陆机在题目前添加了"拟"字，意在内容上。

此诗写游子的感情，算是比较真切的。前四句是说：月光从窗户外照到屋里来，感觉很亮；想用手把月光揽起来、捧起来，可是捧不到。紧接两句是说：寒风一直萦绕着我的房间，而寒蝉在高高的柳树上叫个不停。最后四句又说：我看到这些时节的景物，感到秋天来了，产生一种感伤。想到自己出门在外，已经离开家很久了。由此预见到仕途前程不顺，终会一事无成，而离别的愁思也难以常守啊！"踟蹰"即踟躇、徘徊的样子。"游宦"就是远游仕宦。

诗的语言淡雅，感情真切，不需要更多的注释，一读就懂。开头以月起兴，用"对月思乡"的传统手法点明了一个游子思乡的主题。诗人还未"安寝"，为什么呢？因为月亮很亮，又觉得余晖凉清，加上自己寂寞孤影融合在一起，思乡之情涌上心头，充满了整个房间。这样既为全诗定下基调，也为渲染气氛做铺垫。然而，诗人笔锋一转，想去捧上月光，却又捧不上。这种充满矛盾的心情油然而生，意蕴深长，耐人寻味，暗示着一种什么结果？"揽之不盈手"这句话写得很精彩，可谓神来之笔，富有情趣，后人也常常模仿学习。继而由"月"引出暮秋的节物上来，又用"悲秋"这一传统手法抒发思乡之情。"凉风"常吹，"寒蝉"常鸣，本为秋日常有，但此时此地一"绕"一"鸣"，烘衬出诗人那愁肠百结和心焦意乱之情，更增添了几分凄凉和感伤。最后四句再次点题，直抒思乡之情。"踟蹰"一句承接上文，又说明了"我行永已久"，自己瞻前顾后，也许他已经看到了仕途险恶，恐难以成就功业，而且越发"难守""离思"了。结尾点出了游宦无成，离思难守，与"不盈手"的结果相照应，收束有力。总之，诗写得比较真切，所用场景与《古诗十九首》里的基本一样。清初陈祚明批评他"亦步亦趋""性情不出"，这是很切中要害的。

　　论曰：一拟成佳作，冰轮依旧清。声声言淡雅，道出本真情。

左思

　　左思（约250-约305），字太冲，今山东临淄人。出身庶族，官秘书郎。自幼其貌不扬，连他的父亲都看不起他。因他勤奋学习，后来成为西晋最有成就的诗人、杰出的作家。他的《三都赋》使"洛阳纸贵"，闻名古今。后人辑有《左太冲集》。

咏史八首·其一

弱冠弄柔翰，卓荦观群书。
著论准过秦，作赋拟子虚。
边城苦鸣镝，羽檄飞京都。
虽非甲胄士，畴昔览穰苴。
长啸激清风，志若无东吴。
铅刀贵一割，梦想骋良图。
左眄澄江湘，右盼定羌胡。
功成不受爵，长揖归田庐。

《咏史八首》是左思的代表作，主要是借古人古事来抒写自己的怀抱和不平，实际上是一组政治抒情诗。《咏史》诗大都是叙述史实，一首诗专咏一人一事。但左思的《咏史八首》不一定专咏一人一事，变得很灵活。其实，左思的《咏史八首》是"咏史"类诗歌的变体，是"咏史"诗的新发展。他的诗，谢灵运认为"古今难比"。这首诗写自己的才能和志向，我们可以把它看成序诗。

开头四句，自述少年博学能文。"弱冠弄柔翰"，是说自己二十岁时就擅长写文章。"弱冠"是指古时男子二十岁成人，束发加冠，但体犹未壮，故称弱冠。"柔翰"即毛笔。"卓荦观群书"，写自己博览群书，才学出众。"荦"同跞。"卓跞"就是才学超绝。这两句实为互文，意思是说：我二十岁时，不仅善于弄文舞笔，而且还博览群书。紧接着两句也是互文见义，"过秦"指贾谊《过秦论》，"子虚"指司马相如《子虚赋》，意为写文章都能跟他们一样有才华。左思在这里不是"吹牛"，他著论作赋使"洛阳纸贵"，已经说明了他的才能卓越。当然，这里还可以看出他很有自负的意味，这种自负往往含有更多的牢骚。

接下四句，写自己虽然不是战士但能熟悉军事。"鸣镝"乃是战斗的信号，此处指战争。"羽檄"即羽书，古时征召的文书，上插羽毛，以示紧急，故称羽檄。"甲胄士"指战士，胄即头盔。"畴昔"是往时之意。"穰苴"为春秋时齐国人，姓田，曾任大司马，善治军，曾著《兵法》若干卷，这里指兵书。这一层是进一步说明自己不仅有文才，而且也有武略，能为国效劳。

再接四句，写自己的志气和愿望：作者放声长啸，在清风中激荡，没把东吴放在眼里。自己不是钢刀，就是铅刀也要用一用，希望得到机会施展出来。他把自己比作"铅刀"，典出《东观汉记》："班超上疏曰：臣乘圣汉威神，冀效铅刀一割之用。"拿铅刀用来谦喻自己才能低劣，这是退一步的说法。"良图"指美好的抱负。

最后四句，是说左边把东吴消灭，右边把羌胡平定，功成之后，不受封赏，归隐田园。"江湘"指长江、湘水，是当时东吴所在，所以说左。"羌胡"指五胡中的羌族，当时也是外患之一，在西北一带，所以说右。"田庐"即家园。这四句，前者雄壮，后者淡泊，这种错综复杂的感情，既表现了作者渴望建功立业，又表示不贪恋富贵，思想境界之高跃然纸上。但在门阀社会里，他出身寒门，其志向是不可能实现的。

这首诗，我们可以当作咏怀述志之作；但它成功地借助历史上的人和事以及当时的史实来抒发自己的感情，而且感情真挚，意气风发，激扬豪迈，为历史研究提供了史料，作出了贡献。在中国文学史上，咏史诗体同左思的名字便紧紧联起来了，也为我们咏史提供了范本。清代刘熙载《艺概·诗概》说："左太冲《咏史》似论体。"但是，其议论是以形象表现出来的，并不使人感到枯燥乏味。清代张玉榖在《古诗赏析》里说，左思《咏史八首》"或先述己意，而以史事证之。或先述史事，而以己意断之。或止述己意，而史事暗合。或止述史事，而己意默寓"。我认为，他对左思《咏史八首》的艺术评价最为全面恰当。

论曰：咏史成专体，谁堪比胜之？新风吹拂面，古事引为师。志述激扬迈，功名谈笑痴。诗家吟范本，浩月耀天垂。

刘琨

　　刘琨（270-318），字越石，今河北无极人。出身世族，早年的生活相当放荡。西晋末年出任并州刺史，在北方抗战多年，后投奔段匹䃅，不久被杀。工于诗赋，精通韵律。明人辑有《刘中山集》。

扶风歌

　　朝发广莫门，暮宿丹水山。
　　左手弯繁弱，右手挥龙渊。
　　顾瞻望宫阙，俯仰御飞轩。
　　据鞍长叹息，泪下如流泉。
　　系马长松下，发鞍高岳头。
　　烈烈悲风起，泠泠涧水流。
　　挥手长相谢，哽咽不能言。
　　浮云为我结，归鸟为我旋。
　　去家日已远，安知存与亡？
　　慷慨穷林中，抱膝独摧藏。
　　麋鹿游我前，猿猴戏我侧。
　　资粮既乏尽，薇蕨安可食？
　　揽辔命徒侣，吟啸绝岩中。
　　君子道微矣，夫子固有穷。
　　惟昔李骞期，寄在匈奴庭。
　　忠信反获罪，汉武不见明。
　　我欲竟此曲，此曲悲且长。
　　弃置勿重陈，重陈令心伤！

　　《扶风歌》是刘琨的代表作，在西晋是难得的佳作。"扶风"

是郡名，治所在今陕西泾阳县。这首诗被《文选》列于"杂歌"类。作者采用乐府旧题写作，写得苍劲悲凉，反映征途中的艰辛和心间的忠愤。

我们以四句为一段落，合九段成一篇。

一段以记实的方式叙述自己的征程，通过"朝发""暮宿"两个时空的转换，足见受命北去时的迅急，渲染行色匆匆的氛围。"广莫门"即晋都洛阳北门。"丹水山"即丹朱岭，丹水的发源处，进入并州境内。接着写出自己左右手所持的是像古代繁弱、龙渊那样的名弓宝剑。"繁弱"是良弓名。"龙渊"是宝剑名。这里用"弯"和"挥"两个富有动态性的词，既说明他在行程中时刻保持警惕，又体现他的英雄气概，用词生动形象。

二段转写恋阙之情。意思是：回望宫阙，廊宇高低，四檐飞甍；抚今思昔，情不自禁地"据鞍长叹息，泪下如流泉"。"御"即列。"据"是靠着。这里用"俯仰"，可以理解为急行中的车辆起伏和宫中廊宇的高低两种形态，一个是动态的，一个是静态的，浑然一体，描绘形象生动，一举两得。那么，为什么会恋阙而动情呢？因为作者年轻时，在洛阳城里曾有过诗酒从容、文友会聚的一段优游生活；而现在已到了"国已不国"的地步，往事如烟，归来无期，这使他心情不能不有所留恋。

三段写途中小憩：系马在长松下，卸鞍在丹水山头；天气已经是秋末了，那烈烈悲风和泠泠涧流的声响交织在一起。"发鞍"即卸鞍。"高岳"应该指丹水山。"烈烈"为象声词，形容风的声音。"泠泠"是形容水声清越。这四句为偶句，音韵也谐协，烘染出一幅秋山景象以及旅途小憩场景。

四段写小憩中的心情：站在高岳上挥手告别了，已是哽咽无言；只有空中的浮云为我凝结，归鸟也为我回旋不去。"相谢"意为相辞诀别。"结"意为集结。"旋"意为盘旋。通过浮云凝结、归鸟盘旋，进一步渲染了自己的悲情。这是借物兴悲之笔，增强抒发情感。

五段转写一时心中之想：这时离家渐远，前路茫茫，不知未来是生是死？在这荒山穷林中，只有抱膝独坐，真是悲哀之极。"摧藏"是极度悲哀之意。这是作者内心的真实表白。

六段镜头又转到当前的困境：身在穷林之中，唯与麋鹿、猿猴为伍。资粮乏绝，无以充饥，野菜可否安食？前两句为互文，指出自己周围是些麋鹿、猿猴，而且游戏自得，自叹不如，映衬出作者的困窘不堪。"资"指盘缠。"薇蕨"泛指野菜。这段和四段一样，都叠用两个"我"字，增加了真实感受的分量。

七段写自己振作精神。作者深知重任在身，不容再悲哀下去了，于是重揽辔缰，命令部从继续前行；也在绝岩中，聊自吟啸，放松心情，舒畅胸怀，也效孔丘在陈国绝粮时的态度，聊为自慰奋发，重振精神。"徒侣"指部从、部下。"君子"句用了一典故。据《论语·卫灵公》载，孔丘在陈国绝粮，子路问孔丘："君子也有穷困得毫无办法的时候吗？"孔丘答："君子虽然穷困，还能坚持。若是小人，到这个时候便无所不为了。"作者是从传统思想中找到精神支柱的。

八段笔锋却转到内心的隐忧。作者借历史上李陵对匈奴以少击众，势穷力屈，最后被迫暂降之事，抒发自己内心忧虑，道出了真正的英雄未能取信于朝廷之事实，担忧步李陵之后尘。"李"指李陵。"骞期"是说出征逾期不还。

九段是全篇的结尾，也是乐府诗常见的结束形式。作者在末尾接着说前途艰危，心忧重重，哀伤深沉，曲悲且长，实在再难以陈述下去了。"重陈"只能使自己，也使听者心伤而已。此段两两用顶真修辞手法，使句意环环紧扣，引人入胜。由此可见，结尾看似乐府诗的单纯套用，实际上也是上文的延续。

纵观全诗，除了首四句写征程的情景外，其余的都是写自己的忠愤之情。全篇风格悲壮，笔调苍凉，感情真挚。作者用直接或间接的抒情方式，反复表达了自己忠愤填膺的内心情感，多层次描写了自己身处穷窘的真实境况，也多侧面反映了乱世危局的现实环境，再见了当时的历史风貌。

论曰：扶风歌一曲，载道泪沾巾。见景皆留恋，观潮似起呻。声声愁气概，句句叹黄尘。因以真情笔，悲天动地垠。

郭璞

郭璞（276-324），字景纯，今山西闻喜人。晋南渡后，官至尚书郎。后因反对王敦谋反，被害。乱平，追赠弘农太守。博学，好古文奇字，诗理胜过情，缺乏诗味。有明人辑本《郭弘农集》。

游仙诗十四首·其一

京华游侠窟，山林隐遁栖。
朱门何足荣？未若托蓬莱。
临源挹清波，陵冈掇丹荑。
灵谿可潜盘，安事登云梯。
漆园有傲吏，莱氏有逸妻。
进则保龙见，退为触藩羝。
高蹈风尘外，长揖谢夷齐。

郭璞在西晋向东晋过渡时期，是一个比较重要的诗人，第一个大量创作游仙诗（也叫"玄言诗"）。什么是"玄言诗"呢？《诗品·序》里说："永嘉时，贵黄老，稍尚虚谈。于时篇什，理过其辞，淡乎寡味。"檀道鸾《续晋阳秋》说它是"会合道家之言而韵之"。他的《游仙诗十四首》可谓是"玄言诗"，不过作者能"变创其体"，借助形象来阐述玄理，使它带有抒情的成分。

这里介绍第一首，带有组诗的统领性质，借游仙来咏怀，表现了对现实的不满和对荣华富贵的鄙弃。开头两句以两种不同生活方式相互对照，为后面选择做铺垫。"京华"就是京都繁华之地。"窟"指出没之所。这里所说的"游侠"是指贵族子弟，经常出没在繁华的京都进行享乐生活；而山林中的隐者，远隔于红尘之外，孤独而清冷。两种生活方式，作者如何取舍？后面两句已给出答案：对前者是否定的，对后者是肯定的。这一扬一抑，转入主题。"未若"是不如之意。"蓬莱"为传说中仙人居住的海中仙岛。这里"蓬莱"与"朱门"对照，通过"何足""未若"两语意，鲜明地表达了作者的意向，那就是朱门虽荣乐，不如托身于蓬莱的隐居生活，点明了主题。"临源"以下四句，具体描写隐士的情趣：他们在水源上斟饮清波，又攀上山岗采食初生的赤芝草；在仙谷中隐居盘桓，何事还要乘云直上？"丹黄"指赤灵芝。"灵谿"泛指仙谷。"潜盘"指隐居盘桓。"云梯"直上青云，指仕途顺利。再紧接四句，引用古代贤哲的事例，加以说明。"漆园有傲吏"句中的"傲吏"指庄子，他做过漆园地方的小吏。据史料记载，楚威王派来使者请他任相，庄子说"赶快走，不要污辱我"。而"莱氏有逸妻"句中的"莱氏"指老莱子。相传他允诺为楚王相，其妻反对，把畚箕一丢便跑了，老莱子随妻而隐。"逸"为隐之意。这两个故事，都强调了不为仕而隐居的事实，并作为自己的论据。"进则"两句是说：如果进而求仕，为君王所见而得重用；如果退出仕途，有可能陷入困境，犹如公羊的角卡在了篱笆上，进不得，退不得。最后两句是对"进退"得出明确的结论：远离尘世之外，比伯夷、叔齐不免饿死更为高明。"谢"为辞别。伯夷、叔齐都是商代孤竹君之子，两人互让王位而逃到周文王那里；后来武王伐纣，他们又为了忠于商朝而不食周粟，逃入首阳山，采薇充饥，终于饿死。最后这个结论来得坚定爽快。

主要在说理上，诗理胜于诗情，缺乏诗味。在写作手法上，引用庄子的事迹和思想，以及《周易》的成言，引经据典，层层相逼，反复论证，借以表述自己的人生观念，体现了玄言诗的文学风气。他在诗歌里追求高洁的志向，在当时是被人所称赞的；但他把人引向玄虚的神仙世界里，逃避现实矛盾的倾向，恐怕还是消极的。

诗词史脉题解

论曰：看似玄言韵，真情咏志怀。只因高洁在，众口赞诗佳。

陶渊明

陶渊明（365-427），字元亮，晚年更名潜，字渊明，别号五柳先生，私谥靖节，世称靖节先生，今江西九江人。曾任江州祭酒、镇军参军、彭泽县令等职。因不满当时的黑暗现实，弃官归隐，躬耕垄亩。开创了田园诗，是魏晋南北朝时期最有成就的诗人。有《陶渊明集》。

归园田居五首·其一

少无适俗韵，性本爱丘山。（韵，一作愿）
误落尘网中，一去三十年。
羁鸟恋旧林，池鱼思故渊。
开荒南野际，守拙归园田。
方宅十余亩，草屋八九间。
榆柳荫后檐，桃李罗堂前。
暧暧远人村，依依墟里烟。
狗吠深巷中，鸡鸣桑树颠。
户庭无尘杂，虚室有余闲。
久在樊笼里，复得返自然。

陶渊明生活在晋宋易代的时期。这个时期，民族矛盾、阶级矛盾、统治阶级内部矛盾都很尖锐。陶渊明出身于一个没落的官僚家庭，其祖父做过太守，其父也做过地方官，在陶渊明年轻时就去世了。陶渊明第一次出仕任江州祭酒，第二次出仕任建威参军、镇军参军，第三次出仕任彭泽县令，但只有80多天便弃职而去，从此归隐田园。

陶渊明在做县令期间，心情是很痛苦的。《归去来兮辞·并序》里就说："及少日，眷然有归欤之情。何则？质性自然，非矫厉所得；饥冻虽切，违己交病。"从中可以读懂，他做县令是违背自己的本性的，所以感到很痛苦。他大声疾呼："我岂能为五斗米折腰向乡里小儿！"说完就辞官回家了。回来的第二年，就写下了《归园田居五首》。这组诗分别从辞官、居闲、农事、访旧、夜饮几个方面来写，是一个不可分割的有机整体。其中第一首是他田园诗的代表作，写于从彭泽归隐后的第二年春天。"园田居"是陶渊明居舍名，在庐山附近。

开头至"池鱼"句，是追述往事。意思是说：他从小就厌恶世俗，没有投合世俗的性格，自己的本性是热爱大自然的。误入官场一去就十三年，如同"羁鸟""池鱼"一样，很想回到原来的地方。"韵"为自然品性。"丘山"不是指一个什么山，是指大自然。"尘网"指官场、仕途，说出他是误入官场的，而且一误就是十三年。"三十年"应该是"十三年"之误，从他开始做祭酒到县令刚好十三年。"羁鸟"指被关在笼中之鸟。诗人以"羁鸟""池鱼"自喻，意思是诗人和它们一样，很想回到大自然里去，现在终于回来了。

"开荒"以下十句，是写他归隐以后的生活，领略田园的风光。先是笨拙地开荒劳动，经过努力，现在宅旁有十几亩地，房间也有八九间，还有榆柳、桃李在自家前后，很茂盛。接下来他给我们描绘了田园优美和宁静的场景，炊烟依依，鸡犬相闻，过着和平安宁的生活。"守拙"指不善于官场的投机逢迎，是相对官场"机巧"说的，现在机巧派不上用场了。"方宅"的"方"不是四方之意，是"旁"之意，指宅旁。"墟里"即村落。

最后四句，是说隐居家里，没有尘俗杂事来干扰，又有闲暇时间，自己的内心也感到很清静，重获自由，一种欣喜舒畅之情溢于言表。"尘杂"是指尘俗杂事。"虚室"，这里用《庄子·人间世》里的典故，是说心中空净安闲而无名利之念，指心室，喻自己的内心。"余闲"指可以自由支配时间了。"樊笼"是关鸟兽的笼子,比喻官场。

此诗的思想内容和艺术风格都具有特色。全诗以"归自然"为主线贯穿始终,且首尾照应,结构严谨。诗的开头提出了为什么要"归"的理由,为全诗定下一个基调;结尾处"久在樊笼里"与开头"误落尘网中""复得返自然"与"性本爱丘山"前后呼应,又是点题之笔,显得天衣无缝,浑然一体。全诗繁简得当,语气顺畅。如"方宅十余亩,草屋八九间",这是简,以此表明生活之简朴。但在写田园风光时,园田、草屋、榆柳、桃李、远人村、墟里烟、狗吠、鸡鸣等一一展现在我们眼前,这是繁,诗人给我们描绘了一幅素描图,真实地表现了田园的优美和宁静。在诗中,用典自然无迹。如"狗吠深巷中,鸡鸣桑树颠",这二句套用汉乐府《鸡鸣》"鸡鸣高树颠,狗吠深宫中"的成句,把"宫"换成"巷",把"高"换成"桑",只点化两个字,看似信手拈来,却把农村特有的环境特征给勾画出来,和整个农村画面和谐统一。其实这两句也是以动写静,收到了很好的艺术效果。又如"户庭无尘杂,虚室有余闲",这里的"虚室"又用《庄子》的典故,用得很贴切,含而不露地把自己的内心清静给表达出来。这首诗还能用白描手法,把田园的远近景色描绘得错落有致、有声有色。诗中多处运用对仗句、比喻句,且语言明白清新,犹如白话,质朴无华。陶渊明所开创的田园诗,从诗歌史上看对后人影响很大,方东树谓其"衣被后来,各大家无不受其孕育者,当与《三百篇》同为经"。

论曰:不爱官场爱自然,归来墟里作耕田。安闲舒适吟农事,此韵衣被百世年。

庚戌岁九月中于西田获早稻

人生归有道,衣食固其端。
孰是都不营,而以求自安?

开春理常业，岁功聊可观。
晨出肆微勤，日入负耒还。
山中饶霜露，风气亦先寒。
田家岂不苦？弗获辞此难。
四体诚乃疲，庶无异患干。
盥濯息檐下，斗酒散襟颜。
遥遥沮溺心，千载乃相关。
但愿长如此，躬耕非所叹。

庚戌岁，是晋安帝义熙六年。这一年是诗人辞去县令归园田居的第六年，诗人已经是四十六岁。"早稻"应是"旱稻"之误。题目说"获早稻"，但没有直接描写如何收获早稻，而是写诗人长年的生活劳动以及获早稻的感慨。

全诗每四句为一层次：一是开头四句，是说人生的归宿是有规定的，是以谋求衣食为开端的。如果连衣食都不经营，还谈什么安身呢？"道"可作常理之意。开篇直接展开议论，强调从事生产劳动的重要性。诗人先从传统文化的"道"与人生的"衣食"并举，论点非常鲜明；又以设问句式对答，强调意味浓厚——也许这是他强调"自安"的一种最原始、最朴素的理由吧！二是"开春"四句，是说一开春就抓紧耕作，到年底收成还算可观。早晨出门做些轻微的劳动，到太阳下山才扛着农具回家。"常业"指农务，这里指耕作。"肆"是操作的意思。这几句似乎很平淡，在谦辞"微勤"中体现勤劳。"晨出"一联，借用了《击壤歌》"吾日出而作，日入而息"之句，增添了诗意蕴含的浓度。三是"山中"四句，是说山中有很多霜露，天气也比平原冷得早。农民怎么不感到辛苦呢？只是摆脱不了这种艰难罢了。"风气"当气候讲。"弗获"是不得之意。前面四句是写自己的劳动情景，突出一个"勤"字；而这四句是扩大来写农家的艰苦劳动，突出一个"苦"字。对比起来，自己的劳动还比较轻松一些，包含自慰之情。四是"四体"四句，是说四肢诚然感到疲乏，但或许能避免意外的灾难。劳动之后，盥洗完毕，可以在屋檐下休息，喝酒散心，也是件乐事呀！"庶"是大概、可以之意。"异患"是意外的祸患。"干"是犯、扰之意。这几句转写自己以苦为乐，乐在其中。五是最后四句，是说远隔千年的长沮、桀溺的心情竟能同自己的想法相通；但愿能长期这样劳作，我不会为亲身耕作而叹，也不会感到遗憾。"沮""溺"分别指长沮和桀溺，这两人都是春秋末期的隐士。传说这两人曾对来探听渡口的子路说，天下这样混乱，你与其跟着孔丘到处奔波，不如跟着隐士避世。"躬耕"是亲自耕作。这几句表现出诗人隐居归田劳动的决心。他不以劳动为耻，不肯出卖灵魂换取荣华富贵，确实是很可贵的。

  陶诗的艺术风格是平淡的，打破了百年来被玄言诗所统治的历史，给诗坛带来新的气象，功不可没。他写眼前物、身边事，而且给人一种亲切、朴素的感觉。如"盥濯息檐下，斗酒散襟颜"，白天劳动一天，傍晚回家在房檐下洗一洗，喝点小酒，解除劳动的疲劳，写得很有生活气息，是对苦乐人生的一种态度。但这种"淡"是很有味的。苏东坡说过："质而实绮，癯而实腴。"诗中用朴素的语言说明一些生活哲理，很有说服力，也达到了情与理的统一。如"人生归有道，衣食固其端"，简直像格言一样，言浅而意深。另外，此诗还擅长逐层逐句作转，从多次转势中找到平衡点。正如清代邱嘉穗《东山草堂陶诗笺》卷三所言："陶公诗多转势，或数句一转，或一句一转，所以为佳。余最爱'田家岂不苦'四句，逐句作转。其他推类求之，靡篇不有。"

  论曰：题稻无吟稻，诗歌却有情。浅言皆厚意，岁月寄田耕。

饮酒二十首·其五

  结庐在人境，而无车马喧。
  问君何能尔？心远地自偏。

采菊东篱下,悠然见南山。

山气日夕佳,飞鸟相与还。

此中有真意,欲辨已忘言。

　　正值东晋灭亡前夕,诗人感慨甚多,借饮酒来抒情写志,前后共写二十首《饮酒》。这组诗有自序,我们可以了解诗人的心迹:"余闲居寡欢,兼比夜已长,偶有名酒,无夕不饮。顾影独尽,忽焉复醉。既醉之后,辄题数句自娱。纸墨遂多,辞无诠次。聊命故人书之,以为欢笑尔。"组诗中最为脍炙人口者,大家都推第五首。这首诗大约作于诗人归田后的第十二年。

　　"结庐"两句开门见山,说自己虽然也居住在人世间,但并没有与世俗交往。"结庐"是建造住宅的意思。"车马"在当时只有富贵人家才会有,所以应该特指当时的豪贵们。门前没有车马喧,说明与人交往很少,特别与权贵们没有交往。"问君"两句问自己:为什么能做到这样呢?是因为只要存心远离这个尘俗社会,那么,尽管是在喧闹的地方,也会觉得在偏僻的地方一样。"君"是指自己,"问君"是一个设问句。"心远"是本诗警句,中含妙道。"采菊"两句为名句,是说自己在东篱边随便采菊,偶然间抬头见到南山。这里的"南山"是指庐山。"见"字在《昭明文选》里作"望"字。关于这个问题,苏东坡曾说过:"因采菊而见山,境与意会,此句最有妙处。近岁俗本皆作'望南山',则此一篇神气多索然矣。"(《东坡题跋·题渊明饮酒诗后》)因为"望"字,是有意而望;而"见"是无意间看到的,诗人是在悠然的状态中自见的——"见"与"望"一字之差,境界大不一样。"山气"两句是说:南山的气象在傍晚时分非常好看,飞鸟成群结伴而还。"相与还"是结伴而归的意思。诗人写"飞鸟"比较多,有人统计过,还有十三处,大都有比喻或象征的意义,说明他很喜欢用这个意象。这里与上句用顶真格起,非常紧凑。最后两句说,他从南山的景象里悟出人生的意义来,本想说明白,却又不能够用语言说出来。"此中"指向多义,内含丰富,这里应指隐逸生活。"真意"

是说人生的真正意义。"辨"就是辨清的意思。所谓"忘言"，指忘掉言语，其真正的意思是：恬美安闲的田园生活才是人生真谛。而这种"真意"，只能意会，不可言传，也无需叙说。

这首诗除了包含陶渊明的艺术风格外，最突出的特点就是"理"，以"理"贯全篇，用朴素的语言说明人生的意义和生活的哲理。虽然是饮酒，但"醉翁之意不在酒"。诗的开篇就给我们提出了一个问题：为什么与人同在一处，就没有像别人一样，门庭若市？紧接下来以自问自答的形式，揭开其中的奥秘，那就是"心远"的缘故吧！所谓"心远"，就是摒弃名利，超脱世俗。所以"心远"了，地自然就偏了、就僻静了。反过来说，如果"心近"了，再偏僻的地方，也会主动去攀登权贵的门，追求那种"车马喧"的热闹。这个道理到今天也是如此。可以说，前四句就是写他精神上所产生的感受，寄情高妙，说理透彻。如果说这个道理还比较抽象的话，那就从自然界找答案。一次采菊中，偶然抬头见到了南山，并且从南山的气象里悟出了人生的道理——这并不是有意地去寻找什么，而是不期而遇的一种境界。接下来，他马上回答看到了什么：夕阳里一群一群的飞鸟结伴而归。自然界是如此，而人也应该如此。南山是什么？就是自己归宿的地方。所以，自己的归隐也是自然法则使然。这些道理，如果直接写出来，诗就变成论文了。诗人善于从自然界中领悟意趣，巧妙地把人生哲理寄寓在景象之中，达到情、景、理的统一。正如王国维在《人间词话》中说："无我之境，以物观物，故不知何者为我、何者为物。"

论曰：饮酒组诗吟，真情贯古今。心中藏理境，意味百千寻。

谢灵运

　　谢灵运（385-433），今河南太康人，出身于世族大地主，是东晋名将谢玄的孙子。十八岁袭封康乐公，所以称谢康乐。刘裕建立宋朝后，降为侯，曾任永嘉太守、侍中、临川内史等职，后因谋反被杀。他摆脱东晋玄言诗风，开创了山水诗。有辑本《谢康乐集》。

登池上楼

潜虬媚幽姿，飞鸿响远音。
薄霄愧云浮，栖川怍渊沉。
进德智所拙，退耕力不任。
徇禄反穷海，卧疴对空林。
衾枕昧节候，褰开暂窥临。
倾耳聆波澜，举目眺岖嵚。
初景革绪风，新阳改故阴。
池塘生春草，园柳变鸣禽。
祁祁伤豳歌，萋萋感楚吟。
索居易永久，离群难处心。
持操岂独古？无闷征在今。

　　由于刘裕采取压抑世族的政策，谢灵运降公爵为侯爵，心怀愤恨，永初三年迁为永嘉（今浙江温州）太守。他到那里后，不怎么理政，经常出去游山玩水，一年后索性回家隐居。这首诗就是到任太守后第二年初春所写，"池上楼"就在永嘉郡。他开创了山水诗，这首诗是他的代表作。

　　此诗开头十句写自己仕途失意的苦闷以及为排遣这种苦闷而登楼。"潜虬"两句以比兴开篇，是说潜身在深渊的虬龙现其幽

诗词史脉题解

雅的风姿，高飞的大雁响彻悠远的鸣声，它们各有所顾，真是如何选择？"潜虬"喻隐士。"飞鸿"喻做官的人。"薄霄"两句是承上两句所说的：飞入高空，自愧不如鸿雁声远；隐居又自愧不如虬龙风姿。实际上是说求官也罢，退隐也罢。"薄霄"喻接近朝廷，"薄"是迫近，"霄"为高空。"云浮"指飞鸿，喻居高位者。"栖川"喻退隐。"渊沉"指潜虬，喻隐士。"进德"两句把上句的意思直接点明了，指出做官没有施德的才智，退隐又没有耕作的力气，这就是进退两难的原因吧！"徇禄"两句是说：自己不愿意来到偏远的海滨做官，又卧病不起，面对的是光秃秃的树林。"徇禄"是委屈求官。"穷海"指永嘉郡，它靠海边。"衾枕"两句是说：由于长期卧床，不知外面的季节变化，今天支撑起来，登上层楼去看看风景吧。"衾枕"代指卧床。"褰开"指掀开帷帘。"窥临"指登楼临眺。接下六句是写登楼远眺所看到的景致，是本诗最精彩的部分。"倾耳"两句是说：侧耳倾听，涛声阵阵；举目眺望，高山峻岭。这里耳目对举，从听觉和视觉两个方面来写。"岖嵚"形容山的高峻，这里指雁荡山。"波澜"指瓯江之水。"初景"两句是说：初春的阳光驱散了暮冬的残风。新年的阳春改变了旧年的寒天。这是抓住气候的变化来写，天气已经新旧转换了，写出喜悦的心情。"绪风"指冬日的残风。"绪"本义是丝，引申为残余。"新阳"是新年的春天。"故阴"指旧年的寒冬。"池塘"两句是说：楼前的池塘四周长满了春草，园里的柳枝上也变换了鸣鸟。这是从近处描绘了一幅春景图。最后六句是写登楼观景后的感触。"祁祁"两句是说：面对着春色满园，想起了豳风里的悲伤之歌，想起了楚辞里的"招隐士"的诗篇，真是感慨不已。"祁祁"是众多的样子。"萋萋"形容草长得茂盛的样子。"索居"两句是说：索居离群容易感到岁月漫长，难以安下心来。最后两句是说：哪里只有古人才能坚持节操呢？今天隐居的人同样也没有烦恼。"无闷"指避世而无烦恼。"征"是验证之意。这是诗人打定隐居的主意了，约半年之后就归隐祖居。

这首诗写出他那孤清的情调，也流露出政治失意的孤愤心情。诗风也开始摆脱了东晋玄言的影响，在艺术手法上有三个特点：一是设喻生动形象。像"潜虬""飞鸿""薄霄""云浮"等，皆属喻象。二是句子多用对仗。尤其是第二层次六句写景，对仗十分工整，又不落斧凿的痕迹，读起来朗朗上口。鲍照在评谢诗时说："谢五言如初发芙蓉，自然可爱。"元好问也说："池塘春草谢家春，万古千秋五字新。"三是化典入诗。如"祁祁伤豳歌，萋萋感楚吟"，这两句各用一个典故，表达自己的感叹。上句用《诗经·豳风·七月》里"春日迟迟，采蘩祁祁。女心伤悲，殆及公子同归"的句意，下句用《楚辞·招隐士》里"王孙游兮不归，春草生兮萋萋"的句意，化用自然贴合。谢所写的山水诗，几乎每首都有名句。除本诗"池塘生春草，园柳变鸣禽"外，还有其他的诗句，如"春晚绿野秀，岩高白云屯""野旷沙岸净，天高秋月明""林壑敛暝色，云霞收夕霏"等，皆为名句，给人以清新的感觉，摆脱了东晋玄言诗风。但谢诗雕琢字句，又多用对仗，不免流于丽词堆砌，所以往往有名句，没有佳篇。他与陶渊明比，陶写山水是追求情景交融、物我合一，而谢的山水诗里大都是情景割裂的，一比较，高下立判。刘勰在《文心雕龙》里说："俪采百字之偶，争价一句之奇。情必极貌以写物，辞必穷力而追新。"另外，结尾所写的情调比较孤凄，与前面所看到的欣欣向荣的景象不能统一，而且思想消极，这些是不可取的。

论曰：因由公爵失，愤懑化潜虬。句句孤清境，声声苦楚愁。

鲍照

鲍照（约414-466），字明远，今江苏连云港人。出身寒微，曾经从事农耕。少年就有文才，曾任南朝宋临海王刘子顼前军参军。后刘子顼起兵失败,鲍照为乱兵所杀。他继承建安传统,擅长七言歌行,是一个杰出的诗人。有《鲍参军集》。

代出自蓟北门行

羽檄起边亭,烽火入咸阳。
征骑屯广武,分兵救朔方。
严秋筋竿劲,虏阵精且强。
天子按剑怒,使者遥相望。
雁行缘石径,鱼贯度飞梁。
箫鼓流汉思,旌甲被胡霜。
疾风冲塞起,沙砾自飘扬。
马毛缩如猬,角弓不可张。
时危见臣节,世乱识忠良。
投躯报明主,身死为国殇。

鲍照是南北朝时期继承建安传统、学习民间乐府,并取得杰出成就的诗人。《代出自蓟北门行》是这方面最有名的作品。"代"是拟、摹仿之意。"蓟"是古燕国都城,今北京一带。

诗歌开头四句,就表现了边亭告警的紧急情况:敌人入侵了,告急的文书和烽火,从边亭传到了京城。朝廷接到报警后,立即征调骑兵,屯驻广武,分遣精兵,出救朔方。"羽檄"和"烽火"互文见义,强化了军情的危急,为后面的战斗埋下了伏笔。这里的"边亭"是边境上的哨所。"广武"为县名,今在山西的代县西边。"朔方"为郡名,今在内蒙古自治区鄂尔多斯市一带。"严秋"四句进而写敌军装备精良、阵容强大;而天子接报后,按剑震怒,不断派使者传达命令。"筋竿"指弓箭。"遥相望"指使者遥遥相望、一个接一个的样子。四句有力地暗示一场殊死搏斗即将展开,紧急督战意味强烈。"雁行"四句接着写战士们进军迎战,军中的箫鼓传出汉军豪情壮志,旌旗和铠甲都蒙上了胡霜。这四句颇有先声夺人气势。"雁行"和"鱼贯"是形容队伍行列整齐而有阵势。"疾风"四句写边疆的气候环境：疾风冲塞而起，沙砾满天飘扬。马身蜷缩如猬，角弓冻结，难以拉开。把边塞风光与战地生活紧紧衔联，真实地表现了士兵的艰辛。最后四句是全诗的精华：自古以来的忠节之士，都是在严峻考验中识别出来的，表达了将士们誓死卫国的决心。联系鲍照一生的遭遇来看，这几句也含有一点牢骚的意味，是发自内心的感慨。

此诗在思想与艺术上达到较为完美的统一。全诗情节紧凑曲折，按照战争的发生过程，由边亭告警、天子命令、使者促战、征骑分兵、英勇奋战、誓死卫国，到最后死为国殇的高潮作结。在上述紧凑情节中，各种生动画面不断交换穿插，以及敌我双方力量展现，使战争场面十分广阔和激烈。尤其"雁行"四句，通过"缘、度、流、被"四个连贯动作，增添了紧张气氛，又是传神点睛之笔。诗人擅长比喻手法，读起来形象逼真。像"雁行""鱼贯"形容队伍行列整齐，又体现阵势，场面壮观。又如"马毛缩如猬"，也是形容边塞极端的气候环境，比喻生动，扩张了想象空间。诗的最后化典屈原的《九歌·国殇》，表现了诗人"身既死兮神以灵，魂魄毅兮为鬼雄"的思想境界，实际上是寄托了自己的愿望。

诗人生在南朝，没有边塞生活的直接经验，只凭想象去写，也写得有声有色，是很不容易的。值得一提的是，这首诗拟古而不泥于古，不拘泥于古题，这正表现了诗人的创造性。沈德潜在《古诗源》里说："明远乐府，如五丁凿山，开人世所未有。后太白往往效之。五言古亦在颜谢之间。"其实不止李白，杜甫、高适、岑参都有效仿之。

论曰：拟古有新声，诗肠情满盈。函心发骚味，述志自分明。

谢朓

谢朓（464-499），字玄晖，今河南太康人。和谢灵运同族，有"小谢"之称（谢灵运为"大谢"）。曾任宣城太守，也称"谢宣城"。后因事牵连，下狱而死，只活了三十六岁。擅长山水诗，与沈约等共创"永明体"，讲求声律。有《谢宣城集》。

晚登三山还望京邑

灞涘望长安，河阳视京县。
白日丽飞甍，参差皆可见。
余霞散成绮，澄江静如练。
喧鸟覆春洲，杂英满芳甸。
去矣方滞淫，怀哉罢欢宴。
佳期怅何许，泪下如流霰。
有情知望乡，谁能鬒不变？

谢朓擅长山水诗，《晚登三山还望京邑》是很有名的一首。"三山"在今南京市西南，上面有三峰，南北相接，故称之。"三山"也是从京城建康到宣城的必经之地。"京邑"指当时的首都建康。

全诗十四句，写傍晚登上三山，遥望京邑，见到了春晚之景，引起了思乡之情。前两句交代离京的路程，自喻登山还望京邑，如同王粲和潘岳当时的心情。"灞"即灞水，源出蓝田县，流经长安灞桥。"涘"即岸。大家要注意的是，谢朓不是在灞陵，也不是在河阳，他所望的也并非是长安和洛阳，这里是借用了王粲和潘岳的典事。中六句写景，描绘登山所望见的景色：日光照射在飞甍的屋脊上，屋脊高高低低，历历在目。天边的晚霞铺展开来像一匹彩缎，澄清的江水伸向远方如同一条白绸子。江洲上落满了喧闹的鸟儿，芳甸上开满了各种的花儿。"丽"是附着之意。

"飞甍"形容屋檐凌空，如鸟儿展翅。"余霞"为晚霞。"覆"为遮盖。"甸"为郊野。这几句写得壮丽辉煌、视野开阔，且细腻生动。最后六句写情：自己将要离开京城，久留他乡（宣城）。此刻是多么怀念那些欢宴生活啊！现在还乡无期，惆怅泪下。这样怀着望乡之情，谁能不白了头发呢？"方"是将之意。"滞淫"是久留。"佳期"指还乡之期。"何许"即何处。"霰"是雪珠的意思。

　　此诗的艺术成就可圈可点。开头一上来就借用王粲和潘岳的典故，直接化用王粲的《七哀诗三首·其一》"南登灞陵岸，回首望长安"和潘岳的《河阳县作诗二首·其二》"引领望京室"的句意，深切表达了自己的心情和王粲、潘岳一样留恋首都。接下来，诗人扣住题意，发挥他剪裁景物的功力，将登临所见的景色，清楚地概括在中间六句诗里，而且炼字功夫真绝。如"丽"字本有"附着""明丽"两个意思，这里可兼取二义。有人说，"静"字应是"净"字。其实，与"净"相比，"静"字写境更为传神。诗人也善于炼虚字，如"去矣""怀哉"两虚词对举，使语气情态产生了摇曳的节奏感。在比喻上也精彩，如"飞甍"，把屋脊比作鸟儿展翅，形象逼真；又如"余霞散成绮，澄江静如练"二句，比喻不仅有色彩的对比，也有动态与静态的对比，而且"绮""练"这两个喻象给人以柔软的感觉。李白对此给予点赞，他说："解道澄江静如练，令人长忆谢玄晖。"在抒情方面，善于层层推进。尤其说到还乡无期的时候，把感情又起一层波澜。结尾两句由己及人，意为这种离乡之愁，谁也不敢保证黑发不会变白。最后以哀情收束，情绪低沉，与前面所写的乐景不相称，反映了诗人思想境界的局限性。正如《诗品》所说："善自发诗端，而末篇多踬，此意锐而才弱也。"

　　谢朓写景的名句相当多，这是他的一大特色。除了本诗"余霞散成绮，澄江静如练"外，还有像"大江流日夜，客心悲未央""江路西南永，归流东北骛。天际识归舟，云中辨江树""远树暧阡阡，生烟纷漠漠。鱼戏新荷动，鸟散余花落"等，都是写景有名的句子。沈德潜曾评论谢朓说："玄晖灵心秀口，每诵名句，渊然泠然，觉笔墨之中，笔墨之外，别有一段深情妙理。"

从以上可以看出，谢朓的山水诗既吸取谢灵运的那种细致和真切的长处，又摆脱了玄言的尾巴，避免谢灵运晦涩呆板的毛病，形成一种清新流畅的风格。大家应注意，这时候（齐、梁、陈）"新体诗"已经出现。因为永明年间谢朓跟沈约一起开创了新体诗，所以也叫"永明体"。所谓的"四声切韵"以及"八病"等学说，也在这时候出现，开始讲究声律、对偶的作品。

论曰：一路风光揽，抒情融景中。诗篇抠字眼，笔力显神功。

何逊

何逊（约466-约519），字仲言，今山东郯城人。八岁能诗，弱冠州举秀才。曾任尚书水部郎、庐陵王记室，后人称"何记室"或"何水部"。诗与阴铿齐名，文与刘孝绰齐名。明人辑有《何记室集》。

相送

客心已百念，孤游重千里。
江暗雨欲来，浪白风初起。

这是一首送别诗，写得精巧清新，很像谢朓手法。开头两句说：你离家外出，心情已经十分复杂了，何况一个人远行千里。"客"谓客居异乡之人。"百念"谓思绪繁杂、百感交集。"重"是更、加上之意。后两句是说：江上风雨将要到来了，乌云密布，江面顿时暗了下来，只见风吹卷起了白浪。

这首小诗算是较早的五言古绝，诗史上称"绝句"，从梁代始正式出现，何逊正当其时。此诗在写法上很有特色：他去送客,并不是从自己的角度去写,而是从行人的角度着想,体贴行人的心情,替行人说出了孤单之旅的思虑。尤其通过"已""重"二字构成了递进关系,进一步加重了这种复杂感情的浓度,在字里行间也蕴含着送者依依难舍之情。三、四两句,既是相送时江上的即景,又是借景寓情,含有深意。"山雨欲来风满楼",一场暴雨即将来临,滚滚白浪顿时从江面涌起。这云低天暗、狂风大作,分明又为客人的行程感到担忧。这不仅是诗人心忧的感情外化,而且还形象地预示着旅途中等待着他的将是恶劣环境的考验。值得注意的是,送行留别这类诗,一般多是以情作结,或惜别,或劝勉,或叮咛,或祝愿。何逊的许多此类诗篇亦多如是,唯这首以景作结,比兴之意优游不竭,耐人寻味,堪称别具一格。总之,这首诗虽小,但分量却重,联联对仗,句句精炼,风格清新,蕴含丰厚,已开唐人五绝气象。陈祚明评何诗"经营匠心,惟取神会"。沈德潜亦称其"情词宛转,浅语俱深"。

何诗里的名句比较多,除此"江暗雨欲来,浪白风初起"之外,还有"夜雨滴空阶,晓灯暗离室""岸花临水发,江燕绕樯飞"等,都是历来被人传诵的名句。

论曰:清风沁入扉,浅语韵深微。着笔经营炼,诗坛独秀巍。

阴铿

阴铿(约511-约563),字子坚,今甘肃武威人。梁时任湘东王法曹参军,入陈后官至散骑常侍。能诵诗赋,尤善五言诗。诗风清丽,风格同何逊相似,后人并称为"阴何"。有《阴常侍诗集》。

江津送刘光禄不及

依然临江渚,长望倚河津。
鼓声随听绝,帆势与云邻。
泊处空余鸟,离亭已散人。
林寒正下叶,钓晚欲收纶。
如何相背远,江汉与城闉。

这首是送别诗,是阴铿的代表作。"光禄"是官名,梁代光禄卿主管宫廷后勤杂务,"刘"是他的姓。"不及"是去为朋友送行没有赶上。首二句写自己没赶上为朋友送行,但仍然独自站在江边,依依不舍,只好在渡口远望已经离去的船只。"江渚"指江中的小洲。"津"指渡口。"依然"为依恋的样子。"长望"为远望之意。这两句勾勒出一幅目送朋友风帆离去的远望图。中间六句,我们可以把它看成两个镜头。第一是远镜头:开船时的鼓声渐渐听不见了,只看到高举的船帆和云为邻。第二是近镜头:自己还站在岸边渡口,送行的人已经散去了;看到空荡荡的离亭,只剩下几只鸟儿在那里。林寒叶落,天色向晚,钓鱼的人也要收起钓具回家了。"离亭"为渡口送行而设的亭子。不难看出,这两个镜头所取的景,色调是灰暗的,衬托出诗人心中的悲凉。最后两句是说:为什么要这样离别呢?江汉和城里相距辽远,不能见面,真是无可奈何。"江汉"指长江、汉水,是朋友要去的地方。"城闉"指城门,是诗人所在的地方。

此诗开篇直奔主题,既不介绍"不及"的原因,也不介绍与朋友的关系,一上来就写送别渡口的情景,抓住江边特有景物,睹物思人,寄情于景,情景交融,通过"依然""长望""空余鸟""已散人"等情感融入,成功地渲染出苍茫无着的气氛;又通过"声听绝""帆邻云""叶已落""钓纶收"等情景描绘,衬托出诗人内心的愁绝和无奈,也暗示着诗人即将怏怏归去。"泊处"也好,"离亭"也罢,都是朋友刚刚驻足的地方,更有睹物思人的意味。最后发出"相背远"的感叹。全诗语气平淡朴素，句子对偶灵动，情景浑然一体，情意深厚蕴藉，不失为一篇佳作。在古诗里写送别的不少，可写送别没送到人的不多。这首诗最大的成功就是取材很新鲜，感情也很深沉。尤其是在见不到朋友的情状下，一直站到"钓晚"，更能说明他对朋友的真挚，是难能可贵的。杜甫对阴铿很佩服，他在一首诗里说："李侯（李白）有佳句，往往似阴铿。"在另外一首诗里也说："颇学阴（铿）何（逊）苦用心。"可见杜甫对阴铿是很赞赏的。

论曰：送别闻声绝，听诗一首新。思怀情景合，隐见韵中人。

庾信

庾信（513-581），字子山，出身贵族，今河南南阳人。十五岁入宫，为太子萧统伴读。后出使西魏，值西魏南侵，梁元帝投降，便留在北方，历仕西魏、北周，官至开府仪同三司，世称"庾开府"。早年为梁朝宫体诗人，是融合南北诗风的开创者。后人辑有《庾子山集》。

拟咏怀二十七首·其二十六

萧条亭障远，凄惨风尘多。
关门临白狄，城影入黄河。
秋风别苏武，寒水送荆轲。
谁言气盖世，晨起帐中歌。

《拟咏怀二十七首》是庾信的代表作，因阮籍有《咏怀》诗，所以题作"拟"。在这里选第二十六首来解读。

庾信留仕北朝后，从西魏到北周还是不断有升迁的；但他心情是很痛苦的，常常面对异域风物而起感叹。这首诗就是借边塞风情抒写自己的凄凉之感。前四句是描写边关的场景。他选择亭障、风尘、关门、黄河这些典型的景物，反衬出他的羁旅之地与家乡之遥，抒发了浓郁的乡关之思。"白狄"是春秋时代狄族的一支，此处泛指北方少数民族疆域。"城影入黄河"一句，因为诗人看不见故园的山水，他想象黄河的那一头，应该是故乡的城池吧？后四句是抒发自己的愁怀。连用三个典故，说明诗人善于化典。"秋风"句借李陵送别苏武之事，以李陵来比喻自己，寓意自己不得南归。"寒水"句是借送别荆轲入秦之事，也是以荆轲自比，寓意自己当年出使西域竟不能重返故国。"谁言"二句化用项羽自刎之事，来比喻梁朝之亡，再想回去也去不了，既有英雄气概，也是莫可奈何！这正是庾信诗歌里的中心思想。

  此诗借自己的身世遭遇以及怀念故地的感情，描绘出萧条凄惨、秋风寒水之境，写得苍凉萧瑟，但仍给人以清新之感。无怪乎杜甫称之为"清新庾开府""庾信文章老更成，凌云健笔意纵横""庾信平生最萧瑟，暮年诗赋动江关"。沈德潜也说他"造语能新，使事无迹"。

  大家应注意，诗体发展到这个时期，越来越接近律诗了。该诗体裁是五古（五言古诗），但已经接近五律了。从律诗的要求来看，中间两联是对仗，而且很工整，也注意平仄相对。全诗用了标准的"五歌"韵，除第二句为三平调以及联句之间有失粘外，其余都暗合五言律诗的规则，可视为唐人五律的先声。

  论曰：清新庾信诗，化典迹无之。笔意深情貌，吟成动地悲。

隋唐五代作品

隋朝在诗歌史上只能算是过渡期，出现过薛道衡、虞世南等少数诗人，为渐开唐风作出贡献。像无名氏《送别诗》，更似唐人之笔。进入唐代，诗歌发展最为繁荣，其体备矣，其格具矣，其调诣矣，其人众矣。初唐诗人，如上官仪，虽然其诗歌还有齐梁宫廷诗歌面貌，但后来出现的宋之问、杜审言为律诗发展奠定了基础，"初唐四杰"扩大了诗歌的题材创作，陈子昂的感遇诗为诗歌发展开辟出一条新路。盛唐诗歌成就极其突出，流派众多，出现了李白、杜甫这样的伟大诗人，成为古典诗歌浪漫主义和现实主义的代表；还有孟浩然、王维、高适、岑参、王昌龄等一大批杰出诗人，他们的诗歌成就，是我们民族的骄傲。中唐诗歌流派也众多，以白居易为代表的新乐府运动，张籍、王建、元稹等都积极参与；还有韩愈、孟郊，崇尚奇险风格；刘长卿、韦应物、卢纶、刘禹锡、柳宗元、李贺等人，他们的代表作也都是优秀作品，各自占有一席之地。晚唐则以感伤没落为情调，虽不如盛唐，但也有杜牧、李商隐、皮日休、聂夷中等写了不少反映现实的诗歌。值得一提的是，中唐开始就有诗人学习民间词的创作。到了五代，词已正式登场了，像温庭筠、冯延巳、李煜等都留下了许多不朽的词作，为宋代词的发展高峰奠定了基石。

　　吟天咏地波澜阔，众体纷呈三百年。
　　李杜谁家不相识，千门万户拜诗贤。

薛道衡

薛道衡（540-609），字玄卿，今山西万荣人，隋代诗人。历仕北齐、北周。入隋后，官至司隶大夫，后为炀帝所害。生在北方，学习南朝诗文，与卢思道齐名，在隋代诗人中艺术成就最高。明人辑有《薛司隶集》。

昔昔盐

垂柳覆金堤，蘼芜叶复齐。
水溢芙蓉沼，花飞桃李蹊。
采桑秦氏女，织锦窦家妻。
关山别荡子，风月守空闺。
恒敛千金笑，长垂双玉啼。
盘龙随镜隐，彩凤逐帷低。
飞魂同夜鹊，倦寝忆晨鸡。
暗牖悬蛛网，空梁落燕泥。
前年过代北，今岁往辽西。
一去无消息，哪能惜马蹄？

《昔昔盐》是薛道衡的名作。"昔昔盐"是隋唐乐府题名。明代杨慎认为是梁代乐府《夜夜曲》。"昔昔"就是夜夜之意。"盐"即艳，曲的别名。

这首闺怨诗可分为四个层次来解读：

前四句写春夏之交的景物，引出思妇。大意是：垂柳已经掩盖在堤岸上了，蘼芜的叶子又变得浓密茂盛。流水正溢出芙蓉塘外，花儿随风撒落在桃李树下的路。这里以四种景物起兴，表明节物都已经发生了变化，我怎不无动于衷呢？特别是以杨柳、芙蓉这种最具传统的意象来暗示思妇的心思，达到"情在词外"的含蕴之美。

　　接着四句用典事喻思妇守空闺。大意是：我长得像采桑的秦罗敷一样美貌，我的思念也像织锦的窦家妻那样真切。可丈夫已去关山外，而我在风月中独守空闺，怎么能忍受寂寞？这里笔锋一转，从暗示转为明示。"采桑"句出自汉乐府《陌上桑》，表达其美貌。"织锦"句借苏蕙织锦的典事，表示相思。"关山"句标明遥远；"荡子"指游子，即丈夫。"风月"句使诗题更为明显，直接点明守空房的愁苦。

　　再用八句写思妇的悲苦情状。大意是：我孤独一人，长期收敛着可值千金的笑容，却整天泪流满面。我已无心打扮，雕龙的镜子收藏起来了，房间也懒得整理了，连绣凤的帷帐都没有挂起。思念让我神魂不定，夜里睡不着，就像夜鹊惊月，也像晨鸡早起。时光就这样无情地流逝，眼看屋内，昏暗的窗户上悬挂着一张张蜘蛛网，空荡的屋梁上掉落着一块块燕巢泥。这几句写得最精彩，妙在借景抒情、寄物言情，把思妇的思念之状展现出来。其中"飞魂同夜鹊，倦寝忆晨鸡"两句，完全把思妇的内心深处给形象化了，用自然界的"夜鹊"和"晨鸡"来自喻难入眠，也说明昼夜更替，时光流逝，感受到时世的变化。再有"暗牖悬蛛网，空梁落燕泥"两句，是当时传诵的名句。传说隋炀帝忌妒薛道衡写得太好，就找个茬，给他定罪并杀之。隋炀帝在杀他时说道：看你以后还能不能写出这样的句子来。当然，故事不一定可靠，但足以说明这两句诗的确很精彩。

　　最后四句写丈夫的情况。大意是：丈夫啊，你征戍行踪不定，前年还在代北，而今又到了辽西。你这一去，再无消息，你怎么那么珍惜归来的马蹄？这里通过时空的转换，表明自己的丈夫行踪不定，相见更是难上加难。"代北"与"辽西"都是边塞的地方，突出一个"远"字；"前年"与"今岁"突出一个"久"字——正因为他们相距远、时间长，她本想与丈夫团聚的希望在寂寞中破灭，于是强烈地发出长叹："一去无消息，哪能惜马蹄?"结尾处以问句形式收束,埋怨之情表露无遗。

全诗的情景明暗结合、内外关联、远近相顾,意象不断转换,情绪不断深化,结尾时达到高潮,这是艺术的成功之处;但在铺排中多以骈偶工丽的语言来表现,像"盘龙随镜隐,彩凤逐帷低"这样的句子,正是齐梁诗歌的流行写法,说明隋代诗歌还是齐梁诗风的延续。

论曰:一首闺情怨,吟风感境寒。空梁佳句出,万古盖诗坛。

无名氏

送别诗

杨柳青青著地垂,杨花漫漫搅天飞。
柳条折尽花飞尽,借问行人归不归?

隋代民歌有很优秀的作品,其中无名氏的《送别诗》就是一首很有名七言绝句。诗的前两句,以"杨柳"起兴,描绘了杨柳垂地、杨花飞天的景色,从"青青""漫漫"中让我们领略到春天的气息,交代了送别的时间。后两句以"折柳送别"这一传统意象,写主人公的焦灼心情。大意是春已尽了,柳也折尽了,而人却未归来。结处以"借问"的语气收束,更加突出地表现了主人公盼望远行人归来的急切心态。当然,古时妇人地位比男人低,这里用"借问",还不敢用"直问""敢问",用词极为讲究。

这是一首风格清新的好诗,通俗易懂,情深意切,并以"杨柳"意象贯穿始终,意脉流畅。古代有这样的风俗:在送别的时候,要折柳枝来表示惜别的意思,是"柳"与"留"谐音而为的,有寓意所在。大家应该注意到了,这首诗已经是格律诗了,完全符合近体诗的要求。其艺术手法也跟唐人的作品接近。如王昌龄所作《闺怨》："闺中少妇不知愁，春日凝妆上翠楼。忽见陌头杨柳色，悔教夫婿觅封侯。"可见这两首诗所用的意象一致、韵味相近，只不过唐人的女性更大胆点。难怪清代沈德潜说："竟似盛唐人手笔。"

论曰：起兴从杨柳，已含离别情。清新歌一曲，胜似盛唐声。

虞世南

虞世南（558-638），字伯施，今浙江慈溪人，善文辞、书法。他由陈北迁，初仕陈，再入隋为官，最后入唐为秘书监。诗品犹存陈隋体格，渐开唐风。辑有《虞秘监集》四卷。

蝉

垂緌饮清露，流响出疏桐。
居高声自远，非是藉秋风。

这是一首咏物诗，咏的是蝉。首句是写蝉的部分形状与食性。大家想想看，作者为什么写蝉的形体只点到"垂緌"？古代官帽在下巴打结所余的下垂部分叫緌，好比蝉的头部所伸出的触须。可见，这里的"垂緌"暗示着官者的身份。"清露"指清纯的露水。好了，达官贵人饮清露，这在古代似乎是不可能的。在老百姓眼里，要把官者看作是"清客"，是有矛盾甚至是不相容的——因为古代官人都是"肉食者"。但在作者笔下，却把它们统一在蝉的形象之中，这是写自身志趣操守的寄托，比喻自己虽为官人，但不同于"肉食者"，表现出自己愿意像蝉一样过着清廉的生活。这在当时是何等难得的，境界之高让人敬佩。作者在这里用笔非常巧妙，引人入胜。次句描写蝉声。作者把蝉置于梧桐树上也是有寓意的。梧桐是高树，传说中仙禽瑞鸟都愿意栖息其上。用蝉声出自梧桐树，来比喻自身的高洁；而且用一"响"字，让人切身感受到蝉鸣的力度，不鸣则已，一鸣惊人。有了这句对蝉声传播的生动描写，为后两句的发挥起到伏笔之用，结构紧凑。最后两句是全诗比兴寄托的点睛之笔。在上面备足论据的基础上，开始发出议论。这里的"居高"并非炫耀自己的官位之高，而是"登高""高瞻"的"高"，故其声能远播，并不是凭借秋风的外力才能达到的。作者别有慧心，写来贴切深刻，富有哲理意味。这种独特的感受，含蕴着一个人生真理：凡品格高尚之人，并不需要凭借某种外在势力，就能声名远扬。两句中的"自"和"非"，相互呼应，表达出作者对自己品格的高度自信，以蝉自许，怀抱胸襟，显露无遗！

这首诗的成功在于处处含比兴象征。不是就物写物，咏物须有寄托，找出物象中具有浓郁的特性。虞世南的这首诗，看似句句写蝉的形体、食性和声音，实际上句句却是暗示着诗人高洁声远的品行和志趣，物我互见。咏物诗最要义是咏人，只要抓住物与人的某些共同的具体特征，从中找到艺术上的契合点，那么咏物诗就成功了。这首诗也为后人写咏物诗提供了样本。沈德潜《唐诗别裁》有言："命意自高。咏蝉者每咏其声，此独尊其品格。"唐太宗称他有"五绝"（德行、忠直、博学、文辞、书翰），并赞叹："群臣皆如虞世南，天下何忧不理！"

论曰：托物吟神韵，蝉声赋品高。原来情自许，笔意独风骚。

上官仪

上官仪（608-665），字游韶，今河南三门峡人，是才女上官婉儿的祖父。唐贞观初进士，唐朝宰相、宫廷诗人，是初唐著名御用文人，诗风"绮错婉媚"，世称"上官体"。他总结六朝以来的对仗技巧，提出"六对""八对"学说，为后世律诗形成产生影响。著有文集三十卷和《投壶经》一卷。

入朝洛堤步月

脉脉广川流，驱马历长洲。
鹊飞山月曙，蝉噪野风秋。

此诗的创作背景，刘𫗧《隋唐嘉话》里有记载："（高宗）承贞观之后，天下无事。（上官）仪独持国政。尝凌晨入朝，巡洛水堤，步月徐辔，咏诗曰：'脉脉广川流……'音韵清亮，群公望之，犹神仙焉。"可见，是诗人入朝时即兴吟咏了这首诗。

诗的前二句，写驱马沿洛堤入朝，所看到的洛水脉脉、洛堤畅通，烘衬出入朝时的愉快心情。"广川"指洛水。"长洲"指洛堤，这里指入朝的官道。首句以洛水即景起兴，写出洛水含情的神态，传达承恩得意的神气。接句再以一个"历"字，一路上表现出那种惬意悠然的神采。后二句是神来之笔，即景抒怀。月光与鹊飞相出，蝉噪与秋风相联，既有观感，又有听觉，音韵清亮，顿觉神清气爽，十分惬意。第三句实际上化用曹操《短歌行》"月明星稀，乌鹊南飞"的意象，其意是借此景以安天下士人，以揽天下人心。

全诗看似信手拈来、潇洒自然，实际上精于筹划、巧于裁剪，各种自然景象巧妙组合，所营造的诗境给人们一种美的感受，又把自己的情绪高度融合起来，在蝉噪秋风里写出"春风得意"的感觉，极见其艺术上的功力。

论曰：诗韵含神气，情形巧剪裁。春风潇洒步，得意早朝来。

王绩

王绩（585-644），字无功，常居东皋，号东皋子，今山西河津人。隋末为秘书省正字，唐初以原官待诏门下省，后弃官还乡。他的诗风淡远，对五律的形成有所贡献。后人辑有《东皋子集》。

野望

东皋薄暮望，徙倚欲何依？
树树皆秋色，山山唯落晖。
牧人驱犊返，猎马带禽归。
相顾无相识，长歌怀采薇。

这首是山水田园诗，写的是山野秋景。首联点题，是说傍晚时分站在东皋野望，走来走去，不知道去哪里归宿。"东皋"指诗人家乡绛州龙门的一个地方，他归隐后常住这里。"徙倚"是徘徊之意。"欲何依"是表现百无聊赖的彷徨心情，不知道怎么好。这里所说的"依"，应该是指依靠的人物。颔联写静，描绘山林秋景，在夕阳的余晖中秋景更显得萧瑟。颈联写动，推出一个特写镜头：在这静谧的背景下，牧人正赶着牛犊下山，猎手骑着马归来。这里充满着田园气氛，使画面活跃起来，与上联共同勾勒出一幅山村秋晚图。尾联写情，是说环顾四周，没有一个人相识，只有与伯夷、叔齐隐士交朋友了，表达避世隐居的意思。

大家都觉得这首诗好，但好在哪里？我们回头看看：沿着诗歌史的发展脉络，从南朝一路读下来，在这里忽然读到这首《野望》，风格大变，原来诗风艳丽，好像一个贵妇浑身裹着绸缎珠宝，一下子变成一个荆钗布裙的村姑，顿觉眼前一亮，为这朴素打扮叫好。再说此诗艺术手法很有特色，尤其中间两联，落晖与秋色、远景与近景、静态与动态搭配得恰到好处，画面感也强。

又从体裁看，这首已经是五言律诗了。以前诗人有将声律的知识运用到创作过程中，但大都只在酝酿着，如小鸡还在孵育当中，还没有破壳。到了这首已经破壳了，变成一首成熟的律诗，基本章法非常符合律诗的要求，说明王绩是一个勇于尝试的诗人，这在当时是十分难得的，比大家公认的沈佺期、宋之问还早60余年，能不叫好吗？沈德潜在《唐诗别裁》里说："五言律前此失严者多，应以此章当首。"

需要指出的是，王绩虽然与陶渊明自比，但境界不如陶。他有归田隐居之意，但没有像陶一样亲自参与劳动，没有体验到劳动的乐趣，没有与农民共话桑麻，只是徘徊张望而已，结果没有一个认识的人。他也有效仿伯夷、叔齐那样隐居的意思，但情况完全不一样：王绩在隋朝时当过官还曾隐居过，入唐也当过官，对朝廷不满；而伯夷、叔齐是不愿意去当官，但忠于旧朝，所以不能相提并论。大家虽公认这首诗写得好，但思想境界有高下。

论曰：唐初吟野望，顿觉体裁殊。五律此章首，从兹道不孤。

卢照邻

卢照邻（约635—约689），字升之，号幽忧子，今河北涿州人，是"初唐四杰"之一。曾任新都尉，后为风痹症所困，自投颍水而死。他以七言歌行最好，后人辑有《幽忧子集》。

长安古意

长安大道连狭斜，青牛白马七香车。
玉辇纵横过主第，金鞭络绎向侯家。
龙衔宝盖承朝日，凤吐流苏带晚霞。
百尺游丝争绕树，一群娇鸟共啼花。

游蜂戏蝶千门侧,碧树银台万种色。
复道交窗作合欢,双阙连甍垂凤翼。
梁家画阁中天起,汉帝金茎云外直。
楼前相望不相知,陌上相逢讵相识。
借问吹箫向紫烟,曾经学舞度芳年。
得成比目何辞死,愿作鸳鸯不羡仙。
比目鸳鸯真可羡,双去双来君不见?
生憎帐额绣孤鸾,好取门帘帖双燕。
双燕双飞绕画梁,罗帷翠被郁金香。
片片行云着蝉鬓,纤纤初月上鸦黄。
鸦黄粉白车中出,含娇含态情非一。
妖童宝马铁连钱,娼妇盘龙金屈膝。
御史府中乌夜啼,廷尉门前雀欲栖。
隐隐朱城临玉道,遥遥翠幰没金堤。
挟弹飞鹰杜陵北,探丸借客渭桥西。
俱邀侠客芙蓉剑,共宿娼家桃李蹊。
娼家日暮紫罗裙,清歌一啭口氛氲。
北堂夜夜人如月,南陌朝朝骑似云。
南陌北堂连北里,五剧三条控三市。
弱柳青槐拂地垂,佳气红尘暗天起。
汉代金吾千骑来,翡翠屠苏鹦鹉杯。
罗襦宝带为君解,燕歌赵舞为君开。
别有豪华称将相,转日回天不相让。
意气由来排灌夫,专权判不容萧相。
专权意气本豪雄,青虬紫燕坐春风。
自言歌舞长千载,自谓骄奢凌五公。
节物风光不相待,桑田碧海须臾改。
昔时金阶白玉堂,即今惟见青松在。
寂寂寥寥扬子居,年年岁岁一床书。

独有南山桂花发，飞来飞去袭人裾。

　　《长安古意》是一首宫体诗。"古意"是宫体惯用的题目。所谓宫体诗，是指以宫廷为中心的艳情诗。而卢照邻则由宫廷带入市井，反映长安的盛况，揭露贵族们骄奢淫逸的生活，代替了艳情的描写，标志着宫体诗的转变，具有一定的历史意义。

　　这首诗比较长，共有六十八句，需要耐心读一读。全诗大意是：长安的大街小巷，四面通达，青牛白马以及各种木制的香车，还有皇家的华车任意纵横。王公贵族们挥起金鞭，络绎不绝。他们有的去造访公主的宅第，有的驶向王侯贵族的家门。那些龙衔华盖、凤叼流苏的漂亮车子，迎着朝阳，带着晚霞，整日里十分忙碌。长安一带环境优美，长长的春丝争先绕树，一群娇鸟在百花丛中啼叫，好像在催花开放。在众多的官门前，碧树成荫，楼台掩映，许多蜂蝶飞舞流连。楼阁间的通道上下交错，花格子窗雕成形似合欢的花案，十分美观。两边望楼高耸，殿宇相连，阙上都雕着凤凰，两翅凌空。贵族宅第雕梁画栋，楼阁耸立。还有建章宫的铜柱遥指云间，非常壮观。楼上的佳人来来往往，互不相知；即使是在路上相遇，也难以认识。向别人打听，她们美如天仙，也像弄玉一样，曾学过歌舞度过青春。如果能和这样的美人结成一对比目鱼、做成一对鸳鸯，死何辞？神仙又何羡？这才叫作成双成对好姻缘，真让人羡慕，你难道没见过吗？她们讨厌帷帐上绣一只孤零零的鸾鸟，取下来换上绣有双飞燕的门帘，那才叫好！你看，双燕绕着画栋雕梁齐飞；你闻，罗帷翠被散发着郁金香的香气。她们头上层层叠叠的黑发梳成蝉鬓，细细弯弯的月眉，还有额上涂着淡淡的嫩黄色，真是漂亮极了！这美丽的佳人从车中走出来，含娇展姿的情态和普通女子还真不一样。妖童都骑着带有连钱状花纹的宝马，歌伎舞女也乘坐着雕有盘龙形花纹的车；而御史府中的乌鸦夜里啼叫，廷尉门前的鸟雀也要栖息，真是天壤之别。再看长安大道两边，宫城隐隐可见，一辆辆华美的车子遥遥驶向石堤上。长安东南那群打猎飞鹰的少年,还有长安西北渭桥上那帮替人报仇的游侠,都耀武扬威带着宝剑,一起来到娼家共宿。娼家在日暮时分穿着紫罗裙,宛转唱着清歌,口中散发出浓郁的香气。北堂上的娼女有如明月般美丽,南陌门前的马骑更如云集。在娼妓聚集的北里,道路纵横交错,繁华"娼"盛,热闹非凡。弱柳垂地,青槐浓郁,车马杂沓,人声鼎沸,黄尘扬起,天地昏沉。连负责巡防的禁军也纷纷来到这里,鹦鹉杯里装满着翡翠绿的美酒,饮了一杯又一杯。佳人的罗襦衣带为君解开,如同燕歌赵舞也为君演唱,生活淫荡。另有那豪奢的将相权贵,他们恃势骄横、互不相让、飞扬跋扈,极力排除异己,专权独断,容不下他人,到处称豪雄,骑着骏马春风得意。自以为这样的歌舞可以长达千年万载,自以为这样的骄奢可以超过五公(汉代的张汤、杜周、萧望之、冯奉世、史丹五个著名的权贵)。不知道节物风光的变换,是不以人的意志为转移,桑田沧海也就须臾间改变了。昔日金阶玉堂的地方,如今只有青松可见。扬雄当年寂寥无助,年年岁岁只有一床书为伴,唯有终南山的桂花盛开了,纷飞的花瓣落在他的衣襟上。

  我们读完此诗,感佩作者精力充沛、笔力雄厚。他主要采用赋法,极力铺排之能事,好像感情如泉涌,一气呵成。在叙述过程中,既有总领,又有铺陈。如首二句总领,向我们展现长安的交通图:大道连小巷,纵横交错,四面通达,无数的香车宝马,川流不息。接下来洒开笔墨,铺排出一系列盛况:玉辇纵横、金鞭络绎、龙衔宝盖、凤吐流苏、百尺游丝、一群娇鸟等等,既有重点和细节的描写,又能做到详略得当。如全诗以六十四句篇幅写权贵豪门者,内容丰富,场面壮观,细节生动;而末了仅四句写扬雄。又如写无权的御史廷尉,只一笔带过。对比分量上虽然不对称,但效果更为显著。诗中词藻靡丽、浮声淫荡,虽然不是可圈可点的地方,但这正是宫体诗的语言特色。如"青牛白马""紫烟朱城""佳气红尘""青虬紫燕""碧海翠巘""碧树银台""玉辇金鞭""金堤玉道""金阶玉堂""金茎宝带""比目鸳鸯"

"游蜂戏蝶""孤鸾双燕""龙衔凤吐""燕歌赵舞""芙蓉剑""桃李蹊""鹦鹉杯""娇鸟""妖童"等等，尽是珠光宝气，色彩斑斓，华贵浓艳，靡靡之音充塞诗篇。其实，作者在用语上也有浓淡对比。如写权贵的生活奢淫时，尽用靡丽之语；而写到讽刺时，就洗尽铅华，语言转为素朴了——这种词采浓淡对比，讽刺效果更加突出。作者在用词上也颇有考究，含蕴深味。如大道上"承朝日"与"带晚霞"对举、妓院内"夜夜人如月"和妓院外"朝朝骑似云"对举，都说明时间上彼此连续，可见长安人的腐朽生活是夜以继日、周而复始。此诗可喜之处在于，作者不是以醉醺醺的姿态参与其中，而是以清醒的旁观者在观察这个社会，并且对权贵们以冷言冷语的笔调加以讽刺："自言歌舞长千载，自谓骄奢凌五公。节物风光不相待，桑田碧海须臾改。昔时金阶白玉堂，即今惟见青松在。"尤其以"自言""自谓"对出，讽刺意味深厚。作者认为，权贵们豪奢的生活是没有意义的，只有像扬雄那样闭门著书，桂花才会落在他的衣襟上。这种思想在当时是非常不容易的。清代贺裳在《批点唐音》中说："此片铺叙长安帝都繁华，宫室之美，人物之盛，极于将相而止；然而盛衰相代，唯子云安贫乐道，乃久垂令名耳。但词语浮艳，骨力较轻，所以为初唐之音也。"今日诗者虽然不写宫廷诗，但不能学习这种华而不实的艳语。

论曰：长安古意诗，读了感言奇。笔力雄浑厚，文心壮阔崖。纵横挥洒墨，富丽采歌词。一首风情赋，千秋得史遗。

骆宾王

骆宾王（626？-687？），字观光，今浙江义乌人。曾任临海丞，后随徐敬业起兵反武则天，兵败后下落不明。是"初唐四杰"之一，与王勃齐名。擅长七言歌行和五律，有《骆宾王文集》。

在狱咏蝉

　　西陆蝉声唱，南冠客思侵。
　　那堪玄鬓影，来对白头吟。
　　露重飞难进，风多响易沉。
　　无人信高洁，谁为表予心？

　　这首是咏物诗。骆宾王因上书得罪武后，被诬以贪赃罪名入狱。此诗即写于狱中，借咏蝉来抒发人生曲折坎坷以及受冤入狱的感慨。首联意思是：秋天里，我在狱中听到蝉鸣阵阵，引起我思乡的情感日益强烈。"西陆"指秋天。"南冠"指囚犯。"客思"指思乡之情。诗的开篇即点题，以蝉声起兴，由"唱"这听觉，自然引起自己的心思，油然而生；再由"蝉声"与"客思"对举，上下句承接自然，端庄工稳。这里点明了时间、地点、景物、人物以及人的思想动态，统一在首联里，由蝉及人，浑然天成。颔联的意思是：哪能忍受秋蝉对我这般哀吟呢？狱中的岁月无情，使我想白了头。"玄鬓"指黑色的蝉，也指古代的一种发式。所以，"玄鬓影"的意思是蝉鬓的影子勾起自己对青年的回忆。"白头"为自指。当时的作者是中年，是自己的愁思使头发变白。这里与"客思侵"关联紧密。可见，此联与上联是隔句相承，也是由蝉及己。颈联的意思是：露重则蝉难以举翅高飞，风大则蝉声容易被掩没。这两句表面上写蝉，实际上喻世道坎坷，喻自己难伸冤屈，字字咏蝉，字字自喻。"露重""风多"言环境恶劣。"飞难进"言难以高飞、难以重获自由。"响易沉"言伸冤难以发声。借意象抒发情感，物我一体，又是浑然天成。尾联继续用蝉自比，意思是：而今没有人相信蝉的高洁，也就没有人能够为我鸣冤叫屈了。作者抓住蝉居高树、餐风饮露这一"高洁"特性来自喻，进一步表明自己清白无辜。"予心"指自己的苦衷，也就是作者纯洁无瑕的报国之心。末句用问句的方式，更加表达自己的无奈之情。也正是这裂帛一问，才使我们读懂作者的心境高洁。

这是一首工整的五律，艺术手法上是由蝉起兴，承写自己狱中心情，达到物我浑然一体，自喻非常成功，也非常得体，体现作者咏物功力深厚。我们可以联系初唐虞世南的《蝉》来比较。虞世南是身居高位，他是自喻高洁，声响自远，春风得意，难见半缕愁绪。而骆宾王因冤狱入牢，不可跟虞世南同日而语。你看，同样写露，一个是"饮清露"，用来表清洁；一个是"露重"，用来喻环境险恶。同样写风，一个是用来表示凭借的意象，因"居高"不用借势；一个是嫌"风多"，是用来比喻环境险恶，表达自己的声音"易沉"，难以伸冤。可见，二人虽同咏一物、同一题材，但角度不同，则立意不同。通过比较，使我们更加清楚了托物寓意的写法。正如明代唐汝询的《唐诗解》所言："此因闻蝉，借以自况也。蝉知感秋，犹己之被系，真影相吊而声相和者也。"

论曰：秋蝉知感事，在狱寄贞孤。寓意含深味，此吟堪比虞。

王勃

王勃（650-676），字子安，王绩的侄孙，今山西河津人。曾任虢州参军。后去交趾探父，因溺水受惊而死。少年有才，为"初唐四杰"之一，反对当时"争构纤微，竞为雕刻"的诗风。他擅长五律、五绝、七言歌行。有明人辑《王子安集》。

送杜少府之任蜀州

城阙辅三秦，风烟望五津。
与君离别意，同是宦游人。
海内存知己，天涯若比邻。
无为在歧路，儿女共沾巾。

这是一首送别诗，用脍炙人口来形容不为过。"少府"是唐时对县尉的通称。说是一个姓杜的朋友要到四川去任县尉,所以称"杜少府",王勃在长安相送,写就此诗。

这首诗大家很熟悉了,但有许多不同解释。首联点题写景,是说朋友要去地方做官了,这个地方对京都有辅卫的贡献,不是什么偏僻荒凉之地;你去后,我只能遥望那边的风景了。第一句就有不同的解读,关键是"城阙"的指代问题。如果指京都长安,那就变成"长安辅三秦",而"三秦"就是指长安一带——项羽入长安,将它分为雍、塞、翟三地,号称三秦。这样的话,就讲不通。施蛰存先生认为"城阙"是指蜀都。"五津"指蜀地岷江流域的五个渡口,这里泛指朋友要去的地方。"风烟",许多人解读为风烟迷茫;施蛰存先生解释为"风景",是因平仄要求,把"景"改为"烟"。李白有诗句"阳春召我以烟景",这里的"烟景"也是"风景"。颔联上承写情,是说今天我们在这里离别,都是宦游人的情意。"宦游人"为做官而远游之人。此联与上联比较,以散文句法来写,由写景改为抒情。颈联宽慰写情,是说我们都在四海之内,只要是朋友,尽管在天涯海角,也如同邻居一样接近。"比邻"为近邻。此联境界宏大、情感豪迈,宽慰杜少府,只要情意在,再远的距离也如同眼前;强调朋友间不受时空限制,心永远在一起。尾联接着上联,继续劝勉,是说既然已在岔路口分别了,你我就不要像小女孩一样泪沾佩巾。有上联的铺垫,此联的安慰显得更有分量,效果更好,这是水到渠成的事情。诗人一改送别离愁的常调,体现一种乐观开朗的心态。

这是一首五言律诗,艺术特色非常明显。首先是语言朴素无华,不堆砌词藻,也没有运用典事,读起来顺畅,就像散文一样流利;而且觉得感情诚恳,感到体贴亲切——这正是质朴语言的魅力所在。其次是语言形象。诗歌语言往往是形象的、具体的,而不用那种抽象概念。诗中的"沾巾"就是这种用法——因为哭了就要用手巾拭眼泪,用它来指代"哭泣",形象具体,这叫代词。再是结构紧凑,句法新颖。全诗顺着思想感情发生的过程,承接自然，层层递进，情感先高峻后舒缓，尾句点明。尤其是句法上很独特：首联工稳对出。律诗第一联可以不用对仗，这里用了对句，而且很工致。颔、颈联里，每句都不是表达完整的意思，只有上下两句才能表达完整的概念，就像流水一样流淌，不可断，读起来不觉得是对仗，这叫"流水对"，这种对句艺术成就最高。"海内存知己，天涯若比邻"成为全篇的警策，也成为千古名句。另外，意境安排由小渐大，情调由委婉逐渐开朗，跌宕起伏，到结尾处水到渠成，上下因果关系完整。按现在的要求看，这首诗第一联为起，第二联为承，第三联为转，第四联为合，章法规范，再从平仄、对仗到押韵等方面，算是相当成熟的五言律诗，比王绩的《野望》更为出色，为以后新体诗的形成作出贡献。清代俞陛云《诗境浅说》评道："一气贯注，如娓娓清谈，极行云流水之妙。大凡作律诗，忌支节横断，唐人律诗，无不气脉流通。此诗尤显。作七律亦然。"

　　论曰：清风吹拂面，韵律顺流循。一改离愁意，宽心送别人。

滕王阁诗

　　　　滕王高阁临江渚，佩玉鸣鸾罢歌舞。
　　　　画栋朝飞南浦云，珠帘暮卷西山雨。
　　　　闲云潭影日悠悠，物换星移几度秋。
　　　　阁中帝子今何在？槛外长江空自流。

　　"滕王阁"为江南三大名楼之一，是唐高祖第二十二子滕王李元婴任洪州都督时所建。阁以李元婴的封号命名，故址在今天南昌西章江门上，下临赣江。唐高宗上元三年，诗人去交趾探父，路过洪州，重阳节那天参与都督阎伯屿在阁上举办的一次宴会，作了《滕王阁序》和这首诗。

　　这是一首怀古诗，诗人抒发物在人亡、岁月无情的历史感叹。头两句点题，交代时空，是说滕王阁今天依然耸立在赣江边上，可滕王已去，当年他在此歌舞之声已消歇了。"佩玉鸣鸾"这里指代滕王当年的行踪，本是古代贵族衣带上所佩的玉器和所乘车的马勒上系的铃铛。据史料记载，滕王骄奢淫逸，品行不端，在任上没有什么政绩；但他擅长歌舞，善画蝴蝶。他修建滕王阁，就是为歌舞娱乐的需要。三、四句承上，进一步说明人去阁空，现在是朝云飘过画栋、暮雨翻卷着珠帘，十分冷落。"南浦"通常指代送别的地方，这里含有离去之意。"西山"又称南昌山，在章江门外，这里含有"日落西山"之意。五、六句又是承上，是说天上浮云悠闲，潭中景物倒影，每天都悠哉地伴着此阁，日复一日，年复一年，物换星移，岁月悄悄地流逝。"物换星移"形容时代的变迁、万物的更替。"物"指四季的景物。"移"指运行。七、八句感叹，用设问句：当年建阁的滕王如今去哪儿了？眼前唯有栏杆外的江水滔滔不绝地向东流！

从体裁看，这是一首七言古诗，上半部分用"渚、舞、雨"之韵脚，体现沉郁韵味；下半部分转为用"秋、流"之韵脚，体现柔长韵味。可以看出，诗人的情绪在变化，而且是一句接着一句发出感慨，从中读出一种沉郁不平之味，这正是他内心的表白。我们联系他的短暂一生，写这首诗已经二十七岁了，虽然幼年才华出众，但后来仕途几遭波折，所以他写此诗怀古，有联想自己的境况是很自然的。全诗不仅情绪紧凑，而且结构也紧凑，句间以相承为主，相互暗合。三、四句承接第二句，进一步说明"罢歌舞"，写得具体形象。本来"画栋""珠帘"是体现壮观华美之景，但诗人偏在"朝云""暮雨"环境中展现出来，乐景写悲情，引起人去阁空的感慨。五、六句以"闲云"开头，衔接"南浦云"，看似无意，实为有意，寓意连贯；又以"日悠悠""几度秋"来强化岁月的流逝，突出时间与空间上的转变，发出"物换星移"的慨叹。由上句的"几度秋"紧接着"今何在"的连续发问，最后水到渠成，归结为"长江空自流"这个永恒的规律，谁也摆脱不了时代变迁的命运。尤其结尾用对偶句法作结，结语深味，令人兴慨，很有特色。明代凌宏宪在《唐诗广选》中说："只一结语，开后来多少法门。"评价很高。全诗语言含蓄，耐人寻味。如"南浦""西山"用词甚妙，"南浦"有离别之意；"西山"有冷落之感，蕴含人去阁空的真实之意。再比如"空自流"，一个"空"字包含许多意味，让人感慨遥深。明代郭浚在《增订评注唐诗正声》中说："流丽而深静，所以为佳，是唐人短歌之绝。"

关于"空"字有个轶事，说是王勃交卷时故意不写"空"字，空格在那里。有些人就猜应该是"水"或"独"字等。阎伯舆觉得奇巧，派人追问，请他补上，并答应一字千金，不能随便写。王勃接过银子后说："我不是已经写全了吗？"大家都说："那不是空字吗？"王勃说："对，空字，空自流。"众人恍然大悟。

论曰：无关少壮儿，笔下老成诗。感慨几多味，空音神韵词。

杨炯

杨炯（650-约693），今陕西华阴人。十二岁举神童，二十七岁应制举及第，后授校书郎。曾任婺州盈川令，世称"杨盈川"。为"初唐四杰"之一，擅长五律，边塞诗较为出色。明人辑有《杨盈川集》。

从军行

烽火照西京，心中自不平。
牙璋辞凤阙，铁骑绕龙城。
雪暗凋旗画，风多杂鼓声。
宁为百夫长，胜作一书生。

此诗赞扬投笔从戎、以身许国的壮怀。首联交代背景，是说敌人入侵，警报传来，壮士心中不能平静。"西京"指唐朝长安。用"烽火"表明军情紧急。一个"照"字，把边塞和长安紧连起来，也渲染了紧张气氛，此字极为生动。一个"自"字，表明壮士投身卫国是出于自觉、自愿，体现了匹夫有责的时代担当，写出了人物的精神境界，此字极有分量。颔联写征战，是说将军持牙璋奉命出征，骑兵很快就包围了敌人的重镇龙城。"牙璋"指古代发兵用的兵符，有两块，相合处呈牙状，分别在朝廷和主将手中，体现国家的意志。这里用"辞"和"绕"表现出诗意的飞跃，表明出征之迅速，这是承上"自"的力量和态势。颈联写战斗，是说在阴天大雪中进行战斗，连军旗图案都暗淡模糊，整个战场上风声、鼓声、冲锋声连成一片。这里不是从战斗的正面来写，而是通过"凋旗画""杂鼓声"的视觉、听觉来生动描述，有声有色，烘托气氛，暗示士兵的艰苦。一个"杂"字可以包罗一切，从中感受到战争的激烈。尾联表达志向，是说虽然战场上艰苦，但宁可当一名低级军官（百夫长），也比当一名书生好。此联的精彩在于作者直接抒发一个从戎书生的壮志豪情，表现了保卫国家的崇高境界。

这是一首已经成熟的五律了，起承转合，结构完整，意脉连贯，用词稳重，对仗工整。此诗的艺术成功，在于将代表性的情景与形象性的描绘相结合，把复杂的东西简单化，高度浓缩在有限的篇幅中。比如写战斗场面，抓住"旗、鼓"这两个最具代表性的景物进行描绘，有声有色，形象生动，其他的流血牺牲等情景一概不写，体现作者的剪裁独具特色。诗意跳跃呈现，也是本诗艺术之特点。比如刚说到"辞"京，紧接着就是"绕"龙城，然后就展现战场的画面，这种跳跃式结构既自然合理又留有余地，留下想象的空间，也体现出诗的"张力"。全诗笔力刚健，粗线勾画，形象地反映出书生投笔从戎、保家卫国的精神面貌，显示出诗歌创作的健康方向，是唐诗中难得的"正能量"作品。

胡应麟的《诗薮·内编》评道："盈川近体，虽神俊输王，而整肃浑雄。"

"初唐四杰"对推动当时的诗歌发展以及对宫体诗的改造，起到了很好的作用。尤其是五律到王勃、杨炯这里定型，功不可没。杜甫的《戏为六绝句·其二》就这样评价过"初唐四杰"："王杨卢骆当时体，轻薄为文哂未休。尔曹身与名俱灭，不废江河万古流。"肯定了其历史地位。

论曰：一首定型律，盈川开创成。浅言含境界，立意更高情。

刘希夷

刘希夷（约651-约680），一名刘庭芝，字延芝，今河南汝州人。高宗上元二年进士，善弹琵琶，其诗以歌行见长。有集十卷及诗集四卷。

代悲白头翁

洛阳城东桃李花，飞来飞去落谁家？
洛阳女儿惜颜色，坐见落花长叹息。
今年花落颜色改，明年花开复谁在？
已见松柏摧为薪，更闻桑田变成海。
古人无复洛城东，今人还对落花风。
年年岁岁花相似，岁岁年年人不同。
寄言全盛红颜子，应怜半死白头翁。
此翁白头真可怜，伊昔红颜美少年。
公子王孙芳树下，清歌妙舞落花前。
光禄池台文锦绣，将军楼阁画神仙。
一朝卧病无相识，三春行乐在谁边？

宛转蛾眉能几时？须臾鹤发乱如丝。
但看古来歌舞地，惟有黄昏鸟雀悲。

多数人认为，这是一首拟古乐府诗，因题"代"字而推定。其实刘希夷还有两首诗，题为《代闺人春日》《代秦女赠行人》，题中也有"代"字，但不是乐府旧题。施蛰存先生就认为，《代悲白头翁》绝不是《代白头吟》，也不是作者悲叹白头翁，而是代别人悲叹——别人，就是那些"红颜美少年"。这样解释的话，全诗的主题就是警告青年人，华年易逝，不要耽于行乐，怜悯自己的将来。

全诗大意是：洛阳城东，花开花落，许多人为此常叹息。今年花落，明年仍开，青松也有枯萎，桑田也会变沧海，人不可复生，但四季却在轮回。所以，花可以年年一样，人就不可能年年一样——红颜一改，便成老翁。我奉劝青春少年，应该怜悯"半死白头翁"——今天你看见的白头翁，就是当年的"红颜美少年"。他们也曾像公子王孙一样，花前树下，清歌曼舞；也曾在光禄池台上、将军楼阁里快意人生，狂欢作乐。但是，人老一生病，就不会有人请去行乐了。就连那些能歌善舞的佳人，不到几年也会满头银发。我们原来所看到的那些歌舞胜地，现在只有鸟雀在黄昏里喧噪，也像是有所悲泣吧！

这是一首七言歌行，全诗二十六句，前十二句为上部分，以花为起兴，抒发人生短促、红颜易老的感慨；剩下的为下部分，奉劝青年，怜悯白头翁，抒发世事变迁、冷热无常的感慨。全诗艺术成就很高。开头两句表面上写桃李芬芳、洛阳繁华，但实际上以落花暗喻，表达青春易逝的感伤。接下来十句，对落花发出了一连串的感叹，归结一句话：年年岁岁花相似，岁岁年年人不同。这联对仗工整，且以流畅、优美的旋律，集中地表现世事变迁、青春易老的感叹，意境之美、比喻之切、哲理之妙，成为千古名句，历来广为传诵。传说宋之问看到这一联，都想占为己有，后来刘希夷不让，才被宋之问所杀，年仅三十岁。此事不一定可信，但后人多有摹仿，甚至剽窃，这是真实的。由此可知，这联确实是公认的名句。诗以"但看古来歌舞地，惟有黄昏鸟雀悲"收束，点明主题。一个"悲"字落幕，意味深长。

　　将此诗与卢照邻的《长安古意》对比，我们不难看出，此诗文字明白，诗意顺畅，很少用对句，也很少用典故，继承了古诗的优良传统。此诗还是带有齐梁诗的秾丽风气，只是不同于宫体诗的那种靡靡之音，但其中的悲观情调是不可取的。

　　这首诗与律诗对照，歌行的特点是句数自由、无须对偶、平仄不严、用韵可转等。此诗用了六韵，分别是：头两句（花、家）为第一韵，接下来两句（色、息）为第二韵，又接下来四句（改、在、海）为第三韵，再接下来六句（东、风、同、翁）为第四韵，再紧接八句（怜、年、前、仙、边）为第五韵，最后四句（时、丝、悲）为第六韵，转韵自由。这些特征对我们习作歌行体诗是有帮助的。

　　论曰：歌行警句吟，一告少年心。意脉清流畅，声声金石音。

张若虚

　　张若虚（约670-约730），今江苏扬州人，官兖州兵曹。与贺知章、张旭、包融齐名，并称为"吴中四士"。《全唐诗》仅存其诗二首。

春江花月夜

　　春江潮水连海平，海上明月共潮生。
　　滟滟随波千万里，何处春江无月明！
　　江流宛转绕芳甸，月照花林皆似霰。
　　空里流霜不觉飞，汀上白沙看不见。

江天一色无纤尘，皎皎空中孤月轮。
江畔何人初见月？江月何年初照人？
人生代代无穷已，江月年年只相似。
不知江月待何人，但见长江送流水。
白云一片去悠悠，青枫浦上不胜愁。
谁家今夜扁舟子？何处相思明月楼？
可怜楼上月徘徊，应照离人妆镜台。
玉户帘中卷不去，捣衣砧上拂还来。
此时相望不相闻，愿逐月华流照君。
鸿雁长飞光不度，鱼龙潜跃水成文。
昨夜闲潭梦落花，可怜春半不还家。
江水流春去欲尽，江潭落月复西斜。
斜月沉沉藏海雾，碣石潇湘无限路。
不知乘月几人归，落月摇情满江树。

《春江花月夜》被前人评为"以孤篇压倒全唐"，被当代人称为一座重要里程碑。此诗三十六句，四句一转韵，共九韵，每韵构成一个小段落。

一韵（庚韵：平、生、明）：写江海相连，海月共生，春潮涌动，浑然天成，随处可见月光闪耀。开头四句就把春、江、海、月之景包括进来，入手擒题，告诉我们明月是伴随江海一同生长的。这里用"生"字，已经渗入了诗人的主观意识，使活全诗，意味丰厚，点明了江、海、月共"生命"同"生长"的自然之道，比用"升"字不知好几百倍，足见诗人的笔力透彻。张九龄的"海上生明月，天涯共此时"就是从这里化用而来。

二韵（霰韵：甸、霰、见）：从江流写到花林，又回到写月亮，用流霜、白沙来衬托月光皎洁。"芳甸"就是遍生花草的原野。这里，诗人的目光又投向江面上，看见江水曲折地绕着开满鲜花的郊野；明月好像随江流而来，照耀到花林丛中，仿佛把花林盖上一层雪珠，把天空蒙上一层飞霜，把汀洲撒下一层白沙。

归结为一句话，就是把周围的环境都染上一片洁白，也仿佛是来净化这个世界。诗人的想象力丰富，从地上写到天上，将本来常见的景物串连起来，以"不觉飞""看不见"的幻觉视野，让我们领略到一个梦幻的白色世界，奇妙无穷。

三韵（真韵：尘、轮、人）：此韵承上启下，前两韵由大到小、由远及近，视野逐渐盯上一轮明月了。既然有如此的神奇，就很自然地想到深邃的人生哲理上：你看，江天一尘不染，只有一轮孤月高悬着，显得更加明亮。要问的是，那江边的人是谁先看到它的呢？那光辉又是何年照到人间的呢？如同天真的小孩在问大人。正是这稚气一问，着迷一片。自从作者提出这个问题以后，李白、苏轼也跟着提出类似的疑问。李白说："青天有月来几时？我今停杯一问之……今人不见古时月，今月曾经照古人。"苏轼也说："明月几时有？把酒问青天。不知天上宫阙，今夕是何年。"这分明不是在写景，而是在探索宇宙的奥密、追溯人间的端迷。

四韵（纸韵：已、似、水）：由疑问转为感慨。人生易老，一代一代无穷尽，而江月一年一年都一样。就是不知道高天上的月亮在等谁？只见长江不停地流逝。前两句与"年年岁岁花相似，岁岁年年人不同"有异曲同工之处，感叹时光流逝。后两句是承"孤月轮"而来的，由月之孤联想到人之孤，先是"初照人"转到"待何人"，图像逐渐清晰，好像跟明月一样一直在期待一位什么人，诗意一跳就跳到诗中的主人公上来。这个人就是一个"思妇"了，真是"千呼万唤始出来"。但感慨的是：但见长江送流水。孤月有意，江水无情，她总没等到。

五韵（尤韵：悠、愁、楼）：白云一片悠悠离去，青绿枫叶增添几分忧愁。在月光下，是谁在江中泛舟漂荡？那个思妇又在哪座楼里想念他呢？"浦"指江水分岔的地方，通常有分手之意。本来白云离去足以牵动人的离愁，更何况是在浦口，表达了愁上加愁的情绪。后面两句，一句写游子，一句写思妇，还是围绕江和月之意境，从两处着笔，颇有一唱三叹的韵味，感染力极强。

大家注意，这里的人物又增加了一个"扁舟子"，诗意逐渐明朗。

六韵（灰韵：徊、台、来）：这一小段专写思妇，如特写镜头聚焦在一个人身上。承写月、楼：那美好的月光似乎与闺楼中的她有意做伴，一直徘徊不去；还照在她的梳妆台，玉帘也卷不了它，就连捣衣砧去它又回来。月光真是那样的依人，又是那样的恼人。一种相思，两处闲愁，诗情荡漾，曲折有致。这里化用曹植的《七哀诗》："明月照高楼，流光正徘徊。上有愁思妇，悲叹有余哀。"

七韵（文韵：闻、君、文）：一轮明月照两处，我思念着你，你也想念着我。尽管思念如同鸿雁不能随月光飞度，也如同鱼龙因潜跃泛起波纹，虽然相距遥远，互不相闻，但可"千里共婵娟"，共拥明月投入怀抱。这里用的"鸿雁""鱼龙"意象，在古代都有传书信之意。言外之意就是彼此不能通音讯，还是化解不了相思之苦。

八韵（麻韵：花、家、斜）：还是写思妇，是说昨夜做了一场梦，梦见闲潭落花，春已过半，可惜丈夫还不回家。只能眼睁睁看着江水不停地流，明月更向西边落去，接下去连寄托明月相思的机会都没有了。诗人虽然写思妇梦景，还是紧扣江月来展开，而且梦景与实景混合在一起，是梦是醒，已经分不清了。

九韵（遇韵：雾、路、树）：继续承上，是说斜月沉沉，月光逐渐被淹没在海雾中了。地北天南相隔遥远，不知有几个人能趁着月光归来。只有落月的余光照在摇动的树梢上，无可奈何月落去。"碣石"是今河北昌黎县北的一个山。"潇湘"分别指两水名，在湖南省永州市零陵区合流。这里泛指天南地北。结尾处用"摇情"两字，表达的是一种动态，情韵袅袅之绵长，摇曳生姿之韵味，更令人回味不尽。

《春江花月夜》是乐府清商曲吴声歌旧题，那是浮华艳丽的宫体诗，经作者改造，更像是七言歌行了。诗在用韵方面已经很成熟了，四句一转韵，推陈出新，是对歌行体诗的一种探索和贡献。全诗动用了借喻、明喻、拟人、烘衬、对比、对偶、设问、叠字等几十种艺术手法，使诗意丰富，音韵圆润，娓娓动听。尤其随着韵脚的转换变化，平韵仄韵相互交错，循环反复，层出不穷，使诗的音乐特性更加突出，节奏更加优美，可谓是声情与文情环环紧扣，宛转相谐，完美地体现了情、声与景、理的交融意境。诗人能将寄月抒情的传统题材，写出新的意境，表现新的情趣，彰显出独特的艺术魅力。所谓新，就是把传统的游子思妇之愁情，放在春、江、花、月、夜的意境上来写，以美景写忧愁，这是新的构思。又从江月中探寻人生哲理，揭示时光流逝、人生短暂、时不我待，更显出离愁的紧迫感，这是新的思虑。诗从月生开始，到落月止，对月能从不同角度、不同环境中进行描绘，有十几处写月，都不觉得重复。如月下的江流、月下的花林、月下的芳甸、月下的沙汀、月下的镜台等，月和其他的景物巧妙融合，共同构成如梦如幻的诗歌形象，这是新的境界。作者的融合手法运用得非常到位，全诗融诗情、融画意、融人生、融人物、融景物，而且共同描绘成一幅月色迷茫的画卷，共同营造出一种惝恍迷离的艺术氛围，取得斑斓多彩的艺术效果，令人叹为观止，不能不说其艺术之独具。明末清初毛先舒《诗辩坻》点评道："不着粉泽，自有腴姿，而缠绵蕴藉，一意萦纡，调法出没，令人不测，殆化工之笔哉！"

　　论曰：春江花月夜，历代绝金音。九韵真情转，十分佳境斟。声声含意厚，句句感言深。屈指全唐秀，谁家敢胜吟？

沈佺期

　　沈佺期（约656-约715），字云卿，今河南内黄人。高宗上元二年举进士，官至太子少詹事，后被流放。与宋之问齐名，号称"沈宋"。尤长七律，被誉为律诗的奠基人之一。明人辑有《沈佺期集》。

杂诗三首·其三

闻道黄龙戍,频年不解兵。
可怜闺里月,长在汉家营。
少妇今春意,良人昨夜情。
谁能将旗鼓?一为取龙城。

所谓杂诗,李善注曰:"杂者,不拘流例,遇物即言,故云杂也。"诗人的《杂诗三首》,均写闺中少妇与戍边丈夫的相忆。第三首除了怨情,还希望战事早日取胜。首联交代背景:听说黄龙塞戍边将士因战争频繁,连年不曾撤兵。"黄龙"指唐时要塞黄龙岗,今辽宁开原市西北一带。开篇就闻到强烈的怨战之声。颔联借月抒情:天上的月亮,既照着闺中的思妇,也照着营中的丈夫。意思是说两人都看到同一轮明月,却不能在一起。"可怜"表达相思之苦。"汉家"指唐代,唐诗中多以喻唐。这里借用一轮圆月把他们的心连在一起,寄托他们的相思之情,意境很美。古代诗人通常把两地相思寄望于月上,这是因圆月借代团聚的缘故。夜里无月难成诗,大概就是这个意思。此联对仗工巧,流水对出。颈联承上又写思念:少妇和良人,他们的感情是相通的,梦想也是一样的,都希望早日团聚。此联互文对举,对仗工整。如果上联强调空间上的话,那么这联就强调时间上。"今春""昨夜"是承上"频年""长在"所说的,泛指他们长期分离,不得团聚,进一步补足他们日日夜夜相思之情意。中间两联已完成了时空上的构思,含蓄巧妙。尾联提出希望:希望有良将带兵打仗,一举拿下龙城,使家家户户过上团圆的生活。"龙城"指匈奴的政治中心地。尾联由相思上升为愿景,思想得到升华,而不是一再处于愁情状态,这点还是可取的。

征人思妇的题材,在沈佺期以前不止一次写过。但我们发现,该诗写得有新鲜感,这主要是得益于构思新颖精巧。首先,把相思放在双方身上,少妇和良人心心相印,丝丝相连,情投意合，让人感动；而且情感在结尾得到升华，而不是那种"泪沾巾"收束，积极的一面跃然纸上。其次，中间两联含义深远，引人入胜。这不仅仅是流水对出，互文见义的修辞手法的运用巧妙，主要在"情""意"二字上着力，推陈出新，更为前人所未道。由情生意，由意转情，时空互动，情景交融，浑然一体。再次，此诗已经是定型五律了。"谁能将旗鼓"是采用"平平仄平仄"特定句式，仍合符格律。清代李因培的《唐诗观澜集》说过："律诗至沈、宋，然后章法森严，音律谐畅。"全诗起承转合，极有韵致，自然浑成，语势一气贯通，情思在平仄相间中和缓展现，最后以问句作结，越发显得情深意长，含蕴不尽。连李白的《子夜吴歌·秋歌》——"长安一片月，万户捣衣声。秋风吹不尽，总是玉关情。何日平胡虏，良人罢远征"，其构思也没能超出此诗范围，可见诗人是很费一番匠心的。

论曰：此曲新鲜韵，精工巧构思。汉营闺里月，两地叹圆迟。

宋之问

宋之问（约656-约712），一名少连，字延清，今山西汾阳人。高宗上元二年进士，官至考功员外郎。曾先后谄事张易之和太平公主，被贬钦州，玄宗初年被赐死。善诗文，长于五律，对律诗体制的定型作出贡献。明人辑有《宋之问集》。

度大庾岭

度岭方辞国，停轺一望家。
魂随南翥鸟，泪尽北枝花。
山雨初含霁，江云欲变霞。
但令归有日，不敢怨长沙。

这首诗是宋之问被流放到岭南的途中所作。此诗叙述了过大庾岭的情景，真情实意，生动感人。首联扣题直叙，是说离开长安，度过大庾岭，就到了偏僻的岭南，不禁停车再一次举望家乡。"大庾岭"地处江西大庾与广东南雄交界的地方，岭上多梅花，也称梅岭。"辞国"是离开长安之意。"轺"为一种轻便的小车。开头为倒装句，一个"方"字把岭南与京城联系起来，既表达了离开京城之突然，又含蓄表达了自己的失落感。一个"一"字表达出难得之意，翻过岭再也望不到了，今后还能不能回来就不知道了，所以一种思乡情绪涌上心头，尽管离家遥远，但还是停下来望一望自己的家乡，此情此景，百感交集。他在《题大庾岭北驿》中也说："明朝望乡处，应见陇头梅。"颔联紧承首联中的"望"字而来，意思是说自己的惊魂随着鸟儿向南飞去，泪水却洒尽在北枝的花上。此处"魂"与"泪"对举，可把它理解为"惊魂落魄"之意——自己遭贬谪确实感到惊恐痛苦。据说大庾岭南北气候差异，南枝谢了，北枝才开。泪洒"北枝"，表达自己虽身向南，但心还是向北，有不尽的思念之情。在古诗中，"寄梅"含有思念之意。盛弘之《荆州记》载："陆凯与范晔相善，自江南寄梅花一枝，诣长安与晔。"诗人思乡之情放在多梅的岭南最恰当不过，触景生情。颈联转写景，上句写山雨初停，天空中露出一些晴光；下句描绘江云即将变作彩霞。这不是为写景而写景，而是含有晴意和彩头。律诗中间两联，一般一联写情、一联写景。这两句专门写景，避免重复表达感情，迂回写意，曲径通幽。在这样雨过天晴的山水景色中，诗人的心潮逐渐趋于平静，只好面对现实，寄望来日。尾联写希望：由于天气好转，自然联想到自己命运的好转，暗示着自己能早日归来，不会有任何的抱怨。"怨长沙"指长沙太傅贾谊，他在汉朝做官，遭别人嫉妒，离开朝廷，渡湘水时写了《吊屈原赋》，发泄自己的牢骚。在这里，诗人以贾谊喻自己被流放，但不敢像他一样有抱怨。诗虽然是写自己，但实际上是写给朝廷看的，既表达有改过之心，也希望朝廷能开恩，像天气一样，雨过天晴，早日将自己赦归。这是以退写进，把握得恰到好处。这样收束，水到渠成，与首联的"辞国""望家"相互照应。

此诗起势不凡，有如醍醐灌顶。与他的《题大庾岭北驿》相比，此诗在情感的把握以及技法的运用上拿捏得更好。比如同样第三联写景，"江静潮初落，林昏瘴不开"与"山雨初含霁，江云欲变霞"，明显感觉到两种不同的境界，所表达的心境自然不一样。朝廷看见后，自然也会有不同的感受。因为他还是盼望回归，然回来是有条件的，所以恨在"不敢"二字。钟惺曰："三四沉痛，情至之音，不关典色。第六亦是异句，结怨而不怒，得诗人温厚之旨。"这首诗以景衬情，情景交融，达到一个较高的境界，同时也给人以余味无穷之感。第七句中的"令"是使令之意，读平声。这里已包含所有律诗规格，是一首成熟的五言律诗，堪称"示后进以准"的佳作。

论曰：以梅遥寄远，望北盼归期。情景真融合，上心吟律诗。

杜审言

杜审言（约645-约708），字必简，今湖北襄阳人，是诗圣杜甫的祖父。唐高宗咸亨进士，累官修文馆直学士。唐中宗时，曾因与张易之兄弟交往，被流放峰州。作品多朴素自然，与李峤、崔融、苏味道齐名，称"文章四友"，是唐代近体诗的奠基人之一。后人辑有《杜审言诗集》。

和晋陵陆丞早春游望

独有宦游人，偏惊物候新。
云霞出海曙，梅柳渡江春。

淑气催黄鸟，晴光转绿蘋。
　　忽闻歌古调，归思欲沾巾。

　　杜审言与陆丞是同郡僚友，同游唱和，这首就是和他原唱《早春游望》，写诗人宦游他乡，不能归省而伤情。首联就发出感慨：只有离家做官的人，对异地早春物候新的变化特别敏感，感到惊奇。"独有""偏惊"强调与众不同，生动地表达了对"物候新"的敏感。由于春天里各种花草树木抽绿生机，触景生情，萌动思乡的念头，这很自然；但人在异乡，身不由己，有什么办法呢？很自然又很不自然，开头相当别样，一下子就抓住宦游人的矛盾心态。中间两联承"物候新"写景。作为异乡之客，所看到的都是风景。尤其江南春早，春光明媚，万物复苏，更是让诗人惊新：曙光里的云霞还能在海面上升腾，梅柳绿意已经渡过江南，花草树木都是那样春意盎然。在温暖的气候里，黄鸟在欢唱，水上浮萍在春风的催促下转为绿意了。这两联当中的"出、渡、催、转"四个动词采用拟人手法，显得更为灵动，传递着一切都在变化，又是那么神奇。"淑气"指春天气候温暖。"黄鸟"即黄莺，据说江南的黄莺比北方叫得更欢。西晋诗人陆机在《悲哉行》中说："蕙草饶淑气，时鸟多好音。"可见，"淑气催黄鸟"便是化用陆诗，一个"催"字，突出鸟鸣之欢。"晴光"即春光。"绿蘋"是浮萍。梁代诗人江淹在《咏美人春游》中说："江南二月春，东风转绿苹。"这里化用江诗，暗示已经是江南二月仲春了。这些平常的节物，在诗人眼里变得很奇新，因春而见奇，因情而觉惊。也许这都是思乡情切的缘故吧，这是首联的矛盾心情的延续。尾联转写感伤。"忽闻"，言外之意就是感到很意外。"古调"是尊重陆丞原唱的用语。这里已经暗示触碰到诗人的心，归思有苦难言，因而感伤流泪。这个结尾，既点明归思，又点出唱和，结构谨严细密。

　　这首诗实际上写伤春之情，以美景写伤情。起联从惊道出，骇人心目。中间二联对仗工整，触景生情，别有情趣，写得很精彩。结尾突兀，让人感到意外，又那么贴切，首尾呼应。这首诗除了第三句出现"三仄尾"外，其他都合律。杜审言、沈佺期、宋之问可谓是初唐时期共同完成律诗定格的奠基之人。明代胡应麟《诗薮》里说："初唐五言律，'独有宦游人'第一。"

论曰：伤情融美景，别有用心吟。难得奇新韵，佳评自古今。

陈子昂

陈子昂（约661－约702），字伯玉，今四川射洪人。文明元年中进士，常上书论政，两次出征边塞。因曾任右拾遗，也称"陈拾遗"。后解职还乡，遭人诬害而死。性格豪爽，继承建安风格。有《陈伯玉集》。

感遇诗三十八首·其二

兰若生春夏，芊蔚何青青。
幽独空林色，朱蕤冒紫茎。
迟迟白日晚，袅袅秋风生。
岁华尽摇落，芳意竟何成？

组诗《感遇诗三十八首》是陈子昂的代表作。所谓"感遇"，清初吴昌祺曰："感遇者，感于所遇也。"其二这首所吟咏的对象是香兰杜若，实际上是借此感慨美好的理想不能实现。开篇两句以兰若比兴，写出秀丽芬芳。第一句是借用古诗句"兰若生春阳"而来，只改一字，就直接借用了。"兰若"指兰花和杜若，这两种植物很芳香，这里用芳草作比喻。第二句承写芳草茂盛。"芊蔚"指草木繁盛的样子。"何"是何等之意，用来表达欣赏的意思。三、四句继续写兰若：空林中它们独处幽雅，花开在紫茎上，鲜艳秀丽。"空林"是空山幽林之意，指僻静的地方。"朱蕤"即花蕊，"朱"指花色鲜艳，"蕤"指花下垂的样子。前句一个"独"字，强调花色与众不同；后句一个"冒"字，强调突出，此指开放。如果上句的"芊蔚何青青"是总体赞赏的话，这里的"朱蕤冒紫茎"则是具体描写，由花及茎。五、六句转写芳华凋落：一到秋天，白日渐短，阳光不足，芳华逐渐消逝。"迟迟"是徐行的样子。这两句把它们的变化特点写得十分传神，寓意也明显起来。七、八句写感叹：尽管芳草如此秀丽，也经不起岁月折腾，纷纷凋零花落，芳意难留，流芳无望。"芳意"指花的美意，借喻诗人的理想抱负难以得到实现。结尾一叹久久不能平静，点题有力。

此诗看似五言律诗，实为五言古诗，还可作咏物诗来读。前四句赞美兰若风采，后四句感叹芳华的凋零，先从总体着笔，后从具体描绘；先写其遭遇，后写感叹，主题明确，条理清晰，谋篇有序，句句写花，字字寓意，艺术感染力极强。其中"迟迟白日晚，袅袅秋风生"两句是传神之笔——兰若虚度春夏，就被秋风摇落。诗笔运用对比反衬等技法，以兰若自比，寄托了自己怀才不遇的身世之感慨。他本来是很有政治才干的，但屡次进谏，屡遭排挤，甚至被迫害至死。联系他的身世，不能不为之遗憾。我们不妨再看他的《登幽州台歌》："前不见古人，后不见来者。念天地之悠悠，独怆然而涕下！"写出无奈的孤独和有限的人生，唱出无尽的意味。

论曰：表象吟兰若，真情寓意中。春阳空自得，芳草落摇风。

感遇诗三十八首·其十九

圣人不利己，忧济在元元。
黄屋非尧意，瑶台安可论？
吾闻西方化，清净道弥敦。
奈何穷金玉，雕刻以为尊？

云构山林尽，瑶图珠翠烦。
鬼工尚未可，人力安能存？
夸愚适增累，矜智道逾昏。

此诗写作背景是针对武则天劳民伤财大肆建佛寺的事件。武则天曾做过尼姑，当政以后，和尚法明吹捧她是弥勒化身，于是她尊佛，同时借佛来统治社会。她搜刮民财，大规模地兴建佛寺，大造佛像，每天要役使上万人，国库耗竭，民不聊生。

这首诗的大意是：古代贤君应该没有自私自利的，是一心去救助老百姓的。就是皇帝所乘的黄绸车篷，已经不合乎唐尧所尚俭的意思，至于商纣王造瑶台就更不用说了。我听说佛教的宗旨是倡导清静的，而且越清静佛法越大。为什么要用尽金银美玉来雕刻佛像，以此作为对佛的尊重呢？耗尽山林树木来建造高耸入云的佛殿，也用去无数的珠宝来装饰建筑物。这样的佛像庙宇，就是鬼工也难以建造，动用人力更难以干成。这种愚蠢的行为，只能使自己更多地受累；以美佛夸耀于民，卖弄智巧，也只能使政治更加黑暗。

此诗的思想性和艺术性有可圈可点的地方。武则天迷信佛教，受人吹捧，大量建造佛像佛殿是历史真实存在的。当时宰相狄仁杰曾为此上疏进谏，武则天没有听从。陈子昂显然就是反映了这个事，表达愤慨，毫不客气地发出"夸愚适增累，矜智道逾昏"的诗句来。他敢于直面武则天的昏愚政治，不像宋之问"不敢怨长沙"，其思想境界是十分难得的，也符合他的豪侠性格。正所谓"言为心声"，这首诗真正体现了人品与诗品的完美结合。

再从艺术层面看，开头四句引经据典，备足论据，开宗明义，很有说服力。先从面上来说，指出"圣人"的道德修养以及他们的仁政爱民的思想；再从点上来说，引入具体人物，列举尧帝，并以尧与商纣王对比，正反两面，已经清楚地表明了尚俭的道理。作者用传统的儒家思想来立论，深得人心，很有说服力。尤其以"安可论"反问，更显得警醒有力。接下来四句直面正题,毫无避讳。诗人援引西方佛教主张和教旨,指出佛家的"清静"理念,反衬大造佛像佛殿是违背他们的本意。这里"以子之矛,攻子之盾",有理有据,直逼墙角,让武则天之类人有口难辩。又以"奈何"诘问,毫无客气地驳斥道:难道以费尽金银珠宝,才是对佛法的尊重吗?这是以实据反问,比上面说理反问更有力。再接下来四句又转议论,是说大建高耸云立的佛殿、装饰精美图案的佛像,就连拥有最精巧技艺的鬼都无法做到,更何况"人力"!诗人又以"安能存"反问,似乎达到控诉的层面,一问比一问更深入、更有力度。

　　诗的最后二句则以警告语气一吐为快,正面着笔,慷慨陈词,极具说服力。纵观全诗,篇章结构严谨,说理透彻,有如痛斥弊政的檄文,不愧是一篇佳作。

　　全诗语言通晓,这跟他反对"彩丽竞繁,而兴寄都绝"的齐梁诗风有关系。这首诗的主要特点是以诗来写议论,虽然也是谈及政治问题,但完全不是政论文。为避免枯燥地直接说理,使议论具有形象性和情韵,全诗押元韵,用对仗、反衬等手法,也采用"云构、瑶图"等诗家语来写,既有诗语形象,又有直接论述,是诗与政论结合的典范。

　　论曰:诗含檄文意,豪侠愤心声。笔力三分透,千秋响骨铮。

张九龄

　　张九龄(678-740),字子寿,今广东韶关(古韶州曲江)人。唐中宗景龙初年进士,玄宗时官至中书令,为开元贤相之一。后遭李林甫排挤,贬为荆州长史。诗以格调刚健著称,有《张曲江集》。

感遇十二首·其一

兰叶春葳蕤，桂华秋皎洁。
欣欣此生意，自尔为佳节。
谁知林栖者，闻风坐相悦。
草木有本心，何求美人折？

张九龄遭贬后，在荆州作《感遇十二首》，运用比兴手法，以素练质朴的语言，寄托深远的人生慨望，在扭转初唐诗风上作出贡献。我们打开《唐诗三百首》，首先看到的就是这一首诗。诗的大意是：兰叶在春天里长得茂盛，桂花在秋天里散发着芬芳。春兰秋桂欣欣向荣，生意勃发；春、秋是因为兰、桂才成为一年中美好的季节，它们给季节带来了荣耀。也由于它们的芳香随风飘散，引起了隐居山林的人的爱慕。草木自有本性，从来不去求人赏识、博取高名。

开篇就以对偶出句，诗意盎然，让人醒目，突出两种高雅的兰和桂。这里"葳蕤"形容枝叶繁茂。通过两两对举的句法看，这里所说的兰桂，不仅仅指它们花的芳香，其实也包含枝叶的茂盛，是对全株而言的；而且冠以"皎洁"，指明它们的高雅品质，出句的寓意已经明朗了。三、四句承写它们的繁荣，并指出与季节的关系。实际上强调了政治环境与人才的辩证关系，只有清明的政治才能施展自己的才华，流露出生不逢时的抱怨情绪。梁启超在《李鸿章传》中也说过："时势造英雄，英雄亦造时势。"五、六句进一步说明春兰秋桂能够吸引人的品质，这种品质就是能散发出芳香，而且是沁人心脾的，就连远离城市的"林栖者"都能"闻风坐相悦"，而近在眼前的人却无动于衷！抱怨情绪进一步增强。末尾笔锋一转，回到了兰桂的品质上：身为兰桂，本来就不求人家的赏识，照样芳香袭人。"何求"二字在这里用得十分有力——虽然遭贬，也改变不了我的高志，点题淋漓酣畅。

这首诗以兰桂自况，借兰桂之芳香比喻自己的清高志趣，风格简贵清澹，语言清新淡雅，结构层次分明，寓意蕴含深厚，也耐人寻味，与齐梁之浮艳完全不一样。胡应麟在《诗薮》里说过："陈子昂独开古雅之源，张子寿首创清淡之派。"

论曰：画意盎然貌，谁知寄味深。诗凭风比兴，草木自灵心。

贺知章

贺知章（659-744），字季真，自号"四明狂客"，今浙江萧山人。武则天时中进士，官至秘书监。玄宗天宝初还乡为道士。放诞好酒，清谈风流，晚年尤纵。作品多祭神乐章与应制诗，但写景、抒怀之作清新通俗。《全唐诗》存其诗一卷。

回乡偶书二首

其一

少小离家老大回，乡音无改鬓毛衰。
儿童相见不相识，笑问客从何处来。

其二

离别家乡岁月多，近来人事半消磨。
惟有门前镜湖水，春风不改旧时波。

贺知章从小就离开家乡，到80多岁才衣锦还乡。《回乡偶书二首》就是其回家时所作。第一首前两句抒写久客伤老之情，每句各写两件事——少小离家与老大回、乡音无改与鬓毛衰，暗含岁月无情。岁月是"催化剂"，岁月催人老，把年轻人变成老翁，把青丝变成白发，唯一不变的是"乡音无改"。通过变与不变的对比，比出岁月流逝，感伤人老，比出对家乡的依恋。因为"乡音"最能代表人的地方属性，听到熟悉的乡音倍感亲切。这正是第二句耐人寻味的地方，告诉我们不改乡音是规律，人会变老也是规律。

乡音能让乡亲们感到亲近，人老却让孩子们感到陌生。把自己放在既熟悉又陌生的环境中展现出来，自我画像已经完成，为下面已经做好了铺垫。三、四句笔锋一转，主客变成宾客，制造出一幕戏剧性的画面来。请"儿童"出场，因为儿童见到老爷爷级的人物，当然"不相识"，但口音是那么亲切，面容却是那么陌生，自然引起孩子们的新奇，于是天真地笑着问：老爷爷客人，您是从哪里来的啊？这一问既自然又有味，说者无意，听者有心，没有一个字说感慨，却包含了几许感伤，妙就妙在让读者去体会其中的滋味。这首诗既表达岁月无情，又表达对家乡的眷恋，写得很有情趣。清代宋宗元《网师园唐诗笺》评道："情景宛然，纯乎天籁。"

　　第二首可作为第一首的续篇，也是从变与不变的对比上来写的。前两句，诗人到家以后，一打听，人事方面变化很大，与小时候相比，有一半人事已发生了变化，也许这里还包括已经死去的人，未免又感叹人事无常。谈完人事后，就急着去看周围的环境。过去的许多景物是否还能找到？下面两句，自然转到写景上来。诗人走到门前一看，只有门前的镜湖，在春风的吹拂下，湖水掀起一道道的波澜，跟小时候一样。这里与上面的人事相比，大自然是没有变化的——一个容易变，一个不容易变，哲理的意味从形象的语言中表现出来，这真是物是人非啊！诗人在这里笔墨荡开，以景结尾，意味更有浓度。又通过"岁月多""近来""旧时"等一连串的时间概念，反复强调岁月变化，让诗意在时空中浮现，也让自己的情感处在深沉中徘徊。再通过"不改"对比"半消磨"，反复强调变与不变的自然规律。诗人善于抓住周围的意象，为自己的沧桑感以及对家乡的留恋营造氛围，和上首一样写得情趣盎然。

　　以上两首用"岁月"串连起来，让时间来说话，用对比来说事，真切有味。最可贵之处，是诗人能以一个普通人的身份出现在乡亲们面前，写出一般人的普遍性感受，说透人情，而且感情真挚，非常容易与一般人产生共鸣。

论曰：场景宛然合，清吟天籁声。乡音方一出，沁透世间情。

咏柳

碧玉妆成一树高，万条垂下绿丝绦。
不知细叶谁裁出，二月春风似剪刀。

这是一首绝句，用比喻和想象来形容柳树的风姿。一树翠柳，好像是用美玉妆饰而成。"碧玉"是比喻柳树新翠鲜嫩的，又让我们联想到一个成语典故——"小家碧玉"，它指小户人家出身的年轻美貌的女子。诗人的想象，就是觉得这棵柳树如小家碧玉一样站在那儿，婷婷玉立，楚楚动人，充满青春活力，暗示着春天的到来。原来诗人一语双关，用语极为巧妙，引人入胜。如果写柳树，没有通过比喻或联想到什么，单纯写它的形态，就会显得枯燥无味。这正是诗人的高技之处。第二句接着想象来写，上句写柳树的总体印象，这句就抓住柳树最具特征的柳枝来写了。看到袅娜多姿下垂的枝条，又联想到"丝绦"。丝绦是什么？它就是丝带。用"绿丝绦"来形容轻柔下垂的柳枝，仿佛让我们看到迎风飘拂的神态，如仙女身上的绸带在空中飘扬。这样的想象把柳枝的风韵给描绘出来，艺术效果非常强烈。第三、四句转写柳叶了，诗人又带着想象，看到细细的柳叶，就设问一下：是谁有这般能耐裁得这么整齐好看？噢，原来是二月的春风好似一把剪刀，才修理得如此细致和整齐，这真是春神的杰作啊！

全诗仅二十八字，很短，但艺术成就会理出很多。其一，这是一首咏物诗，歌咏柳树。虽然紧扣柳树来写，但不能把它写成诗体说明书，或像照相机一样拍照下来。如果这样的话，就没有多大意思。因为柳树太普通了，谁没有看到？咏物是有寓意的，不是咏物就单纯写物。诗人在这里借着柳树来歌咏春风，咏春天的到来。因为柳树也是一位十分敏感的春天使者，借咏柳而咏春，这是高出一般咏物诗的地方。其二，这首诗比喻新巧，构思新颖。用小家碧玉比喻柳树，用丝绦比喻下垂的柳枝，用剪刀比喻春风，尤其最后这一比喻更是千古新巧。春风能剪出细叶，还能剪出枝条，妆扮柳树。换句话说，她能剪出一个万紫千红的世界。正因为诗人有着丰富的想象力，才给我们带来美的享受。好诗都是有启发性的，唤起人们的联想，把抽象的春风放在一棵柳树上，使之变成活生生的形象。像这样新颖的构思，并由此写出高雅的意境，真是十分难得的。其三，诗的巧妙处在于自然。尽管有很好的比喻和丰富的想象，有技巧能力，但都要置于自然形态中把握。比如以上几处比喻是那么自然，没有感到雕琢的痕迹。清代黄周星《唐诗快》评此诗说："尖巧语，却非由雕琢而得。"《红楼梦》里的李纨也说过类似的话："巧得却好，不露堆砌生硬。"可见巧也须有自然之致。其四，句法富有变化。前两句是形容柳树如玉，柳枝如丝，柳树如何高，柳枝如何垂；后两句则是一问一答，先是设问，再来自答，问得天真，答得巧妙。其五，这首诗条理清晰，第一句先写柳树的总体印象，也为全诗定下基调；第二句写到柳条，由总体到具体；第三、四句进一步写具体——柳叶。全诗从大处着眼，愈写愈细，如画树一样，先勾出树干，再添枝加叶，条序井然。其六，语言简单朴素，文字晓畅精美。清代黄叔灿《唐诗笺注》评道："赋物入妙，语意温柔。"

论曰：句句皆神韵，琅琅上口吟。温情融物妙，一喻绝佳音。

王湾

王湾（生卒年不详），号为德，今河南洛阳人。玄宗先天年间进士，官至洛阳尉。曾往来于吴、楚之间。词翰早著，《全唐诗》存其诗10首。

次北固山下

  客路青山外，行舟绿水前。
  潮平两岸阔，风正一帆悬。
  海日生残夜，江春入旧年。
  乡书何处达？归雁洛阳边。

  这首诗在唐人殷璠的《河岳英灵集》中题为《江南意》："南国多新意，东行伺早天。潮平两岸失，风正数帆悬。海日生残夜，江春入旧年。从来观气象，惟向此中偏。"施蛰存先生考究认为：这两个版本都是作者自己所为，《江南意》为初稿本，《次北固山下》为改定本。

  此诗是游吴中所作。"次"是停泊的意思。"北固山"在江苏镇江市东北，三面临长江。诗题就是：在北固山下宿夜。首联即以对句开篇，是说乘舟而行，旅途远在青山之外，碧绿的流水引导我前进的方向。这里是互文见义，自然流畅，点明诗人一直行舟在青山绿水之间，也好像是在赶路回家。诗人的家乡在洛阳，而人在江南，心驰故里之情已经流露出来了。颔联也是对句，是说潮水涨平了两岸，江面开阔了许多；在顺风下，船帆高悬。这里寓意着一路顺风，心情舒畅，好像有什么喜事藏在心里。据说此诗为王湾登科期间旅行江南时作，可见此时的心情好得很，不像张继"江枫渔火对愁眠"。颈联又是对句描写，是说夜阑未尽，海上的朝阳就已升起；旧年尚未离去，江边的春意就已显露。"入旧年"是对农历讲的，农历立春往往在腊月，而春又是新年的开始。这是说江南春早，暗含意味深厚，使人产生遐想。这两句确实名联。殷璠说这两句是"诗人已来，少有此句"。又说，他做宰相的时候，曾亲手写此诗，挂在政事堂，每示能文，令为楷式。尾联思乡心切，是说想把家书托北归的鸿雁捎回家乡洛阳。身在江南心在洛，体现报信的心情多么迫切。尾联与首联遥相呼应，自问自答，含蓄巧妙。我看诗人停泊时间不多，可以说是日夜兼程。

　　此诗在炼字炼句方面下了功夫。比如"潮平两岸阔",这"阔"字用得好:潮已与岸平,说明潮水涨高了;站得高看得远,就能看到两岸以外的地方,感觉两岸开阔起来了。如果按初稿本"两岸失",那么潮水就是溢出来了,或泛滥成灾了,这与场景不符。而且"阔"还暗含心情开朗、心胸开阔,寓意深味。"失"与当时的心情也不符。再比如"海日生残夜,江春入旧年",两个动词"生、入"用得灵活,都用拟人手法。尤其"入"字,是经过苦心锻炼出来的。这里含有人的主观意识,也含有自然规律:春入旧年,冬已将尽,看到了希望,给人以积极乐观的感觉。这句还用了倒叙式,不说腊月已经有了春意,而是说春意已经进入了旧年——这一倒叙,其妙自见,也增强了艺术感染力。初唐律诗还不像今天这样规范,但诗人已经注意到句式结构的变化,颔联是"二二一"句式,颈联就用"二一二"句式,这样能让读者读出节奏感。除了第三句存在"三仄尾"外,其他句式声律都很完美。全诗前三联皆对,而且对仗工整;语言精美,抑扬顿挫;情景交融,相得益彰,不愧是一首好诗。明代周珽编撰的《唐诗选脉会通评林》云:"徐充曰:此篇写景寓怀,风韵洒落,佳作也。""生""入"两字淡而化,非浅浅可到。

　　论曰:字里行间意,归乡心切情。精言还炼句,神韵自风生。

王翰

　　王翰(687—726),字子羽,今山西太原人。景云元年进士,曾做过官,后贬道州司马,死于贬所。性情豪放,喜游乐饮酒,能写歌词,并自歌自舞,在当时颇有盛名。《全唐诗》存其诗14首。

凉州词二首·其一

葡萄美酒夜光杯，欲饮琵琶马上催。
醉卧沙场君莫笑，古来征战几人回。

"凉州词"是唐乐府名，盛唐时流行的一种曲调名。《乐苑》载："凉州宫词曲，开元中，西凉都督郭知运所进。"这首诗曾被推为唐人七绝首选。

对此诗的解读历来有不同的意见，有的是说为奔赴战场的战士送行宴会，有的是说边塞将士们的一次欢聚酒宴，有的还说体现诗中人对生活的热爱等。我则认为，是为将军们即将出征的一次壮行酒会。从首句看，极力突出美酒美杯。葡萄酒是西域一种用葡萄酿造的红酒，夜光杯是一种夜间能透光的玉石制成的精美酒杯。据《海内十洲记》记载，这种杯是西胡献给周穆王的礼品，是由西域所产的玉石琢成。又据说，葡萄酒和夜光杯这两种东西都是凉州的名产，可见这是一次极为豪华丰盛的宴席。不难看出，一般战士是享受不到这种待遇的，只有将军们才可碰到如此精美的东西。又从场面铺陈看，也不止一个将军。首句红酒白玉杯，意象华美，渲染诱人的气氛。次句是写想要举杯饮酒时，马背上的乐队就奏起琵琶，催人快饮。"欲饮"是说举杯要饮之时，好像开场白似的，如戏场拉开序幕一样。"琵琶"本胡乐，古时常于马背上弹奏。古诗词中也是常见到的，如"西风塞上胡笳，月明马上琵琶""故乡阡陌想依然，马上琵琶向谁语""明妃万里出长安，和泪琵琶马上弹""琵琶马上去踌躇，不是丹青偶误渠"等。可见这里的"马上"不是指时间概念，而是指马背上。而"催"仍然有两种见解：一是侑酒，二是催出发。这是催人饮酒，酒座上相互侑酒是常有的事。如李白"车旁侧挂一壶酒，凤笙龙管行相催"。这是一场送行宴席，时间安排也是有考量的，所以马上催出发不太可能。古代出征时通常都有这种仪式，喝酒壮胆，壮将军们之胆。这句是承首句，继续营造出一种

隋唐五代作品

饮酒氛围，而且气氛是热烈的。三、四句是转句，与一、二句有明显跳跃。下面如何饮、有没有贪杯痛饮、有没有饮醉都省略掉，让读者去想象。就直接说：请大家莫笑贪杯，我们是要上战场的；自古以来，沙场上能有几个活着回来的？"笑"是对"催"而讲的，就是莫笑我们在豪饮之意。"醉卧沙场"实际上是说我们是要准备去为国捐躯的，是马革裹尸的婉言，是诗化沙场牺牲的雅语。"古来征战几人回"，言外之意，是说早将生死置之度外了，也是意承"醉卧"而言的。最后两句，有人认为"作旷达语，倍觉悲痛"，还有人认为"故作豪饮旷达之词，而悲感已极"，甚至认为是低沉、感伤、悲凉的，还有说是反战情绪的表达。清代施补华说这两句诗"作悲伤语读便浅，作谐谑语读便妙"。这么说，我们可以当作幽默话来领会。实际上，这首诗也写出诗人"性豪放，乐饮酒"的性格。诗解到这里，我想起《红灯记》的唱词："临行喝妈一碗酒，浑身是胆雄赳赳。"以此来概括诗意，再合适不过。

　　这首诗的艺术魅力在于情节抑扬顿挫、波澜起伏。先是制造一种非常豪华的场面，佳肴美酒，吊人胃口；刚要举杯的时候，琵琶马上助兴，催人痛饮声响起，再次营造出一种热烈的氛围。但笔锋一转，一个"笑"字让人回味无穷，顿挫之笔高妙。最后勇敢面对战场，升华为一种大无畏牺牲的思想境界。这正是典型的唐音和特色，也是千百年来这首诗一直为人们所传诵的原因之一吧。清代徐增《而庵说唐诗》曰："此诗妙绝……若论顿挫，'葡萄美酒'一顿，'夜光杯'一顿，'欲饮'一顿，'琵琶马上催'一顿，'醉卧沙场'一顿，'君莫笑'一顿，凡六顿，'古来征战几人回'则方挫去。夫顿处皆截，挫处皆连，顿多挫少，唐人得意乃在此。"

　　论曰：诗情几多顿，起伏助波澜。运笔功夫老，吟成一绝叹。

孟浩然

　　孟浩然（689-740），字浩然，今湖北襄阳人，世称"孟襄阳"。因未曾入仕，又称"孟山人"。他一直是一位隐士，早年隐居读书，壮年漫游各地。工于诗，山水隐逸为主要题材。有《孟浩然集》。

过故人庄

　　故人具鸡黍，邀我至田家。
　　绿树村边合，青山郭外斜。
　　开轩面场圃，把酒话桑麻。
　　待到重阳日，还来就菊花。

　　《过故人庄》是应朋友之邀做客而作的。"过"是拜访。开篇两句是说老朋友杀了鸡，备了新米做的饭，邀我到他家里做客。看来老朋友是有备而邀的，说明他们之间的感情很好，关系不一般。"鸡黍"是以鸡作菜、以黍作饭。出自《论语·微子》："丈人止子路宿，杀鸡为黍而食之。"首两句开门见山，看似家常饭菜，一个"具"字说明有心有意之邀，朋友情意真率。三、四句描写山村风光。朋友真情之邀，去那里见见面、聊聊天，放松一下心情也不错。先看一下周围环境：绿树环绕山村，青山也在城郭外边斜立着，幽静得很。上句是近景，下句是远景，远近浑然天成，好像是为这个村庄作陪衬的。五、六句写宾主临窗对饮：打开窗户，对面就是场院和菜地，举起酒杯边喝边谈农家的事情。这好像是当今的"农家乐"一样，环境优美，话题随意，气氛融洽。言外之意，什么功名利禄、荣华富贵，都可以抛到脑后，说明诗人很喜欢这个地方。七、八句就毫不客气地告诉主人，等到重阳节那天，我还要来赏菊的。一个"就"字，包含着丰富的意趣。写农家生活，亲切自然，简朴可爱，也显示出他们的友谊真挚。我们可以推测，诗人的心情肯定好得很。

　　这是一首著名的田园诗。首联直入主题，看似大白话引出，简单而随便，但含蓄表达了与朋友间的关系融洽。颔联以美景衬托，把这次相聚放在一个十分舒适的地方，自然增添几分情趣，一种清新愉悦的感受油然而生。因为有这样的自然环境，所以颈联自然过渡到"把酒话桑麻"上来。尾联以重阳节就菊花结尾，言有尽而意无穷。诗人从容运笔，自然浑成，没有渲染雕琢的痕迹，把"绿树、村舍、青山、场圃、桑麻"和谐融合，构成一幅优美宁静的田园风景画。而"具鸡黍、至田家、话桑麻、就菊花"也体现出情感融洽、友谊深厚，把山村的生活情趣和诗人的心境都展现出来。全诗情景交融，语言清新，平淡无奇，自然流畅，有"清水出芙蓉，天然去雕饰"之美。元人方回评说："此诗句句自然，无刻划之迹。"这是诗人的艺术特色。我们可以再看他的一首五绝《春晓》："春眠不觉晓，处处闻啼鸟。夜来风雨声，花落知多少。"同样写得非常清新。当然，他的田园诗跟陶渊明比，没有突破个人的小天地，也没有反映农民的生活和劳动，缺乏那种感受劳动的乐趣，两个人的境界相去甚远。

　　这首是五言律诗，首句和第五句为特定格式"平平仄平仄"，不算出律，只是首字"故"的平仄不依常格。格律诗是不断完善起来的，当时出现一些出律问题很正常。

　　论曰：偶做田家客，情吟乡里诗。芙蓉出清水，淡雅展芳姿。

秋登万山寄张五

北山白云里，隐者自怡悦。
相望试登高，心随雁飞灭。
愁因薄暮起，兴是清秋发。
时见归村人，平沙渡头歇。

天边树若荠，江畔舟如月。
　　何当载酒来，共醉重阳节。

　　诗题"万山"一作"兰山"，在作者家乡襄阳的西北。"张五"其人未详，应该是作者隐居襄阳时的好友。开篇二句说，迈进北山的白云深处，自己感到乐趣无穷。"北山"即万山。"隐者"指自己，一说指张五。如果指张五，第二句的语意为隐者悠然自得。"自怡悦"是从南北朝隐士陶弘景《答诏问山中何所有》脱化而来的："山中何所有？岭上多白云。只可自怡悦，不堪持赠君。"三、四句说，思念远方的朋友才来登高眺望，此时心随大雁远飞，直到看不见雁影。古人有鸿雁传书之说，这里的意思是随大雁送去我的思念。五、六句说，暮色引起思友的愁绪，清秋却牵动着观景的兴趣。以上几句写对张五的怀念，接下来四句转写景色：这时看见一群群归村的人，在宽阔的沙滩上渡头边休息。远看天边的树影就像丛生的荠菜，近看江畔的小舟也好像弯弯的初月。最后两句，是希望在重阳节里与张五聚会，共饮畅聊。"何当"句就是说什么时候能带上美酒来我这里。"重阳"照应上面的"清秋"，说明离重阳节很近，迫切相见的愿望跃然纸上。

　　这是一首清秋登高远望，寄怀朋友的诗。全诗先是写隐者幽栖生活，悠闲自得，洁身自好的情趣。随后转写寄怀旧友，以情先入，随景而生，以景寓情，情景交融。因怡悦登高，因望雁思友，愁起黄昏，兴起清秋，心随景而波动。尤其接下来的"时见"四句写得精彩，诗人从山上向下眺望。因天至薄暮，劳作一天的村里人，三五成群逐渐归来。时而歇歇脚，是那样从容不迫，又带有几分悠闲。因黄昏朦胧，看上去天边的树如荠菜一般的小，江畔的小舟悠悠晃晃如天上的初月，周围环境蒙上一层迷人的月色。这样的清秋季节更加思念朋友，于是迫不及待提出聚饮的愿望。一切都是在自然情绪、自然环境中发生。正如皮日休所言："遇景入咏，不拘奇抉异。"诗人所刻画的山水，语言朴素，没有堆砌词藻，自然而又高远，又能融入自己的情感。也正如沈德潜评孟诗为"语淡而味终不薄"。我们再看看他的其他诗句，如《宿业师山房期丁大不至》中的"松月生夜凉，风泉满清听"、《宿建德江》中的"野旷天低树，江清月近人"、《断句》中的"微云淡河汉，疏雨滴梧桐"等，诗的意境与上面四句颇为近似，这是诗人风格的一个方面。《唐贤清雅集》评曰："超旷中独饶劲健，神味与右丞（王维）稍异，高妙则一也。结出主意，通首方着实。"

论曰：幽栖自好情，旧友寄怀生。遇景随心咏，清秋兴起行。

王维

王维（701-761），字摩诘，号摩诘居士。原籍山西祁县，后迁蒲州，遂为河东人。出身于官僚地主家庭，少时即有才名。开元进士，官至给事中，曾奉使出塞。安禄山叛军攻陷长安时曾受职。乱平后，官至尚书右丞，世称"王右丞"。晚年过着亦官亦隐生活，笃志佛学，有"诗佛"之称。精于诗歌、绘画、音乐、书法。著有《王右丞集》等。

寓言二首·其一

朱绂谁家子？无乃金张孙。
骊驹从白马，出入铜龙门。
问尔何功德？多承明主恩。
斗鸡平乐馆，射雉上林园。
曲陌车骑盛，高堂珠翠繁。
奈何轩冕贵，不与布衣言。

这首诗是王维早年的作品，是政治感遇诗的代表。"寓言"不是指寓言故事，是寓有讽刺之意。此篇大意是：那些身穿朱红色华贵礼服的是谁家的公子？莫不是汉代大权贵金日䃅和张安世的子孙？他们骑着白马，后面跟从着黑色的马驹，自由自在出入于宫门，威风凛凛。究竟你们有何功德？尽显耀武扬威，无非是多承皇帝的恩泽罢了。他们去平乐馆斗鸡取乐，去上林园打猎遣兴。那弯曲的大道上都挤满了他们的车辆马队，车水马龙；高楼里有许多花枝招展的歌女，寻欢作乐。这些大家贵子也太傲慢了，不肯与平民交谈。

此篇虽不是上品，但王维能把矛头直指贵族权要，讽刺他们毫无"功德"可言，却能承受着皇帝的恩宠厚爱，揭示封建社会的不合理制度。尤其是自己身为地主官僚，能有这样的思想境界，是难能可贵的。此诗结构较为合理，前四句写他们的排场和威风；紧接两句就追根溯源，挑明是多承皇恩的缘故；再来四句写他们声色犬马的腐化生活；最后两句讽刺他们的傲慢态度。这首诗多借用历史典故来评论当时的社会问题。"朱绂"出于《易·困》："困于酒食，朱绂方来。"程颐传曰："朱绂，王者之服，蔽膝也。"后来泛指贵族的服装。"金张"典出汉代金日䃅和张安世两家权贵，后成豪门权要之代称。"铜龙门"指汉代宫门之一，因其上有铜龙，故名。"平乐馆"即平乐观，是汉代豪贵斗鸡走狗的娱乐场所。"上林园"即汉代的上林苑，在长安西，周围三百里，离宫七十所，在园内养着许多禽兽，供皇帝秋冬季节去打猎。这些典事历史上很有名，虽有历史厚重感，但有堆彻典故之嫌。全诗虽有"矛头"，但还是不敢直露，没有刺痛感。无多的生世之痛、时艰之悲，与鲍照的诗句"拔剑击柱长太息"相比，相差太远。王维言之细微、述之清淡，这跟他舒缓的性格有关系。尤其结尾句"奈何轩冕贵，不与布衣言"，让我们读出"乞怜"之感，顿时泄了阳刚。元代方回评曰："使之怜寒士也。"

论曰：借典论权贵，笔锋犹见芒。寓言新托意，感遇入诗肠。

使至塞上

单车欲问边，属国过居延。
征蓬出汉塞，归雁入胡天。
大漠孤烟直，长河落日圆。
萧关逢候骑，都护在燕然。

这首是王维奉使出塞宣慰，赴河西节度府凉州途中所作。"使"是出使。首联是说轻车简从，去边塞慰问部队，已经行过居延，进入胡地。"单车"出自李陵《答苏武书》："足下昔以单车之使，适万乘之虏。"后人就把"单车之使"简化为"单车"，作为使者的代称。"属国"是典属国的简称，秦汉官名，掌管外国归服等事务，如王维《陇头吟》："苏武才为典属国，节旄空尽海西头。"唐时有以"属国"代称使者。"居延"在今甘肃省张掖市西北，远在西北边塞。颔联是说走出汉塞犹如随风远飞的蓬草，也像北归的大雁飞进胡天。据说"唐玄宗命王维以监察御史的身份奉使凉州，出塞宣慰，并任河西节度使判官，实际上是将王维排挤出朝廷"。所以，作者以"蓬""雁"自比，暗写自己内心的激愤和抑郁。颈联是说在辽阔的沙漠远处，一道烽烟直冲霄汉，黄河上一轮落日更显得火红圆大。这里"直、圆"两个字，表示无风无云的天气，而且显示出一派平静景象。尾联是说在萧关遇上回来的侦察兵，才知道都护已攻取敌方腹地，即将凯旋。"萧关"是古县名，在今宁夏回族自治区固原市。"燕然"指燕然山，即杭爱山，在今蒙古国境内。此联存在不同的解读。施蛰存先生认为存在两个问题：一是地理位置似乎有错误。萧关在东，居延在西，而在首联中提到"过居延"，这样的话早已出了萧关，不可能在萧关逢上骑兵。二是燕然，指燕然山，而此山不是西域节度使的开府之地。虞世南《拟饮马长城窟》有言："前逢锦车使，都护在楼兰。"而"楼兰"倒是符合地理位置。可以推断，王维为了韵脚，只好改"楼兰"为"燕然"，但一改就改错了地方。所以，如果在这里恭维一下都护，比之为窦宪功臣，曾在燕然山刻石记功而还，可按上面解读为都护即将凯旋，取得胜利；如果用错地名（前面有"在"字，极有可能用错地名），那只能解读为：都护还在离这儿很远的燕然山呢。

综观全诗，头尾两联写得一般，精彩是在中间两联，尤其是颈联。在这里，我们可以看出王维善于刻画边塞的景色：大漠向天边伸展，景深长，视野开阔，给人以深邃的感觉。王维不仅是平面构图，而且还是立体描绘，以"孤烟直"为直画，又以"长河"横在画面中间，一直一横，立体感十足；再以"落日圆"涂上统一色彩，浑然一体。一个"孤"字，显示出人烟稀少；一个"直"字，表示此时无风平静的天气，也感到对景色的惊讶；一个"圆"字，显示出近黄昏时的晴空无云，才看得到如此景色。王维不求词藻华丽，只需淡淡数笔，就能勾出一个画面；仅用"大漠、长河、孤烟、落日"几个景物，就能绘成一幅气势恢宏的素描图。《红楼梦》四十八回中香菱向黛玉学诗，谈到这首诗，她说："想来烟如何直？白日自然是圆的。这'直'字似无理，'圆'字似太俗。合上书一想，倒像是见了这景似的。要说再找两个字换这两个，竟再找不出两个字来。"又说："诗的好处，有口里说不出来的意思，想去却是逼真的；又似乎无理的，想去竟是有理有情的。"香菱的话很有意思。王士祯《唐贤三昧集笺注》评此诗曰："'直''圆'二字极锤炼，亦极自然。后人全讲炼字之法，非也；不讲炼字之法，亦非也。"徐增《而庵说唐诗》评此诗曰："'大漠''长河'一联，独绝千古。"

这首诗，多数名家都按五律来解读。如果是这样的话，此诗颔联失粘。所谓"粘"，就是指后一联出句的第二个字与前联对句的第二个字平仄相同。这里的"国"（仄）与"蓬"（平）就不粘。初唐律诗有存在这个问题，以后就很少出现了。施蛰存先生认为，此诗还存在"合掌"问题，第一联上下两句意思一样，实在是重复，"单车"与"属国"都是"使者"的代词；"欲问边"与"过居延"都是指去边塞的事,所以两句是一个概念,这就犯了"合掌"之病。又第二联中,《文苑英华》将"征蓬出汉塞"作"征鸿出汉塞"。本来"出汉塞"与"入胡天"就犯"合掌"之病,再加上"征鸿"与"归雁"更是"合掌"之犯。此病唐人很少研究,到宋以后逐渐被提出来,唐诗常被宋代评论家举出"合掌"的例子很多。如杜甫诗:"今欲东入海,即将西去秦。"这里的"今欲"就是"即将","东入海"就是"西去秦",两句也"合掌",表达同一个概念。白居易诗:"远芳侵古道,晴翠接荒城。"两句一样写草。所谓"合掌",就好像两个手掌合在一起。今者之作,不可犯此。

论曰:出使问边来,胡天晴自开。诗情呈画意,圆直巧云裁。

山居秋暝

空山新雨后,天气晚来秋。
明月松间照,清泉石上流。
竹喧归浣女,莲动下渔舟。
随意春芳歇,王孙自可留。

王维的山水田园诗多半写在后期。这首描绘傍晚雨霁时的山村秋景,正是这个时期的作品。他在《终南别业》中写道:"中岁颇好道,晚家南山陲。"又在《酬张少府》中云:"晚年惟好静,万事不关心。"这就是他晚年的生活写照。

我们读这首诗,仿佛呼吸到雨后清新的空气,令人心旷神怡。开篇两句点明时间和地点。"空山"指空旷的山。这里的"空"不是指什么都没有的意思,可以理解为空旷安闲之意。诗人后期过着隐逸的生活,他所居住的地方也许跟喧闹拥挤的城市相比,人少了很多,再加上刚下过雨,时值清秋黄昏,所以就显得空旷幽静。诗人写山水意境是空寂的,感情是寂寞的。如在《鹿柴》中也说:"空山不见人,但闻人语响。"在《鸟鸣涧》中还说:"人闲桂花落,夜静春山空。"诗人好像对"空"的感悟特别深刻,仿佛在告诉我们一种"空即是满"的佛家理念。清代张谦宜《茧斋诗谈》评曰:"'空山'两句,起法高洁,带得通篇俱好。"接下来写景:月光透过松间,显得格外安静;清泉在石上潺潺流淌着。竹林里传来阵阵的笑语声,那是洗衣的妇女们回来了;眼前的莲花也摇动起来,那是渔舟下水了。这就是秋天的美景,虽然没有春天般繁花锦簇,但也同样迷人,这里描绘的是一幅世外桃源的理想景致。最后诗化《楚辞》里的典故:"王孙游兮不归,春草生兮萋萋……王孙兮归来,山中兮不可久留。"(《楚辞·招隐士》) 诗里反用其意,是说春草任随它凋谢吧,秋天也好得很,王孙可以继续留在山中。"随意"指随春芳之意。"王孙"本指贵族的子孙,这里指代自己。尾句表达了自己对隐居生活的留恋。

　　全诗意脉流畅,结构紧凑,首尾呼应。颔联承上傍晚写明月,承上新雨写清泉;颈联从松竹中引出浣女,从荷动中牵出渔舟——你看,这里山水纯美、人家可亲;最后一个"留"字与之呼应,收束有据。诗人善于由景及人、人景合一的写法,又善于动静相生的描绘。如一个"照"字,把明月化静为动,视月光在流动;潺潺的流水声反衬山间的清幽寂静,以动衬静;竹喧写听觉,莲动写视觉,实际上是无声与有声中转换。又以"松、泉、竹、莲"这些景物共同描绘出诗情画意的境界,可以说也是诗人高尚情操的写照。王维山水诗中的构图是很完美的,而且是"笔纵潜思,参于造化,画思入神",这大概就是指"画中有诗"的意思。像本诗中的"空山新雨后,天气晚来秋",又如他在《汉江临眺》中的"江流天地外,山色有无中"等诗句,诗人渗入自己的思想性格,含蕴人生哲理,耐人寻味。他描写山水时,只把握总体印象,只勾勒一个画面,表现一种意境。如"明月松间照,清泉石上流"就是这种例子。又如《送梓州李使君》中的"万壑树参天,千山响杜鹃",再如《送邢桂州》中的"日落江湖白,潮来天地青"等诗句,都是指"诗中有画"的意思。所以,苏轼在《书摩诘〈蓝田烟雨图〉》中称赞王维的作品:"味摩诘之诗,诗中有画;观摩诘之画,画中有诗。"诗人又善于白描写法,以清淡的语言来描绘清幽的景色,用此来表现诗人的心境美和理想美。此外,作为五言律诗,中间两联对句句法变化值得注意,颔联为"二二一"的节奏,颈联为"二一二"的节奏,节奏交替,音律婉美。

论曰:诗心含动静,意脉顺泉流。佛道空山寄,闲情笔下幽。

送元二使安西

渭城朝雨浥轻尘,客舍青青柳色新。
劝君更尽一杯酒,西出阳关无故人。

这是王维送朋友元二去西北边疆时作的诗。"使",出使。"安西"指唐代安西都护府,治所在龟兹城,今新疆库车。此诗《乐府诗集》作《渭城曲》,唐人用作送别之曲,还有"阳关三叠"等说法。诗的前两句写环境。"渭城"即秦代咸阳古城,汉改渭城。以"朝雨""轻尘""柳色"来烘托送行的气氛——雨后天空是清朗的,渭城是清净的,旅店是清爽的,柳树是清新的——呈现出清新明朗的环境,表达出对此地的亲切可爱之情。古人有折柳送别的习俗,常用杨柳为意象,所谓"昔我往矣,杨柳依依"。这样写出送别的时间、地点、环境,为送别创造了一个氛围。下面自然过渡到写送别之情,在饯别宴席上殷勤话别:劝君再干了这一杯吧,因为"西出阳关",就再没有人为你送行了,也见不到这里的美景了,那边环境恶劣啊!"阳关"在今甘肃敦煌西,与玉门关同为通往西域的要道。因在玉门关南面,故称"阳关"。可见诗人的担心与惜别之情跃然于前,有着强烈的感染力。

再看一首《送沈子福归江东》:"杨柳渡头行客稀,罟师荡桨向临圻。惟有相思似春色,江南江北送君归。"习惯上,"江东"

是指在芜湖、南京以下的长江南岸一带。而"江东近岸"也称"临圻"，意为弯曲的河岸。古代称船夫、渔夫为"罟师"。诗意为：行船渐渐看不见了，我不能陪你回江东，但我的相思之情可以伴你一路归去。诗人把相思比作春色，实在新鲜，表达出浓烈的相思之情。

这两首都是写送别离情，但所表现的不是黯然销魂的离别，相反却透露出一种欢快明朗的情调，立意上与众不同，而且抒情以构思的精巧和语言的新鲜见长，这是王维的一大特色。清代吴瑞荣《唐诗笺要》评曰："不作深语，声情沁骨。"

论曰：杨柳青青色，依依惜别情。杯杯皆沁骨，一语入心声。

竹里馆

独坐幽篁里，弹琴复长啸。
深林人不知，明月来相照。

这是王维晚年隐居蓝田辋川时创作的一首五绝。前两句写诗人独坐在幽深的竹林里弹琴长啸。古代文人雅士喜欢竹菊梅兰以及箫笛琴瑟之物，寄托自己高雅亮节。"竹"正是象征高风亮节之物。而竹还可以作笛子吹箫，与之相伴的还有古琴。古人语：君子听琴瑟之声，则思志义之臣，致乐以治心者也，箫有绝尘之声，琴深儒者之心，箫以抒气，琴以写志，所以，魏晋名士常以啸声舒展其高风亮节之说。这些古语之道，对理解王维为什么置身于"幽篁里"且"弹琴长啸"的真正含义有很大帮助。可见，这正是诗人高雅气质的体现。一个"独"字，更表明与众不同、超拔脱俗之品德。所以，后两句是说没有人知道他的存在，只有明月为伴。结尾以一轮皎洁的明月照在自己身上收束，请明月作证，以景结情，意味深长。

这首小诗以"幽篁、深林、明月"为背景，以"独坐、弹琴、长啸"为表现，写景写人融合在一起，心境与景致浑然一体,可谓意境至美、心境至静,描绘出一个沉浸在寂静而快乐的清士形象。类似作品,再如《鹿柴》——"空山不见人,但闻人语响。返景入深林,复照青苔上"。这里的"返景"指夕阳。空山寂而无人,却能听到人语声,这声响仿佛来自另一个世界,只有一缕夕阳返照在青苔上,其他就没有了,同样表现出空寂的意境和情感。称他为"诗佛",一点都不为过。《唐人绝句精华》评曰:"《鹿柴》《竹里馆》皆一时清景与诗人兴致相会合,故虽写景色,而诗人幽静恬淡之胸怀,亦缘而见。"

论曰:晚年幽竹清,一绝见真情。笔拨琴声啸,高风吹月明。

常建

常建(约708-765),字少府,今陕西西安人。玄宗开元十五年进士,曾任县尉,后隐居鄂渚。唐时其诗颇受时人推重。

题破山寺后禅院

清晨入古寺,初日照高林。
曲径通幽处,禅房花木深。
山光悦鸟性,潭影空人心。
万籁此俱寂,惟闻钟磬音。

"破山寺"即兴福寺,在今江苏常熟虞山上。这首诗刻画了一处清幽深邃的佛界净地。首联点明地点、时间:诗人一大早就去古老的寺院,初升朝阳照耀着寺院周围的高大树林。诗人用大线条勾勒出寺院四周的环境:阳光明媚,林木翠绿,令人心旷神怡。一个"入"字,写出了古寺之幽深;一个"照"字,显示出环境之明静。这两句描写得出神入化,已经透露出诗人对这个寺院的喜爱之情。颔联由远景转近景,并点出题中"后禅院":通向后禅院的小路，弯曲幽深；后禅院深藏在花木丛中，景色秀丽。一个"深"字，不仅传递出禅院的幽深之境，还传递出佛界的深奥之道。所以，这一联不仅体现在写景之精彩，更暗含佛道之深邃。传说欧阳修曾感慨地称赞道："我常喜诵常建诗云：'曲径通幽处，禅房花木深。'故仿其语作一联，久不可得，乃知造意者唯难工也。"尤其"曲径通幽"之审美价值，被中国古典园林广泛采用。颈联承写之景：在阳光下，青山秀美，使群鸟怡悦自得；潭水清澈，倒映出山光林影，使人心如明镜。诗人不但善于发现美景，更善于捕捉佛门的意境，使意境与佛境相融合，这是诗人写寺院美景的高妙之处。尾联两句化静为动：寺中万籁俱寂，唯有那钟磬之声。通过写钟声，更增添了佛界的空寂静穆。以动衬静之法，与南北朝王籍的"蝉噪林逾静，鸟鸣山更幽"有异曲同工之妙。

  此诗善于谋篇布局，构思精妙，在结构上极有层次感，有远有近，有动有静，而且层层转折，越转越深，又前后呼应暗合，使得构法缜密。在立意上极有造诣，诗人刻画佛界净地是目的，所以不单纯写环境优美，而是通过意境的描述，传达出佛地的禅境，两者互相融合，浑然一体，使人身处其景即可涤尽机心之妙。清人纪昀在《瀛奎律髓刊误》中称赞此诗："兴象深微，笔笔超妙，此为神来之候。'自然'二字，尚不足以尽之。"在格律上，作为初唐律诗刚形成，音律方面尚有"三仄尾、三平尾"及个别不协之字很正常。首联对仗，颔联不对，形成"偷春格"，言如梅花偷春色而先开也。尾联又是拗救，上句"此"字应平而用仄，属半拗；下句第三字"钟"应仄而用平，补出一个平声，这是对句相救法。"俱"字属平声。

  论曰：笔法神来候，专题佛院诗。深幽通曲径，兴象寄禅思。

王之涣

王之涣（688-742），字季凌，今山西太原人。曾任冀州衡水主簿，后拂衣辞官，晚年又出任文安县尉。性豪放，好漫游，善于描写边塞风光。《全唐诗》仅存6首绝句。

凉州词二首·其一

黄沙直上白云间，一片孤城万仞山。
羌笛何须怨杨柳，春风不度玉门关。

"凉州"是当时流行的曲调，是以歌曲产生的地名为曲调名。"凉州词"不一定写凉州这个地方。这首诗是写玉门关一带边塞风光的，因诗集在唐代都是写本，写来抄去有可能出错。所以，这首诗在几个版本中有几处不同。先在《国秀集》中题为《凉州词》，前两句为："一片孤城万仞山，黄河直上白云间。"后人觉得黄河怎么能"直上"，就改为"远上"。在《乐府诗集》《唐诗纪事》中题为《出塞》，首句作"黄沙直上白云间"，末句作"春光不度玉门关"。只有《集异记》所载的首句为"黄河远上白云间"。当今中学课本也取这一句，更引起人的推敲，是"黄河远上"还是"黄沙直上"？孰是孰非，至今都无法定论。我把争论的焦点归纳为"意境论"和"实意论"。"意境论"理由有三：一是"黄河远上"比"黄沙直上"意境更开阔，给人以苍莽、浩瀚的感觉，印象如同"黄河之水天上来"一样壮观。二是"黄河远上"句与下句构成浑然的气象，黄河是远景，横贯大地；孤城是近景，立在眼前——这样一横一直、一远一近，立体感十足，且相映成趣。三是黄河虽然离玉门关很远，诗人可以把它们组合到一首诗里，在空间上更为广阔、更有张力。这种写法是允许的。如王维的"九江枫树几回青，一片扬州五湖白"，两地相隔很远就能连在一起写，不足为怪。"实意论"理由也有三：一是从玉门关一带的实地情况来看，满目黄沙，漫天飞扬，直冲云霄。这是实景，不是靠想象来写的。黄河离玉门关甚远，诗人岂不顾地理方位和距离来写？二是"黄河远上"所表现的是山河壮观，有诗情画意，有艺术美感等，是从艺术层面上讲的；而"黄沙直上"却是表现边塞荒凉的真实景色，突出真实感受，是从诗意层面上讲的。三是诗的思想主题是一贯的，从全诗的谋篇来看，正因为"春风不度"才造成边塞的苍凉景色，首尾遥相呼应，顺理成章。如果是从赞美边境山河壮丽的角度看，又怎么能和"春风不度"相意合？分析诗意要立足全篇，不能就单句孤立看问题。

　　看来双方各有道理，令后来人不愿轻易否定。在我看来，有不同意见很正常，这正是其诗的魅力所在，是一次"不经意"的收获。我的观点，还是"黄沙直上白云间"比较好。因为评论是否正确，要以意为先，而且是起主导作用。从本诗的结构来看，第一句是引出题意，第二句是承接上句写得——从黄沙飞扬到孤城危险，所表达的处境是一致的。接下来再看转句。"杨柳"指乐府横吹曲《折杨柳》曲调，有一种折杨柳枝送别的说法，因而《折杨柳》的曲子成为离别时常奏的乐曲。于是，这句话是说：羌笛何必吹奏离愁感伤的折杨柳曲呢？也就是说，吹笛的边关人，不要怨杨柳，怨了也没用——这是反话，很深刻。结处话外有话：玉门关外连春风都吹不到，杨柳不青，何处折柳？何必怨柳？诗尾两句与李白《塞下曲》"五月天山雪，无花只有寒。笛中闻折柳，春色未曾看"意境类似。纵观全篇，诗的主题思想就是通过对玉门关外的荒凉境地的描绘，深刻地反映了守卫边塞的战士的怀乡恨别之情。

　　此诗是一首七言绝句，前两句以黄沙漫天、一片孤城先引入，为后面边关人的怨情做足环境的渲染，笔调苍凉悲壮，既写抱怨之情，又显豁达之襟，造句立意高妙。四句起承转合，结构严谨，用语委婉，尤其末句神来之笔，堪称"神韵"，表达愁绪怨情已在言外。王之涣的绝句往往语意内涵丰富深刻，耐人寻味。像他的《登鹳雀楼》："白日依山尽，黄河入海流。欲穷千里目，更上一层楼。"同样立意高远，语言简洁，更含哲理，也是千古绝唱。

论曰：一首凉州曲，几多含意深。离情怨杨柳，塞境纳胸襟。

崔颢

崔颢（约704—754），今河南开封人。开元间进士，天宝中任司勋员外郎。早年诗风浮艳轻薄；后边塞生活，诗风大振；晚节忽变常体，风骨凛然。明人辑有《崔颢集》。

黄鹤楼

昔人已乘黄鹤去，此地空余黄鹤楼。
黄鹤一去不复返，白云千载空悠悠。
晴川历历汉阳树，芳草萋萋鹦鹉洲。
日暮乡关何处是？烟波江上使人愁。

这首诗另有一个文本，第一句中的"黄鹤"作"白云"。孰是孰非，有过很大争议。大家可以去看施蛰存先生的《唐诗百话》，这里不去介绍了。

黄鹤楼的故址在湖北省武昌蛇山的黄鹄矶上，下临长江。楼因山而名（古"鹄"字与"鹤"字相通），始建于东吴黄武年间，屡毁屡建，后人附会了许多神话。一、二句借神话传说开篇，是说昔日仙人已乘黄鹤去了，现在只留下一座黄鹤楼。"昔人"指传说中的骑鹤仙人子安，另有一说是三国蜀费祎在此楼乘鹤登仙。三、四句紧扣上文接着说事：仙人已经一去不复返了；

只有天空中的白云依旧飘荡，千载悠悠。以上四句写怀古之意，下四句自然过渡到思乡之情。五、六句是说：隔着江水，汉阳的树木清晰可见，鹦鹉洲上的春草长得茂盛。西望汉阳树，北望鹦鹉洲，再往西北望去，是不是诗人的故乡汴州？于是，七、八句自然点明了思乡之情，思绪油然而生：但日暮时分，乡关更看不见了，所见的只有长江上的烟波浩渺，此景怎不令人心愁呢？

此诗的成功在于笔法飘逸，意蕴悠长。首先，诗情飘逸，一气呵成。前四句怀古以意为先导，放情写去。沈德潜《唐诗别裁》说："意得象先，神行语外，纵笔写去，遂擅千古之奇。"所言甚是。前半由虚到实，从昔日传说神话的虚无缥缈到今日黄鹤楼的真实存在，一句贯古今、到天地。尤其"白云千载空悠悠"这一句，正是表达了世事茫茫之慨。后半又由实到虚，由周围的江景清晰可见到日暮时分的江面上烟波渺渺，视野推向远方，什么都看不到了。前四句从古到今，后四句则由近及远，打破时空的限制，在天地、古今之间任意挥墨，才写出"气格高迥，浑若天成"的诗篇来，道出了"一去不复返"的岁月流逝之慨和"使人愁"的思乡之情。这种飘逸笔法，完全不顾律规。正如《红楼梦》中林黛玉教人作诗时所说："若是果有了奇句，连平仄虚实不对都使得的。"其次，意味深厚，抒情深沉。前四句连用两个"去"、两个"空"，完全是"有意"而作的。"去"是"空"的前提，此地黄鹤去，岁月去，事隔千年，楼台和白云依旧存在；这里的"空"字有徒然的意思，反复强调时空变化的突然性。诗人怀古思乡，是神话也好，还是现实也好；是历历晴川也好——还是萋萋芳草也好——所见所闻，突然感到岁月苍茫，突然发现看不到家乡了，从而更加怀念乡关。结处暗示眺望之久，也包含怀古和思乡之意。有古人评论："前六句神兴溢涌，结二语蕴含无穷。"最后，古调律调参半，敢于创新。此诗前面为古调，不顾律规，任意抒写，顺势而下，一气呵成；后面为律调，对偶工稳，转承有度，结尾处抒发情感，自然得体。虽然诗裁不一，但章法有序；从律诗的起、承、转、合来看，也有章法。首联从仙人乘鹤说起。颔联紧承诗意，也是一去一空，意脉相连。颈联突转，格调上由古风转近体，句法与前联截然不同，恰好符合律法要求。尾联含有怀古、思归两方面，正好为全诗作结，也是符合格律之法。此诗之所以好，在于意脉流畅、简洁明了，读起来朗朗上口，容易为大众所欣赏。李白曾激赏说："眼前有景道不得，崔颢题诗在上头。"后来，李白还是效仿写了一首《登金陵凤凰台》。如果两首相比较，施蛰存先生认为，从思想内容及句法、章法来看，李诗胜过崔诗。

　　论曰：意象神行出，诗情语外充。悠悠飘逸笔，名贯古今中。

李颀

　　李颀（690-751），今四川三台人。开元年间进士，曾任新乡县尉，后辞官归隐。擅长古诗，以赠答诗最多，风格豪放，慷慨悲凉。有《李颀诗集》。

赠张旭

张公性嗜酒，豁达无所营。
皓首穷草隶，时称太湖精。
露顶据胡床，长叫三五声。
兴来洒素壁，挥笔如流星。
下舍风萧条，寒草满户庭。
问家何所有？生事如浮萍。
左手持蟹螯，右手执丹经。
瞪目视霄汉，不知醉与醒。
诸宾且方坐，旭日临东城。
荷叶裹江鱼，白瓯贮香粳。

微禄心不屑，放神于八纮。

　　时人不识者，即是安期生。

　　这是一首赠答诗，赠予张旭的诗。张旭何人也？张旭是盛唐著名的书法家兼诗人，字伯高。张旭为草书狂人，获"张颠"诨号，被誉为"草圣"。他的笔法，后传吴道子、颜真卿。《新唐书》载："文宗时，诏以白歌诗、裴旻剑舞、张旭草书为三绝。"杜甫有言："张旭三杯草圣传。脱帽露顶王公前，挥毫落纸如云烟。"李颀在仕途上的遭遇与张旭相近，二人关系很好，对张旭知根知底，写起来比较容易。李颀的这首诗为研究张旭提供了宝贵的资料。

　　开篇二句是对张旭性格的评价，抓住其要害，以嗜酒出句，带出豁达之性格，点明了嗜酒与豁达的性格特征，也是造成他一生"无所营"的原因。寥寥十字概括一生，形象十分鲜明，可谓是知音者。

　　"皓首"接下来六句，集中叙述张旭杰出超群的书法。一个"穷"字，概括他一生到老都在刻苦钻研草隶书法。"时称太湖精"，因张旭生长在吴县，故时人称为"太湖精"，这是他的绰号。这里并非对他不尊，而是对他太熟悉了，说明关系好到无话不说的地步。而且一个"精"字，实际上是对他书法出神入化的赞美，技法如鬼神。接下来分镜头向我们展示他的神技鬼工。先是光着脑袋，坐在胡床上，突然长叫几声，浑入魔神态。这种形象刻画十分传神，未落笔神出化。接着写挥墨神态，写到兴奋时，竟洒在白色的墙壁上，运笔如流星飞快。在此，我们可以想象龙蛇舞动，风驰电掣，笔惊鬼神。如李白《草书歌行》中所说："恍恍如闻神鬼惊，时时只见龙蛇走。"这里抓住其情状，绘声绘色，竟用四句就刻画得如此传神。从中我们可以看出，张旭好像不是在写字，而是在宣泄情绪。如韩愈所说："（情绪）必于草书焉发之。"

　　"下舍"以下六句，是对"无所营"的具体描写。李颀把我们带到他的家里去看，住的是下等陋室，难蔽风雨，连户庭都长满了荒草。我问你，你家里还有什么呢？草圣真是达观之人，答的也不含糊其辞：反正浪迹天涯，如浮萍漂荡，有东西干嘛！问得直接了当，答得干脆利落。看似简单两句，实为同情流露，也感受到张旭的无奈。既然如此，何不潇洒走一回，举蟹持醪，执丹论道吧。其实，这是无力面对现实的表现，是一种自我麻醉而已。

"瞠目"以下十句，是对"嗜酒"的描绘。张旭整日里如痴如醉，虽醉犹醒，似醒非醉，目瞪口呆，仰望天空，咄咄书空。张旭邀朋呼饮：请诸宾稍坐，我去东城沽酒，好菜佳肴俱上。那些微禄何足挂齿，不屑一顾，放情通饮，一醉方休，神游八极，甚是惬意人生！如同李白"同销万古愁"，还说"古来万事贵天生"。此景此情，不知者以为他是一个仙神呢。不难看出，李颀也是"诸宾"一员，才写得如此精彩。

纵观全诗，字里行间透露出对朋友的同情和怜悯。书法最能体现人的个性，李颀既是写他的书法，更是写他的人生。全篇结构严谨，省略得当，潇洒自如。作者用诗歌来刻画人物的技巧，向我们提供了范本，值得注意。

论曰：笔落云烟里，诗怀草圣情。非常评技法，有趣论人生。

送魏万之京

朝闻游子唱离歌，昨夜微霜初渡河。
鸿雁不堪愁里听，云山况是客中过。
关城树色催寒近，御苑砧声向晚多。
莫见长安行乐处，空令岁月易蹉跎。

这首是送别朋友魏万去长安的诗。魏万也是诗人，比李颀晚一辈，曾隐居王屋山，自号王屋山人，与李颀关系密切。

此诗的大意是：清秋的早晨，听说你独自去长安了；昨晚黄河还下起了薄霜呢。鸿雁南飞，你听到它们的叫声，恐怕会增添你的旅愁吧；旅途中的高山，恐怕也会加重你的思乡之情。长安的天气将更寒冷，当你看到树叶枯黄，听到砧声袭来的时候，心中也会感到悲凉吧！希望你不要把长安当作行乐的地方，虚度年华，白白使岁月流逝啊！

这首是七言律诗，李颀设身处地想象魏万沿途的客愁，嘱咐他不要沉迷酒乐，写得十分感人。通过叙事、写景、抒情融为一体，情深意切，情景交融，别开生面，在送别诗方面很有特色。首联点明时间，先说早晨独自离开，再说昨夜微霜初下，这是用倒戟笔法，极为得势。一个"渡"字，既把"微霜"拟人化了，又能反映游子渡河的情景，好像微霜先为他铺路似的，可以想象旅途是艰辛的。颔联承写想象之景，以"鸿雁""云山"对举，渲染氛围。大雁为候鸟，秋天南飞，春天北归，飘零不定。它的哀鸣会使人感到离愁别恨，怅惘凄切。尤其在旅途之中，更难忍受。而"云山"往往让人感觉路途遥远——跨不完的群山，自然感到黯然神伤。又以"不堪""况是"两个虚词前后呼应，往复顿挫，关切之情跃然纸上。颈联转写长安情景，对游子所到目的地作了充满情意的推想。时值深秋，树木凋零，枯黄色的叶子更显寒气凛凛，为长安抹上一层冷色调。再以砧声阵阵来渲染悲伤的情绪，巧妙化用了"长安一片月，万户捣衣声"的诗意。一个"催"字和一个"向"字，把长安常有的景象写得有声有色、有情有意，十分生动。同时，也暗含时不我待、岁月易逝之意，顺势引出结尾二句，提出希望——不要把京城视为行乐地，劝勉他努力立身立业立名，可谓是对晚辈的语重心长。这里抒情之笔委婉曲折，情韵深长，感人至深。明代何景明评此诗说："多少宛转，诵之悠然。"

作为律诗，顺便介绍一下诗中三个字的读音问题："听"可平可仄，这里读去声，属径韵；"过"在句尾韵脚，"经过"之意，读平声，属歌韵；"令"是"使令"之意，读平声，属庚韵。多音字往往有不同的意思和相应的读音，作律诗者要注意这方面的问题。

论曰：笔法行云宛，诗心灵动情。悠然通意脉，寄语婉言声。

王昌龄

王昌龄（约698-约756），字少伯，今陕西西安人。早年贫贱，困于农耕；而立之年，始中进士；官至江宁丞，故称"王江宁"。安史乱起，为刺史闾丘晓所杀。诗擅长七绝，格调高昂，后人誉为"七绝圣手"。明人辑有《王昌龄集》。

从军行七首·其四

青海长云暗雪山，孤城遥望玉门关。
黄沙百战穿金甲，不破楼兰终不还。

这首七绝，首句写边塞青海的广袤苍凉，表明守边战士是在恶劣环境里战斗。天宝七载，哥舒翰曾筑城于青海龙驹岛，置神威军于海上。当时的青海，是唐军和吐蕃多次交战的地方。"长云"指连绵不断的浓云，"长"表示乌云笼罩之广。"雪山"指祁连山脉，山上长年积雪。一个"暗"字，表示环境极其恶劣，形势严峻，乌云密布足可使雪山暗了下来，写得如同后来的李贺诗句"黑云压城城欲摧"一样精彩。次句写孤城与玉门关遥遥相望。"玉门关"，其故址在敦煌西北，为通往西域各地的交通门户。在唐代，关内就是故乡。这里"遥望"并不是指主人公在遥望，而是指两地相隔遥远，表明战士离故乡很远。一、二句是空间的展现；三、四句转为时间的叙述，转景写情。转句是说：在恶劣的气候里长期作战，就连穿在身上的铠甲都磨破了。此句极有概括性："黄沙"指大漠风沙，表明西北沙场环境之恶劣、战争之艰苦。"百战"泛指战事频繁，表明戍边时间漫长。"穿金甲"指磨破铠甲，表明战斗之激烈。此处"穿"字写得精彩，极有说服力。身经百战的士兵，其报国壮志没有被销磨掉，反而身上的铠甲被销磨破了，这是何等的可爱之处！末句发出了铁骨铮铮的誓言，掷地有声：不打败侵犯之敌，决不回家，表现出战斗的热情和胜利的信心。"楼兰"指汉时西域的鄯善国。汉昭帝时，楼兰王与匈奴勾通，屡杀汉朝使臣，大将军霍光派傅介子用计杀楼兰王而返。末句借傅介子之事作抒情，一个"终"字意味无穷，真是妙不可言。

　　王昌龄的边塞诗，大都是用乐府旧题写成的组诗。其中一个重要的思想特色，就是反映战士们的爱国情怀和勇敢乐观的精神。此诗情景交融，用典型环境塑造典型人物，两者高度一致，写出盛唐的气象和精神风貌。这是王昌龄的艺术特点。又如《从军行·其五》："大漠风尘日色昏，红旗半卷出辕门。前军夜战洮河北，已报生擒吐谷浑。"再如《出塞》："秦时明月汉时关，万里长征人未还。但使龙城飞将在，不教胡马度阴山。"同样写出必胜信心，充满乐观的态度。

　　王昌龄的绝句，句句精彩，没有闲笔。起句往往很突兀，开门见山，单刀直入，引人注目；转句往往另辟新境，翻上一层；结句有时很实在、很肯定，有时很含蓄，余味无穷。王昌龄的《诗格》在谈到结句时也说："每至落句，常须含蓄，不令语尽思穷。"这是他的经验总结。

　　论曰：每念江宁句，声声神韵吟。情犹穷语尽，结味百千寻。

芙蓉楼送辛渐二首·其一

　　寒雨连江夜入吴，平明送客楚山孤。
　　洛阳亲友如相问，一片冰心在玉壶。

　　芙蓉楼，故址在今江苏镇江西北角。辛渐，王昌龄为江宁县丞时的诗友。此诗就写于任内，是一首赠别诗。起句开门见山，把送别时的气候情景展现在读者面前。"连江"指雨水与江面连成一片。"吴"指吴地,就是芙蓉楼所在,属古吴地。此句是说:秋雨连夜在江面上下个不停,好像一起把我们送达吴地润州。诗人通过寒雨的描写,渲染出离别的凄凉氛围,含蓄表达体贴关怀之情。也许凑巧,诗人用清风寒雨为背景,是有寓意考虑的。承句写分别。"平明"指天刚亮的时候(即黎明)。"客"就是朋友辛渐。"楚山"泛指楚地的山。辛渐前往洛阳要经过楚地。这里的"孤"指客人独自。这句话的意思是:天色刚亮,我们就在芙蓉楼上执手言别;遥望朋友所去的那一片楚山,孤独感油然而生。"平明"承接上句的"夜",夜晚同来,黎明分手,写出了离别的仓促。一路送别,又夜雨绵绵,充分说明他们之间的友情是深挚的。后两句另辟蹊径,翻出新意,转写对友人的嘱托:那里的亲朋好友如果有问我的话,你就说,我的心如同纯洁的冰放在玉壶里。这两句重在写自己的清高纯洁,不受功名利禄富贵的玷污,表达自己的志趣。鲍照《代白头吟》有言:"直如朱丝绳,清如玉壶冰。"这里用其意。据说,当时王昌龄遭到一些人的议论,仕途不顺,被贬岭南后,第二年又贬任江宁丞。这里,显然是回击了对他的污蔑之词,也告慰亲人的关心。所以,诗人借"冰心""玉壶"作比,以明心迹。结句写得空灵含蓄,真是人所难及。清代宋顾乐《唐人万首绝句选评》评曰:"唐人多送别妙。少伯请送别诗,俱情极深,味极永,调极高,悠然不尽,使人无限留连。"这是王昌龄绝句的特色。

论曰:意象先行步,吟情已出神。悠然难咏尽,一片玉壶春。

长信秋词五首·其三

奉帚平明金殿开,且将团扇共徘徊。
玉颜不及寒鸦色,犹带昭阳日影来。

这组诗共五首,是代表唐代宫怨题材的作品,这里选的是第三首。长信，是汉代一座宫殿的名称。汉成帝先宠爱班婕妤，后来又宠爱赵飞燕。班婕妤感到自己处境危险，就主动请求去长信宫侍候太后，从此她就在长信宫度过寂寞的后半生。此诗写的是班婕妤的痛苦心情。

首句写天色方晓，金殿一开，她就拿来扫帚打扫宫殿。"奉帚"为拿起扫帚之意。清早打扫宫殿也许是分内工作，也许是一种消遣，她感觉寂寞无聊。次句承写她打扫以后别无他事，就拿着团扇徘徊。"且将"表现出孤独寂寞的心情。据说她曾写过《团扇诗》，以"团扇"自比，秋天一来就被抛弃。所以，"团扇"寓意自己的遭遇。她拿起团扇走来走去，不知道干什么好。看似平常，又有深意。三、四句突然一转，说自己洁白如玉的容颜，反而不如乌鸦；浑身乌黑的乌鸦还能飞到昭阳殿受到光照，飞来还能带上一些温暖。相比之下，我却只能在冷宫里忍受孤独和寂寞。"昭阳"指汉殿，即赵飞燕姊妹所居。"日影"象征皇帝的宠爱，古代常以"日"比喻皇帝。诗人以"玉颜"和"寒鸦"对比，美与丑、白与黑，反差极大，比照效果更为强烈。这里用"不及""犹带"，以委婉含蓄的语气表达自己的怨情，怨而不怒，用语极见功力。清代焦袁熹《此木轩论诗汇编》评曰："玉颜如何比到寒鸦，已是绝奇语。至更'不及'，益奇矣。看下句则真'不及'也，奇之又奇。而字字是女人眼底口头语，不烦钩索而出，怨而不怒，所以为绝调也。"

王昌龄的绝句除了善用巧妙的比喻来写宫女的怨情外，更善于运用七绝表现刹那间的感触。这种感触是由外界的景物瞬间引起的，或忽然闪现，或忽然听见，如同一粒石子投入湖中所引起的波澜一样。班婕妤徘徊无聊之际，忽然看见一只飞来的乌鸦，深深触动她的神经，引起一连串的联想，意含丰富，也给予读者无尽的遐想。再如《闺怨》："闺中少妇不知愁，春日凝妆上翠楼。忽见陌头杨柳色，悔教夫婿觅封侯。"诗中突然看见柳色的刹那间，感到自己的孤独，由杨柳想到分别，由春光想到青春，从而感到辜负了青春年华，忽然悔恨起自己让丈夫去觅封侯。这不止是触景生情，更是情景交融，其过程极富启发性。

论曰：少伯秋词绝，情形善喻工。神经如触电，妙意瞬间中。

高适

高适（约704-约765），字达夫、仲武，今河北景县人。少贫寒，潦倒失意。四十多岁后举有道科，曾授封丘尉，终散骑常侍，世称"高常侍"。年过五十才学作诗，体裁大部分是古诗，以七言歌行为佳。著名边塞诗人，与岑参并称"高岑"，与岑参、王昌龄、王之涣合称"边塞四诗人"。有《高常侍集》。

封丘作

我本渔樵孟诸野，一生自是悠悠者。
乍可狂歌草泽中，宁堪作吏风尘下？
只言小邑无所为，公门百事皆有期。
拜迎长官心欲碎，鞭挞黎庶令人悲。
归来向家问妻子，举家尽笑今如此。
生事应须南亩田，世情付与东流水。
梦想旧山安在哉，为衔君命且迟回。
乃知梅福徒为尔，转忆陶潜归去来。

这首诗是高适任封丘县尉时所作。他任此官感到很痛苦，也很矛盾，于是写了这首诗。开头四句是说：我本来在孟诸打渔砍柴，可以无拘无束地过一生。凭我的个性，只可在草泽之中狂歌，怎能在官场里做一名小吏呢？四句话把积压已久的不满情绪发泄出来。"乍可""宁堪"相对，表现出诗人追悔不已和愤懑不平的矛盾心情。这里开门见山，毫不隐瞒自己的想法，开篇就把一个满脸愁苦的形象突兀地展现在读者面前。接下四句是说：我原以为封丘这个小县城没什么事可做，谁知道衙门里的公事都有期限的。而且整天都在迎来送往，尤其在拜迎长官的时候，我的心都要碎了；特别是鞭打黎民百姓的事，我更难以忍受。"拜迎长官心欲碎，鞭挞黎庶令人悲"是很有名的句子，表现出诗人洁身自爱的品德和矛盾痛苦的心情，也反映了当时官场的腐朽黑暗，两句对举而出，情感更为激烈。接下来两句是说：我把这个矛盾的心情向家里人说出来，可是连妻子都不理解，全家人都笑话我，劝我跟着人家混下去吧！面对如此，最后六句是说：我想生活上的事，应该去种田劳动。所谓的功名，都应随向东流水一样消失。我梦想回到家乡，但现在委任在身不便马上回去。我现在知道了，西汉的梅福为什么放弃县尉职务；同时也更加怀念陶渊明，要像他那样辞官归隐躬耕了。"旧山"指故乡。"梅福"是西汉人，曾任南昌县尉，后弃官归隐寿春，居家读书。"归去来"指陶渊明的《归去来兮辞》，表示要弃官归田。

　　全诗真情实意，心地质朴，语言晓畅爽快，思想深刻，直率感人。在写法上，先从个性落笔，自叙本来面目，说明不堪做官的原由。再从官场客观情况，申述不堪做官的实情，进一步说明不愿做官的理由。同时从官场到家里，拓展内容，表明弃官归隐的愿望。最后急转急收，借用"梅福""陶潜"典事，决心弃官归隐，与开篇遥遥照应。主题明确，结构严整，情感上逐渐升华，先由想法到愤慨再到决心归去，全诗情绪波澜起伏，最后以"乃知""转忆"来表达情感直奔而下。唐代殷璠在《河岳英灵集》里评高适的诗："多胸臆语，兼有气骨。"高适的高尚人格，在封建社会里是非常难得的，可算得上同情黎民疾苦的诗人。

　　这是一首七言歌行，每四句押一个韵，而且仄韵、平韵交替转换，完美呈现抑扬顿挫的艺术效果。

　　论曰：歌行抒胸臆，兼有格风高。气骨真情致，为民挥疾毫。

岑参

岑参（约715-770），今湖北江陵人。天宝进士，曾到过安西，后来往于北庭、轮台间，官至嘉州刺史，又称"岑嘉州"。以边塞诗著称，以七言歌行和七绝成就最高。有《岑嘉州集》。

白雪歌送武判官归京

北风卷地白草折，胡天八月即飞雪。
忽如一夜春风来，千树万树梨花开。
散入珠帘湿罗幕，狐裘不暖锦衾薄。
将军角弓不得控，都护铁衣冷难着。
瀚海阑干百丈冰，愁云惨淡万里凝。
中军置酒饮归客，胡琴琵琶与羌笛。
纷纷暮雪下辕门，风掣红旗冻不翻。
轮台东门送君去，去时雪满天山路。
山回路转不见君，雪上空留马行处。

岑参一生共三次出塞，对边塞生活十分熟悉。这首诗是他第二次出塞在轮台时所作。"判官"是官职名，武姓具体何人未详。此诗写雪中送朋友回京。前十句都是写雪景。开头就以惊异的口吻叙述边塞的气候特点，一句地，一句天：八月的天气，塞北一带就开始大雪纷飞，北风卷地，白草残断。接下来就形容飞雪了：浑如一夜春风吹来，千万棵"梨花"竞争开放。再接下来几句，从个人的感受来写寒冷：在这样的雪天中，雪花飞进珠帘沾湿了罗幕，连狐裘都不保暖了，锦被也嫌单薄了；角弓拉不开了，盔甲更是冻得难以穿上；而且风雪弥漫在广阔的大沙漠上，万里长空也凝结着惨淡的愁云，真是冰天雪地！经过这番渲染后，下面八句转入写送别：在主帅之所的帐幕里置酒送别，胡琴、羌笛和琵琶三种乐器齐奏，充满着温暖和热烈。酒宴结束，走出一看，雪还在下，辕门都快被雪埋住了，红旗被冻得都展不开。就在轮台东门送行朋友，天山路上雪盖很厚；伫望朋友渐渐远去，一直到拐弯处看不见身影为止，在雪路上只留下一串马蹄踏过的痕迹。

  杜甫曾说过："岑参兄弟皆好奇。"从字里行间，可以看出诗人充满着惊奇。如"八月即飞雪"，一个"即"字，觉得很惊奇，也写得惟妙惟肖。"忽如一夜"中的"忽"字，也是写得很妙，感觉"胡天"气候变化无常，飞雪来得突然。还有"不得控""冷难着""冻不翻"等用词，也让我们看到一个个奇异景象，真是奇妙之笔。岑参诗里也充满奇特的想象，营造出鲜明的边塞风光。如"忽如一夜春风来，千树万树梨花开"，这句话成为咏雪千古绝唱。比喻巧妙新颖，用白花喻雪确实巧妙，而且语言平实自然，没有什么雕琢，给人以鲜明的印象，达到出神入化的境地。再如"纷纷暮雪下辕门，风掣红旗冻不翻"，在暮雪纷飞中步出帐幕一看，旗帜竟然被冻结了，在白与红的相映中显得绚丽。这两句也体现出奇特的想象和瑰丽的诗境，真是诗奇得美、奇得洒脱。当然，如果没有真实感受，写不出这样的诗句来。元代陈绎在《吟谱》中说："高适诗尚质主理，岑参诗尚巧主景。"岑参的诗句还富于变化，音调悲壮宏亮。如"胡琴琵琶与羌笛"，连续罗列了三种乐器，也许不像诗，却很有诗味。这些异乡的乐器，自然演奏异乡的乐曲，也是别有一番风味。再如"瀚海阑干百丈冰，愁云惨淡万里凝"，既显寒冷，又显悲壮宏亮，把寒冷写得新鲜有趣，体现他巧妙的艺术构思。但也要指出，如果诗里专写奇景、奇寒之特点，没有诗人的情感在里面，那也不是好诗。所以，诗人在描述风光时不忘送友的感情流露。如"愁云惨淡"，一个"愁"字，隐约对即将分别的暗示，依依不舍之情油然而生。又如"去时雪满天山路"，大雪归京，表达对朋友的关怀和当心。再如"雪上空留"，一个"空"字，表现出难舍而留恋的惆怅。这些都是对朋友的真挚情感的表现。诗情内涵丰富，也很有艺术感染力。全诗由帐外写到帐内，再由帐内写到帐外，写景与送别相互转化，头尾以雪呼应，结构缜密。杜甫在《寄岑嘉州》中说："谢朓（指岑）每篇堪讽诵，冯唐（自指）已老听吹嘘。"把岑参比作谢朓，说他的每一首诗都可读，都值得一读。

论曰：歌行边塞绝，犹以七言情。咏雪新鲜妙，吟风平淡清。声声堪读诵，句句且纵横。笔触油然发，诗奇得美名。

逢入京使

故园东望路漫漫，双袖龙钟泪不干。
马上相逢无纸笔，凭君传语报平安。

盛唐时代，许多人都想去边塞干一番事业。岑参也不例外，有向往边塞的心动。据说天宝八载，一个机会等来了，诗人被安西四镇节度使高仙芝奏为右威卫录事参军，充节度使幕府掌书记。诗的首联就是说他离开繁华的长安，在西行的路上依恋故居，向东望去感觉离家越来越远，思亲之情油然而生，双袖已经沾湿了泪水，脸上的泪水还是难以擦干。"故园"指长安旧居。"龙钟"指涕泪淋漓的样子。这里的"路漫漫"是实感，字里行间已经包含难以抑制的绵绵情绪。"泪不干"虽有夸张，但让人容易接受，写出普通人的情态，极为朴素。通过"东望"的描绘，一个人西行旅途的形象展示出来，为下面转句做足铺垫。三、四句点题：途中遇到进京的使者，捎个口信报平安。因为走马相逢，没有纸笔，没办法写信是很正常的事情，所以请使者替我报个平安的消息。"逢"字写得十分传神，有"相逢"才能"传语"，一切都在自然状态下产生，语气显得平静安详，看不到如前面那样的冲动。所以，有人认为前后情感不一样。其实，前后是统一的。一个人离开家乡有念亲之情，谁都会有的。正如他自己曾作过说明："万里奉王事，一身无所求。也知塞垣苦，岂为妻子谋。"（《初过陇山途中呈宇文判官》）为了功名赴边，这种行为是自愿的，也是决心和豪情的反映，所以下面才有平和的心态。"报平安"说明前途顺利，具有自信乐观的态度。这一句看似简单，但简单之中寄寓深情，寄寓厚味。

这首诗之所以成为传诵很广的名作，是因为写得自然本色，有情有理。明代钟惺评此诗"只是真"。岑参曾言："功名只向马上取，真是英雄一丈夫。"因此，从道理上讲，情绪的基调当是昂扬向上的，最后"报平安"是顺理成章的事。诗句不能写成叙事文，绝句更不可能面面俱到，往往只抓住一个侧面、一点事情，然后通过艺术加工，道出"人人胸臆中语"，使之产生共鸣。这首诗正是这一特色。明代谭元春评此诗曰："人人有此事，从来不曾写出，后人蹈袭不得，所以可久。"

论曰：寄寓思亲意，浓浓故土情。传形生动感，功在写真行。

无名氏

菩萨蛮·枕前发尽千般愿

枕前发尽千般愿，要休且待青山烂。水面上秤锤浮，直待黄河彻底枯。　白日参辰现，北斗回南面。休即未能休，且待三更见日头。

这是一首曲子词。所谓曲子词，就是歌词的意思，是一种配合音乐用以歌唱的诗体。而后"菩萨蛮"才成为一个词牌，与现有词律要求不一样。关于词起源于何时，看法不一。但从敦煌发现的曲子词来看，多数为现存最早的唐代民间词。而这首大约作于天宝年间，是盛唐曲子词的代表作。

这首曲词的内容是列举几件完全不能实现的事情向爱人发誓，以表达坚贞不渝的爱情。全词大意是：我在枕前已经发过千万般的誓愿，如果想要断绝关系，那就等到青山腐烂，水面上秤锤漂浮，直到黄河彻底干枯。还要白天能看见星辰，北斗转回南面。即使这些事都出现了，还是不能休弃，除非是半夜三更出现了太阳！

　　纵观这首民间爱情词，它没有后来文人词深婉曲折的格调和含蓄蕴藉的神韵，主要是通过铺排、衬字以及词韵的运用，直接表达词意。这是早期词风特色。首先，词意直截了当，开门见山。词笔一落便是一泻千里，如水从高山上滚滚而下，一发难收，连续用六种难以实现的事情铺排——青山烂、秤锤浮、黄河枯、白日参辰、北斗回南、三更见日，从地面到天上，感情喷薄而发，直上云霄，仿佛也向老天爷发誓。其次，以设喻手法来表达自己的坚贞爱情。词中也用六个景象来设喻：青山、水面、黄河、参辰、北斗、日头。这和汉乐府民歌《上邪》"上邪！我欲与君相知，长命无绝衰。山无陵，江水为竭，冬雷震震，夏雨雪，天在合，乃敢与君绝"中的所用的物象设喻相类似，都是从生活中常见的事物来比喻，有异曲同工之处。再次，是运用衬字来丰富词意。近代词学家刘永济《唐五代两宋词简析》评曰："此词，句中有衬字，须加辨别，第三句中之'上'字及第四句、末句中之'直待''且待'，皆衬字。"这些衬字的使用已经与律诗区别开来了。最后，词的构思巧妙。首句切入正题，提纲挈领，总揽全篇，直接铺排出六种自然景物，很有气势，其想象宏阔而丰富，空间之大、物象之广，形成一种奇妙而合理的类比推理。全词以第二句中的"休"字引出五个比喻以后，略一顿挫，再以"休即未能休"句引出一个新的假设，意思是：即使以上五种假设都成为事实的话，还想要休弃我，也还是办不到的。这种以退为进的写法，是从更高的层次上提出了"休"的不可能实现，表达出来的决心毅志更大。此词紧紧围绕着"不能休"这一中心譬喻，体现词人的匠心之作。此词分上下两片结构，即所谓双调，而且层次分明，倚声也接近钦定词谱。另外，发誓场景极为特别，好像在洞房花烛夜的"枕前"发愿，情意深厚；而且词风热烈奔放，大胆直率。情感由心而发，语言以口写心，语浅情深，似拙而巧，这是成为一首好词的奥秘所在。

论曰：曲子歌词体，民间早有吟。联联皆妙喻，似拙写真心。

李白

李白（701-762），字太白，号青莲居士。祖籍今甘肃秦安东，5岁随父迁居今四川省江油县。25岁前在蜀中生活，25岁至42岁仗剑远游，42岁至44岁在长安供奉翰林，44岁至55岁十载漫游，55岁至62岁病死在安史之乱期间。一生中儒道并存，在理想与现实之间有矛盾，既反权贵又轻王侯，狂放不羁，追求个人自由，其思想性格在诗歌中呈现出复杂的面貌。伟大的浪漫主义诗人，被后人誉为"诗仙"，又号"谪仙人"，与杜甫并称为"李杜"。今存诗近1000首。清代王琦注有《李太白全集》。

渡荆门送别

渡远荆门外，来从楚国游。
山随平野尽，江入大荒流。
月下飞天镜，云生结海楼。
仍怜故乡水，万里送行舟。

这是李白青年时期在出蜀漫游的途中所写的一首五言律诗。"荆门"为山名，位于今湖北宜都西北长江南岸。首联写渡荆门去远游，直接点题：沿长江乘船已到荆门山外，又到楚地去远游。颔联写所见之景：一出荆门山，视野开阔，蜀地的群山随着平坦的原野仿佛消失了，长江的流水也随广阔的原野仿佛连成一片。"大荒"意为广阔的原野。前句写山岭消失，后句写江流平原，与蜀地相比，简直是壮丽奇观。诗人坐了一天的船，晚上什么都看不见，但心情还是很兴奋；守到拂晓时，见到月亮渐渐地往西落下，好像悬挂在空中的一面明镜；随着晨雾升起，在空中变幻成海市蜃楼之奇景。这是颈联所见之景：月如明镜，云生海楼。中间四句写出"山、水、月、云"四种奇妙的景象后，尾联抒发心里感受：我今天能见到如此美景，是故乡的江水一路陪伴着我的行舟，我深深地爱着故乡的水啊！尾联写法很特别，把热爱故乡之情深深地寄托在江水上，又用拟人的手法把江流写活了，仿佛是江水在为他送别，富有人情味，以此收束，更有深味。《升庵诗话》说太白诗，尾联是"寓怀乡之意"。

　　此诗从乘舟远游写起，一路上所见美景，景中寓情，生动流畅，概括力极强，造语奇新，给人印象深刻。尤其"渡、从、随、入、飞、结、怜、送"几个动词连用，动感十足，形成一幅流动的画卷。更可贵之处在于，刚出家门就恋起故乡，立意新颖高远，寄寓遥深。清代卢麰《闻鹤轩初盛唐近体读本》评曰："三、四写形势，确不可易，复尔苍亮。五、六亦是平旷所见，语复警异。观此结，太白允是蜀人，语亦有情，未经人道。"

　　论曰：远渡心奇出，怀乡自有兼。行舟呈画意，结味语新尖。

行路难三首·其一

　　　金樽清酒斗十千，玉盘珍羞直万钱。
　　　停杯投箸不能食，拔剑四顾心茫然。
　　　欲渡黄河冰塞川，将登太行雪满山。
　　　闲来垂钓碧溪上，忽复乘舟梦日边。
　　　行路难，行路难，多歧路，今安在？
　　　长风破浪会有时，直挂云帆济沧海。

　　《行路难》为乐府《杂曲歌辞》旧题。这组诗共三首，为李白天宝三年被谗离长安时所作。第一首前四句为第一段，是说虽有美酒佳肴而不能下咽，表达自己的悲愤之情。"茫然"是失意的样子。李白被"赐金放还"时，也许友人为他设宴饯行，"金樽""玉盘"都是贵重器皿，"斗十千""直万钱"表现酒菜的珍贵（"直"通"值"）。本来李白嗜酒，有这样的美酒佳肴，在平时肯定开怀畅饮，"一饮三百杯"没问题。然而，停杯、投箸、拔剑、四顾，一连串动作，将极其愤怒的形象表现出来，可见内心的苦闷抑郁激荡变化。

中间四句为第二段，写变幻莫测的人生遭遇。前承"心茫然"，后接"行路难"。欲渡黄河有寒冰堵塞川流，要登太行却是大雪封山阻路。这两句生动地表现了诗人当时的处境，比兴的意味浓厚。可以想象，一个怀有抱负的人物，传闻在道士吴筠的推荐下，有幸受诏入京，却不被重视任用，才待三年就被变相撵出了长安，竟然没有自己的一条出路？心情是何等难受！在心境茫然之中，忽然想到吕尚和伊尹两位人物的故事，仿佛增添了几分信心。吕尚曾在溪边钓鱼，后来被周文王发现，尊为师，助周灭商。伊尹曾梦见自己乘船从太阳旁边经过，后被商汤聘请，助商灭夏。一位是钓鱼的，一位是耕田的，他们都有意外得到发展的机会。可是诗人却没有像他们一样的幸运，今后又何去何从？

接下来到结尾为第三段。在这里，诗人的思路回到现实中来，又仿佛处在一个十字路口上："行路难，行路难，多歧路，今安在？"不知道自己要去何方？与上面"心茫然"前后呼应，表现出诗人的苦闷彷徨之情。在感情上再一次回旋，从道家思想上又回到儒家思想上，体现了诗人倔强的性格，唱出了充满希望的强音："长风破浪会有时，直挂云帆济沧海。"尽管前面的路障碍重重，但仍能乘风破浪，直挂云帆，横渡沧海——在沧海中勇往前进，一定会到达希望的彼岸。

这首七言歌行只能算是短篇，但笔意纵横、气势宏大，这是李白诗歌浪漫主义艺术风格的魅力所在。全篇围绕着理想与现实的矛盾冲突，感情的流露是激荡起伏、复杂变化的。诗人都不写如何被"赐金放还"这一境地，开头就摆出豪宴气派，先让人感觉是一场欢宴；突然间就"停、投、拔、顾"，四个连续动作，又让人一惊，情绪急转直下，如惊涛拍岸，强烈冲击，这是一转。接着说道路重阻，前途渺茫，忽然想起吕尚、伊尹两位人物来，似乎又增加了信心，这是二转。到了结尾，先是发出"行路难"的感叹，又突然从梦里醒来，最后发出自信的声音，这是三转。尤其最后几句节奏短促、思路激荡，可见他急切不安的复杂心态，才显得反复回旋的韵味。诗人本来想凭他的才智和勇气，"济苍生""安社稷"，干一番事业。正如他诗所言"抚剑夜吟啸，雄心日千里"和"纵死侠骨香，不惭世上英"，是何等的壮怀激烈！可是现实却让其成为泡影。通过这样一波三折的感情起伏变化，既显示了现实对理想抱负的阻遏，又表现了对理想的执着追求，同时也展示了诗人倔强自信的强大精神力量。

论曰：浪漫诗风出，纵横执笔耕。情间怀壮烈，寄寓路难行。

将进酒

君不见，黄河之水天上来，奔流到海不复回。
君不见，高堂明镜悲白发，朝如青丝暮成雪。
人生得意须尽欢，莫使金樽空对月。
天生我材必有用，千金散尽还复来。
烹羊宰牛且为乐，会须一饮三百杯。
岑夫子，丹丘生，将进酒，杯莫停。
与君歌一曲，请君为我侧耳听。
钟鼓馔玉不足贵，但愿长醉不复醒。
古来圣贤皆寂寞，惟有饮者留其名。
陈王昔时宴平乐，斗酒十千恣欢谑。
主人何为言少钱？径须沽取对君酌。
五花马，千金裘，呼儿将出换美酒，与尔同销万古愁。

"将进酒"是乐府《鼓吹曲辞·汉铙歌》曲名。"将"，意为请,实际上是"劝酒歌"。此诗是天宝十一载,李白在嵩山友人元丹丘处饮酒时所作。

全诗可分三个层次来阅读。从开头到"莫使"句为第一层次,抒写对人生短暂的感叹以及酒逢知己的快乐。开篇以"黄河"起兴,描绘黄河汹涌澎湃的气势。因黄河源于青海昆仑山脉,所以说"天上来",形容发源地的高远;黄河向东奔流入海,所以说"不复回"——从源头到落脚点,一泻千里,不再回还,仿佛是自己性格的写照,也象征着岁月流逝、人生短暂。于是,引发下面两句:对着高堂上的明镜,看到自己的白发而生悲。朝如青丝暮成雪,形容时间过得很快。以上几句均以形容及夸张的艺术手法,又反复以"君不见"冠顶,使得语气形成舒卷往复的咏叹意味,很有感染力。为什么李白突然间有这个感觉?也许是李白被唐玄宗"赐金放还"虽过八年之久,但还是耿耿于怀,借酒消愁吧!正因如此,进一步发出感慨:岁月如流水,人生又短暂,所以人生得意的时候应该尽情地欢乐,不要让金杯在月光下空着。这是第一层次的劝酒。第二层次从"天生"句到"惟有"句,承"须尽欢"写与老朋友尽情宴饮。天生我在世间,想必有用之材。与老朋友欢聚,散尽千金也在所不惜。钱以后还可以找回来,而岁月是找不回来的。反映出李白的豪放性格、自信以及对未来的期待。既然如此,快来烹羊宰牛当下酒菜,请大家姑且作乐吧!岑夫子、丹丘生,来,你们两位请喝酒,千万别把酒杯放下。"岑、丹"分别指岑勋、元丹丘,均是李白的好友。这几句生动再现了劝杯畅饮的情景,让人身临其境。下面开始喝酒唱歌了:我唱一曲来助兴,请你们侧耳倾听,欣赏欣赏吧。那些所谓的富贵生活我不稀罕,只希望长久沉醉下去,不再醒了。"钟鼓馔玉"指富贵人家的珍美生活。这里应该有所指,表现对富贵的蔑视,实际上对自己也有一种失落感。"天生我材必有用"与"但愿长醉不复醒",这是反映理想与现实的矛盾心态。接着来个小结——"古来圣贤皆寂寞,惟有饮者留其名",对"长醉"进一步说明理由；但又好像清醒着，想醉又醉不了，仍是理想与现实的矛盾在李白心里折腾。最后一层次是从"陈王"句至结束，写不惜卖马鬻衣，图个以酒消愁。"陈王"指昔日陈思王曹植。"平乐"为观名，在洛阳西门外，汉代为娱乐场所。曹植《名都篇》有言："归来宴平乐，美酒斗十千。"这两句意为陈王过去在平乐观宴饮时，喝着一斗值万钱的酒，纵情地寻欢作乐。这就是前面所说的"留其名"。所以接着说：今天我请客，怎么会说钱不够呢？尽管打酒来，与你们畅饮。"五花马"指名贵的马。末四句直呼儿子，把我的五花马和价值千金的皮衣都拿去卖了，换来美酒，与你们同消万古以来不解的愁。首尾呼应，结构完美。

这首歌行通过劝友"尽饮"过程的描写，表现出李白旷达不拘、乐观自信的精神和对社会现实的愤懑，也体现了理想和现实的矛盾心态，从而借酒消愁，发出对人生坎坷的慨叹，具有丰富的社会内容。全诗语言豪迈奔放，如黄河之水，气势磅礴，一气呵成；且多用口语和多处用三字句，节奏急促，又琅琅上口，语意顺畅，感染力强大，很吸引读者的心。沈德潜《唐诗别裁》谓"读李诗者于雄快之中，得其深远宕逸之神，才是谪仙人面目"，此篇正如所云。

论曰：诗同劝酒歌，实在感蹉跎。看似乐观态，翻为苦闷多。尽欢含自信，醉意又如何？健笔豪情迈，已登雄岌峨。

蜀道难

噫吁嚱，危乎高哉！
蜀道之难，难于上青天！
蚕丛及鱼凫，开国何茫然！
尔来四万八千岁，不与秦塞通人烟。
西当太白有鸟道，可以横绝峨眉巅。
地崩山摧壮士死，然后天梯石栈相钩连。
上有六龙回日之高标，下有冲波逆折之回川。

黄鹤之飞尚不得过，猿猱欲度愁攀援。

　　青泥何盘盘，百步九折萦岩峦。

　　扪参历井仰胁息，以手抚膺坐长叹。

　　问君西游何时还？畏途巉岩不可攀。

　　但见悲鸟号古木，雄飞雌从绕林间。

　　又闻子规啼夜月，愁空山。

　　蜀道之难，难于上青天，使人听此凋朱颜！

　　连峰去天不盈尺，枯松倒挂倚绝壁。

　　飞湍瀑流争喧豗，砯崖转石万壑雷。

　　其险也如此，嗟尔远道之人胡为乎来哉！

　　剑阁峥嵘而崔嵬，一夫当关，万夫莫开。

　　所守或匪亲，化为狼与豺。

　　朝避猛虎，夕避长蛇，磨牙吮血，杀人如麻。

　　锦城虽云乐，不如早还家。

　　蜀道之难，难于上青天，侧身西望长咨嗟！

　　"蜀道难"是古乐府旧题，属《相和歌·瑟调曲》名。该诗可能是天宝初年，诗人刚到长安不久送友人入蜀之作。唐孟棨《本事诗》说，天宝初年贺知章曾读到此诗，并因之称李白为"谪仙"。

　　这首诗歌是浪漫主义诗风的代表作，可分为六个自然段。

　　从"噫吁嚱"到"然后天梯石栈相钩连"为第一段落，是写蜀道的来历。开篇以三个惊叹词出句，接下来再用"乎、哉"语气词，强烈惊叹蜀道之高险，可谓先声夺人之笔。一句话：真高啊！蜀道之高险胜于登天！开头四句如音乐过门起调一样，为全诗奠定了基调，这个"调"使人心激荡。再接四句写古蜀国历史悠久。是说蚕丛、鱼凫两位蜀国先王如何在此开创国家，由于时间久远，渺茫难知，算来已有四万八千年，有很长时间里不与秦地相互交通。"蚕丛""鱼凫"为传说中古蜀国的两位先王。"四万八千岁"形容时间久远，并非实数。"秦塞"即秦地，今陕西一带。下面又是四句，紧承上面写地理障碍及开通的传说。是说蜀地的西边，有高峻的太白山挡路，与峨眉山之间只有飞鸟才能往还。传说五位壮士开山时地崩山裂，把他们埋在底下以后，秦、蜀两地便打开通道。"太白"即太白山，指秦岭。"横绝"是横越之意。"峨眉"即峨眉山。"壮士死"指用秦惠王许嫁五位美女给蜀王的传说，蜀王派五位大力士去迎接，在回来的时候，见一条蛇钻洞，便攥住蛇尾往外拉，忽然山崩地裂，壮士和美女全被埋下，于是裂开出一条崎岖的山路来。"天梯"形容陡峭的山路。"石栈"，古代在高山悬崖处凿石架木而形成的道路。诗人用极为夸张的笔墨，点染了传奇的色彩，让人心跳，也引人入胜。

第二段从"上有六龙回日之高标"至"以手抚膺坐长叹"，极写山势的高危。前四句说：蜀道的最高处，即使太阳车过来也要绕道而行；蜀道的最低处，则有波涛倒流而形成的漩涡。如此高险，黄鹤展翅都飞不过去，猿猱想攀登也要发愁。"六龙"指传说中羲和驾日的车子，用六条龙拉的。再四句说：由秦入蜀经过青泥岭，在极短的路程内有许多转弯，而且都是高峰入天，行人伸手可以摸到星辰，真是紧张得不得了，连气都喘不过来，不由自主地坐下来抚胸长叹。"青泥"指山岭名，为当时入蜀要道。"盘盘"形容迂回曲折的样子。"参、井"都是二十八星宿之一，指由秦入蜀的星空。这一段以极为夸张的语言渲染蜀道的高峻盘曲：用"六龙回日""扪参历井"写高峻；用"冲波逆折""百步九折"写盘曲；还以能飞的"黄鹤"和能攀的"猿猱"来反衬，极力描绘其高险。更何况行人通过，怎不"仰胁息""坐长叹"呢？神话与夸张融合一起，绘声绘色地刻画出蜀道难走的状况。

第三段从"问君西游何时还"至"使人听此凋朱颜"，进一步写蜀道的难行以及对入蜀友人的挂念。诗人写难行极至时，笔锋一转：问君入蜀什么时候回来？蜀道艰险可怕，山岩险峻难攀呀！一路上你还会听到古树中鸟声悲切，看到它们结伴绕飞在树林里。尤其是子规，在月夜里更是声声哀啼。笼罩在一片悲愁的氛围之中，必然引起你的思乡之情。比登天还难的蜀道，就是听人讲起也会吓得容颜失色。"西游"指入蜀，就是从长安入蜀而言。"子规"即杜鹃鸟，传说蜀王杜宇的灵魂所化，鸣声悲切，常用来衬托离人的乡思。这一段里，诗人借景抒情，用"悲鸟号古木""子规啼夜月"来渲染空寂旅愁和荒凉偏远的境地，有力地烘托了蜀道之难。欲话说"耳闻不如一见"，耳闻都让人害怕，何况你去见识？

第四段从"连峰去天不盈尺"至"嗟尔远道之人胡为乎来哉"，由面及点，写蜀道中最危险的地方。是说峰峰相连，高入云端，山顶离天不到一尺，悬崖峭壁上倒挂着枯老的松树。山下的急流和山上的瀑布，争相奔泻，喧腾不止；急流冲击，山崖转石，其声音如万壑雷鸣的巨响。如此险峻，人们何故还要去蜀地呢？"喧豗"指喧闹声。"砯"是水击声，用作动词，冲击之意。这段里，诗人用特写画面镜头——山头顶天、枯松倒挂、悬崖绝壁、飞湍瀑流、砯崖转石、万壑雷鸣等，一一展现出来，目不暇接，惊险万状，从而造成一种紧张气氛的艺术效果。

第五段从"剑阁峥嵘而崔嵬"至"杀人如麻"，写剑阁险要的地形，提醒大家有人据蜀作乱。前五句说：剑阁崎岖高险，一人把住关口，万人也不可攻破。如果让不可靠的人去把守，就会凭借天险作乱。"剑阁"指大小剑山之间的一条三十里长的栈道。后四句化用张载的《剑阁铭》："一人荷戟，万夫趄趑。形胜之地，匪亲勿居。"诗人用剑阁的险要来比喻政治形势。接下四句又说：蜀地之行，须时刻警惕猛虎、长蛇的侵扰；它们磨牙以待，嗜血成性，杀人如麻。诗人也用"猛虎""长蛇"来比喻可能叛乱的人。这里已经预感到蜀地可能发生事变，表示深切关注。后来发生的安史之乱，证明诗人的忧虑是有现实意义的。

第六段从"锦城虽云乐"至结束，是说蜀地不可久留，希望友人早日回来。"锦城"是锦官城的简称，蜀国的都城。最后诗人侧身西望蜀地发出长叹!

  李白的诗歌有强烈的艺术感染力。他在《江上吟》中说自己写诗是:"兴酣落笔摇五岳,诗成笑傲凌沧州。"此诗正是以变化莫测的笔法,淋漓尽致地刻画了惊心动魄的境地,表现蜀道的险峻难行。其中,连续用三次"蜀道之难,难于上青天"的句子,回旋往复,极力强调主题。诗人以浪漫主义的手法,以丰富的想象,借助神话、历史、景物以及夸张、比喻等艺术手法,再现了古老蜀道高峻惊险和不可凌越的磅礴气势,达到抒情之目的。诗人的感情仿佛随蜀道的变化而变化,呈现跌宕起伏,充满力量。陆时雍《诗镜总论》评李白诗所言:"驰走风云,鞭挞海岳。"这是一首七言乐府,诗人对乐府古题有所创新和发展,句法和平仄打破了乐府的束缚,句式从三字句、四字句、五字句、七字句到十一字句,长短不齐,参差错落;几处又用设问句、反问句,语言风格极为奔放。在用韵方面,以"天"起韵,多次换韵,也突破了旧作一韵到底的程式,极尽变化之能事。所以,殷璠的《河岳英灵集》评曰:"至如《蜀道难》等篇,可谓奇之又奇。然自骚人以还,鲜有此体调也。"

  论曰:一首独吟韵,言奇又谓奇。兴酣天地动,啸傲蜀山移。景象多流幻,风云皆竞驰。歌成惊险峻,笔落树丰碑。

梦游天姥吟留别

海客谈瀛洲,烟涛微茫信难求。
越人语天姥,云霞明灭或可睹。
天姥连天向天横,势拔五岳掩赤城。
天台四万八千丈,对此欲倒东南倾。
我欲因之梦吴越,一夜飞度镜湖月。
湖月照我影,送我至剡溪。
谢公宿处今尚在,渌水荡漾清猿啼。
脚著谢公屐,身登青云梯。

半壁见海日，空中闻天鸡。
千岩万转路不定，迷花倚石忽已暝。
熊咆龙吟殷岩泉，栗深林兮惊层巅。
云青青兮欲雨，水澹澹兮生烟。
列缺霹雳，丘峦崩摧。
洞天石扉，訇然中开。
青冥浩荡不见底，日月照耀金银台。
霓为衣兮风为马，云之君兮纷纷而来下。
虎鼓瑟兮鸾回车，仙之人兮列如麻。
忽魂悸以魄动，恍惊起而长嗟。
惟觉时之枕席，失向来之烟霞。
世间行乐亦如此，古来万事东流水。
别君去兮何时还？且放白鹿青崖间，须行即骑访名山。
安能摧眉折腰事权贵，使我不得开心颜！

  这首是记梦诗，也是游仙诗，借助梦游驰骋想象，描绘大自然和神仙世界的景色，抒发自己的情感。"天姥"是山名，在浙江省嵊州市东。传说有人听到仙人天姥的歌唱，故得名。"留别"指作者在天宝初年将由东鲁游吴越时留赠友人的事。

  全诗可分三段来赏析。

  第一段从开头到"对此欲倒东南倾"，介绍天姥山的险峻。此段又可分为前后四句各一层次。前四句是说：听海上来客讲，有个仙山瀛洲，处在茫茫的烟波之中，实在难以寻找。越人讲天姥山时说，那山上云霞缭绕，或明或暗，变幻无穷，可以去游览一下。"瀛州"，传说东海仙人居住的山名。"微茫"是隐约、迷茫之意。"越"指浙江一带。"信"即确信，用得十分坚决。先是起兴，引出下文的天姥来，以瀛州来陪衬天姥，意为天姥山形同瀛州仙境，使天姥山更为神秘，引人入胜。后面四句是说：天姥山高入云天，横空而立，气势超出五岳，压过赤城。就是天台山再高，面对天姥山，也要拜倒在它的东南。"五岳"指东岳泰山、西岳华山、南岳衡山、北岳恒山、中岳嵩山,总称"五岳"。"赤城"是山名,在浙江天台县北。"天台"也是山名,在天姥山东南。这四句以赤城、天台两座高山来衬托天姥山的高峻气势。此段以起兴、烘托渲染的艺术手法,极言天姥山的险峻,为下面梦游做好铺垫。

  第二段从"我欲因之梦吴越"到"仙之人兮列如麻",写梦境。"我欲"两句是说:我根据越人所述而梦游吴越山川,在夜月的照耀下,梦里便飞度镜湖。"镜湖"在浙江省绍兴市南。这里是路过镜湖,所以说"飞度",梦游天姥是目的。一个"月"字,似乎是明月在陪伴他梦游,也是诗人偏爱明月为意象的缘故。"湖月"两句是说:镜湖的明月照到我的身影,把我送到了剡溪。"剡溪"为水名,在浙江省嵊州市南,离天姥山不远,作为登天姥山的前站。谢灵运《登临海峤初发强中作与从弟惠连见羊何共和之》有言:"暝投剡中宿,明登天姥岑。""谢公"四句是说:如今还能看到谢灵运当年在剡溪投宿的地方,那里有清澈的流水环绕着,时而听到猿猴的啼声。我也效仿谢公穿着木鞋爬山,直往山巅攀登。"谢公宿处"指谢灵运当年在剡溪的投宿处。"屐"指用木制成的鞋子。这里借用谢灵运的典事,尤其"脚著谢公屐",富有趣味,写出诗人乘兴攀登天姥山。"半壁"两句是说:当爬到半山腰时,见到朝日从海上升起,随即听到天鸡的叫声。"天鸡",古代传说日出时,天鸡鸣叫。诗人爬到半山腰就见到天姥海日的美景,暗示着天姥山的高峻。"千岩"两句是说:自己在迂回曲折的山岩间留连,欣赏奇花异石,忽然觉得天色已晚。"暝"指薄暮时分。一个"忽"字,说明他的游兴,在不知不觉中到了傍晚。"熊咆"两句是说:熊咆龙吟震撼岩石和泉水,使得深林战栗、高崖惊惧。"殷"为震动之意。这里转写天姥山之险,是有猛兽出没的地方。"云青青"两句是说:山雨欲来,云色暗淡,激荡的水流烟雾迷蒙。写出天姥山的云水。以上为此段的第一层面,从不同角度描绘天姥山的景致,表现出对大自然的神往。接下来为此段的第二层面,转写神仙境界。"列缺"四句写诗人面前忽然展现出仙境:闪电雷鸣,山崩崖裂,神仙洞府的石门訇然打开。"列缺"指闪电。"洞天"指神仙居住的洞府,含别有洞天之意。"訇然"指大声。"青冥"两句写仙洞中别有天地,只见天空广阔,深不见底,日月轮回照耀着金阙银宫。"青冥"是远空之意。"金银台"指用金银筑成的宫阙。"霓为"四句是说:神仙们身穿霓虹衣裳,乘着长风,从云中纷纷而下。虎豹为之鼓瑟,鸾凤为之引车;仙人们排成列,多如密麻。"云之君"指云神,泛指云中的神仙。此段虽写梦境,但含有实景,亦真亦幻。

第三段从"忽魂悸以魄动"到结束,写梦醒后的感慨。"忽魂悸"四句写刚梦醒的心情,说是忽然感觉一阵心跳,在恍惚迷乱中惊醒过来,一看只有枕席在,而梦中的仙境却一下子消失了。"向来"指梦醒前。"烟霞"指仙境。"世间"两句是说:人世间的行乐也是如此,像梦里一样虚幻;自古以来万事如流水,一去不复返。万事当然包括方方面面,所以也暗含对丑恶现实的鄙弃。"别君"三句是说:要问这一次别离什么时候回来?我想要远离这个尘嚣世界,到名山去求仙学道,怕是再见不到我了。"君"指作诗所赠的友人。"白鹿",传说中神仙的坐骑。最后两句表明态度,是说我怎能低眉弯腰去服侍权贵们,叫我终日不得开心呢!李白在《忆旧游寄谯郡元参军》也说:"黄金白璧买歌笑,一醉累月轻王侯。"这是李白浪漫主义思想表现在反权贵、轻王侯上,体现出傲岸不屈的反抗精神。诗人梦游天姥,向往仙境的倾向,都与他不事权贵有着密切联系。在他看来,权贵当道是他难以实现自己理想的障碍。最后两句看似简单,分量千钧,是此诗的积极意义所在。

杜甫称李白诗"笔落惊风雨,诗成泣鬼神",高度概括了他的浪漫主义的艺术特点。李白诗歌中的意象往往是超越现实的,对生活过程很少去细致描绘,对自然景物也很少去具体刻画,总是驰骋想象于广阔的时空里，运用独特的笔法，以情感为主线，把那些看似没有逻辑关系的历史、神话和景物，组成一幅亦虚亦实、亦幻亦真的梦境图。这种意象之间的跳跃，恰好表现了跌宕起伏的感情。全诗构思精密，笔意纵横，句法错落有致，转韵变化多端，后人称为绝世名作。清代高宗敕编《唐宋诗醇》评曰："七古歌行，本出楚骚、乐府。至于太白，然后穷极笔力，优入圣域。昔人谓其'以气为主，以自然为宗，以俊逸高畅为贵，咏之使人飘飘欲仙'。"

论曰：一梦留遗韵，神仙总不如。还真还幻觉，笔落动天虚。

丁都护歌

云阳上征去，两岸饶商贾。
吴牛喘月时，拖船一何苦。
水浊不可饮，壶浆半成土。
一唱都护歌，心摧泪如雨。
万人凿盘石，无由达江浒。
君看石芒砀，掩泪悲千古。

"丁都护歌"一名"阿督护"，乐府旧题，属南朝乐府里吴声歌曲的曲名。该曲声调哀切，都是咏叹戎马生活的辛苦及思妇的怨叹。李白借用旧题，另辟蹊径，用来描写纤夫被官吏役使的痛苦情景。

开篇两句是说：自云阳沿运河拖船北上，两岸有许多商贾。"云阳"，唐代属润州，今江苏丹阳县。当时运河两岸是商业繁荣区。"上征"指逆水上行，从云阳沿着运河往北面的长江逆水而行。这里诗人以"商贾"起笔，来对比下文的"纤夫"，比出优裕与艰苦两种不同的生活，造境更具有典型性。

"吴牛"四句，写纤夫拖船时又热又渴。是说在气候炎热的季节里，拖船这活儿是何等的劳苦。运河的水因混浊无法饮用，盛入壶中，沉淀下来的有一半为泥土。"吴牛喘月"，传说吴地水牛怕热，看见月亮误以为是太阳，竟气喘不止。润州刚好属吴地，这个典故放在这里讲更恰当不过，指出气候炎热之特征。"拖船"呼应首句的"上征"。不难想象，逆水行舟，这样的体力活真是非常艰难，而且是在大热天里干活，连喝口水都十分困难，纤夫的形象突显出来了。"一何苦"，诗人的叹息语意显得格外沉痛，写境传情跃然纸上。

"一唱"四句是说：纤夫们一唱《都护歌》，悲伤之情就涌上心头，痛苦摧心，泪流如雨。上万人凿出来的大石头，实在无法按时拖运到长江边。这四句写出纤夫们劳动繁重，任务艰巨，无法完成，又急又悲，不知如何是好。这里照应"拖船一何苦"，极言行役之艰巨。"无由达"更把纤夫之苦推向极端，造成惊心动魄效果。以上从各方面一一写来，似已尽致，却到最后两句又展开联想：请君看看，这么多这么大的石头必须拖运走，有谁不为这些纤夫的艰辛劳动而感叹落泪呢？真是千古之悲！"芒砀"形容石头又大又多。诗人最后又把诗情推向高峰，浑如点睛之笔，艺术感染力极强。

李白也是商贾家庭出身，又是傲岸不屈的性格，能对劳动人民寄予同情，而且态度亲切真挚，是十分可贵的。诗中"一何苦""泪如雨""悲千古"，一连三叹，反复替纤夫诉苦，真切感人。李白类似对劳动人民同情的诗歌还有《宿五松山下荀媪家》："我宿五松下，寂寥无所欢。田家秋作苦，邻女夜舂寒。跪进雕胡饭，月光明素盘。令人惭漂母，三谢不能餐。"诗人对一个山村老太太如此谦恭，表现了对劳动人民的关切、体贴，真是动人肺腑。我认为，这是李白的可爱之处，显示出他的伟大形象。对李白的浪漫主义艺术特点，我们已经介绍了上面几首。对比之下，他写这类诗篇都采用了现实主义的手法，不加修饰，没有夸张，没有奇特的想象，无刻琢痕迹，语言通俗，旨意深远，别是一种风格。清代高宗敕编《唐宋诗醇》评曰："落笔沉痛，含意深远,此李诗之近杜者。"

论曰:一曲纤夫泪,难能唱护歌。同情含叹息,自古孰吟多?

闻王昌龄左迁龙标遥有此寄

杨花落尽子规啼,闻道龙标过五溪。
我寄愁心与明月,随君直到夜郎西。

这是李白一首著名的七言绝句。天宝年间,王昌龄被贬为龙标尉,李白获悉而作此诗寄之。"左迁"指贬官,古人以右为上、左为下。全诗是说:在一个春阑的季节里,杨花已经落尽,子规鸟叫起来了。这个时候听说你被贬官到龙标去,我感到愁心,只能把它寄托给明月,陪你一起到夜郎西边。

首句以杨花、子规为起兴,写景兼点季节。"杨花"是随风飘散的植物,在暮春的时候常常落尽。"子规"是泣血悲啼的杜鹃鸟,常在夜里悲鸣。虽然不直说如何愁,但杨花含有飘零之感,子规又是渲染凄凉哀愁的意象,全句景中见情。在渲染哀愁的气氛里,次句便直叙其事,点明愁的由来。"闻道"表示惊叹,含有意外、突然之意。"龙标"指王昌龄。题中的"龙标"为地名,今湖南黔阳县,古人常用任官之地名来称呼。"五溪"是在今贵州东部、湖南西部的五条溪流的总称。"过五溪"可见迁谪之偏远、道路之艰难。后两句转入正面抒情,点出诗歌主旨。诗人把愁寄托明月,这是诗人常用的一种意象,常在诗里代表光明纯洁的象征,比如他的诗句"雁引愁心去,山衔好月来""暮从碧山下,山月随人归""举杯邀明月,对影成三人"等等。李白一生偏爱明月,连他病死,人们都愿意说他是因下水捉月被淹死的。其实,这是把明月影子人格化了,把自然当作生命来对待。这里把愁心寄给明月,就是把明月拟人化了。明月不但寓意丰富,而且两地都能看到,"月行却与人相随"。李白是望月思友生愁的,寄愁与月是顺理成章的事,也是向朋友表达"此情此心,明月可鉴"之意。所以，末句的意思是说：寄托愁心的明月随王昌龄去夜郎西。此句意味深长。"夜郎"指古夜郎国，在今贵州桐梓县东一带。李白当时在东南，所以说"夜郎西"，可取意为地处偏远。清代黄生《唐诗摘钞》评曰："趣。一写景，二叙事，三四发意，此七绝之正格也。若单说愁，便直率少致，衬入景语，无其理而有其趣。"

李白写明月、山水等大自然景观常常赋予其灵性，具有生命的意义，这是他写景物的一大特色。比如《独坐敬亭山》："众鸟高飞尽，孤云独去闲。相看两不厌，只有敬亭山。"人看山，山亦看人，把敬亭山赋予灵性，当作朋友了。这方面与谢灵运比较可以看出，谢往往描写山容水态，很少有灵性可言；李白往往把它人格化了。李白写绝句还有一个特点：语言清新，不雕琢字句。比如《早发白帝城》："朝辞白帝彩云间，千里江陵一日还。两岸猿声啼不住，轻舟已过万重山。"又如《赠汪伦》："李白乘舟将欲行，忽闻岸上踏歌声。桃花潭水深千尺，不及汪伦送我情。"诗人用极单纯自然的语言来表达深厚的感情，正如李白自己所说的"清水出芙蓉，天然去雕饰"，这就是他所倡导的语言特色。

论曰：太白神灵性，歌吟万物情。诗心融景语，笔赋死犹生。

杜甫

杜甫（712-770），字子美，河南巩县人，祖籍襄阳，自称"少陵野老"。举进士不第，曾任检校工部员外郎，世称"杜工部"。35岁前读书与壮游，35岁至44岁困守长安，44岁至48岁陷贼与为官，48岁至59岁漂泊西南。一生崇奉儒家思想，奉守仁政爱民、匡时济世的理念，创作了许多优秀作品，体现了唐代由盛转衰的历史过程,被称为"史诗"。诗歌体裁众体兼长,尤以古体律体为佳,风格以沉郁顿挫为主。伟大的现实主义诗人,被尊为"诗圣",与李白并称"李杜"。今存诗 1400 余首。仇兆鳌注有《杜少陵集详注》。

望岳

岱宗夫如何?齐鲁青未了。
造化钟神秀,阴阳割昏晓。
荡胸生曾云,决眦入归鸟。
会当凌绝顶,一览众山小。

此诗是杜甫第一次参加进士考试受挫后,次年游东鲁时所作。"岳"指东岳泰山。首联说:泰山怎么样呢?泰山的青色在齐鲁广大地区都能望见。"岱宗"指泰山,泰山为五岳之首,故称岱宗。"未了"即未尽。此联自问自答,形容泰山之高大,强调"五岳独尊"。颔联说:大自然的造化,神奇秀丽的景色都汇聚在泰山上,山北山南浑如黄昏清晨。"造化"指天地、大自然。"钟"为聚集之意。"阴阳"分别指山的北面和山的南面。因为山北背日,就显得阴暗,故称阴;山南向日,就显得明亮,故称阳。所以,山的北、南两边犹如昏晓。此联写泰山高大奇异,山南山北昏晓各异,景色不同。颈联说:望见层云叠起,自己的心胸也激荡起来;睁大眼睛一看,归山的飞鸟收入眼底。"眦"是眼角。此联谓山间云层涌动,归鸟飞向泰山。尾联说:自己将要登上山顶,站在上面往下看,定是一览众山小啊!这里化用《孟子·尽心上》"孔子登东山而小鲁,登泰山而小天下"之意。

此诗是作者站在泰山脚下作的,短短八句通过不同的角度,写出四种不同的"望"法:首二句写远望,描绘泰山的宏伟;三、四句写近望,具体描写泰山的异景;五、六句写细望,通过层云和归鸟写出自己的感受及向往;七、八句写将要俯望,想象自己登顶的看法。作者用词极显功力:一个"夫"字,本来是语气助词，没有实际意义；但在诗句中，显示出一种自我商度的神情，可谓匠心独具。一个"钟"字，把天地万物拟人化，写得很有情致——把神奇和秀美都给了泰山，可谓独有情钟。一个"割"字，极有力量——居然能把大自然的阴阳、昏晓给分割开来，显示出泰山一种神奇的主宰力量。年轻的诗人用笔如此精妙，已经有了那种"语不惊人死不休"的创作风格。全诗结构严密，层层递进，境界高远，气魄宏伟，情景一致，表达了当时杜甫的雄心壮志和阔大胸怀。可见二十几岁的杜甫对考试挫折还不在意，对前途表现出乐观和自信。这首是押仄韵的五言古诗。仇兆鳌在《杜诗详注》中评此诗曰："格似五律，但句中平仄未谐，盖古诗之对偶者。而其气骨峥嵘，体势雄浑，能直驾齐梁以上。"

论曰：笔力浑雄厚，犹如泰岳奇。初吟神造化，似是老成诗。

兵车行

车辚辚，马萧萧，行人弓箭各在腰。
耶娘妻子走相送，尘埃不见咸阳桥。
牵衣顿足拦道哭，哭声直上干云霄。
道旁过者问行人，行人但云点行频。
或从十五北防河，便至四十西营田。
去时里正与裹头，归来头白还戍边。
边庭流血成海水，武皇开边意未已。
君不闻，汉家山东二百州，千村万落生荆杞。
纵有健妇把锄犁，禾生陇亩无东西。
况复秦兵耐苦战，被驱不异犬与鸡。
长者虽有问，役夫敢申恨？
且如今年冬，未休关西卒。
县官急索租，租税从何出？
信知生男恶，反是生女好。

生女犹得嫁比邻，生男埋没随百草。
君不见，青海头，古来白骨无人收。
新鬼烦冤旧鬼哭，天阴雨湿声啾啾！

"行"，是乐府歌曲的一种体裁。但杜甫的《兵车行》没有沿用古题，而是自创新乐府，包含着现实主义主要特点的萌芽，及时反映重大政治事件的开端。此诗大约作于天宝九载。《杜臆》卷一载："旧注谓明皇用兵吐蕃，民苦行役而作，是也。"

全诗大意是：兵车浩浩荡荡，黄尘滚滚；战马长鸣不止，声嘶凌云；出征的战士都在腰上佩挂了弓箭。爹娘、妻子和儿女都奔跑相送，路面上的尘土遮住了咸阳桥。他们扯衣跺脚，拦堵去路，情绪激动，放声大哭，马鸣人哭交响，直冲云霄。作者向征夫问道，你们这番情景是怎么回事？征夫们匆匆地回答，朝廷抽兵丁服役太频繁了！有的人从十五岁起就远戍西北，直到四十岁还没回家。去的时候年纪小，还没成年，须由里长裹头巾；回来时已是满头白发，却还要被征去守边。边疆战士已经血流成河，可皇上开拓边疆的心思还没停止。你还没有听说吗？华山以东两百多州县，千万个村落都人烟稀少，田园荒芜，荆棘丛生。即使家里有健壮的妇女在把犁锄田，那庄稼也是参差不齐，东歪西倒，收成无法保证。何况边关的士兵能顽强苦战，更像鸡狗一样被驱赶卖命。尽管长者有过问，征夫也不敢说出实情和心中怨恨。就说今年冬天吧，已是寒冬腊月，官府还是不让关西的士兵回家休息。县官们还要上门催租逼税，可租税又从哪里来呢？看到这个现实，百姓确信生男不如生女好，生女还能嫁给近邻，生男可能战死在边疆野草中。你没看到吗？自古以来那青海边，尸骨横野，无人收埋。旧鬼在哭诉，新鬼在含冤，每当阴天冷雨时，哭声啾啾，让人不寒而栗！

这篇叙事诗，无论是直接描写，还是代人叙言，全用赋体叙事，而且始终贯穿着诗人的思想感情，那种焦虑不安、心忧苍生的形象也仿佛展现在我们面前。诗的开篇蓦然而起，以雄浑笔墨渲染紧张的气氛，场面壮观，气势恢宏，一幕幕场景让人揪心，充分展示出一幅生死离别的送别图。接着，从"道旁过者问行人"开始，诗人通过设问的方法，让征夫直接倾诉，比作者转述更有说服力。诗中"点行频"，意思是频繁地征兵，是全篇的"诗眼"，它是造成下面所列举一连串问题的总根源，也暗含着对唐朝穷兵黩武现实的针砭。又以"武皇开边意未已"语出，能如此大胆地把矛头直接指向了最高统治者，是十分勇敢的，这是从心底迸发出来的激烈抗议。诗人写到这里，笔锋一转，用"君不闻"三字领起，以交谈的口气提醒读者，又开拓出一些惊心动魄的残景。尤其是我们民族历来"重男轻女"，但因为战争，男的不如鸡狗被征战，战死草野。面对如此残酷的现实，诗人发出强烈的慨叹："信知生男恶，反是生女好。"这种异常的心态，进一步点出战争给民族带来灾难。诗人以"新鬼"含冤的悲惨，更加揭露"点行频""开边未已"的恶果，更为透彻地说明了统治者不断穷兵黩武所带来的痛苦。更引起注意的是，结尾以浓郁深沉的情调和开头那种哭声鼎沸的气氛，以悲惨哀怨的鬼泣和开头那种生死离别的哀叫，既形成强烈的对照，又遥相呼应。沈德潜《唐诗别裁》评曰："以人哭始，鬼哭终，照应在有意无意。"总之，正如《唐宋诗醇》卷九评此诗曰："此体创自老杜，讽刺时事而托为征夫问答之词。言之者无罪，闻之者足以为戒，《小雅》遗音也。"

　　此诗犹如诗体报告文学，诗人如记者采访一样，把自己的见闻写进诗里，现场感、可信度更加突显。所以，以主旨为要务，以事实为依据，以艺术为手段，在情节表现上，参差错落，井然有序，舒收恰当，开阖自如，前后呼应。同时，随着情节的发展，句型、韵脚不断变化，以七言为主，三五言相间，错杂运用，又以平韵仄韵交替使用，抑扬顿挫，这些都增强了诗歌的表现力。诗中还采用了通俗口语，比如"耶娘妻子""君不闻""君不见""无东西""无人收"等，清新自然，明白如话。此篇是杜甫运用口语最多的一首，倒觉得真实亲切。明末唐汝询《汇编唐诗十集》引吴逸一云："语杂歌谣，最易感人，愈浅愈切。"这些民歌手法的运用，给诗歌增添了亲切的感染力。

　　论曰：一首见闻诗，如同报告词。清新还口语，感染古今时。

月夜

　　今夜鄜州月，闺中只独看。
　　遥怜小儿女，未解忆长安。
　　香雾云鬟湿，清辉玉臂寒。
　　何时倚虚幌，双照泪痕干。

　　天宝十五载（756）六月，安史叛军攻入潼关后，杜甫把妻子儿女安置在鄜州羌村避难，自己去投奔肃宗，途中为叛军所获，被押往长安。此诗正是被禁长安时望月思念鄜州的妻儿所作。

　　这首是五言律诗，诗人借助想象，抒写自己和妻子互相思念，描绘出"我思念着你啊，你也思念着我"的感人情景。首联想象妻子在鄜州闺中望月思念自己：在一个月华皎洁、清凉的夜晚，妻子"只独看"。一个"独"字，含蓄地表达了夫妻两地分居的情状，也是相互思念的总"开关"。诗人先是把妻子的形象突显出来，从对方的思念说起，更加突出了自己被禁长安的辛酸苦楚，也想象妻子一定在为此担心，可谓深婉曲致，意境别开。颔联说儿女是不是随母望月，但不一定能理解其母的思念亲人之情——因为儿女们年龄太小不懂事，所以"未解忆长安"，不一定知道诗人被困长安的事。其实，这也是诗人又进一层写想念妻子儿女。"遥怜"一词，充分表达了对妻儿的忧思和怜爱。颈联描写妻子望月思亲的美丽形象。用"香雾、云鬟、清辉、玉臂"等丽语写照，充分表达诗人对妻子的怜爱眷恋之情，伉俪情深。又以"湿、寒"二字，写出妻子望月之久，一片深情，又写出对妻子的关心体贴。尾联写出团圆的希望。"何时"二字，既表示对此愿望的殷切期盼，又暗示自己担心愿望难以实现——因为自己还是囚徒。"双照"对应"独看"，语意玲珑，写出实现团圆的美好愿望，将来会让月光抹去我们的眼泪。

全诗构思新奇，以思念为主线，以月色为背景，字字含月，句句显情。在离乱的岁月里，既表达夫妻双方的担心安危之情，也暗示着早日平息动乱的愿景，情真意切，深婉动人，是唐代诗人写夫妻感情的典范之作。清浦起龙《读杜心解》评曰："心已驰神到彼，诗从对面飞来，悲婉微至，精丽绝伦，又妙在无一字不从月色照出也。"

论曰：起笔新奇出，诗心想念情。谁言杜无趣，月夜一轮明。

春望

国破山河在，城春草木深。
感时花溅泪，恨别鸟惊心。
烽火连三月，家书抵万金。
白头搔更短，浑欲不胜簪。

此诗于肃宗至德二载（757）三月作于长安。杜甫被禁长安已有八个月了，依旧战乱不止，家无消息，心情苦闷。时值春暮，触景伤怀，写下这首历史名作。

首联从大处着眼，写得悲壮。言国家动乱，破败不堪，山河虽在，人事已非，长安更是杂草丛生、人烟稀少。以"国破"镇头，下面所有的意象和人事都变得很沉郁。"山河在"的言外之意就是物是人非。"草木深"的言外之意就是人迹稀少。据资料显示，安史叛军攻进长安，"大索三日，民间财资尽掠之"，又纵火焚城，繁华壮丽的京都变成废墟。这两句验证了当时的惨状。诗人先是以重大事件为背景展开，忧国忧民的情怀跃然篇首。颔联却从小处着手，乐景写哀情，用溅泪之花、惊心之鸟来衬托出自己的感伤之情。花鸟本是春天里的可爱之景，但在诗人眼里，越是鸟语花香，越觉得悲痛不已。此处移情于物，以美景反衬悲情。颈联转笔到家人身上，言不能与亲人团聚的悲哀：由于三个月里战争未息，不知道家里的情况，急望亲人的音信。"家书抵万金"表达了音信的珍贵。本来家书是很平常的事，但在战乱的年代里，自然成为稀缺的东西。所以，诗人的夸张之词让人非常容易接受。尾联更是从细节入手，进一步表达郁积愁闷的惨状。"白发"往往因积愁过度而生。一个"搔"字，表现当时的心绪烦乱。"更短"，说明了愁的程度。"不胜簪"呼应"更短"——头发越来越短，当然是不用簪子了，用了也挽不住头发。这两句写出愁的浓度，这愁让他青丝变白发，再是因搔头变得更短，因短就不用簪子，最后到了无法收束的地步。诗人把自己的外貌刻画得如此细致，鲜明地写出苦难深愁的形象。鲍照也曾诗言"白发零落不胜冠"，有异曲同工之妙。

此诗在艺术层面上最成功的地方，就是把重大的社会内容和细小的生活侧面穿插写来，以国及家，由家及国，用一个家庭反映整个社会的变化，也就是以细节表现重大问题，写得十分精彩。全诗结构严谨，情景交融，前四句写景，睹物伤怀；后四句写情，遭乱思家。尤其是以乐景写哀情的艺术手法，极为别致。语言沉郁，而且言外有意，意蕴颇深。司马光《温公续诗话》评曰："近世诗人，唯杜子美最得诗人之体。如'山河在'，明无余物矣；'草木深'，明无人迹矣。花鸟，平时可娱之物，见之而泣，闻之而悲，则时可知矣。"

论曰：大处先行起，微观接笔生。家书吟信手，万古世间情。

蜀相

丞相祠堂何处寻？锦官城外柏森森。
映阶碧草自春色，隔叶黄鹂空好音。
三顾频烦天下计，两朝开济老臣心。

　　　　出师未捷身先死，长使英雄泪满襟。

　　蜀相，即诸葛亮。刘备在成都称帝，任命诸葛亮为丞相。此诗是杜甫在乾元三年（760）春游成都武侯祠时作。

　　这是一首七律，首联写祠堂位置所在：武侯祠何处寻找？就在成都市南郊，祠堂内古柏高丛茂盛。"何处寻"并不是杜甫不知道祠堂的位置，杜甫曾多次拜谒过，以表示崇敬之意，这里故意以设问自答的形式出现，既强调所在位置，又暗示蜀帝历史已成为过去，往事如烟。"锦官城"是成都的别称。"柏森森"形容古柏高大繁盛。传说武侯祠前有一柏为诸葛亮手植，这里暗喻诸葛亮的人格如松柏长青。颔联写祠内景色：祠堂春色虽好，而往事已经消逝。碧草也好，黄鹂也罢，都与春色无关。一个"自"字、一个"空"字，写出物是人非，在这里只是供人凭吊而已。也暗指诸葛亮已死，碧草春色和黄鹂好音，还给谁看、给谁听？颈联概括诸葛亮一生功业：诸葛亮隐居隆中时，刘备为统一天下而三顾茅庐，问计于诸葛亮。赞誉诸葛亮忠心耿耿，前后辅佐刘备、刘禅父子匡济危时，开创基业。这里的"频烦"不仅仅指多次，也有烦劳之意。"老臣心"指诸葛亮《出师表》所说："鞠躬尽瘁，死而后已。"杜甫也是忠君之人，始终奉守"匡时济世"的儒家思想，所以对诸葛亮敬佩有加。尾联发出感叹：蜀汉刘禅建兴十二年春，诸葛亮出兵伐魏，由斜谷出据武功县五丈原，不幸病死军中，使后代多少英雄为此悲叹，泪满衣襟。

　　这是杜甫定居成都草堂后，所创作的一首咏史怀古诗。此诗借游览之事，寄缅怀之情，歌颂诸葛亮一生丰功伟绩，感佩之情跃然于众，也暗示自己因不能实现"致君尧舜上，再使风俗淳"的愿望而感到悲叹。全诗结构严谨，首两句开门见山，点出题意。特别是以自问自答的形式表达自己的追慕之情，也别有深意：当今之乱世，像丞相这样的人何在？次两句承上写景，景中寓情。尤其"自、空"两字是诗眼，含意深厚，怀念之情溢于言表。再两句从大处着眼，高度概括丞相一生功绩，言简意赅，笔力深厚。尾两句发出悲叹，对诸葛亮未尽事业深表痛惜。杜甫七律较前人，在内容的开拓和艺术的创新上，都有很大发展。此首以议论入律诗成为典范之作，也是开先河之举。胡应麟《诗薮》曾说："唐七言律自杜审言、沈佺期首创工密，至崔颢、李白时出古意，一变也。高（适）、岑（参）、王（维）、李（颀），风格大备，又一变也。杜陵雄深浩荡，超忽纵横，又一变也。"纪昀《瀛奎律髓刊误》曰："杜公七律，雄压三唐。"

"映阶碧草自春色，隔叶黄鹂空好音"一联用了律诗中的拗句，上句的"自"字应平用仄，下句的"空"字应仄用平，这叫"对句相救"。其实这里可救可不救，因为这叫"半拗"。爱好律诗者，这个知识点必须记住。

论曰：题吟蜀相祠，借韵谒军师。议论入诗格，雄成经典彝。

旅夜书怀

细草微风岸，危樯独夜舟。
星垂平野阔，月涌大江流。
名岂文章著？官应老病休。
飘飘何所似？天地一沙鸥。

唐代宗永泰元年（765）四月，友人严武去世，杜甫在成都失去依靠，遂携家由成都乘舟东下。此诗大约作于这次旅途中。而这次旅程是在成都生活的终结，其孤寂无奈之情尤甚。

首联写近景，并交代时间、地点：微风吹过岸边细嫩的青草，船上的桅杆直指高空，孤独的船只在夜里漂泊。一个"独"字，说明知交零落，一种孤独感油然而生，也流露出对前途感到迷茫和悲凉。颔联写江中远见：天上的星星与开阔的江岸融为一体，而江中涌动着月光指向江流的尽头。这里的星星好像是"垂"挂在天边，月亮好像是"涌"出江流，一片苍茫景象展现在诗人的眼前，从而更加衬托出孤舟的渺小。颈联是反问和自嘲：我的声名哪里因文章而被世人所知呢？而我老病罢官是理所当然的事情。前句看似自谦，实为自信；而后句看似自嘲，实为讽世。杜甫原来任左拾遗时，因疏救房琯而被罢官；又在严武幕中，因与严武及群僚意见不合，辞去幕府参谋——其实都不是老病的缘故，这里流露出愤怨之情。尾联以哀景自喻，自比一只小沙鸥，飘飞在天地之间，无依无靠。这里虽然说得悠闲自在，但悲愤之情更甚。

全诗情景交融，前四句写景由小到大、由近及远，在景中蕴含着诗人的情感。尤其是把自己的孤寂之感放在苍茫的大地上，更突显出一种萧索寂寥的意境。本来星月给人一种灿烂的感觉，却用来反衬悲凉凄苦之心境，以乐景写哀情，这是杜甫惯用的艺术手法。后四句自问自答、自悲自叹，对自己无法实现理想以及生不逢时的人生遭遇而鸣不平。前后遥相呼应，一气呵成。李庆甲先生《瀛奎律髓汇评》引纪昀评道："通首神完气足，气象万千，可当雄浑之品。"诗中还可以看出杜甫炼字功夫到家，一个"垂"字和一个"涌"字，其分量很重：天上的星星垂下来了，才发现天地"平野阔"；夜里行舟看不见水流，但从江中的月影涌动才感觉到江水的流动。杜甫说自己的语言艺术是："为人性僻耽佳句，语不惊人死不休。"又说："新诗改罢自长吟，颇学阴何苦用心。"（"阴"指阴铿，"何"指何逊）可见杜甫的语言是经过千锤百炼的，是值得我们效法的。

论曰：旅夜情融景，悲凉一寸心。推敲佳字炼，意脉畅通吟。

秋兴八首

《秋兴八首》作于大历元年（766）秋。杜甫离开成都居夔州，因感秋起兴而作，故名为秋兴。此时，杜甫离开长安也有八年之久，对故土因秋而感发。所以这八首主旨，正如清代查慎行所云："身在巫峡，心望京华，为八诗之大旨。"此八首集中夔州和长安两地的意象，用一派萧条凄清的秋色将两地联接起来，表现故国平居之思；也用绵绵不尽的回忆把今昔异代联接起来，表现抚今追昔之感。这八首联章组诗环环紧扣，如同一首，而且最能体现杜甫沉郁顿挫的艺术风格。

其一

> 玉露凋伤枫树林，巫山巫峡气萧森。
> 江间波浪兼天涌，塞上风云接地阴。
> 丛菊两开他日泪，孤舟一系故园心。
> 寒衣处处催刀尺，白帝城高急暮砧。

首联开门见山，上句点时，下句点地。言深秋白露，霜染枫林，凋零残伤，那巫山巫峡更是一派萧瑟阴森。"枫树"最能体现秋天景色，因为秋天一来，其树叶就会变色，所以古诗中常用来表现秋色。《楚辞·招魂》"湛湛江水兮上有枫"，也是用来表现秋的意境。诗人一起笔就笼罩着阴森肃杀的气氛，意境苍凉而雄浑，为全诗定下感情的基调。颔联承写远景，承对"气萧森"的悲壮景象进行展开，"江间"承巫峡，"塞上"承巫山，言江中波浪滔天，塞上风云密布，天地一片阴沉。"兼"是连的意思。浪连天，云接地，气势阔大，既写夔州的风云变化，又暗喻时局动荡的形势。诗人的忧国情怀巧妙地融入到眼前的自然气象之中，赋予气象之灵性，情景交融，而且象征意义更大。颈联联系个人身世，融入思乡之情。言回忆往事不觉伤心落泪，我心无日不在思念家乡。"丛菊两开"，杜甫自离开成都至夔州，已经过了两个秋天，故称"两开"。"他日泪"指往日之泪，想起往事。"故园心"指返回家园的心愿。"丛菊""孤舟"是眼前景，"他日泪""故园心"是心中情。诗人身在异乡，故园难归，怎不伤心？此联情景交融，感人至深。尾联再写眼前所见所闻，见的是家家都在准备过冬的寒衣，闻的是晚上的捣衣声急促阵阵。"催刀尺"就是催人裁剪。"急暮砧"指晚上急促的捣衣声。"催"

"急"两字是心的外现,暗示自己的心在催促,自己的心在跳动,而且是激烈的——因为看人家在备寒衣,自己却无御寒之衣啊!怎么不急呢?或者说离开故园这么久,客子还乡的心情也很急迫啊!

全诗围绕一个"秋"字,以秋景起兴,以秋声作结,字字含秋,句句寄情,景情相涌,真切感人。明代王嗣奭曰:"首章发兴四句,鞭影时事,见丧乱凋残景象。后四句,乃其悲秋心事。而故园心,乃画龙点睛处。"可见,首章为组诗序曲是有道理的。

其二

> 夔府孤城落日斜,每依北斗望京华。
> 听猿实下三声泪,奉使虚随八月槎。
> 画省香炉违伏枕,山楼粉堞隐悲笳。
> 请看石上藤萝月,已映洲前芦荻花。

第二首写身在夔州,心向长安。首联是说:每每一到傍晚时分,在夔州城头久久眺望北斗思念长安。"夔府"即夔州,因夔州曾设都督府,故而称"夔府"。"每依"即无夕不依。杜甫写这组诗时已经55岁了,还依旧念念不忘长安,思念至极,让人感动。此联点出时间、地点,在时间上承接第一首末句的"暮"字,描绘出依斗望京的遥望图,诗人形象已呈现在读者面前。颔联承说:因我思念京华,一听到猿声就掉眼泪。"听猿"出自《水经注》卷三十四:林间常有高猿长啸,属引凄异。故渔者歌曰:"巴东三峡巫峡长,猿鸣三声泪沾裳。"诗人验证了一情况,实实在在地流出眼泪,"实下"用得精彩。"奉使"句,严武曾推荐杜甫为检校工部员外郎,兼节度参谋。后严武奉命赴朝,杜甫也曾有随严武入朝的想法,故而称"奉使"。而因严武病死,没有去成,故称"虚随"。"八月槎"出自《博物志》记载,每年八月,海客乘槎到天河的典事。这里将朝廷比作天上,故称乘槎而往。此联是因"望京华"想起往事,感到悲伤,听猿流泪,是倒叙手法，为了联句对仗工整而为。颈联接着说：是因为卧病无法去长安朝中尚书省任职，现在只能在夔州，还常常听到隐隐的悲笳声。"画省"即尚书省。因尚书省的墙壁用胡粉图画贤人头像，故称"画省"。"香炉"指尚书省所用之器具。"伏枕"即卧病，这里应该是委婉之词，并非老病的缘故。"粉堞"指城上白色的矮墙。"悲笳"指军中乐器，因音色悲凉，故称"悲笳"。这里有暗示战乱未息。此联乃怀恋京华，听了猿声后，又听到悲笳，此情何悲！尾联写景收束，余味无穷。写自己久望中回神过来，发现月光已经从山上藤萝移照到洲前芦荻花，表明伫立已久，也暗示时光流逝。"芦荻花"又点明秋景。这种痴望之情，恰恰体现了杜甫"未尝一念忘国家"之情怀，处江湖之远，则忧其君，读之感人至极。

第二首写所见所感，其主旨承第一首"故园心"。清人浦起龙《读杜心解》指出："二章，乃是八首提掇处。提'望京华'本旨，以申明'他日泪'之所由，正所谓'故园心'也。"此诗开篇以"孤城"独望，勾勒出凄凉的远望图，这是一层悲；接着"听猿"，入朝"虚随"，这是二层悲；再接着听"悲笳"，伏枕违任，这是三层悲；最后明月光移，空明凄景，这是四层悲。全诗以怀念长安为主线，情感环环紧扣，层层递进，伤感交替，这是杜甫诗歌的艺术特色。第一首以所见兴意为主，意象层出不穷，层次一目了然；第二首以所闻所忆为主，悲情层层叠叠，但不觉重复累缀。两诗都离不开一个"孤"字，寓意自见。尾联又都是写景收束，余味无穷。第一首是故园之思，寄寓于砧声再合适不过；第二首为京华之怀，寄寓于月光更是情理之中。两处作结，足见杜甫构思巧妙，匠心独具。

其三

千家山郭静朝晖，日日江楼坐翠微。
信宿渔人还泛泛，清秋燕子故飞飞。

匡衡抗疏功名薄，刘向传经心事违。
同学少年多不贱，五陵衣马自轻肥。

　　第三首写夔州早晨的风光，抒发自己一事无成的伤感之情。首联写诗人清晨登城眺望之景：千家山郭静静地沐浴在朝晖之中，江边的楼房日日都坐落在四周的青色里。夔州地处偏僻，人烟稀少，故称"千家山郭"；而江楼四面环山，坐落其中，故称"坐翠微"。本来这是山城朝霞美景，但以"静"衬"朝晖"，一种空寂冷漠之意浮出；再以"日日"两字冠头，意味就大不一样，似乎天天如此，一种毫无惬意之感也跃然纸上。这两处着笔暗示出诗人无聊而孤寂的心情，使美景失去诱人的光彩，甚至生厌。正如明末金圣叹《杜诗解》所评："'千家山郭'下加一'静'字，又加一'朝晖'字，写得何等有趣、何等可爱。'江楼坐翠微'，亦是绝妙好致。但轻轻只用得'日日'二字，便不但使江楼翠微生憎可厌，而山郭朝晖俱触目恼人。"颔联就眼前所见作进一层铺叙：隔宿未归的渔人还在江中泛舟捕鱼，秋燕故意在我眼前飞来飞去。"信宿"，一夜曰宿，再宿曰信。"还""故"两字透露出憎厌之情，意谓渔舟依旧泛泛、燕子故意飞飞，一种无聊的心情，难免会睹物生厌。渔船本应满载而归，却隔夜不归，一大早还在泛泛，说明捕鱼无果，暗示自己一事无成。杜甫留居此地已有两度秋天了，还无法归去，而秋燕一到秋天就可以向南飞去，感到自己不如燕子，燕子是在故意戏弄，岂不生厌吗？明代王嗣奭《杜臆》曰："以愁人观之，反觉可厌。"以上四句都是以乐景写哀情的手法，是杜甫诗意的一个亮点。又如《春望》"感时花溅泪，恨别鸟惊心"，是一样的。颈联转写自己的心事。"匡衡抗疏"句，是说西汉经学家匡衡因上疏言政，得到汉元帝的赏识，迁光禄大夫。杜甫任左拾遗时曾上疏救房琯，而遭肃宗的贬斥，意为没有像他一样得到功名。"刘向传经"句，是说西汉经学家刘向在汉宣帝时曾在石渠讲经，官授给事中，成帝时又领校中五经秘书。杜甫家世习儒业，也有立言的愿望，但没能像刘向那样讲学传经，违背了自己的心愿。这里注意句法结构，"功名薄""心事违"是相对杜甫自己所言的。此联通过两个典事对比，更觉得自己一事无成，功业不就。尾联写同学情况：自己现在流落他乡，穷书生一个；而少年时代的同窗们却都已富贵了，居五陵，轻裘肥马，好不风光。"五陵"指长安近郊的长陵、安陵、阳陵、茂陵、平陵。五陵一带都是富人区。这里不是在怀念同学，一个"自"字极为含蓄，从字里行间透露出对那些轻裘肥马自图安乐的同学少年示以轻蔑和不屑，但又叹羡，也自比不了。结句表面上写同学少年，实际上是在反映社会不公的问题，寓意无穷。李梦沙《杜诗注解》曰："（后）四句合看，总见公一肚皮不合时宜处……彼所谓富贵赫奕，自鸣其不贱者，不过五陵衣马自轻肥而已。极奚落语，却只如叹羡，乃见少陵立言蕴藉之妙。"

此诗先是望景，但景依旧，日日如此，一种怨情自然流露。尤其是同燕子相比，它能如期飞行，而我自愧不如。既然不同物种难比，就比古人匡衡、刘向，也是自愧不如他们幸运。既然与古人难比，就再比同学少年，还是自叹不如他们自在。通过层层相比，越比越生出怨气来。浦起龙《读杜心解》评论说："前两首'故园''京华'，虽已提出，尚未言明其所以。至是，说出事与愿违衷曲来，是吾所谓'望'之故。"所言极是。到此首，我们可以看出，情感愈转愈深，心事愈说愈透，明显流露出一种埋怨心态，见结尾处更是直诉衷肠、慷慨悲愤，可谓是淋漓尽致。前三首放在一起看，在情感上有其持续发展，从"故园心"到"心事违"；在时间安排上也有其连续性，第一首从白天写到傍晚，第二首从傍晚写到深夜，第三首又写到早晨，三首时间段连续下来，颇有一唱三叹之妙。

其四

闻道长安似弈棋，百年世事不胜悲。

王侯第宅皆新主，文武衣冠异昔时。
　　直北关山金鼓振，征西车马羽书驰。
　　鱼龙寂寞秋江冷，故国平居有所思。

　　第四首写长安之事，是公认的组诗"枢纽"。首联是说：听说长安政局屡变，就像弈棋一样变化无常；百余年间的唐朝，盛衰几度，不胜悲哀。诗人离开长安八年之久，今又远在夔州，长安的政局变化客观上说只是"闻道"；但政局动荡是事实，长安先破于安史，后陷于吐蕃，多少人处于动乱与流亡，有说不尽的悲哀。"弈棋"在这里比喻政局非常贴切。"百年"泛指时间概念，也指唐代社会。"不胜悲"，一种忧国情怀展露无疑，念兹在兹。中间两联承首联，皆"闻道"之事，上承"似弈棋"和"百年世事"写具体内容。颔联谓：昔日王侯第宅皆为新贵拥有，朝廷的文武百官也非旧时人，真是今非昔比、物是人非。颈联侧重外患：西北边境战事仍在继续，战乱屡告紧急。安史之乱后，西北的吐蕃等民族不断侵扰边境。一个"直"字非常显眼，犹言直指长安之北，引人注目。"金鼓"是一种打击乐，用金属制成的乐器。古代战争用金鼓发号施令，击鼓则进，鸣金则退。"羽书"，古代军中文书插以羽毛，以示告急。此联意为擂鼓鸣金，战局时危。尾联是说：在这鱼龙潜伏、秋江水冷的情景中，不禁回想起昔日长安的升平生活。"鱼龙寂寞"指鱼龙在秋天里潜蛰，以秋为夜，蛰寝于渊。这里比喻意味更大。"有所思"谓思念长安昔日的升平景象，其"思"意味丰厚。

　　此诗写法与前三首略有不同：前三首皆从夔州秋景兴起，引出对故园之思；而这首则转换角度，直写长安，从远处落笔，横空而出，章法变化明显，体现诗人的巧思。此诗结构严谨，先是大笔如椽，气势雄健，笔括"百年世事"，力透纸背。再对"百年世事"具体展开，用实事讲话，直抒胸臆，抒情议论一路写下，思绪汹涌澎湃，势不可当。到了尾句陡然刹住，收束有力。诗人又回到眼前的秋江上，再以"秋兴""思念"照应诗题，再次看出杜老笔法之老练细密。末句"故国平居有所思"是应前三首"故园心""望京华""心事违"而提出的"有所思",又顺势引出后几篇,也就是说后面四首又是承第四首而来的,章法奇绝。正如清人范廷谋《杜工部诗直解》云:"(第四首)上应'故园心'三字,为下四首引脉。八首中关键全在于此,读者勿草草看过。"道出此诗在八首中承上启下的关键地位。

其五

蓬莱宫阙对南山,承露金茎霄汉间。
西望瑶池降王母,东来紫气满函关。
云移雉尾开宫扇,日绕龙鳞识圣颜。
一卧沧江惊岁晚,几回青琐点朝班。

第五首写所思长安生活。首联是说:大明宫与长安城南的终南山相对,宫殿雄伟,如汉代的仙人承露盘的铜柱一样高耸云霄。"蓬莱宫阙"指大明宫,龙朔二年改名为蓬莱宫。"南山"即长安城南终南山。"承露金茎"指仙人承露盘下的铜柱(金茎)。汉武帝好神仙,在建章宫中建仙人承露盘。唐代宫殿无此物,这里是借汉事喻唐。"霄汉"即云霄和天河,形容承露金茎极高。颔联是说:大明宫气象宏伟壮观,西望昆仑山,可以看到西王母降临瑶池;东近函谷关,可以承接老子从洛阳东来的仙气。"瑶池"指神化传说中女神西王母在昆仑山的住地。"东来紫气"是用老子自洛阳入函谷关的典事。刘向《列仙传》记载:老子西游至函谷关,关令尹喜登楼而望,见东极有紫气浮关,而老子果乘青牛车经过。"函关"即函谷关,在今河南灵宝市西。此二句借用典故,极写都城长安宫殿的宏伟气象。颈联是杜甫忆任左拾遗时,上朝见到皇帝的盛事。"云移"指云彩般的宫扇缓缓地分开。"雉尾"指雉尾编成的宫扇。这里写帝王见群臣上朝的一种仪式,等皇帝端坐好以后,移开宫扇,群臣才能看见皇上,体现一种威严。"日绕龙鳞"形容皇帝衮袍上所绣的龙纹光彩夺目,如日光缭绕。这二句意谓：云彩般的宫扇移开，在威严的朝见仪式中，自己曾亲见过皇帝的容颜。尾联感慨自己卧病山城江畔，年岁已晚，此生再无回朝的机会了。"卧沧江"指卧病夔州。"青琐"，汉未央宫门名，涂以青色，镂以连环花纹，被称为青琐。"点朝班"指上朝时，殿上依班次点名传呼百官朝见天子。因为杜甫还挂有检校工部员外郎之名，却未能参加朝列。"一卧""几回"二句意脉流畅，感慨良多。

第五首是上承第四首末句"故国平居有所思"而来，但风格与前几首比有所不同，诗中充满神仙气象和皇宫气派，辞藻华丽，浓墨重彩，表现为雄浑富丽的风格。开篇如电影镜头，一下子对焦大明宫，让人感到峥嵘气象，体现大唐盛世的壮观景象。然后，回忆自己曾经上朝见到肃宗皇帝的荣耀。到了最后，笔锋一转，回到现实中来：病卧秋江，还能回到朝廷再列朝班吗？全诗大开大合，上下形成强烈对比，反差极大，一落千丈，营造出惊心动魄的感染力和冲击力。清代方东树《昭昧詹言》卷十七评曰："第五首，思宫阙，高华典丽，气象万千……结句收五、六句，忽跳开出场，归宿自己，收拾全篇，苍凉凄断。此乱后追思，故极言富盛，一片承平瑞气，而言外有余悲，所以为佳。"

其六

瞿塘峡口曲江头，万里风烟接素秋。
花萼夹城通御气，芙蓉小苑入边愁。
珠帘绣柱围黄鹄，锦缆牙樯起白鸥。
回首可怜歌舞地，秦中自古帝王州。

第六首还是上承"故国平居有所思"，主要写长安城内的曲江名胜。首联是说：瞿塘峡口与长安曲江虽然相隔千里，但连接两地的是那无边无际的秋风。一句话就把两地紧紧地连接起来。"瞿塘峡"为长江三峡之一，在夔州东。"曲江"在长安城南，是唐玄宗时期的游览名胜。"素秋"，秋尚白，故称素秋。诗人不忘题意,开篇即点"秋",埋下伏笔。颔联写曲江附近的花萼楼及芙蓉苑胜景。"花萼夹城"指花萼楼通往曲江的夹城,有条通道,专供皇帝通行,故称"通御气"。"芙蓉小苑"即芙蓉苑,也称南苑,在曲江西南。园内有池,名芙蓉池。"入边愁"指传来安史叛乱的消息。据说,唐玄宗听到这个消息时登花萼楼饮酒。从诗人的本意来看,这里还没有讽刺意味,只是惋惜而已。正如萧涤非《杜甫诗选注》所析:"上句故毫无讽意,下句'入边愁'三字,讽刺之意亦轻,惋惜之意反重。"颈联是说:曲江江头行宫宏伟,珠帘绣柱富丽华贵,黄鹄周围飞舞,江中游船穿梭不息,锦缆牙樯华美锦绣,白鸥伴飞而起。"珠帘绣柱"指曲江行宫装饰富丽华美。"黄鹄"用典。《汉书·昭帝纪》载:"始元元年春,黄鹄下建章宫太液池中,帝作歌。"而"锦缆"指彩丝做的船索。"牙樯"指用象牙装饰的桅杆。此二句中"围黄鹄""起白鸥"有不同的评论:是因绣柱林立而围住了高飞的黄鹄,还是黄鹄围绕绣柱飞舞?是因游船众多而惊起白鸥,还是白鸥伴船起舞?实际上是围绕衰景与盛景之争。还有一解:此以黄鹄为所绣之花纹。但从用典"黄鹄下""帝作歌"来看,应该是"黄鹄飞舞"之气象,下句也是。总之,此联继续写曲江周围建筑美、游船多、珍禽舞、风光好。尾联归结,是说:曲江一带自古皆为歌舞升平的地方,也是帝王所居之地,但已今非昔比。"歌舞地"指曲江游乐之地。"秦中"此处借指长安。"帝王州"为帝王建都之地。此二句是回忆起自己曾经来过,当时此地极为繁华,但往日的盛世不再,故说"可怜",并与上文的"边愁"呼应。

第五首主要写长安宫殿,第六首移笔到曲江池苑。正如陈廷敬曰:"此承上章,先宫殿而后池苑也。"全诗立意上颇有深味,先写往日的盛况、游乐之幸,如今已成为过去,在今昔对比中,产生强烈的艺术感染力。前两句从夔州先入,句内就切入长安,两地之间以"素秋"相连,既点题,又伏笔,为下文"边愁""可怜"呼应,先让读者注目萧瑟之意象,极具含蕴之妙。然后在写御气通道的气派时，忽然插入"边愁"之事，虽然说愁，但皇帝不知愁滋味，暗批皇帝把此事当作耳边风，只顾游乐而已。到结局以"可怜"二字将以上繁华一笔勾煞，一个盛景的"帝王州"被"歌舞地"给埋没了，回首痛失。至此，诗人的惋惜、感慨之情浓烈而悠长。明代徐常吉论尾二句曰："'歌舞地'今戎马场，'帝王都'今腥膻窟，公之意在言表。"

其七

昆明池水汉时功，武帝旌旗在眼中。
织女机丝虚夜月，石鲸鳞甲动秋风。
波漂菰米沉云黑，露冷莲房坠粉红。
关塞极天惟鸟道，江湖满地一渔翁。

此首回忆长安昆明池的景色。"昆明池"遗址在今西安市西南斗门镇东南，为汉武帝于元狩三年（前120）所建。首联写昆明池历史悠久和练习水战的壮观景象。"武帝"即汉武帝。唐诗中常以汉武帝比拟唐玄宗，此处亦同。唐玄宗为攻打南诏，曾在昆明池演习水兵。"旌旗"指楼船上的军旗。想象中旌旗猎猎，仿佛就在眼前，故称"在眼中"。《史记》卷三十《平准书》记载："（汉武帝）乃大修昆明池，列馆环之，治楼船，高十余丈，旗帜加其上，甚壮。"这里引用《史记》中的句意，表达当时唐玄宗练习水军的壮观景象。颔联承写昆明池畔的汉代风物。前句是说在昆明池边东有织女、西有牵牛二石雕。班固《西都赋》有言："集乎豫章之馆，临乎昆明之池，左牵牛而右织女，若云汉之无涯。""机丝"为织机上的丝线。"虚夜月"说明只是空立对月，更不能织布。后句是说昆明池畔也有石刻的鲸鱼。《西京杂记》载："昆明池刻玉石为鲸鱼，每至雷雨常鸣吼，鳍尾皆动。""鳞甲"为想象之词，认为也像其他鱼一样有鳞甲。"动秋风"是说秋风吹拂石鲸仿佛会动一般。颈联写昆明池的物产丰饶，有菰米和莲蓬。"菰米"即茭白，一种水生植物，叶似蒲草，根茎可食。秋季结实,皮黑褐色,状如米,故称菰米,又名雕胡米。"沉云黑"此处有不同解读:一是说菰米漂浮在昆明池面上,黑沉沉一片,如黑云一样茂盛,表达盛景;另一种是说菰米都已茂盛了,说明昆明池已经荒废了,表达衰景。其实,菰米茂盛不代表荒凉,白居易《昆明春》中"菰蒲无租无税,近水之人感君惠"便可证明。当然,如果水面上都是菰米、莲蓬,说明昆明池不再练习水军了,已经忘了初衷,这个分析也是行得通的。"莲房"即莲蓬。"坠粉红"指秋季莲蓬成熟,花瓣坠落。尾联从想象中回到现实,是说:两地山高路远,唯有鸟道可通;自己在江湖上到处漂泊,就像一个渔翁一样,无所归依。"关塞"即第一首的塞上,此指夔州山川。"惟鸟道"形容道路高峻险要,只有飞鸟可通。"江湖满地"指漂泊江湖,苦无归宿。杜甫自比"渔翁",描绘出一个孤凄渔翁的形象。

第七首也是上承"有所思"而来的,主要写长安城郊的昆明池是通过追忆昆明池来表达忧国情怀和身世之悲。在篇章结构上与上首相同,但在艺术层面上有所不同,不是采取今昔对比的写法,而是追忆景象来表达。全诗带上梦幻般的意象,披上凄凉感伤的色彩,在追忆意象中注入自己的感情色彩。如"在眼中",分明在告诉我们昆明池的旌旗、楼船的壮观景象成为过眼烟云,只是在眼里的幻境中,表达出一种悲凉景象。又如"虚夜月""动秋风",织女、石鲸本来是汉代文物,在诗人笔下化静为动,化想象为现实,"虚、动"两字引发多少联想——一个是虚立而已,没有用处;一个是在萧瑟秋风中颤动,都赋予伤感色彩。再如"沉云黑""坠粉红"两词的色彩更为秾丽,"沉、坠"两个动词总让人感到心情沉重压抑。尤其冠以"波漂""露冷"两词,更是感到沉默无奈。这里,诗人开了"冷艳"之诗风。尾联一个"惟"字、一个"一"字,反复表达自己的孤独无助与无限悲哀。方东树《昭昧詹言》中评此联曰:"收句结穴归宿,言己落江湖,远望弗及,气激于中,横放于外,喷薄而出,却用倒煞,所谓文法高妙也。"尾联又是对句,任意挥洒,皆成妙笔。

其八

> 昆吾御宿自逶迤,紫阁峰阴入渼陂。
> 香稻啄馀鹦鹉粒,碧梧栖老凤凰枝。
> 佳人拾翠春相问,仙侣同舟晚更移。
> 彩笔昔曾干气象,白头今望苦低垂。

这是组诗的最后一首,还是上承"有所思",移笔到渼陂景物上,追忆个人的游历。首联写昆吾、御宿两地曲径通幽,紫阁峰阴影映入渼陂湖中。"昆吾""御宿"皆长安附近的地名,是汉武帝时的上林苑中的地方,与渼陂相近,当时富有盛名。"紫阁峰"为终南山峰名。"渼陂"为湖水名,名胜之地,在紫阁峰北,陂中可以看到紫阁峰秀美的倒影。开篇通过几个形胜的铺垫,衬托渼陂之壮观阔大,大到可纳入山峰倒影,令人向往。颔联状渼陂物产丰美:香稻乃鹦鹉啄过后的馀粒,碧梧是凤凰栖息过的老枝。此联为倒装法,意在突出香稻、碧梧,再以珍稀的鹦鹉、吉祥的凤凰作烘衬,来表现此地物产是如何精美珍贵的。杜甫这一特意倒装句法,成为后来人津津乐道的范例。颈联写游人盛况:女子们宛若仙女,拾取翠羽或采摘花朵,互相给予春的问候和赠送;伙伴们同乘游船,至天晚时还雅兴未尽。此联用典,"拾翠"出自曹植《洛神赋》:"或采明珠,或拾翠羽。""仙侣同舟"出自《后汉书·郭太(泰)传》:"李膺与郭泰同舟而济,众宾望之,如同神仙。"两句写出春游盛况,美女如云,泛舟惬意。可见杜甫是亲身经历过的,才写得如此神采飞扬。尾联回到现实中来,用强烈的对比,写出自己的现状。"彩笔"指五色笔,喻卓越文才。《南史·江淹传》载,梦中郭璞向江淹讨回一支五色笔,使江淹以后为诗,再无优美句子,即江郎才尽。"干气象"为气凌九霄之意。杜甫曾经写过《三大礼赋》惊动朝廷,大概就是指这个事件。末句"今望"一作"吟望",今与昔对举,应是"今望"。意为：到如今，满头白发，低下头来沉思，真是不堪回首啊！

　　此首回忆昔日的渼陂之游，并放在七首之后，是有意安排的。清代佚名《杜诗言志》中论曰："前数首皆慷慨君国，以极其怨慕之意；此一首则悼惜己身之盛衰，亦先公后私之义也。"此诗句法变化，笔调秀逸，是杜甫语言艺术的亮点。"香稻"两句倒装之笔，反而意奇，而且笔调浓墨华彩：以香字饰稻，以碧字饰梧，再以鹦鹉、凤凰之珍稀饰稻、梧之珍贵，只有老杜才能想得出来。又如"佳人"两句色彩斑斓，语言娟秀明媚，如千年老树展新枝。这种秀嫩之笔，在杜诗中实为少见。此诗在结构上也是大开大合，先是笔势宕开，以迤逦之笔写游览之盛，到末尾突然折回现实，形成盛衰强烈对比，给人以心灵的冲击和艺术的震撼力。在低头无语中收束，意味更是深长。

　　《秋兴八首》实为一体。王嗣奭《杜臆》卷八评曰："以第一首起兴，而后七首俱发中怀，或承上，或启下，或互相发，或遥相应，总是一篇文字，拆去一章不得，单选一章不得。"纵观八首，篇篇都是在夔州四顾秋景、遥望长安，直到"白头今望"为止，常常将国君之盛衰与个人之盛衰交融在一起，以国君为大情，以个人为小情，在忧国情怀上显得沉雄深厚，在个人遭遇上显得悲切动容。这八首最集中体现杜甫"沉郁顿挫"的艺术风格，是历代诗家公认的七律杰作，尤为组诗之典范。

　　论曰：八首感秋诗，联章共叹悲。长安时远望，故国日哀思。意象环环扣，风尘寂寂垂。沉雄声顿挫，气格集成辞。

又呈吴郎

堂前扑枣任西邻，无食无儿一妇人。
不为困穷宁有此？只缘恐惧转须亲。
即防远客虽多事，使插疏篱却甚真。
已诉征求贫到骨，正思戎马泪盈巾。

唐代宗大历二年（767），诗人从夔州的瀼西迁至十几里远的东屯，将瀼西草堂让给姓吴的亲戚（即诗中吴郎）居住。杜甫刚搬到东屯不久，便写下这首劝告吴郎的诗。以前杜甫写过一首《简吴郎司法》，这次又写一首规劝吴郎，所以说"又呈"。虽然吴郎的年辈要比杜甫小，但杜甫有意用"呈"这个敬词，目的是让吴郎易于接受。

此诗首联写自己在瀼西草堂居住的时候，堂前面种着枣树，西边有个邻居来打枣，那是一个无食无儿、孤苦伶仃的老妇人。"任"意为听任打枣。这两句虽然写自己任人打枣的态度，实际是让吴郎对比一下自己的做法，并提醒吴郎：那打枣人是值得同情的人。开篇就让人敬佩有加，杜甫的仁爱之心、爱民之心是何等可贵。颔联替寡妇说话，说明打枣原因：她如果不是因为困穷，怎么能做出这样的事来？现在她心怀恐惧，你更要格外亲切，让她放心打吧。杜甫从妇人的角度来写，不直接指出吴郎的不对，这又是婉转地提醒他"转须亲"，劝他态度亲切。颈联是说：虽然她提防和警惕你这位远客，是有点过虑了；但你在两家之间真的插上篱笆，更让她认为你是在提防着她。因为吴郎是从忠州来到夔州的，所以称"远客"。这里又是非常委婉地劝告吴郎：上句先说老妇多心是不对的，为吴郎插篱笆开脱；而下句就婉转地指出不该插疏篱。一个"真"字用得妙，含有"天真"之意，实为批评吴郎不懂事，为小气之人。尤其是"真"字前面加了一个"甚"字，那就"太天真了"，更是含贬意了。此话说得十分委婉而又含蓄。尾联是说：老妇曾告诉我，因官府的征敛，已经穷得一无所有。诗人不禁感叹，战乱不止，横征暴敛，一想起这些就不禁泪湿衣襟。"已诉"指老妇曾经向杜甫说过自己家穷的事。"征求"指横征暴敛。诗人在这里实际上由一老妇联想到千万个"贫到骨"的情况，尤其在战乱年代，此类甚多。杨伦《杜诗镜铨》卷一七评曰："末句推言海内孤寡困穷失所者众，又不止西邻矣。只轻轻一语，逗露本意。"杜甫往往从一件小事推及到社会上的情况。如他自己住草堂的时候，想起别人的住房问题，呼唤"安得广厦千万间"。这就是人们称他"诗圣"的缘故吧。

　　这首诗我是非常喜欢的，是诗品与人品的高度一致，要作诗先做人。《杜诗胥钞·大凡》说过："（杜甫）恻隐之心，诗之元也。词客仁人，少陵独步。"杜甫为邻居扑枣这件小事作诗，表现出对劳苦人民的仁爱和体贴。他不仅同情老妇贫苦，也了解她的内心深处；不仅为她一个人流泪，也为千万个受战乱之苦的人民流泪。此诗是真正为人民而作的好作品，这就是杜甫伟大的人格。这首诗写作上也有特色。首先，用七律来反映社会现实，描写人民生活，真正走出宫廷应制唱和的老套路，为七律创作开辟了新的表现空间。其次，纯用议论而且运笔婉转。诗为风雅之品，劝告人家也要讲究技巧，要比直接劝告人家更有说服力。先是从我做起，提醒吴郎要仿效，这是一层委婉之笔。又替老妇说明原因，提醒吴郎态度要好，这是二层委婉之笔。再说老妇多心过虑了，为吴郎开脱一下，然后说吴郎也太认真了，这是三层委婉之笔。总之，两边既护又开的劝说，体现杜甫用心良苦。徐增《而奄说唐诗》卷一九评曰："笔下如此委曲，子美太费苦心。"读完这首诗，仿佛看到一个非常称职的"调解人"，让双方都能容易接受，也为我们提供一首"劝告诗"之范本。最后，是写得朴素真挚，一反雄浑之风格。语言如家常口语，明白如话，中间两联又是流水对仗，更是流畅自然，真切感人，浑然不知是一首严谨的律诗，真是返璞归真之妙。乔亿在《剑溪说诗》中赞叹："七律至于杜子美，古今变态尽矣。"

　　论曰：一读感人心，真情悯妇吟。诗言如白话，远胜唱高音。

登高

风急天高猿啸哀，渚清沙白鸟飞回。

无边落木萧萧下，不尽长江滚滚来。
　　万里悲秋常作客，百年多病独登台。
　　艰难苦恨繁霜鬓，潦倒新停浊酒杯。

　　杜甫七律诗，以夔州为最。此诗是唐代宗大历二年（767）寓居夔州时而作。写作的那天正好是九月九日重阳节，原题为《九日登高》。登高，指登江上台。

　　首联为局部近景，每句各含三景，写出三峡中萧瑟凄清的气氛。风急、天高、猿啸、渚清、沙白、鸟飞六景，由高到低刻画秋色，意象密集，但又有高度概括性。一个"哀"字，叫声凄凉，为主旨定调。颔联为整体远景，上句写三峡山上落木，下句写长江滚滚波涛，意象较上联单纯，但时空阔大，描绘出辽阔雄浑的秋江景色。"无边"从空间着笔，展现空间无限阔大；"不尽"从时间着笔，体现时间无限延长。"落木"：为什么不用"落叶"？其实两者都是自然现象，只不过"落木"不常见而已。落叶不一定死树，落木一定是死树——树木枯死往往先落叶而后落枝落木倒下，这里含意不同。所以，不能以惯性思维而推及，也不必以词源出处来推理。即使没有出处也不能说明什么，词总要有人先提出来，只要符合构词一般规则就行，这是有意炼字而为的。"落木"比"落叶"更夸张、更沉重，更能体现杜甫穷途潦倒的境况。而两句又以"萧萧""滚滚"烘托出诗人的深沉悲秋之情，这是沉郁之笔。颈联转写自伤身世，抒发情感：回首往事，作客于万里之外；今日逢秋，又年老多病，孤独登台，岂不悲哉？"万里"句从地域着眼，"百年"句从一生着眼，两句十四字包含八个意思，含蕴丰富。尤其"常""独"两字，特别强调：常在外久旅，无法回乡；又一生多难，无亲无朋。尾联再作申述，艰、难、苦、恨集一生，岂不满头白发？穷困潦倒，衰老多病，又无法借酒消愁，最后以哀愁病苦的自我形象收束。"新停"谓本可借酒消愁，但因老多病，不能饮酒，岂不更为悲哀？古人云："何以解忧？唯有杜康。"连唯一解忧的东西都不许，这是悲上加悲啊！杜甫年轻的时候《望岳》，想象爬上去一定会"一览众山小"的自信；到老的时候《登高》，却是"高处不胜寒"的悲叹。这是杜甫一生的总结，也是许多人的人生感叹。

此诗意境雄浑壮阔，感慨悲壮深沉，通篇气韵一贯，一气呵成，抑扬有致，波澜壮观。全诗造语警拔，语言精练。律诗一般只要求中间两联对仗，此篇却四联皆对：首联采用"当句对"，以"风急"对"天高"、"渚清"对"沙白"；颔联采用"叠字对"，以"萧萧"对"滚滚"；颈联采用"数字对"，以"万里"对"百年"；尾联采用"叠韵对"，以"艰难"对"潦倒"，句法多变，妙不可言。晚年的杜甫对语言声律的把握运用已达圆通之境。

论曰：景景含秋韵，联联入画情。艰难常作客，苦恨集终生。

江南逢李龟年

岐王宅里寻常见，崔九堂前几度闻。
正是江南好风景，落花时节又逢君。

此诗是大历五年春杜甫在潭州时所作，题中的"江南"指江湘之间。"李龟年"为盛唐时著名音乐家。据《明皇杂录》载，开元中，乐工李龟年才学盛名，擅长唱歌，在当时受到皇帝唐玄宗的宠幸，常在宫廷和权贵豪门家里表演唱歌，是盛世里很有代表性的人物，红极一时。而杜甫年轻时才华卓著，在父亲的带领下，常出入于岐王李隆范（唐玄宗李隆基的弟弟）和中书监崔涤（中书令崔湜的弟弟）的门庭，得以欣赏李龟年的歌唱艺术。所以，诗的开头二句写追忆昔日，杜甫常在他们家里与李龟年接触过，即"寻常见"；常听李龟年唱歌，即"几度闻"。这两句互文见义。岐王是皇帝的弟弟就不用说了，崔姓是大家族，受到玄宗宠幸，李龟年能在他们宅里堂前唱歌，表明李龟年是不一般的人物。诗人选这样的人物作诗，意义自然不一样。后两句是写现在所见，也就是在江南碰到李龟年。他们重逢时，历史的车轮已经滚滚向前40多年了。其间经历了"安史之乱"，唐朝曾经的辉煌不在，国势日趋衰落；曾经的大红人也已经白发苍苍，流落江湖，靠卖唱为生——前后对比真是天壤之别。对此，诗人心里五味杂陈。虽然用"江南好风景"来衬托意外重逢的喜悦，但又用"落花时节"，其意味就变了，暗喻国运衰微、人生暮年。尤其用"正是"和"又"这两个虚词，一转一跌，更在字里行间寓藏着无限感慨。意为当年都曾春风得意，如"江南好风景"；而今都已衰老了，又如"落花时节"。他们是同命相怜，所以说"又逢君"。

　　这首七绝最为人称赏，也是杜甫七绝的压卷之作。作诗当年，杜甫病死于湘江船中，所以被称作"千秋绝调"。全诗从追忆到重逢，时空隧道穿越九个年号，历史沧桑发生了巨变，仅用曾"闻"到重"逢"两个字给连接起来，天衣无缝，不著"兴衰"二字，竟把历史沧桑感给概括起来，抒发感慨淋漓尽致。清代黄生《杜诗说》评论此诗说："今昔盛衰之感，言外黯然欲绝。见风韵于行间，寓感慨于字里。即使龙标（王昌龄）、供奉（李白）操笔，亦无以过。"清代邵长蘅《杜诗镜铨》评价说："子美七绝，此为压卷。"

　　论曰：兴衰难咏尽，岁月又重逢。独讽风云客，千秋绝笔封。

元结

　　元结（719-772），字次山，今河南洛阳人。天宝进士。曾参加抗击史思明叛军，立有战功。代宗时，任道州、容州刺史，加封容管经略使，政绩颇丰。其诗均为古体，为新乐府运动的先驱，反映政治现实和百姓疾苦。明人辑有《唐元次山文集》。

贼退示官吏·并序

癸卯岁，西原贼入道州，焚烧杀掠，几尽而去。明年，贼又攻永破邵，不犯此州边鄙而退。岂力能制敌与？盖蒙其伤怜而已。诸使何为忍苦征敛？故作诗一篇，以示官吏。

昔岁逢太平，山林二十年。
泉源在庭户，洞壑当门前。
井税有常期，日晏犹得眠。
忽然遭世变，数岁亲戎旃。
今来典斯郡，山夷又纷然。
城小贼不屠，人贫伤可怜。
是以陷邻境，此州独见全。
使臣将王命，岂不如贼焉？
今彼征敛者，迫之如火煎。
谁能绝人命，以作时世贤。
思欲委符节，引竿自刺船。
将家就鱼麦，归老江湖边。

此诗是元结任道州刺史时而作。在小序里交代了作诗的原委。"癸卯岁"即唐代宗广德元年。"永"即永州。"邵"即邵州。"边鄙"即边境。"诸使"指征敛赋税的各种官吏。作者写下了这首诗，以警示征敛租税的官吏。

全诗可分四段：

前六句为第一段，大意是：安史之乱前的太平盛世，我在山林中隐居了二十年。隐居之地，面山临水，山清水秀。田租赋税都有一定限度，日子过得安稳酣眠。先写"昔年"情况，交代他在做官以前长期的隐居生活，为后文前后对比做铺垫。尤其是"井税有常期"句，告诉我们当时的税赋情况，为下面横征暴敛作强烈比照。"井税"指田赋和赋税。古代井田制，分田为井，故称田赋为"井税"。因"有常期"，做到心中有数，所以"犹得眠"。

接下八句为第二段，大意是：忽然间遭到安史之乱，数年来参军上前线，抗击史思明叛军，战功卓著。而今我来主管道州，遇到蛮夷又来骚扰侵犯。因县城小，贼无意洗劫，他们可怜贫民百姓。因此他们去攻陷邻县，唯有道州不受伤害。"世变"指安史之乱。在世变中，诗人曾招兵买马，抗击叛军，所以说"数岁亲戎旃"。"戎旃"即军旗，指参军抗战。抗战结束后，主管道州，故说"今来典斯郡"。"山夷"指西原蛮。诗人实际上是在"示官吏"了，说"贼"也同情贫民，告诫今官的意味浓厚。

再六句为第三段，大意是：朝廷派来催租税的官吏，难道比不上盗贼仁慈吗？如今那些征敛官吏，催租逼税恰如火烧油煎。怎能这样对待百姓，不管人民死活，这种行为还能称为时代忠贤？通过今官与蛮夷的对比，以反问的语气，强烈地抨击官吏。尤其以"绝人命"与"伤可怜"、"时世贤"与"贼"比照，讽刺意味极其强烈，告诫程度更进一层，愤激之词跃然纸上。

最后四句为第四段，大意是：我想丢弃符节，辞职不干，自己拿起竹篙撑船，携家回到鱼米之乡，告老归隐，重逢江湖。"委"，舍弃之意。"符节"是古代朝廷使臣或外官所持的凭证。"鱼麦"代指钓、耕，本是玉米别称。这是向官吏们坦露自己的心志：作为朝廷任命的官吏，既然不能违"王命"，去做伤民邀功的"时世贤"；倒不如弃官回家，重隐生活。这实际上是对统治者征敛无期的抗议。

这首诗以乐府叙事风格，以质朴平直语言，以仁政爱民之心，通过安史之乱前后对比和今官与盗贼对比，抒发忧时愤世的大爱情怀，表现出一位仁爱清正的官吏，这是本诗的可贵之处。作者自身作为官吏，敢于直抒胸臆，挑战王命，喊出"官不如贼"的呼声，又不愿同流合污，实在难得。本诗继承乐府传统作法，质朴古雅，为新乐府发展作出积极努力。杜甫在《同元使君春陵行》中说："(《春陵行》《贼退示官吏》)两章对秋月，一字偕华星。"称赞这两首诗写得很好，像天上的秋月，诗里每个字都像一颗灿烂的星星（这指思想性方面）；但觉得诗的形象性不够，陷于枯燥的说教。

论曰：千秋一奇笔，以贼示朝官。乐府翻新貌，诗心对月寒。

顾况

顾况（生卒年不详），字逋翁，号华阳真逸，今浙江海盐人。至德二年进士及第，曾任校书郎、著作佐郎。也曾从叔父虎丘僧七觉受佛经。注重现实主义，同情民间疾苦，反映社会黑暗，是新乐府运动的先驱。诗作体裁多样，除古诗外，绝句有佳作。著有《华阳集》。

子规

杜宇冤亡积有时，年年啼血动人悲。
若教恨魄皆能化，何树何山著子规。

此诗借咏子规，抒发对蒙受冤屈而死之人的同情，表达对社会黑暗的不满。"子规"，鸟名，即杜鹃。相传古蜀帝杜宇冤死，化为杜鹃，于山中啼叫以至泣血。前二句是说：古蜀国国君杜宇冤死后，他的魂魄化为杜鹃鸟，长年在山中啼叫，以致口中流血，令人闻而悲凄。一个"积"字，说明年代久远。"啼血"是想象之词，因杜鹃的嘴是红色的，故以为啼血所致。前句为点题，后句承写悲鸣。后二句对这一传说提出设问：如果都叫历代的冤魂化为杜鹃鸟，哪里有那么多的山、那么多的树供这些鸟栖身呢？此二句以反诘语气，翻出新意，由鸟及人，由此联想到历代冤魂很多，就是所有的山树都容纳不了；而杜宇倒是其中的庆幸者，人间还能记住他。这正是反映当时社会黑暗问题，表达对此的不满。

这首诗主题鲜明，托物言情，借写子规表达自己的愤世之情。诗人能从通俗题材中翻出新意，技法老到，化俗见奇，将人间的许多冤屈且无处申冤的现实尽收笔端，讽刺寓意深刻。将诗人的同情、愤懑、无奈等情绪包含在短短的二十八个字里，言情丰厚。诗人还有一首《听子规》诗："栖霞山中子规鸟，口边血出啼不了。山僧后夜初入定，闻似不闻山月晓。"同样借杜鹃鸟来抒发情感，写得也很成功。诗人偏偏写一位禅僧，在杜鹃鸟的悲鸣中居然默默入定，纹丝不动，心无旁骛。到底有没有听到子规在啼？听到有没有感觉？唯有山月知晓。把悬念留给山川明月，留给广大读者去想象。《沧浪诗话》评曰："顾况诗多在元、白之上，稍有盛唐风骨处。"

论曰：托物言情志，诗肠意味深。子规啼古韵，化俗见新吟。

张籍

张籍（约767-约830），字文昌，原籍吴郡，生长在今安徽和县。出身贫寒，贞元进士。历任水部员外郎、国子监司业等职，世称"张水部""张司业"。所写乐府诗与王建齐名，为新乐府运动的倡导者和实践者。有《张司业集》。

野老歌

老农家贫在山住，耕种山田三四亩。
苗疏税多不得食，输入官仓化为土。
岁暮锄犁傍空室，呼儿登山收橡实。
西江贾客珠百斛，船中养犬长食肉。

此诗题一作《山农词》。开头两句介绍一位老农，家贫住在山里，仅耕种山田三四亩。我们不禁要问：为什么老农"在山住"？按理说在平原耕地比较容易而且收成也好，为何偏偏强调住在山里？也许是老农为了避税逃租才住在偏远的山区里；也许是社会混乱，受人欺压，为摆脱这些问题而深居山中。诗人一开篇就埋下伏笔，留下悬念让读者往下看。三、四句回答了上面的悬念：老农种的禾苗稀稀拉拉，长势不好，故称"苗疏"。但是税赋依旧很多，收成还不能自己食用，通通送入官家的仓库里。粮食积压腐烂，还化为尘土。如果说，为避租逃到山里去，这是悲哀的话；那么，在山里种地，收成不好还得全部交租，自己种的还不能食，农民已经没有生存空间了，这岂不更悲吗？而且，尽管粮食"化为土"，官家照样逼税，这是何等的残酷压迫行径！诗里已经流露出诗人的愤懑情绪了。五、六句承写上两句：老农一年到头辛苦地劳动还是家徒四壁，只有锄犁几件农具陪伴着他。一个"空"字，已经表达出一无所有的境地。只好召唤儿子上山采摘橡树的果实充饥了。"橡实"就是橡栗。杜甫《北征》中也提道："山果多琐细，罗生杂橡栗。"其果可食，但味苦。说明老农一家极其饥饿，无奈之下才吃这个充饥，百姓已经处在极其可怜的地步。最后两句笔锋一转，写道：西江富裕商人船载珠宝百斛，船上所喂养的犬长得肥肥胖胖，全身都是肉。诗人通过与商人比照，老农连一条狗都不如，这又是何等的悲惨遭遇啊！诗人的愤怒之情跃然纸上，也是让人感愤不已。

  此诗采用乐府叙事的手法，平叙老农的悲凉境地，写得笔透纸背，入木三分。通过一个个特写镜头，充分展现了当时老百姓的悲惨生活画面，让人触目惊心。尤其最后通过对比写法，反映社会的不公和黑暗，表达得淋漓尽致，极其深刻，也是中唐社会政治黑暗以及官府残酷剥削的真实写照，有很高的历史价值。白居易对张籍的乐府诗评价很高，在《读张籍古乐府》一诗中说："张君何为者？业文三十春。尤工乐府诗，举代少其伦。为诗意如何？六义互铺陈。风雅比兴外，未尝著空文。"张籍的确继承了《诗经》的风雅艺术手法和汉乐府的现实主义传统，用诗歌反映社会问题和人民疾苦。

论曰：野老一支歌，农饥贾食多。难能风雅赋，感愤绞心窝。

王建

王建（约765-约830），字仲初，今河南许昌人。出身寒微，一生潦倒。大历进士，曾任昭应县丞、太常寺丞等职，晚年为陕州司马，又从军塞上，世称"王司马"。其乐府诗反映社会矛盾和民间疾苦，与张籍齐名，世称"张王乐府"。有《王司马集》。

水夫谣

苦哉生长当驿边，官家使我牵驿船。
辛苦日多乐日少，水宿沙行如海鸟。
逆风上水万斛重，前驿迢迢后淼淼。
半夜缘堤雪和雨，受他驱遣还复去。
夜寒衣湿披短蓑，臆穿足裂忍痛何？
到明辛苦何处说，齐声腾踏牵船歌。
一间茅屋何所值？父母之乡去不得。
我愿此水作平田，长使水夫不怨天。

这首诗写水边纤夫的生活，诗人的感情十分痛切。前两句以"苦哉"冠头，统领全诗情感基调，好像是水夫脱口而出的感叹：只因生长在水边，成为水驿服役的纤夫，官家强迫我没完没了地牵船劳役。一开篇就带出强烈的感情，说明这种感情是难以抑制的，也指出这种苦役的原因：不是自愿的，而是被强迫的。两句就写出水边驿站劳役的痛苦心情，也让读者的心灵为之震撼。下面开始分层次写纤夫的生活：过着辛苦的日子，很少有快乐时光；如海鸟一样，日行沙滩，夜宿水船，真是非人境地。诗人把纤夫比作海鸟非常生动贴切，过着非人生活，悲情更进一层。船载万斛重，又是逆风行舟，前方的水驿站又很遥远，水波茫茫仿佛在告诉我们，水夫们的劳苦生活还难以尽头。顶风一层、逆水一层、负重一层，如此艰难劳动，其辛苦程度可想而知。上几句写住在驿边的纤夫的日常生活，接下来特写黑夜牵船的辛酸：半夜里遇上雨雪交加的时候，纤夫们冒着严寒，只披着短蓑，衣服都湿透了，胸口被纤绳磨破了，双脚也被冻裂了，在这样的情况下仍然受遣劳动，如此辛酸也都忍受下来——因为"到明辛苦何处说"啊，只好用歌声来发泄内心的怨愤不平。面对这些境况，纤夫们并不是想逃走，只不过还有一间茅屋罢了，这是故乡啊！"父母之乡去不得"呼应"苦哉生长当驿边"，这是无法选择的命运。最后纤夫们突发奇想："我愿此水作平田，长使水夫不怨天。"其实，即使没有水驿劳役，就是种田人家也同样遭受剥削。诗人的《田家行》已经告诉了我们："田家衣食无厚薄，不见县门身即乐。"在中唐黑暗的统治下，干哪一行都是一样的。所以，水变平田是一种幻想，是不现实的。诗人在无可奈何的情绪中收束全篇，发人深省！

像这样题材的乐府诗歌，王建以前的诗人大概还没写过，这为新乐府民歌写作拓展了新的空间。特别是能通过一个纤夫的内心独白，用通俗的口语写出了水上服役难以忍受的苦痛境地，反映社会问题，关心民间疾苦。全诗看似平淡无奇，实则余味无穷，写得很成功。

论曰：纤夫万般苦，何处诉衷情？一曲歌谣后，世人皆共鸣。

元稹

元稹（779-831），字微之，今河南洛阳人。贞元进士，曾任监察御史，因得罪宦官遭贬，后转而依附宦官，官至同中书门下平章事。早年和白居易共同提倡"新乐府"，与白居易齐名，称"元白"。在长庆年间集有《元氏长庆集》。

田家词

牛吒吒，田确确，旱块敲牛蹄趵趵，种得官仓珠颗谷。
六十年来兵簇簇，月月食粮车辘辘。
一日官军收海服，驱牛驾车食牛肉。
归来收得牛两角，重铸锄犁作斤劚。
姑舂妇担去输官，输官不足归卖屋。
愿官早胜仇早复，农死有儿牛有犊，誓不遣官军粮不足。

元稹作《乐府古题》十九首，前有序，说明写作目的在于反映社会问题。此诗为第九首。开头四句写得很生动，绘声绘色：牛之喘气"吒吒"声，干裂之田"确确"声，牛蹄踩田"趵趵"响，在这种情况下，用汗水换来的粮食都送进官家的仓库里，那是颗颗如珍珠般的稻谷啊！诗人用一系列象声词，表现农民在大旱之年不停劳作的艰辛，声声入耳，句句戳心。如此艰难的劳作为哪般？五、六两句从现实的描绘中，拉回到六十年前：安史之乱以来，一群群官兵，年年开赴战场；因争战不休，强迫农民月月送粮，车轮辘辘，不停地往前线送。这两句说明了农民劳苦的原因。接下来的六句，具体地描述送粮的过程：元和十二年冬，唐王朝平定吴元济叛乱事，收复失地后也没有减轻负担，官府仍然把送粮的人、车和牛都征用，最后连拉车的牛都被杀吃。打胜仗后反而剥夺得更加厉害，反映出军队的黑暗。"归来收得牛两角"生动地表现出农民的无奈，只好重新铸造锄、犁、斧等农具，以人力耕种。因牛被杀没办法用牛送粮了，劳力不够，只好动员妇人一起挑担去送粮给官家。如果不够数，回家还要把房屋卖掉凑够。农民们被步步紧逼压榨，已经到了无法生存的地步。最后三句是说：老实巴交的农民，祈愿官兵早日复仇，打退敌军。没关系，老农死了还有儿子，老牛被杀了还有牛犊，一定不让官军缺粮少食。这里看似正面的表态，实为对连年战争造成的沉重赋税的诅咒和怨恨。这诅咒，这怨恨，如同干柴，一旦被燃烧起来，反抗的怒火就会烧到朝廷。

作为朝廷命官的元稹，能同情农民的疾苦，表达他们心中的怨恨，是非常难能可贵的。诗人能运用乐府叙事方法，反映中唐现实问题，具有历史价值。在艺术上也很有特色：全诗用农民的口吻和白描的手法叙述，增强了真实性和感染力。在句法上，长短句互相配合，叠字的反复运用，情节层层深入，使诗的节奏感更强烈，既深化了感情的契合，又渲染了送粮的气氛，这正是元稹"颇近讴谣"的代表作。

论曰：声声敲字响，叠叠吐伤心。可贵真情诉，无关口语吟。

李绅

李绅（772-846），字公垂，祖籍亳州谯县，后迁居江苏无锡。元和进士及第，曾因触怒权贵下狱。武宗时曾任宰相，出为淮南节度使。与元稹、白居易交游甚密，中唐新乐府运动的参与者。《全唐诗》录其《追昔游诗》三卷、《杂诗》一卷。

悯农二首

其一

春种一粒粟，秋收万颗子。
四海无闲田，农夫犹饿死。

其二

锄禾日当午，汗滴禾下土。
谁知盘中餐，粒粒皆辛苦。

第一首写生产粮食，用非常鲜明的形象，写出农业生产的昌盛繁荣，"一粒粟"和"万颗子"表现出农业的高产。诗人在这里好像在算一笔细账，写得具体生动，仿佛让人看到金光灿灿的谷粒。接下来进一步写种粮：如果所有的土地都种上粮食，那么农民的生活不至于发生问题吧？"农夫犹饿死"是警句，引发人们的深思。在农业繁荣的景象里"犹饿死"，这难道不是"盛世的饥饿"吗？

第二首写珍惜粮食，尤其在"日当午"时分，农夫们的"汗滴"是和禾苗一起下土的，写出了劳动的艰辛。这里用"汗粒"和"米粒"的近似形象，非常生动地写出盎然的诗意——那谷米仿佛是农夫的汗珠结晶。所以，诗人反问道：谁知道饭碗中的粮食从哪里来？那一粒粒都是农夫辛苦劳动得来的。诗人的一颗悯农之心跃然于众。

这两首小诗，语言朴实无华，浅显易懂，但写得十分感人，成为后来人不断引用、不断吟诵的佳作。诗中没有抽象的议论和说教，是借助形象的描述来揭示粮食问题。尤其是把粒粒粮食比作滴滴汗水，真是体微察细，形象而贴切，是写作成功的主要方面。

这两首小诗是作者三十岁左右所写，仕途才刚开始，所表达的思想境界值得肯定。但李绅发迹当大官后，却丧失了"悯农"之心，逐渐蜕变成一个花天酒地的腐官酷吏。史传，李绅当淮南节度使时，对百姓疾苦极为漠视，他一餐饭要耗费几百贯，甚至上千贯。还有网传，一餐饭要上三百头鸡。刘禹锡任苏州刺史时，曾应邀参加李绅安排的宴会。他看到李绅家中私妓成群，感慨颇多，于是写下了《赠李司空妓》一诗："高髻云鬟宫样妆，春风一曲杜韦娘。司空见惯浑闲事，断尽苏州刺史肠。"李绅也曾写过表达自己心境的诗："假金方用真金镀，若是真金不镀金。十载长安得一第，何须空腹用高心？"诗品与人品的高度反差，为人的虚伪性和两面性，被同时代的韩愈、贾岛、刘禹锡、李贺等人嗤之以鼻，也被后来人当作笑柄。

论曰：语意皆流畅，浑然浅显诗。无须花里俏，贵在发人思。

白居易

白居易（772-846），字乐天，号香山居士，又号醉吟先生，今陕西渭南人。贞元进士，曾任左拾遗，因得罪权贵，贬江州司马，后复任杭州、苏州刺史等职。与元稹共同倡导新乐府运动，世称"元白"；与刘禹锡并称"刘白"。主张"文章合为时而著，歌诗合为事而作"。其诗歌题材广泛，包括讽喻诗、闲适诗、感伤诗、杂律诗四类，有"诗魔"和"诗王"之称。另外，其对词的发展也有贡献。有《白氏长庆集》。

赋得古原草送别

离离原上草，一岁一枯荣。
野火烧不尽，春风吹又生。
远芳侵古道，晴翠接荒城。
又送王孙去，萋萋满别情。

所谓"赋得"，即以古人诗句或成语而命题作诗，在诗题前一般都要冠以"赋得"二字，一般用于应考习作时所作。这类诗的作法与咏物相类似，时称"赋得体"。关于这首诗，有段故事被世人所传颂。是说白居易在长安时，把自己的诗卷拿去向前辈顾况请教。顾况先看他的名字，就说长安物价贵，居住不容易。当看到"野火烧不尽"一联时，马上改口说，有这样的诗句，居住也不难。这个故事不一定可信，但后来人还是愿意传说，说明这联写得好。

此诗写送别，地点在古原草野。所以，首联紧扣古原野草来写：古原上春草茂盛，一年一度经历着枯萎和繁茂。前句用叠字"离离"来形容青草繁盛，后句用复辞来写野草枯与荣的生长规律。颔联承写野草，围绕"枯荣"二字来发挥，前句写"枯"，后句写"荣"：野草不管野火怎么焚烧，只待春风一吹，又萌发生机。极为形象生动地表现了野草顽强的生命力。颈联用"侵"和"接"两个动词来描绘春草蔓延、绿野广阔的景象，意为芳草延至"古道"和"荒城"。这首是送别友人的诗，这里应该指友人即将经历的地方。尾联点明送别的本意：送别友人去远方，请芳草带上我的惜别之情随你而去。"王孙"化用《楚辞·招隐士》"王孙游兮不归，春草生兮萋萋"句意，这里指送别的友人。"萋萋"与首句"离离"相呼应，也是形容青草茂盛的样子。结尾情景交融，韵味无穷。

此诗通过描绘古原上的野草，来抒发对友人的惜别之情。艺术上的最大特点是咏草和抒情相结合，句句咏草，处处关情，青草成为友情的象征，以无边的芳草地蕴涵着不尽的离情，以秋枯春荣的野草蕴涵着不灭的友情，景中寓情丰富，诗意浓厚。尤其是"野火烧不尽，春风吹又生"这联"流水对"，意脉连贯，极富哲理，有高度的比兴意义，难怪顾况赞赏有加，成为千古传诵的名句。

这首诗作为五律来看，颔联用了拗救，本来是"仄仄平平仄，平平仄仄平"的句子，但这里却是"仄仄平仄仄，平平平仄平"，上句"不"字拗，下句"吹"字救，这叫对句相救。颈联犯了合掌之病，两句只有一个概念，都是表达春草蔓延之意。唐人作诗还没有这一诗论，宋人诗话就有人批评过。

论曰：赋得一诗名，长安居易行。吟怀生野草，韵味更深情。

轻肥

意气骄满路，鞍马光照尘。

借问何为者？人称是内臣。
朱绂皆大夫，紫绶悉将军。
夸赴军中宴，走马去如云。
樽罍溢九酝，水陆罗八珍。
果擘洞庭橘，脍切天池鳞。
食饱心自若，酒酣气益振。
是岁江南旱，衢州人食人。

　　白居易在长安时把见闻写入诗歌，汇成《秦中吟》组诗十首。这是第七首，题目一作《江南旱》。"轻肥"即轻裘肥马，取自《论语》，指豪奢生活。宦官擅权、干预朝政是中唐时代极为严重的现实问题。这首歌就是揭露宦官奢侈豪华的生活，对比灾区群众的饥饿死亡，给予尖锐的讽刺。

　　开头四句说：看见那些得意洋洋，骄横跋扈的人充塞满条道路，他们的鞍马漂亮光洁，能照见所扬起的尘土。借问路人，他们都是什么人？人们都说是皇帝的内臣。"内臣"即宦官。因宦官服役于宫内，故称。首句一个"骄"字，高度概括宦官的神态，是定调之笔。开篇写得突兀，又绘声绘色，让人惊讶，人们不禁要问"何为者"。这些人只不过"内臣"而已，凭什么这样骄横？下面四句回答这个问题：他们都是身居高位的文武朝官，自我夸耀，要去参加军府中的宴会，所以扬鞭策马，势如云涌。"朱绂"指朱红色画有花纹的官服。"大夫"指文官。"绶"即绶带。唐制三品以上文武官员的服饰用紫色，四、五品用朱红色。"军"指由宦官统领的禁军。以上八句互相照应，互文互见，用"满、皆、悉"字眼，说明宦官很多；用"照、夸、赴、去"动词，表达他们意气飞扬。一场赴宴行程，充分展示了当时的政治生态，令人惊异不已。接下来六句写宴会：席桌上摆满了珍贵食品，水产陆产俱有，美酒醇厚，溢出酒杯；剖开的是洞庭山的名橘，切脍的是天池中的美鱼。"樽、罍"都是酒器。"九酝"泛指最醇美的酒。"天池"泛指四海。这四句高度概括了宴会的奢侈豪华。那么，这些宦官吃相如何？饭饱酒足后安然自在，那些酒醉的人更是趾高气扬。"气益振"与首句的"意气骄"相呼应。最后两句笔锋一转，说道：谁都知道他们大肆挥霍民脂民膏的这一年，江南地方却闹大旱，衢州竟有"人食人"的现象发生。这两句是画龙点睛之笔，与以上几句形成强烈的对照：朝廷不顾百姓死活，在大旱之年还有如此豪华的宴席，令人义愤填膺！诗人是在抨击和揭发他们的罪行，讽刺极为辛辣。

诗人主张"文章合为时而著，歌诗合为事而作"。他正是践行这一句话，把长安的见闻写进诗里，具有很高的历史价值。全诗结构严谨，层次分明，省略得当：以"骄"统领，用十四句来写内臣们的骄横神态以及豪宴场面；通过对比手法，结尾仅用两句就写出震撼人间的警句来，艺术层次转化为思想意义，浑如一石击起千层浪，读之让人心潮激荡，愤怒之情难以抑制。这样的政治团体不被推翻，天理难容！清代高宗敕编《唐宋诗醇》评曰："结句斗绝，有一落千丈之势。"诗歌反映社会真实，而且极其深刻，这首诗是当之无愧的。

论曰：轻裘肥马身，所见滚风尘。敢写宦官事，难能笔辣辛。

卖炭翁

卖炭翁，伐薪烧炭南山中。
满面尘灰烟火色，两鬓苍苍十指黑。
卖炭得钱何所营？身上衣裳口中食。
可怜身上衣正单，心忧炭贱愿天寒。
夜来城外一尺雪，晓驾炭车辗冰辙。
牛困人饥日已高，市南门外泥中歇。
翩翩两骑来是谁？黄衣使者白衫儿。
手把文书口称敕，回车叱牛牵向北。
一车炭，千余斤，官使驱将惜不得。

半匹红绡一丈绫，系向牛头充炭值。

　　《卖炭翁》是白居易《新乐府》组诗中的第三十二首，自注云"苦宫市也"。德宗贞元末年，宫廷内需要的日常用品，本来由官府向民间采购，后直接改用太监为宫使直接采办，叫"宫市"。这实际上是掠夺行为，此诗正是揭露宫市的罪恶。

　　诗一开头就介绍一个"卖炭翁"，在长安附近的终南山上砍柴烧炭为生，过着十分贫困的生活。可以想象，这位老人赖以生存的东西，恐怕只有一把斧头、一挂牛车而已；没有妻子和孩子，孤苦伶仃的一个人。因为烧炭，被熏得"满面尘灰烟火色，两鬓苍苍十指黑"。由此可见，劳动是极其艰辛的。而这位烧炭老人卖炭得钱干嘛呢？用于吃饭穿衣，维持一种最低的生活。木炭本是供人取暖的，可怜的他只穿单薄的衣服，舍不得自己取暖，心里还担忧炭贱，愿老天更寒冷，希望能卖出好价钱。看似矛盾的心态，却是无奈的选择。老天只能同情，也很无奈。寒冷的天气真的来了，"夜来城外一尺雪"。一大早，他就套上牛车，踏着冰冷的马路上，赶往长安市上卖炭。这一路上，他心里肯定在想：老天有眼，天寒地冻正是好卖炭，关系到今后过日子的问题。怕天气转暖，心急赶路，已经是牛困人饥了。他就在市南门外歇一会儿，也让牛喘口气。好像一切都是那么顺天意，但突然写道："翩翩两骑来是谁？黄衣使者白衫儿。"来的人可不一般，一个是穿黄衣的太监，一个是穿白衫的爪牙。他们装模作样，手里拿着文书，口说奉着皇帝的命令，不管卖炭翁同意不同意，大声呵斥，赶着炭车往北走。想想看：有皇帝的诏书，来赶车的又是太监，一个卖炭翁能有什么办法呢？故事情节已经发生了戏剧性的变化。"一车炭，千余斤，宫使驱将惜不得。"千余斤的木炭，不知道要砍几十倍重的木柴、要烧多少天才能成炭。本想今天天寒卖个好价钱，结果呢？"半匹红绡一丈绫，系向牛头充炭值"，连纱带绫合起来也不过三丈（半匹等于二丈）。这难道是在买卖吗？这简直是强盗啊！他们夺走的不仅仅是木炭，而是夺走了卖炭翁的生活权利！那两鬓苍苍的卖炭翁，凭着这点报酬，还能熬过"一尺雪"的冬天吗？全诗到此戛然而止，引人深思。

这首诗成为千古名篇，除了思想深刻外，艺术层面也有特色。一是诗的语言浅显平易，有意到笔随之妙，在平易中见奇警的效果。如"可怜身上衣正单，心忧炭贱愿天寒"句，看似口吻语气，却是入木三分。衣单却愿天寒，好像不合常理，表现出极其悲惨的生活处境。这正是以平常语见奇警的效果。二是叙事和抒情相结合。杜甫是以抒情为主结合叙事的，白居易则是以叙事为主结合抒情的，两者刚好相反。此诗正是寓感情于叙事之中，虽然没有抒情的句子，但在字里行间里流露出感情来。如"满面尘灰烟火色，两鬓苍苍十指黑"，在刻画人物形象中表达出对卖炭翁的同情。三是诗意脉络分明，曲折生动。诗的开头八句先介绍卖炭翁，从外貌到内心的刻画后，重点写一次卖炭的经过——从天寒赶路到进城卖炭，到炭被掠走，整个过程仅用八句搞定，一幅幅生动画面展现在我们面前。四是诗中采用反衬和陪衬的手法表现，令人印象深刻。比如，"两鬓苍苍"与"十指黑"的颜色反衬，"衣正单"与"愿天寒"的心理反衬，"牛困人饥"与"翩翩两骑"的形象反衬，"一车炭，千余斤"与"半匹红绡一丈绫"的价值反衬，"烧炭"以"南山"的地理陪衬，"停歇"以"泥中"的环境陪衬，"黄衣使者"以"白衫儿"的人物陪衬等，都是此诗的艺术特色。另外，结尾没有"卒章显其志"，不发任何议论，处理方式与其他篇章有所不同，这样更有力、更深味。正如陈寅恪《元白诗笺证稿》所云："此篇径直铺叙，与史文所载者不殊，而篇末不著己身之议论，微与其他者篇有异，然其感慨亦自见也。"

论曰：卖炭歌行曲，千秋经典吟。同情庶黎苦，一片写丹心。

钱塘湖春行

孤山寺北贾亭西，水面初平云脚低。
几处早莺争暖树，谁家新燕啄春泥？
乱花渐欲迷人眼，浅草才能没马蹄。
最爱湖东行不足，绿杨阴里白沙堤。

　　这是白居易任杭州刺史时春游西湖所作。"钱塘湖"即杭州西湖。首联紧扣题目，总写西湖。前句点出钱塘湖的方位，西湖位于孤山寺的北面、贾亭的西面。"孤山寺"指杭州孤山上的一座寺庙，是南北朝时期陈文帝初年建，名承福，宋时改名广华。而"孤山"在西湖的湖中心，一屿耸立，旁无联附，所以称孤山。"贾亭"又叫贾公亭，唐朝贾全出任杭州刺史时所筑，人称贾亭或贾公亭。这里两个地名连用，联想丰富。后句写水面之景：春水新涨，水面初平，视野广阔；天上的云朵显得低垂，仿佛贴在水面上。一高一低、一上一下，立体感很强，形象地描绘了江南春湖的典型景观。颔联从远及近、从静到动，写春天生机勃勃。春回大地，莺歌婉啭，新燕筑巢，这两者都是春天的使者。"几处莺争"与"谁家燕啄"显示出春天的活力和生机，描绘得活灵活现，由此产生丰富的联想。颈联写所见花草。春暖花开草长，这是自然现象。一个"乱"字，写得极为逼真。春天里到处都是花开，东一朵西一簇，而且争先恐后，自然让人产生"眼花缭乱"的感觉，所以说"迷人眼"。一个"浅"字，写得细腻：春草刚长出来，没那么丰茂，还无法"没马蹄"。尤其联中的"渐欲"和"才能"两处，注入了诗人的主观感受，使自然的现象转化为有感情色彩的意象，使本来静态的花草变成动态，生动活泼。尾联写观后感：游览观光后，感觉湖东一带最漂亮，美不胜收，所以说"行不足"；尤其是白沙堤绿柳荫里，更为宜人，流连忘返，余兴未阑。这里的"白沙堤"当然不是指白居易所筑之堤，他所筑的在钱塘门外。

这首实际上是一篇游记诗,从孤山寺写起,先观览全景,然后边走边看,直到白沙堤收束,结构严谨,布局有序。在写景上,由远及近,大处总括,小处细描,如画家一样匠心构思,挥毫泼墨,勾勒出一幅生动的春观图。虽然景物选取没有什么特别之处,但善于注入主观感情和联想,使得意象丰富,景中有情,情中有景,透露出诗人的喜悦心情,也给人以无限的畅想。王若虚在《滹南诗话》中说:"乐天之诗,情致曲尽,入人肝脾,随物赋形,所在充满。"田雯在《古欢堂集》也说:"乐天诗极深厚可爱,往往以眼前事为见得语,皆他人所未发。"此诗语言平易浅近,诗风清新自然,确实写得可爱,当得起好评。

论曰:笔下春观景,融情造化中。清新呈可爱,沁骨有诗风。

忆江南三首

其一

江南好,风景旧曾谙。日出江花红胜火,春来江水绿如蓝。能不忆江南?

其二

江南忆,最忆是杭州。山寺月中寻桂子,郡亭枕上看潮头。何日更重游?

其三

江南忆,其次忆吴宫。吴酒一杯春竹叶,吴娃双舞醉芙蓉。早晚复相逢!

平中仄(句),中仄仄平平(韵)。中仄中平平仄仄(句),中平平仄仄平平(韵)。平仄仄平平(韵)。

《忆江南》是唐教坊曲名。词牌原名《望江南》,白居易改一字成今名。因白氏词,后遂成晚唐、五代之词牌名。单调二十七字,五句三平韵。

白居易早年因避乱来到江南，曾经旅居苏、杭二州。晚年又担任杭、苏刺史多年，后因目疾回洛阳。回去后仍然对江南恋恋不已，写了不少怀念旧游的作品，其中三首《忆江南》小令词就是这种心情下的产物。

其一

这首词"离首即尾，离尾即首"，妙在取景，割弃描写江南常以"柳、莺"为衬托，而是别出心裁地以"江"为中心，仅用中间两句十四个字写出江南所特有的美景。取舍取舍，难在舍去。诗人对江南许多美景都一概舍去，并用江花的红和江水的绿相互映衬，鲜明对比，比出美景。诗人再用比喻手法，通过"红胜火"和"绿如蓝"，给人以强烈的色彩感受和印象，一幅江南春景图已跃然眼前，可以说是以色彩取胜。在古诗词中，用异色相衬的描写手法是常有的事。如杜甫诗句"两个黄鹂鸣翠柳，一行白鹭上青天"和"江碧鸟逾白，山青花欲燃"等，不同颜色互相映衬，使画面更为明丽。白居易走的也是这条路。

此词是在洛阳追忆而写得，所以"旧曾谙"表明曾经很熟悉，但也包含南北春景的不同——身在北方的人，总感到春景比南方来得更迟一些。看他的一首《魏王堤》："花寒懒发鸟慵啼，信马闲行到日西。何处未春先有思，柳条无力魏王堤。"这是写于洛阳的春景，同是春天，在江南已经是"江花红胜火"，而在洛阳却是"花寒懒发"，只有魏王堤上柳才透出一点儿春意。花发比江南晚，水也有区别。洛水、伊水离黄河近，也不可能像江南春水那样清澈碧绿。在这种自然差别的情况下，最后发出感叹："能不忆江南？"这是从内心深处呼应"江南好"的赞美，以此收束全词，言简意赅，意味深长。词虽收束，而余情未了，穿越时空爱江南，自然引出第二首和第三首。

其二

　　此词紧承其一结句"能不忆江南",将追忆的镜头对焦杭州,仍然在中间七言二句写景,以杭州最具代表性的景物来写。这两句是说:在灵隐寺里寻找月亮中的桂子,在郡亭上枕卧可以看到那起落的钱塘江大潮。宋之问《灵隐寺》也云:"楼观沧海日,门对浙江潮。桂子月中落,天香云外飘。"浙江潮和月中桂可以确定为杭州最具特色的景物,白居易与宋三之都取此材来作。郡亭上欣赏钱塘潮是实景,人人皆可如此。月中寻桂子是传说。《南部新书》有载,杭州灵隐寺多桂,寺僧曰此月中种也,至今中秋望夜,往往子坠,寺僧也尝拾得。这两句写景,虚实结合,饶有情趣,有人有景,以人观景,上句以动观静,下句以静观动。在做足兴趣的情况下,结句"何日更重游",感情自然流露。不仅仅作者难以忘怀,就是读者也有神往之感。

其三

　　最忆杭州后,又写次忆吴宫,也就是追忆苏州往事。吴宫在姑苏,即苏州,言吴宫是词韵的需要。开头照应第一首的结尾和第二首的开头,再把镜头移向苏州。依然中间两句写景,是说一边饮美酒一边欣赏美女舞蹈。"春竹叶"即"竹叶春",应是"吴酒"的名称,作者在另一首里也提到"瓮头竹叶经春熟"。这里的"春"是形容词,形容美酒。"醉芙蓉"即"红芙蓉",应是"吴娃"的形容写照。"娃"是吴地方言,对美女的称呼。江南苏州是历来出美女的地方,美人也是美景,景美人更美,爱美之心人皆有。结句"早晚复相逢",表达出作者急切重逢的念头。

　　这三首词都是写"江南好",第一首总写,第二、三首分别专写。在感情上,每一首都从今时忆往日,从洛阳忆苏杭,抚今追昔。在章法上,每一首中间七言两句写景,结句都是希望美好的回忆变成现实；但三首所提的希望分寸有度，情感逐首增强。整个组词从不同层面的美景吸引读者的视野，如同身临其境，从而获得寻味无穷的审美享受，显示出组词谋篇布局的高超艺术技巧。另外，语言浅显平易，流畅自然，和他的诗风一致。再看他的《长相思》："汴水流，泗水流，流到瓜洲古渡头。吴山点点愁。思悠悠，恨悠悠，恨到归时方始休。月明人倚楼。"词的格调已经完全成熟，为后人词风的形成产生积极影响，在词的早期发展史上占有重要的地位。

论曰：见此江南曲，三词首尾连。情来神韵笔，一举得名篇。

刘长卿

刘长卿（约709-约786），字文房，今河北河间人。唐玄宗天宝年间进士。性刚直，因忤权贵下狱过、遭贬过，官终随州刺史，故称"刘随州"。诗善写景，长五言，称为"五言长城"。有《刘随州诗集》。

送灵澈上人

苍苍竹林寺，杳杳钟声晚。
荷笠带斜阳，青山独归远。

诗题中的"上人"是和尚的尊称，"灵澈"是"上人"的法号，是当时著名的诗僧。这首诗写傍晚时分，送灵澈上人返回竹林寺时所见所感。前两句写眺望的情景：在青翠山林中，一座竹林寺隐隐可见，傍晚从远处传来了寺院的钟声。诗中的"竹林寺"在润州，是灵澈此次游方歇宿的寺院。"苍苍"与"杳杳"对举，营造出一个清远幽渺的境界；而这"钟声"传来仿佛是在催促归意，一种僧儒殊途同归的感觉油然而生，既表达离情又暗自归意。所以，此二句写景，但景中也寓情。诗的后两句写辞别归去的情景：灵澈背着斗笠，斜阳照在上面；独自归去的背影清晰可见，渐行渐远。"荷笠"即挂在背上的斗笠。"青山"与"苍苍"呼应，点出寺在山林。一个"独"字，显示出依依不舍之情，也含言外之意：诗人与灵澈应殊途同归才是，怎么就你一个人去山林呢？结出别意。

刘长卿进士及第后，曾两次遭迁谪，总感到哀伤，对官场渐渐看淡。所以，他的心境反映在诗中总是萧瑟感伤，在山水中寄托着消极的人生态度。寺庙、青山、斜阳等形象，突出表现出闲淡清冷的情调。再看他的《逢雪宿芙蓉山主人》："日暮苍山远，天寒白屋贫。柴门闻犬吠，风雪夜归人。"像这样的诗，情调确实很闲淡、很冷清。又如《秋杪江亭有作》："寒渚一孤雁，夕阳千万山。扁舟如落叶，此去未知还。"他的诗中像寒渚、孤雁、夕阳、落叶之类的常用意象，总是给人一种闲淡冷清的感觉，也是反映中唐部分知识分子逃避现实的消极思想。他善于五言诗，语言精炼雅致，形象鲜明，朴素秀丽，精美如画，这是刘长卿诗的艺术特色。

论曰：信手拈来笔，闲情雅赋中。精言美如画，足见巧诗工。

长沙过贾谊宅

三年谪宦此栖迟，万古惟留楚客悲。
秋草独寻人去后，寒林空见日斜时。
汉文有道恩犹薄，湘水无情吊岂知？
寂寂江山摇落处，怜君何事到天涯！

此诗是刘长卿途经长沙访谒贾谊宅而作。"贾谊"是西汉文帝时政治家、文学家，曾遭权贵中伤，后被贬为长沙王太傅。长沙有其故址。而刘长卿曾因"刚而犯上，两度迁谪"——两个人都有被贬官经历，所以借凭吊贾谊来抒写自己因刚直不阿而遭贬的愤懑之情，特别有诗味。首联写贾谊贬官长沙事：贾谊被贬居长沙有三年时间，此事被后人留下万古之悲。"栖迟"意为居住、停留。"楚客"指贾谊，长沙属古楚国。三年贬谪，万古留悲，一个"悲"字，奠定悽愤基调，直贯篇末，也暗寓了刘长卿主观感受，两者同命相怜。颔联承上"此"展开去写：此处满目"秋草"和"寒林"之苍凉，又"人去后""日斜时"之冷落，如此境况，诗人还要去"独寻"，但是什么都找不到。"空见"一词极有分量，更进一层把"人去后"已无回天乏术的痛苦和怅惘，抒写得沁人心脾。其实，这种"空见"，也是表达悲人更悲时局的感喟。颈联从贾谊的见疏已暗含自己的不幸：世上都说汉文帝是贤明君主，治国有道，却如此淡薄对待贾谊，不能重用他；而湘水无情，贾谊却来凭吊屈原因遭谗言陷害投汨罗江而死之事，屈原又怎能知晓呢？此联用笔深婉含蓄，包括他自己在内的三个人被贬命运接连发生，暗寓君主不英明，朝廷也无情，不能善待贤才。当时唐代宗正是昏聩无能，讽今意味深刻。尾联宕开去写，放眼江山：面对草木凋零的辽阔江山，又目睹贾谊故宅如此萧条冷落，真令人"可怜"！也仿佛看见诗人独迎秋风，寂寞徘徊，一种无可奈何的忧伤之情显露无疑。

此诗借贾生以自喻，吊古伤今，用笔深婉，味外有味，耐人吟叹。清代赵臣瑗《山满楼笺注唐诗七言律》评曰："笔法顿挫，言外有无穷感慨，不愧中唐高调。"

论曰：长沙谒贾君，借以托风云。自喻情无奈，伤今写讽文。

韦应物

韦应物（737-约786），字义博，今陕西西安人。少时曾任三卫郎事玄宗，狂放不羁。中唐历任滁州、江州、苏州刺史，世

210

称"韦江州"或"韦苏州"。晚年折节读书，诗风恬淡高远，以善于写景和描写隐逸生活著称。有《韦苏州集》。

滁州西涧

独怜幽草涧边生，上有黄鹂深树鸣。
春潮带雨晚来急，野渡无人舟自横。

作者任滁州刺史时，游览至滁州西涧，写下了这首小诗。前两句是说：唯独喜欢长在幽谷涧边的野草，还有那茂盛的树丛中婉转啼鸣的黄鹂。开篇就冠以"独怜"二字，思想鲜明，与众不同，突出表现闲适的心境，与王安石的"绿阴幽草胜花时"有异曲同工之妙。这是写静景，方位在下。次句则是写动景，方位在上。一个"上"字，不仅表示视野转移，而且特别强调黄鹂是在高处。上、下形成景物位置的反差，也拓展了诗意。后面两句是说：傍晚时分，春雨淅沥而下，看见西涧春潮涌动，水势湍急。郊野渡口空无一人，只有一只小船悠闲地横在水面。因下雨带来潮涨，因荒野自然无人，因无人渡口舟自然随波自横，眼前的景象都是客观的、自然的；但一个"急"字和一个"自"字，其言外之意——你急我不急，一种闲情自在的内心境界暴露无疑。诗人在《寄李儋元锡》中说过："身多疾病思田里，邑有流亡愧俸钱。"看到很多人在流亡，有愧俸禄，常常想辞官隐居，有一种不在其位不谋其政的念头。所以，用"舟自横"三个字来形象生动地表达出来。这两句可谓诗中有画、景中寓情。

虽然以常见景物入诗，但经诗人轻描淡写，却成了一幅意境幽深的水墨画；而且是用白描手法，抓住最有情趣的刹那来构图的。又如《闲居寄诸弟》："秋草生庭白露时，故园诸弟益相思。尽日高斋无一事，芭蕉叶上独题诗。"还有《秋夜寄丘二十二员外》："怀君属秋夜，散步咏凉天。山空松子落，幽人应未眠。"你看他的诗都不是以词藻的工巧取胜，而是抓住生活中富有情趣的事物，用素描手法写出来，又能做到诗意丰厚。白居易在《与元九书》中评价韦应物诗："高雅闲淡，自成一家之体。今之秉笔者，谁能及之？"可谓是高度评价了。

论曰：虽言眼前景，却是寓真情。好在轻描画，诗成舟自横。

调笑令·胡马

胡马，胡马，远放燕支山下。跑沙跑雪独嘶，东望西望路迷。迷路，迷路，边草无穷日暮。

平仄（仄韵），平仄（叠），中中中平中仄（韵）。中中中中中平（平韵），中中中中仄平（韵）。平仄（换仄韵），平仄（叠），中中中平中仄（韵）。

《调笑令》为词牌名，一名"宫中调笑"。白居易诗曰："打嫌调笑易。"自注："调笑，抛打曲名也。"单调三十二字，八句两平韵、六仄韵，其中两叠韵。

这首词以"胡马"为意象，抒发一种迷茫人生、归宿何处的感情。词以二言叠语起首。所谓"胡马"，是指西北边地的马。接下来写放牧地点，是说成群的胡马放牧于燕支山下的大草原上。这里的"燕支山"，在今甘肃山丹县东南。前三句以胡马、群山、草原共同构成一幅边塞风光图，而且画面感很强。一个"远"字，已经包含旷远、辽阔的境界。四、五句写胡马迷路的神态。这里用特写镜头，对焦迷途的一只马：先是马蹄刨沙刨雪，独自昂首嘶鸣。"跑"，意为走兽用脚刨地。接着写胡马东张西望地彷徨着，不知道该往哪里走。这两句写马迷路后的神态，刻画得非常细致，生动传神，把那种焦虑不安和急切烦躁的情绪给勾勒出来，说明了因前句"远放"而造成"路迷"的原故，承接紧密，意脉连贯。这里既写马的神态，又展现了边塞寥廓的景象。六、七两句又是二言叠语。这里需要注意的是，"迷路"是第五句句末"路迷"二字的倒转，这是《调笑令》的定格。戴叔伦所谓《转应曲》，意盖取此。再如唐代王建《宫中调笑·团扇》："团扇，团扇，美人病来遮面。玉颜憔悴三年，谁复商量管弦。弦管，弦管，春草昭阳路断。"词中的"弦管"，也是第五句句末"管弦"二字的倒转。韦词在连用两个"迷路"之后，接着是词的结束句，既点出了日暮时分，又进一步渲染了草原的旷远，呼应开篇的壮阔景象，也做足了胡马迷路的环境。正是草原如此开阔，无边无际，苍莽一片，又是日落西下，就更加强调了迷路的必然性。这一句语淡意厚，如画龙点睛，点出了一个迷茫而不知归路的意象来。

但此意象还深含什么？历来众说纷纭。古诗词中的"胡马"，指西北边地民族所养的马，还有指代胡人的军队。如王昌龄《出塞二首·其一》诗："但使龙城飞将在，不教胡马度阴山。"韦词中的"胡马"意象，如果指胡人军队经常侵扰边塞感到难以对付也可，指边塞征人长期驻守不知如何归宿也可，指边境辽阔神圣难以侵犯也可，指边塞苍莽迷离之风光也可。边塞地域旷远，迷失方向是常有的事，汉代名将李广就有与匈奴作战时迷失了道路的情况。总之，诗无达诂，仁者见仁，智者见智。也因为如此传神的描写与蕴含丰富的意象，构成了耐人寻味的意境，是深可玩味的。此词赋物工致，气象开阔壮观，笔意环环紧扣，语言清新淡雅而简练，中唐时期已出现如此浑厚高远的词境，实为难得。

论曰：吟怀胡马阕，迷路意如何？看似平常物，精深玩味多。

钱起

钱起（722？－780），字仲文，今浙江湖州人。天宝十年进士，初为秘书省校书郎、蓝田县尉，后任司勋员外郎、考功郎中、翰林学士等，世称"钱考功"。是"大历十才子之冠"。又与郎士元齐名，称"钱郎"。有《钱考功集》。

省试湘灵鼓瑟

善鼓云和瑟，常闻帝子灵。
冯夷空自舞，楚客不堪听。
苦调凄金石，清音入杳冥。
苍梧来怨慕，白芷动芳馨。
流水传潇浦，悲风过洞庭。
曲终人不见，江上数峰青。

在唐代，将品德、文学都好的士子，经过地方官初考，成为"县贡士"，然后由县报给州，州推荐到朝廷，最后由尚书省的礼部主试，通称"省试"，又称为"礼部试"。可见，此诗是钱起到京城参加省试的作品。"湘灵鼓瑟"是神话故事，是钱起参加省试的题目。省试题目或用古事，或用时事，或用成语，或用古诗句，主要采用诗赋写作，不用比兴——因为省试不许犯政治错误，比兴有时说不清楚，所以一律用赋体。这个题目出自屈原《远游》中的句子："使湘灵鼓瑟兮，令海若舞冯夷。"这里包含一个神话传说：尧帝的两个女儿娥皇、女英，都嫁给舜帝做妃子。舜帝死后葬在苍梧山，两女因哀伤而投湘水自尽，变成了湘水女神，故称湘灵。她们常常在江边鼓瑟，声调悲凄，表达自己的哀思。

了解这些背景后，对诗的解读就容易多了。全诗都是采用叙述句来写得。首联点题，是说常常听闻湘灵善于弹奏云和之瑟。"云和"是产瑟的地名。"帝子"出自屈原《九歌》："帝子降兮北渚。"注者多认为帝子是尧的两个女儿，即舜妻。次联承接说瑟调：美妙的旋律使水神跳起舞来，而楚地的人都不忍听这种曲调。三、四联正面写曲调的悲哀：这种苦楚的曲调，就连金石都会感到凄凉，清怨之声直入云霄。这种乐曲会使苍梧山感动得如怨如慕，也使水边的白芷花散发着芳香。五联写声音传远：这种声音随着流水传过湘江，也随着悲风吹到洞庭湖。尾联写曲终：直到曲终声寂的时候，却不见鼓瑟之人，只见到湘水上的几座青山。尾联与首联相呼应，再次点题。说到尾联有个传说：钱起进京赶考途中，住在一个旅馆里，晚上听到有人在吟诗——"曲终人不见，江上数峰青"。他出去一看没人，觉得奇怪；但这两句诗就记着，刚好用在考题上。考官认为尾两句有"神助"。

此诗为五言六韵，这是当时指定的体裁。全诗都是形容湘水神鼓瑟的哀声，用了"苦、凄、清、怨、悲"等同义字，有堆砌词藻之嫌。诗人想象力丰富，营造出一个虚幻的意境来。句子对偶工稳，辞句切题，声调清亮，首尾圆合，构成一体。尤其结句构思巧妙，引发联想，使全诗生动有趣，余味无穷。这诗成为名作也是情理之中。

论曰：全诗苦悲调，意境幻形成。结句来神助，吟情响远声。

卢纶

卢纶（739-799），字允言，今山西蒲县人。自天宝末年，数举进士，均不第。大历六年，经宰相元载举荐，补阌乡尉。后升监察御史，官至检校户部郎中。德宗、文宗都欣赏他的诗，是"大历十才子"之一。有《卢户部诗集》。

和张仆射塞下曲六首（节选）

其二
林暗草惊风，将军夜引弓。
平明寻白羽，没在石棱中。

其三
月黑雁飞高，单于夜遁逃。

欲将轻骑逐，大雪满弓刀。

诗题中的"张仆射"，一说为张延赏，一说为张建封。"塞下曲"是古时的一种军歌。卢纶的诗，属这六首最为著名。其二诗写得遒劲有力，为"大历十才子"的作品中难得的佳作。诗写一位将军猎虎的故事，取材于司马迁的《史记·李将军列传》："（李）广出猎，见草中石，以为虎而射之。中石没镞，视之，石也。"这首边塞小诗，首句一"暗"一"惊"，渲染出紧张的气氛，为次句"引弓"做好铺垫。从中可以看出，将军从容不迫，开弓而射，动作极其敏捷，写得有气势，也为末句伏笔。射击后大概回去休息，先不急，搜寻猎物推迟第二天早上，有没有射中的悬念留给读者。第二天一大早去寻找白色的箭头，发现没石饮羽，入石三分。原来昨晚的草动是风吹引起的，不是老虎出没。如果真的射中老虎，诗意会是什么样？如果射中敌军，又是什么样？短短二十个字，玩出这么多曲折来，时间、场景和结果都在变化之中，而且富于戏剧性。箭头入石仿佛不可想象，却又在情理之中。这种神话般的夸张，为将军形象涂上一层浪漫色彩，读来特别有味，只觉其妙，不以为非。

再读其三诗，写将军追杀敌军的情景。首句写意中之景。"月黑"点明时间，说明将军连夜作战，英勇无畏月黑。"雁飞高"应该是宿雁惊飞，衬托出地面作战气氛激烈，连大雁都往高处飞。接着写敌军的溃退，单于自然感到气氛不对，趁"月黑"遁逃。"单于"是匈奴君主的称号。这里不直接写战斗场面，但从字里行间充溢着将军的英雄气概和必胜信心，令人振奋。三、四句笔锋一转，不写如何去追捕，以及战果如何，只写正要去追擒的时候，"大雪满弓刀"。弓刀上盖满了雪，在小面积的刀弓如此，身上的雪可想而知，已经表现出将军奋勇坚忍、不畏牺牲、冒雪迎战。有如此的战斗精神，擒获敌首还不是轻而易举的事？结尾只写准备出击场面，而且写得十分逼真生动。结果如何，留给读者去想象和补充。

以上两首都是用五绝叙事，不可能面面俱到，只要抓住最精彩的情节来写就可以了。诗人正是这样做的，他不仅善于捕捉形象，还善于捕捉时间，只选取一刹那的情景来表现，再把这种典型形象放在艺术层面上加工，效果自然不一样。这是卢纶诗作成功之处。相传，卢纶死后，文宗皇帝派人到他家里去求遗稿500首。他的诗能在中唐长久传诵，也就不足为怪了。大家应注意一种现象，在中唐大历年间，社会呈现出一些升平迹象，所以"大历十才子"有刻意模仿盛唐之音。从卢纶的诗里，就明显感受到昂扬向上的盛唐气息。

　　论曰：五绝抒情志，难能可贵吟。功归瞬间猎，化作鬼神临。

李益

　　李益（约748-约827），字君虞，今甘肃临洮人。大历四年登进士第，宪宗时召为秘书少监、集贤殿学士，官至礼部尚书。有十年戎马生涯，是中唐边塞诗代表诗人。擅长绝句，尤工七绝。有《李益集》。

塞下曲

　　伏波惟愿裹尸还，定远何须生入关。
　　莫遣只轮归海窟，仍留一箭定天山。

　　这首诗表现出将士的英雄气概和爱国情操。一、二句是以汉代的马援和班超互相比较写得。意思是说：应该像马援那样，甘心死于边疆；不要像班超那样，还希望活着回来。"伏波"指马援，出自《后汉书·马援传》。马援曾被封为伏波将军，曾说过："男儿要当死于边野，以马革裹尸还葬耳，何能卧床上在儿女手中邪！""定远"指班超，出自《后汉书·班超传》。班超曾被封为定远侯,曾说过:"臣不敢望到酒泉郡,但愿生入玉门关。"这两句分别用了这两个典故,句容丰富,前句"惟愿",后句"何须",反复表示决心为国家终生战斗。第三句是说:不要让敌军有一辆战车逃走。"海窟"原指海中动物所居的洞穴,这里借指敌人所居住的地方。古时,沙漠也称瀚海。第四句是说:要留守在天山,随时准备迎战入侵的敌人。这里用了薛仁贵的典故,他曾在天山连发三箭,射死三个敌人,使敌人全部投降。军中歌曰:"将军三箭定天山,战士长歌入汉关。"后两句仍然表示要长期战斗的决心。

这首诗通过三个历史名将的故事,来表达将士的英雄主义精神,豪放遒劲,音节嘹亮,情调激昂,是一首激励人们舍身卫国的豪迈诗篇。其实,李益的大部分边塞诗是写战士思乡之情的。如《夜上受降城闻笛》:"回乐烽前沙似雪,受降城外月如霜。不知何处吹芦管,一夜征人尽望乡。"这首诗的内容、风格接近王昌龄,以月色、笛声来渲染气氛。《诗薮》曰:"七言绝,开元之下,便当以李益为第一。如《受降城闻笛》可与太白、龙标(王昌龄)竞爽,非中唐所得有也。"这个评价算是过高了。

论曰:一曲歌边塞,清音亮节明。英雄从本色,气格出豪情。

韩愈

韩愈(768-824),字退之,今河南孟州人。自称"郡望昌黎",世称"韩昌黎"。贞元进士,唐中期大臣,出任宰相裴度行军司马,从平"淮西之乱";曾谏迎佛骨,贬为潮州刺史;又迁吏部侍郎,人称"韩吏部"。他是唐代古文运动的倡导者,名列"唐宋八大家"之首。主张"以文为诗",注重新奇和气势,对后世有影响。有《昌黎先生集》。

山石

　　山石荦确行径微，黄昏到寺蝙蝠飞。
　　升堂坐阶新雨足，芭蕉叶大栀子肥。
　　僧言古壁佛画好，以火来照所见稀。
　　铺床拂席置羹饭，疏粝亦足饱我饥。
　　夜深静卧百虫绝，清月出岭光入扉。
　　天明独去无道路，出入高下穷烟霏。
　　山红涧碧纷烂漫，时见松枥皆十围。
　　当流赤足踏涧石，水声激激风吹衣。
　　人生如此自可乐，岂必局束为人鞿？
　　嗟哉吾党二三子，安得至老不更归？

　　《山石》作于贞元十七年，取诗首二字为题，并非咏山石，而是记述夜宿山寺及清晨游山的观感。可分三个层次来欣赏：前十句为第一层意思，写夜宿山寺的情景。"山石"两句是说：沿着险峻狭窄的山路来到惠林寺，此时夜暮已降临，蝙蝠纷飞。"荦确"形容山石险峻。"微"为狭窄意。这里的"寺"，指洛北惠林寺。作者写作时，闲居洛阳。开篇点出时间、地点，写黄昏到寺。从"蝙蝠飞"来看，是夏秋季节，让人感到此处荒僻、幽静。"升堂"两句是说：先登进寺庙的殿堂瞻仰，而后出来坐上台阶观赏院中的芭蕉和栀子。由于新近下透了雨，芭蕉叶子阔大，栀子花也开得饱满。"升堂"是指登进寺庙的殿堂。"僧言"两句的意思是：僧人介绍说，寺里古墙壁上绘有佛像，十分好看；于是就拿着火把去仔细观赏，但还是看得不够清晰。"稀"指依稀、模糊，不是稀罕之意。因以火观之，说明光线不好，更不好细辨是否珍贵稀罕的佛画。"铺床"两句是说：僧人已为我整理好卧室，也做好了饭菜，虽然粗糙，但饭足吃饱。"拂席"指掸去席上的尘土，说明僧人接待还是认真的。"夜深"两句是说：夜深留宿，静卧客房，昆虫也停止了叫声，只有山岭上的月光洒入我的房门。这两句写得很有意境。以上十句从黄昏写到深夜，随走随记，自然实在。以下六句为第二层意思，记叙清晨游山的情况。"天明"两句是说：清晨独自去游山，随意走走，出山入谷，忽上忽下，到处都是云雾弥漫。"无道路"是说不选择道路，随意走动。"烟霏"指云气迷漫。"山红"两句的意思是：山花红艳，涧水碧蓝，色彩缤纷呈现，时见高大的松树和枥树。"枥"即橡树，是一种高大的落叶乔木。"十围"，两手合抱叫一围，这里形容树干粗大。"当流"两句是说：自己光着脚踩在水中涧石上，耳边水声激激，山风吹开衣襟。这六句以"无道路"串联起来，随兴而至，自由自在游山观景。最后四句为第三层意思，抒发此次游玩感想：人生如能永远像今天自由自在，那才真的是快乐。为什么一定要受制于人，局促不展呢？我的朋友啊，怎么才能到老了再也不回去啊！"局束"为拘束、不自由的意思。"羁"本是马笼头上的嚼子，这里作动词，控制之意。"吾党二三子"出自《论语》，指志同道合的朋友。此次同游者有李景兴、侯喜、尉迟汾等朋友。"不更归"意为再不回城做官。这几句表白自己愿意久居山林，过着像今天一样快乐的生活。

  这是一篇游记诗，按时间顺序从黄昏、深夜到第二天早晨，一路走来，漫无目的地游览一番，坐上台阶看芭蕉，把火观赏古壁画，粗粝疗饥也足饱，夜深清幽观明月，清晨游山无道路，赤足趟水闻风声等，游兴浓厚，所到之处都是惬意快活，也为后面"自可乐"做足文章、做好铺垫。全诗层次分明，环环相扣，相互照应，意境清新，耐人寻味。"卒章显其志"，最后发出人生的感悟。诗人主张"以文为诗"的理念，运用赋体的"铺采摛文"手法，语言平易，诗意盎然，别具风格，一直为后人所称道，影响深远。苏轼与友人游南溪，解衣濯足，朗诵《山石》，还依原韵，作诗抒怀："荦确何人似退之，意行无路欲从谁？宿云解驳晨光漏，独见山红涧碧时。"（《王晋卿所藏著色山二首·其二》）全诗如律诗一样，平声一韵到底，却无一律句，有意与古风接近，读起来却无平板之感。正如沈括所说："韩退之诗，乃押韵之文耳。"近人陈寅恪评韩诗"既有诗之优美，复具文之流畅，韵散同体，诗文合一"者，此诗开了先例。

论曰：一路观光景，耐人寻味深。诗文情韵合，卒志在胸襟。

早春呈水部张十八员外二首·其一

天街小雨润如酥，草色遥看近却无。
最是一年春好处，绝胜烟柳满皇都。

这是一首七言绝句，描绘早春景色，写得清新隽永，诗意盎然。"水部张十八员外"指张籍，因其在同族兄弟中排行第十八，曾任水部员外郎，故称。有资料表明，此诗大约是韩愈约张籍游春，张籍因事忙年老推辞，韩愈于是作这首诗寄赠。前两句是说：京城街道下着小雨，像酥油一样滋润；新长的草绿远看一片，近看却没有。民间谚语就说了："五九、六九，隔河看柳。"意思是五九、六九时节，离春天不远了，隔河都可看到柳树发绿了，说的也是这个体验。开篇就抓住早春的两个特色：一是点出初春小雨像酥油之润，与杜甫的"好雨知时节，当春乃发生。随风潜入夜，润物细无声"有异曲同工之妙；二是点出初春草色远近各不相同，与王维的"山色有无中""青霭入看无"相媲美。三、四两句是说：早春是一年中最好的时节，胜过满城都是浓绿的烟柳景色。意思是：等到满城的柳树都绿了，烟柳笼照着的时候，反而不如现在。早春的景色胜过晚春的景色，初春总给人期望，有无限的想象空间，比仲春更可爱、可贵，这就是诗意所在。诗人别出心裁，令人感佩，前两句体察景物之细已经令人称赞，后两句再如神兵天降更是出人意料。

这首小诗，诗人只用朴素的文字，以平常不过的"小雨"和"草色"，描绘出如此精彩的早春特色。这归功于诗人体察细致，刻画细腻，构思新颖，独出己见，道出从未经人道过的诗意。而且诗的风格清新自然，平易流畅，表面上看似平淡，实则是绝不平淡。韩愈的《送无本师归范阳》说过："艰穷怪变得，往往造平澹。"可见他的平淡是来之不易的、非常了不起的平淡。

论曰：最是平常景，却吟深味长。心灵巧裁出，造就世流芳。

孟郊

孟郊（751-814），字东野，今浙江德清人。少时隐居嵩山，后中进士，任溧阳县尉。长于五古，以苦吟著名，有"诗囚"之称；又与贾岛齐名，人称"郊寒岛瘦"。有《孟东野诗集》。

寒地百姓吟

无火炙地眠，半夜皆立号。
冷箭何处来？棘针风骚骚。
霜吹破四壁，苦痛不可逃。
高堂捶钟饮，到晓闻烹炮。
寒者愿为蛾，烧死彼华膏。
华膏隔仙罗，虚绕千万遭。
到头落地死，踏地为游遨。
游遨者是谁？君子为郁陶！

此诗一作"寒夜"，作于宪宗元和元年末，时孟郊在河南尹郑余庆幕僚。题下自注云："为郑相其年居河南，畿内百姓，大蒙矜恤。"前六句写寒夜受冻境况，大意是：贫穷人家没有炉火，只以柴火烘热地面来睡觉，可是半夜里还是冻得不能入睡，都站起来号叫。这刺骨寒风是从哪里来的？满屋子都骚骚作响！仔细一看，原来冷风从破旧的墙壁中刮入，躲也躲不过，真的挨冻难忍！"冷箭""棘针"极度形容寒风刺骨，比喻抢眼，让人不寒而栗。从无火地凉到寒风刺骨，极寒天气令人怵目；从"皆立号"到"不可逃"，极度挨冻受苦；从"炙地眠"和"破四壁"来看，足见极其穷困。尤其一个"皆"字，说明无数百姓都在寒夜里挨冻叫苦。这些叙述都让人有身临其境的感觉。"高堂"两句将视线转移到阔富人家的生活：在高大的堂屋里鸣钟宴饮，从夜里直到天明都能闻到烹炮食物的芳味。"炮"即烧烤食物。"高堂"比"破壁"、"皆立号"比"搥钟饮"，使贫富悬殊更加鲜明突出，效果更加强烈。人们不禁要问：同样的天却不同样的生活，公理何在？接下来六句通过想象之词，把穷人和富人放在一起写，是说：受冻的百姓愿作飞蛾，去扑向富人的灯烛，为一时的暖和，烧死在富人灯下。可是那灯火被纱罩围隔，飞蛾白白地飞绕千万遍，无法靠近，到头来还是落地冻死，还被富人所践踏。"华膏"指富贵人家的灯烛。"仙罗"指灯烛的纱罩，美称仙罗。"游遨"即游逛，指富贵人家。诗人进一步叙述寒夜难熬的境地，异想化作飞蛾取暖，令人心酸无比。这真是叫天天不应、叫地地不灵啊！艺术来源于生活，但高于生活。诗人的艺术构思，通过戏剧性的情节描写，感染力更加强大。尾联与上联用顶真的手法抒发不平之气，紧凑又顺理成章：践踏贫者的人是谁？有正义感的人岂能不悲愤填膺？"郁陶"指悲愤聚积的意思。这两句是谴责也是怒骂，爱憎极其分明。

　　此诗运用对比的手法，描绘了寒地之夜贫苦百姓的挨冻之苦，无论如何生死挣扎也得不到一丝温暖的悲惨处境，对比富贵人家彻夜吃喝玩乐的行径。可用杜甫两句诗来概括："朱门酒肉臭，路有冻死骨。"全诗意境凄凉婉转，充满幽愤悲怆之情，展现了一幅贫富悬殊的历史画卷。诗人曾主张"下笔证兴亡，陈词备风骨"，此篇正是践行这一诺言。

　　论曰：触目惊心事，凄情万古长。兴亡诗史证，脊骨透寒凉。

贾岛

贾岛（779-843），字阆仙，今北京房山人。早年出家为僧，法号无本。后还俗，屡举进士不第。晚年任长江县主簿，后迁普州司仓参军。长于五律，以"苦吟"著称，与孟郊齐名，时称"郊寒岛瘦"。有《长江集》。

题李凝幽居

闲居少邻并，草径入荒园。
鸟宿池边树，僧敲月下门。
过桥分野色，移石动云根。
暂去还来此，幽期不负言。

李凝是诗人的朋友，隐居山林，故称幽居，其人具体情况不可考。这首诗是访李凝未遇而作。首联写朋友幽居环境：李凝所隐居处很少邻居，有一条长满野草的小路，直通那荒凉的园子。"闲居"指李凝隐居地。"邻并"即邻居。一个"少"字，说明此处人烟稀少；一个"荒"字，说明此处荒芜，没怎么打理过，然而却衬托出一个"幽"字。淡淡两句就高度概括了其居住环境。颔联写到访情景：归鸟已栖宿在池塘边的树上，在月光下我来敲门访问主人。一个"敲"字，炼字极佳，显得合乎情理，又以动反衬静——这显然是夜间的情况，指出访问的时间。颈联写回归所见：小桥一过便是田野，回头一望，在月光照耀下景色分明；那石上云朵飘动，仿佛山石也在移动。也可理解为：仿佛云朵是从石头中冒出来的，如果移动山石就会摇动云根。"云根"参考刘向《说苑·辨物》"云触石而出"，故古人以云根喻石。这里不着"月"字，却尽显月色之美，给人以恬淡、幽美之感。尾联表达愿望：这回暂时告别，不久还会回来的，不负一起隐居的约定。

　　这首诗之所以成功，就在于以炼字铸句求胜。尤其颔联能成为名句，就在"推和敲"上如何炼出来的。我把《鉴诫录》中的一段话引出来：（贾岛）忽一日于驴上吟得"鸟宿池边树，僧敲月下门"。初欲著"推"字，或欲著"敲"字，炼之未定，遂于驴上作"推"字手势，又作"敲"字手势……俄为宦者推尸驴，拥至尹前，岛方觉悟。顾问，欲责之，岛具对……韩（愈）立马良久，思之，谓岛曰："作'敲'字佳矣。"遂与岛并辔语笑，同入府署，共论诗道，数日不厌。"推敲"典故就是从这里来的。其实，这是个轶事趣闻而已。我认为，作诗如何选字颇有讲究，推门、敲门事件本身是贾岛的事，韩愈当时也没有看到贾岛是用推或用敲，以此事作炼字事例，有造作嫌疑。用字的首要选项是"准"，当求精到、精炼，传情达意。如果布虚构伪，造景画像，必然成为虚情假意。炼字不当从虚情处始，当从实情处致。这里只能说明他确实"苦吟"。贾岛也曾说："二句三年得，一吟双泪流。"诗人刻苦作诗，出了不少佳句，如"秋风生渭水，落叶满长安""怪禽啼旷野，落日恐行人""独行潭底影，数息树边身"等；但他刻意追求清奇僻苦以及所谓的精炼，有时很难理解，如"移石动云根"中的"移石"，让人费解。他的诗也出过笑话。如《六一诗话》列举贾岛的诗句"写留行道影，焚却坐禅身"，时谓"烧杀活和尚"。本意是僧人坐禅时端然不动的身躯死后被焚烧掉了。他把"坐禅"生前事和"焚却"死后事硬凑在一起，就变成贾岛"烧杀活和尚"。这是一个笑话，值得我们警惕。但大家对《题李凝幽居》还是肯定的。清代黄叔灿《唐诗笺注》评曰："'鸟宿'一联，意境幽寂，妙矣。'过桥'二句，尤极旷达。"

　　论曰：岛瘦名声外，推敲典故传。颔联神韵出，意境妙连天。

刘禹锡

刘禹锡（772-842），字梦得，今河南洛阳人。贞元九年进士，为监察御史。永贞元年与柳宗元一同参加王叔文政治集团，因革新失败，被贬朗州司马，后迁连州刺史，历夔州、和州，官至检校礼部尚书，晚年迁太子宾客。与白居易相善，世称"刘白"。擅长近体诗，尤工七绝。有《刘梦得文集》。

金陵五题（选两首）

石头城

山围故国周遭在，潮打空城寂寞回。
淮水东边旧时月，夜深还过女墙来。

乌衣巷

朱雀桥边野草花，乌衣巷口夕阳斜。
旧时王谢堂前燕，飞入寻常百姓家。

《金陵五题》是一组怀古诗，作于唐敬宗宝历二年。刘禹锡时为和州刺史，该组诗为途经金陵时有感而作。"金陵"也称石头城，为六朝古都。此组诗就是对六朝亡国之叹，《石头城》和《乌衣巷》是其中的两首。

《石头城》不针对任何一件史事，只是围绕金陵周围的物象来展开描绘。首句从山入手，故国即石头城，其周边有山，仿佛被山包围起来似的，但青山依旧。正如杜甫诗"国破山河在"，历朝更迭，物是人非，皆是如此。石头城前枕大江，次句再从江潮入手，两句构成"江山"图。此句把城说是"空城"，毫无生气之感，因而"潮打"自然成为"寂寞"，没有任何回声。诗人的感情直入景物之中，令人恍惚觉得有潮声的大江却在无言地叹息，把物象转化为意象，意境高妙。诗人从远景写到近景，将金陵的标志性景象"秦淮河"纳入视野——此河贯穿金陵城。这里有意点出"淮水东边",然后用"月"来衬出怀古之情,又把明月说成"旧时"——明月本无古今,却偏称"旧时",意味深厚。如李白诗"今月曾经照古人",把月说是"今月",诗意在转折句中得到提升。最后顺着"月"的物象写下去:月亮到了深夜时,便渐渐地移过石头城的短墙来。一个"还"字,意为不就是跟"旧时"的月亮一样吗?诗人从自然现象中感悟到什么?结句与首句呼应,江山、明月"围遭在",山还在,月依旧,只是人事全非,曾经的繁华俱归乌有,一种兴亡感叹之情溢于纸上,写得极其深沉。

"乌衣巷"位于秦淮河之南,与朱雀桥相近。三国时为禁军驻地。因禁军身着黑色军服,故称"乌衣巷"。东晋时王导、谢安两大家族都居住在乌衣巷,当时是富人区。"朱雀桥"一名朱雀航,六朝时金陵正南朱雀门外横跨秦淮河的大桥,时为交通要道。乌衣巷与朱雀桥挨得很近,诗人有意从这两个具有代表性的地名入手,写此即彼。从字面看,朱雀桥同乌衣巷偶对天成,能造成对仗的美感,但又符合金陵的真实环境,还可以联想历史往事,营造"一石三鸟"的丰厚诗意。前两句从对偶的角度来说。"花"为开花之意,作动词用。本来是交通繁忙的景象,现在却是"野草"丛生、野花随放,显得人烟稀少,十分冷清;然而本来是"乌"服满街,却烘衬在如今的"夕阳"之中,昏暗色彩抢眼。两句又以"野""斜"的渲染,更映衬出一片寥落衰暮的形象来,增添了无穷的诗味。经过环境的烘托和气氛的渲染之后,笔锋突然转到燕子上。这里不直接说"旧时王谢"如何衰落,而是那时的燕子飞进了"寻常百姓家"。晋傅咸《燕赋序》说:"有言燕今年巢在此,明年故复来者。其将逝,剪爪识之。其后果至焉。"燕子是认得旧巢的,只不过所依堂梁的主人却变了——旧时的富人区成为普通百姓的居住地了,王谢的后代都变成平民百姓了。诗人通过夸张手法,赋予燕子数百寿龄而往回原地来辨认新旧的变化，看似信手拈来，实际上凝聚着诗人的艺术匠心和丰富的想象力，巧妙地把历史的沧桑巨变曲折地表现出来，如此笔法常人是难以达到的。施补华的《岘佣说诗》评这首诗的三、四句时说："若作燕子他去，便呆。盖燕子仍入此堂，王、谢零落，已化作寻常百姓矣。如此则感慨无穷，用笔极曲。"白居易读了《金陵五题》之后说："掉头苦吟，叹赏良久。"

论曰：咏古兴亡叹，金陵往事怀。联章裁别出，曲笔致成佳。

元和十年自朗州至京戏赠看花诸君子

紫陌红尘拂面来，无人不道看花回。
玄都观里桃千树，尽是刘郎去后栽。

了解这首诗的创作背景，对解读很有帮助。永贞元年，刘禹锡参加王叔文政治革新失败后，他和柳宗元等都被贬离京。经十年，即到元和十年，他从朗州被召回京。回长安后，看到朝廷已换了一批当权的新贵，面对他们春风得意的样子，心中有许多感慨，于是借看花这一平常琐事，写下这首诗。

首句写京城道上情景。"紫陌"指京城长安的道路。车水马龙，红尘滚滚，且"拂面"而来，写出路上客流的盛况，又表现出气势来。次句写归途的神态，用"无人不道"四个字极其形容许多看花人的满足感和愉悦感，一种趋势神态跃然纸上。三句以桃花喻新贵。"玄都观"是道教庙宇名，在长安城南崇业坊内。"桃千树"极言桃树之多，暗指一批新贵们。写到这里，已经明白了看花的意思。末句干脆挑明，题中的"戏"字已经表达出来了。此句的意思是：别看那道观的桃花如此美丽，都是我刘郎当年离开长安后才栽种起来的。言外之意是：朝中的旧势力把我们贬离京城后，靠拉帮结派的伎俩，又扶植一批臭味相投的新贵，我看他们也不会长久的。

此诗联系自己的身世，借题发挥，写看花却不写花如何，不写去看如何却写回来如何，而且全用比体，围绕一个"戏"字，逐句展开。正如周珽《唐诗选脉会通评林》引唐汝询曰："首句便见气焰。次见附势者众。三以桃喻新贵。末太露，安免再谪？"嘲讽权贵意味浓厚。正因此诗传开后，触动旧派的敏感神经，将刘禹锡再贬播州、连州，直到夔州。又经十四年后，再调京，又写一首《再游玄都观》："百亩庭中半是苔，桃花净尽菜花开。种桃道士归何处？前度刘郎今又来。"这是继"前篇"写得，讽刺更为辛辣：原来的桃花林不见了，尽是野菜花；种桃的人也都不见了，而我又回来，表示决不屈服妥协，字里行间包含着感慨、嘲讽、蔑视、快意。这十四年来，皇帝连换四个，世事已大变，也验证了"树倒猢狲散"之真谛。两诗前后对比，表面上比出了人物变迁，实际上比出了朝代的盛衰兴亡，仍然体现一个独立而完整的意象，艺术手法极其高妙。

论曰：此绝借题吟，功成讽喻今。桃花本无意，妙寄变金音。

酬乐天扬州初逢席上见赠

巴山楚水凄凉地，二十三年弃置身。
怀旧空吟闻笛赋，到乡翻似烂柯人。
沉舟侧畔千帆过，病树前头万木春。
今日听君歌一曲，暂凭杯酒长精神。

此诗的背景资料表明：唐敬宗宝历二年，刘禹锡由和州刺史调回洛阳，同时白居易从苏州返洛阳，两人在扬州初逢，盘桓半月后，结伴北上。白居易在宴席上作《醉赠刘二十八使君》一诗赠予刘禹锡。"刘二十八"就是刘禹锡。因他当时做刺史，故称为"使君"。刘禹锡写诗《酬乐天扬州初逢席上见赠》作答。"酬"即答谢、酬答，指以诗相答。"乐天"即白居易，字乐天。白居易的赠诗末两句是："亦知合被才名折，二十三年折太多。"刘禹锡的酬答正是接这两句写起。所以，首联回顾自己在巴山楚水之间的凄凉地，长达二十三年的谪居生活。古时四川东部属于巴国，湖北和湖南北部等地属于楚国，所以用"巴山楚水"来概括，泛指这些地方。刘禹锡被贬为连州刺史，至宝历二年冬应召，约二十二年，加上路程遥远用去一年，所以说二十三年。"弃置身"指遭贬的自己。可以看出，他与白居易两人推心置腹，像拉家常一样，共话两次贬谪的生活经历，同声表达了"折太多"的感慨。颔联接着这个话题，写怀旧之感：自己在外二十三年，如今回来，沧海桑田，变化很大，许多老朋友都不见了，只能"空吟闻笛赋"，表示怀旧而已，感叹时间过得很快，眼前不再是旧日的光景了。前句用了向秀怀念嵇康、吕安所写的《思旧赋》的典故：向秀路过嵇康旧居时，正值日落时分，听到"邻人有吹笛者，发声寥亮"，对此不胜感慨，写下了《思旧赋》。刘禹锡以此表示对王叔文等朋友死去的悼念之情。后句用了王质烂柯的典故：王质上山砍柴，看见童子下棋，吃了童子送的如枣核的东西之后便不知饥饿，直到斧子都烂了，回村才知道恍如隔世，同辈人都死尽了。刘禹锡以王质自比，表示自己贬谪时间长，感慨世事变迁。颈联以沉舟和病树自比，表示自己的惆怅之情：二十多年来的遭遇，现在自己像只沉舟，也像病树，而沉舟的旁边正有千帆竞发，病树的前头也是万木争春。这两句是针对白居易的赠诗中"举眼风光长寂寞，满朝官职独蹉跎"写的，意思是说：别人都升了官，只有你还在仕途上蹉跎。白居易是为刘禹锡抱不平。刘禹锡在酬诗中也深有同感，正如杜甫《梦李白》所言"冠盖满京华，斯人独憔悴"也。这两句写得非常生动，比喻恰合，用"千帆过""万木春"形象地揭示了社会新陈代谢的自然规律，至今还常被人所引用，成为千古警句。尾联正式点明了酬答白居易的题意：我"今日听君歌一曲"，感慨不尽，就"暂凭杯酒长精神"吧！从结句来看，刘禹锡虽然有惆怅，但不消沉，表示要重振精神，积极投入生活当中，这是难能可贵的。

该诗是一首酬答诗，在唐人赠酬诗中堪称上驷，既紧扣白诗的原意,又不限于原意,结合自己的身世,抒发自己的感情,体现自己的达观思想;正如他在《酬乐天咏老见示》里所说:"莫道桑榆晚,为霞尚满天。"也正如他在《秋词》中所言:"自古逢秋悲寂寥,我言秋日胜春朝。晴空一鹤排云上,便引诗情到碧霄。"白居易《刘白唱和集解》说:"刘梦得诗豪者也,其锋森然,少敢当者。"他的诗歌确实有一种豪爽、乐观的风格。

论曰:精深概括题,苦叹异乡栖。妙笔神来韵,颈联成璧奎。

柳宗元

柳宗元(773-819),字子厚,今山西运城人,世称"柳河东"。贞元进士;因参与王叔文集团革新,失败后被贬为永州司马;后迁柳州刺史,故又称"柳柳州"。与韩愈共同倡导唐代古文运动,同被列入"唐宋八大家",并称"韩柳";以山水游记与山水诗著名,与刘禹锡并称"刘柳"。有《柳河东集》。

渔翁

渔翁夜傍西岩宿,晓汲清湘燃楚竹。
烟销日出不见人,欸乃一声山水绿。
回看天际下中流,岩上无心云相逐。

这是一首七言六句古诗,也可称七言短古(施蛰存语)。柳宗元是因参与永贞革新而被贬永州,他的一腔抱负化为烟云,才寄情于异乡山水的。所以,这首诗正是在这种情况下写的。头两句是写从夜晚到拂晓的景象:一位渔翁夜宿西岩山边,晨起汲水,燃竹做饭。诗一开篇就引起人们的注目,一个渔翁形象也跟着时间的流转转换,活动轨迹也没有什么与众不同的地方,自然而然地展示出来;而且以"西岩、清湘、楚竹"所特有的永州景色，描绘了一幅清新而又完整的以山、水、竹为元素的画面，奠定了全诗悦目而又清逸的基调。此二句可用司空图"意象欲出，造化已奇"来概括。中间两句写烟消日出，放舟清湘。有山区生活经验的人就知道，清晨山里多雾，通常日出三竿的时候，才会云烟消散，那时的景色就会看得很清楚。然而，诗人却反说"不见人"：刚才还在煮饭，怎么就不见了？正在纳闷的时候，突然听到一声击水声响；循目一看，清湘中水一片绿色。诗人不说人在其中，反而用声音来传递信息；不说人在干嘛，反而却说看到了"山水绿"——与其说诗情有奇趣，倒不如说诗功有奇妙，好像山清水秀不是自然造化，而是一声橹响中创造出来的，诗味浓度顿时增加了几百倍。最后两句借助渔翁形象，表达泛舟中流的感悟。日出以后，远处更可望及，意境更为开阔。前句"天际下中流"与李白"唯见长江天际流"一样，写出湘江上游的景色。后句"无心云相逐"与陶渊明"云无心以出岫"同义，都以"无心"来形容云：云在飘浮，形似在相互追逐，实则彼此是无心的。言外之意是：渔翁泛舟中流，与天上的云一样，都是无心之举。这里看似写渔翁的主观认识，实则写自己的宦海感悟：自己被贬永州，如泛舟一样，任其自然，没有什么遗憾，一种自我宽慰的情绪溢于言表。

宋代惠洪《冷斋夜话》引东坡评诗云："以奇趣为宗，反常合道为趣。熟味之，此诗有奇趣。其尾两句，虽不必亦可。"苏东坡以为此诗有奇趣，又以为结尾两句是多余的，从而引起后人的争议。到底是多余的，还是必要的，双方都互不相让。其实，解释诗意应体会柳宗元的当时处境，才能理解他结句的用心。明代高棅《唐诗品汇》引刘云评曰："或谓苏评为当，非知言者。此诗气浑，不类晚唐，正在后两句，非蛇安足者。"诗句往往在争论中不断增厚其诗味。诗人借助渔翁形象是有意安排的，以"无所谓"的心态面对现实。对此，我们可以再对照他的《江雪》："千山鸟飞绝，万径人踪灭。孤舟蓑笠翁，独钓寒江雪。"

这首诗也是在永州时写得，是说：在大雪里，鸟飞绝了，人踪也灭了，但有位老头依然在垂钓，不为严寒气候变化所动，我行我素，自由自在。一句话：不管政治环境如何变化，我都已无心与保守派争论了。这与上一首的"无心云相逐"表达出同样的意境，也是对人生彻悟的禅意。

论曰：题材新别出，奇趣寄情怀。造化空灵秀，一声吟最佳。

李贺

李贺（约790-约816），字长吉，今河南宜阳人。没落唐宗室郑王后裔，家庭困窘，因避父名晋肃（晋与进同音）不举进士，仅做过奉礼郎。早有名气，韩愈赞赏他的诗才，是中唐浪漫主义的代表诗人，有"诗鬼"之称。因长期不得志，终身抑郁感伤，二十七岁英年早世。著有《昌谷集》。

秋来

桐风惊心壮士苦，衰灯络纬啼寒素。
谁看青简一编书？不遣花虫粉空蠹。
思牵今夜肠应直，雨冷香魂吊书客。
秋坟鬼唱鲍家诗，恨血千年土中碧。

此诗以秋起兴，写自己的身世，抒发怀才不遇的悲愤之情。开头两句是引子，写因岁月流逝而感伤：壮士见到秋风吹落桐叶而感到心惊，妇女听到络纬啼声就赶紧掌灯制寒衣。"桐风"指吹落梧桐树叶的秋风。"络纬"即昆虫名，其鸣声如纺线，也叫纺织娘。这两句以"桐风"起兴，以"惊、苦、衰、寒"四个近义字来强烈渲染悲秋的气氛，抒发岁月易逝的忧伤，也为全诗定下基调。"谁看"两句写自己的才华不为世人所赏识：有谁来读自己苦心写作的书呢？而无人观赏，自然就有花虫去噬食书简，留下粉末。李贺在《南园十三首·其六》也云："不见年年辽海上，文章何处哭秋风？"仕途失意，慨叹读书无用。这里的"青简"即竹简，古代在竹简上写字，指代书籍。"编"，古代用皮条或绳子把简牍穿联成书，就叫一编。"花虫"即蠹虫。上句正面发问，下句反面补充，构成上下因果关系：书没人去看，也就等于没人去遣蠹虫，书简白白成了蠹虫的食料。开头是因岁月流逝而感到"苦"，这两句则是因怀才不遇而感到"苦"，前后呼应，只不过换个角度说"苦"。接下来"思牵"两句继续说"苦"：今夜想到无人赏识，我的曲肠都被拉长牵直了。在这冷雨里，唯有古代诗人的香魂能安慰了。也就是说：今天无人赏识，只有请古人来慰吊，试图从古代鬼魂里寻找知音。这是无奈的自慰啊！"香魂"指古代诗人才士之魂。这里的"书客"和首句的"壮士"都是自指。这两句说"苦"的程度，用"肠应直""吊书客"来形容自己极大的沉痛之情，也表达自己无比的愤慨。最后两句是说：秋天坟地里的鬼魂，吟唱着鲍照写的丧歌，恨血历经千年才化为碧玉啊！"鲍家诗"指鲍照写过的《代蒿里行》挽歌。"土中碧"用了化血成碧的典故。成玄英疏："碧，玉也。苌弘遭谮，被放归蜀，自恨忠而遭谮，遂刳肠而死。蜀人感之，以匮盛其血，三年而化为碧玉，乃精诚之至也。"诗人表面上是说鲍照，实际上是借鬼魂传唱来抒发志士怀才不遇的悲痛之情，也表达千古同恨的悲凉之情。

　　"日月掷人去，有志不获骋"，这是历史上怀才不遇者的共同感慨，李贺也是。此诗写的不是忧国忧民，而是忧己身不遇，反映压抑人才的不合理现象，自己正是封建社会的牺牲品。上半篇由景入情，体现冷艳色彩；下半篇则是借代抒情，体现奇崛特色。诗人凭借自己惊人的想象力，驱遣千奇百怪的形象，来寄托自己的思想，以"香魂、秋坟、鬼唱、恨血"这些与死亡有关的词汇，制造出阴森料峭、鬼魅飘飘的语言风格，给人以恍惚迷离的幻象，被后人称为"诗鬼"当之无愧。其实，他写鬼蜮的世界，是有用意的。在现实的社会中，美丑曲直、黑白是非，常常是颠倒的。所以，他是借此来寓事寄情，反衬现实，创造出其独特的艺术风格。

论曰：此首阴森色，全凭鬼魅词。寄情千百怪，造化古今奇。

金铜仙人辞汉歌

　　茂陵刘郎秋风客，夜闻马嘶晓无迹。
　　画栏桂树悬秋香，三十六宫土花碧。
　　魏官牵车指千里，东关酸风射眸子。
　　空将汉月出宫门，忆君清泪如铅水。
　　衰兰送客咸阳道，天若有情天亦老。
　　携盘独出月荒凉，渭城已远波声小。

魏明帝（曹操之孙）为求长生，曾派宫官去长安拆移金铜仙人等物，传说仙人临载时潸然泪下。"金铜仙人"指汉武帝在长安建章宫神明台上铸造的铜仙人，以撑托铜盘盛露水，取露水和着玉屑饮服，企求长生。"辞汉"指迁金铜仙人至洛阳，即辞别汉武帝之意。这首诗是诗人辞去奉礼郎回归昌谷途中而作。

此诗前四句是说：汉武帝刘彻虽然享年久远，但还是如秋风过客。一天夜里，埋葬茂陵的刘郎，其魂魄巡游汉宫，曾听到他的坐骑嘶鸣，可天亮却杳无踪迹。宫室画栏前的桂树飘着秋香，但苑中的青苔满地。诗人以幻想的笔法，凭借自己的想象力，写出茂陵墓地帝魂出游汉宫，既指出荒芜人烟的遗宫，又写到金铜仙人将被人迁移的预感，开篇就以灵异情景出现，在茂陵上笼罩着阴森的气氛。汉武帝曾作《秋风辞》，所以以"秋风客"称呼他，既可营造秋风萧瑟，又可融入诗意。更为大胆直呼汉武帝为"刘郎"，表现了李贺的无畏精神。这里也强调昔日的"三十六宫"繁华地，却变成一片"土花碧"，历史沧桑，变化无常，暗示着改朝换代的历史变迁。中间四句是说：魏国的宫官把金铜仙人装车运到遥远的魏都洛阳，刚出长安东门时，一阵凉风扑面而来，刺痛金铜仙人的双眼；一路上只有汉时的月亮陪伴着它，想起汉武帝，泪如铅水沉落。诗人的想象力进一步发挥出来，通过拟人的手法，写出金铜仙人移出时的离情别恨，增添了铜人落泪传说的戏剧色彩。这里"清泪如铅水"照应"酸风射眸子"，整体四句呼应上面的预感，把灵异虚幻转化为现实存在，一个建造，一个迁移，进一步暗示历史兴亡还在延续下去。更可笑的是，魏国还想利用汉宫故物，也想长生不老，讽刺意味浓厚。最后四句是说：金铜仙人离开长安东门向咸阳古道而去，只有路边枯败的兰草为它送行。天公如有情，也会为历史的兴衰变化而感到衰老。仙人带着铜盘独自而走，在月光下显得更加荒凉。过了渭城，渐行渐远，那渭河的波声也越来越听不到了。秦都咸阳离长安不远，附近又有渭水、渭城，仙人正沿着这条道上一路走一路感慨。用无情的天公也会伤情变老这一警句，反衬出有情的人间将会翻起多大的波澜；也用路上荒凉的月色，正面衬托出离宫的孤寂心境。尤其通过想象之词，渭水的波声愈远愈小，最后听不到为止，更为巧妙。传说铜人"因过重，留灞上"，这是诗人故作悬念，留给后人无限遐思。诗的结尾也正迎合这种作意，以残声不可闻的情状收束，余味无穷；也与开头"马嘶"不忍闻相照应，更显示出一片苍凉。

此诗借金铜仙人迁离长安的历史故事再造情景，表面上不着议论，实际上对国家的衰落、社会的黑暗以及自己仕途的无望，抒发了百感交集的感叹，也对汉武帝和魏国同样求生不老的荒唐事给予有力的讽刺，尤其对历史沧桑、盛衰兴亡的感悟特别深刻。诗中造意用词奇诡瑰丽，为追求峭奇，往往在事物的色彩和情态上润色，如"酸风、衰兰、清泪如铅水、土花碧、天亦老、月荒凉、波声小"等，这正是李贺的语言特色。陆游曾曰："贺词如百家锦衲，五色炫耀，光夺眼目，使人不敢熟视。"这种构思新奇的追求，有时也会写出像"天若有情天亦老""黑云压城城欲摧"这样的名句来，被千古传颂。

论曰：一个铜仙像，兴亡进出中。高情凭幻想，造景意无穷。

老夫采玉歌

采玉采玉须水碧，琢作步摇徒好色。
老夫饥寒龙为愁，蓝溪水气无清白。
夜雨冈头食蓁子，杜鹃口血老夫泪。
蓝溪之水厌生人，身死千年恨溪水。
斜山柏风雨如啸，泉脚挂绳青袅袅。
村寒白屋念娇婴，古台石磴悬肠草。

这首诗题材少见，写采玉工人的艰辛劳动和痛苦心情。开头两句是说：官府需要一种碧玉，因为产于深水中，所以称为"水碧"。于是，强征老百姓不断地开采，没完没了。而这种碧玉是古代妇女头上的装饰品，做成各种形状插在发髻上，增添一点美色而已，走路时随步摇动，所以称"步摇"。前句"须"字，表明了官府的强迫。后句"徒"字，表明了对采玉劳动的看法。此字一语双关，既叹惜人力的徒劳，又批评官府徒好色，极有分量。在交代采玉的背景后，开始将镜头转向一个采玉的老人：老人已经是饥寒交迫了，还在采玉劳动。水里的龙为他发愁，蓝溪的水气也浑浊不清了。蓝溪在陕西蓝田县蓝田山下，溪中产碧玉，也叫蓝田玉。诗中"龙为愁""水气无清白"，言外之意，龙犹如此，水犹如此，人何以堪？老人也许采了许多碧玉，但能给贵妇人增色几分？害得老人穷愁潦倒，害得民不聊生，也害得蓝溪不得安宁。接下两句对"饥寒"作进一步描写：就是夜里下雨也要留宿山头，饥寒交加，只能拾取野生的蓁子充饥，山上的杜鹃也为老夫啼血流泪。一幅悲惨境遇的图像突出地展示出来，极其艺术概括力。同时，用杜鹃啼血的典故，极力衬托出老夫的凄苦，让人惨不忍睹。接下两句开始议论：淹死水里的民工，好像是蓝溪在厌恶生人，置他们于死地；而那些死去的民工，就是千年后也会怨恨溪水。水"厌生人"，人"恨溪水"，双方互怨，其实都归到对官府强迫的仇恨。这是委婉说辞、含蓄表达，也是换位手法的运用。再接下来进一步写险境：山崖间、柏林里、瀑布下，采玉人也要腰系绳子垂挂到溪间，在风雨中摇曳摆动。常有坠崖而死的采玉人，绳子还悬挂在那里。看到这些惨状，也联想起自己的命运危在旦夕，真是命悬一线啊！诗人通过险境来衬托老夫的心情，诉说着采玉人的悲惨命运。最后进一步表白了自己的担心：老夫住在茅草屋里，称为"白屋"。每当看到古石台阶上的悬肠草，不禁想起寒屋中娇弱的儿女。自己一旦丧命，他们将怎样生活呢？"悬肠草"也叫思子蔓，一作离别草。诗人有意作此草，暗喻有一天离去。老夫复杂的心情表露无疑，写得极其沉重。

　　此诗虽然以现实生活为素材，但还是离不开诗人的浪漫主义奇想。比如龙为愁、杜鹃口血、蓝溪厌生人、人恨溪水等，都是奇特的艺术想象，既渲染气氛，又增添浪漫色彩，体现了特有的语言风格。此诗的心理刻画也尤为突出，而且同景物描写联系在一起，感染力更强。比如斜山柏林、泉脚挂绳、寒村白屋、阶上悬肠草等，都是以景物衬托老人的心情，写得十分感人。比照韦应物的《采玉行》："官府征白丁，言采蓝溪玉。绝岭夜无家，深榛雨中宿。独妇饷粮还，哀哀舍南哭。"同样取材采玉劳动，但在立意上，李贺诗意更深刻，笔力更透彻，尤其对心理描写更细致。

　　论曰：老夫歌采玉，一曲泪辛酸。委婉含情致，金声奇妙弹。

雁门太守行

　　黑云压城城欲摧，甲光向日金鳞开。

角声满天秋色里，塞上燕脂凝夜紫。
　　半卷红旗临易水，霜重鼓寒声不起。
　　报君黄金台上意，提携玉龙为君死。

　　"雁门太守行"是古乐府曲调名。"雁门"为郡名。古雁门郡大约在今山西西北部。"行"即歌行，一种诗歌体裁。李贺运用这个乐府古题创作此诗。

　　诗的前两句写双方对峙情景。"黑云压城"是形容黑压压的乌云笼罩在城墙上，表示乌云很多，层层叠叠之意，渲染敌军兵临城下的危急形势，势必造成"城欲摧"的感觉。其中一个"压"字，就把敌军人多马壮、气势凶猛的情态给表现出来。"甲光向日"是形容将士身上的甲衣金光闪闪，表示披甲执锐，严阵以待的意思；也渲染出迎战的严肃气氛，队伍整齐排列，像似"金鳞开"。这里的"黑云"并非实景，是造境寓意之法。暗指敌军。"日、光"也非眼前景，同样是造意之法。"向日"更是表示听从君王号令之意，古诗中的"日"常常指代皇帝。所以，诗中的情景实际上并非有矛盾，诗中的黑云和日光，是诗人用来造境造意的手段。这两句写得精彩，成就了此诗的历史地位，也是历来评论的焦点。王谠《唐语林》评曰："李贺以歌诗谒韩愈，愈时为国子博士分司，送客归，极困。门人呈卷，解带旋读之，有篇《雁门太守行》云：'黑云压城城欲摧，甲光向日金鳞开。'却缓带，命迎之。"三、四句写听觉和视觉：时值秋天，战斗的角声充满天空，战士们英勇反击，直到夜幕时还在短兵相接，阵地上胭脂般的鲜血凝成一片紫色。这两句写出战斗激烈，死伤无数，衬托出悲壮场面。五、六句继续写战斗场面。"半卷红旗"形容军旗都不能完全展开，说明战斗气氛凝重。所以，"半卷"二字含义极为丰富。而"临易水"既表明交战的地点，又体现悲壮情景，似有"风萧萧兮易水寒，壮士一去兮不复还"那样的壮怀激烈的豪情。"霜重鼓寒"进一步渲染战斗气氛：夜寒霜重，连战鼓也擂不响。战士们面对重重困难，但不影响他们的战斗勇气。所以，最后表达将士们报效朝廷的决心："报君黄金台上意，提携玉龙为君死。""黄金台"是战国时燕昭王修筑的一个台，传说有大量黄金放在台上，用于招揽天下士。"玉龙"喻剑，暗示以此为凭证，一剑尚存，死不负国，一种视死如归的勇气表露无疑。诗的结尾与上面的"向日"遥相呼应，精神可嘉，完美收束。

此诗最明显的特色是用秾艳色彩写战斗场面，这在古诗词中实为罕见。全诗用"黑云、日光、金鳞、燕脂、夜紫、红旗、黄金、玉龙"等极为鲜明的色彩渲染气氛，同时也与"霜重、鼓寒"等特有的秋色交织在一起，构成色彩斑斓的典型画面，仿佛战场是一个大染缸。景有色、物有色、人有色、情有色，句句皆色彩。像是一个高明的画家，诗不是写出来，而是画出来的。这是有别于其他人的作法，可算是奇诡之作了。套用今天时髦的话：如果战场有颜色，那一定是中国红。

论曰：起笔新奇出，高情造景观。联联皆有色，阵阵鼓声寒。

许浑

许浑（约791-约858），字用晦，今江苏丹阳人。文宗大和六年进士及第，曾任监察御史，后转睦、郢二州刺史。晚年归丹阳丁卯桥闲居，自编诗集，曰《丁卯集》。

咸阳城东楼

一上高城万里愁，蒹葭杨柳似汀洲。
溪云初起日沉阁，山雨欲来风满楼。
鸟下绿芜秦苑夕，蝉鸣黄叶汉宫秋。
行人莫问当年事，故国东来渭水流。

许浑任监察御史时，晚唐已是多事之秋，正处于风雨飘摇之际。一个秋天里，诗人登上咸阳古城楼观赏风景，即兴写下了这首怀古伤今之诗。

　　首联扣题，抒情写景：一登上高城就有万里愁绪，看到一片蒹葭杨柳，仿佛置身于江南汀洲。为什么会有这样的感觉呢？因为诗人青年时代由家乡赴咸阳应试，多次名落孙山，不免有些愁绪，而且离家又很远，所以说"万里愁"。又"似汀洲"：蒹葭杨柳意含思念，这是人之常情；一个"似"字，是诗人的主观遐想，由情及景，情景交融。上高楼必有远眺，所以颔联就远眺写景，而且寓意深远。"溪云"二句，诗人有自注，可帮我们解题。咸阳城"南近磻溪，西对慈福寺阁"，已经说明诗人在咸阳城西门城楼上。而"磻溪"正是两千年前姜太公直钩垂钓处，意含丰富。颔联是说：远眺中，磻溪上空乌云涌起，遮住红日，好像太阳已西落寺阁背后；刹那间满楼风动，看来一场山雨即将随风而至。这里写气象变化，实际上暗喻政治动荡、国运衰微，象征意义大于实际景象，所以"山雨欲来风满楼"成为家喻户晓的名句。颈联进入怀古之作，借物寓意：风雨欲来时，惊鸟从高枝处飞下草丛里，秋蝉藏在黄叶里哀鸣。这里注意两个地名：咸阳是秦始皇建都的地方，所以说"秦苑"；但后来被项羽焚毁，旧苑已一片荒草——鸟儿所飞下的正是这片草丛。咸阳又是汉代的都城，汉时建有未央等宫殿，唐时残迹还在，所以说"汉宫"——秋蝉正在汉宫的树上哀鸣。这是写景寓意：以前的朝代都已消亡，而今的晚唐也正处在风雨飘摇之中，怀古伤今油然而生。尾联收束，融情于景。由秦、汉的灭亡联想到唐朝前景，不堪想象，感叹不已。所以说，行人不要问"当年事"；那是不堪回首的往事，咸阳这个故都不知历史变迁，只有渭水依旧东流。这个"行人"当然包括诗人自己，所表现的情绪低沉悲壮，令人难忘。诗人在《洛阳道中》也说过："兴亡不可问，自古水东流。"历史的潮流滚滚而下，谁也挡不住。尾句以此结情，意味深长。

241

此诗历来好评如潮，有的甚至说"此等诗是最上乘"。诗人借登咸阳古城，面对眼前景及历史古迹，不禁浮想联翩，预感到沧海桑田已不可避免，立意深刻，笔触有力。诗人善用周围景物，借题发挥，发兴高远，意境广阔，意味深厚，感喟深沉，发人深省，实为晚唐怀古抒情之典范。尤其颔联一对句，突破音律常格，用"风"字平声，既救出句"日"字应平用仄，又救本句"欲"字应平用仄，不然本句犯孤平。此句式被后人称为"许丁卯句法"。清人王士禛《分甘余话》评曰："唐人拗体律诗……其一出句拗第几字，则偶句亦拗第几字，抑扬抗坠，读之如一片宫商，如许浑'溪云初起日沉阁，山雨欲来风满楼'是也。"

论曰：切入周围景，借题挥笔毫。兴亡堪预见，处处响风号。

杜牧

杜牧（803—约852），字牧之，号樊川，今陕西西安人，宰相杜佑之孙。唐文宗大和二年进士，以经邦济世自负，历任监察御史，黄州、池州、睦州刺史，官终中书舍人。诗文并茂，尤工七绝，世谓之"小杜"；与李商隐齐名，世称"小李杜"。有《樊川文集》。

过华清宫绝句三首

其一

长安回望绣成堆，山顶千门次第开。
一骑红尘妃子笑，无人知是荔枝来。

其二

新丰绿树起黄埃，数骑渔阳探使回。
霓裳一曲千峰上，舞破中原始下来。

其三

万国笙歌醉太平,倚天楼殿月分明。

云中乱拍禄山舞,风过重峦下笑声。

这三首是咏史诗,选取进贡荔枝、轻信谎言以及安禄山得宠的典型事件,讽刺唐玄宗荒淫误国。全诗含蓄委婉,诗意深刻,韵味悠长。据《元和郡县志》载:"华清宫在骊山上,开元十一年初置温泉宫。天宝六年改为华清宫。又造长生殿,名为集灵台,以祀神也。"华清宫正是唐玄宗和杨贵妃游幸宴乐之地。

其一这首通过送荔枝这一典型事件,以微见著,精妙绝伦,脍炙人口。起句以长安"回望"的角度来写,描绘出骊山华清宫花团锦簇的景色。对此,诗人形象地比喻为"绣成堆",形容此地美不胜收。接着,场景向前推移:忽见山头上的宫门一道道依次打开,蔚为壮观。平时里应该紧闭森严,今日为何"千门"都打开呢?这个悬念留给下面两句来揭开。原来有"一骑"风驰电掣疾奔而来,路面上红尘滚滚,仿佛听到宫内的妃子笑声。又何故妃子会笑呢?有多少人知道这是为什么呢?最后谜底终于揭开了:原来是专使骑着驿马送荔枝来了。送荔枝这一事件"无人知是",充分说明最高统治者的奢靡荒唐的生活,老百姓想也想不到。在叙述过程中,诗人故意不直接说出原因,而是先渲染紧张又神秘的气氛,待读者憋得难受的时候,才含蓄委婉地揭示谜底,更显宫闱秘事。据《新唐书·杨贵妃传》载:"妃嗜荔枝,必欲生致之,乃置骑传送,走数千里,味未变,已至京师。"知道这个缘故后,前面的那些悬念顿然而释。此诗构思巧妙,句句相连,层层推进,也正如"千门"依次打开,终见堂奥,咏史讥刺的目的露出真容,真是妙不可言!吴乔《围炉诗话》说:"诗贵有含蓄不尽之意,尤以不著意见声色故事议论者为最上。"这首诗的艺术魅力就在于含蓄、精深。

其二读懂这首诗,还须了解时代背景。安禄山有伺机谋反意图,可玄宗却对他信任,皇太子等数次启奏,方派宦官辅璆琳去渔阳探听虚实。辅受贿，未回报实情。自此，玄宗视谎言为真理，更加高枕无忧，更恣情于轻歌曼舞中。此诗的前两句正是描写此事：探使从渔阳经由新丰飞马转回长安，一路上黄尘滚滚。此处"黄埃"，一石三鸟，既是描述一路飞奔的情景，又是可迷人眼目的烟幕，再是象征着即将叛乱的风云。诗人从"安史之乱"这一重大而又复杂的事件中，只摄取"渔阳探使回"这一典型情景，具有高度的概括力，既揭露了安禄山的狡黠，又暴露了唐玄宗的糊涂。前两句完成了从空间上描绘，接下来两句则是从时间上来表现：玄宗依旧纵情声色，歌舞升平，在骊山上演奏着他自己改编的《霓裳羽衣曲》；直至安禄山叛军攻破中原，方罢歌舞。一个"始"字，说明从头到尾时间跨度很长，用字很有分量。从内容上看，前后好像相互独立，但实际上是有因果关系的——正因为有"探使回"，才让玄宗纵情放歌。最后仅用"舞破"两个字，就让本来沉醉的玄宗如梦方醒，一场灾难从天而降。诗人造句惊人，嘲讽犀利，胜似刀锋。诗到结尾戛然而止，非常有力量，更显得余味无穷。

　　其三这首是叙述安禄山在长安时得宠于唐玄宗和杨贵妃的情景。唐玄宗不理朝政，整日与杨贵妃在骊山游乐。在他们的带领下，举国上下一片大好，盛世升平。一个"醉"字，已经透露出讽刺意味。请看骊山的楼殿倚天挺拔，雄伟壮观，在月光下显得格外分明。前两句呼应第一首"绣成堆"，已经考虑组诗的关联性和整体性。接下来转到安禄山身上。据载：当年安禄山在骊山上觐见唐玄宗和杨贵妃时，在大殿中翩翩跳起胡旋舞。杨贵妃见此竟引发爽朗的笑声，还收安禄山为干儿子。玄宗自然也高兴，对安禄山分外器重，委任他为三镇节度使。自古忠君歌舞见，升平乱眼总迷心。恰是这位"干儿子"的狡黠，举起了反叛的大旗。最终那场观舞的笑声随风飘扬，越过层层峰峦，久久回荡在历史的记忆中。这里的"笑"与第一首的"笑"同出一个人，也正因为这一笑，笑破了一个盛世。此诗也是含蓄委婉，笔调看似轻快，但语气带刺，对荒淫误国之君给予了辛辣无情的嘲笑。

这三首诗从逻辑上看是有内在联系的，是一个完整的组诗：第一首写唐玄宗宠爱杨贵妃，第二首写唐玄宗对安禄山的信任，第三首来说明杨贵妃与安禄山的关系——因为安禄山是杨贵妃的干儿子，这三者是相互联系的。整个组诗围绕唐玄宗荒唐误国这一主题来展开，讥讽意味极其深厚，所谓"亲信治国"完全是一个笑话。杜牧咏史诗意义重大，除了讽刺外，也有一些带有史论色彩。如《赤壁》："折戟沉沙铁未销，自将磨洗认前朝。东风不与周郎便，铜雀春深锁二乔。"《乌江亭》："江东子弟多才俊，卷土重来未可知。"还有寄寓历史兴亡之感，如《泊秦淮》："烟笼寒水月笼沙，夜泊秦淮近酒家。商女不知亡国恨，隔江犹唱后庭花。"多少亡国之君都一样，耽于声色，终至亡国。在杜牧笔下，似乎揭示了人类历史的规律。

论曰：笔触宫廷事，悠深韵味浓。三章皆利剑，共刺一玄宗。

江南春

千里莺啼绿映红，水村山郭酒旗风。
南朝四百八十寺，多少楼台烟雨中。

此诗开头，就描绘出江南风光秀丽：在辽阔的江南，黄莺声声，绿草茵茵，红花艳艳，相互映衬出一派生机勃勃的江南风情。请看那水边的村庄、山间的城郭，还有迎风招展的酒旗，历历在目，风光旖旎。前句从大处着眼，全景式的描绘，这本来是写绝句大忌，所谓大而全的毛病；但诗人马上补足具体形象，后句从村郭、酒旗上作文章，全用名词排列组合，如电影镜头一一摄入，令人目不暇接。诗人从点面结合上展现出江南的秀丽画卷——但单纯写景也不会引起人们的多大兴趣，诗意还没有显示出来。于是，诗人抓住江南气候多雨这一特点，使这幅春图变得有寓意。任务就落在三、四句上了，"南朝四百八十寺"就纳入诗人的视野。据说宋、齐、梁、陈四朝皇帝和贵族多好佛,在京城大建佛寺,拥有僧尼十万余。又据《南史·循吏·郭祖深传》说:"都下佛寺五百余所。"诗里说四百八十寺,当然是虚数。而佛寺往往给人以一种深邃的感觉,诗人又特意让它掩没于濛濛的烟雨之中,更显得缥缈神奇。这样的迷茫色彩与前景的明朗景色显然有明显的反差。又以"多少"之问,既丰富了诗意,又引人遐想。从"烟雨中"的着意来看,诗人是反佛的,也是针对南朝大兴土木兴建寺庙这一历史事实而言的。如果单纯赞叹江南春色,不一定如此安排。《唐诗摘钞》评曰:"曰'烟雨中',则非真有楼台矣,感南朝遗迹之湮灭而语,特不直说。"所以,"多少楼台烟雨中"是特指。

  杜牧七绝有其独特的成就,写景抒情,无不爽朗俊逸。又如《山行》:"远上寒山石径斜,白云生处有人家。停车坐爱枫林晚,霜叶红于二月花。"像这类诗不以奇峭辞采为胜,而是明朗爽快为要,有一种风流俊爽的风格。

  请大家注意一个特殊的对句相救问题:"南朝四百八十寺"本来句律是"平平仄仄平平仄",而变成"平平仄仄仄仄仄",也就是"八、十"二字应平变仄了,这是二字都拗。所以,对句用"烟"应仄用平来同时救"八、十"二字拗,救拗后仍旧合律。又如陆游《夜泊水村》诗中的颈联"一身报国有万死,双鬓向人无再青",其中"有万"二字应平变仄了,二字都拗,对句"无"字应仄用平来救"有万"二字拗。这里的"无"字还救了"向"字应平用仄,不然本句犯孤平了。所以,一个"无"字同时救上句"有万"二字,又救本句"向"字,这叫本句自救,又是对句相救。七言句中的第一个字都是可平可仄,这可不管,主要看后面五个字。

  论曰:乐景融伤感,情深味更浓。风流豪爽快,气格出心胸。

李商隐

　　李商隐（约813-约858），字义山，号玉溪（谿）生，今河南沁阳人。开成进士，曾任县尉、秘书省校书郎和东川节度使判官等职。因受"牛李党争"影响，终身潦倒。擅长诗歌写作，律绝尤佳，与杜牧合称"小李杜"，与温庭筠合称"温李"。著有《李义山诗文集》。

初食笋呈座中

　　嫩箨香苞初出林，於陵论价重如金。
　　皇都陆海应无数，忍剪凌云一寸心？

　　诗人约二十几岁时，在兖州第一次吃到竹笋，在宴席上写了这首诗，呈给在座的各位。此诗咏物寄兴，以嫩笋自喻，既有凌云之志，又有被剪掉之忧。前两句描写新笋出林，价值无限：鲜嫩的竹笋藏于笋壳香苞之中，拿到於陵市中议价，那是胜似黄金。诗人对新笋的形态描述得很细致，连用"嫩、香、初"三个形容词，来表达幼笋的可贵和生机，需要人们的呵护扶持。如果说诗人言犹未尽的话，那么干脆就把它比作黄金，从抽象转到具体，让人直观感受到新笋的贵重品质。看似平平道来，实则寓意已见。三、四句由咏物转出寄兴：京都陆海这种物产多得是，岂能忍心剪掉嫩笋的一寸之心呢？言外之意就是：新笋能长成高入云端的翠竹，你这一剪，它的凌云壮志也就没有希望了。诗人由宴上食笋联想皇都长安，有多少像这样的幼笋被那些人无情地吃掉？一个"忍"字用得十分出色，充分表达了对此事的忧愤之情。尤其用问话语气，更显示出有力量，振聋发聩。实际上，诗人联系到赴京应举不第，被人封杀这一残酷现实，借此发出强烈的愤慨，也表达出对自己前途的忧虑。

此诗以嫩笋比喻自己，本来嫩笋一寸可达九霄，却被残忍剪掉，岂不伤心？全诗充溢着既哀且怨之情。全诗构思新颖，由隐渐显，卒章显志，含意深沉，达到了物我神合的境界，显示出诗人早期诗作已初具"深情绵邈"的艺术风格。清代吴江叶燮《原诗》评曰：李商隐的七绝"寄托深而措辞婉，实可空百代无其匹也"。评价如此之高，读者应该注意。

论曰：凌云一寸心，寄兴比黄金。看似平平淡，诗肠寓意深。

重有感

　　玉帐牙旗得上游，安危须共主君忧。
　　窦融表已来关右，陶侃军宜次石头。
　　岂有蛟龙愁失水，更无鹰隼与高秋！
　　昼号夜哭兼幽显，早晚星关雪涕收？

"甘露之变"后，诗人曾写《有感二首》表示愤慨。次年，昭义军节度使刘从谏两次上表，力辩王涯等无辜被杀，痛斥宦官擅权，并准备起兵征讨。诗人闻讯后又写了这首诗，所以题作《重有感》，意为又有所感触。首联是说：刘从谏身为藩镇，拥有兵权，又得地势之利，应当与皇帝共度安危，分担忧愁。古代主帅所居的军帐，美称为"玉帐"；大将的军旗，因旗杆上饰有象牙，故称"牙旗"，这里指代刘从谏。他正处在险要地势，有利出击，所以说"得上游"。前句表明了刘从谏有雄厚实力，有平定宦官之乱的有利条件。在充分肯定后，下句就点明意见：刘从谏有能力、有条件，也应该与君主共安危同忧患。一个"须"字极有分量，强调了义不容辞的责任，也体现了诗人的大局意识。颔联大意是：窦融在关西边远曾上表愿为朝廷平叛出力，陶侃也为了征讨叛军进驻石头城。这两句借用历史典事来佐证刘从谏上表问罪的正义性。窦融在东汉初任凉州牧，镇守河西。他得知光武帝打算征讨西北军阀隗嚣，便整顿兵马，上疏请示出兵日期，愿为朝廷效力。陶侃是东晋时的将领，他任荆州刺史时，苏峻叛乱，京城建康危险。陶侃被讨苏诸军推为盟主，领兵直抵石头城下，斩苏峻。这里有两个地名注意一下：函谷关以西称"关右"，南京市石头山后的故城称"石头城"。诗人在句中分别用"已""宜"两个虚字，紧连呼应。言外之意是：你都已上表了，那就赶紧采取行动吧！可以看出，诗人对刘从谏行动缓慢感到不解，所以在这里含蓄地表达了自己的意见，有鼓励、有敦促，也有轻微的批评。仅用两个虚字就把复杂的心态给予恰当地表达出来，功夫老到。颈联中用了两个比喻：唐文宗当时被幽禁，失去权力和自由，所以比喻"蛟龙失水"；刘从谏是位猛将，又有地势之利，高屋建瓴，所以比喻"鹰隼高秋"。这两句内容丰富，但简单地说：岂能让文宗受制于宦官而愁于自由？除了刘从谏，再无人能除掉那些恶霸了。尤其是冠以"岂有""更无"开头，所要表达的态度更加突出，既是对已成的事实表达强烈的义愤，又是对刘从谏的信任和期待，与上面的"须共""宜次"联系起来，一种关切、迫切的愿望已经到了无法拖延下去的地步，情感在这里得到进一步升华。正因为有了这两个词紧密搭配，更增加了沉郁悲壮的色彩。尾联是对这种慨叹的延续：长安内外，昼夜一片哭号声，他们的罪行使得神人共愤；只盼早日收复宦官们所盘踞的宫阙，擦干眼泪，重回正道。"幽显"分别指阴间和世间。"星关"指天关星，即北极星，此诗代指朝廷。一个"雪"字很有分量，洗去、擦拭，仿佛看到一种报仇雪恨、为国雪耻的壮怀。这两句描绘了长安在宦官们的把持下一片悲惨气氛，再次表达了诗人对平乱的迫切愿望。

　　这首是政治诗，反映当时重大的政治事件。当时的气氛也很恐怖，诗人敢于站出来写这样的诗，确实精神可贵。诗从刘从谏上表之事起笔，层层表达了诗人的忧国心切之情，有理有据地提出了早日实现自己的望愿。全诗虚词搭配运用灵活巧妙，为自己情感的发挥起到了很好的作用。这一方面值得我们细细品味，学习借鉴。作为一首律诗，起承转合十分恰当，语势凌厉而沉雄，同时体现出诗人善于用典的特色。

论曰：精神诚可贵，敢作谏言诗。化典浑无迹，谋篇巧构思。

锦瑟

锦瑟无端五十弦，一弦一柱思华年。
庄生晓梦迷蝴蝶，望帝春心托杜鹃。
沧海月明珠有泪，蓝田日暖玉生烟。
此情可待成追忆，只是当时已惘然。

《锦瑟》是按古诗的惯例以篇首二字为题，跟无题诗类似。其实也更像《诗经》里的许多标题，常以某物象作题，但大多数没有直接咏之，只是作比兴或象征意义。

此诗是李商隐最难解析的一首，历代解说纷纭，择其要者有四：一是恋情说，二是悼亡说，三是身世说，四是编集自序说。甚至还有咏瑟说、混合说等。尤其第一句的指向上，千百年来没有一个明确而又令人信服的答案，至今仍是个谜。清初王渔洋在《论诗绝句》中就说："獭祭曾惊博奥殚，一篇《锦瑟》解人难。"之所以造成如此大的分歧，主要是诗中缺乏通常抒情方式所具有的明确性或暗示性，也可能采用典故或象征手法，即使注明了，诗意还是不易了解，所以引起多方的联想，这不足为怪。

此诗据考大约是在诗人四十七岁时所写，还有版本说他只活了四十五岁，但此诗作于垂暮之年是肯定的。诗一开头，就责怪起锦瑟为何是"五十弦"，明明是"二十五弦"啊！诗人是知道古瑟早已从五十弦改为二十五弦了，言外之意，否定五十而肯定二十五，因为那是象征着诗人二十五岁时不堪回首的往事。诗人在开成三年（838年，此年诗人正好二十五岁）春时，应博学宏词科考试，在复审时被人拿下。这是诗人人生中第一次遇到的重大挫折，实际上是"牛李党争"的牺牲品，这也是诗中用"无端"一词来谴责的缘故。当年就寄兴写下了《回中牡丹为雨所败二首》，寓托诗人应博学宏词科考试遭斥的事件。其中一句是"锦瑟惊弦破梦频"，道出了希望成空的事实。到了晚年，仿佛重提"锦瑟惊弦"之痛，所以他对二十五岁时的事记忆犹新，是一生中抹不去的痛苦。这就是瑟弦数目触发联想。所以，下面以"思华年"相承接，补足这一象征之意，意谓年年岁岁都在回想当时青年的往事，可见"华年"含有年华身世之意。北宋贺铸化用此诗时说"锦瑟华年谁与度"，这里的"锦瑟华年"就是指青春时期。这是诗人象征手法的表达方式，也是我在他的《初食笋呈座中》分析时所说的"物我神合"的境界。第一联如能准确理解诗人本意的话，下面就都好解释了。第三句用庄子梦蝴蝶的典故，是说自己年轻时有过美好的愿望和理想，这里就是指博学宏词科考试的梦想。第四句用蜀帝杜宇魂魄化为杜鹃的典故，是说美好的梦想只好寄托于杜鹃的啼声中化为悲哀了。当时考试的时候正好是春季，所以说"春心"。春心破灭，春天的希望一去不复返。第五句用沧海珠泪来象征自己怀才不遇，这是诗人以人格化的珍珠托寓才能不为世用的悲哀。第六句用良玉生烟来象征自己的梦想化为云烟，这又是以人格化的良玉寓意理想破灭。以上两句以"珠、玉"对举来寓自己的才华，诗意明显。诗的结尾与开头遥相呼应：这种感情并非我今朝追忆往昔的时候才有，在当时就已经很惘然了。这里的"当时"，就是指二十五岁考试落榜的时候。这首诗围绕自己的春心遭折的事情，抒发身世之感。

　　这是一首七律诗，诗人在诗中追忆了自己的青春年华，伤感自己不幸的遭遇，并大量借用典故，采用比兴、象征和联想的手法，在心象和物象二者之间沟通，达到物我神合的境界。此诗难解，为什么还是有很多人喜欢？作为律诗，除了立意外，还要讲究声和色，追求音律之美和文字之美。这首诗正是具备平仄和谐、词藻华美之特点，才引得大家的好感。这也是李商隐诗言特色。再看下面一组众口传诵的名句（按写作时间顺序）："永忆江湖归白发，欲回天地入扁舟。"（《安定城楼》）"水亭暮雨寒犹在，罗荐春香暖不知。"（《回中牡丹为雨所败二首·其一》）"纵使有花兼有月，可堪无酒又无人。"（《春日寄怀》）"身无彩凤双飞翼，心有灵犀一点通。"（《无题二首·其一》）"一春梦雨常飘瓦，尽日灵风不卷旗。"（《重过圣女祠》）"春蚕到死丝方尽，蜡炬成灰泪始干。"（《无题·相见时难别亦难》）还有许多例子，都是不朽的名句，这就是他的艺术魅力所在。

论曰：艺术绣成堆，尤工化典裁。神来情景合，妙笔自花开。

温庭筠

温庭筠（约812-约866），原名岐，字飞卿，今山西太原人。仕途不得志，官止国子助教。有天才，诗与李商隐齐名，时称"温李"；词为"花间派"之首，在词史上与韦庄齐名，并称"温韦"，对词的发展影响较大；文思敏捷，八叉手而成八韵，故有"温八叉"之称。后人辑有《温飞卿集笺注》《温庭筠诗集》。

商山早行

晨起动征铎，客行悲故乡。
鸡声茅店月，人迹板桥霜。
槲叶落山路，枳花明驿墙。
因思杜陵梦，凫雁满回塘。

这是一首旅途思乡的诗，为诗人离开长安经商山时而作。"商山"在陕西商县东南。首联点题：清晨起床，旅店外传来了驾车赶路的车铃声，我的心也早已飞去了故乡。这两句话极为简练概括，以"征铎"声来营造动身忙碌的气氛，以"悲故乡"表达了旅客们思乡的普遍心态，一句写时间，一句写思乡。此处

"悲"字，作动词，眷念、怅望之意，不作悲凉解，用来说明客人思乡心切。此句出自《汉书·高帝纪》"游子悲故乡"。颜师古注："悲谓顾念也。"颔联纯用名词组合，十字代表十种景物，内容涵盖丰富：拂晓鸡鸣，唤醒旅客，天空中还悬挂有残月；板桥上白霜未消，已经留下了赶路人的足迹。诗人巧妙地把各种物象联系在一起，有声有色，有天有地，有人物有动物，张力大，视野开阔，生动地描绘出一幅山村所特有的早行图，与前联相呼应，时间之早，行动之快，从动身出发到人迹可见，充分说明归乡心切。写早行情景宛然在目，确实称得上意象叠加的佳句。颈联写路上景色：春天来了，槲叶落满了山路；白色的枳花怒放在驿站的墙边，鲜艳夺目。以春天里的两种植物作陪衬，一落一开，一残一明，气氛浓厚，蕴含说不尽的思乡之情。尾联写思乡之梦：眼前的景色使我想起昨晚的故乡之梦，梦见故乡春暖花开，回归的凫雁落满了湖塘。人未到故乡，心已飞到故乡，思乡之切可想而知。"杜陵"指汉宣帝陵墓杜陵的陵邑，温庭筠久居杜陵，将其视为家乡。"回塘"指曲折的湖塘。

思乡情浓时，一草一木，一声一响，都会在心中掀起波澜。这是人间可贵之情，也是千百年来永恒的主题。这种题材在古典诗词中不少，每一次的阅读都会引起共鸣。此诗写归乡最突出一个"早"字，"莫道君行早，更有早行人"，归心似箭令人感动。诗中"鸡声茅店月，人迹板桥霜"一联历来备受好评，千古传诵。欧阳修更为赞赏，也曾摹仿写了一联"鸟声茅店雨，野色板桥春"，但却觉得难以超出原诗的范围。为什么？虽然都是名词组合，怎么就不如温诗呢？我们可通过逻辑思维来分析一下："鸟声"与"雨"没有内在必然的联系，而"鸡声"与"月"就有时间上的联系；同样，"野色"与"春"不一定有内在联系，而"人迹"与"霜"却有一定的内在联系。所以，各种景物的组合要有内在的逻辑关系，而且通过组合搭配要能创造出新的意境。这就是温庭筠的诗句更为出色之缘故吧。

这是一首五律。请大家注意首联和颈联句式，本来应是"仄仄平平仄，平平仄仄平"，然而这两联都出现拗救问题。首联中的"动"本应平声，这里却是仄声，这叫"拗"，需要对句"悲"来救。所以，"悲"本应仄声，为了救"动"改平声，叫对句相救。同时，"悲"又承担本句救"孤平"——因为本句中的"客"是仄声，如果"悲"平声改成仄声，除了韵脚平声外，本句只剩下一个"行"字平声，这叫"孤平"，犯律诗大忌。所以，"悲"即承担对句相救，又承担本句自救。同样，颈联中的"明"既救"落"又救"枳"。诗中的第七句用了特定句式"平平仄平仄"，也请注意。

论曰：以早听征铎，回乡急盼行。诗情皆有寄，景语出新声。

菩萨蛮·玉楼明月长相忆

玉楼明月长相忆，柳丝袅娜春无力。门外草萋萋，送君闻马嘶。　画罗金翡翠，香烛销成泪。花落子规啼，绿窗残梦迷。

中平中仄平平仄（韵），中平中仄平平仄（韵）。中仄仄平平（平韵），中平中仄平（韵）。　中平平仄仄（换仄韵），中仄中平仄（韵）。中仄仄平平（换平韵），中平中仄平（韵）。

《菩萨蛮》为唐教坊曲名，后为词牌名，双调四十四字，前后段各四句，两仄韵、两平韵。

词作是从唐诗流派中逐渐发展起来的，尤其到了唐末开始走向成熟。以《花间集》为标志的词作宣告一种新的文体正式确立，在中华古典诗词史上产生了极大的影响，直接成为宋词的先导。而温庭筠又是"花间派"之首，他的词作《菩萨蛮》收录到《花间集》中有十四首，俨如十四幅"闺思"图画，幅幅精美。

这是第六首。其词意在丁寿田、丁亦飞的《唐五代四大名家词》中指出："此词盖写一深闺女子，思念离人，因回忆临别时种种情景。"正是这般情景，词人在首句中已经告诉我们是在"长相忆"，并以"忆"总领，写女主人公在闺楼里，或凭栏相思，或往窗外眺望，回忆起送别时的情景，就像电影镜头回放一般：春天里，垂柳柔软细长，显得十分无力。门外的草木，蔚然成片，绵延不绝。送君的马儿在鸣叫，声声催人。这般情景，不由自主地想起了"王孙游兮不归，春草生兮萋萋"的古人诗句来。词人用诗的传统笔法，以垂柳写送别，以青草写情思，以马嘶写气氛，上片言忆送别，令人身临其境。下片转写眼前情景：罗帐上绣有一双金色的翡翠鸟图案，芳香的蜡烛已融为滴滴垂泪，窗外不时传来杜鹃的啼声，这一切仿佛是在残梦中度过，孤单寂寞，一片迷茫。下片承首句"明月"，刻画夜里的思念，联想一双翡翠鸟以衬孤独，眼见蜡烛成泪以示伤感，耳闻子规以呈悲状，梦醒迷离以出神态，女主人公苦苦相思的形象跃然纸上，如眼见其人。全词情景交融，浑然一体，字字相思，句句哀艳，词情销魂，让人动容。李冰若评曰："清绮有味。"唐圭璋评曰："通体景真情真，浑厚流转。"皆为中肯之评。《旧唐书·本传》评温庭筠："士行尘染，不修边幅，能逐弦吹之音，为侧艳之词。"其词写闺情，能以思妇口吻，刻画思妇之心，非"尘染"不可，词风色彩浓艳，是唯美主义者的代表。

  论曰：屈指花间首，浓词艳语声。相思浑厚味，通体景融情。

皮日休

  皮日休（约834-约883），字逸少，后改袭美，今湖北襄阳人。咸通八年进士及第，在唐时历任著作佐郎、太常博士。后参加黄巢起义军，任翰林学士，起义失败后不知所踪。诗文多为同情民间疾苦，揭露统治者腐朽。有《皮子文薮》。

橡媪叹

秋深橡子熟，散落榛芜冈。
伛偻黄发媪，拾之践晨霜。
移时始盈掬，尽日方满筐。
几曝复几蒸，用作三冬粮。
山前有熟稻，紫穗袭人香。
细获又精舂，粒粒如玉珰。
持之纳于官，私室无仓箱。
如何一石余，只作五斗量！
狡吏不畏刑，贪官不避赃。
农时作私债，农毕归官仓。
自冬及于春，橡实诳饥肠。
吾闻田成子，诈仁犹自王。
吁嗟逢橡媪，不觉泪沾裳。

　　这是作者《正乐府十首》中的第二首。"橡"指橡树的果实，可以充饥。这首诗描写一位老妇人拾橡果充饥的悲惨生活，以揭露官府剥削的残酷无情。"秋深"四句点明时间、地点、人物：深秋时节，山冈上散落了熟透的橡子，一位驼背的老妇人踩着早晨的严霜，在乱木丛生中拣橡果。前四句寥寥数笔，就勾画出一幅孤凄悲楚的老妇背影拾橡图。"榛芜"为乱木丛生，指出拾橡之环境；"伛偻黄发"状出老妇人弯腰驼背之形象；"践晨霜"则说明老妇人动身之早、天气之寒。从人物形象和动作方面看，已经透露出老妇人的悲惨生活。"移时"四句接着说拾橡之艰难：她费了很长时间才能拣到一捧，整日里也只能满一筐，回家晒几次又蒸几次，就作为冬天三个月的食粮。字里行间可以看出，拣橡果不是容易的事，起早贪黑收获甚微，要贮藏冬天三个月的食物更是难上加难。这里已经透露出普天下许多人在拣橡果充饥，一人可窥一斑。以上八句写出了老妇人拾取、加工橡果以及用途，极力说明生活之艰难。"山前"四句把视野转向田间。读到这里，人们不禁要问：她难道没有耕地种粮吗？然后老妇人自述道：有啊，山冈前面的田地里，稻子已经成熟了，散发着扑鼻的香气。农民们都在仔细收割稻子，并加工成像玉珰似的晶莹饱满。这几句话好像让人很欣慰，其实这是造成一种悬念。"持之"六句来解开悬念：农民们要把这些晶莹饱满的稻米拿去缴纳给官府，自己家里再没有一点余粮了。诗写到这里，已经说明了去拣橡子的原因了，本来可以作结，但诗人不甘到此结束——只写老妇人如何拣橡子充饥，意义不大。所以，诗人的目的是要揭露统治者的残酷剥削。"如何一石余，只作五斗量"写出了贪官狡吏以大斗量入的罪恶行径：狡吏贪官既不怕触犯刑法，也不拒赃物。这两句是互文见义，进一步揭露他们明目张胆的滔天罪行。诗人在《正乐府十首》序中说："故尝有可悲可惧者，时宣于咏歌。"老百姓的生活已经很"可悲"了，而贪官狡吏的疯狂盘剥则是"可惧"了。这就是诗人进一步写下去的目的，也说明"私室无仓箱"的直接原因。"农时"四句，是对上述原因的概括回答：耕作之时，向他们借债当本钱；农毕时，就得连本带利都归官仓。所以从冬到春，一整年都要拣橡子充饥作粮食。这里写出他们对农民的巧取和剥夺。一个"诳"字，本意是欺骗，这里足见出以橡子充饥的悲酸：这果实可不好吃，只好来欺骗一下肚子。写得多么寒酸和无奈！最后四句是诗人的感慨，"卒章显志"：我听说春秋时的齐国宰相田成子，曾以小斗收租、大斗借贷的办法对待百姓，虽然是假施仁义，但百姓总算还能得到一点收入，所以成就了王业。这是与"如何"两句照应，讽刺官吏们连田成子的假义都没有。诗人看到这位老妇人不禁忧伤感叹，不知不觉地流下了同情的泪水。这里与开篇遥相呼应。

这首诗在思想和艺术上都很有特色。首先，在思想上颇具锋芒，写得入木三分，以"不畏刑""不避赃""诈仁"等语气来尖锐地揭露官吏们的罪恶行径，敢于把矛头直指上层统治者。胡寿芝《东目馆诗见》中说："指抉利弊，时无忌讳。"这是诗人的写作本意。其次，以白描手法取胜，诗人开门见山，敷陈其事，直言不讳，从事件发展的逻辑顺序写下来，层层递进，逐渐解释，爱憎分明，描写媪妇是"伛偻黄发"，描写官员是"狡吏贪官"，在叙述过程中感受到真实可信、深切动人的艺术效果。最后，语言质朴通俗，刚健有力，情发有理有据，用典贴切含蓄，形象生动逼真，这些艺术手法值得借鉴。

论曰：笔力三分透，阴情表曝光。层层来揭幕，愤愤入诗肠。

聂夷中

聂夷中（837-约884），字坦之，今山西永济人。出身贫寒，咸通十二年登第，曾任华阴县尉。其诗语言朴实，多描绘农民疾苦和豪族骄奢生活。《全唐诗》存诗一卷。

咏田家

二月卖新丝，五月粜新谷。
医得眼前疮，剜却心头肉。
我愿君王心，化作光明烛。
不照绮罗筵，只照逃亡屋。

唐末王朝一直处于风雨飘摇、苟延残喘的状态。原来的均田制荡然无存，大量土地集中到大地主、军阀、官僚手里，形成"富者有连阡之田，贫者无立锥之地"（《旧唐书》）的状况。聂夷中的这首诗就是真实而深刻地反映了当时的社会现实。开头两句从季节来看，"二月""五月"实际上都还没有收新丝，也还没有收新谷。这里的"卖""粜"实际上叫作"卖青"，是农民预先将新收成的丝和谷以廉价典卖出去的意思。这是很无奈的选择,令人悲酸。三、四两句看似平淡无味,实为沉痛无奈,言外之意:也许救了眼前一时之急,以后的生活怎么办?以"眼前疮""心头肉"作喻,孰重孰轻一比就看出来,非常形象生动,也非常精警。这种"卖青"的举动,实际上是剜肉补疮。诗人把农民走投无路的境况用艺术的手法再现出来,意味深长,成为千古名句。下面四句是在呼吁:我希望皇帝的心变成光明的蜡烛,来驱散黑暗,不要照耀到那些华美丰盛的筵席,只照到那些逃亡人家的房屋。言外之意,是希望皇帝关心农民的疾苦。实际上,这是诗人的幻想。把解决贫富对立的现实问题寄托于皇帝身上,没有提出深层次的办法,表现出诗人认识的局限性。

《唐才子传》评聂诗时说:"多伤俗闵时之作。"此诗正是也。诗的思想深刻,语言警拔,以"眼前疮"和"心头肉"对举,深刻地反映了农民的窘境;以"绮罗筵"和"逃亡屋"对比,深刻地揭示了当时的社会矛盾。这些对举和对比,都具有强烈的感情色彩,有力地表现了主题。胡震亨在《唐音癸签》中评论聂夷中等人时说:"其源似并出孟东野(孟郊),洗剥到极净极真,不觉成此一体。"此乃切实之论。

论曰:字眼尖如刺,饥贫触目惊。悯时何奈向?只恨世无情。

杜荀鹤

杜荀鹤(约846-约904),字彦之,号九华山人,今安徽石台人。出身寒微,大顺二年进士,曾任后梁翰林学士。多以律诗写时事,反映战乱下的百姓苦难和社会矛盾,语言明快有力。有《唐风集》。

山中寡妇

夫因兵死守蓬茅，麻苎衣衫鬓发焦。
桑柘废来犹纳税，田园荒后尚征苗。
时挑野菜和根煮，旋斫生柴带叶烧。
任是深山更深处，也应无计避征徭。

此诗通过一个寡妇的描绘，写出徭役赋税之繁重，透视唐朝末年之面貌，反映百姓的灾难和痛苦。纵观全诗，看似平铺直叙，但语言极具表现力。首联交代背景：夫死战乱，独守蓬茅，衣衫麻苎褴褛，鬓发焦枯无光。诗人仅用"麻苎衣衫鬓发焦"这七个字，就刻画出寡妇的凄惨形象，简洁有力。尤其一个"焦"字，极为生动传神，写出了她那饱经磨难的身世。颔联写残酷的赋税：喂蚕的桑树都毁了，田地也荒芜了，可是还要缴纳丝税和青苗税。"纳税"是指上缴丝税，"征苗"是指征收青苗税。通过这两个典型税种的叙述，准确无误地揭露了统治阶级的可耻行为。这里的"犹""尚"用得精彩，说明统治者的剥削手段无所不及，极为残忍，才使得民不聊生。颈联写悲惨生活：挖野菜还要连根煮，说明野菜所剩无几；斫生柴还要带叶烧，说明烧柴也很困难。这两句采用叠加强调法，极力渲染了山中寡妇让人难以想象的困苦境地。一个"时"字耐人寻味——苦难随时降临，野菜也要及时去挖，也说明时常过着这样的悲惨生活。尾联发出感慨：一个寡妇不堪忍受苛敛重赋的压榨，即使逃到"深山更深处"，也难以逃脱赋税徭役的罗网。这里也用了叠加强调法，尤其"任是""也应"两个关联词用得极好，进一步揭露了统治者的罪恶本质。

诗人通过生活场景的描写和典型人物的刻画，积极营造出寡妇苦难生活的氛围，让人感到触目惊心，产生了艺术感染力。杜荀鹤反映唐朝末年军阀混战的现实问题的作品还有很多，诸如《题所居村舍》："家随兵尽屋空存，税额宁容减一分。衣食旋营犹可过，赋输长急不堪闻。蚕无夏织桑充寨，田废春耕犊劳军。如此数州谁会得？杀民将尽更邀勋。"《乱后逢村叟》："因供寨木无桑柘，为点乡兵绝子孙。还似平宁征赋税，未尝州县略安存。"以上可以看出，诗人虽然深受新乐府运动的影响，但又不用新乐府的形式，而是以律诗写时事，且多用口语，这是诗人的艺术特色。

论曰：用字传神致，还多口语吟。时闻诗以律，笔下创新音。

陆龟蒙

陆龟蒙（？—约881），字鲁望，自号天随子、江湖散人、甫里先生，今江苏苏州人。曾任湖州、苏州刺史幕僚，后隐居松江甫里。其诗讽刺政治弊端，针对性很强，议论也颇精切。陆龟蒙与皮日休交友，世称"皮陆"。有《甫里先生文集》《笠泽丛书》等。

新沙

渤澥声中涨小堤，官家知后海鸥知。
蓬莱有路教人到，应亦年年税紫芝。

陆龟蒙生活在唐末藩镇割据与宦官专权时期，社会矛盾突出，朝廷黑暗动荡，官府对人民的压榨极为严重，导致民不聊生。此诗正是在这样的背景下创作的。"新沙"就是海边新涨出来的小沙洲。农民在此刚开垦耕作，官府就来征收租税了。唐朝反映官府苛税的题材很多，作品屡见不鲜；但陆诗却另辟蹊径，取"新沙"这一典型题材来写，很有新意。前两句开门见山，直点"新沙"。其中，"渤澥"即渤海。在海潮声中出现了一片小堤，官家比海鸥更早知道了，立即向在这里耕种的农民征税了。这两句看似简单叙述，平淡无奇，其实讽刺意味浓厚。生长在海边的人就知道,随着长年的潮涨潮落,逐渐淤滞一些小沙洲,是自然形成的。农民在新沙洲上耕作,也是正常不过的事情。然而,就是如此正常的现象却出现不正常情况——官府对此反应非常之快,比海鸥还早知道。海鸥整天在海边上盘旋飞翔,本该是最先知道的,却输给了官府。开篇就含有喜剧色彩和讽刺意味。这当然是采用夸张手法,这夸张既匪夷所思,却又那样合乎情理。因为在乱世中,官府的赋税是愈来愈严重,巧取盘算是无时不有、无处不在的,所以抢先知道又在合理之中。诗贵在含蓄,也贵在新意,道前人未说之辞。诗人没有回避艺术上的困难,而是把夸张与想象结合起来,翻空出奇,手法着实高明。如果说这里的讽刺意味还不够的话,那么三、四句的讽刺就到天了。诗人兴犹未足,再纵想象之笔,更上一层地讽刺说:如果有一条通向蓬莱仙境的路,那里种的紫芝也要收税了。"紫芝"是一种灵芝草,仙人吃的东西。当然,只在蓬莱仙山上才种仙草。这里通过假设的手法,看似开玩笑的话,却包含着官府苛捐杂税之贪婪本性,表明官家搜刮的触角无处不到,就是极乐净土之地也难逃赋税的罗网,也就是说收税都收到神仙那里去了,讽刺之意已经达到极致的地步,不愧是擅长讽刺诗的高手。

此诗的艺术成功在于讽刺意义。用鲁迅的话说,就是要"将那无价值的撕破给人看",也就是把那些可笑、可鄙甚至可恶的"无价值"的事情给以嘲讽和鞭挞。而讽刺的手法正如苏轼所云:"诗以奇趣为宗,反常合道为趣。"诗人能精准地抓住其贪婪的本质特征,用语看似荒唐可笑,却又在情理之中,从而收到引人发笑、发人深思的喜剧效果。总之,全诗笔锋犀利,讽刺尖锐,并"反常合道",用近乎幽默的语言来揭示可恶的赋税制度,具有强烈的讽刺意味,堪称奇作。

论曰:诗心何所贵?奇趣道为宗。讽刺成高手,乖常玩味浓。

韦庄

韦庄（约836-910），字端己，今陕西西安人。出身于没落贵族家庭，少年贫寒，曾漂泊江南。乾宁进士，后仕蜀，官至吏部侍郎兼平章事。善作诗词，词尤工，为"花间派"词人。有《浣花集》。

台城

江雨霏霏江草齐，六朝如梦鸟空啼。
无情最是台城柳，依旧烟笼十里堤。

这是一首凭吊台城的诗。台城是六朝时建邺城旧址，在玄武湖旁。韦庄身处唐末，此时唐王朝走向衰落，昔日的繁华已荡然无存。韦庄客游江南，目睹六朝古都荒废不堪，作此诗以抒发时变境迁的感慨。首句以"江雨""江草"起兴，着意渲染氛围，写出雨密草长。意味草都如此了，城还能好到哪里去？这既反映出荒芜凄凉的景色，又容易勾起人们的迷惘惆怅。承句马上点明六朝古都之地：那时的六朝金粉，已如梦幻，何处寻迹？忽然鸟声已出，只不过空啼而已。前后两句时空虽大，但用一个"梦"字，似乎又拉近距离。历史朝代总是来去匆匆，一晃而过；不经意的鸟叫声，诗人的感情一触即发。后面两句写到柳树上：杨柳在春风中摇荡，往常总是给人以欣欣向荣之感，但它是不知朝代更迭呢？还是无意中"依旧"杨柳堆烟？本来柳是春的使者，今天反而像垂丝似的，让人提不起精神来。所以，道出了柳树"无情"，而且"最是"，更为突出强调了堤柳的"无情"和诗人的"有情"。唯柳依旧，只是朝代易失，呼应上面的一个"空"字，读来神韵悠然，喟叹不已。《北将胡咨议留江州》诗云："寂寞武矶山上庙，萧条罗伏水中船。垂杨不管兴亡事，依旧青青两岸边。"两诗异曲同工。诗人运用了移情的修辞手法,成功地将自己对古迹之怀与哀伤之情转移到杨柳身上,以乐景写哀情又是一个成功范例。清代陆次云《五朝诗善鸣集》评曰:"多少台城凭吊诗,总被'六朝如梦'四字说尽。"

论曰:谁管兴亡事,柳杨依旧青。鸟啼神韵出,意味玩空灵。

女冠子·四月十七

四月十七,正是去年今日,别君时。忍泪佯低面,含羞半敛眉。　不知魂已断,空有梦相随。除却天边月,没人知。

中中中仄(仄韵),中中中平中仄(韵),仄平平(平韵)。中仄平平仄(句),平平仄仄平(韵)。　中平平仄仄(句),中仄仄平平(韵)。中中平中仄(句),仄平平(韵)。

《女冠子》原是唐教坊曲名,后为词牌名。双调四十一字,前段五句两仄韵、两平韵,后段四句两平韵。

上片记叙去年离别时的情景。开头三句说:今天是四月十七,去年这个日子,正是与你离别的时候。大家注意一下,古代都是用农历,此日正是月圆时。开篇连用记载日期,好像在写日记,在词史上也属罕见,可谓是独创,一般人不敢为。在一首小令中能大胆运用这种写法,而且在艺术上博得了词论家的青睐,也进了《花间集》里,这是为什么?大到国家,小到个人,总有一些日子值得一生去纪念、去回忆。特别的日子里含有特别的感情,有的甚至是象征着生命的意义。据刘永济先生《唐五代两宋词简析》记载,词中的日期正是宠姬被蜀王王建所夺走的时候,意味着唐朝的灭亡、人生的不幸。这样的日期是历史的,也是刻骨铭心的,内涵丰富,可不是一般的日子。接下来二句写出宠姬别时的情态,看似漫不经意、脱口而出、直白无味,其实不然。也因为"正是"这个日子,对于这位闺妇来说,是一生中神圣难忘的，此时的回忆依然在眼前，写得非常传神：先是"忍泪"，然后假装着低下脸；再是"敛眉"，然后含情含羞地走，表情复杂，可谓是百味在其中，很耐味咀嚼，可谓极具匠心的精彩之笔。下片转写梦境。常言道，日有所思，夜有所梦。但"不知"自己的梦也断了，醒后尽是一场空。现实是残酷无情的，属于你的只有悲哀和怨恨。而这一切"除了天边月"，没人知道啊！这里连用"不知""没人知"，既加强语气，又突出离恨之深。结尾以"月"呼应"十七日"，那是月圆的期待！构思巧妙，托意深厚。韦庄摒除花间派绮丽浓艳的色彩，以白描手法写人物，反被"花间派"所采纳。其实，这正体现了韦庄词"似直而纡，似达而郁"的本色。本来《女冠子》乃咏道家之事，韦庄却用以抒离情，而且写得很成功。这说明：欣赏诗词，不能拘泥于原来的格调如何，而应从诗词的内容出发。

论曰：填词如日记，罕见一佳音。看似常言道，功夫托意深。

顾敻

顾敻（生卒年不详），字琼之，五代词人。曾作诗讽刺前蜀王建，几遭不测之祸。后擢茂州刺史。入后蜀，累官至太尉，故人称"顾太尉"。能诗善词，词工巧匠，词风绮丽，悱恻缠绵。《花间集》收其词五十五首。

诉衷情·永夜抛人何处去

永夜抛人何处去？绝来音。香阁掩，眉敛，月将沉。
争忍不相寻？怨孤衾。换我心，为你心，始知相忆深。

仄仄平平平仄仄（句），仄平平（平韵）。平仄仄（仄韵），平仄（仄韵），仄平平（平韵）。　　平仄仄平平（韵），仄平平（韵）。仄仄平（读），平仄平（韵），仄平平仄平（韵）。

《诉衷情》为唐教坊曲名，后为词牌名。单调三十七字，九句六平韵、两仄韵。这是一首小令，描写少女相思之苦及表达相思之状。开头两句，以"何处去"之责问的口气开唱，一种怨气直落笔端：你这负心人啊，长夜里，居然抛下我，到底去哪里了？连音信也绝，叫我如何是好。"绝"字显眼，一字双关，既点出负心人之绝信，又点出负心人之绝情。接下来三句，从三个方面就少女相思之状着笔：一是从环境描写"香阁掩"，闺门紧闭；二是从表情上描写"眉敛"，眉头紧皱；三是从时间上描写"月将沉"，长夜将尽。一个痴心少女，独处长夜，怨气之情状给惟妙惟肖地描绘出来，形象生动。上面已完成了从外表情状的描写，下面几句则着重从心理上来刻画。"争忍"二句又是怨气冲天：叫我怎么忍心不苦寻呢？我孤衾独处，怎么忍受得了？字里行间爱怨兼发。"寻"既是等待又是无奈，仿佛看到了一种心碎的感觉。最后三句，无奈之下忽发痴语：将你的心换成我的心，你就知道什么叫相思苦。无话可说，无处可寻，只好移心换位，看似无理却又深情，可爱之极，令人感动。清王士禛《花草蒙拾》曾指出，这三句"自是透骨情语"。

此词写少女相思，由表及里，一波三折，可谓心潮逐浪高。从整首看，语言是艳丽的，但后三句是质朴的，艳中有质。清代况周颐《蕙风词话》尝论其风格说："浓淡疏密，一归于艳。"又说："多质朴语，妙在分际恰合。"近代王国维对此词也作很高评价，在《人间词话》中提到"其专作情语而绝妙者"时，引此词作例子，并且说"此等词，求之古今人词中，曾不多见"。

论曰：词风吹透骨，景语任缝裁。苦状传神绘，钟情惟妙来。

冯延巳

冯延巳（903-960），字正中，一名延嗣，今江苏扬州人。仕于南唐中主李璟时，官至宰相。善作新词，大多写男女间的离情别恨，为南唐词人里时代较早、创作较多的一位。有《阳春集》。

鹊踏枝·谁道闲情抛掷久

谁道闲情抛掷久？每到春来，惆怅还依旧。日日花前常病酒，不辞镜里朱颜瘦。　　河畔青芜堤上柳，为问新愁，何事年年有？独立小桥风满袖，平林新月人归后。

中仄中平平仄仄（韵），中仄平平（句），中仄平平仄（韵）。中仄中平平仄仄（韵），中平中仄平平仄（韵）。　　中仄中平平仄仄（韵），中仄平平（句），中仄平平仄（韵）。中仄中平平仄仄（韵），中平中仄平平仄（韵）。

《鹊踏枝》为唐教坊曲，后为词牌名，即"蝶恋花"。双调六十字，前后段各五句、四仄韵。这是一首表达闲情孤寂的言情词。首句用反问的句式把"闲情"抛出：何谓闲情？又如此折腾人，既想抛下又不得不提起，怎么也忘不了的愁绪？明明是个人的感情，却又"谁道"，似乎又推及到人间所共有的情感。言外之意，这种"闲情"谁也抛不掉，也是难以长久忘记的。可以看出来，这是一种困扰人生的较为普遍的感情境界，才使得作者如此回环反复，如此痛苦挣扎。想要"抛掷久"，谈何容易？接着两句进一步说明这种"闲情"是无法抛弃的。正如曹丕的《善哉行》所言："高山有崖，林木有枝。忧来无方，人莫之知。"这种莫名其妙的情绪是自然的，也好像是带有周期性的：每到春来，万物萌生，人的感情也会随着春季的觉醒而复生，所以"惆怅还依旧"。这里的"每"正说明了周期性,"依旧"说明了长期性。既然有此无奈的惆怅,而且经过抛掷后而依然永在长存,那么"唯有杜康"来解愁了。于是,下面两句说出了"日日花前常病酒,不辞镜里朱颜瘦":虽然日日饮酒是一种"病酒",但也"不辞",不管伤身"朱颜瘦"。这里似乎以殉身无悔的口气道出,表达了执着、情深之意念。

过片一句承以"春来"写景,看似写景,实则以景物衬托感情。"青芜"是说青青草色长满了大地,遍接天涯,春草萌动,绵绵不绝,正如"野火烧不尽,春风吹又生",又是春愁的复生。而"柳"春来缕缕柔条,更是万丝飘拂,仿佛牵动着思绪的心。这种春草春柳年年有之,而且是无尽无穷的,正好衬托出绵远纤柔的情意。所以,接下去就说"为问新愁,何事年年有":正是年年有芜青柳绿,不断增添出"新愁"来。这里的"新愁"也就是"还依旧"的惆怅,可见内心的情结还未解开,岂能"抛掷久"?"为问""何事"增强了疑问语气,说明抛弃是徒劳的。在此强烈的追问之后,不作任何回答,却荡开笔墨,写下了"独立小桥风满袖,平林新月人归后",似有"独立苍茫"之感。"独立"二字表明了孤独寂寞,"风满袖"衬托出凄寒情态,"新月"就是"月如钩",表达一种思念之情,也说明独立小桥到夜里。如果是一般的情感,谁会在寒风冷露的小桥上直立到中宵?这种"闲情"肯定是刻骨铭心的,反复强调难以"抛掷久"的缘故。词尾以景写情,寻味无穷。

纵观全词,开端"闲情",接着"惆怅",到后面"新愁",反复缠绵,却无直接表白,欲言又止,甚至连自己都说不清,所谓"满纸春愁"又"很难指实",达到词之所未能言的词境。清人陈廷焯曾评论:"起得风流跌宕。'为问'二句映起笔。'独立'二语,仙境?凡境?断非凡笔。始终不渝其志,亦可谓自信而不疑,果毅而有守矣。可谓沉著痛快之极,然却是从沉郁顿挫来,浅人何足知之?"说的正是此词的艺术特色。

冯延巳词作不仅长于抒情，也长于写景。除了此词"独立小桥风满袖，平林新月人归后"外，又如《清平乐·雨晴烟晚》："双燕飞来垂柳院，小阁画帘高卷。"《归自谣·春艳艳》："春艳艳，江上晚山三四点。"《谒金门·风乍起》："风乍起，吹皱一池春水。"《鹊踏枝·清明》："红杏开时，一霎清明雨。"……可以看出很善于把握景物特征，构成鲜明的意象。冯延巳在词史上有重要的地位。王国维评说："冯正中词，虽不失五代风格，而堂庑特大，开北宋一代风气。"

论曰：一阕言情调，春来无限愁。千回还百转，跌宕出风流。

李璟

李璟（916-961），字伯玉，本名景通，今江苏徐州人，一说湖州人。五代南唐第二位皇帝。后因受到后周威胁，削去帝号，改称国主，史称南唐中主。奢侈无度，导致政治腐败、国力下降；但好读书、多才艺，常与宠臣韩熙载、冯延巳等饮宴赋诗。词长于抒情，风格清新，意境较高。诗词被录入《南唐二主词》中。

摊破浣溪沙·菡萏香销翠叶残

菡萏香销翠叶残，西风愁起绿波间。还与韶光共憔悴，不堪看。　　细雨梦回鸡塞远，小楼吹彻玉笙寒。多少泪珠何限恨，倚阑干。

中仄平平仄仄平（韵），中平中仄仄平平（韵）。中仄中平中中仄（句），仄平平（韵）。　　中仄中平平仄仄（句），中平中仄仄平平（韵）。中仄中平平仄仄（句），仄平平（韵）。

诗词史脉题解

《摊破浣溪沙》为词牌名，又名"添字浣溪沙""山花子""南唐浣溪沙"。因把四十二字的"浣溪沙"前后阕末句扩展成两句，所以叫"摊破浣溪沙"。为双调四十八字，前段四句三平韵，后段四句两平韵。

王国维欣赏开篇二句，并说解人不易得，认为"大有'众芳芜秽''美人迟暮'之感"。这是出自《离骚》"哀众芳之芜秽，伤美人之迟暮"，即以所谓香草美人喻君子。词的开端确与《离骚》一脉相承。"菡萏"即荷花的别称。从荷花出污泥而不染的品质联想到"花之君子者"的形象，并以"香、翠"赋予美感；但好景不长，香销叶残，一种感伤之情跃然眼前。是什么力量造成的呢？是"西风"（即秋风），从"绿波间"吹起。一个"愁"字，由观景转为悲秋，发出"世有良才天不永"的感慨。可见这里的"菡萏""西风"拟人化了，眼前之景也同词人的内心世界融为一体，营造出一层浓重的萧瑟气氛。于是由景及人，三、四两句进一步突出主观感受。"韶光"是什么？与其说指春光，不如说是人的芳华妙龄。一个"还"字，把"菡萏"牵连进来，还不是与"韶光"一样"共憔悴"吗？感觉自己的美好时光也憔悴了，所以"不堪看"，即不忍看。这里已经把主语变成了人。其中"韶光"用得非常之妙。上阕表面上是景，但随季节的变化，已变得不堪入目，引起内心强烈的感受。李璟虽然位高为皇帝，但生性懦弱，联系当时的困境，境遇相当危险。此时此刻，触景伤情，从而产生无穷的痛苦和哀怨，是十分自然的。

过片二句托梦境诉哀情。"鸡塞"即鸡鹿塞，在今陕西省，这里泛指边塞。古诗词中常见闺人梦见边关的描写，如唐代张仲素《秋闺思》"梦里分明见关塞，不知何路到金微"及《春闺思》"提笼忘采叶，昨夜梦渔阳"等，笔法一样。但词人把"梦回"安排在"细雨"中，是一大创造，开启了细雨绵绵如愁思的词境。如秦观《浣溪沙·漠漠轻寒上小楼》中的"自在飞花轻似梦，无边丝雨细如愁"，就是从此词中化出的，雨中状愁确实让人联想无限。"小楼"正是指代闺人。"吹彻"中的"彻"是大曲的最末一遍，就是吹到尾声。"玉笙寒"指因笙寒而声咽，曲不成声——笙是靠管中簧片发声的，如果簧片受潮受冻就发不出声音，或引起失真。唐人陆龟蒙《赠远》中的"妾思冷如簧，时时望君暖"，说的如同此意，含蓄地表达了寂寞孤清的困境。这两句亦梦亦醒、亦幻亦真、亦远亦近、亦声亦情，而且对仗工巧，成为千古传唱的名句不足为奇。最后两句，直抒胸臆：环境如此凄清，人事如此悲凉，多少泪珠流不尽，多少怨情诉不完。"多少""何限"表达数不清、说不尽的意思，流露出无以复加的愁情，语虽平淡，但很能打动人心。结句"倚阑干"，写出无奈之举，不了了之，营造出永无止境的意境来，正是语已尽而意无穷。

这首词写得细腻委婉，而且文辞优美，意蕴深厚，内涵丰富，联想无限。李廷机《全唐五代词》评曰："字字佳，含秋思极妙。"确实，此词布景灵巧，情景交融，格调高雅，有很强的艺术感染力。

论曰：声声言妙极，字字意含深。更是文辞美，高情又雅吟。

李煜

李煜（937-978），字重光，李璟之子，生于南京，南唐后主。公元975年，宋灭南唐，他出降，封为"违命侯"，过着囚徒般的生活，三年后被毒死。他精书法、工绘画、通音律，尤以词的成就最高，在晚唐五代词中别树一帜，对后世词坛影响深远。

虞美人·春花秋月何时了

  春花秋月何时了？往事知多少。小楼昨夜又东风，故国不堪回首月明中。　　雕栏玉砌应犹在，只是朱颜改。问君能有几多愁？恰似一江春水向东流。

  中平中仄平平仄（仄韵），中仄平平仄（韵）。中平中仄仄平平（平韵），中仄中平中仄仄平平（韵）。　　中平仄仄平平仄（换仄韵），中仄平平仄（韵）。仄平平仄仄平平（换平韵），中仄中平中仄仄平平（韵）。

  《虞美人》为唐教坊曲名，后为词牌名。双调五十六字，前后段各四句，两仄韵、两平韵。此调初咏项羽宠姬虞美人死后地下开出一朵鲜花，因以为名。这首《虞美人·春花秋月何时了》是李后主的绝命词。宋代王铚《默记》卷上载："又后主在赐第，因七夕，命故妓作乐，声闻于外。太宗闻之，大怒。并坐之，遂被祸云。"这里说的是太平兴国三年，李煜于自己生日七月七夕夜，在寓所命歌妓作乐，唱新此词。此事被宋太宗听到，怒而将他毒死。

  春花和秋月，两者意境本来很美，却在词人笔下变成了春秋交替的年轮；而这转换的花和月年年都有，花开花谢，月圆月缺，没完没了，到底什么时候结束？藏在心里的怨情好像一吐为快。而我回忆"往事"如同"春花秋月"一样，也没完没了，从来没有停止过。原来身为国君，现在沦为阶下囚，过去的许多事到底是如何发生的？怎么会弄到今天这般困境？据史料记载：李煜当国君时，庄严显赫，呼风唤雨，日日纵情声色，不理朝政，枉杀谏臣等。透过词句，我们不难看出，此时此刻不知有多少的悲苦、多少的悔恨要诉说。接着两句承写：昨夜小楼又一次春风吹拂，春花又将怒放。在这皓月当空的夜晚，怎能忍受得了回忆故国的伤痛？我们可以想象，当时词人身居"囚屋"，耳听春风，眼望明月，自然会触景生情，肯定又是一夜睡不了。一个"又"字，说明不止一次，自己的痛楚重复在心中折磨，真让人难以忍受，也引出词人对故国往事的回忆——虽然"故国不堪回首"，但还是"回首"了。所以，过片两句回忆起曾经潇洒的地方："雕栏玉砌"的宫殿大概还在吧？那些宫女又是去哪里了？她们的"朱颜"还那样漂亮吗？一连串的愁绪又涌上心头。"朱颜"一词内涵丰富，既暗含着对山河变色的感慨，也暗含着对宫女跟随别人的愁苦。以上几句，实际上以美景写悲情，往日的风光与当今的困境、景物的永恒与人事的变迁，既融为一体，又强烈对比，把深藏心底的悔恨曲折雅致地倾泻出来，最后发出千古之绝唱："问君能有几多愁？恰似一江春水向东流。"通过自问自答，成功地将抽象的"愁"给形象化了。李颀的"请量东海水，看取浅深愁"、刘禹锡的"蜀江春水拍山流，水流无限似侬愁"、秦少游的"飞红万点愁如海"和"便作春江都是泪，流不尽，许多愁"等诗句，都没有"恰似一江春水向东流"来得意味深长。李璟把"愁"写在绵绵的细雨中，李煜则把"愁"写在滚滚的长江里，都是创举之作。李煜用满江的水比喻满腹的愁，极其生动形象，既体现出"愁"的悠长不尽，又在汹涌奔腾中体现出力度和深度。

　　此词通过回首往事，表现出一个亡国之君的无尽愁苦。语言清新简洁，明快流畅，词律优美，朗朗上口，运用设问、比喻、对比等多种修辞手法，结构精妙，篇句皆致，淋漓酣畅地表达了词人的真情实感，最后进入无限深味的境界，使词显得阔大雄伟。难怪王国维曾评价："唐五代之词，有句而无篇。南宋名家之词，有篇而无句。有篇有句，唯李后主降宋后之作……"当然，李煜躺平为"亡国之君"，其词中所念念不忘的是宫廷享乐生活，词意也仅限于普通人的愁思怨恨，这显然是不够的，而且是自私的。没有从深层次的问题中进行反思是有所遗憾的，对后来者起不到启迪和警示作用。从中也反映出，他作为词家是称职的，作为国君是不称职的，优雅的词藻抵挡不过粗暴的刀俎，最后被毒死是历史的不幸。

论曰：笔下数风流，修辞寄苦愁。江春一神韵，经典百千秋。

宋代作品

宋代诗词是在唐代基础上发展起来的，也创造了辉煌的成就，其诗人及作品众多，都超过了唐代。宋代诗歌大体上以格律诗为主，在艺术手法、篇章结构、遣词造句等方面都有所创新，并以理趣为主，以冷静的态度去体察客观事物，显得精深，形成了众多的流派，这些都与唐诗形成了不同的特色。欧阳修、王安石、苏轼、黄庭坚、范成大、陆游、杨万里、刘克庄等都是多产作家，为宋代诗歌的发展带来了精彩，如苏轼的《题西林壁》、陆游的《游山西村》等都是千古名作。宋词极为兴盛，以柳永、周邦彦、姜夔、晏殊、秦观、李清照等为代表的婉约派，以苏轼、岳飞、张孝祥、辛弃疾等为代表的豪放派，留下了众多的优秀词作，如李清照的《一剪梅·红藕香残玉簟秋》、苏轼的《念奴娇·赤壁怀古》、岳飞的《满江红·写怀》等都是千秋名篇。宋代诗词的体裁、主题也不断发展演变。尤其是词作，由原来的浅斟低唱、吟花咏柳发展到关注社会、咏史怀古、抒发爱国情怀上，几乎到了无所不入词的地步。尤其到了南宋，涌现出一大批以爱国为主题的词作，在社会上产生了深远的影响。

　　诗情理趣亦风流，更有填词富丽求。

　　南北分朝难断脉，至今还续倚声欤。

王禹偁

王禹偁（954-1001），字元之，出身贫寒，今山东巨野人。太平兴国八年进士，宋代文学家。做过知制诰、翰林学士等。曾三次遭贬黜，晚年被贬黄州，人称"王黄州"。诗文秀丽清新，后人颇为推重。有《小畜集》《小畜外集》，集名出自《易经》："小畜之象曰'风行天上，小畜'，君子以懿文德。"

村行

马穿山径菊初黄，信马悠悠野兴长。
万壑有声含晚籁，数峰无语立斜阳。
棠梨叶落胭脂色，荞麦花开白雪香。
何事吟馀忽惆怅？村桥原树似吾乡。

这首是诗人遭贬商州时所写的七言律诗。古代文人大多被贬谪期间，往往都写出许多优秀作品。按今天的话说，这跟接地气有很大关系。王禹偁也不例外。他走出朝廷，摆脱了案牍之劳形，可以从山水胜景中寻找安慰，净化迁客的心灵。他曾在《听泉》里自嘲说："平生诗句多山水，谪宦谁知是胜游。"这首诗正是诗人的心境与商州的景致相融合的艺术精品。

首联开门见山，直接点题"村行"。以"马穿山径"交代了人物、地点：见马即见人，主人翁的形象已显露出来——诗人骑马穿行在山间小路上。一个"穿"字，表明山路不宽，也暗含着周围草木茂密，为下面写景留下伏笔。以"菊初黄"点明早秋：菊花初开，正值天凉未寒之气候，说明正是游览的好时节。一个"黄"字，体现了山间小路上秋色斑斓、旖旎风光的景色。首句已经透露出野外闲游的兴致，所以接着写：任马漫行，无拘无束，一幅悠然神态的游览图展现在读者面前。颔联从远处落笔，写听觉、视觉两个方面,浑如陶渊明"悠然见南山"之意境:傍晚时分,秋风从万壑中吹起,声音久久回荡在山谷里;几座山峰在斜阳的照射下,婷婷玉立,默默无语,好像在送夕阳西沉。"有声"与"无语"对举,体现出两种截然不同的境界——前者突出山村的空旷,后者突出山村的宁静,两者相映成趣,也进一步引发诗人的游兴。尤其后句以拟人的手法,写出山峰的美景,如少女一样婷婷玉立、脉脉含情之情态,读来饶有情趣。这里的"无语"也含"能语"之意,是欲言又止,不愿说出口而已。这是诗人的心灵与山峰的情态相交融,寄情于山峰之妙笔,正如李白"相看两不厌,只有敬亭山"之妙语。颈联从近处着墨,写山乡的红叶与荞麦花。棠、梨两种叶子经霜以后会变红,随风飘落,更显红艳,所以比喻成"胭脂色"。前句写色彩,后句写香味:成片的荞麦花开如雪,阵阵清香扑鼻而来。"胭脂"与"白雪"对比,鲜艳夺目,给人以红的更红、白的更白的感觉,带来极唯美的视觉感受。这两句取材紧扣山村特色,有果树,有庄稼,更有人,写出山村的生活气息。尤其一个"香"字,说明荞麦已经成熟,更加体现出劳动成果,让人陶醉。可以看出,诗人的"野兴"更加浓厚,已经呈现出无限赏心悦目的情态,一种向往山村生活的愿望油然而生。尾联写出思念家乡的心情:在乘兴而游、胜景触目的"野兴"里,笔锋突然一转,发现眼前的村桥流水、原野平林好像很眼熟,似乎重归故里,那份近乡情切的感觉在刹那间产生了淡淡的哀愁,"野兴"一下子被思乡的惆怅所取代了——这又是心灵与景物相碰撞的结果。这种转折之笔,实际上反映出诗人有家不能归的愁思,也反映出对被贬谪生活以及政治失意的忧伤,正如马致远"夕阳西下,断肠人在天涯"的写照。

此诗写景抒情,有声有色,有静有动,有远有近,紧扣山村景色,全篇体现"以画入诗"特点。尤其最后两句由写景转入抒情,这一转,由悠然转出怅然,由游山图转出思乡曲。而前句设问、后句作答，这自问自答，不仅写出了思乡之情，更拓展了诗意，使上面写景有了着落。

论曰：景物合心灵，声情共有形。构思堪巧妙，转出梦乡亭。

林逋

林逋（967-1028），字君复，人称"和靖先生"，今浙江奉化人，一说杭州钱塘人。幼时刻苦好学，通晓经史百家，性格孤高自好，勿趋荣利。始终不仕不娶，在西湖孤山隐居，植梅养鹤，自谓"以梅为妻，以鹤为子"，人称"梅妻鹤子"。咏梅诗写得较好，《山园小梅二首》被誉为"千古咏梅绝唱"。

山园小梅二首·其一

众芳摇落独暄妍，占尽风情向小园。
疏影横斜水清浅，暗香浮动月黄昏。
霜禽欲下先偷眼，粉蝶如知合断魂。
幸有微吟可相狎，不须檀板共金樽。

林逋喜梅，一生写了不少咏梅诗，其中《山园小梅二首》写得较好。这里选第一首欣赏。首联写梅花的品质：在百花凋零的严冬里昂然怒放，那明丽的色彩占尽了小园的风光。一个"独"字，突出表现其与众不同的品格；一个"尽"字，突出表现其神采夺目的风韵。开篇就引人入胜，表面上咏梅，实则是他孤高自好、勿趋荣利的思想性格的真实写照。苏轼曾在《书林逋诗后》说："先生可是绝俗人，神清骨冷无由俗。"其诗正是他人格的化身。颔联写梅花的淡雅和娴静，前句从姿态上描绘，说它稀疏的枝干横斜在清浅的水上；后句从香气上描绘，说它浓香的花儿浮动在黄昏的月光下。这两句简直把梅花的风姿气质写绝了，极力表现出神清秀骨、幽雅芬香的独特气质。许多人写梅花，一般都将其放在冰封雪地里去表现它的傲骨品质；而诗人却另辟蹊径，把它放在清澈的水面上和朦胧的月色下去描绘它的风姿，真是别出心裁。这两句在艺术上可以说无人超越，一直以来被人们所称道。陈与义在《和张规臣水墨梅五绝·其五》中说："自读西湖处士诗，年年临水看幽姿。晴窗画出横斜影，绝胜前村夜雪时。"认为林逋的咏梅诗已压倒了唐代齐已《早梅》诗中的名句"前村深雪里，昨夜一枝开"。辛弃疾在《念奴娇·未须草草》中说："未须草草，赋梅花，多少骚人词客。总被西湖林处士，不肯分留风月。"奉劝骚人不要"草草赋梅花"。可见林逋的咏梅诗对后世文人很有影响。尤其"疏影""暗香"两词用得极好，几乎成为梅花的代名词。实际上，林逋是化用五代南唐江为的诗句："竹影横斜水清浅，桂香浮动月黄昏。"只改句前两个字，使得梅花神态活现，而原句就没有那么有灵气，这是林逋的点睛之笔。颈联侧面描绘梅花的美，前句从霜禽的角度来看，说霜禽还没有飞下来就"先偷眼"——这三个字写得极其传神，言外之意就是迫不及待地先偷偷看一下。后句从粉蝶的角度来说，粉蝶如果知道梅花的妍美，定会"合断魂"——这三个字也下得功夫，意为粉蝶也会消魂失魄。前句极写爱梅之甚，是对事物的细致观察来写得；后句则变换手法，通过假托、设想、夸张来写，写出爱梅达到销魂的程度，意味深邃。可以联系林逋"梅妻鹤子"之典故，更衬托出他对梅花的喜爱之情和幽居之乐。这里还要注意"霜、粉"两字的含义，虽然用在他物身上，但也是用来表达高洁和淡雅的，与梅花"臭味相投"，起到协调全诗意境的作用，说明诗人用字也是精心挑选的。尾联写对梅花的亲近。此联将自己与梅花的角色转换，把原来当主体的梅花转为客体来写，成为被欣赏的对象，感情由暗转明，直接表达对梅花的喜爱：在欣赏梅花中，幸是亲近而低吟，没有拍着檀板来赞歌，也没有举起金杯来赞赏。言外之意：梅花自有高尚品格，无须外界来赞美。结句写出几分雅兴，自得其乐，别具风情。他的举动正好与梅花的品质相吻合，使咏物与抒情达到水乳交融的进步。

古代文人太爱梅花了，咏梅者不计其数，唯独此首"占尽风情"，而且偏偏出自不仕不娶的老隐士之手。这说明诗的好坏与身份的高低无关，诗本身会替你说话。究其成功的奥秘，大致说来有其三：一是从意象构造而言，如单写山园小梅，本非易事，但诗人能借物来衬、借景来托，围绕中心意象来展示。二是从艺术手法而言，通过烘托、假托、夸张、拟人等修辞手段来表现，达到虚实结合、动静相宜、浓淡相融、物我神合的艺术境界之高度。三是从审美角度而言，极力展现了传统文人对梅花品格的一贯追求，然而也颇具特色。比如，不同的氛围表现不同的气质，倒映在水中的说"疏影"，浮动在月下的说"暗香"，极富想象力，也极富有精神的心灵审美。宋代王十朋对此评价很高，誉之为千古绝唱："暗香和月入佳句，压尽千古无诗才。"

论曰：千秋咏梅绝，疏影暗香名。神态活灵现，风情占尽行。

范仲淹

范仲淹（989-1052），字希文，祖籍邠州，移居苏州吴县。少时贫而好学，真宗大中祥符八年进士，官至枢密副使、参知政事。推行"庆历新政"，奉行"先天下之忧而忧，后天下之乐而乐"的为官准则。词作描写边塞秋思、羁旅情怀，风格明健豪放。有《范文正公文集》。

渔家傲·秋思

塞下秋来风景异，衡阳雁去无留意。四面边声连角起。千嶂里，长烟落日孤城闭。　　浊酒一杯家万里，燕然未勒归无计。羌管悠悠霜满地。人不寐，将军白发征夫泪。

中中中中平中仄（韵），中平中仄中平仄（韵）。中仄中平平仄仄（韵）。平中仄（韵），中中中中平平仄（韵）。　中仄中平平仄仄（韵），中平中中平平仄（韵）。中仄中平平中仄（韵）。中中仄（韵），中平中仄平平仄（韵）。

《渔家傲》，词牌名，又名"渔歌子""渔父词"等。此调始自晏殊，因词有"神仙一曲渔家傲"句，取以为名。双调六十二字，前后段五句、五仄韵。

词人曾任陕西经略安抚招讨副使兼延州知州，在他身处军中期间，令严明，爱士兵，深为西夏所畏服，表现出他的军事见识。上片着重写景，起句点明地点和时间。"塞下"指宋朝与西夏对峙的西北边境。"秋来"点明了季节。是说秋天到了，西北边塞和江南的风景大不一样。一个"异"字，高度概括了两地不同的风光。词人是在苏州长大的，对南北季节变化特别敏感，所以这个"异"字还含有惊异之意。次句以雁来托喻。雁是候鸟，每逢秋季，北方的雁即飞向南方避寒，相传飞到今衡阳市回雁峰就不再南飞了。这里的"无留意"，是说雁向南奋飞，毫无留恋之意。雁且如此，情何以堪？此语凄然，也侧面反映了秋天里的边塞，寒风萧瑟，遍地荒凉，雁才"无留意"。此情此景，很容易勾起征人思乡的情绪。但词人不是顺着人们的情绪写下来，而是笔锋一转，写出了周围的战地环境：四面传来了战斗号角。这个号角是军情也是命令，顿时感觉到一场战斗的气氛笼罩过来。词人接着描述了紧张的氛围："千嶂里，长烟落日孤城闭。"是说战地处在层层山岭的环抱之中，而且暮霭沉沉，落日西山，孤零零的城门赶紧关闭。"孤城闭"，值得玩味。尤其一个"闭"字非常显眼，既透露出不利的军事形势，或不敢出来迎战；又表明了边塞军人时刻保持高度戒备，寸步不离，更不用说能像大雁一样向南飞。上片把所见所闻的情景展现给读者，为下片抒情做足铺垫。过片二句体现自抒怀抱：人非草木，谁能无情？长期守危城，也会有乡思。这"一杯"与"万里"数量悬殊，一杯浊酒难消远在万里的乡愁，也就是说酒也消不了许多愁，造语雄浑遒劲。紧接着说：战争还没有取得胜利，还谈什么思乡归去？这也是转笔之句。"燕然未勒"是借用东汉窦宪领兵大破北匈奴刻石勒功之故事，言外之意是守边还未功成。词尾三句借"羌管"之物写悲凉之情：深夜里天气寒冷，军营里早已结满寒霜，又传来了悠扬的羌笛声。深感身负重任，夜深了，还不能安睡。我的须发都变白了，征夫也泪流满面。结语由己及人，表达出同样的心情，既体现关怀边关战士，也体现官兵一致。

此词写景抒情，通过气氛渲染，既表达出建功的激情，又表现出浓重的乡思，此消彼长，峰回路转，构成了复杂而又矛盾的情绪，词调苍凉而悲壮。北宋魏泰《东轩笔录》评曰："范文正公守边日，作《渔家傲》乐歌数阕，皆以'塞下秋来'为首句，颇述边镇之劳苦。欧阳公尝呼为'穷塞主之词'。"从词史上说，这首词描写边塞题材，开始打破了词专写男女爱情的传统窠臼，和婉约词的风格完全不同，可以说是独创的，对苏轼、辛弃疾等也有影响。

论曰：倚声边塞事，独自创新风。玩味层层出，秋思无尽穷。

欧阳修

欧阳修（1007－1072），字永叔，号醉翁，晚号"六一居士"，今江西永丰人。仁宗天圣八年进士，历任翰林学士、枢密副使等，官至参知政事。北宋政治家、文学家、史学家，与韩愈、柳宗元、王安石、苏洵、苏轼、苏辙、曾巩合称"唐宋八大家"，后人又将其与韩愈、柳宗元和苏轼合称"千古文章四大家"。谥号文忠,世称"欧阳文忠公"。有《欧阳文忠公集》《六一词》。

戏答元珍

春风疑不到天涯,二月山城未见花。
残雪压枝犹有橘,冻雷惊笋欲抽芽。
夜闻归雁生乡思,病入新年感物华。
曾是洛阳花下客,野芳虽晚不须嗟。

这是一首七律,是欧阳修贬官夷陵的第二年所写。元珍是丁宝臣的字,当时在夷陵做军事判官,与欧阳修交好,曾有诗赠欧,欧乃于此年作诗以答。首联写夷陵地处偏远冷落:当时春寒久雨,春花迟迟未开,所以他真怀疑春风不到这里,都已二月了,山城还见不到花开。"天涯"表明距离京城很远。这两句既写实又有所指:这里包含朝廷关心不到边城的意思,也借以指自己遭受迫害贬谪而身处偏远,得不到皇帝恩泽之意;但春风又是客观存在的,万物生机始终潜在,不同的地方所表现在时机上有所不同而已,暗含着期待。欧阳修对此二句很得意。据蔡絛《西清诗话》,他曾对人说:"若无下句,则上句不见佳处。并读之,便觉精神顿出。"两句并读,一因一果,语气连贯,先以"疑"领起,再对"疑"加以解释,显得有波折。所以,后人也说它"起得超妙"。颔联承写春寒的景物特征:前年秋天的橘子经冬大雪的摧残,还依然挂在枝头,表明了高洁的柑橘压不倒、摧不垮的气质。只待春雷一声,就会唤醒万物复苏,春笋就会破土而出,抽芽生长。诗人所取这两种物象有一个共同的特征,就是在被压制的情况下顽强地生长着,一个是被残雪压枝,一个是被土层压制,但都能生存生长,这正体现了诗人身处逆境而不屈的精神。颈联点出怀京的意念。古代诗词常常写飞雁表达思归的意境,诗人在夷陵之南,而汴京在北,春天一来,大雁就会向北归去,所以借雁北归来表达对汴京的怀念,也就是不忘朝廷。正因为如此，容易感到虚度韶华。尤其面对春天来临，物华更新，更是感到时光流逝，期待的心愿流露出来。这里的"病"指乡思之病，也表达自己的苦闷。尾联与首联呼应，诗人曾在洛阳做留守推官，所以说早年在洛阳欣赏过春风里的牡丹。当时牡丹在洛阳很有名，也别称"洛阳花"，所以说"洛阳花下客"。说此以自我安慰：虽然暂时看不到夷陵的春花，但终究会出现的，有什么值得叹息呢？"不须嗟"，是赠答之辞。言外之意是告诉朋友不要为我担心，对自己的政治生涯充满期待，一种乐观和自信的心情溢于言表。

此诗之妙，在于借春风与花来比喻君臣关系，这是传统文化的内涵。题中冠以"戏"字，其实是贬后失意的掩饰之辞，也在抒情上体现怨而不怒之风雅。全诗条理清晰，内在逻辑完足，一联紧接一联，意脉含蓄而连贯，道出人生哲理思考，体现了宋诗注重理趣的特征。欧阳修学习韩愈的"以文为诗"，语言浅近自然，但还是兼顾诗歌的韵味，有人评价说"句句有味"。再看他的《画眉鸟》："百啭千声随意移，山花红紫树高低。始知锁向金笼听，不及林间自在啼。"后两句说理成分比较明显，但不同于枯燥的、抽象的议论，而是兼顾到诗的含蓄，这还是有别于唐诗之风格的。

论曰：春风不见花，好比在官衙。托寓人生理，诗情感物华。

生查子·元夕

去年元夜时，花市灯如昼。月上柳梢头，人约黄昏后。
今年元夜时，月与灯依旧。不见去年人，泪湿春衫袖。

中中中中中（句），中仄平平仄（韵）。中中仄中平（句），中仄平平仄（韵）。　中中中中平（句），中仄平平仄（韵）。中仄仄平平（句），中中中平仄（韵）。

诗词史脉题解

《生查子》为词牌名，又名"相和柳""梅溪渡""陌上郎"等，原唐教坊曲，后用为词调。双调四十字，前后段各四句、两仄韵。

欧阳修不愧是文学巨匠，各种体裁都很精湛，填词也很擅长。他的词大多是描写男女爱情的，此词正是青年男女元夕约会的题材。上片是追忆从前相晤的欢乐：去年元夕时，花市如海，彩灯如昼，月亮正挂在柳梢枝头，我们约会在黄昏后。下片抒发人事已非的忧伤：今年元夕时，明月和彩灯依旧，但不见去年的情人，不觉泪珠已湿透了春衫。全词语言浅近，但意厚情长，值得玩味。

此词在艺术上颇有特色。首先，在风格上已经摆脱了花间词派的浓香和弱懒的脂粉之气，从浮艳、浅俗引向清幽、高雅。这跟民歌情调相似。如"月上柳梢头，人约黄昏后"与《诗经》里的"月出皎兮，佼人僚兮"意境相近：月亮是那样的皎洁，爱人是那样的娇媚。再如"不见去年人，泪湿春衫袖"与《诗经》里的"爱而不见，搔首踟蹰"相似：不见爱人身影，搔头环顾，不知如何是好。而上下片分别写今昔，也如同《诗经》里的"昔我往矣，杨柳依依；今我来思，雨雪霏霏"，同样用今昔对比来描绘相思。不妨再看敦煌民间词，如"去年春日常相对，今年春日千山外"。可见此词很像民歌情调，是向民间词学习的，很接地气，很有根基。正因为如此，此词流传很广。明代徐士俊《古今词统》评曰："元曲之称绝者，不过得此法。"对此词评价很高。古代文人模拟民歌写法很多，像唐代刘禹锡的《杨柳枝》曰"清江一曲柳千条，二十年前旧板桥。曾与美人桥上别，恨无消息到今朝"，也是采用今昔对比的手法来写，从中可见出词法的演变痕迹。

其次，运用词调整齐、字句往复的手法以造词韵优美。此词上下片字句相同，所以有意使字、句重叠，造成回环往复的韵律之美。如上片第一句"去年元夜时"与下片第一句"今年元夜时"、上片第二句"花市灯如昼"与下片第二句"月与灯依旧",两两相对,又反复强调元夜、花灯、月亮景物宛然。又如上片第四句"人约黄昏后"与下片第三句"不见去年人",词中的"人"交叉出现,强调"人"去年在,而今则不在——这种交叉错落更显示出感情起伏跌宕,由原来的欢乐转入忧伤,使内心变化在极有限的字眼里得到充分体现。这种物象重复出现,或交叉或相对,回旋咏叹,使词调婉曲而优美。

再次,以情写景。这与以景抒情不同。通常是自然景物引起人的主观感情,但人不是一直处于被动消极的,人在自然的生活体验中对自然景物也会成为情绪的对象化,运用在创作中叫"以情写景"。此词主人公感情饱满丰富,也热烈渴望,对去年"月上柳梢头,人约黄昏后"的场景成为美好的记忆,柳间月下,窃窃私语,多么爱意!这样的场景自然成为情感的对象化,也很想在这样环境里重温旧情。一个"约"字,用今天的话说——"老地方见",对老地方特别有感情。故而场景"依旧",只约人来,但因"不见去年人",情感一下子就变了:旧欢难续,好梦难寻,岂不"泪湿春衫袖"?该词正是以情写景,又情景交融,所以印象深刻,感人至深。

最后,是采用对比手法。通过时间上和空间上的对比、有人与无人的对比、上下不同意境的对比,造成鲜明强烈的对照,使感情彼此映衬,喜忧转换有着落,主人公的形象更为丰满鲜活,立体感更强。

论曰:不见浓香色,清新雅致情。词风初起变,手法甚高明。

苏舜钦

苏舜钦(1008-1048),字子美,今河南开封人。中进士后曾任县令、大理评事、集贤殿校理、监进奏院等职。与梅尧臣齐名，人称"苏梅"。因支持范仲淹的庆历革新，为守旧派所恨，遭陷免官为民，居住苏州多年。有《苏学士文集》。

淮中晚泊犊头

春阴垂野草青青，时有幽花一树明。
晚泊孤舟古祠下，满川风雨看潮生。

苏舜钦年轻时就参加政治活动，不怕得罪权贵，多次写政论来批评朝政，因而遭政敌诬陷迫害，削职为民，于庆历四年秋冬之际被逐出京都。他由水路南行，于次年四月抵达苏州，修筑了沧浪亭，过着流寓放浪的生活。这首诗就是其旅途中泊舟淮河边上的犊头镇时所作。"犊头"是淮河边的一个地名。犊头镇，在今江苏淮阴县境内。

这首小诗通过写景，抒发诗人孤寂而愤愤不平的心情。诗的开头就描写了一个特殊的春阴景象：天空阴云笼罩着淮河两岸的原野，与草色青青相映衬。在这样阴暗的天气里，随舟移动，岸边上不时有一树野花闪过眼前。那花色鲜艳夺目，印象特别深刻。前两句中的"阴、青、幽、明"字眼让人眼花缭乱，色彩对比强烈，给人一种或明或暗的视觉冲击力，表现出诗人内心深处复杂的情绪。一个"时"字，时有之意，耐人寻味。虽然是"移步换景"所呈现的情况，但同时也暗示出气候环境多变难测的现象。后两句果然不出所料：到了晚上，天黑得快，起风也快。眼看就会下大雨了，诗人将船靠岸，在一座古庙下抛锚过夜。这一夜风大雨大，风雨飘洒在河面上，河里的水迅猛上涨，上游的春潮也正龙吟虎啸，奔涌而来，一场风雨很声势。还好，诗人早已系孤舟登岸，稳坐在古庙中静观涨潮。这里描述避雨观潮，看那满川风雨、怒潮泛起，实际上体现诗人思绪如风雨之激荡，心情如潮之汹涌，对时局产生出一种愤愤不平的力量，也寄寓了诗人对官场风雨不定、阴晴难测的状况深表担忧。

全诗色彩明暗交错呈现，抒情气氛极其浓郁，借景物言情，富有寓意，更觉含蕴悠远。尤其人物与景物动静对照，极有艺术表现力：前两句写日间行船，主人公是在动态之中，而岸边的野草幽花是在静止之中；后两句写晚泊观潮，主人公是静止的，风雨潮水却是动荡不息的。这种动中观静、静中观动的艺术构思，体现了诗人那种"霜天看怒潮"的艺术风格，与梅尧臣的"平淡"诗风显然不同。

苏舜钦的写景抒情诗，跟此首小诗一样，往往表现他的抑郁不平之气，几乎是悲歌慷慨，这跟他的性格和身世有关。如《晚泊龟山》中的"每伤道路销时序，但屈心情入酒杯"，委屈心情都在酒杯里，说得很激动愤慨；又如《送人还吴江道中作》中的"不愤东风促行棹，羡他双燕逆风飞"，写出他的傲气，表现一种愤世嫉俗的感慨。

论曰：兴笔入春阴，诗心已见吟。满川风雨起，语外意情深。

梅尧臣

梅尧臣（1002-1060），字圣俞，今安徽宣城人。因宣城古称宛陵，人称其"宛陵先生"。宋仁宗时赐同进士出身，官至尚书都官员外郎。曾参与编撰《新唐书》，有《宛陵先生集》。

鲁山山行

适与野情惬，千山高复低。
好峰随处改，幽径独行迷。
霜落熊升树，林空鹿饮溪。
人家在何许？云外一声鸡。

这是一首五言律诗，写鲁山山行的野景和野趣。鲁山又名露山,故城在今河南鲁山县东北,接近襄城县西南边境。梅尧臣主管过襄城县,作此诗。

首联总起,直接说明山行的兴趣:绵延的鲁山,重峦叠嶂,时高时低,错落有致,相映成趣,恰好与我爱好自然景色的情趣相投。此联二句为倒装,突出山行的情趣,又造成跌宕起伏的语势。首联总述,下面各联就围绕"野情惬"来描写所见山色。其中一个"惬"字,足以让读者体会到诗人那种满意的感觉。颔联接着写山行所见:边走边看,山峰随脚步走动不断变换山貌姿态,而且越走进越见幽,让我迷恋不已。"好、幽、迷"体现作者的主观意识,是承上句"野情惬"写的;"随处改"是移步换景的现象,是客观存在,是承上句"高复低"写的。颈联也是接着山行所见,而且是互文见义:霜天之后,树叶凋落,林木空疏,溪水潺潺,熊、鹿都出来活动了。这里头逻辑和因果互见——因"林空"熊好活动,因"霜落"鹿好饮溪(霜落化水),为了韵律才把这两词互换。实际上,霜落、林空正好给山里的动物带来更好的活动空间,山里幽静,动物自在。此联写得生动有趣,野情盎然。前三联娓娓道来,景中见人,景中有情。做足铺垫后,尾联自问自答,趣味无穷。在这山野深处,风光无限,应该是有人家居住,便不由自主地自问道:"人家在何许?"忽然似从云外处传来鸡的叫声,顿时打破了山林的寂静,意识到山里有人家了。王维的"欲投人处宿,隔水问樵夫",是通过询问樵夫来了解的。而这里情景不同,是通过自问,却闻到鸡声,才意识到有人家。这鸡也通人性,仿佛是有意回答诗人的提问,余味悠长。此处与首句"野情惬"遥相呼应,也再次看到了诗人的"野趣",一副满意神态及其喜悦心情跃然可见、宛然可想。清代查慎行谓此诗:"句句如画,引人入胜,尾句尤有远致。"

梅尧臣曾说过:"作诗无古今,欲造平淡难。"此诗却成功地创造了"平淡"之风格,确实体现了造语平淡质朴、意境清新幽雅的特点,而且写得有声有色、有景有情、有趣有味,在意境、艺术上都逼近王维作品。欧阳修对梅尧臣诗如此评价："圣俞覃思精微，以深远闲淡为意。"说得切合实际。比起苏舜钦的诗风，梅尧臣诗歌的生活激情不足，这跟他们的生活态度不同有关。

论曰：诗人真野趣，意境入行迷。看似轻描画，情幽云外鸡。

曾巩

曾巩（1019-1083），字子固，今江西南丰人。仁宗嘉祐二年进士，官至中书舍人。他是"唐宋八大家"之一，诗也写得有特色，所写七言绝句清新可喜。有《元丰类稿》。

咏柳

乱条犹未变初黄，倚得东风势便狂。
解把飞花蒙日月，不知天地有清霜。

古代《咏柳》诗不少，今天所选曾巩的这首同题咏物诗，是继盛唐时期著名诗人贺知章咏柳诗之后，描写春柳的力作。先看曾巩是如何写的。大家都知道，向来描写春柳都是来表现优美动人的姿态，而曾巩却把春柳比喻成得势猖狂的小人，借以讽刺邪恶势力，这就是与众不同的地方。全诗是说：本来零乱欲枯的柳条，当春天刚刚来的时候，还没来得及变成初芽浅黄，就仗着东风的吹拂而飘舞起来，气势猖狂。它的柳絮飞上天空，遮蔽日月，却还不知道天地间有严霜降临，那时就变成枯萎凋零了。前两句写凌乱柳枝凭借东风狂飘乱舞，后两句写柳絮飞天时就变成枯萎凋零。先是一个"倚"字，写出了气势；后是以"不知"一词，把柳树得意忘形之举加以嘲讽。可见诗人把柳树人格化了，表面上咏柳，实际上托物言志，写出一种社会现象，讲出一种道理，说明小人得势只是一时，终归逃不过历史的惩罚。诗人将状物与哲理交融，寓意深长，令人深思。

与唐朝贺知章《咏柳》对比，两者有明显不同：曾诗突出理趣，贺诗突出情趣。曾诗借柳讽刺，引人思理；贺诗写柳抒情，耐人寻味。通过反复比较品味，就可以深度体会到两个朝代的诗法有不同之处。

论曰：咏柳耐寻味，尤工理趣诗。情交天地物，笔法更高奇。

王安石

王安石（1021-1086），字介甫，晚号"半山"，今江西临川人。仁宗时中进士，神宗时两度任相，推进新法。封荆国公，又称王荆公。是"唐宋八大家"之一。有《临川先生文集》。

示长安君

少年离别意非轻，老去相逢亦怆情。
草草杯盘供笑语，昏昏灯火话平生。
自怜湖海三年隔，又作尘沙万里行。
欲问后期何日是，寄书应见雁南征。

《示长安君》是写给长安君看的。长安君是王安石的大妹，名淑文，工部侍郎张奎的妻子，封长安县君。仁宗嘉祐五年，王安石受命使辽，临行时作此诗。

王安石与他的大妹感情很深，但聚少别多，无限感伤，所以开篇就说少年如何、老去又如何：少年时的离别就看得很重，老去时的离别更是难堪。首联以议论入诗，既是递进关系，又是互文见义，意为不管是"相逢"还是"离别"，都看成"意非轻"，两者相对共存，有聚必有别；而"老去"的离别看得更重，所以"相逢"本来是喜，反而说"怆情"，老来相逢亦觉感伤，通过几层转折，分量愈强。这次他们兄妹是隔了三年再见面的，见面后马上又要分别，说出他们一生当中会少别多的感伤。颔联承写"相逢"，呼应第二句：兄妹俩每逢会面，备有简单的饭菜，边吃边聊家常话，回顾平生，笑口常开。一直到夜间，还在昏暗的灯光下说着。这两句从普通的家庭场景进行描述，给人的感觉很温馨、很亲切，比那些着意雕镂、粉饰拔高的话自然得多。同时，该联中两个叠字也用得成功："草草"二字，说明兄妹俩的感情至深，用不着那么多俗套；"昏昏"二字，说明两人谈话投机，灯火已昏暗，仍顾不上休息。他们家庭和睦、家风之纯令人羡慕。正因为如此，这联成为传诵的名句。宋代吴可论作诗之难云："七言律一篇中必有剩语，一句中必有剩字，如'草草杯盘供笑语，昏昏灯火话平生'，如此句无剩字。"（《藏海诗话》）欣赏了句中用语稳妥，浑成一气。颈联承写"离别"，呼应第一句：刚刚在叹息兄妹湖海相隔，已经三年没有见面，"笑语话平生"还没说够，又要冒着尘沙到万里外的辽国去。由"笑"转入"怜"，感情转折自然，而且上下联形成鲜明对照，怎不令人惆怅？一个"又"字，呼应了首联，进一步说明聚少离多的情况。尾联的话题顺理成章，也就是说自然引入别后。于是，妹妹挂念地问："以后何时会面？"兄长公务在身，只能含糊地回答："等到大雁南飞时，我会寄信给你，告诉你重逢的日子。""雁南征"有雁足传书之说，这里既表达传信之意，也指出秋天之时。尾词用传说收束，意境深远，意味深厚，一种无可奈何的心情油然而生。

此诗感人之处在于把常见的家庭生活细节写入诗中，且刻画细致入微，质朴自然。全诗突出表现"离别""相逢"这种人世间最普通的感情，并在离聚交错、悲喜交加中体现，可谓一波三折，尤为感人，因而成为王安石七律中的名作。近代王文濡《历代诗评注读本》评曰："介甫以执拗名，而诗文却近人情，读者不当以人废言。"欧阳修称赞王安石："翰林风月三千首，吏部文章二百年。老去自怜心尚在，后来谁与子争先？"

这是一首律诗，要求中间两联对仗。颔联对仗工整，诗中"草草"对"昏昏"，为叠字对；"杯盘"对"灯火"和"笑语"对"平生"，均为名词对；"供"对"话"，为动词对。颈联用流水对。所谓流水对，就是在两句对仗的前提下，上下相承，如流水一样顺畅，共同构成一个完整句意。有人曾云："古人律诗中之流水对，常为难得之佳联，即因其一气呵成，畅而不隔，如行云流水，妙韵天成也。"所以艺术性最高，历来最受人欣赏。而绝句虽没有要求对仗，但有些诗人也喜欢用对仗写绝句。如王安石《书湖阴先生壁》："茅檐长扫净无苔，花木成畦手自栽。一水护田将绿绕，两山排闼送青来。"后两句为王安石名句，对仗工整，其中"一"对"两"为数词对，"绿"对"青"为颜色词对。再如《壬戌五月与和叔同游齐安》："缲成白雪桑重绿，割尽黄云稻正青。它日玉堂挥翰手，芳时同此赋林坰。"前两句也对仗工整，其中"白与黄""绿与青"为颜色相对，说明王安石善于使用色彩写对子。

论曰：议论入成诗，谁言不适宜？家长还里短，有味有情词。

登飞来峰

飞来山上千寻塔，闻说鸡鸣见日升。
不畏浮云遮望眼，只缘身在最高层。

仁宗皇祐二年夏，诗人途经杭州时写下此诗。诗的首句，关于"飞来峰"所指问题有两说：一说在浙江绍兴城外的林山。唐宋时其中有座应天塔。传说此峰是从琅琊郡东武县飞来的，故名飞来峰。一说在今浙江杭州西湖灵隐寺前。这里作为备考，不去探究，不影响诗意的分析。首句中的"千寻"是形容山塔之高，古时以八尺为一寻。说明诗人登上高峰了，为下面诗意做铺垫。次句借"鸡鸣日升"这一常用意象，写出在高塔上看到旭日东升的辉煌景象。诗人写此诗时大约三十岁，如八九点钟的太阳，朝气蓬勃，对前景充满希望，这是自我写照之诗眼。后两句承接前两句写景抒情。古人写昏暗的政治环境常用浮云蔽日来形容，如李白《登金陵凤凰台》中的"总为浮云能蔽日，长安不见使人愁"。诗人借此寓意抒发情感，以"不畏"二字，表现了诗人的气魄和勇气。所以，结句就直接说明理由，表达出在政治上高瞻远瞩，与苏轼的"不识庐山真面目，只缘身在此山中"一脉相承，有异曲同工之妙。

诗人擅长七绝，且诗意多含哲理。此诗也不例外。全诗主旨登高，站得高看得远，看得见日出的意境，也不畏浮云蔽日。做官要高瞻远瞩、做人应该有远见、做事应该放眼大局等，都需要站得高才能做到。这与王之涣的"欲穷千里目，更上一层楼"寓意相似，强调"高度"的重要性。这样的哲理诗，能启发人生思考，带有普遍社会价值，很容易被人用作座右铭。

论曰：本是登高望，油然哲理思。神来挥妙笔，境界忽开眉。

泊船瓜洲

京口瓜洲一水间，钟山只隔数重山。
春风又绿江南岸，明月何时照我还？

这是王安石的晚期作品。全诗以"泊船瓜洲"为题，并以此为立足点而作。首句写望：诗人站在瓜洲向南望去，看到南岸的京口离这边很近，只有一水之隔。"京口"是现在的江苏镇江，在长江南岸。"瓜洲"在长江北岸，在扬州南部长江边。所以，南北两地说是"一水间"。次句承写望。"钟山"（即南京）是王安石居住的地方，望去并不算远，所以说"只隔数重山"。"数重山""一水间"都是说明距离很近之意，仅用"只隔"两字就把近在咫尺的地理位置给表达出来。以上两句可以看出，诗人是在想念钟山，对钟山的回望透露出一种依恋而思归的心情。王安石随父王益定居江宁，从此江宁便成了他的第二故乡，第一次罢相后即寓居江宁钟山。第三句为转句，写春色：现在是春天了，自然有春风吹拂，所以说"春风又绿江南岸"。这一句历来被人们所传诵，只因一个"绿"写得太好了。据南宋洪迈《容斋随笔》载，王安石原稿上曾写过"到、过、入、满"等十多个字，终定"绿"字。这是王安石用字反复推敲的经典之作。那么，"绿"字好在哪里呢？一是把不见踪影的春风转化为具体的视觉形象；二是在山水中提取色彩来营造出新颖别致的意境；三是形容词活用为动词，别开生面，比直接用动词，更能形象地描绘江南春色，表达出生机盎然的景象；四是寄托诗人的归思，所谓"春草年年绿，王孙归不归"，联系前面"春风"，又暗含着变法图强的政治愿望。所以自然而然地引出第四句"明月何时照我还"，发出深深的感慨。从时间上说，诗人已经站望很久了，皓月初上，更是望月怀远，对钟山的依恋愈益加深，故结尾以设问句式表达了这一想法。

全诗通过归途之望，比兴兼具，借景抒情，表达出思归的心愿，真情实感，打动人心。尤其结句一问，情感如火山喷涌而出。王安石的这类写景抒情小诗被称为"半山体"，颇受南宋一些诗人喜爱，杨万里说"半山绝句当朝餐"，陆游说"卧听儿诵半山诗"，许顗说"超然迈伦，能追逐李杜陶谢"。这类诗确有一种闲淡超然之风格，但在闲淡之中也是有寄寓的。又如《北陂杏花》："一陂春水绕花身，花影妖娆各占春。纵被春风吹作雪，绝胜南陌碾成尘。"宁可被吹落在水面上，也总比在大路旁被碾成尘泥好。通过写杏花以表达自己的志趣和坚持原则的精神。这是王安石晚年诗歌的艺术特色。

论曰：借景寄情思，别开生面奇。神来敲绿字，万古道为师。

桂枝香·金陵怀古

登临送目，正故国晚秋，天气初肃。千里澄江似练，翠峰如簇。征帆去棹残阳里，背西风，酒旗斜矗。彩舟云淡，星河鹭起，画图难足。　念往昔，繁华竞逐。叹门外楼头，悲恨相续。千古凭高对此，谩嗟荣辱。六朝旧事随流水，但寒烟衰草凝绿。至今商女，时时犹唱，后庭遗曲。

中平中仄（韵），仄中仄中平（句），中中平仄（韵）。中仄平平仄仄（句），仄平平仄（韵）。中平中仄平平仄（句），仄平平（读）、中中平仄（韵）。仄平平仄（句），中平中仄（句），中平平仄（韵）。　仄中中，平平仄仄（韵）。仄中仄平中（句），中中平仄（韵）。中仄平平中仄（句），仄平平仄（韵）。中平中仄平平仄（句），仄平平（读）中中平仄（韵）。中平中仄（句），中平中中（句），仄平平仄（韵）。

《桂枝香》为词牌名，张辑词有"疏帘淡月"句，故又名《疏帘淡月》。双调一百零一字，前后片各十句、五仄韵。

此词是王安石出知江宁府时所作。"金陵"为宋时江宁府，今南京市。古代写金陵怀古的诗篇不少，但用词来填写还是有创意，前人说这首词"一洗五代旧习"。上片描绘金陵景色，前三句总写，从宏观上概括。登临城楼远望，睹物抒怀，是古代文人常用、喜用的方式。作者也以此开篇，并点明地点和季节。"金陵"为六朝古都，仍称"故国"。季节正值晚秋，萧瑟秋风，万物收敛，仿佛写出一种悲秋氛围，为下面抒怀先做铺垫。接着两句写远望之景：那浩瀚的长江之水从远处流经，绵绵千里，如一条长长的白练；而远山叠翠，簇拥拱卫着金陵城。这里所写景象广阔高远，江横山立，很有立体感。"澄江似练"是化用谢朓诗句"澄江静如练"，并与"翠峰如簇"相对，不仅对仗工整，而且相映成趣，一幅金陵锦绣江山图展现眼前。再是两句如电影镜头由远拉近，呈现出江面上来往船只，在残阳映照下不停地开进；附近的酒楼斜挂着酒旗，在秋风中不断飘扬摇曳。"残阳""西风"写出秋日的黄昏时节，"酒旗""归帆"写出人来人往的景象。这两句由景物引出人物，画面感顿时生动起来，也暗含人事匆匆的意境。写到这里还不够，再把近镜头慢摇过来展现：秦淮河上的彩船也渐渐没入云雾之中；白鹭群飞而起，飞向远方。"彩舟"应指秦淮河上的彩船。"星河"本指天上银河，这里应指秦淮河。当时此河繁华昌盛，灯火辉煌，有如天上的银河。这两句色彩对比鲜明，动静相生，暗含昔日游乐之繁盛。片尾句总结：如此壮美的风景，就是用再美的画也难以描绘出来。正如林逋《宿洞霄宫》所言："秋山不可尽，秋思亦无垠。"登临所见，美不胜收，难以尽述。

　　下片怀古抒情。过片两句，由登临所见自然过渡到登临所想："念往昔，繁华竞逐"，作者情不自禁地想起金陵六朝所发生的一系列兴亡事件，统治者在这里上演了六出追逐奢华享乐的戏剧，但都享国短暂，终归灭亡。比如陈后主，兵临城下，还在与妃子们寻欢作乐。对此，紧接着一声叹息："叹门外楼头，悲恨相续。"此语化用杜牧《台城曲》中的"门外韩擒虎，楼头张丽华"诗意。韩擒虎为隋兵统帅，从朱雀门攻入金陵，俘虏了陈后主及其宠妃张丽华，陈朝灭亡。"楼头"指陈后主专为张丽华修建的别墅结绮阁。这是亡国悲剧艺术缩影，嘲讽中深含叹惋。而其后的统治者不以此为鉴，挥霍无度，沉溺酒色，江南各朝覆亡相继，岂不悲恨吗？举典型案例以后，作者就直抒胸臆：千古以来，多少文人墨客在金陵登高怀古，枉自嗟叹他们的兴哀成败！下面"六朝旧事"二句，又化用窦巩《南游感兴》"伤心欲问前朝事，惟见江流去不回。日暮东风春草绿，鹧鸪飞上越王台"之意，说六朝往事已随江水流去，只剩下荒凉的野草而已。这里借"寒烟、衰草"寄托惆怅心情，但更可悲的是"至今商女，时时犹唱，后庭遗曲"。词中化用了杜牧《泊秦淮》中的"商女不知亡国恨，隔江犹唱后庭花"的诗意，也用了陈后主的典故。"后庭遗曲"指陈后主所作的《玉树后庭花》，有"玉树后庭花，花开不复久"之辞，词甚哀怨，后来成了亡国之音。词尾三句耐人寻味，应该说也有现实的针对性。当时北宋统治者骄奢淫逸，其程度不亚于六朝统治者。作为政治家的王安石，问题看得更透，对此深为忧虑。

这首词的艺术成就不容忽视。第一，在写景上，立足高点，境界开阔，气象宏大，纵横交错，有远有近，有总有分，有实有虚，成功地描绘出一幅巧夺天工的金陵风景图；而且把壮观的景色放在西风萧瑟、残阳黄昏的背景下，极有寓意，成功地为抒情做足铺垫。第二，在立意上，引经据典，思想深刻，表现出一个清醒的政治家所应有的远见。其所发的议论，绝不是慨叹个人的得失、恩怨，而是反映了他对国家命运前途的隐忧和焦虑。词尾几句更是发人深思。当权者还在醉生梦死，沉湎酒色，没有吸取历史教训，改弦易辙。对此，既有批判又有讽谏，这无异于对北宋当局的警告。难怪此词一出，即称绝唱。第三，在章法上，有起有承，转合自如，上片写景、下片抒情，层次井然，极类诗歌写法。片首句"登临送目"四字统领全景，远近结合；过片句"念往昔"三字领起怀古，领起自然，过渡清晰；片尾句"后庭遗曲"四字收束，用典写情，耐人寻味。全词首尾圆合，结构谨严，逐层展开，环环相扣，在章法结构方面的这些特色，反映了词的发展在进入慢词之后，出现了以散文入词的特点。第四，在典事化用上，融合词意，贴切自然。全词四处化用前人的诗句，诗意入词，词意诗化，在王安石之前实不多见，可谓开了先河。王安石说："古之歌者，皆先为词，后有声，故曰'诗言志，歌永言，声依永，律和声'。"正因为有这种融合理念，使得词情画意，意境高远。

王安石的词作不多，但仅这一首借历史事件，抒发政治感慨，且风格豪壮，一举洗掉五代词的柔靡词风，突破了"词为艳科"的藩篱，把词引向历史题材创作，在词史上产生重大影响。宋代杨湜《古今词话》评曰："金陵怀古，诸公寄词于《桂枝香》凡十三余首，独介甫最为绝唱。东坡见之，不觉叹息曰：

'此老乃野狐精也。'"(《词林纪事》卷四引)

论曰：境界先开阔，纵横交笔驰。篇章成旷世，历史入新词。转合前朝忆，伤怀往事悲。吟风犹破艳，一阕盖今时。

晏殊

晏殊（991-1055），字同叔，今江西抚州人。以神童召试，赐同进士出身。仁宗时曾为宰相。范仲淹、欧阳修都出自他的门下。性刚简，自奉清俭。词风多为富贵雍容，温润秀洁，和婉蕴藉。有《珠玉词》。

破阵子·春景

燕子来时新社，梨花落后清明。池上碧苔三四点，叶底黄鹂一两声，日长飞絮轻。　巧笑东邻女伴，采桑径里逢迎。疑怪昨宵春梦好，元是今朝斗草赢，笑从双脸生。

中仄中平中仄（句），中平中仄平平（韵）。中仄中平平仄仄（句），中仄平平中仄平（韵），中平中仄平（韵）。　中仄中平中仄（句），中平中仄平平（韵）。中仄中平平仄仄（句），中仄平平中仄平（韵），中平中仄平（韵）。

《破阵子》为词牌名，原为唐教坊曲名，又名《十拍子》。双调六十二字，前后段各五句、三平韵。

这首词以活脱爽朗的笔触，描写了古代少女们青春活力的生活片段，展示了当时农村风俗民情的生动画卷。词的上片先写春景。开头两句是说：在新春的社日里已见燕子飞来，这时候梨花已经凋谢，清明时节也就快到了。"燕子"是春天的使者，古代文人常以燕子点缀春天景色。这里同样以燕子起兴，既点明了时节，又写出了与时节有关的景象，具体可感。"社"是古代祭祀土地神的日子，分春社和秋社，春社在立春后、清明前。这两句行文如此轻快流丽，已经蕴含了喜悦的情意，奠定了全词爽朗明快的基调。接下三句继续写春景：池塘边上长出了点点青苔，树叶深处不时传来几声黄鹂的歌声，柳絮在空中慢悠悠地随风飘舞。碧苔、黄鹂、柳絮这些看似常见的景物，经词人稍加点染，就唤醒人们感受到春天的脚步越来越接近尾声了。闺中的少女们，还不赶快换上春装，出来郊游踏青？再不出来，春天就要过去了。"日长"说明到春末夏初的时节，白昼一天一天变长了，这里也有惜春之情。

下片转入写人。过片二句自然而然地引出人物来了：少女们赶紧跟随春阑的脚步，来到这大自然的怀抱里。东边邻居的女伴们笑眯眯地走了过来，正好在采桑的小路上相逢了。"巧笑"二字，形容她们美好的笑容，容貌娇媚。通过外貌的描绘，已经看到了她们内心的喜悦，由外到内成功塑造了东邻女可爱的形象，大有似曾相识之感。词尾三句采用倒装写法，先写她们兴高采烈，满面春风。这不免让人疑问：难道是她们昨晚做了好梦吗？少女听到这风趣的话，笑得更加灿烂，回话道："你胡扯！刚才我和她们斗草赢了！""斗草"是古代妇女采摘各种花草进行比赛的一种游戏，赢了当然高兴，不免喜形于色。"笑从双脸生"呼应"巧笑"，仿佛看到她们含笑的嘴边露出两个浅浅的酒窝。通过倒装突出少女们的笑容，更有感染力，更显得格外生动。这样的描写，有采桑的劳动，有亲密的呼唤，有斗草的游戏，有风趣的笑声，更有戏剧的效果，把大好春光点染得更加迷人，不但写出春景的美，更写出生活的美，这在晏殊作品中是颇为难得的。

全词纯用白描手法，词风朴实，构思精巧，笔调活泼和谐，语言形象生动。有的还对仗工整，像"池上碧苔三四点，叶底黄鹂一两声"。尤其"笑从双脸生"，是一句不可多得的词句。晏殊的词已经没有花间词那样镂金错彩的堆砌雕琢，能以疏淡闲雅的语言，写出较深的含义，具有美感。再看他的一些诗词句子，就能感受到这一特色。如《寓意》诗中的"梨花院落溶溶月，柳絮池塘淡淡风"、《浣溪沙·一曲新词酒一杯》词中的"无可奈何花落去，似曾相识燕归来"、《踏莎行·小径红稀》词中的"春风不解禁杨花，蒙蒙乱扑行人面"、《蝶恋花·槛菊愁烟兰泣露》词中的"昨夜西风凋碧树，独上高楼，望尽天涯路"等，从中可以感受到他的语言魅力。

论曰：笑脸春风面，功成活脱吟。词情言朴实，不见镂金音。

晏几道

晏几道（1030？—1106？），字叔原，号小山，是晏殊第七子。曾任太常寺太祝、颍昌府许田镇监、开封府判官等。词风似父而造诣过之，与其父晏殊合称"二晏"。工于言情，其小令语言清丽，尤负盛名，是婉约派的重要作家。有《小山词》。

临江仙·梦后楼台高锁

梦后楼台高锁，酒醒帘幕低垂。去年春恨却来时。落花人独立，微雨燕双飞。　记得小苹初见，两重心字罗衣。琵琶弦上说相思。当时明月在，曾照彩云归。

中仄平平中仄（句），中平中仄平平（韵）。平平平仄仄平平（韵）。仄平平仄仄（句），中仄仄平平（韵）。　中仄中平中仄（句），平平中仄平平（韵）。中平平仄仄平平（韵）。平平中仄仄（句），中仄仄平平（韵）。

《临江仙》原为唐教坊曲名，后为词牌名。双调五十八字，前后段各五句、三平韵。

这首词抒发作者对歌女小苹（一作蘋）的怀念之情。词人以

"梦后"领起，别有韵味。日有所思，夜有所梦，说明所思念之严重。但又不写梦境，梦到什么先留给读者去猜想，增加词的内涵。这里只写梦后，看到的是"楼台高锁"，可谓是人去楼空，梦后依然孤身一人。"酒"呢？可以消愁，然而酒醒后见到的是"帘幕低垂"，依然忧伤满怀。不管是梦后，还是酒醒，周围环境悄无声息，毫无动静，其凄凉冷落可想而知。那么，"楼台""帘幕"又是谁家的？这又让读者产生联想。这两句似梦似醒，如幻如电，开篇就营造出梦幻般的氛围。接下来透露一点信息，说是去年的春恨现在又回来了。哦，原来梦里是追怀去年的"春恨"，现在又重现眼前。一个"却"字，即"又"意，说明年复一年，今年更是深沉。什么是春恨呢？又接下说，春归人未归。"落花"是春归，却"人独立"，孤单一人，不能团聚。"微雨"也是春的特征，古人以雨说愁多得是，这里暗含春愁。"燕子"更不用说了，这里"燕双飞"与"人独立"形成鲜明的对比，可见燕子在春天里都能双飞，而人不如燕，感伤之情跃然于眼前，这就是"春恨"吧。有人在解读时，把"人独立、燕双飞"作为一个谜底，猜一个"俩"字。当然，这是茶余饭后的谈论。关键这两句内涵丰富，又极其简括、极其生动，成为千古名句。词的上片写当前的心境，下片转向对往事的追怀，结构为倒叙，但用"记得"一词过片，便如顺叙然：记得意中人叫小苹，是在宴会上与她相识的，琵琶弹得好，印象特别深刻，当时她穿着罗衣还绣制心字图案。"两重心字"就是把两个心字图案交错重叠在一起，表示两心相印。欧阳修在《好女儿令·眼细眉长》中也说过："一身绣出，两同心字，浅浅金黄。"初次见面，小苹的衣着就让他久久不能忘怀。其《玉楼春·琼酥酒面风吹醒》词中提到此人："小蘋微笑尽妖娆。"《木兰花·小蘋若解愁春暮》词也提到："小蘋若解愁春暮，一笑留春春也住。"说明他对此人放不下。这里用衣着花饰来衬托他们的爱慕之情，着实高妙，别具一格。接着直接表白相互的情意："琵琶弦上说相思"，我弹上一曲琵琶，请君留心品味曲调里的相思吧。可见两情相悦，烂漫无限。曲终又如何呢？"当时明月在，曾照彩云归。"此处"彩云"指小苹。这两句化用李白诗句"只愁歌舞散，化作彩云飞"和白居易诗句"大都好物不坚牢，彩云易散琉璃脆"。其实，"彩云"表示漂浮不定，暗含不能长久，当然也可暗含朝为行云、暮为行雨。词的末尾两句交代了当时初见的情景——这一见面，爱在心里，也恨在心里，成为"春恨"的原故。当时的明月曾照小苹归去，今天的明月只照自己孤单一人，今昔对比，怎不思念做梦？结尾呼应了首句中的"梦"，余味无穷。

　　这首词善于通过环境和场面的描写，曲折深微地抒发缠绵悱恻的情思，含蓄真挚，字字关情，句句写情，情中有景，景中有情，情景交融，整篇语美句工，结构严谨，不失为婉约词派的精品。

　　论曰：婉约寻芳忆，落花人独思。无穷余味厚，以梦说情痴。

张先

　　张先（990-1078），字子野，今浙江湖州人。仁宗天圣八年进士，曾任吴江知县，官至尚书都官郎中。曾与梅尧臣、欧阳修、苏轼等游。善作慢词，词风倩丽，造语工巧。有《张子野词》。

天仙子·水调数声持酒听

　　水调数声持酒听，午醉醒来愁未醒。送春春去几时回？临晚镜，伤流景，往事后期空记省。　　沙上并禽池上暝，云破月来花弄影。重重帘幕密遮灯，风不定，人初静，明日落红应满径。

　　中仄中平平仄仄（韵），中仄中平平仄仄（韵）。中平中仄平平（句），中中仄（韵），平中仄（韵），中仄中平平仄仄（韵）。　　中仄中平平仄仄（韵），中仄中平平仄仄（韵）。中平中仄仄平平（句），中中仄（韵），平中仄（韵），中仄中平平仄仄（韵）。

　　《天仙子》为唐教坊舞曲，后用为词牌。因皇甫松词有"懊恼天仙应有以"句，取以为名。双调六十八字，前后段各六句、五仄韵。

　　这首词有注云："时为嘉禾小倅，以病眠，不赴府会。""嘉禾"是秀州别称，治所在今浙江嘉兴市。"倅"是州郡副职，"小倅"意为小官，时张先任秀州通判。"府会"即宴会。说明词人感到疲怠，百无聊懒，对宴会不感兴趣。因为他年纪已大，正为春光流逝而发愁呢。这首词写的正是这种心情。

　　词的上片写惜春伤别的心绪。开篇三句是说：手执酒杯，一边喝酒，一边细听水调歌。午间醉酒醒来，愁却未解。送走了春天，但春天何时再回来？"水调"指唐代流行的曲调名。唐代杜牧《扬州》诗云："谁家唱水调，明月满扬州。"词人也像其他文人一样，借酒消愁，听曲消遣，但都不管用，愁依旧，却无奈，所以连官场应酬的聚会都不参加，反问自己：春光还会回来吗？从这里，我们已经感受到词人是在为春光流逝而发愁。接着后三句是说：临近傍晚照镜，头发成霜，感伤逝去的年景，真是往事如烟，往后的日子只能让人空自沉吟。"流景"是流逝的光景。"往事后期"就是往日的情事、今后的期约，其中"往事"包含丰富的事情。"记省"即记志省识，"记"为思念，"省"为省悟，这里表达追忆往昔。一个"晚"字，既表达黄昏，也表达晚年——词人写此词时已经五十二岁了，也说明从中午到傍晚一直在发愁，愁很深。一个"空"字，写尽自甘孤寂、低徊惆怅的心态。上片已经写尽了"伤流景"，下片就以情写景。词人在伤心无限之时，看到沙滩上、池塘边禽鸟成双成对地眠宿，闲情自在；花枝在月光下舞弄自己的倩影，招展自信。随着时间的推移,已到月亮上来了。按理可以赏月一番,但词人不以常人思路,而是写所见之景——禽鸟双眠、花月弄影,以美景反衬感伤之情。言外之意是:周围的景物都那么自在,而我却在愁闷不乐。从"并禽"反衬自己的孤单愁苦,也很含蓄。最后四句是说:重重帘幕,密密遮灯,风吹不停,人已安静,明日落花定然铺满园中小径。词人从屋外写到屋内,再到屋外,垂帘挑灯、风紧人静、落花满径,以凄寂之景,烘染出伤感之情。尤其末句"落红满径",既呼应"送春春去",又反映出"伤流景"更为强烈。结处吻合伤春意脉,余味无穷。

　　这首词在艺术上的可取之处在于含蓄工巧,善于垂炼字句,围绕一个"愁"字来营造意境。王国维《人间词话》就遣词造句评论说:"'红杏枝头春意闹',著一'闹'字而境界全出;'云破月来花弄影',著一'弄'字而境界全出矣。"这已是权威性的评语。其实,"闹、弄"这两个动词,其动意比较含糊,好在可增添丰富的意境。据记载,宋祁看见张先,称他为"云破月来花弄影郎中";张先则称宋祁为"红杏枝头春意闹尚书",两个人互相点赞,也很得意各自的句子。张先还有两处跟"影"字有关的句子,分别是《归朝欢》中的"娇柔懒起,帘压卷花影"和《剪牡丹》中的"柳径无人,堕絮飞无影",号称是"张三影",可见世人对张先的名句是交口称赞的。其实,他的词跟其他词人一样描写花香月色、幽径重帘之类的景象,只因"云破月来花弄影"一句奠定了此词的历史位置。

　　论曰:伤春惜别情,借景寄人生。弄影从花月,词工自有名。

柳永

　　柳永(约984-约1053),字耆卿,原名三变、字景庄,行七，人称"柳七"，今福建崇安人。屡试不第，景祐元年始中进士。官至屯田员外郎，世称"柳屯田"。落拓不羁，终身潦倒。精通音律，长于慢词，为北宋第一个专力写词的词人。其词风婉约，词作流传甚广。有《乐章集》。

望海潮·东南形胜

东南形胜，江吴都会，钱塘自古繁华。烟柳画桥，风帘翠幕，参差十万人家。云树绕堤沙，怒涛卷霜雪，天堑无涯。市列珠玑，户盈罗绮竞豪奢。　重湖叠巘清嘉，有三秋桂子，十里荷花。羌管弄晴，菱歌泛夜，嬉嬉钓叟莲娃。千骑拥高牙，乘醉听箫鼓，吟赏烟霞。异日图将好景，归去凤池夸。

中平平仄（句），平平中仄（句），中平中仄平平（韵）。平仄仄平（句），平平仄仄（句），中平中仄平平（韵）。中仄仄平平（韵），仄中中中仄（句），中仄平平（韵）。中仄平平（句），中中中仄仄平平（韵）。　中平中仄平平（韵），仄中平仄仄（句），中仄平平（韵）。平仄仄平（句），平平仄仄（句），中平中仄平平（韵）。中仄仄平平（韵），中中平中仄（句），中仄平平（韵）。中仄平平中仄（句），中仄仄平平（韵）。

《望海潮》为词牌名，是柳永所创的新声。双调一百零七字，前段十一句五平韵，后段十一句六平韵。经多方考证，此词是柳永通过歌女楚楚转赠给杭州知州孙沔的。实际上，这是一首干谒词，目的是请求对方为自己举荐。这首词写杭州的繁华、湖山的秀美和江海的壮丽，因为是献词，自然要对所谓太平盛世作夸张美化。陈振孙《直斋书录解题》评曰："承平气象，形容曲尽。"

此词开篇三句总括杭州全貌，即以鸟瞰式镜头摄下杭州全景。杭州处于汴京的东南方向，所以说"东南形胜"。"形胜"就是说山川壮美之意。而"江吴都会"泛指长江下游与三吴之地。

"江吴"有版本作"三吴","都会"即大城市。这里的"钱塘"是地名,在杭州市,代指杭州。开头就点出杭州的位置及大都市的繁华,尤其"形胜"两字铿锵有力。下面几句便从各个方面具体描写杭州之形胜与繁华:在杭州都会,有轻烟笼罩的柳树,有雕绘栏杆的拱桥,居民住宅饰有"风帘翠幕",而房屋高低错落更显壮观。这里居住人家多达十万,户口繁庶。接下来由市内写到郊外:远远望去,江堤上有一排排高入云中的树木,江面上有一阵阵怒涛翻滚的浪花,如同卷起白色的霜雪,气势恢宏。钱塘江犹如深沟天险,漫无际涯。一个"绕"字,写出江流迤逦曲折的态势。后二句又由郊外景象写到市内商品,只抓住"珠玑"和"罗绮"两个典型物件,便把市民的殷富反映出来。"珠玑、罗绮"是妇女的衣服或饰物,象征着富贵,说明居民生活富裕。"竞豪奢"三个字高度概括市列商品琳琅满目、商人们比夸争耀的现象,反映了杭州繁华都市穷奢极欲的一面。上片描写杭州总印象,下片重点写西湖,展现居民的宁静生活景象。开头三句是说:西湖是形胜中的形胜,大小湖面相连,周围山峦叠嶂、山美水美,还有九月桂花飘香、十里荷花盛况。这三句之中的"清嘉"二字,既有对湖山之美的赞许,又引出桂子、荷花之典型景物,高度概括环境的优美。尤其是"三秋桂子,十里荷花"这样非常工整的联句,写得高度凝炼,美感十足。再是"羌管弄晴,菱歌泛夜",对仗也很工稳,歌声悠扬,十里堪闻。"弄晴""泛夜"意为不管是白天还是夜晚,不时传来优美的笛曲和采菱的歌声。中间一"泛"字,既指湖中泛船,又引出"嬉嬉钓叟莲娃",或说是:渔翁吹羌笛,采莲姑娘唱菱歌。"嬉嬉"二字极为生动地表现出他们欢乐的神态,活灵活现。这还不止,成千的骑士簇拥着高擎的牙旗缓缓而来,乘着醉意的人们也出来游赏,吹奏箫鼓,达官贵人游乐堪兴,欢歌笑语,一派胜景,犹如仙境。这里的"牙旗"就是旗杆上饰有象牙的旗帜,"箫鼓"泛指奏乐,"烟霞"指山水胜景。词人用以上三个景象的描绘,突显西湖一带的煊赫声势。词尾二句归结：任满归朝之日，将"好景"绘成图册，献上朝廷，夸示于同僚。"凤池"即凤凰池，指朝廷最高行政机关中书省。

柳永把词从小庭深院、绿窗朱户引向街坊都市，走向社会，是题材上的开拓，具有里程碑的意义。这首词写的是杭州的富庶与美丽，通篇用赋体作法，铺写有序，对偶排比，音韵和谐，堪称一篇词体的杭城赋。该词匠心构思，结构合理，上片总写杭州，有统有分，城内城外交错，纷呈而出；下片特写西湖，以点带面，层次分明，语言工稳，有声有色，虚实结合，形容得当。收束句看似祝愿，实则高度肯定政绩。作为献词求荐，各方面拿捏十分得体，客观上也让读者认识到当时城市的风貌，具有历史价值。而夸张之辞，正体现出柳永的豪放词风。

论曰：此曲长词调，推陈生面新。匠心思构法，铺锦说朝臣。

蝶恋花·伫倚危楼风细细

伫倚危楼风细细，望极春愁，黯黯生天际。草色烟光残照里，无言谁会凭阑意？　拟把疏狂图一醉，对酒当歌，强乐还无味。衣带渐宽终不悔，为伊消得人憔悴。

中仄中平平仄仄（韵），中仄平平（句），中仄平平仄（韵）。中仄中平平仄仄（韵），中平中仄平平仄（韵）。　中仄中平平仄仄（韵），中仄平平（句），中仄平平仄（韵）。中仄中平平仄仄（韵），中平中仄平平仄（韵）。

《蝶恋花》原为唐教坊曲，后为词牌名。本名《鹊踏枝》，是晏殊词改今名。双调六十字，前后段各五句、四仄韵。

这是一首怀人词。当时柳永漂泊异乡，因怀念意中人而作。此词上片写远望所见所感。开篇三句登楼生愁：久站高楼，极目远眺，风儿细细吹拂，烦恼的春愁仿佛从天涯阴暗处袭来。这里以叙事的方式，便把主人公的愁思形象地刻画出来。"风细细"，看似带写一笔，实为以乐景写哀之法——本来应该是春风得意，却是生愁无限。那么，为何"望"，又缘何"愁"？此处含而不吐。其后二句从"生天际"引出，原来是天际的"草色"触动了他的愁怀，暗含着"春草年年绿，王孙归不归"之意。这里的"残照"好像是为"春愁"蒙上一层感伤的色彩，添加了愁苦的浓度。柳永借用春草，表示自己已经倦游思归，也表示自己怀念亲爱的人，所以下面埋怨无人理解"凭阑意"。下片就顺着"意"字生发，倾吐心声。开头三句是说：打算把酒浇愁，用狂放的心态图一回醉去，抒发"对酒当歌，人生几何"之喟叹；然而还是不可解愁，勉强图个乐趣反觉无味。说明此愁非一般的愁。最后两句"衣带渐宽终不悔，为伊消得人憔悴"，谜底终于解开了：为了她，我日渐消瘦，连衣带都松了；但不后悔，我会不惜自己的容颜憔悴。这种执着的感情，确实让歌女们感动。正因如此，柳永的词广泛传唱于歌女之口。传说柳永死后，还是许多歌女凑钱把他埋葬的，每逢清明时节，这些人会去墓地吊祭柳永，所以有小说《众名妓春风吊柳七》。

　　这首词妙在含蓄，说"春愁"却含而不露，迟迟不肯说破，不时调转笔墨，千回百折，直到结尾，卒章显志。词尾两句，王国维《人间词话》引此作为治学进取之第二种境界，是饶有意趣的，词尾确实体现一种执着的心境，艺术感染力很强。联系他的身世，他常常失意潦倒，对歌女的不幸感同身受，不免产生"同是天涯沦落人"之感，同情她们是无可非议的。但柳永的词主要是为妓女生活而歌唱的，此类作品不免有些纵情声色的腐朽性，宋仁宗都看不惯说："此人风前月下，好去浅斟低唱"。我们学习他的词作要区别对待。

　　论曰：残照衬春愁，凭阑伫倚楼。浑然闺妇画，曲笔写风流。

雨霖铃·寒蝉凄切

寒蝉凄切，对长亭晚，骤雨初歇。都门帐饮无绪，（方）留恋处、兰舟催发。执手相看泪眼，竟无语凝噎。念去去，千里烟波，暮霭沉沉楚天阔。　　多情自古伤离别，更那堪，冷落清秋节！今宵酒醒何处？杨柳岸，晓风残月。此去经年，应是良辰好景虚设。便纵有千种风情，更与何人说？

平平中仄（韵），仄平平仄（句），仄仄平仄（韵）。平平中中中仄（句），（平）平仄仄（读）、平平平仄（韵）。仄仄平平中仄（句），仄平中平仄（韵）。仄仄中（读）、平仄平平（句），仄仄平平仄平仄（韵）。　　中平仄仄平平仄（韵），仄平平（读）、仄仄平平仄（韵）。中平仄中中仄（句），中仄仄（读）、仄平平仄（韵）。仄仄平平（句），平仄平平仄中平仄（韵）。仄仄仄中仄平平（句），仄仄平平仄（韵）。

《雨霖铃》原是唐教坊大曲，后为词牌名，也写作《雨淋铃》。双调一百零三字，前段十一句五仄韵，后段十句五仄韵。相传唐玄宗逃往四川，沿路伤悼杨贵妃，在雨中听到铃声，内心感到十分凄凉，故作此曲。

此篇是一首赠别词。上片描写分别时的依恋。首句点明时节，此时正是秋蝉凄鸣，渲染悲秋气氛。后面几句借悲秋写伤别：傍晚的时候，雨刚停下来，在都门外的长亭，临时搭个帐篷，摆上送别的酒，可一点喝酒的兴趣都没有，而这时"兰舟催发"。"长亭"，古时驿路边建有亭子，十里一长亭，五里一短亭，作为送别的地方。"都门"指首都汴京的城门。"留恋处"一作"方留恋处"。其中，"处"指时间，此时的意思。"兰舟"，对船的美称，古代用木兰木制成的小舟。这几句用"寒蝉""长亭""骤雨"分别交代时间、地点、环境。"无绪""留恋"已经表现出伤离的情绪，也为下面做铺垫。一个"催"字，写出无奈之举。紧接着两句迸发伤感来：两人执手相看告别，满眼是泪，竟然说不出话来。真有"系我一生心，负你千行泪"的悲壮！寥寥两句，字字力敌千钧！后来传奇戏曲中常有"流泪眼看流泪眼，断肠人对断肠人"的唱词，但不如这里凝炼有力——这里把痛苦的形象更好地表现了出来。片尾说：想念你一程又一程地往前走，千里迢迢，一片烟波；在暮霭笼罩下，楚天更是一派阴阴沉沉，一望无际。"楚天"泛指南方的天空。这里连用"烟波""暮霭"两词，加重了暗淡的离愁。下片着重写别后的凄冷情状。作为多情的词人，分别后自然有许多挂念。过片三句直发议论，点明伤别主题，而且是从个别说到一般，得出一条人生哲理："多情自古伤离别，更那堪，冷落清秋节！"不是我特有的伤离惜别，自古都一样悲秋伤别。如宋玉的《九辩》——"悲哉，秋之为气也……憭栗兮若在远行"，江淹的《别赋》——"黯然销魂者，惟别而已矣……行子断肠，百感凄恻"。"自古"强调了古今的普遍性。"清秋节"与片首相呼应，极言冷落凄凉的秋季。"更那堪"作为读句，更加重了感情色彩。"今宵"三句蝉联上句"清秋节"而来，是千古传诵的名句。据俞文豹《吹剑录》云，东坡在玉堂日，有幕士善歌，因问："我词何如柳七？"对曰："柳郎中词，只合十七八女郎，执红牙板，歌'杨柳岸晓风残月'。学士词，须关西大汉，执绰铁板，唱'大江东去'。"这个故事后来被广泛传诵。多情自然多念，想象今宵酒醒后你会在何处？应该是舟靠堤岸，风冷月残，杨柳依依。这里的画面还是秋光寥落，风景凄凉，与上句共同渲染出黯然神伤的情状。这一切都是离愁的梦幻，提炼在意境之中。接着更是痴情语出：在别去的漫长岁月里，即使有良辰美景，由于你不在，也形同虚设，没有意义。最后进一步表白心声：纵然有千种风情，又能向谁去倾吐呢？结处像水银泻地似的挥洒而去，益见钟情之殷、离愁之深。尤其以问句作结，更留有余味，耐人寻味。

　　柳永长于慢词，运用长调体制，更好地扩容叙事，尽情抒写，恣意渲染。正因如此，此词章法不拘一格，变化多端，起伏跌宕。冯煦《六十一家词选例言》论柳永词时说："曲处能直，密处能疏，鼻处能平，状难状之景，达难达之情，而出之以自然。"像"今宵"三句，寄情于景，婉曲之笔；然其前后诸句，却似直抒胸臆，而且在抒情上至为缜密，互相关联照应。此词的艺术成就还可以概括为五个方面：一是虚实相生。上片写临别时身之所历、眼之所见，属于实；下片写分别后，是想象之景、意中景，属于虚。上下片由实转虚，突破时空限制，扩容感情抒发。比如"杨柳岸、晓风残月"是想象出来的景，可以说是设想安排的，但情却是真实的，虚景实情，以情写景。还有虚景虚情，比如"良辰好景"是虚景，"千种风情"是虚情，用虚景虚情收束全篇，这叫艺术联想。二是物我一境。也就是把离别的人物（主体）与环境（客体）融合在一起。全词统一安排在"清秋节"里抒写离愁之情，用传统的悲秋来写伤别，意象与情绪高度融合，共铸感人的艺术形象。三是情景交融。无论是虚景还是实景，都统一在伤情的前提下抒写，写景抒情，达到了情景交融的化境。如"更那堪、冷落清秋节"一句就是情与景融为一体的结果。四是正反烘衬，渲染气氛，艺术效果非常出色。如起头三句，用寒秋、黄昏、急雨共同烘托"都门帐饮无绪"的伤感悲凉气氛；反过来骤雨初歇，本来天色放晴，而离人满面愁容，甚至于雨停而泪不停，从反面陪衬离人之情。五是声文并茂。词人用此调来写自己的悲情非常吻合，通过吟诵可以领略到低徊悲怆、凄楚欲绝的情味。词中用悲悲切切的词句，仿佛是在断断续续地哭诉。词中多次用读句，押入声字，没有押韵的也用入声字收句，这样更能产生短促、急迫的情绪发泄，仿佛是在哽咽抽泣，也如同骤雨闻铃般的断肠声。像"念去去"连用仄声字，迸发出一种强烈的情绪。这也是此词具有巨大艺术感染力的一个重要因素。总之，这首词是写景、叙述、想象、议论相结合的艺术精品，对后世影响很大，是传诵千古的名作。

论曰：自古伤离别，此词新面生。清秋愁好寄，意象合人情。

苏轼

苏轼（1037-1101），字子瞻，号东坡居士，世称"苏东坡"，今四川眉山人。仁宗嘉祐二年进士，历任密州、徐州、湖州、杭州、颍州等地知州，做过翰林学士、礼部尚书等，多次被贬。具有多种艺术才能，对文学革新作出杰出贡献，为"唐宋八大家"之一。有《东坡全集》。

饮湖上初晴后雨二首

其一

朝曦迎客艳重冈，晚雨留人入醉乡。
此意自佳君不会，一杯当属水仙王。

其二

水光潋滟晴方好，山色空濛雨亦奇。
欲把西湖比西子，淡妆浓抹总相宜。

这组诗是苏轼任杭州通判时写下的联章，描绘杭州西湖风景。西湖风光秀丽，历代名家的题咏极多。他本人也写过许多有关西湖的诗，以这组诗最为人们所传诵。宋神宗熙宁六年正月，杭州的地方官陈襄邀请病后的苏轼去城外寻春，苏轼请求陈襄带酒饮于西湖之上。是日，天气开始很晴朗，后来忽然下起了雨，于是苏就写下这两首《饮湖上初晴后雨》。

第一首以叙事开始，指出：清晨的朝霞把周围的山峦妆扮得十分艳丽来迎接游客，到了傍晚下起了雨，正好留住了醉酒的游客，安静地听雨进入梦乡。前两句交代了春游的情况，早晨天晴迎客，晚上下雨留人，本来很正常的事，但一个"艳"字、一个

314

"醉"字，已经暗示着早晚各有佳境。唐代张旭《山行留客》诗云："山光物态弄春晖，莫为轻阴便拟归。纵使晴明无雨色，入云深处亦沾衣。"这里的劝说与苏轼说的朝晴迎客和晚雨留客一样有佳意。所以，接着两句就说：这其中的佳意没有人能体会到，倒是在西湖边上庙里的水仙王，能够领会这富有变化的风光。也就是说，水仙王长年累月都待在这里，应该能清清楚楚地明白此意，可以去请教这位龙君，敬他守护西湖一杯。"水仙王"指宋代西湖旁有水仙王庙，祭祀钱塘龙君，故称钱塘龙君为水仙王。结句含而不吐，耐人寻味。

第二首进一步描绘西湖景色。前两句接着第一首的"晴"与"雨"来说事，晴好在于"水光潋滟"，雨奇在于"山色空濛"。诗人只用"水光、山色"来概括多景，只用"潋滟、空濛"来概括多姿，只说"方好、亦奇"来概括多变，高度概括了西湖的特色，不但紧扣诗题，也道出了山水之美。这里仅两个虚字"方、亦"，就共同显示出佳意，写出不同景色的美。接下来围绕"佳意"自然引出后两句"欲把西湖比西子，淡妆浓抹总相宜"。这里用西子（西施）比西湖，用西施的美比西湖的美，这个比喻非常新奇、贴切。新奇就在于以人比物，与习惯以物比人之不同。苏轼善用比喻的修辞手法，往往给人出新的感觉。又如《宿望湖楼再和》"新月如佳人，出海初弄色"、《和何长官六言次韵》"青山自是绝色，无人谁与为容"，均是以美人来比喻美景。这种新奇的比喻，还可以赋予景物丰富的润姿和动态美感。古人说过："眉若春山，眼如秋水。""水是眼波横，山是眉峰聚。"诗人用绝代佳人西施比天下胜景西湖，从中可以感受到西湖的水如西施的眼睛、西湖的山如西施的眉毛。传说西施因愁而皱眉，也楚楚动人，如同阴天里的西湖一样迷人。这就把静态的美化为动态的美，岂不生动可感吗？再用"浓抹"比"潋滟"，用"淡妆"比"空濛"，最后达到完美的体现，所以归结为"总相宜"。也就是说"晴方好""雨亦奇"，不管什么气象都是好的意思。结句像议论，但又不是抽象说理。正如清代沈德潜所说的"议论须带情韵以行"，就是要议论和情韵相一致。南宋诗人武衍说过："除却淡妆浓抹句，更将何语比西湖？"可谓前无古人，后无来者。一次偶然的寻春，却创作出千古绝唱的精品，也只有大手苏轼才能如此。

论曰：西湖歌不尽，苏轼独情怀。一语新奇趣，千秋说喻佳。

题西林壁

横看成岭侧成峰，远近高低各不同。
不识庐山真面目，只缘身在此山中。

苏轼于神宗元丰七年由黄州赴汝州经过九江时，与友人同游庐山，于是写下这首庐山记游诗。"题"即书写、题写。"西林"是西林寺，又称乾明寺，位于江西庐山七岭之西。

这是一首写景诗，又是一首哲理诗。诗的开头两句总写庐山"远近高低"的不同形态：去过庐山的人就知道，横看绵延逶迤，连环不绝，群山成岭；侧看则山峦起伏，丘壑交错，奇峰突起。再从远处和近处看庐山，因不同的方位所看到的山色和气势又不相同。这是从四个角度看出庐山的远景、近景、高峰、低谷各个方位的不同山色，表现出庐山变化多姿的面貌。按理说接下来要表达赏心悦目、流连忘返之类的感情，然诗人却是笔锋一转，从移步换形中感悟出一个富有哲理的意味：之所以从不同的方位看庐山，自然会有不同的景象，原来是因为"身在此山中"，只能见其一隅，还不能看到整体的"真面目"。如果再走走看看，很有可能看到更多的风景。如果是跳出庐山的遮蔽，从俯瞰的角度，就有可能看出全貌。结尾两句哲理意味浓厚，也耐人寻味。

此诗通过游庐山的经历，写景寓理，借助庐山的风景，用通俗的语言谈出自己独特的感受，并赋予哲理上的思考，给人以启发：一个人的立脚点和着眼点都有限，还必须从多方面去认识和把握事物的本质及全貌。这是此诗的价值所在，也是成功所在。近代陈衍《宋诗精华录》卷二说："此诗有新思想，似未经人道过。"从中可以看出诗人的睿智卓识。需要提出的是，诗人是以看山作为比喻来悟出这个道理的，这是对比喻手法的创造性运用——在朴素无华的语言中，把引人入胜的景色、耐人寻味的诗意以及发人深醒的哲理融合在一起，这就是宋诗的"理趣"特色。

论曰：题吟哲理诗，此绝可为师。写景关心质，成功有寄思。

六月二十日夜渡海

参横斗转欲三更，苦雨终风也解晴。
云散月明谁点缀？天容海色本澄清。
空余鲁叟乘桴意，粗识轩辕奏乐声。
九死南荒吾不恨，兹游奇绝冠平生。

宋元祐八年，哲宗亲政，恢复新党，蔡京、章惇等用事。绍圣元年，苏轼先被贬知英州，未至贬所，八月再贬惠州。绍圣四年，61岁的苏轼又被远放儋州（今海南）。直至元符三年徽宗即位后遇赦，离开海南岛北还时作此诗。史上被贬到海南的官员，是极其少有的。

纪昀评论此诗时说："前半纯是比体。如此措辞，自无痕迹。"前半首写景，在景色中有隐喻之味。首联分别描绘天地之景：从参星和北斗星的位置移动看，大概是三更时分了；久雨和狂风也解人意，终于歇了下来。"参、斗"分别指参星与北斗星。"苦雨"是久下成灾的雨。"终风"，《诗经·邶风·终风》中以终风喻卫庄公之狂荡暴戾，这里取狂风、暴风之意。两句写景，更是写人。从"三更"来看，诗人是夜间渡海的，表现一种兴奋之情。再从"解晴"来看，既表示从黑夜见到黎明之景，又表达心情开朗之意。这句诗调子明朗，可见当时诗人的心境：看似眼前所见之景，实则暗喻政治风暴和长期遭贬已经过去了，象征着自己心地光明纯洁。颔联就上句"晴"字作进一步抒写。意思是说：现在云开雾散，月光明亮，海天一片澄清。"点缀"意为污染。《世说新语·言语》载：晋人谢重侍会稽王司马道子夜望。月夜明净，道子叹为佳景。谢说："不如微云点缀。"诗人反用谢语，说他自己心地不干净，还想将天空也弄得污秽吗？很明显，这里的比喻之意大于抒写景色，意为：无论政敌怎样毁谤诬蔑，都是白费心机的。"谁点缀"化用典故贴切，意味深长。仅就这一点说，已经是很有艺术魅力的好诗了。后半首言谪居之苦已抵不过现在的喜悦之情。颈联转入写回顾被贬感受。"鲁叟"指孔子。"乘桴意"指孔子说过的话："道不行，乘桴浮于海。"（《论语·公冶长》）孔子的意思是说：在内地行道不行，想乘桴到海外去行道，但没去成。诗人借此句意，是说：我倒是坐上木筏子去海南，但没能实现孔子的愿望，还是不能"行道"。诗人作为被流放之人，不可能谈得上行道，所以发出"空余"的感叹。这里实际上比喻他所提出过改革弊政的方案，因屡受打击遭贬，没办法取得成功。这句诗以流放海南为实际情况，巧妙化用众所周知的典故，概括了改革而曲折的事，用典贴切无痕。"轩辕"即黄帝。黄帝奏乐，见《庄子·天运》——北门成向黄帝问道："您在洞庭之野演奏《咸池》乐曲，我初听时感到敬畏，再听时感到松弛，至最后听之，却陷入迷惑，胸怀空荡，惘然忘我。"黄帝对这几种情况作了解释，借音乐说了一番老庄玄理。诗人借此是说：他渡海听到狂风大浪的声音，联想到黄帝奏乐之道，对过去种种遭遇也如同北门成听乐曲一样的感受。"粗识"就是熟识之意。这是诙谐说法，意为对以上种种的悟道曾亲身经历过、领教过。这两句还是紧扣"渡海"题旨，用典都与"海"的情境很合拍。尾联推开一步，收束全诗。意思是说：在几次流放的生涯中，此次被贬海南几乎送命，但我不悔恨在心，这番游历是自己一生中最值得纪念的"奇绝"之经历。"兹游"不仅指这次渡海，还包含以前的流放生涯。对九死一生说不悔恨，并且把流放说游历，这是多么达观之怀、豪迈之情！但"奇绝"一词多少透露出幽默、调侃之意，从中品出其中的韵味。

此诗回顾流放的经历，紧扣夜里渡海的题旨，写景抒情，一种兴奋之情跃然于前。又借景喻意，擅长化典和比喻，使写景、抒情、议论水乳交融，韵味深远，堪称"奇绝"之作，也是苏东坡七律诗压卷之作。作为律诗，首联不用对仗，但句中自对很精彩——"斗转"对"参横"和"终风"对"苦雨"；颔联要求对仗，不但工稳，也还用句中自对——"月明"对"云散"和"海色"对"天容"。且词汇富博，造句力求灵动洗练，这是苏轼诗的语言特点。

论曰：久雨狂风歇，晨曦自见明。高情高气格，境界冠平生。

江城子·乙卯正月二十日夜记梦

十年生死两茫茫。不思量，自难忘。千里孤坟，无处话凄凉。纵使相逢应不识，尘满面，鬓如霜。　夜来幽梦忽还乡。小轩窗，正梳妆。相顾无言，惟有泪千行。料得年年肠断处，明月夜，短松冈。

中平中仄仄平平（韵）。仄平平（韵），仄平平（韵）。中仄中平（读），中仄仄平平（韵）。中仄中平平仄仄（句），平中仄（句），仄平平（韵）。　中平中仄仄平平（韵）。仄平平（韵），仄平平（韵）。中仄中平（读），中仄仄平平（韵）。中仄中平平仄仄（句），平中仄（句），仄平平（韵）。

《江城子》为词牌名，又名"村意远""江神子""水晶帘"。双调七十字，前后段各七句、五平韵。

题中"乙卯"是北宋熙宁八年。这首悼亡词，是苏轼在密州（今山东诸城）做知州时所作。在诗史上，从西晋潘岳以来，只有悼亡诗。苏轼破天荒地写了悼亡词，是写自己对妻子的怀念，充满着深情剧痛。开头三句非常突兀，感情排空而下，直语感人。"十年"是指苏东坡十九岁时与十六岁的王弗结婚，不幸王弗二十七岁就去世了，至作词时整十年。这对苏东坡的打击很大，其心中的沉痛、精神上的痛苦是不言而喻的，所以说"生死两茫茫"。恩爱夫妻，撒手永诀，时间倏忽，转瞬十年，"不思量"能行吗？所以"自难忘"是人之常情，尤其对恩爱夫妻来说更是情切。这两句并举，看似矛盾的心态，实则更加表达出自己的剧痛之情。这一正一反，正体现了词的张力，能更好地扩张情感，表达一种无法阻挡的情感发泄之势。但是，"千里孤坟，无处话凄凉"这两句进一步诉说自己的思念。"千里"指自己所在密州与王弗葬地四川眉山之间相隔千里之遥的意思。这是情语也痴语，读之格外感人，也令人心弦震颤。苏轼在《亡妻王氏墓志铭》里说："治平二年五月丁亥，赵郡苏轼之妻王氏，卒于京师。六月甲午，殡于京城之西。其明年六月壬午，葬于眉之东北彭山县安镇乡可龙里先君、先夫人墓之西北八步。"在平静语气下，包含着绝大沉痛之情。可见，词人想抹杀生死界线的痴语，更体现出他心头的痛切。正由于情切，词人进一步设想妻子还活着，重逢相见。东坡任密州知州，年已四十了，仿佛告诉妻子别后十年的变化，现在已是容颜苍老，不一定能认出来了。这三句把现实与梦幻混同起来，写得如梦如幻、似真非真，也是感于身世的一种流露。下片开头五句才开始"记梦"。词人从沉痛的心情中平静下来，以记叙方式，说自己在梦中忽然回到了故乡，看见妻子正在小室窗前梳妆，是那样的亲切和熟悉。接下来理应是亲切交谈之类情景的描绘，但却转写"相顾无言，惟有泪千行"！正所谓"无言"，方显绝大沉痛。"此时无声胜有声"，意全在于此。词的结尾三句，设想亡妻在九泉下怀念亲人的痛苦，所以说"料得"。即料想长眠地下的妻子，在年年伤逝的日子里，也因眷恋人世、难舍亲人而柔肠寸断。词人推己及人，并着意安排在凄冷幽独的"明月夜"里,可谓用心良苦,反过来加强了词人对亡妻怀念感情的浓度。杜甫在《月夜》里,不说自己如何思念,反说对方如何思念,使得诗味更浓厚、更蕴蓄,表现手法相似。"短松冈"指妻子的坟地,因是长着小松树的山冈,故称之。这里化用唐代孟棨《本事诗·徵异》载张姓妻孔氏赠夫诗:"欲知肠断处,明月照孤坟。"

此词题为记梦,实际上不全记述梦里的情景。全词依梦前、梦中、梦后的情节安排,并运用逐渐递进、分合交错、相互思念、虚实结合、亦幻亦真等多种艺术表现方法,来表达怀念亡妻的哀思。正如白居易《长恨歌》所云:"天长地久有时尽,此恨绵绵无绝期。"字里行间充满痴情苦心之情调,使人读后无不为之动情而感叹哀惋。在悼念中又融合自己的坎坷失意的身世之感,无处诉说的心声只好找知心爱人去倾诉,使词味丰厚,让人动容。陈师道说这首词"有声当彻天,有泪当彻泉"。王方俊《唐宋词赏析》评曰:"此词通篇采用白描手法,娓娓诉说自己的心情和梦境,抒发自己对亡妻的深情。情真意切,全不见雕琢痕迹;语言朴素,寓意却十分深刻。"前人还说苏轼"以文为诗"又"以诗为词",在打破诗和词的界限、提高词的地位、扩大词的题材等方面进行革新和实践,作出了积极的贡献。正因为如此,这首词被古今词家誉为"千古第一悼亡词"。

论曰:两处生离别,流年岁月愁。梦中连梦后,情切怨难酬。

水调歌头·明月几时有

丙辰中秋,欢饮达旦,大醉,作此篇,兼怀子由。

明月几时有?把酒问青天。不知天上宫阙,今夕是何年。我欲乘风归去,又恐琼楼玉宇,高处不胜寒。起舞弄清影,何似在人间。　转朱阁,低绮户,照无眠。不应有恨，何事长向别时圆？人有悲欢离合，月有阴晴圆缺，此事古难全。但愿人长久，千里共婵娟。

中中中中仄（句），中仄仄平平（韵）。中平平仄中中（句），平仄仄平平（韵）。中仄中平中仄（句），中仄中平中仄（句），中仄仄平平（韵）。中中中平仄（句），中仄仄平平（韵）。　中中中（句），中中仄（句），仄中平（韵）。中平中仄（句），中仄中仄仄平平（韵）。中仄中平中仄（句），中仄中平中仄（句），中仄仄平平（韵）。中仄中平仄（句），中仄仄平平（韵）。

《水调歌头》为词牌名，又名"元会曲""台城游""凯歌""花犯念奴"等。双调九十五字，前段九句四平韵，后段十句四平韵。相传隋炀帝开汴河自制《水调歌》，唐人演为大曲。"歌头"就是大曲中的开头部分。

苏轼因与王安石政见不合而失意，离开朝廷，与苏辙分手，来到山城密州，已经有五年了。在神宗熙宁九年的中秋夜里，通宵畅饮，大醉而归，写下了这首怀念亲人和朋友的词，也兼怀弟弟苏辙，于是借着问天、问月来排遣心中的苦闷。

词一开头，突然发问，一下子就把读者带进异常开阔的境界：明月从什么时候才开始出现的？我端起酒杯问一下青天。凡是浪漫主义诗人都有其丰富的想象力，往往以探索的态度，向自然、宇宙寻找人生苦闷的答案。屈原《天问》："日月安属？列星安陈？"李白《把酒问月》："青天有月来几时？我今停杯一问之。"苏轼开头两句就直接从李白诗脱化而来，共同之处是以月亮发端，给予无限的遐想，由人间寻问到天上。唐人称李白是"谪仙"，宋人称苏轼是"坡仙"，他们如仙人一样飘逸豪放、自由放纵、无拘无束，所以才有这样的发问。紧接着再问：我问一下天上宫阙，知不知道今夕是何年？这一问，表现出欲罢不能的一种寻根究底的神态——问月、问天、问宫阙、问上帝，一连串问下去，但还是没人出来回答。所以就突发奇想，把自己当作仙人：我想乘风归去看看——是仙人当然可以乘风了，可是又担心打扰了"琼楼玉宇"，也担心那里寒气袭人，经受不住。《天宝遗事》记载：唐明皇游月宫，看见匾额上题名"广寒清虚之府"，是说天上月亮里面有广寒宫。所以说"高处不胜寒"，就这样产生了犹豫，不想去了。下面两句就说：不必看那嫦娥长空舒袖起舞，自己现在就对着月光，也照在身上跳起舞来，岂不胜过天上的凄凉吗？一个"弄"字，写出嬉乐的情态。一个"何"字，写出自我安慰的心态，强调"何如"之意。也就是"不如"之意。所以"何似在人间"意为不如在人间，天上仙女们的起舞不如我自己舞来得自在。不难看出，苏轼作此词暗含着对时局和身世的感喟。他是因反对王安石新法而自请外任密州的，时常还对朝廷关注，又期望重返汴京，故时逢中秋，一饮而醉，意兴在问月中饶有趣味。下片就自然转入写人间，但仍然紧扣月亮来写。过片三短句就说：月亮转过了朱红的楼阁，向西坠落，低下去与楼阁的雕花窗户相平。月光就由窗户照入楼阁中，也照着彻夜不眠的人。一个"转"字，写出时光的流逝。一个"低"字，写出月亮西沉的情景。那么，为什么无眠呢？因为心里有事，就是伤离惜别。序言中一个"兼"字，就表明写此篇的含义，指兼叙怀人的哀愁。这里通过虚写的方式引出天上月圆而人间未团圆的发问：月亮啊，你不会有恨吧？老是在人间没有团圆时，你却在月圆。这里化用石曼卿的诗句"月如无恨月长圆"，后来辛弃疾也说"十分好月，不照人圆"。这是推究物理人情寻求解答，所以下面自作解释，也在自我安慰：事物总是没有十全十美的，人间有悲欢离合，月亮也有阴晴圆缺，从古至今都如此。既然这样，人生的缺陷和遗憾总是难免的，词的声调显得低沉，笔势显得压抑。然而，最后却是陡然提起："但愿人长久，千里共婵娟。""人长久"指健康长寿幸福。这两句是说：各自争取美好圆满的生活，虽然分处两地，但是可以共享这圆满明亮的月光。一句良好的祝愿，把上面复杂而苦闷的心情一笔勾销，体现出苏轼乐观开朗的态度。

郑文焯《手批东坡乐府》评曰："从太白仙心脱化，顿成奇逸之笔。"所以，有人说酷似太白《把酒问月》诗。其实，这是"青出于蓝而胜于蓝"：太白诗所表现出来的是奇思异想，主要在构造神奇瑰丽的境界；而东坡所表现出来的是奇崛异常，主要在寄托人间情感的意境。正由于东坡多处化用前人描写月亮的诗句，使得全词意境丰富多彩，意味深厚。更可贵的是推陈出新，从探究大自然中悟出人生哲理，诸如"人有悲欢离合，月有阴晴圆缺""但愿人长久，千里共婵娟"所蕴含的人间情感，这正是前人诗句所不足的地方。在词的结构上，上片纵写，境界开阔，天地奇观，一问再问，一波三折，直落人间；下片则是横叙，演绎宇宙，阐释人事，人月双顾，错落有致。全词以咏月为中心，句句不离月，又句句借月抒怀，而且环环相扣、虚实交错、亦真亦幻，具有很高的审美价值。所以，不管是从思想层面上还是从艺术层面上看，它构思奇拔，蹊径独辟，逸怀浩气，极富浪漫主义色彩，是历来公认的中秋词中的绝唱。正如南宋胡仔《苕溪渔隐丛话后集》所云："中秋词，自东坡《水调歌头》一出，余词尽废。"

论曰：歌头发问奇，想象月真知。望眼阴晴变，愁心圆缺随。徘徊弄清影，上下叙情词。堪悟人生理，中秋写尽思。

念奴娇·赤壁怀古

大江东去，浪淘尽，千古风流人物。故垒西边，人道是，三国周郎赤壁。乱石穿空，惊涛拍岸，卷起千堆雪。江山如画，一时多少豪杰！　　遥想公瑾当年，小乔初嫁了，雄姿英发。羽扇纶巾，谈笑间，樯橹灰飞烟灭。故国神游，多情应笑我，早生华发。人生如梦，一樽还酹江月。

仄平平仄（句），仄平仄（读），平仄平平平仄（韵）。仄仄平平（句），平仄仄（读），平仄平平仄仄（韵）。仄仄平平（句），平平仄仄（句），仄仄平平仄（韵）。平平仄仄（句），仄平平仄平仄（韵）。　　平仄平仄平平（句），仄平平仄仄（句），平平平仄（韵）。仄仄平平（句），平仄仄（读），平仄平平平仄（韵）。仄仄平平（句），平平仄仄仄（句），仄平平平（韵）。平平仄仄（句），仄平平仄平仄（韵）。

《念奴娇》为词牌名，又名"百字令""酹江月"等。双调一百字，前段九句四仄韵，后段十句四仄韵。"赤壁"，此指黄州赤壁，一名"赤鼻矶"，在今湖北黄冈城西。而三国古战场的赤壁，在今湖北赤壁市蒲圻县西北的赤壁山。三国时，吴国周瑜曾统帅孙、刘联军在赤壁大败曹操。

苏轼因"乌台诗案"被贬黄州，在黄州城东一个叫东坡的地方垦荒耕种，自号"东坡居士"。此词是来黄州两多年后写的。他给友人的信中说："西事得其详乎？虽废弃，未忘为国家虑也。"说明时刻关心着宋王朝与西夏的战争。借赤壁之战作怀古抒情，正是这方面思想的体现。

开头一句，音节高吭，景象开阔，引人入胜，给人一种气势磅礴的力量。与李白的"黄河之水天上来，奔流到海不复回"有异曲同工之处，但更简洁有力。这里似有登高远望、举首高歌之态，把入目所见的滚滚奔流的长江写下，无须任何修饰语，仅四个字就描绘出宏伟壮阔的长江景象。紧接着两句把"东去"（指空间）和"千古"（指时代）联想交织在一起，中间用"浪淘尽"连接起来，言外之意是说：人物、时代已经随长江东去消失，但人物的功业、精神还在，而且是千古流传。所以，这个"尽"不是所有都淘尽的意思，不然下面就没话说了。"风流人物"不单指英雄人物，这里还包括才能出众、品格超群的人物。有人把英雄气概、儒士风度、儿女情怀三位一体叫作风流人物，实际上就是社会公认的杰出名士。下面讲到的周郎就是这样的人物。其实，苏轼自己也认为是风流人物，元好问曾说苏轼悉以周郎自况。

　　以上三句从大处写起，下面由大到小，由一般到具体。接下来三句切入怀古主题，引出最典型的风流人物"三国周郎"。"故垒"是用来陪衬"赤壁"的，是说赤壁处有旧时的营垒，指代战事。因赤壁这个地方历来有争议，所以用"人道是"，即传说是。这里把时代、地点、人物一一点出。接下来再用三句词来渲染，写出惊心动魄的壮观景象，有声有色，气势飞动，雄伟奇险，仿佛再见那场激烈紧张的赤壁之战的场面和气象，极具概括力和想象力，"穿空、拍岸、卷起"用词也极具冲击力。把周郎放在这样的典型环境里，才能称得上风流人物了。片尾用"江山如画"一句来加以总结，并把江山与豪杰相联系，引出"一时多少豪杰"这一句收束上片，也照应"三国周郎赤壁"。苏轼妙笔生花，如游龙左顾右盼，摇动其身，环绕着一颗宝珠盘旋——这个宝珠就是周瑜。下片就侧重围绕周瑜来写，抒发自己的情感。过片五句全写周瑜。"公瑾"即周瑾，字公瑾。"当年"就是丁年、壮年，正当年。"小乔"是周瑜的妻子。《三国志·周瑜传》载，孙策攻取荆州时，得乔公两女，皆国色也，策自纳大乔，瑜纳小乔。用"小乔初嫁"反衬周瑜青春少年，显示出儿女情怀。刚结婚，少年气盛，所以说"雄姿英发"，显示出一种英雄气概来。"羽扇纶巾"是文人优雅的装束，显示出儒士风度，有这样的人物自然称作"豪杰"。所以，周瑜从容不迫，只在"谈笑间"，曹操的"樯橹"（即战船）立即"灰飞烟灭"。据说赤壁之战中，曹操是被周瑜用火攻打败的，显示出周瑜的才能和功业。这五句的描述正是上面所说的风流人物之内涵，并给予热情讴歌，也暗示要存心做这样的人物。"故国神游"呼应"遥想"，是说神游于当时赤壁之战的环境，如果遇见周瑜，估计他会笑我，要想做这样的风流人物是自作多情，所以说"多情应笑我，早生华发"。没办法与周瑜当年的风华正茂相比，词人写此词时已经四十六岁了，对照自己的境况，现在只是虚度年华的人了，一种建功立业的热情冷却下来，最后发出人生短暂的叹息——人生如梦，一樽还酹江月。词人想作为，但不能为之，时光又如流水，以酒来祭奠江中的明月，举头邀月同饮，聊以自慰。这里的"江"照应首句。尾句表现出无可奈何的感慨，看似消沉，其实也是一种豪情壮志的表达。

  这首词采取上片写景、下片抒情的表现手法，也是这首怀古词的艺术特征。词的开端从长江起笔，意境开阔博大，营造出千古兴亡的历史气氛，包举古代、场景和人物，用"江山如画"有力概括，为风流人物的出场做了有力铺垫。下片借咏古代英杰（即心目中的周瑜）进行抒怀，将这位儒将的英雄形象刻画得栩栩如生、有血有肉，集风流于一身，在词中塑造历史人物形象，开创了新境界。全词环环紧扣，结构严谨，激情奔放，气势雄迈，跌宕起伏，笔力遒劲，彰显出豪放风格；而且词调铿锵有力，需要铜琵琶、铁绰板来伴唱。正因为如此，才突破个别地方的音韵词律限制，如"壁"为出韵。这首词历来被看作苏轼豪放词的代表作。南宋胡仔《苕溪渔隐丛话》评曰："东坡'大江东去'赤壁词，语意高妙，真古今绝唱。"

  论曰：词人寄曲愁，借古数风流。景象前开阔，篇章尾合收。豪雄奔放劲，意气渺茫酬。境界超高妙，吟情百代秋。

定风波·莫听穿林打叶声

  三月七日，沙湖道中遇雨。雨具先去，同行皆狼狈，余独不觉。已而遂晴，故作此词。

  莫听穿林打叶声，何妨吟啸且徐行。竹杖芒鞋轻胜马，谁怕？一蓑烟雨任平生。　　料峭春风吹酒醒，微冷，山头斜照却相迎。回首向来萧瑟处，归去，也无风雨也无晴。

  中仄平平中仄平（平韵），中平中仄仄平平（韵）。中仄中平平中仄（仄韵），中仄（韵），中平中仄仄平平（平韵）。　　中仄中平平仄仄（换仄韵），中仄（韵），中平中仄仄平平（平韵）。中仄中平平仄仄（换仄韵），中仄（韵），中平中仄仄平平（平韵）。

《定风波》为词牌名，又名"卷春空""定风波令"等。双调六十二字，前段五句三平韵、两仄韵，后段六句四仄韵、两平韵。

宋神宗元丰五年三月七日，苏轼与朋友到黄州东南三十里的沙湖察看农田，途中遇雨。由于没带雨具，朋友深感狼狈，词人却毫不在乎，徐步而行。过了一会儿雨停，有感而作此词。

此词即景生情，饶有意味，寓意大于写景。上片写冒雨徐行的情景。开头两句开门见山，一出门就遇雨，既渲染出风大雨大的雨天情景，又表明不在乎的态度，依然且吟且行。"穿林打叶"生动地描绘出狂风暴雨的情景，已经暗含着时局动荡和自己遭打击流放的境况。"莫听"即不要去听，表明对外物不足萦怀之意。"何妨"二字体现词人的倔强性格、挑战恶劣气候的信心。通过"莫听、何妨"两词意的表达，已为全词主题定调，是全篇枢纽、总开关，以下词情都是由此生发。"芒鞋"即草鞋。词人竹杖草鞋，顶风冒雨，从容前行，以"轻胜马"一比，境界全出。这里用"马"比喻，可联想沙场上的战马，传达出一种冲锋陷阵、搏击风雨之豪情。有这样的激情，自然道出："谁怕？"片尾"一蓑烟雨任平生"则更进一步，由眼前遇雨推及平生，有力地强化了面对人生风雨而泰然处之的态度。竹杖、芒鞋、蓑衣这样极其简陋的生活条件敢于直面人生的风风雨雨，更彰显出无所畏惧的倔犟风格和睿智情怀。下片转入对雨后放晴的描写。过片三句，正是雨过天晴。"料峭"形容春风略有寒意的气息，所以说"微冷"。看上去，山头已出现阳光斜照。夕阳相迎，说明天晴了。真是天有不测风云，也有阳光照耀，人生不就是在忽雨忽晴的气候里生活？所以回首人生的"萧瑟处"，大不了"归去"，那是一片"也无风雨也无晴"的佳境。结句包含了人生哲理，也是"点睛"之妙笔，达观心态展露无遗。

一次偶然遇雨，联想起多次遭贬的境况，却引发了人生哲理的思考，寄意深厚。如此精彩的哲理词，确实让人耳目一新。全词围绕遇雨这一情景，叙事、写景、抒情水乳交融，写得有声有色、词情画意，仿佛受到一次思想洗礼和心灵感化，是一首妙语连珠、妙悟成金的好词。词篇主线清晰，多次呼应连章，天衣无缝，而且句句皆韵，平韵仄韵交替，造成跌宕起伏的艺术效果。清人郑文焯《手批东坡乐府》评曰："此足征是翁坦荡之怀，任天而动。琢句亦瘦逸，能道眼前景，以曲笔写胸臆，倚声能事尽之矣。"道出了苏词的思想艺术特色。

论曰：偶遇一场雨，寄情超妙思。神来点睛笔，心境露无疑。

黄庭坚

黄庭坚（1045-1105），字鲁直，号涪翁，又号山谷道人，人称黄山谷。今江西修水人。英宗治平进士，做过几任地方官和国子监教授、秘书郎兼国史编修官。哲宗亲政，多次被贬，卒于宜州贬所。尤长于诗，讲究修辞造句，追求新奇，与苏轼并称"苏黄"，与张耒、秦观、晁补之并称"苏门四学士"。有《山谷词》。

寄黄几复

我居北海君南海，寄雁传书谢不能。
桃李春风一杯酒，江湖夜雨十年灯。
持家但有四立壁，治病不蕲三折肱。
想得读书头已白，隔溪猿哭瘴溪藤。

黄几复少年时就与黄庭坚相交，交情深厚。黄庭坚为他写了不少的诗。这一首是黄庭坚在宋神宗元丰八年所写。当时他在德州（今属山东）做官，而黄几复在广东四会当县令，黄庭坚写诗寄给他，所以题为《寄黄几复》。

　　诗的开头两句起笔突兀，是说分居南北两地，通信不易。首句化用《左传》里所说："君处北海，寡人处南海。"这里用得非常贴切，诗人在山东北方，黄几复在广东南方，南北相隔千山万水。"寄雁传书"也是用《汉书》中苏武的典故：苏武把书信系在雁脚上飞回长安，汉朝才知他还在人世。为什么"谢不能"呢？传说雁只飞到湖南衡阳就不再往南飞了，衡阳有座山叫"回雁峰"，而黄几复正好又在衡阳以南，所以说不能飞到广东，表达两处没办法传递书信。这里的"谢"，也包含抱歉之意。王勃《秋日登洪府滕王阁饯别序》云："雁阵惊寒，声断衡阳之浦。"秦观《阮郎归》云："衡阳犹有雁传书，郴阳和雁无。"他们的诗句也验证了这一传说。实际上，两句共同表达了天各一方、相隔辽远，一种思念之情初露端倪。颔联就回忆起少年相聚的情景。"桃李春风"形容少年交游的欢乐。"春风"含多意，既指少年也指欢乐。"一杯酒"表示杯酒交饮，也表达交情深厚，一杯就够，俗话"感情深一口闷"。王维《送元二使安西》云："劝君更进一杯酒，西出阳关无故人。"杜甫《春日忆李白》云："何时一樽酒，重与细论文？"说的都是感情深厚的意思。下句是说：十年相隔，彼此流落江湖，寒窗夜雨，自对孤灯，无限思念。此句有暗用李商隐《夜雨寄北》诗句："何当共剪西窗烛，却话巴山夜雨时。"可见，此联两句也在点化前人的句意，对比鲜明，情景交融，且不用动词一字，把旧词重新组合起来，推陈出新，创造出新的意境来，令人感佩。宋人王直方在《王直方诗话》中说"桃李春风一杯酒，江湖夜雨十年灯"是"真奇语"。然后，颈联由回忆转入对友人的赞美。前句说黄几复甘守清贫，不慕荣利。"四立壁"出自《汉书》，说司马相如"家徒四壁立"，表明家中除了四面墙壁几乎一无所有，很穷的意思。为了与下句对仗，改为四立壁。下句说他素有才能，深识时世，做出政绩。"三折肱"出自《左传》，有"三折肱，知为良医"之语，意思是折断几次胳膊就有治疗的经验，就能成为好医生。"不蕲"为不必希望之意，不用折断胳膊就成为良医。诗人反用其意，并以医喻政。尾联通过想象之词继续赞美，并含有慰问之意：好久不见了，想象你在那里发愤读书，头发已经白了。南方自古称为荒原之地，多有瘴气，野兽出没，应该会听到"隔溪猿哭"声吧。"猿哭"是用来表达凄凉之意，杜甫有诗句"殊方日落玄猿哭，旧国霜前白雁来"。言外之意就是：南方环境恶劣，别那么刻苦了，注意保重身体。这是赞美中略带慰问和劝勉，写法极为巧妙。

　　黄庭坚对诗的创作有自己的见解。他在给外甥洪刍的信中说："自作语最难，老杜作诗，退之作文，无一字无来处，盖后人读书少，故谓韩、杜自作此语耳。"又说："古之能为文章者，真能陶冶万物，虽取古人之陈言入于翰墨，如灵丹一粒，点铁成金也。"北宋释惠洪在《冷斋夜话》里把它叫作"夺胎换骨"法。从此诗看，正好体现了他的主张，诗中几乎句句用典，而且"无一字无来处"；但关键是他推陈出新，从古人语中翻出新意来。所以，清代方东树《昭昧詹言》评曰："以事实典重饰其用意，加以造创奇警，语不惊人死不休，此山谷独有。"

　　这是一首七言律诗。首联却带有散文句法。颔联前句是特殊句式，本来是"仄仄平平平仄仄"换成"仄仄平平仄平仄"（七言第一字可平可仄）。颈联是拗句，前句第五、六两字"四、立"应平换仄，属双拗；下句第五字用"三"字平声来救上句双拗，同时也救本句"不"字应平换仄，也在救孤平。这联既是对句救，又是本句救（也见杜牧《江南春》所析）。这种拗体诗在拗折中重新实现新的和谐，同时也创造陡峭肃抑的句法和奇峭顿挫的音响，这是黄庭坚律诗奇崛瘦硬的语言特色。

　　论曰：桃李真奇语，无痕化典辞。灵丹添一粒，翻出写新诗。

雨中登岳阳楼望君山二首

一

投荒万死鬓毛斑，生入瞿塘滟滪关。
未到江南先一笑，岳阳楼上对君山。

二

满川风雨独凭栏，绾结湘娥十二鬟。
可惜不当湖水面，银山堆里看青山。

"岳阳楼"在湖南岳阳城西门，面临洞庭湖。唐代张说谪岳州时所建，宋代庆历五年滕宗谅重修，范仲淹为其撰《岳阳楼记》。"君山"是洞庭湖中的一座小岛。宋徽宗崇宁元年，这一年诗人被赦罪放回，由四川出三峡，途经岳阳，登岳阳楼观览洞庭湖和君山，然后写下这两首诗。

第一首写遇赦归来的喜悦心情。首句说自己被流放贬黜到荒原之地，历尽艰辛，九死一生，头发都斑白了。"投荒"指自己被流放到荒原边地的事。次句转笔写被赦回，是说自己还能活着出去，经过瞿塘峡，过了滟滪关口。"瞿塘"即瞿塘峡，在今重庆市奉节县东，为长江三峡之首。"滟滪"即滟滪堆，是矗立在瞿塘峡口江中的一块大石头，突兀江心，水流到此回旋湍急，行船极其危险。古代民谣有"滟滪大如襆，瞿塘不可触"之语，因其险要，故称之为"关"。这两句在情绪上前抑后扬，言外之意是瞿塘峡、滟滪堆之险关都闯过去了，语意双关，表面上写旅途之险，实际上也写仕途之险。三、四句是说：过了那惊心骇目的险要之地，进入了广阔的视野，心情也随之开阔，还没有到江南家乡就已欣然一笑；登上了岳阳楼，放眼望去，正好面对君山，更觉得格外畅怀。难得的"一笑"与前面的"万死"形成鲜明对比，比出了两种心情、两个境界。诗人看到"君山"就意味着离江西家乡不远了，所以"先一笑"，预告回到家乡后会有无限的快乐，也暗含庆幸能活着回来，表现出傲然神态。尤其一个

"先"字，表达出急不可耐的心情，写得惟妙惟肖，极为传神。可见诗人用语精当，表述真切。

第二首紧扣君山来写。前两句写凭栏远眺洞庭湖时的感受。"满川风雨"既点题"雨中"之意，写眼前的恶劣气候；又隐指所处的政治环境，其中的意味全在"独凭栏"场景中体现。那么，凭栏时所见到的君山是什么样的？众峰形状好像湘水女神盘结起的十二个发髻。"绾结"是盘绕的意思。"湘娥"指湘水女神，传说湘水女神就住在君山上面。次句写出了君山的灵秀之气，然而却被恶劣的气候所困扰，所以包含着自己痛苦的回忆，也意味着"满川风雨"的气候算什么，湘娥依旧美丽动人。三、四句进一步写君山：可惜不能在水面上，从银山似的浪涛中观赏青山。因为"满川风雨"更能卷起洞庭湖的白色波涛，所以说卷起的浪好像银山似的。从水面上看君山，岂不更为壮观吗？刘禹锡《望洞庭》云："遥望洞庭山水翠，白银盘里一青螺。"这里借这句诗意，通过眼前之景和想象之词，写就了另一番的景色，别出心裁，意味深长。

这两首诗是一个主题分上、下两段来写，内在关联紧密，互相照应，既在风雨中包含着对"投荒"的回忆，又在险关过后看到君山的秀丽，也在"一笑"中包含着蔑视"万死"的经历，而君山在水波汹涌中巍然不动。两首写景抒情，互文见义，寄味深刻，读之令人钦佩不已。从中还可以看出诗人以激情为诗，在此不求出奇制胜，语意平易自然，感染力很强。黄庭坚虽然是江西诗派的领袖，但"未作江西社里人"，能写出一些清新自然的诗句来，留下不少的名句，比如《登快阁》中的"落木千山天远大，澄江一道月分明"、《次元明韵寄子由》中的"春风春雨花经眼，江北江南水拍天"、《鄂州南楼书事》中的"清风明月无人管，并作南楼一味凉"等。所以，元好问虽批评江西诗派，但对黄庭坚却表示一定的推崇。

论曰：未归先一笑，用语独奇新。意境同心境，别开生面春。

陈师道

陈师道（1053－1102），字履常，一字无己，号"后山居士"，今江苏徐州人。元祐初年苏轼把他推荐给朝廷，始为徐州教授，后任秘书省正字。一生安贫乐道，写诗闭门觅句，与黄庭坚并称"黄陈"，为"苏门六君子"之一，江西诗派代表诗人。著有《后山词》。

春怀示邻里

断墙著雨蜗成字，老屋无僧燕作家。
剩欲出门追语笑，却嫌归鬓著尘沙。
风翻蛛网开三面，雷动蜂窠趁两衙。
屡失南邻春事约，只今容有未开花。

这是陈师道于元符三年春天里写给邻居的作品。当时陈师道家居徐州，生活清贫，以读书作诗自遣。此诗两句一层意思，逐层展开自己心情的变化。首联写自己家里贫寒，以"断墙""老屋"直接点明居所的简陋：淋雨后的残破之墙，蜗牛随意爬行，留下了一条一条的痕迹，像画出的文字一样；老屋里什么都没有，只有燕子飞来做巢。这两句写得生动形象，用蜗牛、燕子之类的动物活动来与断墙、老屋联系起来，生动地展现了生活贫穷的面貌，直观可感。"无僧"是佛语。无佛、无法、无僧，乃是佛法中的最高境界，意为万劫皆空、一无所有，所以解释为"无人"非作者本意。自己住在里面，岂无人？作者居住在这样的破败老屋，可见生活之清贫。在这样的情况下，哪有心思去欣赏春光呢？颔联写自己也想出去有说有笑地赏春，但又害怕外面的尘埃沾染了自己的双鬓，还是待在家里好。这是描述自己充满矛盾的心态，表现出自己不愿在风尘中追逐的情操。颈联写眼前景：蜘蛛所结的网被风吹翻了，还在继续结网；蜜蜂早晚排列、聚集在窠中，声音嗡嗡作响。"两衙"，据说蜂群早晚两次排列成行，环绕蜂王，如同衙门参拜似的，称为蜂衙。这两句也写得非常生动，通过借所见之景来表现出在家百无聊赖的情态，语意中对自己的身世深表慨叹。尾联写自己决定出去看看：与邻居屡次失约出去赏春，有点后悔；现在就同他们一起去吧，也许还来得及看到迟开的春花。"容有"，也许有。最后两句点题，以示"春怀""邻里"。到了尾句才点题，实属罕见。

全诗层次分明，结构完整。上半首突出"清"字，即清贫、清高；下半首突出"苦"字，道出无聊之苦、无奈之苦。抒发感情先抑后扬，或先扬后抑，充满矛盾心态。字里行间隐含着穷困生涯的悲辛，看似无精打采的懒态却写出极有分量的感情，看似轻描淡写却是暗中搬动着书卷，造句功夫到家。作者还观察入微、描绘细致，以小动物的活动来显示春天的气息，不去写什么阳光明媚、花红柳绿之类的东西，这是作者所提倡的"避熟就生"创作主张的具体实践。元代方回《瀛奎律髓汇评》中赞此诗云："淡中藏美丽，虚处着功夫，力能排天斡地，此后山诗也。"

论曰：功夫有神助，淡写入微观。画意皆生动，诗情清苦寒。

张耒

张耒（1052-1112），字文潜，号柯山，今江苏淮安人。神宗熙宁年间进士，历任临淮主簿、著作郎、史馆检讨。后因寓居陈州宛丘，人称"宛丘先生"。他与黄庭坚、秦观、晁补之并称"苏门四学士"。擅长诗词，著有《柯山集》。

初见嵩山

年来鞍马困尘埃,赖有青山豁我怀。
日暮北风吹雨去,数峰清瘦出云来。

　　神宗元丰二年夏秋之交,诗人张耒赴任洛阳寿安县尉,途经嵩山时作此诗。"嵩山"是五岳中的中岳,在河南登封市北。开头句见山不写山,而是从诗人仕途失意落笔:几年来,鞍马劳顿,受困风尘,身心疲惫。接着第二句宕开一笔,转写自我安慰:还好有青山在,使我的心情得到开豁。这两句不以通常写法,即所谓开门见山,而是从自己的情感出发,把嵩山作为心绪的对象物来写,以情写景,别开生面。这样写更能引起人们想见一见的愿望:到底青山里有什么灵丹妙药?一个"困"字,展现了疲劳困顿的神态。一个"豁"字,展现了豁然开朗的风貌。前后鲜明对比,强烈反差,一抑一扬,更加衬托出嵩山的魅力。第三句开始为嵩山的出场渲染了气氛:在夕阳的西照下,又经一番雨淋的洗礼,嵩山愈加清新爽朗。当然,这只是诗人的想象,为勾勒嵩山的理想形象备好"颜料"。通过前面一系列的铺垫,第四句才露出嵩山真面目:雨后天晴,"数峰"从云雾中展露出"清瘦"的身影。写出了平素爱山的情操和"初见嵩山"的喜悦,诗境格外豁朗,这是点睛之笔。"出云来"三字抓住嵩山从云端现出的一刹那,紧扣"初见"题意,突出表现诗人的满足与喜悦,感情达到高潮,其诗味也无穷。

　　此诗的艺术风格极具特色,以情写景,用鲜活的语言和清晰的意象,就把诗人的情感给外化出来。尤其尾句"数峰清瘦出云来",更是精彩之句。诗人精心挑选了"清瘦"一词来形容嵩山,写得有血有肉,极富灵性,既赋予嵩山以人的品格、人的风貌,又体现了诗人所向往的志向和品格。诗人写嵩山达到了一种物我神合的境界,也寄寓了诗人一定的审美理想与艺术追求。古代高人雅士常常追求清瘦、清竣的艺术形象,正如王维给孟浩然画像

"顾而长，峭而瘦，衣白袍"，这就是典型的清瘦。从中还可以看出，语言明白晓畅，具有自然平易的艺术风格。又如《偶题》："相逢记得画桥头，花似精神柳似柔。莫谓无情即无语，春风传意水传愁。"写路上遇见的女子，用春花春柳形容她的精神体态，用春风春水形容她无言的深情，写得生动形象，很有韵味。这就是张耒诗风的全面写照。

论曰：诗情融意境，活脱一人来。有血自灵性，追求清瘦材。

晁补之

晁补之（1053—1110），字无咎，自号归来子，今山东巨野人。神宗元丰二年进士，曾任吏部员外郎、礼部郎中。在诗、文、词诸方面均有建树，为"苏门四学士"之一，与张耒并称"晁张"。著有《鸡肋集》等。

芳仪怨

金陵宫殿春霏微，江南花发鹧鸪飞。
风流国主家千口，十五吹箫粉黛稀。
满堂侍酒皆词客，拭汗争看平叔白。
后庭一曲时事新，挥泪临江悲去国。
令公献籍朝未央，敕书筑第优降王。
魏俘曾不输织室，供奉一官奔武疆。
秦淮潮水钟山树，塞北江南易怀土。
双燕清秋梦柏梁，吹落天涯犹并羽。
相随未是断肠悲，黄河应有却还时。
宁知翻手明朝事，咫尺人生不可期。
苍黄三鼓滹沱岸，良人白马今谁见？

国亡家破一身存，薄命如云信流转。
芳仪加我名字新，教歌遣舞不由人。
采珠拾翠衣裳好，深红退尽惊胡尘。
阴山射虎边风急，嘈杂琵琶酒阑泣。
无言遍数天河星，只有南箕近乡邑。
当时千指渡江来，同苦不知身独哀。
中原骨肉又零落，寄诗黄鹄何当回。
生男自有四方志，女子那知出门事。
君不见李君椎髻泣穷年，丈夫飘泊犹堪怜。

这首《芳仪怨》是宋代歌行代表作之一，叙写南唐君主李璟之女李芳仪的生平经历。据陆游《避暑漫抄》载："李芳仪，江南国主李景（璟）女也。纳土后在京师。初嫁供奉官孙某，为武疆都监。为辽中圣宗所获，封芳仪，生公主一人。赵至忠虞部自北虏归明，尝仕辽为翰林学士，修国史，著《虏庭杂记》载其事。"晁补之览其书而悲之，因作此诗。

首八句叙写南唐君臣纵情声色，以致国破家亡。南唐都城以及宫殿上空云气低微，江南一带繁华盛景，鹧鸪鸣声。"鹧鸪"，古人谐其鸣声为"行不得也哥哥"。开篇"春霏微""鹧鸪飞"，已经暗喻南唐国运日下。"风流国主"即指李璟、李煜父子，虽然都有才华，但窘于治国，宠信奸佞，日夜歌舞升平，所以朝廷上下都在吹箫寻乐，年轻貌美的女子伴舞歌唱，好一派繁华景象。"粉黛"指年轻女子。宫廷里尽是喝酒玩乐的词客，喝得满头大汗，还争着擦汗，比看谁能跟平叔一样皎白。"平叔"即三国时魏人何晏，字平叔。传说魏明帝见平叔肌肤皎白，疑其傅粉，夏天令其食汤饼，汗出，以巾拭之，更为皎白。"后庭一曲"指《玉树后庭花》的词调。此曲为南朝陈后主制，被喻为亡国之音。"时事新"指亡国之事。所以，接下来说芳仪只好临江挥泪而别。"令公献籍"四句大意是说：李煜奉表纳降，王室成员受到了宋朝优待。当然还可以自由婚配，芳仪就嫁给了一名武疆都监孙某，随夫任职，到了武疆这个地方。"未央"即未尽。一说未央指未央宫，汉时宫殿，代指宋帝所居。"魏俘"化用《三国演义》中魏国俘虏庞德守城百日后投降不作问罪处理之典故。唐代杜牧的《杜秋娘诗》也说："织室魏豹俘，作汉太平基。"其"织室"指汉朝掌握皇室丝帛织造和染色的机构，此处意指南唐宫廷的女眷们没有被罚去做苦力。"秦淮潮水"八句，抒写了芳仪对故国的怀思，表达了对世事变幻莫测的感受。这里呼应"鹧鸪飞"，寓意为思念故乡。身在"塞北"怀念"秦淮潮水钟山树"，所以说"怀土"，即思念故国。看到"双燕"而"犹并羽"，即夫妇流落天涯，担忧归期。"双燕"喻芳仪与夫君，二人如被吹落天涯的燕子，也要比翼双飞。"柏梁"为汉时台名，这里代指南唐旧宫。所以说相随丈夫应有还乡时，但是还是担忧"翻手明朝事"而"人生不可期"的世事无常之事，既诉说又叙事，体现了李芳仪的复杂心理。以上为第一段，总写南唐亡国，被宋国所俘，优待嫁人去武疆。

以下为第二段，写与辽交战，宋败夫亡，又被辽所俘，封妃生子，感叹人生的不幸。"苍黄三鼓"四句又是一次人生的转折，写战乱仓皇之中与丈夫分离，在历经国破之后又遭受家亡的惨痛，孤身一人，真是"薄命如云信流转"。这里是说北宋与辽交战，宋败，丈夫孙某身死，芳仪被辽国俘获，说明上面所担忧的世事变幻莫测的事情发生了。"苍黄"喻事情变化反复。"三鼓"指三度击鼓，指代战事。"滹沱"即滹沱河，在今山西繁峙县东，流经太行山区。北宋初年，宋辽因争夺幽云十六州，发生过多次战争，宋军屡尝败绩。"良人"，古时夫妻互称良人。这里拟芳仪口吻，指其夫孙某。"芳仪加我"四句写芳仪得到辽主的宠爱，被封妃"芳仪"，身不由己，但生活条件优越。"名字新"指被封妃的事。"阴山射虎"四句，写芳仪在"阴山射虎"边地，并通过"嘈杂琵琶酒阑泣""无言遍数天河星"这样的行为来表现出内心的孤寂苦闷，通过寻找属于南方天空的箕宿来表现对故土的深深思念。"南箕"为星名，俗称南斗星。"当时千指"最后八句，再次叙写李芳仪的内心。"千指"约指五百人。据《十国春秋》，李煜降宋，携三四百皇室贵族渡江。所以说，当年降宋时大家在一起，不觉得孤身的痛苦。如今只身流落辽国，与"中原骨肉"也日渐零落，就算"寄诗黄鹄"也无人回复了。古语说"生男自有四方志"，而作为女子"那知出门事"。像李陵那样的一代英豪，穷途末路时也委曲求全，令人怜惜。言外之意是：何况一位孤弱的我，接二连三遭受国破家亡的惨剧，只能得到同情而已。尾八句则以议论为主，并与李陵自比，更表达出对故国的思念之情。

  清代祖应世《宋诗啜醨集》评曰："如此作，即以列之《琵琶》《长恨》间，亦无愧色，犹得以宋诗二字一例訾之乎。"这首七言古风篇幅还不算长，没有繁复的铺叙，而是层次分明、意脉连贯、叙事紧凑，在叙事的同时夹入适当的描写和议论，尤其在描写心理活动方面曲折细腻。此诗情调委婉，情辞哀艳，声情并茂，扣人心弦，读之令人恻然动容。胡仔《苕溪渔隐丛话》评晁补之诗云："古乐府是其所长，辞格俊逸可喜。"

  论曰：乐府古风存，声情哀艳喧。堪能辞格俊，执笔动灵魂。

秦观

  秦观（1049-1100），字少游，一字太虚，号淮海居士，今江苏扬州人。元丰八年进士，元祐元年苏轼把他推荐给朝廷，曾任秘书省正字、国史院编修官等职，绍圣后贬谪。工诗词，诗风与词相近，为"苏门四学士"之一。有《淮海集》。

鹊桥仙·纤云弄巧

纤云弄巧，飞星传恨，银汉迢迢暗度。金风玉露一相逢，便胜却人间无数。　　柔情似水，佳期如梦，忍顾鹊桥归路。两情若是久长时，又岂在朝朝暮暮。

中平中仄（句），中平中仄（句），中仄中平中仄（韵）。中平中仄仄平平（句），中中仄中平中仄（韵）。　　中平中仄（句），中平中仄（句），中仄中平中仄（韵）。中平中仄仄平平（句），中中仄中平中仄（韵）。

《鹊桥仙》为词牌名，又名"鹊桥仙令"，由牛郎织女的故事而得名。双调五十六字，上下片各两仄韵，一韵到底。上下片首两句要求对仗。

此词借牛郎织女悲欢离合的神话故事，歌颂爱情的诚挚。到底写给谁的情词，众说纷纭，但不影响本词的欣赏。上片描写天上牛郎织女一年一度相逢。农历七月初七，称"七夕"，为乞巧节。这日，妇女要穿七孔针绣，向织女乞求赐给她们聪明技巧。所以，开头"纤云弄巧"是比喻织女织造云锦技艺的精巧。因云层纤薄，所以说"纤云"；也因云层轻柔，随风飘动，形态各异，所以说"弄巧"——一个"巧"字，暗合织女善于织布，纤手灵巧。这四个字是从各式各样的云景联想到织女所编织出千姿百态的图案作喻的，想象力丰富，也是紧扣织女善于织布这一特点来展开描写，不流于浮泛。然后，从天空中的"飞星"现象传达出牛郎织女长期分离的怨恨——这怨恨如流星一样火光闪闪，难以平息。他们正是被银河阻隔分离的，而且这条银河"迢迢"，宽阔长远。传说中，他们只能一年一度在这里相会。这里的"暗度"并非说偷渡相逢，而是说相会在夜里的环境中。这句紧扣"鹊桥"这一特殊意象去联想展开。以上三句未写相逢，先是营造相逢的环境，同时流露出哀怨的情感。"金风玉露"分别指秋风、白露，最能代表秋天的气候特征。他们是在这样的环境里相逢的，正因为这一年一度的相逢机会十分难得，而且相隔越久，相爱越深，这比人间相会的快乐不知胜过多少倍。词人转笔巧妙，化哀怨为欢乐，一切都在情理之中。下片再从相逢写到分别。过片三句先写将别的情景：久别重逢，相爱的人在一起，自然"柔情似水"；然而"佳期如梦"，美好的会见，如梦一样短暂，情深而时短，岂能分手？所以说"忍顾鹊桥归路"。这句话呼应"银汉"相隔，相传他们是在银汉上搭桥相会的。现在怎么忍心再看鹊桥归路，表现出难舍难分的情态。最后又是漂亮的一转，从相会的浓情中冲淡相别的哀怨，写出即别的劝勉："两情若是久长时，又岂在朝朝暮暮。"双方的爱情如果长久不衰，那就不必要天天在一起了。词人所提出的爱情观，可贵在于始终如一的真挚感情，而不在朝夕相伴、形影相随。人世间许多夫妻天天都在一起，结果分手的也不少，道出了爱情的真谛。

　　秦观的词调多数是低沉柔弱的，而这一首写得比较开朗爽健，思想也健康深刻，是难得的一首好词。全词上下结构一样，相互照应。每片前三句皆为写景抒情，后两句均作议论——而这些议论都是在做精彩的铺垫后，既通俗易懂，又显得婉约含蕴。尤其词尾两句，立意新颖，融情合理，而不是在唱高调，让人真切可接受，道出了人世间的普遍真理，远超同类作品的精神境界，成为千古佳句，取得了极好的艺术效果。明人沈际飞《草堂诗余四集·正集》评曰："（世人咏）七夕，往往以双星会少离多为恨，而此词独谓情长不在朝暮，化臭腐为神奇！"说的正是这个意思。

　　论曰：莫问谁情事，词人一片心。辞言轻巧弄，结语化神吟。

满庭芳·山抹微云

　　山抹微云，天粘衰草，画角声断谯门。暂停征棹，聊共引离尊。多少蓬莱旧事，空回首，烟霭纷纷。斜阳外，寒鸦万点，流水绕孤村。　　销魂。当此际，香囊暗解，罗带轻分。谩赢得，青楼薄幸名存。此去何时见也？襟袖上，空惹啼痕。伤情处，高城望断，灯火已黄昏。

中仄平平（句），中平中仄（句），中平中仄平平（韵）。中平中仄（句），中仄仄平平（韵）。中仄中平中仄（句），中中仄（读），中仄平平（韵）。中平仄（句），中平中仄（句），中仄仄平平（韵）。　　中平（句）。平仄仄（句），中平中仄（句），中仄平平（韵）。仄中中（句），中平中仄平平（韵）。中仄中平中仄（句），中中仄（读），中仄平平（韵）。平平仄（句），中平中仄（句），中仄仄平平（韵）。

《满庭芳》为词牌名。双调九十五字，前段十句，后段十一句，各四平韵。

此词是作者在游绍兴时的一次宴会上，为眷恋上的一个歌女所作。所以，周济曾说"此词将身世之感，打并入艳情"。开头两句描写秋天郊外的环境：山上景色，微云朦胧，这山色像是被薄薄的云彩抹上一样；郊野枯草，空旷无际，这衰草像是与天粘在一起了。开端写得非常精彩，一直以来都被众多词家所称赞，苏轼戏称作者为"山抹微云君"。一个"抹"字，仿佛就是人有意去安排的，给山抹上微云，显示词人内心凄然恍惚；一个"粘"字，也仿佛有人特意让天粘上衰草的，显示词人内心空虚怅惘。实际上，都是写分别时的一种主观感受，外化于景色上，别有意趣。这两字好就好在有人在里面"活动"，化静为动，把深藏内心的感情给生动地表现出来。如果把"粘"改成"连"，这个"连"字只是说天与草相连接而已，而"粘"字则表现出有人在做这事，含义自然有别。环境写完了，下句就交代时间了。谯楼上的画角声音都停止了，表示时间已晚。"画角"是古代军中吹奏的乐器，是一种西羌乐器。下面就写送别：暂停一下即将远行的船，再共饮几杯送别的酒，越喝越是思绪万千、难舍难分。这种写法与以往写送别有所不同：以往都是鸣笛催客，然后马上离去；这里恰好相反，天都晚了，还要求"暂停征棹"，一种难离之情跃然于前。这时自然感慨万千，回首往事来：曾与歌女欢爱的旧事，现在不堪回首，今晚不得不分手，旧事如烟如梦。"蓬莱"指古代绍兴的蓬莱阁。作者也在《别程公辟给事》一诗里说"回首蓬莱梦寐中"。而"烟霭纷纷"指黄昏时的烟雾，表示旧事迷茫，心烦意乱。一个"空"字，引发下面对将来的设想：日暮途远，寒鸦回巢，流水环绕着孤村。词人以"斜阳""寒鸦""孤村"这种凄凉的意境来反衬自己将来在外漂流、寂寞孤单的担忧。这里写景抒情，也透露出自己的身世之悲。

上片着重写送别的场景，下片再写离别本身。过片几句是写离别时的伤心落魄的情态。"销魂"形容感伤神情，倾诉胸臆。"香囊""罗带"分别指古代男人、女人佩戴的饰品，多用交换定情之物；然而缀以"暗解""轻分"，则表现出柔情蜜意，更是寓意分别，措辞细腻，耐人体味。"谩赢"句是化用杜牧的诗"十年一觉扬州梦，赢得青楼薄幸名"，意为徒然赚得薄幸之名。词人从"青楼"之处点明身份，含有毫无可取之意和抒发牢骚之情，暗含着仕途失意的人生感叹。所以，下面连续抒发自己的叹息，一发而不可收：此去何时能再相见？思前念后，不禁泪染襟袖，离别之情达到高潮。结尾"望断"两个字，一笔收束，既轻轻点破题旨，又轻轻抹上色彩——满城一片灯火黄昏。言外之意是：天已暗了，灯已灭了，前程也看不见了。词人分别时不堪回首往事，离去时看不到前途，前后同样一片迷茫。写此词时词人尚未登第呢，身世之感和艳遇之情交融在一起。

这首词笔法高超，布景如画，下字精巧，景为情服务，情为景注脚，情景交融，婉约词调，凄凉的情景、深沉的感慨，其韵味无穷也，堪称"诗情画景，情词双绝"。尤其是将离情别意同个人政治上的坎坷际遇、生活上的困惑经历"打包"在一起，含蓄手法令人感佩。其境界超凡，非用心体味，不能得其妙也。

论曰：词境轻描画，精灵下字神。无穷含韵味，手法妙超人。

踏莎行·郴州旅舍

雾失楼台，月迷津渡，桃源望断无寻处。可堪孤馆闭春寒，杜鹃声里斜阳暮。　　驿寄梅花，鱼传尺素，砌成此恨无重数。郴江幸自绕郴山，为谁流下潇湘去？

中仄平平（句），中平中仄（韵），中平中仄平平仄（韵）。中平中仄仄平平（句），中平中仄平平仄（韵）。　　中仄平平（句），中平中仄（韵），中平中仄平平仄（韵）。中平中仄仄平平（句），中平中仄平平仄（韵）。

《踏莎行》为词牌名。双调五十八字，前后段各五句、三仄韵。

绍圣元年，作者因新旧党争，由国史院编修官改为馆阁校勘，贬杭州通判，半道上又贬监州酒税。绍圣三年，又被罗织罪名贬谪郴州，削去所有官爵和俸禄，编管郴州。绍圣四年，再贬横州。此词作于离郴州前，在郴州旅店所写，所以题目为"郴州旅舍"。词直接书写贬谪心情。开头两句写所在地环境：雾气弥漫，月色昏黄，楼台都消失了，渡口都看不清了。两句互文见义，借景抒情，以昏黄的景象写自己的暗淡心情，开始为全词定调。然后四处望去，所谓的"桃源"仙境哪里去寻找？这里一语双关：记载的世外桃源在离住处郴州不远的武陵，有理由去寻找；但陶渊明早就说过，从渔人去过之后，桃花源就再也找不到了——这是承"津渡"景象引出"后遂无问津者"，言外之意是理想的仙境不可能找到。词人化典无痕，眼前的环境和寓意十分融洽，妙笔生花。既然如此，那就回到现实中来，依旧待在郴州旅舍里，但怎么忍受"孤馆闭春寒"？本来"孤馆"使人"不堪"，加上"春寒"，更加使人"不堪"。这还不够，还要加上杜鹃的声音，又是在斜阳里——这一连串的"不堪"，让人烦恼又无从回避这春寒所感、杜鹃所闻、斜阳所见。一个"暮"字，表明春尽、日落，写尽了无奈的心情，一层深似一层。上片已经转到深处了，下片还要往更深处去写。过片两句是说不断收到远方亲友的书信。"驿寄梅花"是化用陆凯从江南委托驿使把一枝梅花寄给范晔的典故。当时陆凯还附诗说："折梅逢驿使，寄与陇头人。江南无所有，聊赠一枝春。"而"鱼传尺素"则是化用古乐府《饮马长城窟行》里的诗句："客从远方来，遗我双鲤鱼。呼儿烹鲤鱼，中有尺素书。"这里的"尺素"指书信。本来亲友写信关心应该高兴才是，可词人反而更增添了无限的怨恨和愁苦，所以说"砌成此恨无重数"。一个"砌"字，不仅把抽象的愁和恨具体化了，还增加了情感的分量，让人感到实实在在的沉重感。最后，对着郴江发问：郴江你已经很有幸环绕郴山流，有依靠，不分离，这多好，可是你为什么还要向湘水流去呢？这是痴语，无理有情，无理而妙。这里含多层意思：一是为什么还要流向远方？二是不得不流下去，这是客观存在的，但"为谁"而流？三是郴江可以流下去，而我已"桃源望断"，无处可去啊！想想就知道，这跟自己一再遭贬流放一样，难以久留，又难以预测下一站到底会在哪里。你说，这不是很痛苦的事情吗？短短的两句，看似淡淡写来，却含意很深。据说，苏轼十分欣赏这两句，把它写在自己的扇子上，对秦观因贬谪而死非常惋惜。

王国维《人间词话》评曰："少游词境，最为凄婉。至'可堪孤馆闭春寒，杜鹃声里斜阳暮'，则变而凄厉矣。"此词写贬谪心情，流露出浓厚的感伤情绪，这跟苏轼遭贬的心情相反——苏轼以达观心态对待自己，这是两种不同的心境。这首词语言清新自然，语句对仗工稳，多次化典自然妥帖，善于把眼前的景象与自己的心境结合起来写，意味深厚。这正是秦观作为婉约词人的艺术成就所在。

论曰：字里含心境，词中凄婉深。清新工稳句，淡淡入神吟。

贺铸

贺铸（1052-1125），字方回，号庆湖遗老，今河南辉县人。出身贵族，娶宋朝宗室之女为妻。曾任武官，后转文职。工词，多刻画闺情离思，也嗟叹功名不就，尚酒使气。晚年退居苏州。有《庆湖遗老集》等。

青玉案·凌波不过横塘路

凌波不过横塘路，但目送，芳尘去。锦瑟华年谁与度？月桥花榭，琐窗朱户，只有春知处。　碧云冉冉蘅皋暮，彩笔新题断肠句。试问闲愁都几许？一川烟草，满城风絮，梅子黄时雨。

中平中仄平平仄（韵），仄中仄（读），平平仄（韵）。中仄中平平仄仄（韵）。中平中仄（句），中平中仄（韵），中仄平平仄（韵）。　中平中仄平平仄（韵），中仄平平仄平仄（韵）。中仄中平平仄仄（韵）。中平中仄（句），中平中仄（韵），中仄平平仄（韵）。

《青玉案》为词牌名。汉张衡《四愁诗》云："美人赠我锦绣段，何以报之青玉案。"因取以为调名。又名"横塘路"。双调六十七字，前后片各六句、五仄韵。

此词为贺铸晚年退隐苏州期间的作品。词一开头就推出一个步履轻盈的美人来，所以称"凌波"，出自《洛神赋》"凌波微步"。而"不过横塘路"，此处的"横塘"在苏州附近，作者的居住地就在这里。为什么"不过"呢？这里没有回答，只说"目送"她来去的芳尘，无端阻隔，情意难通。接下来从对方写去，设身处地猜想这位美人"锦瑟华年谁与度"？这里的"锦瑟华年"指青春期，是借用李商隐的"锦瑟无端五十弦，一弦一柱思华年"诗意。她正青春年少，是同谁一起度过的呢？继续往下猜想：她一定很孤独吧？她的住处外的"月桥花榭"以及住处内的"琐窗朱户"，除了春天的脚步有去外，恐怕就没有任何人去了。上片写出无端多情，下片写春暮闲愁。过片句里的"冉冉"意为缓慢流动的样子；"蘅皋"指生长有香草的水边——这个地方也许是与那位美人的约会之处，也就是词人在徘徊瞻望的地方；"彩笔"指文笔精彩，是化用江淹梦笔的典故。句意是说：日暮时分，天空中轻云浮动。我一直站在沼泽边冥想，思绪缭乱，提笔吟怀，愁肠百结——所以说"断肠句"。至此，转入写自己的闲愁。以"试问"呼起，分量加重，到底"闲愁都几许"？愁如"一川烟草，满城风絮"，还有"梅子黄时雨"——一连串的比喻，极其夸张愁的广度和深度。尤其是梅雨时节，愁如绵绵不绝的细雨，无穷无尽。词人以"烟草""风絮""梅雨"为意象，连续不断地比喻下去，堪称"绝笔"，而且比中有兴，意味深长。黄庭坚在《寄贺方回》一诗中说："少游醉卧古藤下，谁与愁眉唱一杯？解作江南断肠句，只今惟有贺方回。"意思是说：秦观已死，现在能写"江南断肠句"的只有贺铸了。

  这首词无论从思想寄托还是艺术手法上，都是值得重视的。首先，不能单纯看成是描写情侣的眷恋以及怀想所引起的闲愁，词采用言在此而意在彼的寄托方式，把幽居寂寞积郁难抒之情绪融合在儿女之恋的表现之中。比如开头写理想的美人，实际上是造境。为什么只说"目送"？实际上是表达可望而不可求之意。其次，化用典故妥帖自然，不着痕迹。像"凌波""锦瑟""彩笔"都活用前人的诗意，非常自然，又深含比兴，韵味浓厚。最后，采用博喻写闲愁，达到无与伦比的程度。词尾连用三种比喻写愁，实属罕见。而且每一个比喻里自身含量都很丰富，三种加起来就更了不得——有数的"一川""满城"以及无数的"烟草""风絮""梅雨"重叠在一起,语意惊心,谁知道有几许?而且把抽象的闲愁给形象化了,比喻新奇,意味就更长了,不愧是工于写情的高手。周紫芝《竹坡诗话》评曰:"贺方回尝作《青玉案》,有'梅子黄时雨'之句,人皆服其工,士大夫谓之'贺梅子'。"这真是一句之工而倾倒一世之效。

论曰:倚声含蓄笔,句句写风流。更是高情手,三词连喻愁。

周邦彦

周邦彦(1056—1121),字美成,号清真居士,今浙江杭州人。官历太学正。因精通音律,曾为大晟府提举。作品多写闺情、羁旅,也有咏物之作。有《片玉集》。

苏幕遮·燎沉香

燎沉香,消溽暑。鸟雀呼晴,侵晓窥檐语。叶上初阳干宿雨,水面清圆,一一风荷举。 故乡遥,何日去?家住吴门,久作长安旅。五月渔郎相忆否?小楫轻舟,梦入芙蓉浦。

仄平平(句),平仄仄(韵)。中仄平平(句),中仄平平仄(韵)。中仄中平平仄仄(韵),中仄平平(句),中仄平平仄(韵)。 仄平平(句),平仄仄(韵)。中仄平平(句),中仄平平仄(韵)。中仄中平平仄仄(韵),中仄中平(句),中仄平平仄(韵)。

《苏幕遮》原唐教坊曲名,后为词牌名。又名"云雾敛""鬓云松令"。双调六十二字,前后段各七句、四仄韵。

写此作时，周邦彦已久居都城，任太学正，人生处于上升阶段，一种思乡之情涌上心头。此词正是以雨后风荷为主景，引入故乡归梦，表达思乡之情。上片写雨后景。起句先写静态，营造一种幽静的氛围：燃起沉香，驱除暑气。"沉香"又名水沉香，用此木作香料。这是一个闷热又潮湿的盛夏时节，词人焚香消暑，突出表现清静平和的心境。接下来一个"呼"字，化静为动，打破了平静的气氛：鸟雀在呼晴，清晨在屋檐下偷窥细语——原来昨晚有风雨，所以鸟儿一大早就叫个不停。一个"窥"字，写得别有风趣。以上四句有静有动，别开生面，看来词人当时的心情很不错。以下三句转写荷花的神态：朝阳晒干了荷叶上的宿雨（即夜雨），水面清圆，一团团荷花随风摇曳，朵朵高举，奕奕神采。这几句很精彩动人，王国维在《人间词话》中说这三句是"此真能得荷之神理者"。一个"举"字，生动地刻画出水上荷花的绰约姿态。下片由景入情。词人久居汴京，自然会有思乡之情。过片就告诉读者：故乡在吴门，离都城长安很远。久旅在外，不知道什么时候回去。"吴门"是苏州的别称。词人是浙江钱塘人，三国时属吴国，所以说"家住吴门"。久住汴京，汴京是北宋都城，所以用"长安"借指。接下来从家乡写去，不说自己思念家乡，而是问故乡的人是否还记得我这个曾经的"渔郎"？这种手法在古代诗词中常常出现。如杜甫《月夜》中的"今夜鄜州月，闺中只独看"，想象妻子在鄜州望月思念自己，从对方写去。词人在这里实际上把思念的感情更推进一层，至尾以归梦的境界收束，亦虚亦实：摇小楫，荡轻舟，在梦里向家乡的荷塘驶去。梦里荷塘与现实中的雨后荷花遥相呼应，主景突出，连贯一气；而且荷塘象征着江南特有的风光，荷花更能引起清风淡雅的联想，取材寄意，别出心裁，耐人寻味。

　　清人刘熙载在《艺概·词曲概》里说："论词莫先于品。美成词信富艳精工，只是当不得一个贞字。"这是对周邦彦词品的评论。确实，周邦彦的大多数词词风浮艳，脂粉才情，跟柳永一样，过着冶游放浪的生活。比如《少年游·并刀如水》："低声问：向谁行宿？城上已三更。"像这样写情事，难怪刘熙载说他是"周旨荡"。但偶尔也有可取之作。这首词就是写生活中的切身感受，反映出久旅在外而思乡之情，思想健康，而且写得清新淡雅、疏朗明快，是他大量"富艳精工"的淫鄙词作所不能相比的。所以，我们对他的词应有所区别对待。

论曰：句意荷花艳，声声轻语香。精工神造景，韵味更芳长。

玉楼春·桃溪不作从容住

桃溪不作从容住，秋藕绝来无续处。当时相候赤栏桥，今日独寻黄叶路。　烟中列岫青无数，雁背夕阳红欲暮。人如风后入江云，情似雨余黏地絮。

中平中仄平平仄（韵），中中仄中平中仄（韵）。中平中仄仄平平（句），中中仄中平中仄（韵）。　中平中仄平平仄（韵），仄中仄中平中仄（韵）。中平中仄仄平平（句），中中仄中平中仄（韵）。

《玉楼春》为词牌名。顾夐词起句有"月照玉楼春漏促"句，又有"柳映玉楼春日晚"句，因取其名。双调五十六字，前后段各四句、三仄韵。

这首词是描写仙凡情事的。开头点出桃溪，引用东汉刘晨、阮肇入天台采药，在桃溪边遇仙之典故。（刘义庆《幽明录》）古诗词中常用此故事比拟与情人轻易分离后产生追悔之情。如元稹《刘阮妻二首·其二》："芙蓉脂肉绿云鬟，罨画楼台青黛山。千树桃花万年药，不知何事忆人间。"周词以"桃溪"这个关键词冠首，点明了典故的来历，并作概括，表达出因"不作从容住"，到现在"绝来无续处"，悔不当初。传说刘、阮在那里住半年后归乡，再回头去寻找时，不见仙女踪影。"秋藕"本来寓意藕断丝连，现在连藕丝也断了，让人感到绝望。接下来两句以"当时"欢聚与"今日"冷落的鲜明对照，反映出旧爱难续的悲伤之情。"赤栏桥"是相候之处，而"黄叶路"是所见之景，给人秋黄叶落之感。换头转笔，宕开写景：暮烟朦胧，远处仿佛排立着无数青山；夕阳黯淡，反射出雁背上一抹残红。这两句分别化用谢朓诗句"窗中列远岫"与温庭筠诗句"鸦背夕阳多"，但比原句更有神韵。这里描绘出若有若无、若即若离的景色，显示出一种压抑的情态。结尾两句，收转抒情：人在哪里呢？她好像随风飘散的云彩，映入江中。而我的情呢？也好像雨后的柳絮，粘在地上。这两个比喻道出前人未道之语，非常生动形象。这是力求创新的结果。陈廷焯《白雨斋词话》说："《玉楼春》结句，上言人不能留，下言情不能已。呆作两譬，别饶姿态，都不病其板，不病其纤，此中消息难言。"

此词最具特色的是打破诗和词的严格界限，上下两片好像是两首仄韵七绝，以诗为词，纯用对句，句式整齐，或谓"大排偶法"，却不显板滞。从中我们可以看出其中的妙法：一是整齐中暗藏变化，所以读来不觉呆板。上片两两对句皆为流水对，皆为今昔对比，语意连贯，自然流畅；下片两两皆是正对并列，一联写景，一联抒情，而且色彩凄美，比喻巧妙。二是整齐中词律顿挫，气韵流动。善于妙解音律的周邦彦，填词选韵极有功夫。此词的韵脚皆为去声，音重而下降，宜于表达抑郁之情，从而创造了一种与内容相适应的凝重风格。所以，全词工整，合情流畅，达到声情并茂的艺术效果。

论曰：体式犹诗句，联联皆整齐。倚声持快板，气韵顺流溪。

李清照

李清照（1084-1155?），号易安居士，出身文化世家，今山东济南人。十八岁时与赵明诚结婚。北宋灭亡后，流寓东南各地，在悲苦中度过晚年。才华出众，爱好诗词，为婉约词派代表，世称"千古第一才女"。有《漱玉词》。

如梦令·昨夜雨疏风骤

昨夜雨疏风骤，浓睡不消残酒。试问卷帘人，却道海棠依旧。知否，知否？应是绿肥红瘦。

中仄中平中仄（韵），中仄中平中仄（韵）。中仄仄平平（句），中仄中平中仄（韵）。中仄（韵），中仄（叠韵），中仄中平中仄（韵）。

《如梦令》为词牌名。宋苏轼词注：此曲本唐庄宗制，名《忆仙姿》，嫌其名不雅，故改为《如梦令》，盖因此词中有"如梦如梦"叠句也。单调三十三字，七句五仄韵、一叠韵。

此词是李清照早年的作品，描绘出热爱生活、性格开朗的妇女形象。起首两句写：昨夜刮风下雨，喝酒御春寒，一夜好睡，清早还未消除酒意。词人先勾勒出环境和情态："雨疏风骤"是暮春的气候特征，点明时节；并通过"浓"和"残"两字来形容词人慵懒惺忪之神态，似乎还在半睡半醒的状态之中，这都是酒惹的祸。词人有意把自己放在风雨过后这个环境里表现，为下面问花埋下伏笔。所以，就唤来侍女"试问"，转折巧妙精当，灵动自然。清晨醒来，侍女自然要"卷帘"，这是她的职责。看似平常的动作，却引起词人对外界不一样的关注：窗外的海棠在昨晚的风雨下是什么情况了？想起床去看，又不能去看，因为还在半睡半醒状态。一个"试"字，将词人这种矛盾的心态刻画得真实可感。而这一问，孰料"却道海棠依旧"，侍女的回答让词人怀疑。一个"却"字，意味深厚，既是表达自己的意外，又是责怪侍女敷衍淡漠，形成两种不同的心境对比，立见出不同的人物形象，收到了艺术效果。她在想："雨疏风骤"之后，"海棠"怎会"依旧"呢？这就非常自然地带出了结尾两句："知否，知否？应是绿肥红瘦。"这里的"应是"，是对怀疑的注脚。因为通常的情况下，海棠花经一夜风雨后，红花损落就变得稀少，反衬绿叶就显得多了，所以说"绿肥红瘦"——一语之中更含有惜花之情，可谓传神之笔。对此，还可以联想到风雨无情人有情的人生态度和对生活的兴趣爱好。这种极富概括性的语言，实在令人叹为观止。

  此词仅三十三字，就玩转出多重曲折的情节来，有人，有景，有心想，有对话，高度融合在一起，概括力极强。而且语言清丽，下笔传神。尤其"绿肥红瘦"，比苏轼的"红残绿暗"更为形象可感。全词含蓄蕴藉，意味深长，以景衬情，词人的惜花之情就是惜春之情，进而就是惜时之情，反映出对生活的浓厚兴趣和无限热爱。像这样的作品，我们可以再看她的另一首《如梦令》："常记溪亭日暮，沉醉不知归路。兴尽晚回舟，误入藕花深处。争渡，争渡，惊起一滩鸥鹭。"此词中，她已走出深闺，走向广阔的郊外，乘舟野游，写得有声有色、有趣有味，反映出她的天真活泼、自由奔放的性格，与封建社会所提倡的妇女形象格格不入。这正是她的词有感染力的地方，也足见其深厚的艺术功力。

  论曰：玩味层层入，传声下笔神。清言精语美，概括极情真。

一剪梅·红藕香残玉簟秋

红藕香残玉簟秋，轻解罗裳，独上兰舟。云中谁寄锦书来？雁字回时，月满西楼。　　花自飘零水自流，一种相思，两处闲愁。此情无计可消除，才下眉头，却上心头。

中仄平平中仄平（韵），中中中中（句），中仄平平（韵）。中平中仄仄平平（句），中仄平平（句），中仄平平（韵）。中仄中平中仄平（韵），中中平中（句），中仄平平（韵）。中平中仄仄平平（句），中仄平平（句），中仄平平（韵）。

《一剪梅》为词牌名，元高拭词注"南吕宫"。周邦彦词起句有"一剪梅花万样娇"句，取以为名。双调六十字，前后段各六句、三平韵。

此词是李清照婚后不久，丈夫赵明诚外出，写给他以表达别后的相思。开头三句写自己别后孤独情状：窗外的荷花已残、香气已消，冰滑如玉的竹席透出凉凉的秋寒。换上衣裳，外出闲游，独自坐上一只小船。"玉簟"形容竹席的光滑，表达出凉意来。这几句实际上是告诉丈夫，平时是双双同游，现在是一个人独去，感觉好冷清呀！以残荷点明初秋时节，而秋天则容易使人伤感，由冷落的心情引发对丈夫的思念。所以，接下来三句想象丈夫寄回书信：仰望天空，看见一排排大雁飞来，想象该有丈夫的音信；然后又看见月圆照西楼，来衬托孤独之感。这里用鸿雁、圆月两个传统意象来抒写孤独而思念之情，情景交融。下片写因思念而不能自拔。起头三句，又是写自己思念丈夫，也推想丈夫在思念着自己。自己因相思而憔悴，所以说"花自飘零"；而丈夫外出如流水悠悠不回头，所以说"水自流"。归结一句话："一种相思，两处闲愁"，两地之愁同是相思之念。写到这里，还是无法排解，所以又说"此情无计可消除"——思念之情越来越浓厚，已经达到难以消除的程度。怎么办？想舒展眉头，放松心情，稍微平静一下，然而心里的愁苦却涌了上来，没办法压制住。说明思念始终存在，放不下。这里的"眉头"与"心头"是一回事，心是内在的，眉是外在的，是心外化于眉。两处相思犹如心眉相连，生动形象，又是那样刻骨铭心，无法消除。明代吴从先《草堂诗馀隽》评曰："惟锦书、雁字，不得将情传去，所以一种相思，眉头心头，在在难消。"

李清照的词大胆表现自己的爱情，她写风花雪月是为了爱情，写离愁别恨也是为了爱情。这与写青楼欢情的作品有着天然区别，在古代封建礼教的束缚下极其难得，具有历史意义。我们不妨再看一首类似的爱情词《醉花阴》："薄雾浓云愁永昼，瑞脑销金兽。佳节又重阳，玉枕纱厨，半夜凉初透。东篱把酒黄昏后，有暗香盈袖。莫道不销魂，帘卷西风，人比黄花瘦。"这首也是写给她丈夫的。正值重阳节，词人表达出对丈夫的思念，也有对秋天的感伤。尤其片尾三句，把愁思写得很精彩，具体形象。李清照写此类词，多数意境美、语言美、感情真、相思切、感染力强，是千百年来口口相传的好作品。

论曰：难得写贞情，心头亦表明。相思倚声美，经典永流行。

声声慢·寻寻觅觅

　　寻寻觅觅，冷冷清清，凄凄惨惨戚戚。乍暖还寒时候，最难将息。三杯两盏淡酒，怎敌他、晚来风急？雁过也，正伤心，却是旧时相识。　　满地黄花堆积。憔悴损，如今有谁堪摘？守着窗儿，独自怎生得黑？梧桐更兼细雨，到黄昏，点点滴滴。这次第，怎一个愁字了得！

　　平平仄仄（韵），仄仄平平（句），平平仄仄仄仄（韵）。仄仄平平平仄（句），仄平平仄（韵）。平平仄仄仄仄（句），仄仄平（读），仄平平仄（韵）。仄仄仄（句），仄平平（读），仄仄仄平平仄（韵）。　　仄仄平平平仄（韵）。平仄仄（读），平平仄平平仄（韵）。仄仄平平（句），仄仄平平仄仄（韵）。平平仄平仄仄（句），仄平平（读），仄仄仄仄（韵）。仄仄仄（句），仄仄仄平仄仄仄（韵）。

《声声慢》为词牌名。历来多用平韵格，而李清照此词却用仄韵格，最为世所传诵。此词是李清照后期代表作品。金兵入侵，汴京沦陷，丈夫去世，国破家亡，境况极为凄凉。词人尝尽了颠沛流离的苦痛，而苦凝心头，无法排遣，于是写下了这首《声声慢》。

这首词起句创造性地连用七组叠词，表达自己凄惨、酸楚的心情。这种叠叠推进，声声诉苦，反复吟唱的旋律，加重了情绪的浓度，有先声夺人之效果。如此心情，又是冷暖不定，怎么能平静休息下来？怎么办？还是喝它两三杯淡酒吧。但还是敌不过寒冷的气候，这大概是心寒所致吧。所以，下面就说"雁过也，正伤心，却是旧时相识"。这是呼应"寻寻觅觅"：在心痛的时候，雁儿飞过，仿佛要带来什么消息。那只孤雁也好像旧时见过。其实是因思念亡夫而产生的精神恍惚，说出"痴语"来，说明寻觅不到什么，也得不到任何安慰。上片主要通过写气候、大雁来衬托感情，下片继续通过眼前景物来倾诉愁情。因上片"晚来风急"，自然菊花飘落，满地堆积，凋残不堪，所以说"憔悴损"，而今没人摘下把玩欣赏了。这里看似写菊花，实际上写自己因愁思而变得憔悴不堪。正如词人在《醉花阴·薄雾浓云愁永昼》中所说"人比黄花瘦"，但还要沉痛得多。下面"守着""独自"两句，写独坐无聊、内心苦闷之状，但好像老天爷有意不肯黑下来，所以说"怎生得黑"！仿佛告诉我们，她是在度日如年啊！紧接"梧桐"两句，更是添愁加怨：这时偏偏下起细雨，又是点点滴滴落在梧桐树上。到黄昏，还下个没完没了。正如温庭筠《更漏子·玉炉香》下片"梧桐树，三更雨，不道离情正苦。一叶叶，一声声，空阶滴到明"之意，把梧桐和细雨两个意象融为一体，通过声音来渲染出凄凉的气氛，笔直而情更切。片尾以"这次第，怎一个愁字了得"来结束全词，也是蹊径独辟之笔。最后的感叹之词，含蕴着许多悲愤的感情，既有亡夫之苦，又有亡国之痛，更有身世飘零之伤，往哪个方面讲都是说不完的愁苦，可谓余味深长。

此词通过铺叙手法，选取残秋典型景物来烘托感情，并围绕一个"愁"字，层层铺开，情景交融，取得了艺术效果。全词语言朴素清新，讲究词律声情，尤其巧用叠字，平仄交替，抑扬顿挫，创造出美妙的音律效果，无怪古人誉为"千古创格""绝世奇文"，后来人也好评如潮。

论曰：叠字成经典，词言扬抑情。琴归高手拨，绝世创奇声。

渔家傲·天接云涛连晓雾

天接云涛连晓雾，星河欲转千帆舞。仿佛梦魂归帝所。闻天语，殷勤问我归何处。　我报路长嗟日暮，学诗谩有惊人句。九万里风鹏正举。风休住，蓬舟吹取三山去！

中中中中平中仄（韵），中平中仄中平仄（韵）。中仄中平平仄仄（韵）。平中仄（韵），中中中中平平仄（韵）。　中仄中平平仄仄（韵），中平中中平平仄（韵）。中仄中平平中仄（韵）。中中仄（韵），中平中仄平平仄（韵）。

《渔家傲》为词牌名，按此调始自晏殊，因词有"神仙一曲渔家傲"句，取以为名。双调六十二字，前后段各五句、五仄韵。

此词作于李清照南渡之后。据说，李清照曾在海上航行，历尽风涛之险，借此以梦游的方式抒写，表达自己的理想。开头两句写海天情景：海面辽阔，与天连接，呈现出云涛晓雾的壮丽画卷；天上星河转动，海上千帆飞舞，气象壮观。两句不是分别写海和天，而是混合在一起，形成海天共一色的壮丽奇观。尤其句中嵌入"接、连、转"几个动词后，画面动感十足，仿佛在告诉我们天地都在变化之中。一开篇就进入了梦幻境界，实实虚虚，真真假假，为全篇的奇思寓意奠定了基调。紧接着由海上写到天上，点明梦里所见。以"仿佛"领起，由梦魂中见到天帝。慈祥的天帝在问我：你要去哪里呢？"殷勤"二字，是对天帝包含着深厚的感情，也寄寓着理想的境界。言外之意是：原来天帝很关心民瘼，好像与朝廷大不一样。下片接着话题，继续回答天帝所问：人生道路还很漫长，只求日长不暮。这里的"路长""日暮"隐括屈原在《离骚》中所表达的"路漫漫其修远兮，吾将上下而求索"和"欲少留此灵琐兮，日忽忽其将暮"之意，表达要"上下求索"之努力，所以说"学诗谩有惊人句"。这是词人仿佛在天帝面前倾诉自己空有才华，现在又流落江南，还在苦苦挣扎。这里也隐括杜甫诗句"语不惊人死不休"。"谩有"即空有，流露出对现实的强烈不满。一番倾诉后，转笔借用《庄子·逍遥游》中说大鹏乘风飞上九万里高空的故事，表达自己的理想和抱负。"鹏"，古代神话传说中的大鸟，鹏程万里。说到"鹏正举"时，词人忽又大喝一声："风休住，蓬舟吹取三山去！""三山"指渤海中蓬莱、方丈、瀛洲三座仙山，相传为仙人所居之地。意为：我要去三山仙境之中，那是我理想的境界！结尾写得气势磅礴，一往无前，体现出豪迈气概，与开篇海上遥相呼应，也回答了天帝所问，结构严密。

　　李清照的词大多是婉约风格，而这首却体现豪放气派，别有风味，充满着浪漫主义的艺术构思。而且写法突破常格，上下片浑成一体，主旨一气呵成，互相呼应，联系紧密，结构严谨。词中化用典故无痕，简洁明了，且隐含深意，只有大手笔才有如此精彩。当代周笃文评价这首词说："与李清照多数词作的清丽、深婉的风格不同，这首《渔家傲》是以粗犷的笔触、奇谲的想象，对一个闪光的梦境所作的完整的叙述。它不仅在《漱玉词》中独具异彩，而且求诸两宋词坛，也是罕见的珍品。"

　　　　论曰：豪放开头出，连篇记梦游。虚虚真莫问，变格亦风流。

张元幹

张元幹（1091－1175?），字仲宗，号芦川居士、真隐山人，晚年自称芦川老隐，今福建永泰人。官至将作少监（管土木营建）。因坚决抗金，遭秦桧迫害，获罪落职，尔后漫游江浙等地，客死他乡。他与张孝祥为南宋初期"词坛双璧"。有《芦川词》。

贺新郎·送胡邦衡谪新州

梦绕神州路。怅秋风，连营画角，故宫离黍。底事昆仑倾砥柱，九地黄流乱注。聚万落，千村狐兔。天意从来高难问，况人情易老悲难诉。更南浦，送君去。　　凉生岸柳催残暑。耿斜河，疏星淡月，断云微度。万里江山知何处？回首对床夜语。雁不到，书成谁与？目尽青天怀今古，肯儿曹，恩怨相尔汝！举大白，听《金缕》。

中仄平平仄（韵）。仄平平（读），中平中仄（句），中平平仄（韵）。平仄平平平平仄（句），中仄中平中仄（韵）。中中仄（读），中平中仄（韵）。中仄中平平仄仄（句），仄中平中仄平平仄（韵）。中仄仄（句），中平仄（韵）。　　中平中仄平平仄（韵）。仄中中（读），中中中中（句），中平中仄（韵）。平仄平平平平中（句），中仄中平中仄（韵）。仄中仄（读），中平中仄（韵）。中仄中平平中仄（句），仄中平（读），中仄平平仄（韵）。中仄仄（句），中平仄（韵）。

《贺新郎》为词牌名，双调一百一十六字，前后段各十句、六仄韵。张元幹以词为武器，积极参加主战抗金的创作。李纲因主战遭远谪，他写了《贺新郎·寄李伯纪丞相》词寄给李纲。同年，胡铨上书要求处置秦桧，却被管制，由福州押往新州，以后又押送到海南岛。于是，张元幹又写这首《贺新郎·送胡邦衡谪新州》词为胡铨送行。题目中的"邦衡"为胡铨的字，"新州"在今广东新兴。这首词的题目亦可看作是小序，交代了词的写作背景、原因和主题。张元幹写这首词后被削籍除名。

  此词打破原来传统写法，不先写送别的环境，而是从感伤国事写起，着眼点与众不同。此词一开头就关心国家的统一，所以说"梦绕神州路"。此处的"神州"指中原地区。词人朝思暮想收复北方失地，自然魂梦故土。那么，中原之地会是怎样呢？在悲凉的秋风里，金兵的军号声此起彼伏，想象被破坏严重，故宫已经破败不堪了。"画角"就是军队的号角。"离黍"是指《诗经·黍离》篇，叹息周平王东迁后，西周故都一片荒凉、长满庄稼的情景。这里指汴京故宫已荒废成庄稼地了。怎么会造成这种局面呢？词人发问了：为什么北宋王朝会崩溃？一种悲愤之情不禁脱口而出。这里不明说，用三个神话来比喻：据《神异经》载，相传昆仑山上有天柱；据《淮南子》载，因共工发怒头触不周山，使得天柱折断，天塌了下来，所以说"倾砥柱"；据《水经注》载，相传大禹治水，破山通流，河绕着山流过，山在河中好像柱子，所以也说"砥柱"。词人用昆仑山上的天柱倒塌来比喻北宋王朝的颠覆，生动形象：中原的沦陷犹如黄河决口，浊水泛滥，千村万落荒无人烟，成为野兽的天地。具体是什么原因，众所周知，不正面回答，也不便回答。所以下面荡开一笔写道"天意从来高难问，况人情老易悲难诉"，化用杜甫诗句"天意高难问，人情老易悲"。前句指南宋向金求和到底安什么心，不好问；后句指爱国主战人士北伐无望，虚度年华，悲痛无路诉说。这里当然包括胡铨一批爱国人士，词是为他送行所写，所以片尾说"更南浦，送君去"。"南浦"泛指送别的水岸边。上片由感伤国破转入送别的题意上来，下片就集中写送别。开头由景切入：岸边的柳树所产生的凉意，催送着残留的暑热。这一凉一热，别有滋味。"耿斜河"指天河斜转。这时，只见星光稀少、月光清淡，偶尔白云飘过。这些景色的描写，指明送别的地点是江畔、季节是初秋、时间是夜晚。这算第一层，写环境。第二层，写心情。胡铨流放新州，还要押去海南岛那么远的地方，所以说"万里江山知何处"——今后哪里去找他呢？"对床夜语"化用白居易诗句"能来同宿居？听雨对床眠"，向友人表白情投意合，共同主张抗战，有共同语言。但是，"雁不到，书成谁与"？传说大雁只飞到湖南衡阳就不再往南飞了，你去那么远，自然飞不到了，那我的书信要交给谁呢？最后一层写离别赠言，希望胡铨放尽目光、胸襟开阔，想着国家大事。"肯儿曹，恩怨相尔汝"是化用韩愈诗句"昵昵儿女语，恩怨相尔汝"，意思是：不要像小儿女那样，为了个人恩怨纠缠不休。最后说：一起举杯喝下送别酒，听我这首送别的《金缕曲》吧。《金缕曲》即是《贺新郎》的别名。上下两片尾遥相呼应，把激愤的感情推向高潮，收束苍劲有力。

张元幹因这首词而受到削籍除名的处分，而且已经是70多岁高龄老人了，这种铁骨铮铮的语言表达，使人敬佩。《四库全书总目提要》评说："其词慷慨悲凉，数百年后，尚想其抑塞磊落之气。"此词直接评议国事，抒发政治感慨，是词的题材上的拓展，也可以说是以辛弃疾为代表的爱国词派的先驱。

论曰：政治抒情词，堪能彩笔持。铮铮从铁骨，慷慨赠言辞。

岳飞

岳飞（1103-1142），字鹏举，今河南汤阴人。少年从军，官至河南、北诸路招讨使，枢密副使。为主战派将领，后被秦桧谋害，葬于西湖畔栖霞岭。有《岳忠武王集》。

满江红·怒发冲冠

怒发冲冠,凭栏处、潇潇雨歇。抬望眼、仰天长啸,壮怀激烈。三十功名尘与土,八千里路云和月。莫等闲,白了少年头,空悲切。　　靖康耻,犹未雪;臣子恨,何时灭?驾长车,踏破贺兰山缺。壮志饥餐胡虏肉,笑谈渴饮匈奴血。待从头,收拾旧山河,朝天阙。

中仄平平(句),中中仄(读),中平中仄(韵)。中中中(读),中平中仄(句),中平平仄(韵)。中仄中平平仄仄(句),中平中仄平平仄(韵)。仄中中(读),中仄仄平平(句),平平仄(韵)。　　平中仄(句),平中仄(韵);平中仄(句),平平仄(韵)。中中中(句),中中中中平仄(韵)。中仄中平平仄仄(句),中平中仄平平仄(韵)。中中中(读),中仄仄平平(句),平平仄(韵)。

《满江红》为词牌名,双调九十三字,前段八句四仄韵,后段十句五仄韵。前段第五、六句宜用对偶。这首词慷慨激烈,是古今传诵的名篇。但是不是岳飞所写,还没有统一的看法。这里仍从旧说,依岳飞所写。

开篇第一句,以一个义愤填膺的人物肖像写起,实为奇突;然后再从传统的写法,凭栏远眺,展现出抒情主人公的高大形象,仿佛见到荆轲辞燕入秦、义无反顾的场景。"怒发冲冠"四个字掷地有声,也为全词奠定了基调。再着"潇潇雨歇"四个字,既体现环境之恶劣,又借以暗示时局的危急关头。但从"歇"字看,又意味着金人的气焰渐弱,含有转机的把握。总之,开头两句已有气吞骄敌的潜台词。再加上后面三句,突出表现出凌云壮志、气盖山河的壮怀,可谓是写出气势磅礴的力量。尤其"长啸"一词,如猛虎下山,响遏行云,迅猛有力。接下来以"三十功名尘与土,八千里路云和月"十四个字,出乎意料,令人叫绝,极具与岳飞品格相合意。前句意为岳飞时年三十左右,屡立战功,但像尘土似的微不足道;后句意为抗敌转战中路程遥远,披星戴月。"八千里路"泛指转战遥远。两句反思已往,包罗时空,高度概括从军以来的军旅生涯和转战沙场的历程,从中可以看出英雄壮志的胸襟和识见。从艺术表现来看,这两句一横一纵,天然成对,妙合无限。读到这里,已经感受到词人为民族中兴,收复河山的迫切愿望,一种只争朝夕的紧迫感在字里行间透露出来。于是,词人信手拈来《长歌行》中"少壮不努力,老大徒伤悲"诗句,化用为"莫等闲,白了少年头,空悲切",化古为新,成为千古箴铭。片尾传达出"国家兴亡,匹夫有责"的高度责任感和紧迫感。过片直书国耻,悲愤填膺。公元1127年,金兵攻陷汴京,徽宗、钦宗二帝被掳,所以说"靖康耻,犹未雪"。这是历史上有名的靖康之乱,词人感到奇耻大辱,但还未雪耻消恨。于是,又大声疾呼:"臣子恨,何时灭?"此处一片壮怀,喷薄倾吐。"贺兰山"在今宁夏与内蒙古交界处,泛指被金人占领的西北一带关山。"匈奴"泛指敌人。这几句表达出要长驱破敌、重整山河的雄心壮志,把悲愤之情转入复仇之慨,要饥食其肉、渴饮其血,又冠以"壮志""笑谈"两词,写出轻蔑的语调和必胜的信心。当然,复仇并非终极目的。所以,词的结尾"待从头,收拾旧山河,朝天阙"——山河破碎,必须收拾,这是目的。"天阙"指京城宫殿。词人在这里不直接说凯旋、胜利等语,而是向朝廷表决心、表忠心,可谓一腔忠愤、碧血丹心。以此收束全篇,神完气足,一个完整的岳飞"精忠报国"的英雄形象树立起来。

  全词直抒胸臆,淋漓酣畅,忠君愤敌,英雄气魄,给人以力量。词情由豪放转悲壮,由悲愤转复仇,直至乐观镇定,给人以信心。用语大气,形象可感,文随情生,言随心出,给人以激励。总之,此词称得上思想性和艺术性高度统一的杰作,可与岳飞英名同垂不朽。明代沈际飞《草堂诗余正集》评曰:"胆量、意见、文章悉无古今。"

论曰：冲冠维妙头，一怒泻千秋。气魄倚声响，词章旷古愁。

小重山·昨夜寒蛩不住鸣

昨夜寒蛩不住鸣。惊回千里梦、已三更。起来独自绕阶行。人悄悄，帘外月胧明。　　白首为功名。旧山松竹老，阻归程。欲将心事付瑶琴。知音少，弦断有谁听？

中仄平平中仄平（韵）。中平平仄仄（读），仄平平（韵）。中平中仄仄平平（韵）。中中仄（读），中仄仄平平（韵）。
中仄仄平平（韵）。中平平仄仄（读），仄平平（韵）。中平中仄仄平平（韵）。中中仄（读），中仄仄平平（韵）。

《小重山》为词牌名，又名"小冲山""柳色新""小重山令"。唐代常用此调写宫女幽怨。双调五十八字，前后段各四句、四平韵。

据陈郁《藏一话腴》载，绍兴八年，南宋向金屈辱求和。岳飞写了这首《小重山》词表示反对，在夜深人静的时候，诉说着自己内心的苦闷。开头两句写所闻有感：昨夜听到寒蛩不停地鸣叫。被它们的叫声惊醒，天已三更了，再也睡不着了。"寒蛩"就是秋凉时节的蟋蟀，点明季节，表示凉秋已至，一年所剩时间不多了。"千里梦"指梦中犹在抗金战场上奋勇杀敌，表示心不安宁，梦里不忘收拾山河，由此万端感慨。一个"惊"字，表现出梦里抗金正酣之际被叫醒的情景，也暗示对屈辱求和感到惊讶。接下来两句写所见有感：睡不着了就起来，独自绕着台阶前徘徊。而周围的人静悄悄，只见天空中月色胧明，凄清冷淡。"独自"写出词人的孤独寂寞，心中的苦闷无法向人诉说，表达了词人"众人皆醉我独醒，举世皆浊我独清"的孤独与凄凉心境。上片通过所闻所见，由感而发；下片直接抒情。过片两句是写：为了报效祖国而献身，耽误了岁月，头发都白了，家乡的竹子、松树都已衰老，而自己还不能回去。这里跟范仲淹"浊酒一杯家万里，燕然未勒归无计"有着一样的感慨，但岳飞有更多的苦衷，所以最后说："欲将心事付瑶琴。知音少，弦断有谁听？"他为国忧虑的心事，朝廷里没有人能够理解。这里化用善于操琴的俞伯牙和知音钟子期之典故，寄托词人无限的苦闷和难以申诉的痛楚，意为没有知音了，结语余味无穷。

全词从头到尾抒发自己壮志难酬的感慨，写得痛切深婉，抑扬顿挫，情景交融，语言质朴，简洁有力，艺术手法是很高超的。这个词调以三字句、五字句、七字句交叉配合以及句式倒换，声调显得低回婉转，如悲咽，很适合倾诉难言之隐——既不吐不快，又不能直说明说。唐人喜欢用此写宫怨。岳飞用此写爱国的忧愤，用同样的手法体现曲折、含蓄。

论曰：寄寓寒蛩妙，叫声催梦醒。抒情真婉美，好曲总关听。

张孝祥

张孝祥（1132-1169），字安国，号于湖居士，今安徽和县人。绍兴二十四年举进士第一，历任中书舍人等职。善诗文，尤工于词，其风格宏伟豪放。有《于湖居士文集》。

六州歌头·长淮望断

长淮望断，关塞莽然平。征尘暗，霜风劲，悄边声。黯销凝。追想当年事，殆天数，非人力；洙泗上，弦歌地，亦膻腥。隔水毡乡，落日牛羊下，区脱纵横。看名王宵猎，骑火一川明。笳鼓悲鸣，遣人惊。　念腰间箭，匣中剑，空埃蠹，竟何成！时易失，心徒壮，岁将零。渺神京。干羽方怀远，静烽燧，且休兵。冠盖使，纷驰骛，若为情！闻道中原遗老，常南望，翠葆霓旌。使行人到此，忠愤气填膺，有泪如倾。

平平平仄（句），平仄仄平平（韵）。仄平仄（句），平平仄（句），仄平平（韵）。仄平平（韵）。仄仄平平仄（句），仄仄仄（句），平平仄（句）；平平仄（句），平平仄（句），仄平平（韵）。仄仄平平（句），平仄平平仄（句），平仄平平（韵）。仄平平仄仄（句），平仄仄平平（韵）。仄仄平平（韵），仄平平（韵）。

仄平平仄（句），平平仄（句），仄平仄（句），平平平（韵）。平平仄（句），平平仄（句），仄平平（韵）。仄平平（韵）。仄仄平平仄（句），仄平仄（句），仄平平（句），平仄仄（句），仄平平（韵）。平仄平平仄（句），平平仄（读），平仄平平（韵）。仄平平仄仄（句），仄仄仄平平（韵），仄仄平平（韵）。

《六州歌头》为词牌名，双调一百四十三字，前段十九句八平韵，后段二十句八平韵。按钦定词谱，张孝祥词中有突破个别字的声律界定。该词律要求严格，没有一字为可平可仄。

张孝祥积极支持张浚领导的南宋北伐，收复中原的主张，反对屈辱的"隆兴和议"，曾经两度被朝中投降派诬陷而罢免官职，对此悲愤难已。在建康张浚的宴席上，词人写下了这首著名的词作。上片描写了沦陷区的凄凉景象，控诉了侵略者对大好河山的蹂躏。开头两句写：望到淮河尽头，便是南宋边防关塞，一片草木丛生，都长到与关塞齐平。"莽然"形容草木繁盛，表明边塞防备松弛。而"长淮"即淮河，原来是交通动脉，现在变成边界线，所以"望断"含有感慨之意。后来杨万里《初入淮河四绝句》诗也感叹"人到淮河意不佳"——因为国境只剩下半壁江山。看到莽然一片后，又看见远处尘土飞扬，霜风劲吹，悄声寂静，黯然失色，忧伤情绪涌上心头。写出战后荒凉景象，也暗示毫无抵抗准备。尤其"黯销凝"一句，描绘出一副词人黯然忧伤的情态。看到这般模样，自然会追想当年事，即是靖康之变，二帝被掳之耻辱，宋朝南渡而失地。这是天意？还是人为？语意以"殆""非"两字，便觉摇曳难定，大概是两者皆有吧。而"洙、泗"指二水名，流经今山东曲阜市，相传是孔子当年讲学的地方。本来是礼乐教化之地，如今被金人所占，充满了牛羊的腥味，表明这里已被侵略者践踏和破坏。接下来七句，专写金兵的活动：看到隔岸有很多毡毛的帐篷，落日时分，他们赶回放牧的牛羊，又见许多作战的土堡。"区脱"指守边的土室，借指金人军营，表明金人防备严密。到了晚上，金人出来打猎。"名王"指金人的将帅、首领。骑兵的火把通明，照亮原野大地；吹笳擂鼓的声音十分悲凉，惊心动魄，使人心情难以平静。通过一系列所见所闻，感觉金人南下之心未死，国势仍是可危。

　　下片抒写复国的壮志难酬，因不能为国立功而悲愤。换头一段写：腰间的弓箭、匣中的利剑，这些武器弃置不用，只落得尘封虫蛀，光复事业怎么能完成？眼看失去时机，岁月将尽而空怀壮志，汴京好像越来越看不见了。一个"渺"字，表明渺远、渺茫，自己已经报国无门了。接下来，悲愤的词人把词笔犀利锋芒直指偏安的小朝廷。"干羽方怀远"是借用《尚书·大禹谟》"帝乃诞敷文德，舞干羽于两阶，七旬有苗格"之典故。据说舜大修礼乐，曾使远方的有苗族来归顺。词人借以讽刺南宋王朝与金妥协，屈膝降敌不抵抗。所以，下面一针见血地揭穿说：派使者去金国来往奔跑，他们竟不感到难为情。"冠盖使"指议和使者。这里以实事为背景，抒发自己的悲愤之情。"闻道"两句是写：沦陷区的父老同胞，经常望盼能够看到皇帝的车队、仪仗，能够看到宋朝的军队北伐。"翠葆霓旌"即翠羽装饰的车盖，画着云霓的旌旗，这里借指宋帝车驾。范成大使金过故都汴京，有《州桥》一诗："州桥南北是天街，父老年年等驾回。忍泪失声询使者，几时真有六军来？"写的也是这个意思。结尾三句顺势所至，更把出使者的心情写了出来：有人要是到了中原去看这种情况，一定会义愤填膺，泪流如倾。

清人陈廷焯《白雨斋词话》中说这首词"淋漓痛快，笔饱墨酣，读之令人起舞"。据记载，张浚读了以后为之"罢席而入"。张孝祥通过淮河两岸防备情况的对比，矛头直指南宋朝廷偏安一隅而放弃抵抗的行径。尤其化用舞羽之典故，讽刺意味极为浓厚。该词多层次、多角度表现当时的实际情况，表达人民的心声，抒写出自己的悲愤沉痛的感情。这个感情也呈现出多方面："黯销凝"是忧伤思虑，"遣人惊"是悲愤难忍，"若为情"是义愤嘲讽，"泪如倾"是同情悲痛等，真实反映了当时将士们的心态，堪称史词佳作。刘熙载《艺概》评曰："张孝祥安国于建康留守席上赋《六州歌头》，致感重臣罢席。然则词之兴观群怨，岂下于诗哉。"此词篇幅长，格局阔大，而句子简短，多用三言、四言句，音节急促，声调雄壮，正是词人抒发满腔爱国激情的极佳艺术形式。

论曰：倚声音节促，笔饱畅淋漓。唱罢填膺愤，令人心壮悲。

念奴娇·过洞庭

洞庭青草，近中秋，更无一点风色。玉鉴琼田三万顷，着我扁舟一叶。素月分辉，明河共影，表里俱澄澈。悠然心会，妙处难与君说。　　应念岭表经年，孤光自照，肝胆皆冰雪。短发萧骚襟袖冷，稳泛沧溟空阔。尽挹西江，细斟北斗，万象为宾客。扣舷独啸，不知今夕何夕。

中平中仄（句），仄中平（句），中仄中中平仄（韵）。中仄中平平仄仄（句），中仄中平平仄（韵）。中仄平平（句），中平中仄（句），中仄平平仄（韵）。中平平仄（句），仄平平仄中仄（韵）。　　中仄中仄平平（句），中平中仄（句），中中平平仄

（韵）。中仄中平平仄仄（句），中仄中平仄（韵）。中仄平平（句），中平中仄（句），中仄平平仄（韵）。中平平仄（句），中平平仄平仄（韵）。

《念奴娇》为词牌名，双调一百字，前后段各十句、四仄韵。张孝祥此词中韵脚"色、客、夕"三字出韵。古代填词还没有统一词谱之前，个别地方出格是正常现象。

此词格调昂奋，很能代表张孝祥的词的风格。此词为孝宗乾道二年，词人被谗免职，从桂林经湖南北归途中所作。开头点明地点，也是点题"过洞庭"。句中的"青草"是湖名，北与洞庭湖相通。"近中秋"点出时间，快到中秋。天高气爽，风平浪静，所以说"更无一点风色"。这里的"风色"是指洞庭、青草湖上没有一点儿风势，用语富有新意，也增添了一分词意。"玉鉴琼田"指湖面——形容平静明亮的湖面，以玉比喻湖水，清澈的湖水如玉镜、琼田。此句是写秋月下一碧万顷的湖水。如此风光美景，驾一叶轻舟游荡，该是多么惬意！接下来紧承中秋风色，写皎白的清光分给了湖水，形成了与天上的银河同景色，所以说"素月分辉，明河共影"，表明秋水长天共一色。下面归结一句"表里俱澄澈"，显露词的主旨。它包含了两层意思：一是说秋月秋水都澄澈，而且是里外上下都明亮。二是说连自己也被照得通亮起来，冰心玉壶，表明自己是一个光明磊落之人。这一句不仅是写景美，而且也写自己品格之美。杜甫诗有"心迹喜双清"，行迹是表、心灵是里，说的是同一个意思。但张孝祥还含有深意，表示要达到天人合一的境界。所以片尾就说：这种物我神合只能心领神会，其中的妙意无法跟你说清楚，如陶渊明所说"欲辨已忘言"。上片写景，下片抒情。过片几句从回顾岭表一年写起——词人曾知静江府（今广西桂林），兼广南西路经略安抚使，所以"岭表"指两广一带，也称岭外。想起自己在岭表一年被免职的经历，今天看到湖水明月的清澈，联想自己光明磊落处事，感慨万千。因此，下面就进一步说自己是"孤光自照，肝胆皆冰雪"。这里的"冰雪"是比喻自己洁白晶莹。南朝诗人江总的"净心抱冰雪"诗句，唐王昌龄的"一片冰心在玉壶"诗句，说的意思一样，表明自己是光明磊落、玉壶冰心、肝胆照人。接下来，从回顾过去又回到当下：而今的我，才三十六岁（三十八岁去世），头发就萧疏稀少。今夜月亮冷清，衣着单薄，顿觉凉意。尽管如此，还是要稳坐扁舟，泛水于清澈的洞庭湖上，不随流俗。下面宕开一笔，超越时空，请万物作客：我舀尽西去的长江水，用天上北斗作酒器，斟酒畅饮，这是何等气势！又是"扣舷独啸，不知今夕何夕"，敲击船沿，仰天长啸，抒发出满腔豪情。前句化用苏轼《前赤壁赋》"扣舷而歌之"之语，后句借用苏轼《念奴娇·中秋》"起舞徘徊风露下，今夕不知何夕"句意。这里的"不知"包含着忘我境界，与大自然交融在一起了。所以今夕也好、何夕也罢，似乎忘掉一切烦恼。

　　此词意境深邃，词人与湖光月色"悠然心会"，以洁白无瑕的景色衬托出他"肝胆皆冰雪"的高尚人格；又把自己当作自然的主人，以万象为宾客，以长江之水为酒，以天上北斗为酒器——这种浪漫主义的想象，更加显示出词人的宽宏大度的品质，也体现豪放的词风，可谓是绝妙好词。

　　论曰：词情豪放起，好似扣舷歌。心境明辉雪，浑然天上河。

陈与义

　　陈与义（1090-1138），字去非，号简斋，今河南洛阳人。徽宗政和三年登上舍甲科，高宗时官至参知政事。南宋初年杰出诗人，有《简斋集》。

伤春

庙堂无策可平戎,坐使甘泉照夕烽。
初怪上都闻战马,岂知穷海看飞龙。
孤臣霜发三千丈,每岁烟花一万重。
稍喜长沙向延阁,疲兵敢犯犬羊锋。

据载,建炎三年秋,金兵渡江,攻破临安、越州,宋高宗从海上南逃。次年春,金兵又攻破冥州,高宗又逃到温州。陈与义当时流落湖南,此诗正是这个时候所写。题为《伤春》,实际是伤时,即伤国。首联上句是因,下句是果:朝廷对金兵入侵不能也不敢抵抗;而金兵犹如汉代匈奴入侵,晚间的烽火一直照到了甘泉宫。表明南宋不抵抗政策,使得金兵长驱直入。"庙堂"指朝廷。"平戎"指平定外族的侵略。"坐"当"因此"讲。"甘泉"是汉代皇帝的行宫,在今陕西淳化的甘泉山上。汉文帝时匈奴入侵,告急的烽火直达甘泉宫。颔联进一步写金兵入侵:金兵入侵,汴京在一片战马的嘶鸣声中沦陷,那时就感到震惊。今天哪里会想到,皇帝在金兵的追赶下,从偏远的海上逃跑呢?"飞龙"指皇帝乘坐的大船。实际上是说从北宋就开始被金兵步步进逼、朝廷节节败退的局面。从"初怪""岂知"的语意上看,表明诗人对此忧心如焚。所以,颈联直接抒发感慨:"孤臣霜发三千丈,每岁烟花一万重。"上句写伤,下句写春,两句因果倒装,由春引起伤。"烟花"指春天的景象,化用杜甫"关塞三千里,烟花一万重"的诗句。"霜发三千丈"化用李白"白发三千丈,缘愁似个长"的诗句。"孤臣"指自己,表明自己流落无依的状态。这两句紧扣伤春而写,把李、杜名句合为一联,对仗工整,表现了伤时忧国的感情。他在别的诗中也说"天翻地覆伤春色",其手法与杜甫一样。尾联写欣慰:稍喜长沙有个抗金的将领向子諲,他率领疲弱之师,敢抵抗兽军的锋芒。"向延阁"指向子諲。"延阁"是汉代史官的官署,向子諲曾任秘阁直学士,相当于史官的职务，故称之。"犬羊"借指金兵侵略者。言外之意是：地方的将领敢于抵抗，胜过庙堂的当权者。诗人从中看到了一线希望，所以说"稍喜"，在忧伤中带来了欣慰。

陈与义学习杜甫作诗手法，他自己也说像杜甫那样，用诗歌写战乱题材。这首诗模仿特别明显，从思想性和艺术性直到句法声调，均像杜甫的《登楼》《秋兴八首》《登高》等一类作品。所以，杨万里说他"诗宗已上少陵坛"。《四库全书总目提要》评曰："至于湖南流落之余，汴京板荡之后，感时抚事，慷慨激越，寄迹遥深。"

论曰：吟情如杜甫，笔触庙堂声。抚事陈言老，伤春寓意明。

咏牡丹

一自胡尘入汉关，十年伊洛路漫漫。
青墩溪畔龙钟客，独立东风看牡丹。

这首看似咏物诗，实为借物怀乡之作。洛阳是陈与义的家乡，盛产牡丹，但已经无法回去看牡丹了——因为那里已被金兵所占，只能在南方看了。前两句是说：自从金兵入侵，中原沦陷之后，我再也回不去看伊水、洛水的故乡了；时隔十年，归乡的路程十分遥远。"胡尘"指金兵。"汉关"指宋朝边境。"十年"指自己流落他乡已历十年了，自靖康二年汴京沦陷至写此诗时整十年。后两句是说：自己在浙江桐乡，又孤独又衰老，只有在南方看看春天里的牡丹了。"青墩溪"在今浙江桐乡的北面。"龙钟客"为自指，形容老迈的样子。这首诗作于绍兴六年，当时陈与义以病告退，寓居浙江桐乡，所以自称龙钟客。

这首绝句的艺术特色就是以乐景写哀情，借咏牡丹以抒发兴亡之慨和思乡之情，把自己的漂泊异地同国家的命运联系起来，把思乡同爱国联系在一起。他这类寄托故国之思的作品大部分在后期所作，比如《道中书事》中后面四句——"易破还家梦，难招去国魂。一身从白首,随意答乾坤",表现爱国怀乡的真挚感情。虽然学习杜甫忧国忧民的情怀,但没有深入人民,所以思想不如杜甫深厚而强烈。

论曰:借看牡丹花,满怀思故家。题材真妙绝,含蓄咏天涯。

吕本中

吕本中(1084-1145),字居仁,世称东莱先生,今安徽寿县人。绍兴六年赐进士出身,后为官中书舍人,兼权直学士院。因反对和议,被罢官。作诗颇有见解,著有《春秋集解》《紫微诗话》等。

春日即事

病起多情白日迟,强来庭下探花期。
雪消池馆初春后,人倚栏杆欲暮时。
乱蝶狂蜂俱有意,兔葵燕麦自无知。
池边垂柳腰支活,折尽长条为寄谁?

这首诗是吕本中的代表作,是他早期的作品,写景抒情,流转自然。首联点题,是全诗的主旨。"病起"说明病愈,指身体状况。"多情"说明情态,因病而春怀。一个生病多日的人,刚刚好转,就想出去走走,看看外面的春色,这确实是"多情"。春光不负"多情",还好"白日迟"。这里化用《诗经·豳风·七月》中的"春日迟迟"句,谓春日过得缓慢,暗示外面还有春色可览。所以,下句就说在庭院里"探花期"。句子冠以"强来",说明病还不是全愈,有勉强之意,进一步说明"多情",表现在"探花"上。颔联承写上句,对"探花"进行展开:诗人在庭院漫步,只见积雪已消融,和风吹拂,便倚着栏杆,继续观赏春色，久久不愿离开，直到黄昏太阳下山为止。时间之久，留恋春景，又是"多情"的表现。这两句历来被人称赞。宋代张九成说"自可入画"，好在"人之情意，物之容态，二句尽之"。元朝谢榛还说，这二句诗作画"宛然一美人图也"。这两句确实写得精巧如画，但如果与陈与义的"登临吴蜀横分地，徙倚湖山欲暮时"相比，就显得格调纤弱。颈联又接着写景：眼前蜂蝶有意飞来飞去，地上兔葵燕麦默默地生长。"兔葵燕麦"是两种植物名。这里"有意"与"无知"对举，动静结合，前者为春色而忙碌，后者是润物细无声，把自己的情感嵌入景中，情景交融，也把动物植物拟人化了，赋予灵性，但都是寄托诗人的主观意识——看到眼前这一幕，人仿佛不如自然万物，一种凄然的神思跃然于前。尾联抒发情感收束。通过上联的主观联想，进入一种孤独伤感的氛围，为结语深化伤春情绪做足功课：小池边的春柳飘荡多姿，即使要去折它，可我又送给谁呢？好像葵麦无知，我也无知。"腰支"同腰肢、腰身。这里暗示着怀念某个人，但又不明说。这种谜语作结，耐人寻味。

  吕本中论诗提出"活法""悟入"，讲究技巧。此诗正是践行这一法则而作的。全诗围绕"多情"这条主线，句句有情有景，从病起看花、倚栏观景，到蜂蝶有意、葵麦无知，再到折柳怀人，一连串的"多情"举动，环环相扣，层层加深，将伤春之情推向高潮，读之令人动容。

  论曰：多情看景移，有意与君随。纵笔吟春日，伤心活现时。

曾几

  曾几（1084－1166），字吉甫，自号茶山居士，今江西赣州人。徽宗时做过校书郎，高宗时历任江西、浙西提刑。因反对和议被罢官，后寓居江西上饶茶山寺。秦桧死后，召回任秘书少监。他学识渊博，是陆游老师，提倡爱国思想。有《茶山集》。

苏秀道中

苏秀道中，自七月二十五日夜，大雨三日，秋苗以苏，喜而有作。

一夕骄阳转作霖，梦回凉冷润衣襟。
不愁屋漏床床湿，且喜溪流岸岸深。
千里稻花应秀色，五更桐叶最佳音。
无田似我犹欣舞，何况田间望岁心。

这首诗是表达诗人的喜雨之情和对民生的关注。"苏秀道中"，即从苏州到秀州的路上。

首联写喜雨：一夜之间，由炎炎烈日转为下起了大雨，这是我梦寐以求的事，现在觉得浑身凉快。"一夕骄阳"则说明之前久旱不雨，秋禾枯焦。"霖"为久雨，《左传·隐公九年》中所云"凡雨，自三日以往为霖"。中间一个"转"字，表现出诗人的喜悦之情，点明主旨。下句"梦回凉冷"与"一夕骄阳"形成鲜明的对比，也是"转"出来的语意：下雨自然回到清凉来，由闷热转到清凉，而"润衣襟"写出感觉——好像湿透了衣服。这里一个"梦"字，表达出梦寐以求的事。久思成梦，说明诗人一直在关注民生。颔联进一步写对雨的感受。出句化用杜甫《茅屋为秋风所破歌》中的"床头屋漏无干处"句，对句化用杜甫《春日江村》中的"春流岸岸深"句，化用自然妥帖；并且两句冠以"不愁""且喜"二词，这一正一反，明显翻出了新意，写出"喜雨"的感受。颈联还是写喜雨。出句是想象之辞——这场雨一定会让千里禾苗生机勃勃；对句是说，这雨打梧桐的声音最好听。本来在古代诗词里，雨打梧桐多表示愁苦失眠之情；这里反用其意，喜而不寐。尤其两句以"应""最"两个虚字对举，写出精神来。由第一联喜雨写起，层层转写喜雨；到了尾联，把原来的情感转到更高层面：无田的我犹欢欣鼓舞，何况有田的人家更是喜盼丰收。"望岁"指盼望丰收。以我"无田"之情来映衬"田家"之心，言外之意是：我喜雨不是为自己解闷，而是为农民的丰收之喜，精神可嘉。所以，清纪昀评说："精神饱满，一结尤完足酣畅。"

这首诗从谋篇到句法，都是典型的江西诗派风格。尤其在锤炼虚字上下功夫，从第二联开始，每联都有虚字关联，对情感的抒发和语句的流畅都起到很好的润色效果。同时，注意效仿杜甫关注民生，树立自我形象，讲究诗风等方面也下功夫，这是成功所在。他还有一首《夏夜闻雨》诗："凉风急雨夜萧萧，便恐江南草木雕。自为丰年喜无寐，不关窗外有芭蕉。"同样写出对人民生活的关切。

论曰：喜雨为题旨，周边皆润声。谋篇经典范，炼字也成名。

杨万里

杨万里（1127-1206），字廷秀，号诚斋，今江西吉水人。绍兴二十四年进士。孝宗初，知奉新县。光宗即位，召为秘书监。工诗，与尤袤、范成大、陆游齐名，并称为南宋"中兴四大诗人"。初学江西派，终自成一家，时称"诚斋体"。有《诚斋集》。

晓出净慈寺送林子方

毕竟西湖六月中，风光不与四时同。
接天莲叶无穷碧，映日荷花别样红。

这是组诗第二首，当作于宋孝宗淳熙十四年。"净慈"是寺名，在杭州西湖边。"林子方"是福建莆田人，举进士后，曾任秘书省正字等职。从题意看，是杨万里清晨从净慈寺送别林子方，经过西湖边时写下这首诗的。但此诗不写送人之意，却写西湖风景来，不合常理。撇开这点疑问，诗确实写得很好。诗人说：杭州西湖六月的风光毕竟与别处的四季景色不一样，为什么呢？是因为这里有一望无际的荷花，荷叶是那样的绿，荷花是那样的红。这诗好在哪里呢？一是西湖的荷花不是三尺水缸里的，也不是半亩方塘里的，而是在广阔的湖面上与天连接，写出不同的气象；二是把碧天、红日分别与莲叶、荷花上下联系起来，一句突出"无穷碧"，一句突出"别样红"，红绿交相辉映，彼此陪衬烘托，一派生机。这样写荷花别开生面、新颖奇特，是艺术上的成功。

再延伸读一首写野花的诗，题为《过百家渡四绝句》第二首："园花落尽路花开，白白红红各自媒。莫道早行奇绝处，四方八面野香来。"这首诗也是诗人出城到郊外，觉得乡下景色无处不惹人喜爱，何必到名园花卉里去看？也写出不一样的地方，即"奇绝处"："园花落尽路花开"，这是其一；其二，白的、红的各自展示，不像花园里的花需要修剪；其三，是从四方八面扑香而来，也不像花园里那么几朵，小家子气。这首诗从视觉到嗅觉写出，让人感到亲切有味，同样是一首构思新颖的好作品。这两首诗语言通俗活泼，爽朗轻快，生动体现了杨万里所提出的"活脱"风格。

论曰：此绝开生面，荷花别样红。新奇为咏趣，活脱见诗工。

过松源晨炊漆公店六首·其五

莫言下岭便无难，赚得行人错喜欢。
正入万山圈子里，一山放出一山拦。

诗题中的"松源、漆公店"为地名。原组诗六首，此选其五。南宋光宗绍熙三年春，杨万里赴江西弋阳公干，路过松源的一家旅馆，在山岭高处，眼前是下坡路，就写下山时的深切感受。诗人是说：不要说下山不怎么费劲，可事实并非如此，是一种错觉；你要出山时，仿佛处在"万山"包围之中，偏不让你出去，走出一山又见一山。下过山的人都有这个体会。人们常说一句话：上山容易下山难。人生的路不就是如此？刚取得一些成绩而洋洋得意，其实前面的路还长着呢！而且是曲折变化的，并非一帆风顺。这就是诗的理趣。除了理趣之外，还有情趣：山好像在跟人捣乱似的，你想出去，偏不让，一山拦着一山，让你很难走出去。山本来是静的，在他笔下却是活的、有意识的。"赚得""放出""拦"等都是拟人的动作，好像一个人在给你兜圈子，这就是风趣、奇趣，体现出"诚斋体"诗歌的特色。

这是写下山的，不妨再看他是怎么写上山的。题为《过上湖岭望招贤江南江北》："岭下看山似伏涛，见人上岭旋争豪。一登一陟一回顾，我脚高时他更高。"诗人觉得从山岭下看山像是低伏的波涛，看见上山的人好像跟山比高低，当你一步高出一步而回顾周围的山脉时，发现山比你的脚步还要高。爬山的人有同感，翻山越岭，往往一山高出一山，这是普遍的现象；但诗人却把山写得像一个调皮鬼，看人上山，就跟你"旋争豪"，充满着幽默风趣，同样也富有哲理。

论曰：题吟真有趣，句句玩山行。哲理从中悟，诗情有共鸣。

初入淮河四绝句（节选）

其一

船离洪泽岸头沙，人到淮河意不佳。
何必桑乾方是远，中流以北即天涯！

其四

中原父老莫空谈，逢着王人诉不堪。
却是归鸿不能语，一年一度到江南。

淳熙十六年冬十二月，金人派遣使者来南宋贺岁，杨万里奉命去淮河迎接陪伴。淮河本来是北宋的腹地，却成为宋金的国界，由此触景伤怀写下这组诗。

其一是说：乘船离开洪泽湖到达了淮河边，人的心情变得很不好。何必说，要到桑干河才算是边远之地呢？淮河中流以北就是天涯了。言外之意是：不要说那么远，现在中流以北就不属于南宋的疆土了。"洪泽"即洪泽湖，在江苏西部。"桑乾"一作桑干，即桑干河，发源于山西，流经北京，至天津入海。诗人"初入淮河"，应该感到新鲜、兴奋才对，却为什么说"意不佳"呢？因为淮河成为南宋和金的国土分界线，见此生情，怎么不令人痛心呢？所以，诗里用"天涯"来形容遥远，字里行间透露出对南宋王朝放弃中原大好河山的强烈不满。

其四是说：中原父老见到南宋朝的使者就诉苦不绝，可这有什么用呢？反而是不能说话的大雁，一年一度飞回江南。言外之意是：中原父老比不上大雁，不能回到故国去。"莫空谈"表明中原老百姓逢见使者没有时间说些客套之类的话，而是急着传达他们的苦衷，既表达沦陷区人民对故国的怀念之情，也婉转表达对南宋小王朝的谴责。其实，这是将诗人的感情转移到中原父老的身上，用他们的表达更能让人真切感受，这叫"移花接木"法。

这两首以"意不佳"为主线贯穿起来而写，前者表达沉痛感喟，后者表达痛苦和向往，主题鲜明，风格沉郁，语言平易自然，已经明显摆脱了江西诗派的作法。

论曰：何由不佳意，国破自生情。触景心悲痛，诗题主旨明。

范成大

范成大（1126-1193），字至能，号石湖居士，今江苏苏州人。高宗绍兴二十四年进士，官至参知政事。他与杨万里、陆游、尤袤合称南宋"中兴四大诗人"，以反映农村生活的作品成就最高。有《石湖居士诗集》。

催租行

输租得钞官更催，踉跄里正敲门来。
手持文书杂嗔喜，我亦来营醉归尔！
床头悭囊大如拳，扑破正有三百钱。
不堪与君成一醉，聊复偿君草鞋费。

此首为乐府组诗之四，以此篇最为优秀，为诗人在新安为司户参军时对催租事有感而写。开头两句是说：农民已经交了租，得到了交租的收据，可官府又要催租，走路东倒西歪的里正跑过来敲门了。"钞"不是钱，是指缴纳租税后官府发给的收据凭证。"踉跄"形容走路跌跌撞撞的样子。"里正"是乡里的小官，替官府督促农民交粮纳税。开篇点题，单刀直入，但角度与以往不一样。此诗以"输租得钞"为切入点，引人注目，把前面如何交租给省略了，主要写农民交了租而官家又来催租的情节，这样更触目惊心，所以用"官更催"来揭开不太引人注意的新名堂，令人耳目一新，旧题材新写法，确实有独到之处。下句紧承"官更催"，推出"里正敲门来"，描写极富表现力。"踉跄"一词，活灵活现地把"里正"的流氓习气给刻画出来。再加上"敲"字的动作，更生动地再现了官府的权威——这一"敲"，不仅敲开了门，更是敲碎了农民的心。接下来两句写"里正"进屋后的情态：手里拿着百姓交租的凭证，又是威胁又是哄骗，还假正经地说，我替官府催租，也是为了一顿酒饭而来的。通过"杂嗔喜"的表情和"营醉归"的表白，把那个凶神恶煞、嘻皮笑脸、机诈善变、厚颜无耻、假公济私的无赖形象，刻画得栩栩如生。尤其一个"杂"字，将里正的丑恶嘴脸的表情给全面概括了，也丰富了诗意。剧情已经进入高潮了：农民面对这样的无赖，还有什么办法？把平时省吃俭用攒下的一点小钱放在攒钱罐里，不得不给敲破了，数了一下，总共才三百钱。"床头"表明很珍惜储钱，形容寸影不离，所以才放在床头。"悭囊"表明是备急用的，平时是不拿出来花的，所以才放在攒钱罐里。"大如拳"表明攒钱不多，就那么一点点。这七个字，字字有分量，字字带血泪，然而农民却只能笑脸相迎，委婉地赔情道歉说：这点小钱还不够您喝一顿酒，您为公事把鞋都跑烂了，姑且拿去贴补买一双草鞋的费用吧。写到这里，就戛然而止，接下来的情节留给读者去想象吧。作者是不忍心再写下去了，余味无穷。

  此诗的艺术表现值得注意：一是描写生动，只抓住一个交面短暂的过程，却仿佛演出了一场话剧，有场景，有人物，有动作，有对话。"里正"这个演员演技高超，既嗔又喜，既哄又骗，既凶又胁；而农民演员处在弱势，只能陪笑、装傻，泪水往肚子里咽，打破"悭囊"的举动让人揪心；看戏的作者既不评论也不感叹，一切都让情节代言，巧妙地绘画出一幅催租图来。二是笔墨经济，不像以前乐府诗长篇叙事，这里只用八句五十六字，就把以上所说的情节给说全了，运笔十分老到。比如"踉跄"二字含义十分丰富，"杂嗔喜"也包含各种表情在里面。再如最后两句只写农民在说话，而且话中有话，也是十分巧妙。里正到底有没有被打发走？农民今后的生活会是怎样？其实这些情节是不言而喻的。如此用笔，只有大手才能自如。

  论曰：催租场景绘，栩栩逼如生。刻画人心妙，情形触目惊。

四时田园杂兴六十首（节选）

其二十五

梅子金黄杏子肥，麦花雪白菜花稀。
日长篱落无人过，惟有蜻蜓蛱蝶飞。

其三十一

昼出耘田夜绩麻，村庄儿女各当家。
童孙未解供耕织，也傍桑阴学种瓜。

其三十五

　　采菱辛苦废犁锄，血指流丹鬼质枯。
　　无力买田聊种水，近来湖面亦收租。

　　在范成大描写农村生活的诗歌中，《四时田园杂兴六十首》是很有名的。这是他晚年退居石湖时，在对农村生活长期观察体会的基础上写成的。组诗分春日、晚春、夏日、秋日、冬日五组，每组十二首，反映了当时农村生活的各个方面。所谓"杂兴"，就是有感而发、随事吟咏的诗篇。

　　其二十五首是写夏日江南农村的自然景色。前两句写梅子、杏子、麦花、菜花，对偶工整，色彩鲜明，有花有果，长势不同，表现出夏季农村特有的风景。第三句转写篱落无人行走，为什么呢？因为夏季里农民在忙农活，所以没有闲人在走动。这是侧面反映出来的现象。结句化静为动，推出蜻蜓蛱蝶飞舞的画面，使这幅农村小景图生动起来。仔细品味一下，这实际上是反过来以动见静，衬托出一种静美的意境。

　　其三十一首是写农家劳动的情景。前两句反映男耕女织的传统生活，白天田间劳作，晚上在织线纺麻，农家的儿女们都是行家里手。后两句转到童孙身上，他们尽管不懂耕织的道理，也来桑阴底下学着种瓜，歌颂了农民勤劳质朴的传统美德，从字里行间也透露出一位老诗人对儿童学耕作表示赞美之情。在古代直接描写农民劳动的诗篇很少，就是陶渊明也只是写自己参加劳动的事，这是继承和发扬《诗经》里描写农事劳动的传统文化，是难能可贵。

　　其三十五首是写各种苛政剥削，反映农民疾苦。前两句单刀直入：采菱劳动极为辛苦，手指都挖破了，流出血来，人枯瘦得像鬼。为什么呢？因为是"无力买田"耕作，只能以采菱为生。"种水"指水中种菱。已经穷到这个地步了，官府"近来湖面亦收租"，农民依旧摆脱不了被盘削的命运。陆游《书叹》中也说："正如横江网，一举孰能脱！"此诗揭开当时封建剥削的罗网极有历史价值，取材极有典型意义。

以上选取三个侧面的诗篇,是体现《四时田园杂兴》三个方面的主要内容,无论在内容上还是在形式上,都是别开生面的,在诗歌史上作出独特贡献,也为诗人赢得"田园诗人"的光荣称号。

　　论曰:有意组诗歌,吟田六十多。题材皆典例,自古别开过。

陆游

　　陆游(1125—1210),字务观,号放翁,今浙江绍兴人。孝宗时赐进士出身,官至宝章阁待制。工诗,自言"六十年间万首诗""无诗三日却堪忧",成为南宋一代诗坛领袖,在文学史上享有崇高地位。有《剑南诗稿》《放翁词》等。

关山月

　　和戎诏下十五年,将军不战空临边。
　　朱门沉沉按歌舞,厩马肥死弓断弦。
　　戍楼刁斗催落月,三十从军今白发。
　　笛里谁知壮士心,沙头空照征人骨。
　　中原干戈古亦闻,岂有逆胡传子孙?
　　遗民忍死望恢复,几处今宵垂泪痕。

　　《关山月》是汉乐府古题,属横吹曲,前人多写成边将士征战之苦和思乡之情。此诗是南宋与金国达成和议十五年后,诗人在成都感伤时事而作。

　　这是一首七言古诗,全诗十二句,四句一段,一段一韵,主题鲜明。开头四句先从南宋统治集团写起:孝宗派遣使臣与金人议和已经十五年了,将军们领兵驻守边地,因议和而长期不战,无事可做。"和戎诏"指隆兴元年,南宋因符离战败向金国屈服退让,签订了和议,实际上是求和的诏书。"戎"是古代对外族的称呼，这里指金国侵略者。"空临边"指将士们白到边境去。接下来两句又说：贵族官僚们住在高楼深院里，夜夜轻歌曼舞；而马棚里的战马因被养得又肥又胖而死去，兵库里的弓箭也白白地烂掉。"沉沉"形容高楼深邃。一个"按"字，动作写得活灵活现，不能简单理解为照着节奏而按的意思，而是体现富贵们听歌比画的悠闲自在的神态。这四句所写的种种情况都是因为南宋下诏和戎的缘故，矛头指向统治者不抵抗政策。

中间四句为第二段，与"空临边"相呼应，转写边防战士。战士们所闻的是：哨楼里的刁斗催着月落，难以入眠；所见的是：多少人啊，三十来岁从军守边，如今头发都已发白了。"戍楼"指边境防敌的哨楼。"刁斗"指军营中夜里打更用的器具。这两句表现战士苦闷悲愤的心情——虚度光阴，白了头发，一事无成，呼应上面一个"空"字。所以接着说：笛声里，谁能听出战士的忧怨心声？沙漠里，明月徒照战场上死去的战士尸骨。活着的人白了头发，死去的人鲜血白流，此景此情，怎么能不悲愤呢？"笛里"也指此诗所表达的心声。因为"关山月"是汉乐府横吹曲名，用笛吹奏这曲子，王昌龄《从军行七首》中所云"更吹羌笛关山月"。

诗的最后四句为第三段，转写北方遗民：中原一带自古以来都受到外族入侵，但从来没有听说长期被占领下去。可现在，北方人民还在敌人的蹂躏下过着痛苦的生活。"逆胡"是古代对外族侵略者的蔑称。以"岂有"反问，突出表达了愤慨心情。金人侵占中原至写此诗时，大概已传四世了，表明中原已被长期占领，所以说"逆胡传子孙"。结尾接着说：北方人民期待南宋王朝出兵收复失地，但这希望已是渺茫无期。在明月当空的时候，不由地望着南方而伤心落泪。希望落空，又呼应了"空临边""空照征人骨"，全诗意脉完结。

这首诗以南宋王朝下诏和戎为主线，通过写统治者、边防战士以及北方遗民的不同境况，对统治集团进行谴责，对战士和遗民寄予同情，对外族侵略者表达仇恨。陆游的爱国思想在这首诗里全面体现，是思想性很高的一首。在艺术性方面，体现了诗人运笔的凝炼简洁，表现出高度的艺术概括力；也创造性运用"关山月"这个汉乐府的旧题，扩大内容——既写到边塞的风物，如"戍楼""刁斗""沙头""征人""羌笛"等，又写到统治者、遗民，也就是说不停留在写征人这一主题，而是把各方面的情况结合在一起，内容丰富了，思想深刻了，境界扩展了，意义重大了。不仅如此，全诗还巧妙紧扣"关、山、月"里的字意来借题构思，巧妙结合。尤其"月"字的运用，巧妙无比：用"月"来表示时光的流逝，从而表现"和戎诏下十五年""刁斗催落月"；也用"月"表示思念、怀乡之意，体现"空照征人骨""今宵垂泪痕"——全诗都在"月"下来体现意境，表达不同的心情。另外，全诗押韵上也有特色：第一段押的是平声"一先韵"，音调谐婉，在惋惜之中包含忧愤；第二段押的是仄声"六月韵"，换了入声韵，音调急促，表现情绪激越；第三段押的是平声"十三元韵"，再换平声韵，表现感慨深沉。全诗平声韵、仄声韵、再平声韵依次使用，情感达到抑扬顿挫、一唱三叹之效果。所以这首诗的艺术价值也很高，值得关注。

　　论曰：古韵感时局，诗心隐痛生。联联皆怨婉，笔笔不闲情。

游山西村

　　　　莫笑农家腊酒浑，丰年留客足鸡豚。
　　　　山重水复疑无路，柳暗花明又一村。
　　　　箫鼓追随春社近，衣冠简朴古风存。
　　　　从今若许闲乘月，拄杖无时夜叩门。

　　这是一首纪游抒情诗，作于宋孝宗乾道三年初春。陆游上年自隆兴通判被罢官后，回山阴镜湖三山乡间居住。此诗正是表现诗人回乡后对农村景色的感受和与村民的真挚感情。

首联从农家写起，说不要嫌弃农家腊酒味道不醇，丰收后他们会用丰盛的菜肴款待客人。"腊酒"指腊月里酿造的酒。"鸡豚"即鸡和猪，泛指家畜家禽。诗人用这两种普普通通的农家菜，表达出他们的朴实热情；以"莫笑"的语气，表明不是什么山珍海味，强调农民的一片真心和热情——所谓家常便饭，心意浓厚；尤其一个"足"字，表达了农家待客尽其所有的盛情。字里行间，诗人已经领受到农家的一番盛意，也道出对农村淳朴民风的赞赏。颔联写村外之景物。"山重水复"是从远处着眼，把山环水抱的自然景象用粗线条勾画出来，以"重""复"来渲染山水的蜿蜒曲折；接着说"疑无路"，就更加衬托出山水的转折迂回。"柳暗花明"是从近处落笔，把柳绿花艳的繁盛景象用色彩画笔给描绘出来，以"暗""明"加以浓笔渲染；接着说"又一村"，突然发现一个村庄，这就更反衬出柳花的茂密程度。北宋陈师道曾说"绿暗连村柳，红明委地花"，陆游在此加以活用，简洁明快。两句对仗工整，"疑无路"与"又一村"对举，前者是虚写，后者是实写，然而虚实相生，情景交融，充满了韵味无穷的诗意，又寓含着丰富的人生哲理，千百年来广泛被人引用。颈联承接"又一村"，转写村中的风俗民情：春社节日临近，村里又是吹箫又是打鼓，人们穿着简朴，仍然保留着古代乡土风俗。春社里，民间都要祭祀土地神，祈求丰收，所以才见到这么热闹的场面。尾联通过写夜景，表达对农家生活的向往：一天游玩下来，不觉中已见明月高悬，仿佛向明月表白自己的向往——但愿从今以后，能不时乘着月色拄杖闲游，轻叩柴扉，与老农把酒言欢。此情此景，该有多么快乐！诗人是被罢官回乡的，本来心中难免有抑郁不平之气；但看到家乡纯朴善良、古风犹在的情景，心灵上得到了安慰。正如诗中所说的"柳暗花明又一村"，充满了希望。

此诗为七言律诗，讲究章法，转折自然，对仗工整，层次分明，结构严谨，以"游"为主线贯穿始终，先由客后及己，先由景后及情，先由远后及近，先由虚后及实，自己的情感与景物融为一体，又前后呼应，步步深入。语言明白流畅，不用典故及深奥难懂的字句，却写出韵味深厚的诗意来，又寓于哲理，引人深思，这就是艺术高妙所在。清人贺裳《载酒园诗话》评其诗曰："善写眼前景物而音节琅然可听。"

论曰：记游随手笔，转折自油然。一句山重道，情含理味鲜。

临安春雨初霁

世味年来薄似纱，谁令骑马客京华？
小楼一夜听春雨，深巷明朝卖杏花。
矮纸斜行闲作草，晴窗细乳戏分茶。
素衣莫起风尘叹，犹及清明可到家。

宋孝宗淳熙十三年春，闲居在家的陆游被起用，任命为严州知州。孝宗召见时对陆游说："严陵山水胜处，职事之暇，可以赋咏自适。""严陵"就是东汉严子陵隐居钓鱼的地方。这同陆游"一身报国"的志向是相违背的，所以诗人有感于此写下这首诗。

诗的开头就用了一个巧譬，把"世味"比作薄纱，对仕宦生活的兴味薄得就像半透明的纱，意思是对这闲官不感兴趣。这大概是听到皇上的话后而感叹的，所以自问"谁令"我来驻京华，意思是来召见干什么？这句带有自责的语气，但又说得很委婉，转而对春景产生了浓厚的兴趣。颔联就写春景：诗人住在小楼里，一整夜听到阵阵的春雨声，一大早就传来了深巷里有人叫卖杏花了。这两句同南宋陈与义的"客子光阴诗卷里，杏花消息雨声中"和南宋叶绍翁的"春色满园关不住，一枝红杏出墙来"一样，都是很有名的句子。杏花一开就表明春意盎然了，古诗词里常用这一意象来描绘春天。北宋宋祁在词中说"红杏枝头春意闹"，元代虞集词中还说"杏花春雨江南"等，这些用杏花写春意的句子都很成功。然而陆游的诗句更胜一筹，它是在律诗里的第二联要求对仗，这里又十分工整妥帖，自然浑然，而且是一对流水对，前后相承，意思完整——由春雨引出杏花，由听觉引起联想，此时此刻，诗情与春景交融，也说明春天的气息无处不在，令人喜爱。本来听那绵绵的春雨，一夜未眠，有些感伤之情；一大早听到外面有人卖杏花的声音，一下子心绪给调头回来，由愁转喜，得到一点安慰。颈联就写起床后的事：春景是令人向往的，可惜人还在京城，显得无聊，就随便拿来纸张，歪歪斜斜地任意写起字来，一边还以品茶消遣。"矮纸"即短纸，篇幅不大的纸。"草"指草书。"细乳"指沏茶时浮出水面上的白色泡沫。"分茶"在这里指品茶。大家应注意的是，颔联和颈联不是游离主旨以外，而都是照应首联所写：一方面，因世味薄纱，显得无聊心情，按皇帝的意思"闲暇之时，可以赋咏自适"，这是一种无奈的心态。另一方面，因自责来京，急盼离京归去，那里才是春的召唤。所以尾联写：赶在清明之前回家观赏春光，不要在这里让我的"素衣"被风尘所染。这是化用西晋陆机"京洛多风尘，素衣化为缁"诗句，怕白色的衣服被尘土染黑了，意思是不愿意受到污浊官场的沾染，又是呼应开头诗句，诗意完整收束，令人同情。

此诗如果仅看题目，会以为是写游春所感而已，好像不是"为国戍轮台"而"一身报国"的陆游所写；但细细品味诗中的主旨，这与他一贯主张上前线抗金的志向相一致，岂能让他去后方干些毫无意义的事情，从而委婉曲折地表达出自己不愿意接受这桩差事的心绪。你看，诗一开始就以反诘语气吐出心中的抑郁，第二联一夜听雨添愁绪，第三联品茶消遣发牢骚，到结尾更是不想素衣被沾染而叹息，直至最后想回家的念头，主题鲜明，诗意连贯，音律圆润，笔调流转轻快，寓意蕴藉，耐人寻味。正如赵翼所云"放翁以律诗见长"，不愧是诗坛中的名作。

论曰：巧譬开头起，联联接意生。胸襟沉郁闷，蕴藉向深情。

诗词史脉题解

书愤

早岁那知世事艰,中原北望气如山。
楼船夜雪瓜洲渡,铁马秋风大散关。
塞上长城空自许,镜中衰鬓已先斑。
出师一表真名世,千载谁堪伯仲间?

这首诗作于宋孝宗淳熙十三年陆游闲居故乡山阴时。陆游当时已有六十二岁了,都这把年纪了还念念不忘国家事,其爱国情怀令人敬佩。首联回忆当年满怀收复中原的壮志,一开篇就感叹"世事艰":早年哪里知道世上的事情有这么艰难,原来把事情考虑得太简单;当年想收复中原失地有如山那样宏伟雄壮,豪气磅礴,结果不尽如人意。此联总写当年事,颔联接着具体来写,追叙宋金的两次战争。"楼船"句是写陆游在镇江任通判时耳闻目睹的事:在金兵攻占扬州,进逼瓜洲之际,隆兴元年,张浚积极备战,但不久兵败符离,收复故土的愿望化为泡影。"楼船"指高大的战船。"瓜洲"在今江苏扬州南面、运河进入长江的地方,是当时的江防要地。"铁马"句是写乾道八年,金兵要进犯大散关,即在今陕西宝鸡西南,是当时宋金的西部边界。陆游亲自到南郑了解前线情况,与王炎商计反击之事,结果王炎被调回临安,收复故土的愿望又一次成为泡影。这两句高度概括了当年的综合时事,从艺术表现的角度看,很能体现陆游的浩荡诗才。"瓜洲渡"与"大散关"都是军事重镇,也代表东南和西北两个战区,空间之广,可见时危。"楼船"与"铁马"又代表水军和陆军,同时把战争环境放在"夜雪"与"秋风"的背景下,显得悲壮之境,意象选取极为精当典型,也体现陆游的高度概括力。颈联又对"世事艰"进行具体化。"塞上长城"是比喻保卫祖国的英雄。这里是借用南朝名将檀道济的一句"乃复坏汝万里之长城",表示自己空怀收复中原的壮志,所以说"空自许"。现在从镜里看到自己衰老容颜,两鬓斑白了,心中有无限的感慨,正如他在词里所说的"元知造物心肠别，老却英雄似等闲"的普遍现象。最后归结向往诸葛亮出师，借以言志：《出师表》举世交赞，千秋万代还有谁与它比肩？诸葛亮在《出师表》中说自己"当奖率三军，北定中原……兴复汉室，还于旧都"。结尾是化用杜甫"出师未捷身先死，长使英雄泪满襟"和"伯仲之间见伊吕，指挥若定失萧曹"，说明陆游与杜甫的心是相通的，此诗的风格也与杜甫相似。

陆游在垂暮之年依旧关怀国家之事，依然表达北伐抗金的愿望，完成国家统一意志终身不移，确实让人敬佩。全诗意脉清晰流畅，一气呵成，浑然一体，又婉转含蓄，借典寓意，自然妥帖，而且语言精炼，尤其颔联具有高度概括力。诗风浑如杜甫。正如清人许印芳所评："通篇沉郁顿挫，而三四雄浑。真可嗣响少陵。"以及清人李慈铭所云："全首浑成，风格高健，置之老杜集中，直无愧色。"

论曰：通篇爱国情，意味接联生。气骨浑如杜，垂年老愤声。

示儿

死去元知万事空，但悲不见九州同。
王师北定中原日，家祭无忘告乃翁。

宋宁宗嘉定三年春天，诗人临终时写了这一首绝笔诗，读之令人感慨万千，为之动容。

首句直点死后之事。诗人本来就知道人一死就什么都不知道、什么都没有了，一种悲怆之情跃然纸上。这是缘于他一身报国、国家统一的愿望和努力都没能实现，从而感到有愧于天地。所以次句就说：但悲的是祖国还未统一而无限忧伤。后句为前句起到了反衬作用，而且是有力的，表示他死也不瞑目。尤其一个"悲"字，显示出他内心极度的悲痛，强调的是没有看见祖国的统一而生悲，这事在诗人眼里比死更可悲。所以三、四句转写希望：诗人坚信总有一天"王师"能"北定中原"，希望这一天家里举行祭奠，别忘了把这个消息告诉他。诗人的情调便由悲痛转化为激昂，表达了诗人坚定的信念和悲壮的心愿。一个即将离世的老人还不忘国家的统一大业，其光辉思想永远激励着后人。

"示儿"这个题材过去也有人写过，比如陈师道写的《示三子》诗，只不过写和儿女们久别重逢的感叹而已；而陆游的《示儿》完全不涉及个人家庭的私事，表明对个人生死早已置之度外，一心想上沙场的人还怕死吗？祖国统一才是他死而无憾的事。明代徐伯龄《蟫精集》评曰："较之宗泽三呼渡河之心。何以异哉！"这首诗作为陆游的绝笔之作，是他一生爱国的总结，也是他全部爱国诗篇的总作，今天读之仍然有着积极的意义，历史价值不可估量。

论曰：临终绝笔诗，感动后人儿。爱国情怀壮，示篇星月垂。

钗头凤·红酥手

　　红酥手，黄縢酒，满城春色宫墙柳。东风恶，欢情薄。一怀愁绪，几年离索。错！错！错！　　春如旧，人空瘦，泪痕红浥鲛绡透。桃花落，闲池阁。山盟虽在，锦书难托。莫！莫！莫！

　　平平仄（韵），平平仄（韵），仄平平仄平平仄（韵）。平中仄（换韵），中平仄（韵）。仄中平中（句），仄平平仄（韵）。仄（韵）。仄（叠韵）。仄（叠韵）。　　平平仄（韵），中平仄（韵），仄平仄平仄平（韵）。平平仄（换韵），仄平仄（韵）。平中平中（句），仄平平仄（韵）。仄（韵）。仄（叠韵）。仄（叠韵）。

　　《钗头凤》为词牌名，原名"撷芳词"，又名"折红英""摘红英""惜分钗"等。陆游因一词中有"可怜孤似钗头凤"句，改名《钗头凤》。双调六十字，前后段各十句，七仄韵、两叠韵。

宋代诗词中写爱情的比较少，写给自己爱情的就更难得了。陆游初娶表妹唐婉（也作唐琬），夫妻恩爱，但陆游母亲不喜欢唐婉，将他们拆散了。后来陆游另娶，唐婉改嫁。陆游还经常想念这段爱情，曾写两首《菊枕》诗，诗中说"唤回四十三年梦，灯暗无人说断肠"。这时陆游已经六十多岁了，依旧回念往事。一次春日出游，在家乡沈园与唐婉邂逅相遇。唐婉正和现任丈夫饮酒，见此以酒肴殷勤款待陆游。而陆游则感伤起来，在沈园墙上题下这首词。

词以"红酥手"开头，忆写唐婉的一双红润细嫩的手，说明唐氏的美丽；以"黄縢酒"实写唐婉遣人送来官家酿造的黄酒，说明唐氏的温情——前两句似有举案齐眉的寓意；而眼前的景色正是满城春光，杨柳依依，吹拂着旧时的宫墙——如此情景，当初在一起，今天又重逢，一往深情，仿佛又回到过去了。下面陡然一转，回忆往事，情绪一下子变得激动起来，似乎是用一种凄厉的声音呼喊"东风恶，欢情薄"。此处的"东风恶"象征着封建家长的专制权威，硬逼着他们分手，才使得欢情这么淡薄，没办法白头偕老。"东风"一词极有含义——东风可让百花绽放，也可让百花凋残——花离不开风，又怕风吹落，用来形容家长专制十分妥帖，仅用六个字就高度概括了当时的婚事。正因为如此，几年的分离孤独而满怀哀思，往事不堪回首，怨恨交加，连声叹道：错错错啊！这里只说错在分手，没有说错为哪里——是当初结合的错吗？还是现在相逢的错？是当初惹母亲生气吗？还是说自己软弱？妙在不明言，而痛苦之情在言外。

词的上片追忆往昔美满婚姻，感叹被迫离异的痛苦。下片集中写分离的痛苦。过片三句说：年年春景依旧，而人却变得消瘦了。不是今天相逢才想起来的，自分离后，年年都在思念啊，相思的泪水早已把胭脂色的手帕都湿透了。"红"指胭脂色。"浥"是湿润之意。"鲛绡"是一种丝绸手帕。传说中美人鱼失水被人救后，寄寓其家，日织丝绢和薄纱以谢恩，而后离去。这个故事本身就含有离异而不忘旧恩的象征，可作参读。一个"空"字，说明这种思念没有什么用——白白而相思，又不能相合，真无奈，加深了痛苦的程度。下面再以环境渲染——桃花飘谢，落艳纷飞，沈园里显得空荡荡的，以景写情，衬托出孤独寂寞之感。所以说"山盟虽在，锦书难托"——当年的海誓山盟，今天却是难以传递相思之情。词人又是无可奈何地反复唱出：莫莫莫啊！莫是什么？莫要再提起？莫要空相思？莫要再怨恨？莫要谈再婚？也是妙不明言，而沉痛之悲现于言外。

一直寻求杀敌报国的男子汉，在对待个人感情上，也能写得低回哀怨，悱恻动人，说明陆游在文学造诣上是多面手。他对于唐氏的感情是老而弥笃，前后写过不少的怀念诗篇，只遗憾的是一场悲剧。而这悲剧正是封建社会家长专权所造成的，虽然有体现"孝义兼挚"，但也还是有揭露封建婚姻制度之陋习的成分，不然就不会写出"东风恶"词句来。这一点可与东汉末年《孔雀东南飞》比肩，是一首难得的佳词。

有记载说，唐氏看到这首题词后，也和了一首，不多久就抑郁而死。唐婉所和的词为《钗头凤·世情薄》：

世情薄，人情恶，雨送黄昏花易落。晓风干，泪痕残。欲笺心事，独语斜阑。难！难！难！　人成各，今非昨，病魂常似秋千索。角声寒，夜阑珊。怕人寻问，咽泪装欢。瞒！瞒！瞒！

论曰：也有柔情意，浑然婉约词。东风如此恶，笔透痛心悲。

卜算子·咏梅

驿外断桥边，寂寞开无主。已是黄昏独自愁，更著风和雨。　无意苦争春，一任群芳妒。零落成泥碾作尘，只有香如故。

中中中中平（句），中仄平平仄（韵）。中仄平平中中中（句），中仄平平仄（韵）。　　中中中中平（句），中仄平平仄（韵）。中仄平平中中中（句），仄仄平平仄（韵）。

《卜算子》为词牌名，又名"百尺楼""眉峰碧""楚天遥"。双调四十四字，上下片各四句、两仄韵。

这是一首咏梅词，托物言志。上片写梅花的生存环境：生于荒郊的驿站外面，紧挨在那座断桥旁边，人迹罕至，寂寞荒凉，自然"开无主"，无人照看，无人知晓，更无人赏识。通过"驿外、断桥"来营造出"寂寞"的意境，生存环境堪忧。不仅如此，尤其是到黄昏的时候，显得昏暗阴凉，只是独自愁苦，更可怕的是还有"风和雨"的摧残。这里用拟人手法，写出孤独冷落之感。下片再写梅花品格：梅花生在世上，本来无意去争奇斗妍、与百花争夺春色。一个"苦"字，含蕴丰富，折射出自己的苦处。所以接着说"一任群芳妒"，无可奈何，听之任之吧！这两句已经展露出标格孤高的梅品。最后两句再推进一层："零落成泥碾作尘，只有香如故。"承上片"风和雨"，摧残零落，被碾成尘泥，但是梅花的芳香依旧如故。一个"碾"字极有分量——"零落"已经不堪了，再压成泥和尘，粉身碎骨，更是不堪忍受！到此笔锋一转，写出梅花的最高境界来：再怎么样摧残，梅花的香味是改变不了的。古代诗词中写梅花的不计其数，诗人自己也写过140多首，而此首写得最具高格劲节。

纵观全词，词人巧喻梅花，托物言志，通过其生存环境的层层渲染，做足铺垫后，到结尾让人眼前一亮，道出古人未道之词，写出清芳绝俗的神韵来，这正是词人一生爱国的丹心外化。

论曰：借以梅花志，荒郊竟自生。成泥乃香故，写出陆游情。

辛弃疾

辛弃疾（1140-1207），字幼安，号稼轩居士，今山东济南人。早年率众起义抗金，南归后历任江西、湖北、湖南、福建、浙东等路安抚使。曾上《美芹十论》等提出抗金建议，未采纳，且遭打击，落职闲居上饶、铅山近二十年。工词，与苏轼并称为"苏辛"。有《稼轩长短句》。

破阵子·为陈同甫赋壮词以寄之

醉里挑灯看剑，梦回吹角连营。八百里分麾下炙，五十弦翻塞外声。沙场秋点兵。　　马作的卢飞快，弓如霹雳弦惊。了却君王天下事，赢得生前身后名。可怜白发生！

中仄中平中仄（句），中平中仄平平（韵）。中仄中平平仄仄（句），中仄平平中仄平（韵）。中平中仄平（韵）。　　中仄中平中仄（句），中平中仄平平（韵）。中仄中平平仄仄（句），中仄平平中仄平（韵）。中平中仄平（韵）。

《破阵子》原为唐教坊曲名，一名"十拍子"，后为词牌名。双调六十二字，上下段各五句、三平韵。陈同甫即陈亮，是辛弃疾志同道合的朋友。宋孝宗淳熙十五年冬天，陈亮去上饶拜访辛弃疾，他们一起游览，以词赠答。此词正是上饶聚会后辛弃疾写给陈亮的，词中主要回忆自己年轻时的战斗生活，并与陈亮共勉。

词的首句即化用杜甫"检书烧烛短，看剑引杯长"诗句，"醉里"写当时的情态，"挑灯"点明夜里，"看剑"渴望杀敌报国。仅六个字，就表达出自己时刻不忘杀敌报国的雄心壮志。因为夜里看剑，也表达出报国的迫切心情。此句写看宝剑，下句写听号角，是号角声把自己从睡梦中惊醒。"梦回"即梦醒。"吹角连营"是从军营中的号角声此起彼伏、互相呼应，来写当年驰骋疆场、豪气干云的场面，有如此浩大气势，读之令人兴奋激动。接下来三句写军中的情景：主帅犒赏战士，把牛肉烤熟了，分给部下。这里的"八百里"指牛。《世说新语·汰侈》载："王君夫有牛，名八百里驳，常莹其蹄角。"接着写军中演奏乐曲娱乐。"五十弦"指瑟，古代的瑟有五十弦，此处以代军中乐器。"翻"即演奏。"塞外声"指边地流传的乐曲，泛指慷慨激昂的军乐。而这一切就是为了"沙场秋点兵"——养兵千日，用兵一时，沙场上点兵，检阅部队，为抗击敌人做准备。"秋"点明阅兵的季节，给人一种肃杀悲凉的感觉，同时也显示出部队的威严。下片具体写点兵。过片两句从战马和武器入手，写出战士的英姿。"的卢"是骏马的名称。刘备曾骑过"的卢"逃难，一跃三丈跳过了檀溪。当然，这里泛指战马，不可能士兵都骑这种马。"霹雳"是雷的声音，形容弓弦发出震耳的声音。两句描写了战马飞快奔驰，射箭发出巨响，渲染出战士英勇善战的气概，好像个个都是武林高手，也表现出他们的理想抱负。所以下面就说"了却君王天下事，赢得生前身后名"，表达出要收复失地，统一天下，为国家建立功业。然而至末句，笔锋一转，发出人生的感叹："可怜白发生！"感情极为悲壮，分量也极为沉重。这是由追忆往昔回到现实，对当下报国无路、壮志难酬感到无比愤慨，收束极具冲击力。

此词追忆青年时代驰骋沙场的战斗经历，创造性地把金戈铁马的铿锵之声带入唱词里来，而且写法很有特色：前九句尽力渲染豪迈气概，对收复失地做好积极准备，充满必胜信心，为一层意思；到最后一句另为一意，写出失望而沉痛至极，与前面所写的意思形成强烈反差，一反词章上下片过渡转折的常见格式，把转折放在最后一句。前面为一腔热血，后面却被"冷却"，如同热钢淬火一样更强硬，在悲痛中呈现悲壮。再是词句也很有特色：上下片前四句两两对偶，平仄交错，如同律诗句式。一般情况下，偶句太多，容易显得呆板；但此词恰恰相反——因为词里所写的是沙场点兵的铿锵之声，用对偶句更能产生雄健音律，更能表现其雄壮高昂的精神风貌，这是内容和形式的统一。可以看出他的创作不受词律的约束，也体现他的豪迈风格。

论曰：追忆沙场事，金戈入唱词。豪情风格俊，转笔卒章迟。

水龙吟·登建康赏心亭

楚天千里清秋，水随天去秋无际。遥岑远目，献愁供恨，玉簪螺髻。落日楼头，断鸿声里，江南游子。把吴钩看了，栏杆拍遍，无人会，登临意。　休说鲈鱼堪脍，尽西风，季鹰归未？求田问舍，怕应羞见，刘郎才气。可惜流年，忧愁风雨，树犹如此！倩何人唤取，红巾翠袖，揾英雄泪！

中平中仄平平（句），中平中仄平平仄（韵）。中平中仄（句），中平中仄（句），中平中仄（韵）。中仄平平（句），中平平仄（句），中平平仄（韵）。仄中平中仄（句），中平中仄（句），中中仄（读），平平仄（韵）。　中仄中平中仄（韵），仄平中（读），中平中仄（韵）。中平仄仄（句），中平中仄（句），中平仄（韵）。中仄平平（句），中平中仄（句），中平仄（韵）。仄平平仄仄（读），平平仄仄（句），仄平平仄（韵）。

《水龙吟》为词牌名，双调一百零二字，前段十一句四仄韵，后段十句五仄韵。

宋孝宗淳熙元年，辛弃疾在建康任江东安抚司参议官。他登上建康的赏心亭，极目远望，百感交集，写下该词，借登临怀古，抒发其爱国情怀。词的开头一句，点出登临的地点。"楚天"，指吴楚一带，泛指南方。也点出季节"清秋"，说的是秋高气爽的季节。中间用"千里"修饰,言其广阔。仅用六个字,语言简洁明了。下句接着"千里"一词写去:秋水清澈,天空晴朗,呈现水天一色,写出空阔浩渺的秋天景象。面对这赏心悦目的美景,应该是心旷神怡才对;但词人的心情调动不起来,反而说出悲苦之情来:放眼远处的群山,如妇女的绾发头饰,仿佛就是愁和恨的化身,所以说"献愁供恨",别有一番滋味。"玉簪螺髻"意为像妇女头上的螺旋式的发髻和尖细的玉簪一样。上面五句由"楚天"写到"遥岑",由大及小,由远及近,由景及情。下面笔锋转向自己,由景及人:我这个江南游子,黄昏站在赏心亭观落日,听到孤雁鸣叫,内心十分伤感。这里的几个意象值得注意:"落日"点明时间,一天将尽,隐喻国家正处在岌岌可危的局势;"断鸿"指失群的孤雁,也点明秋天,严寒的天气将来临,隐喻自己孤独无助;而"江南游子"是自称,他是济南人,是起兵来江南的。表达出其爱国热情无人能理解,英雄无用武之地,对此感到悲哀。所以接下去就说:我把吴钩看了又看,也拍遍了栏杆,还是无人理解,依然无济于事。"吴钩"相传为吴王阖闾所造的弯形的刀,此指刀剑。杜甫也曾说:"少年别有赠,含笑看吴钩。"上片通过写秋景来烘托愁苦无奈之情,下片通过历史人物的故事,表达自己的"登临意"。过片两句用了西晋吴郡人张翰思乡的典故。"季鹰"是张翰的字。他在洛阳做官,因秋风起,想起家乡的鲈鱼脍,便辞官归去。开头有两层意思:一层是家乡的美味让人思念,可我是北方人,有家不能回;二层是现在国难当头,自己要为国立功,岂能学张翰辞官回乡,所以冠以"休说"。下面三句顺着这个意思说:不要只顾购置田地和房屋了,怕是羞见刘备说你不是。"刘郎"指刘备。"求田问舍"用了三国时许汜与刘备的典故:刘备曾批评许汜只知买田置屋,不关心国事,无救世之意,这样会遭天下英雄的耻笑。词人虽有壮志,却只能虚度光阴。"流年"指时光、年华。"风雨"指国家如风雨飘摇,局势危急,词人愁的正是这个。"树犹如此"用东晋桓温的故事：桓温领兵北征，见自己早年栽的柳树已长成十围大了，感叹说"木犹如此，人何以堪"！这里的意思是说：大好的时光已经白白地度过了。从休说季鹰思归，到刘备批评许汜，再到桓温叹流年，都在说明报国无门、宏图难展、虚度年华，只能在忧愁风雨。最后说：多情的美女，或许还能同情自己，为自己擦去悲愤难忍的英雄之泪；然而这样的人也无法呼唤前来，知音难觅。这里与"无人会，登临意"相照应。"倩"即请。"红巾翠袖"代指歌女、美女。结尾用"英雄泪"收束，说明伤心已极——"丈夫有泪不轻弹，只因未到伤心处"。当然，这个泪水，不仅仅是他个人的泪水，也代表一切爱国志士的共同哀恸。

  这首词层次结构紧密，上片以写景抒情为主，下片展开抒情议论，而且上下互相照应，意脉连贯流畅。词中多有寓意以及多处用典，十分贴切，使内容更丰富、含意更深刻，充满难言之隐，充塞抑郁之气。正如清代谭献《谭评词辨》评曰："裂竹之声，何尝不潜气内转。"全词呈现沉郁顿挫的风格。

  论曰：爱国心怀壮，登临义气生。词章多化典，议论亦通情。意脉顺流畅，愁肠欲断惊。满腔沉郁调，读罢感悲声。

南乡子·登京口北固亭有怀

  何处望神州？满眼风光北固楼。千古兴亡多少事？悠悠。不尽长江滚滚流。　　年少万兜鍪，坐断东南战未休。天下英雄谁敌手？曹刘。生子当如孙仲谋。

  平仄仄平平（韵），平仄平平仄仄平（韵）。平仄平平平仄仄（句），平平（韵）。仄仄平平仄仄平（韵）。　　平仄仄平平（韵），仄仄平平仄仄平（韵）。仄仄仄平平仄仄（句），平平（韵）。仄仄平平仄仄平（韵）。

  《南乡子》原为唐教坊曲名，后为词牌名。双调五十六字，前后段各五句、四平韵。

辛弃疾晚年曾经出任镇江知府，在镇江写下了这首怀古词。这是由三国时孙权曾经一度建都京口而引起联想，借登临怀古以感慨国事。"京口"即镇江。"北固亭"又称北固楼，在镇江东北的北固上下，下临长江。开头两句是说：在哪里可以望见中原故土呢？在北固楼上举目远眺，就可以看到。起句紧扣题意，写登临所见。这里所见的不仅仅是满眼风光，而是心向着神州。"神州"指中原沦陷地区。"望"字包含深情，更暗含南北分裂之现实。所以发出感叹："千古兴亡多少事？悠悠。不尽长江滚滚流。"多少王朝兴衰成败，朝代更替，都如这悠悠的长江滚滚而去。由眼前所见的长江联想历史朝代的更替，即景生情，无限感慨。那么，今天又是如何呢？下片以古喻今，转入怀古。过片两句概括写孙权的英雄业绩。"兜鍪"就是头盔，借代士兵。"坐断"就是占据。孙权年轻时就拥有千军万马，占据东南江山，而且征战不休。你看，古代的孙权"战未休"，而今的统治者苟且偷安。接下来两句化用曹操的话："今天下英雄，惟使君（刘备）与操耳。"出自《三国志》记载，曹操与刘备煮酒论英雄时，曹对刘所说的话。而孙权敢于同这两人争英雄，征战不休，这里暗含着南宋应该向孙权学习。所以最后一句说"生子当如孙仲谋"。这也是借用曹操的话。"仲谋"是孙权的字。曹操有一次与孙权作战失败，看到孙权的舟船、军容十分整齐，感叹说："生子当如孙仲谋。"结尾处借古喻今，讽刺意味深厚。

　　此词在写法上很有特色，借古喻今，上下互相呼应，感怆雄壮，意境高远。其中三处用问句，以表达慷慨激昂的情绪，又使词意显得更为深沉："何处望神州"点明怀念中原故土；"千古兴亡多少事"感叹朝代更替变化；"天下英雄谁敌手"表示对古人的怀想。怀古的目的在于讽喻现实，词人对南宋"哀其不幸，怒其不争"，抒发自己心中的惋叹。

　　论曰：何处望神州？开篇已发愁。深沉怀古昔，只恨苦难酬。

永遇乐·京口北固亭怀古

千古江山，英雄无觅孙仲谋处。舞榭歌台，风流总被雨打风吹去。斜阳草树，寻常巷陌，人道寄奴曾住。想当年，金戈铁马，气吞万里如虎。　元嘉草草，封狼居胥，赢得仓皇北顾。四十三年，望中犹记，烽火扬州路。可堪回首，佛狸祠下，一片神鸦社鼓。凭谁问，廉颇老矣，尚能饭否？

中仄平平（句），中平中仄（句）中中平仄（韵）。中仄平平（句），中平中仄（句）中仄平平仄（韵）。中平中仄（句），中平中仄（句），中仄中平中仄（韵）。中平中（读），平平中仄（句），中中仄中平仄（韵）。　中平中仄（句），中中平仄（句），中仄平平仄（韵）。中仄平平（句），中平中仄（句），中仄平平仄（韵）。中平中（读），中中中仄（句），中平仄仄（韵）。

《永遇乐》为词牌名，双调一百零四字，前后段各十一句、四仄韵。

这首怀古词也是在镇江写下的，与《南乡子·登京口北固亭有怀》堪称怀古双璧。词从孙权写起。"千古江山"指京口这个千古形胜之地。一提到这个地方，自然会联想到千古风流人物孙权，所以就说"英雄无觅孙仲谋处"——孙权曾经在此建立了功业，可如今看不到他的遗迹了。为什么见不到呢？接着补充说：孙权当时所建造的"舞榭歌台"，经历无数风雨，都一去不复返了。意思是说：孙权那个英雄事业和煊赫声威都被风雨洗去，只剩下这个京口了。这与《南乡子·登京口北固亭有怀》一词中的"千古兴亡多少事？悠悠。不尽长江滚滚流"所表达的意思一样。这里直接点明孙权与京口的关系。历史上还有一个人物刘裕，也与京口有关系：刘裕生长在这个地方，早年在京口起兵讨伐桓玄，在南北朝对峙中立下赫赫战功。因此，词人又联想到刘裕。

"斜阳草树，寻常巷陌"指刘裕生长的这个地方的环境，也就眼前的夕阳树木和普通街道写去。大家应注意，辛弃疾提到孙权时，说这个地方是"千古江山"，是因为孙权曾在此建立吴都称帝，而刘裕在此只是出生地，所以称法不一样，说明用词极为讲究。"人道寄奴曾住"，指刘裕曾住这里。"寄奴"是刘裕的小名。这一层的意思也是说刘寄奴的住处同样"英雄无觅"，为他惋惜。对此，接着补充说：刘裕当年的英雄气概，那是手拿金戈，跨上骏马，驰骋疆场，如猛虎一样气吞万里，一派风威豪气。

上片联系京口，想起孙权和刘裕两个历史人物，他们的共同特点是敢于挑战英雄，建立霸业，以此讽今。下片仍然借古讽今与怀古抒愤，另起一历史人物——南朝宋文帝刘义隆，就是刘裕的三儿子。过片就从他说起。"元嘉"是刘义隆的年号。"草草"指准备不充分、草率之意。"狼居胥"就是狼居胥山，在今内蒙古境内。汉将霍去病曾追击匈奴至此，登山祭神，刻石记功。"封"就是筑坛祭天的仪式。后来常用这个典故表达取得胜利。这里说的是元嘉八年，宋文帝听手下进献北伐方案，所谓"闻王玄谟陈说，使人有封狼居胥意"，未经充分准备就发动北伐，结果兵败于华台，宋文帝败后写下"北顾涕交流"诗句。了解这些故事后，对过片三句就好理解了，即谓宋文帝北伐，草率经营，结果兵败，落得一个仓皇回头北望的结局。词写到这里，借用了三个历史人物，词人到底什么用意？孙权坐镇江东，敢于对抗曹操；刘裕渡江北伐，收复失地；宋文帝有"封狼居胥"意，但"元嘉草草"，兵败下来。词人是感叹南宋朝没有像孙权、刘裕这样的人物，告诫南宋朝韩侂胄用兵北伐草率，预见会失败——果然如此，导致符离之败；也是感叹自己不能为国出力。下面转笔写现实，先说自己四十三年前，起义山东，率部队经扬州南归，记忆犹新。"扬州路"是化用杜牧"春风十里扬州路"句，把"春风十里"换成"烽火"，暗含历史对比，流露沉痛之情，对眼前一事无成感叹不止。接下来三句又借用刘宋说事，先反问一句

"可堪回首",加强语气后,直点北魏太武帝的小名"佛狸":佛狸祠里香火旺盛,摆放着神鸦祭品。尤其是在社日里迎神祭祀,锣鼓喧天。这里说的是宋文帝北伐失败后,北魏太武帝直追至瓜步山,后来在那里建魏太武庙。由于人们忘记了历史,在庙里祭拜迎神。词人用这个历史来影射现实:南宋的失败同样被人淡忘了,这是国家的耻辱。词人又是深感忧愤,最后借用廉颇的典故:"凭谁问,廉颇老矣,尚能饭否?"表明自己虽然年老,却还壮志犹在,希望为国尽力,只遗憾没有人来问我。"廉颇"是战国时代赵国名将,善于用兵,晚年被排挤到魏国。词人写此词时已经是六十五岁了,用廉颇自比十分妥帖,以悲愤之情收束,意味深长。

此词内容比较复杂,但层次比较明显,还是以借古讽今和抒怀的手法,围绕现实问题和自己的身世,上下联想呼应,意脉一气连贯,境界阔大,感情沉郁顿挫。尤其结尾一句所表达的感情,让人动容,一颗爱国赤心始终不息。其最突出的手法还是多用典故,熟练地用古人旧事来表达现实中要说的话,达到借古讽今之目的,思想深刻。因此,后人好评如潮,曾称许此词特点为"集咏古之能事",明代杨慎还称它为辛词第一。

论曰:佳词集怀古,典故化情愁。已破旧风格,自成新品流。深沉持笔落,感慨止戈休。卒志悲肠断,终生苦盼酬。

摸鱼儿·更能消几番风雨

淳熙己亥,自湖北漕移湖南,同官王正之置酒小山亭,为赋。

更能消、几番风雨,匆匆春又归去。惜春长怕花开早,何况落红无数。春且住,见说道、天涯芳草无归路。怨春不语。算只有殷勤,画檐蛛网,尽日惹飞絮。　长门事,准拟佳期又误。蛾眉曾有人妒。千金纵买相如赋,脉脉此情谁诉？君莫舞，君不见，玉环飞燕皆尘土。闲愁最苦！休去倚危栏，斜阳正在，烟柳断肠处。

仄平平（读），中平平仄（句），中平中仄平仄（韵）。中平中仄平平仄（句），中仄中平平仄（韵）。平仄仄（韵），中仄仄（读），中平中仄平平仄（韵）。中平中仄（韵）。仄中仄平平（句），中平中仄（句），中仄中平仄（韵）。　平平仄（句），中仄平平中仄（韵）。中平中仄平平（韵）。中平中仄平平仄（句），中仄中平平仄（韵）。平仄仄（韵），中中仄（读），中平中仄平平仄（韵）。中平中仄（韵）。中中仄平平（句），中平中仄（句），中仄仄平仄（韵）。

《摸鱼儿》原为唐教坊曲名，后为词牌名，又名"摸鱼子"。双调一百一十六字，前段十句六仄韵，后段十一句七仄韵。小序说"淳熙己亥"，是宋孝宗淳熙六年。这一年，辛弃疾由湖北转运副使调任湖南转运副使。"漕"即漕司，宋代习惯把转运使司叫作漕司。"王正之"是辛弃疾的朋友，他在小山亭置酒为辛送行，因而辛弃疾写了这首词。

此词是以女子的口吻感叹春光消逝，抒发受嫉妒、遭遗弃的痛苦，实为自己的身世和理想破灭而抒写一词人写此词时已经四十岁了。词的开端，先从感叹春光归去咏起：还能经得起几番风雨的摧残呢？春天又一次匆匆归去了。这两句是从眼前实景所引发的，而且以反问语气来写惜春伤逝的心情，起处三个字"更能消"就显得有力量，而"几番""又"更显得沉重了，也耐人寻味。春天象征着美好的事物，大好时光，还可以象征国家抗金的大好形势，但都已归去——由惜春来寄托政治上的苦楚，开篇即定主旨。接下来就围绕这个主题展开，并且层层深入。"惜春"两句承上两句，为一层意思，言惜春的心情：怕花开得早，早开就早谢，象征着春光早逝；更何况凋谢落红满地，也象征着春残景象。这就是惜春的理由，也令人惋惜。接下来一层为转折：因为"惜春",所以劝春天留在人间,听说天涯都长满了芳草,遮掩了归路。这是劝春的理由,但春天还是匆匆地归去了,痴语话更让人动容。那么,春天能听得进去吗?因此"怨春不语"。一个"怨"字,又转下面一层意思。算来只有画檐下的蜘蛛网还在整天粘住纷飞的柳絮,十分殷勤地挽留春天。言外之意是春天还不如蜘蛛,这是怨春天无情。其实,这又是痴语——蛛网再殷勤,也是留不住春天的。以上三层的意思都是呼应前面"匆匆春又归去",借景寓情。看得出来,上片主要写惜春伤逝,从惜春到劝春,再到怨春,最后归结春天无情。既层层深入,又层层转折,委婉尽致。

下片由惜春伤逝写到忧谗畏讥,抒发政治上的苦闷。开头两句借用陈皇后失宠的典故。"长门"指汉代长门宫。汉武帝时,陈皇后失宠之后,幽居在这里。"准拟"一句用典:相传陈皇后失宠后,以黄金百斤请司马相如写《长门赋》,献给汉武帝,希望重新得恩宠,但还是"佳期又误",愿望落空。这里暗喻自己受到排挤,不被重用。接着一句,道出自己失意的原因——原来是有人在嫉妒他。"蛾眉"形容美貌,指美女。语意出自屈原《离骚》"众女嫉余之蛾眉兮,谣诼谓余以善淫"。后来在诗歌里以"蛾眉"喻品德高尚正直。这又是表面上说陈皇后,实又是暗喻自己。下面继续借题发挥:即使是千斤黄金也难买司马相如的《长门赋》,苦于没有知音,幽怨之情向谁去说?又是暗喻自己爱国壮志难伸的苦衷。清代王夫之说这首词"蛾眉、买赋之句,未忘身世",说的正是这个意思。下面二句一转,直指那些打击爱国志士的投降派,告诉他们别高兴太早了。一个"舞"字,表面上看指舞蹈,实际上形容得意忘形、趾高气扬的样子。"玉环飞燕"分别是杨玉环、赵飞燕,她们曾经受到宠幸,得意一时,到后来都没有善终——杨玉环死在马嵬坡,赵飞燕自杀而死,都化为尘土。言外之意是她们没有好下场,感情从幽怨转为愤慨了,有点诅咒似的发泄。这是无奈,所以接下来以"闲愁最苦"总结,表达这种闲愁难以忍受，苦不堪言。词的最后，又回到上片伤春的感叹。"危栏"指高楼上的栏杆，古代诗歌里常用倚栏杆来抒发情感。词人结语处也是以"栏杆"为意象，言在黄昏时候，不要去倚栏杆，眼前是一派烟柳凄迷的景象。以景结情，余味无穷。

　　此词采取比兴寄托的传统手法，借美女伤春之情寄托自己伤时之忧，一路写来都在影射自己的身世和政治失意的境况，隐微曲折地表达出来，从而形成了哀怨婉转的艺术特点。前人对这首词的评价很高，王夫之称它"悲凉动古今"，陈廷焯认为"姿态飞动，极沉郁顿挫之致"，梁启超更是称其"回肠荡气，至于此极，前无古人，后无来者"。

　　论曰：借妇抒情词，难消春逝悲。倚栏心荡气，不尽婉深思。

青玉案·元夕

　　东风夜放花千树。更吹落，星如雨。宝马雕车香满路。凤箫声动，玉壶光转，一夜鱼龙舞。　　蛾儿雪柳黄金缕，笑语盈盈暗香去。众里寻他千百度。蓦然回首，那人却在，灯火阑珊处。

　　中平中仄平平仄（韵）。仄中仄（读），平平仄（韵）。中仄中平平仄仄（韵）。中平中仄（句），中平中仄（韵），中仄平平仄（韵）。　　中平中仄平平仄（韵），中仄平平仄平仄（韵）。中仄中平平仄仄（韵）。中平中仄（句），中平中仄（韵），中仄平平仄（韵）。

　　《青玉案》为词牌名。汉张衡诗"何以报之青玉案"，调名取此。双调六十七字，前后段各六句、五仄韵。

　　这首词的上片描写元宵佳节的盛况。开头写花灯焰火：元宵节在春天里是一个重要的节日，一般都在夜晚游灯放焰火，所以言"东风夜放"；而"花千树"则形容花灯焰火很多，像千树万树开满鲜花之盛。"星如雨"指花灯如陨落的流星雨，火花四射。这两句的形容很精彩，火树银花，飞星如雨。接着一句写游人：宝马雕车，满街香味，足见游人之豪华尊贵，出游人之多。"香满路"暗示着来的大都是女士，为下片"暗香去"伏笔。那么，游人在干什么呢？下面三句就写游人在歌舞：凤箫吹奏着乐曲；皎洁的月光洒满大地，与火树银花交相辉映；游人彻夜不眠，观赏鱼龙灯舞。"玉壶"指月亮。"动"字见出乐曲悠扬动听；"转"字写月光转逝，见出歌舞彻夜不休；"舞"字写出鱼灯龙灯舞动姿态，热闹非凡。三个动词各有特色，极为生动地描绘出热烈欢乐的场面。上片从三个层面写元宵盛况——灯火之盛、游人之盛、乐舞之盛，概括出一派繁华欢乐的节日景象。下片写出另外一个境界。开头两句是写：众多观灯的妇女，她们头上戴着用金线捻成的闹蛾儿、雪柳等装饰品，春风满面，有说有笑地走过去，隐隐地飘来阵阵香味。这是呼应"香满路"的盛况。"蛾儿"指古代妇女戴在头上的一种叫闹蛾儿的饰品。"雪柳"也是饰品。"暗香"指女子行走时散发出的幽香。通过这两句过渡后，下面笔锋转向寻找一个人了："众里寻他千百度"，在众多的妇女当中找来找去，还是没有找到意中人；就在回首一瞬间，发现那人独自站在灯光昏暗、游人稀疏的地方沉思。结尾处耐人寻味：要找出像这样冷清孤寂的人，不好找；因为场面大而热闹，不好找；再因为游人众多，且都沉浸在欢乐之中，不好找；而这个人正是作者通过"千百度"后才找到的，确实十分难得。这种不随波逐流、孤寂冷清的形象，正是作者自己的化身。

　　此词写元宵夜，借题发挥，以乐景写哀情，通过各种热闹场面的描绘以及从头到尾做足层层铺垫后，突然转向笔头，写出一个与众不同的形象来，影射出自己忧思孤独的性格，表现了个人理想怀抱难以实现的悲哀。梁启超曾经说，这首词是"自怜幽独，伤心人别有怀抱"。词中所写的那人就是自我写照，这才是全词的主旨所在。如果单纯写元宵欢乐，最后因突然发现自己的意中人而喜悦的话，词的意义就大打折扣了。这首词通过巧妙的艺术构思和反衬的艺术手法，笔调婉约，含蓄深味，体现了含蓄婉转的风格。

论曰：借元宵夜色，以抒发情怀。婉转层层见，卒章呈境佳。

清平乐·独宿博山王氏庵

绕床饥鼠，蝙蝠翻灯舞。屋上松风吹急雨，破纸窗间自语。　平生塞北江南，归来华发苍颜。布被秋宵梦觉，眼前万里江山。

中中中仄（仄韵），中仄平平仄（韵）。中仄中平平中仄（韵），中仄中平中仄（韵）。　中仄中仄平平（平韵），中中中仄中平（韵）。中仄中平中仄（句），中中中仄平平（韵）。

《清平乐》原为唐教坊曲名，取用汉乐府"清乐""平乐"这两个乐调而命名，后用作词牌名。双调四十六字，前段四句四仄韵，后段四句三平韵。

淳熙八年冬，辛弃疾被弹劾罢官，退居江西上饶农村。一个清秋夜晚，作者来到博山脚下一户姓王的人家投宿，即景生情，写成了这首寄寓很深的小令。"博山"在今江西广丰境内。"庵"是茅屋。词的上片写王氏茅屋破败荒凉的环境。开头两句是眼中所见：一个晚上，词人借宿王氏草屋。刚躺下，一群饥饿的老鼠开始绕床寻食，蝙蝠也飞入室内，在昏暗的油灯前飞舞。"绕"字表明屋内没有可食的东西，所以饥鼠才绕起来；"翻"字写蝙蝠飞舞姿态，闪来闪去表示精神饱满。两个动作生动逼真，形象可感。可见出小草屋人迹罕至，一有人入住，小动物就来精神。接下来两句写耳中所闻：听到草屋上面的风雨吹打声，破败的窗纸也在风中沙沙作响，好像在自言自语。"松风"一词足见草屋是在偏僻的野外丛林中，显得萧森沉寂。"窗间自语"更反衬出独宿冷落，没有其他人的声音，点出题意。词的下片就写心理活动。在这么荒凉阴森的环境中，回忆起自己的人生经历——词人是起义于北方，率众南归，所以说"平生塞北江南"；又是壮志未酬，反遭罢官闲居，容颜已老，所以说"归来华发苍颜"。两句高度概括自己的身世，表现出复杂的心情。最后两句词意一转：自己入睡了被冷风吹醒，或被饥鼠、蝙蝠吵醒；但睁眼一看，展现出来的是一派江山。言外之意是他梦见祖国的万里江山。结尾句气象雄浑、意境广阔，与上面的凄凉景象形成鲜明对比。一个已闲居的老人，处在如此悲凉的环境里，时时刻刻都在提醒自己要为国家统一作贡献，这种阔达胸襟、忠诚祖国的伟大精神千秋永垂，让人敬仰。

短短的一首小令，词人把所见、所闻、所感及平生经历都融在一起，有高度的语言表达力和概括力。同时，词人壮志难酬的凄凉、悲伤之情以渲染环境气氛的方式表达出来，尤其是心理活动的叙述极为成功，别具一格，有较强的艺术感染力。

论曰：包含多景语，小令展丰姿。还是愁心在，情开别具词。

西江月·夜行黄沙道中

明月别枝惊鹊，清风半夜鸣蝉。稻花香里说丰年，听取蛙声一片。　　七八个星天外，两三点雨山前。旧时茅店社林边，路转溪桥忽见。

中仄中平中仄（句），中平中仄平平（韵）。中平中仄仄平平（韵），中仄中平中仄（叶）。　　中仄中平中仄（句），中平中仄平平（韵）。中平中仄仄平平（韵），中仄中平中仄（叶）。

《西江月》原为唐教坊曲名，后为词牌名，《乐章集》将其列入"中吕宫"。双调五十字，前后段各四句，两平韵、一叶韵。所谓"叶韵"，意为"谐韵""协韵"。叶读 xié，和谐之意。如本词中"片""见"韵脚字同部之叶仄韵，以协调声韵，故称。

这首词也是词人闲居上饶农村时所作，写夏夜在乡间独行的所见所闻。"黄沙"即黄沙岭，在上饶以西。开头两句点出时间是在夏天的夜晚：明月照亮，惊起栖在树枝上的鸟鹊；清风吹拂，送来断断续续的蝉鸣。"明月别枝"的意思是：因为月亮光线的移动，有的树枝由明转暗，有的树枝由暗转明，所以说"别枝"与"惊鹊"成因果关系。这句与苏轼的"月明惊鹊未安枝"、王维的"月出惊山鸟"以及周邦彦的"月皎惊鸟栖不定"的句意有相似，但表达的意境有不同：他们所表达的是因明亮而惊，辛弃疾所表达的是因月亮光线移动而惊。但一个"惊"字同样精彩，用得非常贴切，不仅月光转动会惊醒它，作者在树下走动也会惊醒它。这里以动衬静，静中见动，还是体现农村夏夜的安静，可以体会到作者轻松快意的心情。接下来两句再把词带入新的意境：清风明月，稻花飘香，蛙声一片，仿佛是说丰年在望，与人分享喜悦。这是从嗅觉、听觉来写，身临其境感受到的氛围，让人亲切可感。上片似有先声夺人的感觉，惊鹊、蝉鸣、蛙声，共鸣和谐，渲染出一派和美欢乐的气氛，衬托出作者的喜悦之情。下片继续写独行感受。过片写夏夜气候多变的特点：刚看到天上有几处星星在闪烁，忽然间就下起了稀疏的雨点。这里化用唐代李山甫《寒食》诗句"有时三点两点雨，到处十枝五枝花"和卢延让《松寺》诗句"两三条电欲为雨，七八个星犹在天"。虽然是化用，但作者眼前所见的情景，词如己出，毫无刻意去描绘。既然夜雨不请自来，自然就要去找避雨的地方。所以最后两句接着说：想起旧时到过的茅店就在附近，小跑过去一看，没见着。词人心里正在纳闷，再转过溪桥，来到社林边，那熟悉的茅店忽然就在眼前。从"路转"到"忽见"的瞬间，一种欣喜之情突然呈现出来。这个"转"字极其灵动，也含哲理。"社"指土地庙，"社林"指土地庙周围的树林。这是采取倒装写法，突出"旧时茅店"，把它放在句首，说明这个茅店在他脑海里印象深刻。这里与"山重水复疑无路，柳暗花明又一村"有异曲同工之妙，出神入化，极为传神地写出此时的内心活动，产生强烈的艺术效果。

词人在一次夜行黄沙道中，通过沿路上眼中所见、耳中所闻、嗅觉所感来写，看似信手拈来，实是紧扣题意，巧妙揉成一块，描绘出夏夜农村的优美清静的夜景，给人以怡人的感觉，令人向往。尤其是稻花香里的蛙声描述，预示着丰收在望，更令人陶醉。语言清新明快，描写生动活泼，观察细致入微，把自己的愉悦心情惟妙惟肖地描述出来，足见其语言概括力之强、胸中积淀之厚、艺术功力之深，也体现出不同的填词风格。值得一提的是，以农村题材入词的很少见，辛弃疾却以词作表现农村生活情趣，描绘农村自然风光，给词的题材增添了新的内容，为词拓展新题材作出了榜样。

论曰：也有闲情致，层层玩味深。生花妙神笔，自会得词心。

陈亮

陈亮（1143-1194），字同甫，号龙川，今浙江永康人。一生不曾做官，晚年得中状元，授签书建康府判官公事，未及就任而卒。辛派词人，爱国志士，词格豪放，有《龙川文集》《龙川词》。

念奴娇·登多景楼

危楼还望，叹此意，今古几人曾会？鬼设神施，浑认作，天限南疆北界。一水横陈，连岗三面，做出争雄势。六朝何事，只成门户私计。　　因笑王谢诸人，登高怀远，也学英雄涕。凭却长江，管不到，河洛腥膻无际。正好长驱，不须反顾,寻取中流誓。小儿破贼,势成宁问强对。

中平中仄(句),仄中平(读),中仄中中平仄(韵)。中仄中平(句),平仄仄(读),中仄中平平仄(韵)。中仄平平(句),中平中仄(句),中仄平平仄(韵)。中平平仄(句),仄平平仄中仄(韵)。　中仄中仄平平(句),中平中仄(句),中中平平仄(韵)。中仄中平(句),平仄仄(读),中仄中平平仄(韵)。中仄平平(句),中平中仄(句),中仄平平仄(韵)。中平平仄(句),中平平仄平仄(韵)。

《念奴娇》为词牌名,双调一百字,前段九句、后段十句,各四仄韵。宋孝宗淳熙十五年春天,陈亮到南京、镇江去考察攻守形势,认为抗金取胜有把握,就写下这首充满爱国热情的词。"多景楼"在镇江北固山上,下临长江。词的开篇就登高楼环望,尽览镇江一派地势有利的山川,但古往今来有谁能认识到这一点?"今古几人"包括历史上这里的几个小朝廷和当今的南宋统治集团,已点明了借古讽今的主题。那么,这有利的地形有谁知道?下面分三个层次来写。先说长江形势险要,如同鬼斧神工的巧妙安排,被人看作天然划分南北界线。"浑认作"为就当作之意,但有否定的意味,言外之意是词人不这样看。所以第二个层次就说:长江横于北面,东西南面又是群山环绕,正是与北争雄的有利地形。这是正面提出自己的看法,又暗讽偏安江左的小朝廷不知其利,也呼应"叹此意,今古几人曾会"。第三个层次进一步举六朝为例,意思是说:历史上的六朝把这天险当作偏安江南的门户屏障,以保自身私利而已。"六朝"指历史上建都南京的东吴、东晋和南朝的宋、齐、梁、陈六个朝代。这又是借六朝讽南宋朝廷,谴责他们苟且偷安、不图进取,词锋犀利,入木三分。尤其"私计"一词,是揭露统治集团最直接、最大胆的说词,也说明词人是把真相看得最透的一个人。词的上片通过地理环境的分析,提出了卓越的见解,下片继续发挥自己的见识。过片就说：可笑的是东晋南渡的王谢一班人，登高怀远，也学古时英雄人士流泪哭泣。"王谢"是东晋时的王姓、谢姓两大家族。刘禹锡《乌衣巷》中的"旧时王谢堂前燕，飞入寻常百姓家"，也是指王谢两大家族。词里泛指当时的上层人物。据《世说新语》记载，东晋南渡之初，有一些人常在南京新亭饮宴。有人说风景依旧，只是江山已经不同过去了。众人听了，都相视流泪。词人借这个故事，讽刺六朝那些人只会流泪，不知道利用地势反攻，其实也是在借此讽今。所以又说：凭借江山险要，又不想收复中原地区。这是从正面提出批评，毫无顾虑之言。"河洛"指黄河和洛水，这里泛指中原。"腥膻"指牛羊的腥臊味，喻指被金兵占领，充满腥味。前面有说理分析，又借古讽今，谴责意味浓厚；接下来词意一转，表达收复失地的决心，情绪高昂：凭借险要的江形山势，可北上长驱出击，不应回顾退却，而是直接收复中原。"中流誓"是借用东晋祖逖统兵北伐的典故。据《晋书·祖逖传》载，祖逖渡江北伐时，于江中击楫发誓说"祖逖不能清中原而复济者，有如大江"，表示收复中原决心。最后两句是请求南宋朝廷出兵北伐，收复中原。"小儿破贼"是用东晋军队与前秦苻坚军队在淝水大战的典故。据《世说新语》记载，淝水之战，谢安之侄谢玄等击败苻坚大军。捷报送达时，谢安正同别人下围棋，看书后，不动声色，继续下棋。旁人问他，他从容回答："小儿辈遂已破贼。"当时去打仗的是他的弟弟、侄儿、儿子等，所以称"小儿辈"。而"宁问"是岂问之意。"强对"即强敌，不用管敌人是否强大。这个结尾高亢有力，充满必胜信心。

　　这首词有叙事抒情，有说理议论，更有借古讽今和化用典故，几种写法都紧密联系在一起，抒写自己的爱国激情。尤其在评古论今方面，见解精辟，批判精准，实为少见。词风豪迈，笔力雄劲，是陈亮的优秀作品。

　　论曰：开篇登景楼，已见自忧愁。议论古今事，精诚发国献。

韩元吉

韩元吉（1118-1187），字无咎，号南涧，今河南开封人，南渡后居江西上饶。官至吏部尚书，主张收复失地。辛派词人，有《南涧诗余》。

好事近·凝碧旧池头

汴京赐宴，闻教坊乐，有感。

凝碧旧池头，一听管弦凄切。多少梨园声在，总不堪华发。　杏花无处避春愁，也傍野烟发。惟有御沟声断，似知人呜咽。

中仄仄平平（句），中仄中平平仄（韵）。中仄中平中仄（句），仄中平中仄（韵）。　中平中仄中平中（句），中中中平仄（韵）。中仄中平中仄（句），仄中平中仄（韵）。

《好事近》为词牌名，"近"与"令""引""慢"等均属词的一种调式。双调四十五字，前后段各四句、两仄韵。

韩元吉于宋孝宗乾道八年出使金国，在金人的宴会上听到了北宋时的宫廷音乐，引起了故国之思，写下这首词。"汴京"即北宋故都汴梁。"教坊"是古代宫廷中管理音乐歌舞的机关。"教坊乐"指当时北宋的宫廷音乐。

词的开头借用凝碧池奏乐的典故写起。"凝碧"即凝碧池，是唐代东都洛阳宫中的水池。据《明皇杂录》："天宝末，禄山陷西京，大会凝碧池。梨园子弟，欷歔泣下。乐工雷海青掷乐器于地，西向大恸。"诗人王维当时被囚禁在菩提寺，听到这一消息，暗地里写了一首诗："万户伤心生野烟，百官何日再朝天？秋槐叶落深宫里，凝碧池头奏管弦。"金人在汴京演奏北宋旧乐，与上面所说的事件有相似之处。所以韩元吉借用这个典故，是说：在金人的宴会上，听到了原来属于北宋的宫廷音乐，使人感到凄切。"一"字在此作语助词用，起加强语气的作用，如杜甫诗"一自风尘起，犹嗟行路难"。后面两句进一步抒写听音乐的感慨：北宋亡国已过多少年了？如今故国的梨园声虽然还在，但人已老矣，听此旧乐不堪忍受，白发顿生。言外之意是对恢复中原感到希望渺茫。"梨园"是唐玄宗时训练歌舞的机构，这里指北宋遗留下来的教坊乐工。上片是以古喻今，抒发感慨；下片借景抒情，仍然围绕着故国之思来写。过片两句写野外景象：眼前正是杏花盛开的时节，好像杏花也无处躲避春愁而在野外开放。词人将主观情感赋予杏花，把杏花拟人化了，写得有意识、有感情。这实际上是词人听到故国乐曲后，心中愁苦外化在景物上，衬托自己的感情。结尾两句也是运用拟人化的手法，通过景物表达自己的心情。"御沟"就是从皇宫中流过的河沟。这本来属于北宋，所以认为只有它，才能知道人在哭泣。"呜咽"为低声哭泣的意思。这御沟也是中原沦陷的见证，把流水看似故国之痛，兴寄遥深。

　　此词构思巧妙，联想丰富，借古代情节类似的事情发端，从听乐写起，到呜咽泣下收束——音乐是凄切的，心中是痛苦的，就连杏花野放、御沟声断也好像与人一起悲伤，天地动容，写得沉重真挚，十分感人，是一首艺术感染力强的作品。

　　论曰：借古抒情曲，构思工巧吟。一听弦管切，感味意穷深。

刘克庄

　　刘克庄（1187-1269），字潜夫，号后村居士，今福建莆田人。理宗时赐同进士出身，官至龙图阁直学士。文名久著，史学尤精，词风豪迈，诗情杂陈。有《后村先生大全集》。

贺新郎·送陈真州子华

北望神州路。试平章，这场公事，怎生分付？记得太行山百万，曾入宗爷驾驭。今把作，握蛇骑虎。君去京东豪杰喜，想投戈，下拜真吾父。谈笑里，定齐鲁。　　两河萧瑟惟狐兔。问当年，祖生去后，有人来否？多少新亭挥泪客，谁梦中原块土？算事业，须由人做。应笑书生心胆怯，向车中，闭置如新妇。空目送，塞鸿去。

中仄平平仄（韵）。仄平平（读），中平中仄（句），中平平仄（韵）。平仄平平平平仄（句），中仄中平中仄（韵）。中中仄（读），中平中仄（韵）。中仄中平平仄仄（句），仄中平（读），中仄平平仄（韵）。中仄仄（句），中平仄（韵）。　　中平中仄平平仄（韵）。仄中中（读），中中中中（句），中平中仄（韵）。平仄平平平平中（句），中仄中平中仄（韵）。仄中仄（读），中平中仄（韵）。中仄中平平中仄（句），仄中平（读），中仄平平仄（韵）。中仄仄（句），中平仄（韵）。

《贺新郎》为词牌名，双调一百十六字，前后段各十句、六仄韵。

这首词是词人送陈子华赴真州知州任时所作。"真州"即今天的江苏省仪征市，在长江北岸，是当时的边防前线。开头三句，突兀而起，北望中原来研究抗金问题。"神州"指中原。"平章"即评论、研究的意思，提出要与陈子华共同讨论研究。"公事"指联合北方抗金义军的问题。当时的爱国将领宗泽为抗击金军，招抚了北方的义军首领王善、杨进等人，联合他们壮大抗金力量。社会上对此有看法，所以说"这场公事"。而"分付"，即如何处理。开篇以问起笔，引人注目；但问题的具体内容，由下面作补充说明。"太行山百万"指北宋灭亡后结集在被金占领的河北、山西等地的抗金义军。"宗爷"指北宋抗金名将宗泽。他招抚北方义军百万人共同抗击，声威大震，被人称为"宗爷"。"握蛇骑虎"比喻此事危险，如手握毒蛇、骑着猛虎一样。当时南宋统治者十分惧怕，把联合义军看作冒险行动。这三句的意思是：当初宗泽对义军采取联合的办法，收效显著；而今南宋统治集团对此抱有疑惧、害怕态度，不与联合。这是写给陈子华看的——因为他要去边防前线地方任职，意思是去了以后要认真考虑这个问题。所以，下面两句提出希望：此去后要与义军联合，你一定会受到他们的拥戴。"京东"指宋代路名，即京东路。这里泛指河南、山东、江苏北部一带。"想投戈"句是说你会受到众豪杰的爱戴。"真吾父"意为果真像我们的父亲一样。这里借用一个典故：南宋初，张用在江西作乱，岳飞写信给他，晓以大义，张用见信说"真吾父也"。片尾予以勉励：只要与义军共同抗敌，就能在谈笑间收复失地。写得乐观豪迈，恳切之情跃于纸上。词的上片谴责统治集团轻视社会力量，不联合北方义军进行抗敌的态度，向陈子华提出希望。词的下片讽刺统治者苟且偷安。开头句形容沦陷区萧条景象，只有狐兔出入。"两河"指黄河南北。为什么会造成荒无人烟呢？"问当年，祖生去后，有人来否？"意思是：没有祖逖那样的爱国志士，来收拾旧山河。"祖生"即东晋祖逖，他曾统兵北伐，收复北方失地。分析原因后，矛头直接指向统治者："多少新亭挥泪客，谁梦中原块土？"这里用新亭挥泪的典故，在陈亮《念奴娇·登多景楼》一词里说过了，参见。意思是说：南宋官僚士大夫有多少人还记得中原故地？谴责他们表面上感伤挥泪而已。下面转笔一句，指出事在人为，激励陈子华为国立功，也呼应"有人来否"句。而作者呢？下面自我解嘲说："应笑书生心胆怯，向车中，闭置如新妇。"嘲笑自己是一介书生，生性胆怯，犹如车中的新妇。南北朝时，曹景宗到扬州做官，对亲近的人说：到扬州做贵人，行动总受限制，"闭置车中，如三日新妇。遭此邑邑，使人无气"。用这个典故，一方面说自己不被重用，有志难伸；另一方面，也从反面来激励陈子华要敢于作为。最后两句"空目送，塞鸿去"，点到题意来，写送别，化用嵇康《四言赠兄秀才入军诗十八首·其十四》中的"目送归鸿"诗句。以"塞鸿"这个关联北方的景物，贴切有味，以景结情，兴寄遥远。

此词写法很特别，主题是送别，但全篇都在写与陈子华谈论关系国家命运的大事，勉励他为国立功，立意高远，体现作者时刻不忘国家的高尚情怀。通篇以议论为主，兼用故事，既慷慨激昂，又深沉悲凉。明代杨慎赞此词"壮语亦可起懦"。在南宋摇摇欲坠的时局中，能有这种壮语，确实难得。

论曰：非题离别意，独与论时情。纵笔长词阕，丰才壮语声。

玉楼春·戏林推

年年跃马长安市，客舍似家家似寄。青钱换酒日无何，红烛呼卢宵不寐。　　易挑锦妇机中字，难得玉人心下事。男儿西北有神州，莫滴水西桥畔泪。

中平中仄平平仄（韵），平仄平平平仄仄（韵）。仄平平仄仄平平（句），平仄平平平仄仄（韵）。　　中平中仄平平仄（韵），仄仄平平平仄仄（韵）。平平平仄仄平平（句），仄仄仄平平仄仄（韵）。

《玉楼春》为词牌名，又名"归朝欢令"等。双调五十六字，上下片各四句、三仄韵。

据另题"戏呈林节推乡兄"，可见林姓友人是作者同乡，当时任节度推官。词人对这位同乡纵酒狎妓的生活深感惋惜和遗憾，因而写下此词予以规劝。上片极力描写这位友人的浪漫和豪迈。开头两句，言林姓友人生活浪荡，经常骑马在繁华街头，把客舍当家居，把家门当寄宿，直言不讳地指出其反常行为。"长安"这里借指南宋都城临安。接着两句进一步描写他的纵情游乐。"青钱",古铜钱有青钱、黄钱两种,这是其中一种。是说他整日里不过问其他事,只顾花钱饮乐。"红烛呼卢"指晚上点烛赌博。"呼卢"是古时一种赌博,掷子时大喊高中,所以称呼卢。此句写通宵达旦在赌博。杜甫也曾写过"速宜相就饮一斗,恰有三百青铜钱",晏几道也有词曰"户外绿杨春系马,床前红烛夜呼卢",这两句也许从此化出。这是对林姓友人放荡行为深感惋惜。下片是心平气和地对林姓友人进行规劝。过片对仗语出,含蓄地批评他迷恋青楼、疏远家室的错误。"锦妇机中字"是化用东晋窦滔妻苏惠织锦为回文诗以寄其夫的典故,指妻子织锦中的文字。意为字字真情,情义可鉴;而外面的妓女虚情假意,哪里知道他心里的事?责备他舍妻真情而取妓假意的荒唐生活。"玉人"指美人,此处指妓女。最后规劝他:男子汉应立志为国家的统一事业作贡献,不要同那些妓女鬼混在一起,无聊抛洒离愁别恨的泪水。这样的规箴,辞谐而意甚庄。清代刘熙载评曰:"刘后村词,旨正而语有致。"这两句是他的名句,很能体现他的思想境界。

这首词写给同乡友人,情感格调甚庄,立意高远,如同雄鹰在壮阔的蓝天上高翔,四海景仰。这不仅是对自己友人的规箴,也是对那些放浪生活的人的规劝,具有很高的社会价值。全词辞婉理直,外柔内刚,既有惋惜又有批判,有恨铁不成钢的愠怒,呈现独特的劝勉风格。此词章法布局也有别致:上段写人,下段致意,既各有侧重,又相得益彰;上片开头直言行为反常,下片开头说明冶游无益,结尾忽发高响,惊动天地,使全词更富有生命力。词本来是从"花间"中走出来的,如今劝君不要入"花间",题材新颖,意义非凡,值得重视。

论曰:规劝写心词,别开生面姿。寄情高境界,一曲好箴辞。

落梅

　　一片能教一断肠，可堪平砌更堆墙。
　　飘如迁客来过岭，坠似骚人去赴湘。
　　乱点莓苔多莫数，偶粘衣袖久犹香。
　　东风谬掌花权柄，却忌孤高不主张。

　　这首诗是刘克庄任建阳县令时所写。据罗大经《鹤林玉露》记载，此诗一出，当国者见而恶之，诗人被指控为讪谤当国，免官闲废十年之久，这是历史上有名的"落梅"诗案。

　　首联即点题落梅，写梅花纷纷凋落的景象，透露出诗人浓重的感伤，为全诗奠定了忧郁的基调：每一片飘零的梅花都令人触目愁肠，更哪堪那凋落的花瓣铺满了台阶又堆上了墙头。这联的意境同李煜《清平乐·别来春半》中的"砌下落梅如雪乱，拂了一身还满"所描绘的接近，触景生情，唤起了诗人对社会、人生的丰富联想。所以，颔联承上进一步写落梅：梅花飘如过岭，坠似赴湘。这里表面上写落梅在风刀霜剑的摧残下飘山岭赴湘江，实际上用来比喻历史上无数"迁客""骚人"被贬流落他乡的不幸遭遇。诗人自然联想到屈原、韩愈、柳宗元、苏轼、陆游等一大批诗人迁客，他们都有过岭赴湘的仕途坎坷经历。诗意已经融入社会，但不露痕迹，取譬贴切，含蕴丰富。颈联继写落梅之结局：如此高洁的梅花已沉沦于泥土之中，与莓苔之类为伍；但也有偶尔粘在衣袖上，仍有久久留香。坠地的多，入袖的少，尽管有不同的人生轨迹，但高洁是不变的，可谓运笔委婉，寄托遥深。在层层写落梅的不同遭遇后，至尾联点明正意，是画龙点睛之笔：东风错掌众花之生杀权，妒忌梅花的孤高不为其主持公道，反而任意摧残它。这实际上暗讽当权者错杀许多高洁之士，同时也寄托了自己仕途不遇的感慨。也因为这句话，让他闲废十年，成了"落梅"的化身。

　　这首咏梅诗通篇不着一"梅"字，尽得风流。张明非《宋诗鉴赏辞典》评曰："这首《落梅》确乎不同于一般以体物入妙为主的咏物诗，而是有着深刻的寓意。"景在前，意在后，但无明显相隔，情景交融，物我难分，咏物与抒怀天衣无缝。刘克庄一生写了130多首咏梅诗词，喜爱梅品，借梅寄情，然而这一首成为当权者的眼中钉，这便是此诗的旨趣所在。

论曰：高超咏落梅，寓意别心裁。一节生花笔，千秋赞俊才。

刘辰翁

刘辰翁（1233-1297），字会孟，号须溪，今江西吉安人。理宗景定三年登进士第，曾任濂溪书院山长。南宋亡，隐居不仕。爱国词人，有《须溪词》。

柳梢青·春感

铁马蒙毡，银花洒泪，春入愁城。笛里番腔，街头戏鼓，不是歌声。　　那堪独坐青灯。想故国，高台月明。辇下风光，山中岁月，海上心情。

中仄平平（韵），中平中仄（句），中仄平平（韵）。中仄平平（句），中平中仄（句），中仄平平（韵）。　　中平中仄平平（韵）。中中仄（读），平平仄平（韵）。中仄平平（句），中平中仄（句），中仄平平（韵）。

《柳梢青》为词牌名，双调四十九字，前段六句三平韵，后段五句三平韵。

该词是刘辰翁亲历南宋灭亡后而作。自古以来，汉朝国土终于第一次沦为"牧场"，亡国之痛极其深重。对此，作者用凄凉之笔，通过写临安的元宵景况，抒发亡国的悲痛。题"春感"，实际上是伤国。首句四字含有特定的情景,让人感到异样的感觉:"铁马"就是元军的战马,说明元军入侵;"蒙毡"指战马披上防寒的毡子,说明初春天气寒冷。这一句开宗明义,点明了不一样的临安元宵节,伤春的情感初露笔端。接下来两句正面写元宵的景况。"银花"指焰火。本来节日里的焰火是欢乐热烈、绚丽多彩的,象征着喜庆祥和的日子;而今却不同,仿佛银花在流泪。焰火飞溅如同溅泪挥洒,这是词人因心情不好而对现象的一种错觉,无理入情,所以说"春入愁城",点明春感主题。"城"指南宋的旧都临安,现在被元军占领了,变成亡国愁怨的城市了,伤春愁城,倍感悲痛。下面三句写元人过元宵的情况。"笛里番腔"呼应"铁马蒙毡",而"番腔"指当时少数民族的乐曲。表明现在临安是元军的天下,连笛子里吹奏的也是元人的曲调。"街头戏鼓"照应"银花洒泪",一个"戏"字含有贬义——杂耍表演。所以接着说"不是歌声",流露出对元人歌舞的厌恶,也折射出词人心中的悲苦。

上片侧重写景,但景中含情;下片侧重抒发对故国的怀念。过片两句承上启下,转写自己的心境:此时此刻,词人独与青灯相伴,孤寂冷清,更加显示心情的苦闷。用"想故国"三字点明词人心意。此句化用南唐后主李煜《虞美人·春花秋月何时了》词中的"故国不堪回首月明中"的意境,表达了对故都临安的怀念之情。这两句情势由厌恶转为沉思,所以情绪变得更加沉郁。最后三句用三种特定的情景来表达自己的节操决心。"辇下风光",从字面上看指皇帝车驾,实指昔日的京城。意为:虽然说现在是元人在闹元宵节,但对临安旧时的元宵风光不会忘掉。不忘故国,呼应"想故国"。而"山中岁月",指自己的隐居生活。是说:从今往后要去山中过隐居生活,坚决不与元人同流合污,帮他们做事。"海上心情"是借用汉代苏武的典故——他在北海"杖汉节牧羊",不屈服匈奴,不忘汉朝,表达一种民族气节。这三句思维极为跳跃,一句一意,内涵丰富,余味无穷。

汉人过元宵节，象征着团圆幸福。如今亡国，不少人流离失所，却成了元人在欢度元宵，岂不更难受吗？此词正是借这个题意来抒发对亡国的哀痛，表达自己的爱国情怀，选题立意巧妙。宋理宗景定三年廷试对策时，刘辰翁就说过"忠良残害可伤，风节不竟可憾"。他也在多首词中表达爱国感情，而且非常强烈。如《兰陵王·丙子送春》两段过片句："春去。最谁苦？但箭雁沉边，梁燕无主。""春去。尚来否？正江令恨别，庾信愁赋。"表达对临安陷落、宗社沦亡的哀悼之情。前人说刘辰翁的作品是"词意凄惋、字字悲咽、辞情悲苦"，我再补充一句"愁怨宛曲"。这首词正是如此。

论曰：借题挥笔意，亡国抒愁情。字字悲春感，辞言宛曲声。

姜夔

姜夔（1154-1221），字尧章，号白石道人，今江西鄱阳人。布衣终身，过着清客生活。文学造诣深厚，兼工诗词，擅长书法，精通音乐，是一个艺术全才，尤以词著名。有《白石词》。

扬州慢·淮左名都

淳熙丙申至日，予过维扬。夜雪初霁，荠麦弥望。入其城，则四顾萧条，寒水自碧，暮色渐起，戍角悲吟。予怀怆然，感慨今昔，因自度此曲。千岩老人以为有"黍离"之悲也。

淮左名都，竹西佳处，解鞍少驻初程。过春风十里，尽荠麦青青。自胡马窥江去后，废池乔木，犹厌言兵。渐黄昏，清角吹寒，都在空城。　　杜郎俊赏，算而今重到须惊。纵豆蔻词工，青楼梦好，难赋深情。二十四桥仍在，波心荡，冷月无声。念桥边红药，年年知为谁生？

中仄平平（句），中平中仄（句），中平中仄平平（韵）。仄平平中仄（句），中中仄平平（韵）。仄中仄平平中仄（句），中平中仄（句），中仄平平（韵）。仄平平（读），中中平中（句），平仄平平（韵）。　　中平中仄（句），仄平平中仄平平（韵）。仄中仄平平（句），中平中仄（句），中仄平平（韵）。仄仄中平平仄（句），平平仄（读），中仄平平（韵）。仄中平平仄（句），中平中仄平平（韵）。

《扬州慢》是姜夔自度中吕宫曲。双调九十八字，前段十句四平韵，后段九句四平韵。

词前小序交代作词的缘由，写得很精彩，可作抒情小品文来读。"淳熙丙申"即宋孝宗淳熙三年。"至日"指冬至这一天。"维扬"即扬州。"千岩老人"为萧德藻的别号，是姜夔妻子的叔父，也是当时有名诗人。"黍离"之悲，出自《诗经·黍离》"彼黍离离"，写周朝故宫变成庄稼地，长出黍子。后用"黍离"表示亡国。小序的意思是说：他进扬州城一看，十分萧条，心情无比忧伤，感慨今昔，自度这首词。

词的开头承小序"予过维扬"起笔。"淮左名都，竹西佳处"先点出扬州。淮河下游南岸设置淮南东路，古代以东为左，所以"淮东"即"淮左"。"竹西"指竹西亭，在扬州北门外五里。杜牧《题扬州禅智寺》一诗云："谁知竹西路，歌吹是扬州。"词的前两句总指扬州，前句说淮南东路是著名都会，后句说扬州是风光优美的所在。所以，接下来要解鞍歇马，初来扬州作短暂停留。这句话是前两句的原因，意为扬州是天下名胜、历史名城，要停下来看看。不过，看到的与想象的刚好相反："过春风十里，尽荠麦青青。"这里化用杜牧《赠别》中的"春风十里扬州路，卷上珠帘总不如"诗句，是说：过去扬州十分繁华，现在尽是青青的野生麦子。是什么原因导致"名都""佳处"都成了废墟荒野呢？原来是"自胡马窥江去后，废池乔木，犹厌言兵"。宋高宗年间，金兵几次南侵，扬州惨遭破坏，战乱只剩下废池和大树，至今人们对金人的入侵还很厌恶。"窥"字固然含有对金兵的轻蔑之意，但更重要的是写金兵入侵。"池"不是指池塘之类，而是指扬州的舞榭歌台。"废池"即言其已荡然无存，见出破坏之重。"乔木"见出破坏之久。《孟子·梁惠王下》云："所谓故国者，非谓有乔木之谓也，有世臣之谓也。"后以"乔木"为形容故国或故里的典实。这里可理解为："废池""乔木"都"犹厌言兵"，更不用说人们了。片尾三句进一步补足其荒凉景象：天色暗淡下来，凄清的军号声随着寒风在空城中回荡。"空城"照应前面几句。"清角吹寒"说明还处在金兵的军事威胁之下。从上片叙写看，不是单纯感慨今昔的变化，而是对敌人的入侵破坏表示痛恨，对当权者的软弱不振有着深沉的忧愤。

　　过片由杜牧生发开去。"杜郎"即杜牧。他在扬州居住时间比较长，也写了不少与扬州有关的诗歌，所以说"俊赏"，指他的诗歌具有风流俊逸的情趣。但是，如果今天重来扬州，他会大吃一惊，他的诗兴也不会再有了。言外之意是：他现在看到扬州面目全非，也会感到痛心的。接下三句是对"重到须惊"的引申，且化用杜牧诗句而写："纵豆蔻词工"化用《赠别》诗"娉娉袅袅十三余，豆蔻梢头二月初"，用二月初放的豆蔻花来比喻正在成长的少女；"青楼梦好"化用《遣怀》诗"十年一觉扬州梦，赢得青楼薄幸名"。这三句是说：即使杜牧有写"豆蔻词工""青楼梦好"名句的才华，也难赋现在悲怆的心情。接下来回到实景上，说"二十四桥仍在，波心荡，冷月无声"。杜牧《寄扬州韩绰判官》一诗说："二十四桥明月夜，玉人何处教吹箫？"这里所说的"二十四桥"是指旧址在今扬州西郊的古桥，相传有二十四个美人在此吹箫。二十四桥是当时的游赏胜地，但热闹的场面已经烟消云散，只有桥下的水波摇荡着冷清的月光，周围悄无声息。词人从"黄昏"起徘徊环顾，直到明月照水——那一片冷清的波光，正是此时词人心情的写照，折射出一片凄凉的心境。看似写景，实为写心，心情外化而已。在无声处还有开放着的红色的芍药花，所以说："念桥边红药，年年知为谁生？"扬州盛产"红药"，即红色的芍药花。词人在想：春天来了，芍药照常开放，但年复一年地究竟为谁而开呢？结尾处以"红药"渲染，明显与上面的荒凉景象形成鲜明的反差，使读者触目惊心，在极不协调中格外显出严酷和冷峻。全词虽在"予怀怆然"中结束，但弦外之音依旧袅袅不绝。

此词艺术方面的特色值得注意：上片采用叙述与描写相结合的方法，突出展示扬州经历战争后的破败荒芜；下片则采用议论与描写相结合的方式，集中抒发今昔的感慨。而且注意上下照应，相互补充和引申，也相互反衬，达到相互联系，使结构更为紧密。在今昔对比上，写昔日只用虚笔——因为词人初到，过去的情景只能从杜牧的诗句中了解到，所以也只能是想象之词；写今日则用实笔，为亲眼所见，这样虚实相生，突出以现实为中心，昔日只是为今日作陪衬，主次分明，重点突出。在时间安排上，从"解鞍少驻"到"渐黄昏"再到"冷月无声"，前后一个过程，扩大空间容量，见出更多荒凉景象，不断深化怆然的感情。在选择典型景物上，集中表现扬州所特有的景象，不偏离主题，如"淮左""竹西""二十四桥""红药"等，连化用杜牧的诗句也与扬州有关。在写景抒情上，赋予客观景物以主观感情，如"废池乔木""清角吹寒""冷月无声"等，这叫"通感"写法，把景象转为意象，丰富词意。在转折过渡的地方，多用领字起句，而且声调上都是去声，唤起下文的作用明显。如"过""尽""自""渐""算""纵""念"等字，都是使文意吃紧的地方，非常有讲究，值得注意。词人精通音乐，本词又是"自度曲"，如果用当时音乐演唱，一定别有风味。

论曰：自度扬州慢，听来一曲悠。相生虚实景，通感冷寒秋。议论古今叹，歌吟兴废愁。尤其多领字，独体亦风流。

点绛唇·燕雁无心

丁未冬，过吴松作。

燕雁无心，太湖西畔随云去。数峰清苦，商略黄昏雨。第四桥边，拟共天随住。今何许？凭阑怀古，残柳参差舞。

中仄平平（句），中平中仄平平仄（韵）。中平中仄（韵），中仄平平仄（韵）。　　中仄中平（句），中仄平平仄（韵）。中中仄（韵），中平中仄（韵），中仄平平仄（韵）。

《点降唇》为词牌名，双调四十一字，前段四句三仄韵，后段五句四仄韵。

小序中的"丁未"，即宋孝宗淳熙十四年。这一年，作者自湖州往苏州，道经吴松写下该词。"吴松"即吴淞江，源出太湖，流至上海入海。词的开篇由远而近写景。"燕雁"指鸿雁。此句言飞来的鸿雁毫无心机。因为鸿雁南飞是为了避寒，而且年年如此，所以说没有心机。下句接着说随太湖浮云悠然飞去。这也是"无心"的表现。"太湖"指江苏南境的大湖泊。"数峰"两句是说：眼前几座山峰，凄清寥落，好像正在酝酿下一场黄昏雨。"商略"意为酝酿。过片为转笔之句，写到桥边之景。"第四桥"是吴江县城外的甘泉桥，因泉品居第四得名，是陆龟蒙故居所在。所以下面说，打算同他一样终生归隐。"天随"指唐代诗人陆龟蒙，自号天随子，心神萧散，悠闲自在，也称江湖散人。词人仰慕其遗风，愿意效仿他归隐。词的最后是问：陆龟蒙在哪里？词人没有正面回答，只是凭栏远眺，眼前一片残柳参差舞动。就此煞住，余味无穷。

清代陈廷焯在《白雨斋词话》中说，这首词"通首只写眼前

428

景物，至结处，感伤时事"，"无穷哀感，都在虚处"。这个"虚处"，是指姜词"清空"风格。此词上片写景，"燕雁""数峰"句，不仅写景出色，且用拟人化手法，赋予灵性，如"无心""清苦""商略"等，使静物化动，生动可感。下片因地怀古。词人对陆龟蒙的怀念钦羡，实际是说自己的清高思想。最后以景结情，委婉含蓄，引人遐想。

论曰：张罗眼前景，描写至终篇。偶尔感时事，令人寻味研。

蒋捷

蒋捷（约1245-约1305后），字胜欲，号竹山，今江苏宜兴人。咸淳十年进士。宋覆灭，隐居竹山，人称"竹山先生"，其气节为时人所重。有《竹山词》。

贺新郎·兵后寓吴

深阁帘垂绣。记家人，软语灯边，笑涡红透。万叠城头哀怨角，吹落霜花满袖。影厮伴，东奔西走。望断乡关知何处？羡寒鸦，到著黄昏后。一点点，归杨柳。　　相看只有山如旧。叹浮云，本是无心，也成苍狗。明日枯荷包冷饭，又过前头小阜。趁未发，且尝村酒。醉探枵囊毛锥在，问邻翁：要写《牛经》否？翁不应，但摇手。

中仄平平仄（韵）。仄平平（读），中平中仄（句），中平平仄（韵）。平仄平平平仄仄（句），中仄中平平仄（韵）。中中仄（读），中平中仄（韵）。中仄中平平仄仄（句），仄中平（读），中仄平平仄（韵）。中仄仄（句），中平仄（韵）。　　中平中仄平平仄（韵）。仄中中（读），中中中中（句），中平中仄（韵）。

平仄平平平平中（句），中仄中平中仄（韵）。仄中仄（读），中平中仄（韵）。中仄中平平中仄（句），仄中平（读），中仄平平仄（韵）。中仄仄（句），中平仄（韵）。

《贺新郎》为词牌名，双调一百十六字，前后段各十句、六仄韵。

宋亡后，蒋捷成为遗民词人，词中更多抒怀亡国之痛。此首尤为沉痛，是作者流寓苏州时所作。词的上片从过去的家里写起：记得深阁里绣帘低垂，家人轻声柔语，笑脸相迎，过着团圆幸福欢乐的日子。前三句从回忆开始，写战乱前的家里生活情景。紧接后面两句为转笔：战乱来临，城头的号角不断地吹起哀怨的曲子，也吹落了霜雪满身，迎着风寒四处漂泊。"万叠"指同一曲调反复吹奏。"角"为号角声。前三句写战前安宁平静的生活，为实写；后两句写战乱来临，为虚写——一实一虚，跌宕有致。接下来写具体遭遇了。"影厮伴"意为与自己的影子相伴。此句是说：自己家破人亡，只有身影相随，孤苦伶仃，东奔西走，过着流浪的生活。这与战前形成强烈反差。接着"望断乡关知何处"，抒发对故乡的怀念。片尾再以寒鸦黄昏归林的情景对比自己的无家可归，感慨命运不如寒鸦，进一步深化思乡的心情。下片继续写流浪生活的艰辛和觅食无门的处境，十分寒酸。开头三句感叹世事变化无常，如浮云苍狗，变幻莫测，但自己的意志如青山屹立，坚守民族气节。这里用"青山如旧"比喻气节不变，用"浮云苍狗"比喻世事无常，化用杜甫《可叹》一诗中的"天上浮云如白衣，斯须改变如苍狗"诗意。词人再转入写流浪生活：吃的是枯荷包冷饭，写出辛酸；还要越过小土山，写继续奔波；也想歇歇脚，且尝村酒，写借酒消愁。词的最后写自己觅食无门。"枵囊"就是空袋子。"毛锥"即毛笔。"牛经"是指关于养牛知识的书。这几句串连起来，是说：自己已经一无所有，除了一支笔，袋子里空空如也。问邻翁要不要我抄书写字，就换个饭吃。老翁不答应，只摇手。最后连抄书糊口的想法都没办法实现，生活处境十分艰难！

此词通过战前和战乱的生活对比，前简后详，突出写战乱的流浪生活，抒发亡国之痛和对故乡的怀念。更可贵的是不改节操，如"相看只有山如旧。叹浮云，本是无心，也成苍狗"，所以其气节为时人所重。蒋词中包含亡国之痛的句子很多，如《少年游·枫林红透晚烟青》中的"二十年来，无家种竹，犹借竹为名"、《贺新郎·浪涌孤亭起》中的"星月一天云万壑，览茫茫，宇宙知何处"等句，虽然不是正面写亡国之恨，但在落寞愁苦中寄寓伤故国的一片深情。清人刘熙载推许蒋捷为"长短句之长城"，从艺术上肯定其词"洗炼缜密，语多创获"，并从爱国思想和民族气节着眼，赞扬"其志视梅溪（史达祖）较贞，其思视梦窗（吴文英）较清"，说得恰如其分。

论曰：多词亡国痛，寄景怨愁情。字眼冷寒色，吟风酸苦声。

文天祥

文天祥（1236-1283），字宋瑞，又字履善，号文山，今江西吉安人。宝祐四年进士第一，官至右丞相兼枢密使。起兵抗元，被俘不屈，从容就义。有《文山先生全集》。

过零丁洋

辛苦遭逢起一经，干戈寥落四周星。
山河破碎风飘絮，身世浮沉雨打萍。
惶恐滩头说惶恐，零丁洋里叹零丁。
人生自古谁无死？留取丹心照汗青。

"零丁洋"即"伶丁洋"，今广东珠江口外。祥兴元年十二月，文天祥兵败被俘，囚禁船上，曾经过零丁洋。当时元军逼文天祥招降崖山的南宋守军，文天祥拒绝，并以这首诗作答。

首联自叙平生，思今忆昔：自己从科举出身，受到朝廷任用，从起兵以来在转战中度过四年。"起一经"即依靠精通经书而起用，指从科举出身。"寥落"意为稀疏、疏散，这里形容战乱的衰败景象。"周星"即周年，地球绕太阳一周为一周星，四周星即四周年。德祐元年元兵入侵，文天祥起兵入卫临安，至被俘恰四年。这里特别提到抗元战斗的四年，在国家危亡的关键时候，最能体现自己的一片忠心，暗示投降是不可能的。这一联实写。下一联虚写，总述国家和个人境况：四年来国土遭元军蹂躏，山河破碎，而我的遭遇是与国家命运连在一起的。用"风飘絮"来形容"山河破碎"，形象生动；用"雨打萍"来形容"身世沉浮"，非常贴切。两句对仗工整，把国家和个人的命运又结合起来写，景象凄凉，体现经历艰难困苦的境地。颈联又转实写，具体概括抗元经历。"惶恐滩"为地名，今江西万安境内，为赣江十八滩之一，急流险滩。"惶恐"形容忧惧不安，而"零丁"形容孤苦无依。这两句写得很精彩，是对上联的补充，不仅对仗工巧，而且善于选取两地地形的险恶来说明处境艰危，词义双关，非常符合实际。前句追忆入卫的紧急经历，所以"说惶恐"；后句感叹眼前，只身被俘，所以"叹零丁"。这一联说明被俘遭遇与国家命运紧密相连，表达自己为挽救国家危亡在所不辞。因此，诗的最后两句振起一笔，忽然宕进，激情慷慨：古往今来，人总是难免一死的。自己决心以死报国，一片丹心将垂于史册。"汗青"指史册。古代用竹简记事，必须先用火烤青竹，使其出汗，除去水分，便于书写和保存，故称汗青。这两句诗传诵千古，文天祥的名字也被大家铭刻在心，事实正如他所愿。

此诗的思想境界大于艺术表现，但艺术也不容忽视，人格和诗格都称得上佳品。元军统帅张弘范见诗中辞意坚决，但称"好人，好诗！竟不能逼"。最后，文天祥英勇就义，年仅四十七岁，其爱国忠君的精神永垂不朽。全诗叙述既有追忆又有思今，既有虚写又有实写，而且对仗工巧，语出自然，形象生动。尤其颈联构造了精美的掉字对，成为千古绝唱。诗人在抒情言志中，把自己的命运和国家的命运紧紧相连，字里行间表现出坚贞报国的意志和品质。尤其结语句，有如撞钟，撼天动地，激励过无数志士为国献身。

论曰：国土破亡伤，诗风得幸扬。零丁洋里叹，品格自芳长。

郑思肖

郑思肖（1241-1318），字忆翁，号所南，今福建连江人。原是太学生，宋亡后隐居苏州。善画墨兰，兼长书法。有《心史》。

寒菊

花开不并百花丛，独立疏篱趣未穷。
宁可枝头抱香死，何曾吹落北风中。

宋灭后，郑思肖把原名思赵改为思肖，并隐居在苏州一个寺庙里，终身不仕。连坐卧都朝向南方，表示不忘宋朝。他的诗集《心史》封存在苏州承天寺古井中，明末淘井发现，流传于世，诗歌多写亡国之痛、故国之思。这首诗就是南宋灭后所写，自题《寒菊》图上，为咏物题画诗。前两句是说：菊花不与百花一起开，独立在疏篱边迎着秋霜开放。前句意在不与百花争妍斗艳，后句意在独有风格，意趣无穷。这是用画笔绘不出来的主观意识，只有诗笔才能把画意说出来。同时，通过"疏篱"这个意象，也把诗句融入了陶渊明的"采菊东篱下""此中有真意"的意味，暗示自己与陶渊明同意趣。宋亡后，郑思肖隐居不仕，正是此意的写照。后两句把诗意挖深一层：菊花开后在枝头上逐渐枯萎，花瓣收缩不落地，所以说"抱香死"。正因为有这个特征，所以接着说不曾见吹落在北风中。两句通过"宁可""何曾"虚词连接，使诗意流畅连贯，意在表现自己坚贞不屈的傲骨。而"北风"一语双关，也有暗喻北方元朝统治者，从而更表现出至死不渝的民族气节，寓意深蕴。这两句虽然化用宋代朱淑真《菊花》一诗中的"宁可抱香枝头老，不随黄叶舞秋风"，但意蕴更为深刻，而且带有时代气息，更为贴切。

　　这首是自题画菊图上的诗，不在于如何笺释画理，而在于所画形貌之外的神理，在表现菊花自然属性的同时，又巧妙地关合情怀，抒发自己的爱国情操，也加深对画意的理解，使画意与诗意完美结合，从中获得美感愉悦和生活启迪，这是此诗艺术成功所在。

　　论曰：自题寒菊画，贵在写神光。此咏真灵秀，枝头抱死香。

金元明清作品

诗词发展到金元明清时期，已经走向衰弱，这跟每个朝代的历史背景有很大关系。金代诗词大都是宋代旧臣所写，像宇文虚中、吴激等人，在作品中大都反映对故土、故人的怀念。而元好问成就最高，是这一时期的杰出代表——他的《论诗三十首》，影响深远；他的词学习苏轼，风格豪放，也较为出色。元代诗词虽没有明显成就，但也有刘因的《溪上》、虞集的《挽文山丞相》、王冕的《墨梅》、萨都剌的《百字令·登石头城》等一批较为优秀的作品。明代初期，诗歌有复兴，以刘基、高启为代表，写出了一些具有现实意义的优秀作品，在一定程度上改变了元代诗那种纤弱卑陋的习气。像于谦的《石灰吟》，是千古不朽的作品。还有李梦阳、何景明、陈子龙等诗人的作品，堪称佳作。清初至中叶，顾炎武是优秀诗人的代表，朱彝尊、纳兰性德是杰出词家的代表。清末以龚自珍、林则徐、谭嗣同为代表，所创作的诗歌主要是关注国家的前途、民族的存亡。其中龚自珍的宏篇组诗——《己亥杂诗》，让人叹为观止。

　　逐鹿中原难息鼓，春秋岁月四朝天。

　　风流拾紫浑如梦，唯有诗名在眼前。

宇文虚中

宇文虚中（1079-1146），字叔通，今四川成都人。宋大观三年进士及第，累官至中书舍人。高宗建炎二年使金被留，后因谋归宋被杀。现存诗五十余首，收入《中州集》《全金诗》。

在金日作

遥夜沉沉满幕霜，有时归梦到家乡。
传闻已筑西河馆，自许能肥北海羊。
回首两朝俱草莽，驰心万里绝农桑。
人生一死浑闲事，裂眦穿胸不汝忘！

这一题共三首，选其中一首，是宇文虚中使金被羁留后所作，其心志已俱见诗中。首联写自己的身世：是说夜已深了，帐篷上结满厚厚的白霜，自己正做着还乡的好梦。前句写身在异乡，有帐幕，有严霜，且是在沉沉的深夜里，表达出沉重的心情；后句写梦里还乡，这里有暗示被羁留不自由的情境。"有时"流露出一种喜悦心情，因为平时很难梦到家乡。言外之意是：连做梦都非常困难，更何况真的还乡。颔联借用典故抒怀。前句化用晋国的叔鱼对季孙意如说的话："叔鱼也闻诸吏将为子除馆于西河。"晋人扣留鲁国的大臣季孙意如，筑馆招降，貌似礼遇，实为胁迫。借此来喻金人对自己的招降，并由传闻转为证实，说出当时被逼招降的艰难抉择。后句表达很婉曲，用苏武牧羊的故事，表示别的事做不了，"自许"能养肥北海的羊群。言外之意是：自己要像苏武那样不忘汉朝，即不忘宋朝。其诗味全在"自许"当中，看似幽默语言，实为自己的诺言。颈联写国难境况：回顾靖康之难，徽钦二帝被虏，成为"俱草莽"；山河破碎，国土成为放牧之地而"绝农桑"。这两句体现不忘宋朝国难国耻，忧君忧民的情怀，而且分量很重，字字是血，声声是泪，也暗示复仇之念头。尾联表达置生死于度外。诗人以国家民族大仇为重的态度，发出"人生一死浑闲事，裂眦穿胸不汝忘"的铮铮誓言，可贵精神跃然纸上。"裂眦穿胸"形容愤怒之态，眼眶都瞪裂了，胸部都被怒气穿透了，痛心疾首之意。"汝"指金统治者。此句虽直白，不及"人生自古谁无死？留取丹心照汗青"意境，但表达的意念一致，这正是"愤怒出诗人"的生动写照。从中可以看到十几年后，他的壮烈之举绝非偶然。

此诗的可贵之处在于不计较个人得失，不消极地停留在思乡感伤，而是对那些投降叛国以博取高官厚禄的人表示极大憎恨，对金国侵略者表示永远不忘仇恨，其爱国情怀如星月辉煌，诗教意义大于诗艺。

论曰：愤怒出诗人，穿胸裂眦瞋。豪心无所畏，斗胆誓言陈。

吴激

吴激（1090-1142），字彦高，号东山散人，今福建建瓯人。北宋宰相吴栻之子，书画家米芾之婿。善诗文书画，词风清婉。与蔡松年齐名，时称"吴蔡体"。被元好问推为"国朝第一作手"。

人月圆·南朝千古伤心事

南朝千古伤心事，犹唱后庭花。旧时王谢，堂前燕子，飞向谁家？　恍然一梦，仙肌胜雪，宫鬓堆鸦。江州司马，青衫泪湿，同是天涯。

中平中仄平平仄（句），中仄仄平平（韵）。中平中仄

（句），平平中仄（句），中仄平平（韵）。　　中平中仄（句），中平中仄（句），中仄平平（韵）。中平中仄（句），平平中仄（句），中仄平平（韵）。

《人月圆》为词牌名，亦为曲牌名，《中原音韵》中注为"黄钟宫"。此调始于王诜，因词中"人月圆时"句，取以为名。吴激词有"青衫泪湿"句，又名《青衫湿》。双调四十八字，前片五句两平韵，后片六句两平韵。

吴激使金被扣留，勉强任职，在金国以写词著称。据洪迈《容斋随笔》载，南宋洪皓使金，金国的张侍御在家中招待洪皓，出席作陪的有宇文虚中、吴激等南朝词客。席间一个侍女向客人敬酒，显得十分忧伤——原来她是宋朝的宫女，因靖康之难被俘到北方，最终沦为张侍御家婢。众人有感于其不幸的遭遇，也引起亡国之痛，遂发而为词，各赋一曲。其中，宇文虚中《念奴娇》先成。及见吴彦高《人月圆》词，宇文虚中为之大惊，推为第一。

词的开头借南朝故事起笔。"南朝"指偏安南方的东晋、宋、齐、梁、陈等朝代。"后庭花"即南朝陈后主所作艳曲《玉树后庭花》，被指亡国之音。杜牧《泊秦淮》一诗云："商女不知亡国恨，隔江犹唱后庭花。"这里表面上写的是南朝千古事，实为谴责北宋末年如同陈后主荒淫腐朽，最终亡国，自己也被扣留在此。接着三句又化用刘禹锡《乌衣巷》中诗句"旧时王谢堂前燕，飞入寻常百姓家"，写出北宋朝在金兵攻陷汴京后，那些贵族官僚也飘零沦落。上片追述北宋亡国惨祸。下片把镜头对准一个亡国被俘的宫女。开头三句是说：眼前这个曾经的宫女，皮肤洁白如雪，像仙女似的；头上梳着当年宫廷式样的发鬟，盘卷堆叠，发黑如乌鸦。词人看到如此这番打扮，仿佛做梦时回到北宋朝的时代，所以说"恍然一梦"。接下来对这位宫女的流落境地产生了同情和共鸣，化用了白居易《琵琶行》中诗句"同是天涯沦落人，相逢何必曾相识"和"座中泣下谁最多？江州司马青衫湿"——这是白居易贬谪江州做司马，遇见"老大嫁作商人妇"

的旧歌女，同病相怜，感慨万千。吴激于此地遇见北宋的旧宫女，联系自己被羁身北国，岂不跟白居易一样同感吗？结尾三句融合白居易的诗意，借意抒怀，一种亡国之痛油然而生。

　　这首词写得很沉痛，把伤国之痛和伤怀身世统一起来，而且通篇十一句，化用前人诗意八句，抒情婉曲，唱叹空灵。当然，化用前人诗句往往会更含蓄——因为在金人宴会上不宜直白表达，这也反映了他谨小慎微的创作态度。宇文虚中自叹不如，就在于他的词意太直白。刘祁《归潜志》卷八评曰："彦高词集篇数虽不多，皆精微尽善，虽多用前人诗句，其剪裁点缀若天成，真奇作也。先人尝云，诗不宜用前人语。若夫乐章，则剪截古人语亦无害，但要能使用尔。如彦高《人月圆》，半是古人句，其思致含蓄甚远，不露圭角，不尤胜于宇文自作者哉。"在词史发展过程中，北宋中叶以后，填词有隐括前人诗句，所谓化用而为之，像贺铸、周邦彦、陆游、吴文英等人都擅长此道。而吴激这首词一点不露生硬牵强的痕迹，浑然一体，如出自己之口，巧夺天工，不愧是一首成功的"隐括体"。

　　论曰：借古抒情致，声含亡国伤。词言化诗意，委婉味深长。

蔡松年

　　蔡松年（1107-1159），字伯坚，号萧闲老人，今河北正定人。随父由宋仕金，官至右丞相，封卫国公。词与吴激齐名，时称"吴蔡体"。有《明秀集》。

大江东去·离骚痛饮

　　还都后，诸公见追和赤壁词，用韵者凡六人，亦复重赋。

离骚痛饮，问人生佳处，能消何物？夷甫当年成底事，空想岩岩玉壁。五亩苍烟，一丘寒玉，岁晚忧风雪。西州扶病，至今悲感前杰。　　我梦卜筑萧闲，觉来岩桂，十里幽香发。块垒胸中冰与炭，一酹春风都灭。胜日神交，悠然得意，离恨无毫发。古今同致，永和徒记年月。

中平中仄（句），仄中平中仄（句），中中平仄（韵）。中仄中平平仄仄（句），中仄中平平仄（韵）。中仄平平（句），中仄（句），中仄平平仄（韵）。中平平仄（句），仄平平仄中仄（韵）。　　中仄中仄平平（句），中平中仄（句），中中平平仄（韵）。中仄中平平仄仄（句），中仄中平平仄（韵）。中仄平平（句），中平中仄（句），中仄平平仄（韵）。中平平仄（句），中平平仄平仄（韵）。

《大江东去》与《念奴娇》同调而异名，因苏东坡有赤壁怀古之作，开篇句"大江东去"，故取其名。双调一百字，前后段各十句、四仄韵。

从小序看，词人是用苏轼"赤壁怀古"词原韵所作的，属步韵之作，不仅用东坡名句为词牌，也取借古抒情之法。前三句也有东坡起笔之势，所不同的是以放言议论开篇，问人生何以消愁并快乐着，只须读骚饮酒。语意出自《世说新语·任诞》："王孝伯言：名士不必须奇才，但使常得无事，痛饮酒，熟读《离骚》，便可称名士。"读《离骚》可寄愤，饮酒可消愁，人生只要这两事足以——这是达观之语，又显得格外痛快。接着怀想起夷甫空谈误国之事。"夷甫"是王衍的字，曾位居宰辅，周旋诸王间，唯求自全之计，但唯雅咏玄虚而已。对此，桓温说过："使神州陆沉，百年丘墟，王夷甫诸人不得不任其责。"又据载，顾恺之也曾言"岩岩清峙，壁立万仞"，意为徒有其表而已。王夷甫识石勒，结果呢？全军为石勒所破，自己也被杀，所以说"成底事"。下面几句说的是谢安。"五亩苍烟，一丘寒玉"，指谢安隐居东山之处。这里形容隐居处山川秀美，环境清幽。"岁晚忧风雪"指晚年心忧国家安危。当然还有另一层意义，就是涉足朝政，忧患丛集。"西州扶病"，《江宁府志》记载，晋时谢安为人爱重，及镇新城，以病舆入西州门（古扬州门），不久病逝。"东山之志始末不渝"，它使词人至今悲感谢安。以上列举谢安与王衍两位古人，一正一反形成鲜明对比，称赞谢安才是真正的名士风流，是蔡松年的学习榜样。

　　过片以"我梦卜"领起，转入另一番境界。词人在镇江筑有萧闲堂，自号萧闲老人，也想在此酣饮醉梦，忘怀得与失。萧闲堂有桂树，醒来犹觉那里的桂花散发着十里幽香。这里描绘出春和景明、幽香宜人的境界，如同谢安东山隐居处，可见萧闲堂对词人有巨大的吸引力，其间也有几分逃避现实的意味。词人欲归未归，只是梦寐以求，所以下面便说"块垒胸中冰与炭，一酹春风都灭"。这里化用《世说新语·任诞》典故："王孝伯问王大：'阮籍何如司马相如？'王大曰：'阮籍胸中垒块，故须以酒浇之。'"意为不平之气如胸中冰炭，只好仗酒浇愁，一醉方休。这里的"春风"指酒，苏轼有诗句"万户春风为子寿"，可佐证。每当佳日里，想起那些风流名士，并与他们精神交流，悠然自得，什么离恨之愁都抛在脑后。词人有意采用"胜日""神交""悠然"等魏晋名士用语，这与追求魏晋名士风流的题旨相一致，也与"至今悲感前杰"遥相吻合。最后，以王羲之《兰亭集序》所抒发的人生感慨之意结尾，在写法上颇具别趣。

　　蔡松年身世较为复杂，又处于宋金对峙时代，在金做事总感到不自在，一直在入世与出世之间徘徊，自然会流露出许多现实的联想和感慨，既向往魏晋时期的风流名士的洒脱生活，又偏向谢安那样"岁晚忧风雪"的东山之志的处世态度。全词充满着忧愁之情绪。《明秀集》注称："是时公方自忧，恐不为时所容。"正有见于此。他的矛盾情绪也反映了一批汉族士大夫屈服外族统治的一种特有心态，颇具代表性。全词借古兴感，且多用晋人之典故，也有时势与之相近的地方，其精神风貌亦有相类似。元好问以此词称蔡氏"乐府中最得意者"，并非偶然。

论曰：步大江东去，凭词韵抒情。深知辞典意，借记永和声。

赵秉文

赵秉文（1159-1232），字周臣，号闲闲居士，晚年称闲闲老人，今河北磁县人。金世宗大定二十五年进士，历平定州刺史，为政宽简。累拜至翰林学士、礼部尚书。能诗善文，又工草书。有《闲闲老人滏水文集》。

寄王学士子端

寄语雪溪王处士，年来多病复何如？
浮云世态纷纷变，秋草人情日日疏。
李白一杯人影月，郑虔三绝画诗书。
情知不得文章力，乞与黄华作隐居。

"王学士子端"即翰林学士王庭筠，字子端，号雪溪，被元好问赞为"文采风流，照映一时"。曾亦官亦隐，居于黄华山。赵秉文以此诗相寄。首联以询问起笔，吐语真率，毫无装腔作势之作，体现诗人真性情，正是契阔老友间的口吻：你这几年多病，现在身体怎么样了？一语连贯，关切情怀跃然于前。领联为转笔之作，道出人情世故：世态反复无常，犹如浮云多变；人情淡薄，犹如秋草枯萎。赵秉文曾因上书言事，触犯权贵而免官；王庭筠在此同期，也为言事者所累而下狱。两人同病相怜，都有切身的感受，所以感叹社会上、仕途中的人情世态，也反衬自己的关切。这两句以"浮云"比喻世态多变，以"秋草"比喻人情淡薄，形象生动，非常妥帖。颈联化用典故，对友人怀才不遇深表同情。"人影月"是当年李白在"举杯邀明月，对影成三人"时之叹；"画诗书"是郑虔进献诗篇及书画，玄宗御笔题"郑虔三绝"。这两句是在赞美友人诗情如李白、画意如郑虔，才华横溢。尾联进一步对友人的怀才不遇而叹息：友人虽文才出众，却不得志，只好与黄华山为邻而隐居了。王庭筠自号"黄华山主"，隐居黄华山。诗尾正以此为背景，塑造了一个高雅雄奇的友人形象，一幅归隐图展现在世人面前，意味深长。

这是一首寄问诗，如同一封书笺，而且是寄语老友人，所以写得情深意切、直语真率，突出体现诗的真性情之风格。正因为如此，成为赵秉文的成名之作。刘祁《归潜志》卷八载，赵闲闲少尝寄黄华（王氏庭筠）诗，"非作千首，其工夫不至是也"。评价其工夫老到，一点也不过分。赵秉文在推动诗风转变方面致力颇殷，也被元好问誉为"挺身颓波，为世砥柱"。

论曰：笔墨封书信，诚心感染人。风流出文采，寄语率情真。

元好问

元好问（1190-1257），字裕之，号遗山，世称遗山先生，今山西忻州人。金宣宗兴定五年进士，哀宗时官至尚书省左司都事员外郎，金亡不仕。金代著名文学家、历史学家，擅长诗文词曲。有《遗山集》。

岐阳三首·其二

百二关河草不横，十年戎马暗秦京。
岐阳西望无来信，陇水东流闻哭声。
野蔓有情萦战骨，残阳何意照空城？

从谁细向苍苍问，争遣蚩尤作五兵？

　　金代末期，蒙古军入侵中原。元好问目击时局，写下《岐阳三首》伤乱诗，反映国破家亡的现实。此诗为第二首，诗中描写蒙古军围攻岐阳的惨状。"岐阳"即今陕西凤翔。首联写关中一带战祸：关中地区长期遭受战乱，连野草都不生，尤其咸阳一带烽火连天。"百二关河"指关中地区。据《史记·高祖本纪》载："秦，形胜之国，带河山之险，县隔千里，持戟百万，秦得百二焉。"此处之险，用二万兵即可抵挡百万兵。"百二"指士兵的数量为对方的百分之二。"秦京"指秦国都城咸阳。后句是借用杜甫"十年戎马暗万国"诗句。颔联描写战后情况：前句也借用杜甫"西忆岐阳信，无人遂却回"诗句，写岐阳音信断绝；后句是古乐府《陇头歌》中的"陇头流水，鸣声幽咽"诗句化用——连陇水都发出悲痛的声音，注入诗人的主观感情。以上几处化用正好与岐阳一带地名相关，所以显得浑然天成。颈联进一步描写战后荒凉：野外尸骨无人掩埋，只是枯藤有情地缠绕着；残阳又偏偏照射着一片空城。这两句描写得很精彩，高度概括了战后荒凉的惨状。"有情"与"何意"对举，仿佛是说草木有义而苍天无情。所以，诗的结尾是在诅咒侵略战争，向苍天问道：是谁发动了这场侵略战争？"苍苍"是上天。"蚩尤"是神话人物，传说喜好五种兵器，借指蒙古统治者。

　　此诗真实地反映了这次战役情况，具有历史价值。且谋篇布局很有讲究：开头两句即用倒装法，避免平叙，使得诗句峭拔有力；中间四句用生动形象的笔墨，极其成功地描绘出战乱景象和人民所遭受的惨状，是对当时情景的实录，堪称"史诗"；尾联与首联遥相呼应，首尾严密，笔力遒劲，可谓是惊天地、泣鬼神之问。全诗结构严谨，层层铺写，句句沉痛，字字愤慨，写得十分沉痛，足见其七律创作之功力。

　　论曰：生花从妙笔，首尾密缝连。战乱观时局，声声好问天。

论诗三十首(节选)

其四

一语天然万古新,豪华落尽见真淳。
南窗白日羲皇上,未害渊明是晋人。

其二十九

池塘春草谢家春,万古千秋五字新。
传语闭门陈正字,可怜无补费精神。

元好问受杜甫《戏为六绝句》的启发,专作《论诗三十首》,评论了自汉魏以来的许多诗人,比较系统地阐述了他的诗歌主张。这组论诗最为价值,影响也最大。

其四这首诗是元好问评晋代诗人陶渊明的,提倡清新自然的诗风。前两句是说陶诗的语言特色,强调"天然"的美学特质。首句讲:诗歌要出于自然,不事雕琢,表现自然纯真的美,这样才能达到万古长青。"一语"与"万古"的对照,突显"天然"与"新"的内在本质要求。次句由表及里,进一步揭示诗风的内在本质:诗歌不要追求华丽的辞藻、刻意雕镂文饰,这样才能见到真率和淳厚。这也跟陶渊明自己主张的"质性自然""抱朴含真"的理念相一致,陶诗正是体现了这种真淳的内在审美价值。所以,元好问强调要"豪华落尽",方显自然特质。后两句化用陶语,提出作诗的境界。陶渊明在《与子俨等疏》中说"五六月中,北窗下卧,遇凉风暂至,自谓是羲皇上人",在《归去来兮辞》中也说"倚南窗以寄傲"。陶渊明令虽然自比为上古人物,但他的诗歌仍然具有清新特性,表现本来的面目,这不妨碍他是晋代人。言外之意是:诗歌所提倡的"真淳"风貌与时代无关。这里实际上批评那些人以为纯朴的诗风是古代特有的,到了后代不可能再有这种诗格。所以,元好问在诗里主张要有高雅的生活理想和审美情趣,并强调诗格、人格和境界的统一。

其二十九这首诗是通过对比提出见解。前两句先是称赞谢灵运的诗句:"池塘生春草"诗句,千秋万代都在赞美它清新淡雅、自然纯美,从来不过时。后两句批评陈正字,即陈师道,他做过秘书省正字。黄庭坚也曾说他"闭门觅句"。元好问在此批评他"传语闭门",认为苦思冥想的写作是枉费精力的,也写不出好诗来。元好问通过一褒一贬,鲜明提出自己的见解,实际上也批评了齐梁诗、西昆体和江西诗派,提倡建安以来的优良传统,要求诗歌表现刚劲豪迈的情调。

以上两首诗论表达了一个共同的创作理念,就是要明白诗的内在真淳与永恒不朽的关系,指出"天然"是"万古新"的内在本色,不会因时代变迁而改变。元好问所提出的清新自然的创作主张,以前也有许多诗人提过类似的看法,比如李白说"清水出芙蓉,天然去雕饰"、梅尧臣说"作诗无古今,唯造平淡难"、葛立方说"落其华芬,然后可造平淡之境"等,这些诗歌主张对后来人影响很大。

论曰:一组题诗论,殷勤笔作耕。章章关审美,遗韵价连城。

木兰花慢·渺漳流东下

渺漳流东下,流不尽,古今情。记海上三山,云中双阙,当日南城。黄星。几年飞去,澹春阴,平野草青青。冰井犹残石甃,露盘已失金茎。　　风流千古短歌行,慷慨缺壶声。想酾酒临江,赋诗鞍马,词气纵横。飘零。旧家王粲,似南飞,乌鹊月三更。笑杀西园赋客,壮怀无复平生。

中中平中仄(句),中中仄(读),仄平平(韵)。仄中仄平平(句),中平中仄(句),中仄平平(韵)。中中(句)。中平中仄(句),仄中平(读),中仄仄平平(韵)。中仄中平中仄(句),中平中仄平平(韵)。　　中平中仄仄平平(韵),中中仄平平(韵)。仄中中中中(句),中平中仄(句),中仄平平

（韵）。中中（句）。中平平仄（句），仄中平（读），中仄仄平平（韵）。中仄中平中仄（句），中平中仄平平（韵）。

　　《木兰花慢》为词牌名，双调一百零一字，前片十句四平韵，后片十句五平韵。

　　此为元好问游览"三台"的怀古词。"三台"指三国时曹操所建的铜雀台、金凤台、冰井台，后来因战乱而焚毁。开篇即写"三台"之景，并点明"古今情"之题旨。"渺漳"即烟波渺茫的漳河，位于邺城南面，向东流去。这浩荡不尽的流水引发词人的怀古之情，历史上许多兴亡成败都在此发生，怎不心随流水而澎湃呢？"记海上"三句，写昔日之盛。"三山"指传说海上有蓬莱、方丈、瀛州三座仙山，词人用此来比喻"三台"犹如仙境。当时的南城，楼台双阙，直插云天，巍峨壮观。这里如水墨画轻轻地抹上一层瑰丽的色彩，引人入胜。"黄星"以下六句，转写"三台"荒凉景象，由昔日之胜景转入现实之荒凉，沧桑之感油然而生。"黄星"出自张衡《周天大象赋》载"嘉大舜之登禅，耀黄星而靡锋"，古时以为是瑞星。但没过几年就消失了，象征着昔日"三台"的繁华很快就毁灭了，意思是说帝王之气象随着光阴消失而殆尽。而今只剩下淡淡的阴霾笼罩着春日；原野上长满了青草；那时的冰井台还依稀残存着，变得破败不堪；当年的金铜仙人承露盘也已经失去了铜柱。这几句总写"三台"经战乱后破败荒芜，画面感很强，让人触目惊心。所以，下片由睹物进而怀人。过片两句便对曹操进行描写——曹操写过《短歌行》"对酒当歌，人生几何"，既点明曹操"风流千古"，又反衬词人的悲凉心境。而"慷慨缺壶声"是借用王敦典故：王敦酒后咏曹操诗句时，以如意敲打唾壶为节拍，壶口被敲破了。说明王敦喜好曹操诗歌，歌颂曹氏的才华，即所谓"风流千古"，使人仰慕不已。词人在另一首《木兰花慢·游三台》中也称颂曹操的诗句："问对酒当歌，曹侯墓上，何用虚名？"下面接着写曹氏的才情。"酾酒临江"是用苏轼《前赤壁赋》成句，描写曹氏的豪迈意境。"赋诗鞍马"出自唐代元稹《唐故工部员外郎杜君墓系铭并序》:"曹氏父子鞍马间为文,往往横槊赋诗。"歌颂曹氏父子既能驰马战场,又能驱笔文场的丰功伟绩,可谓"词气纵横"。下面以"飘零"二字为转折,从而转写自己的身世:遭逢乱世,四海飘零。于是,词人便以王粲自比——王粲因董卓之乱,十多年流离在外,无所作为,正与词人遭遇相似,所以说"旧家王粲",而"似南飞,乌鹊月三更",便是化用曹操《短歌行》"乌鹊南飞。绕树三匝,何枝可依"的意境:好比自己如乌鸦一样无所依靠,前途渺茫。最后,以自嘲的口吻,抒发了自己壮志未酬的遗恨。"西园赋客"指曹氏父子。"西园"为曹操在邺都所建游园,常在园内逍遥散步。这里自嘲自己的才情,只空握彩笔,毫无用处,也随着时代变迁无情地流逝掉了。结句令人感叹,回味不已。

　　此词借"三台"怀古抒情,化用典故,善用自况,从对比中感叹自己的身世,全词充满沧桑感。而艺术上曲折委婉,起伏跌宕,摇曳多姿,豪迈秀拔。如清代施国祁《元遗山诗集笺注》所说:"乐章之雅丽,情致之幽婉,足以追稼轩。"

　　论曰:不尽古今情,漳河滚滚声。兴亡谁可越?胜败自环生。化典忧时感,行歌警世明。词风追弃疾,豪迈气纵横。

刘因

　　刘因(1249-1293),字梦吉,号静修,今河北保定人。家贫,教授生徒,钻研理学。至元十九年应召入朝,为右赞善大夫。后归隐不仕。有《静修先生文集》。

溪上

坐久苍苔如见侵,携筇随水就轻阴。

松声自厌滩声小，云影旋移山色深。

　　这首七绝写得很有情趣。首句化用王维"坐看苍苔色，欲上人衣来"诗句，化用无痕；但一个"侵"字就更出色，别出心裁——因久坐就会感觉苍苔色染上身来，写苍苔的绿色给人的感受，化静为动。李白也有诗句："玉阶生白露，夜久侵罗袜。"李白这里写实，而刘因是写虚，突出主观感受。次句写起来走动。"筇"是一种竹子，可做手杖。该句言拿着手杖随流水去找一处轻阴。第三句转写松风：在山林深处常常听到风吹松树，声音很大；但松风却嫌滩声太小了，助威一下，添加一些声势。结句写出云影来：云影移到哪里，哪里的山色就变深了。一个"旋"字，写出变化很快，云影也好像染山色，变幻无穷。

　　这首诗写得真有趣，松风为滩声助威，云影为青山添色，把主观意识融入到自然景物中，惟妙惟肖，妙趣横生；而且，动词"侵""旋"用得非常精彩。不妨再看他的《夏日》："庭户无人绿满苔，巡檐绕砌菜花开。酒醒梦觉日将午，蜂学远山风雨来。"这是写一种恬静闲适的生活，环境中用花色点缀，互相映照，很有画意。尤其结句用远山风雨来形容蜜蜂的声音，十分新鲜。而且不用"似"字，却用一个"学"字，把句子带活起来。刘因的绝句很像"诚斋体"，写得天真活泼，可追上杨万里。

　　论曰：诗心真有趣，写作坐苔侵。下字传神笔，功夫化玉音。

马致远

　　马致远（约 1250-约 1321），字千里，号东篱老，大都人。做过江浙省务提举。与关汉卿、郑光祖、白朴并称"元曲四大家"，有《东篱乐府》。

天净沙·秋思

枯藤老树昏鸦，小桥流水人家，古道西风瘦马。夕阳西下，断肠人在天涯。

中中仄仄平平（韵），仄平平仄平平（韵），仄仄平平仄仄（叶）。中平中仄（叶），仄平平仄平平（韵）。

《天净沙》为曲牌名，属越调，又名"塞上秋"。单调二十八字，五句三平韵，第三、四句俱叶仄韵。此曲"马""下"为同在马韵部。

此曲为作者羁旅途中所作，抒发秋思故乡、倦于漂泊的凄苦愁楚之情。开篇就连用好几个意象堆叠在一起——枯藤、老树、昏鸦、小桥、流水、人家、古道、西风、瘦马，中间不用任何连词或动词连缀，却能给人一种苍凉意境，写法上很有特色。这种组合如果单纯由"藤、树、鸦、桥、水、家、道、风、马"物象合成，就没有什么意境。为什么？意境是先由物象加主观情感变成意象，然后再由意象相加构成一个典型画面，集合成某种意境。比如树是物象，前面加"老"字即老树，这就成了意象。同样，枯藤、昏鸦也是这样变成意象，然后"枯藤老树昏鸦"就给人一种凄凉的意境来。像抓一帖中草药一样，也是由几味草药合成一种新的味道来，主要功效在于"枯、老、昏"三个字，在浓郁的秋色中蕴含着无限凄凉悲苦的情调，从而共同创造一种苍凉的意境。这样的组合就形成景中有情、情中有景，在凄凉的背景下寄托出行旅人漂泊天涯的悲惨心情。物竟如此，何况是人？古人在诗词中已经有了这种写法，如温庭筠《商山早行》"鸡声茅店月，人迹板桥霜"、黄庭坚《寄黄几复》"桃李春风一杯酒，江湖夜雨十年灯"等，也是直接将几个意象如蒙太奇一样地组合起来，但不如马致远简练。这样创作能给读者留下想象的空间和再创造的可能，也是说有"张力"。结尾两句是曲眼，可谓是画龙点睛——把悲愁思乡安排在"夕阳西下"这种黄昏暗淡的特殊环境里表现，也是意象的组合，使愁思之情变得非常丰富。

这首被赞为"秋思之祖"的曲词，其艺术性大于思想性，主要体现了古典诗歌多方面的艺术特征：一是把物象作为情感载体，转化为意象，使得"一切景语皆情语"。二是虽然使用众多的意象，反而不觉得累赘，这归功于意象协调一致，统一体现在秋色和夕阳这个大环境之中。三是用传统的悲秋审美价值观，更能获得普遍的社会认可，使人产生共鸣。四是善于提炼，巧于安排，从枯藤到小桥，到古道，再到天涯，由近及远，从而勾勒出一幅游子远行图，画面感很强。另外，全曲纯朴自然、简洁精练，且仅用白描手法，却成功地表达丰富的情感，这也是具有艺术成就的方面。王国维认为这首"纯是天籁"，又在《人间词话》中说"寥寥数语，深得唐人绝句妙境"。

论曰：世誉秋思祖，全凭意境赢。名词堆叠趣，曲眼卒章生。

虞集

虞集（1272-1348），字伯生，号道园，人称邵庵先生。成宗大德初任国子助教，后官至翰林直学士。诗文素负盛名，为"元诗四大家"之首。有《道园学古录》等。

挽文山丞相

徒把金戈挽落晖，南冠无奈北风吹。
子房本为韩仇出，诸葛宁知汉祚移。
云暗鼎湖龙去远，月明华表鹤归迟。
不须更上新亭望，大不如前洒泪时。

"文山丞相"即文天祥，号文山，德祐二年任右丞相，故称。

此诗是为哀悼抗元民族英雄文天祥所作。首联前句化用鲁阳挥戈的典故。鲁阳挥戈出自《淮南子》：战酣日暮，鲁阳挥戈止日暮，日反退三舍。比喻文天祥想力挽南宋危局，虽一个"徒"字表明徒劳无功，但他的英雄壮举诗人是肯定的。后句写文天祥被俘去北方。"南冠"借指囚犯。出自《左传·成公九年》中所提到"南冠"一词，说是"郑人所献楚囚"。开头这一联已经交代了文天祥的悲剧结局。颔联也是借用张良和诸葛亮之事。"子房"即张良，字子房，韩国人。秦灭韩后，为了报仇，派人在博浪沙狙击秦始皇，没有成功。比喻文天祥也是为报仇而献身的。"诸葛"即诸葛亮，也是为兴复汉室六出祁山，死而后已。比喻文天祥的报国情怀。一个"移"字，表明宋亡。"本为"与"宁知"对举，是明知而为之，体现出文天祥的爱国精神。颈联还是用典。"鼎湖龙去远"：传说黄帝铸鼎荆山下，鼎铸成，有龙下迎黄帝，黄帝乘龙而去。"华表鹤归迟"：传说辽东人丁令威学仙得道化为鹤，归辽后栖息在城门的华表柱上。这一联比喻文天祥英雄就义后，英魂升天远去——这是在招唤他的英灵。尾联是说：要是回来后，不必再登上新亭北望中原了——因为宋亡后，远不如从前对泣的感受。这里是告诉文天祥，南宋已经物是人非，整个国家都已沦丧了，意思是再去新亭对泣没有任何意义了，与首句"徒把"遥相呼应，表达出深沉的兴亡之感。

　　这首是悼亡诗，缅怀文天祥忠烈。最明显的是几乎句句用典，但又自然妥帖，毫无堆砌之感。全诗笔力深透，情绪深沉，寓意深味，感人深切，充满对文天祥的敬仰和怀念。元朝诗人对抗元英雄人物作深情悼念，是难能可贵的。胡应麟《诗薮》中评虞集是"汉法令师，刻而深也"，又说"七言律，虞伯生为冠"。

　　论曰：用典集成韵，却无留迹痕。深沉追悼义，笔落慰灵魂。

王冕

王冕（1287-1359），字元章，号煮石山农，亦号梅花屋主，今浙江绍兴人。幼贫好学，屡试不第，晚年隐于会稽九里山。有《竹斋集》。

墨梅

我家洗砚池头树，个个花开淡墨痕。
不要人夸好颜色，只留清气满乾坤。

王冕善画梅花，将这首诗题写在自己所画的墨梅图上。前两句直写墨梅。王羲之曾说："临池学书，池水尽黑。"古人写字学画，离不开毛笔，这就用上了砚台，而且还必须经常洗，不然就有留渣，画画影响效果，就有了"洗砚池"。所以，首句说他临池画梅花树。次句描述所画的梅花个个盛开，而且是淡墨色——这是用墨水点染而成的，并非真有这种颜色的梅花。"个个"是口语，意为朵朵，表达很亲切可爱，也包含画得很逼真。所以下面两句盛赞墨梅的高风亮节：梅花的美不是给人欣赏的，也不需要人来夸美，只是为了给乾坤留下一片清气。颜色是表面的，清气则是内在的，表面上写梅花，实际上是画梅自喻，这是写诗的深意所在。诗人靠自学成才，且是多才多艺；但他独善其身，不求名利，也不献媚，把自己的才华奉献社会。

该诗诗风质朴自然，既善于直抒胸臆，又善于用比兴手法，而且语言清新淡雅，境界是高尚的。不妨再看他的《白梅》："冰雪林中著此身，不同桃李混芳尘。忽然一夜清香发，散作乾坤万里春。"这首是咏物诗，从中可以看出，梅花是高洁的，不是孤芳自赏的，愿意把清香散发出去，唤回春天的到来，贡献给社会，也是自喻情操。王冕所咏的梅花诗，是把诗风、画风和人品巧妙地融为一体，从中感受到有境界、有味道，这是艺术成功所在。

　　论曰：亲题自画梅，更是好云裁。寓意深情出，高怀信有才。

萨都剌

　　萨都剌（1272-约1355），字天锡，号直斋，蒙古族人，今山西代县人。元泰定四年进士，官至淮西江北道廉访司经历。酷爱文学，善绘画，精书法，著名词人。有《雁门集》。

百字令·登石头城

　　石头城上，望天低吴楚，眼空无物。指点六朝形胜地，惟有青山如壁。蔽日旌旗，连云樯橹，白骨纷如雪。一江南北，消磨多少豪杰。　　寂寞避暑离宫，东风辇路，芳草年年发。落日无人松径里，鬼火高低明灭。歌舞尊前，繁华镜里，暗换青青发。伤心千古，秦淮一片明月。

　　中平中仄（句），仄中平中仄（句），中中平仄（韵）。中仄中平平仄仄（句），中仄中平平仄（韵）。中仄平平（句），中平中仄（句），中仄平平仄（韵）。中平平仄（句），仄平平仄中仄（韵）。　　中仄中仄平平（句），中平中仄（句），中中平平仄（韵）。中仄中平平仄仄（句），中仄中平平仄（韵）。中仄平平（句），中平中仄（句），中仄平平仄（韵）。中平平仄（句），中平平仄平仄（韵）。

　　《百字令》就是《念奴娇》，一牌二名，双调一百字，故称"百字令"，前后段各十句、四仄韵。

　　这首词是步苏轼《念奴娇·赤壁怀古》原韵来凭吊石头城。石头城故址在今南京清凉山，过去是六朝的都城。词的开头是写：词人登上石头城，远眺四方，感觉吴楚一带的天显得低了，眼前一片空旷。词人站得高，眼界开阔，所以有"天低"之感。又因眼前空旷渺茫，所以有"无物"之感。这三句从大处着眼，雄浑壮阔。紧接两句点出：六朝形胜地，现在只剩下青山壁立。意思是过去繁华的痕迹都没有了。六朝都城前面讲过，不再复述。这里所描绘的词境，与他另外词中所说相似——"六代豪华，春去也，更无消息""但荒烟衰草，乱鸦斜日"，都是写金陵之境。"蔽日"以下五句，是回忆过去这里的战争：因旌旗多而蔽日，因战船高大而连云，因白骨多而如雪纷纷。战争是残酷无情的，大江南北，多少英雄豪杰都被战乱消磨掉了。由今而昔，由实而虚，揭示出"六代繁华"衰歇的原因，笔墨生动，吟味深刻，令人窒息。下片开头从帝王的离宫写起，由总体转具体：原来帝王避暑离宫的旧址，现在变得"寂寞"了，一片荒凉，衰败不堪了。离宫里的御路也杂草丛生，真是年年"春风吹又生"，衬托出离宫的寂寞荒凉。接着两句还是写离宫：尤其在落日以后，松林下的路径无人走动，鬼火忽明忽暗、忽高忽低。写得阴森可怕，进一步衬托出荒凉寂寞。下面几句转写自己，月夜抒怀。时空转换，由落日到月出，借着夜月感叹人生：虽然自己生活在"歌舞尊前"，但功业未就，青春年华不知不觉地变老了，头发也已悄悄地变白了。回首千古往事，人事皆非，只有秦淮的一轮明月还在，正照在词人的一颗"伤心"里，字里行间浸透着"黍离"之感。尾处与"眼空无物"遥相呼应，结构缜密。

全篇以写景为主，虚实结合，今昔对比，将眼前的风物与想象的历史场景糅合起来，互相交错，跌宕起伏，突出江山依旧、人事沧桑的主题，写得很深沉，笔调又很流畅。古人写金陵怀古的诗词很多，这算是一篇难得的佳作。

论曰：步韵东坡阕，堪能伯仲间。伤心真露骨，寄托万重山。

刘基

刘基（1311–1375），字伯温，今浙江青田人。元至顺年间举进士，官至浙东行省都事，后受陷害致死。博通经史，尤精象纬之学。有《诚意伯文集》。

古戍

古戍连山火，新城殷地笳。
九州犹虎豹，四海未桑麻。
天迥云垂草，江空雪覆沙。
野梅烧不尽，时见两三花。

这首是反映元末战乱的诗歌。首联总写战争情况，一句写所见——烽火连天，触目惊心；一句写所闻——胡笳动地，入耳伤情。这两句"古戍"与"新城"对举，互文见义，写战争时间长、范围广。颔联写战乱惨状，给国家带来的是虎豹横行，民不聊生。"犹虎豹"是比喻战争杀戮残酷，"未桑麻"是表明无人耕种。"九州""四海"都指国家，有合掌之嫌。但这是真实写照，令人怵目惊心。颈联写战乱破坏严重，由"未桑麻"引出，因田地无人耕种而变得荒芜，人烟断绝。"天迥""江空"表现一片空旷，"云垂草""雪覆沙"表现一片冷落。尾联写景寓意：在空荡荡的天地间，偶尔有野梅还存活下来，仿佛挣扎着开放两三朵小花。好像看到了一点希望，也好像反衬荒凉景象，意味深长，含蓄不尽。

这首为五言律诗，前三联都是对仗句，主线清晰，层层深入，互为关联，突出表现战争所带来的灾难；而尾联为转句，用反衬手法，以乐景写哀情，又以景收束全诗，耐人寻味，体现出悲凉激越的特色。

论曰：诗心忧虎豹，意味自情哀。景语相衔接，卒章花见开。

高启

高启（1336-1374），字季迪，号槎轩，今江苏苏州人。元末隐居吴淞江畔的青丘，又自号青丘子。明初受诏入朝修《元史》，授翰林院编修，后遇害。有《高太史大全集》等。

田舍夜舂

新妇舂粮独睡迟，夜寒茅屋雨来时。
灯前每嘱儿休哭，明日行人要早炊。

这首诗写农家妇女夜舂的劳动情景。首句中的"新妇"，指出嫁不久的妇女。"独"字说明其他家人都去睡了，而她一个人睡得迟——因为她要舂粮，点明题意。次句写环境：本来夜里干活已经不容易了，又偏偏夜雨袭来，又是茅屋难挡，自然倍增寒冷。几个意象叠加，衬托出农民生活非常不容易，艰苦又艰辛。第三句承"新妇"转写小孩：因没有妈妈陪睡，小孩哭闹也很正常，只好再三嘱咐孩子别哭。"每嘱"说明不止一次，反复嘱咐，当母亲的耐心以及疼爱之心跃然于前。但是没办法，生活所迫，明天你爸爸要赶路吃早饭啊！第四句写夜舂的原因。

此诗语言浅近，清新自然，平易流畅，真实反映了当时的农家风土气息，刻画出一个勤劳善良的新妇形象来，栩栩如生，逼真可感，有很强的艺术表现力。清代赵翼《悲愤愁怨》评曰："琢句浑成，而神韵又极高秀。看来平易，而实则洗炼功深。"

论曰：诗言浅近明，画面更如生。洗炼功深厚，吟成神韵声。

于谦

于谦（1398-1457），字廷益，今浙江杭州人。永乐十九年进士及第。历任兵部右侍郎、河南和山西巡抚。明英宗为瓦剌俘去，积极调兵抵抗，迫使释放。后被诬陷而死。有《于忠肃集》。

石灰吟

千锤万凿出深山，烈火焚烧若等闲。

粉骨碎身全不怕，要留清白在人间。

这是一首于谦早年的作品，从小就可以看出其高尚情操和不怕牺牲的勇气。首句用"千锤万凿"来形容开采石灰石很不容易，又何况是在深山里。次句用"烈火焚烧"来表明烧炼石灰石的残酷；而"若等闲"象征着面对生死考验，从容不迫。第三句用"粉骨碎身"来形象地说明化成石灰粉的代价，而"全不怕"又寓有无畏牺牲的精神——有一版本作"浑不怕"，显然"全"更胜一筹。最后一句直抒情怀，立志要做清白的人，一语双关，既写石灰又显志，用语十分巧妙。

这首诗托物言志，用石灰作比喻，表现自己为国忘我，敢于牺牲的精神。从诗人后来营救英宗的英雄壮举来看，就不难理解诗中的含义了，诗意完全是于谦生平和人格的真实写照。再看他的《咏煤炭》诗："凿开混沌得乌金，蓄藏阳和意最深。爇火燃回春浩浩，洪炉照破夜沉沉。鼎彝元赖生成力，铁石犹存死后心。但愿苍生俱饱暖，不辞辛苦出山林。"诗中的"混沌"指天地还没有开辟以前的状态。"鼎彝"指古代祭器。诗意同样表达不怕牺牲的精神。两首诗都用自喻手法，把物与志自然而又巧妙地结合在一起，看不出有勉强之处，有很高的艺术表现力。霍松林《历代好诗诠评》评曰："《石灰吟》与《咏煤炭》都以物喻人，就作者的写作动机说，是以他所歌颂的煤炭、石灰自喻、自勉，而且他都做到了；但就作品本身说，则有普遍意义和永恒意义，任何读者都可从中获得教益、吸取力量。"

论曰：平常石灰物，却咏意含深。借问何来笔，功成清白心。

李梦阳

李梦阳（1473-1530），字献吉，号空同，今甘肃庆城人，后迁居今河南扶沟。弘治年间进士，任户部主事，迁郎中。因反对宦官刘瑾，被下狱。后起复，迁江西提学副使。倡导"诗必盛唐"，有《空同集》。

秋望

黄河水绕汉宫墙，河上秋风雁几行。
客子过壕追野马，将军韬箭射天狼。
黄尘古渡迷飞挽，白月横空冷战场。
闻道朔方多勇略，只今谁是郭汾阳？

李梦阳为户部主事时，曾奉命犒榆林军而作。题目一作《初试云中作》，又一作《出塞》，但《秋望》更切题。此诗首联总写边塞景象。"汉宫墙"一作"汉边墙"，指汉代防边的城墙。远处黄河的水绕边墙流过，河上秋风萧瑟，有几行大雁飞过。既交代地区，又点题秋望，把所望到的黄河、边城、秋风、飞雁等景观共同构成边陲特有的气象，开阔雄浑又略带萧瑟之感。颔联写自己来到边塞所见。"客子"为自称，因自己是来慰问的。"野马"出自庄子《逍遥游》中的"野马也，尘埃也，生物之以息相吹也"句意，借指塞上风沙。"射天狼"引用屈原《九歌》中的"举长矢兮射天狼"的句子。"天狼"是星名，认为是主侵略，引伸为来犯之敌。这两句的大意是：看到将士们过壕越沟，扬起滚滚沙尘，他们佩戴弓箭，准备迎敌。写出边关将士们的英勇形象。颈联继续写边关所见：黄河渡口飞沙弥漫，但阻挡不了快速之行船；到了夜晚明月当空，照在冷清荒凉的沙场。这里暗示着边地上运输繁忙，时有战事发生。诗的尾联写感慨。"朔方"是郡名，为汉武帝时设立，在唐代是十个边防方镇之一。"郭汾阳"即郭子仪，因平定安史之乱有功，被封汾阳郡王。这两句是说：古来朔方为边防要塞，守将多有勇略，而今有谁能像郭子仪那样卫国保家的呢？表达对边防的关切，希望有守好边关的人才。结尾处是在表扬中提出希望，令人寻味。

这首诗所描写的明代边塞战乱的情景，具有一定的现实意义，而且笔力雄健，气象开阔。全诗谋篇巧妙，以"秋望"为主线贯穿始终：开头两句写远望，意境雄浑，给人以苍茫之感；中间四句写近望，具体描绘边塞将士们的形象，紧张备战，给人以秋冷塞荒之感；诗的最后两句道出秋望的感慨，关切之心跃然胸前。而且结构紧凑，有统有分，有承有转，情景交融，把所望、所闻、所感结合在一起，共同绘就一幅边防将士的勇略风貌。沈德潜《明诗别裁集》卷四评李梦阳："七言近体开合动荡，不拘故方，准之杜陵，几于具体。故当雄视一代，邈焉寡俦。"

论曰：一首来秋望，堪能意境雄。神情交景象，糅合古今功。

何景明

何景明（1483-1521），字仲默，号大复山人，今河南信阳人。明弘治十五年进士及第，授中书舍人，官至陕西提学副使。与李梦阳并为"前七子"领袖。其诗取法汉唐。有《大复集》。

鲥鱼

五月鲥鱼已至燕,荔枝卢橘未应先。
赐鲜遍及中珰第,荐熟谁开寝庙筵?
白日风尘驰驿骑,炎天冰雪护江船。
银鳞细骨堪怜汝,玉筋金盘敢望传。

"鲥鱼"为一种名贵鱼类,生活在太平洋,春夏之交到我国南方沿海各大河产卵。诗以此为题,直接揭露宦官的奢侈享受,间接讽刺皇帝对宦官的宠信。此鱼味道鲜美,五六月间最多,所以首联开门见山,点明季节。"燕"即燕京,即今北京。首联是说:江南鲥鱼五月就运到北京,这种美味比大家熟悉的荔枝、金橘还要名贵。这两句表明鲥鱼及时送达,还表明此物非常高级。古代长途运送新鲜食品非常不容易,暗含着帝王的生活已达到穷奢极欲的地步。颔联写分送时鲜。"中珰"指宦官,又称中人、中官,是以珰为冠饰,故别称中珰。颔联是说:皇帝赐时鲜产品,凡是宦官的府第都送遍了,而有谁把新鲜食品送去祭祀祖先的庙堂里?这两句表明量之多,凡宠信的都送遍了;同时,也有讽刺,忘祖忘本之意。颈联呼应首句,写运送鲥鱼情况:各驿站的马顶着烈日、冒着风尘不停地奔跑,江上的船只也急速前行,船上还放有冰块防腐烂。这两句表明运送过程非常艰苦,在白日炎天里护送新鲜美味更显得不容易;而京城宦官为新鲜美味,极度劳民伤财。诗的最后两句更加讽刺说:白鳞小刺的鲥鱼当然美味,但一般小官怎敢想动用玉筋金盘里的美食。这里表明宦官专横专用,政治昏暗可想而知。尾句呼应第三句,进一步揭露宦官霸道行径。

此诗题材新颖,手法老到,运用"荔枝卢橘"反衬"鲥鱼"高级美味,运用一般朝臣对比宠信宦官,反映官场黑暗,并将讽刺意味放在对比之中,用鲥鱼时鲜对比宦官之尊贵,以及不祭祖先却赐宦官的讽刺,层层照应,构思独特,极大增强了讽刺效果。此诗意义重大，不要看成咏物诗，而是讽喻诗，可与杜牧《过华清宫绝句三首》相媲美。

论曰：神思来构笔，对比重轻间。讽喻诗言见，官家孰汗颜？

陈子龙

陈子龙（1608-1647），字卧子，号大樽，今上海松江人。崇祯十年进士及第，官至兵科给事中。清兵陷南京，他组织起兵抗清，事败被捕，投水死。擅长诗词，有《陈忠裕公全集》。

辽事杂诗八首·其七

卢龙雄塞倚天开，十载三逢敌骑来。
碛里角声摇日月，回中烽色动楼台。
陵园白露年年满，城郭青磷夜夜哀。
共道安危任樽俎，即今谁是出群才！

陈子龙在明亡前夕作《辽事杂诗八首》，主要表现抗清斗争的伤时忧难。这里选的是第七首。首联点明军事形势。"卢龙"即卢龙塞，在今河北境内的卢龙山上，是东北通向河北平原的要塞。这联是说：东北边境虽然有险要的卢龙塞，却挡不住后金军（清军前身）的入侵，十年中已经有三次入关，进逼北京城下。两句对比，说明敌强我弱，边关危险已见。颔联继续写清兵入侵。"碛"指沙漠。"摇日月"形容声势浩大，惊天动地。"回中"即回中宫，秦代所建，这里借指明朝北京宫苑。"烽色"指战火。两句写敌军声势浩大，战火烧到了明代离宫附近。表明敌军已经逼近了，更显形势危急。颈联写战乱破坏严重。"陵园"指明代皇陵。"青磷"本指磷在空气中自燃所发出的青色火焰，也叫磷火，迷信以为是鬼火。这里指战死的人。颈联是说：象征着王朝的陵园已经是荒凉不堪，城郭破败，家破人亡，一片荒芜残破的景象。这里说明敌军入侵破坏严重，国家面临灭亡。通过层层铺垫后，尾联发出感慨。"任"指依靠。"樽俎"是"折冲樽俎"的省略，意为不使用武力，而用宴会谈判的方式制胜敌人。这里是说朝中诸公共同主张谈判。对此，诗人感慨救国无人，实际上暗含着自己决心为国捐躯之意。

全诗结构严谨，描述精要，重点突出，层层递进，首联说形势，颔联写入侵，颈联写战败，尾联发感叹，充满了伤时忧难的激愤，浓郁悲壮，雄浑沉重，体现丹心爱国之情，读之令人感动。

论曰：诗肠挂辽事，句句抒时情。意脉水流畅，尾联忧叹声。

顾炎武

顾炎武（1613-1682），原名绛，字宁人，曾化名蒋山佣，今江苏昆山人。因故居旁有亭林湖，尊为亭林先生。明末清初杰出的学者和诗人。有《亭林诗文集》等。

海上四首·其一

日入空山海气侵，秋光千里自登临。
十年天地干戈老，四海苍生痛哭深。
水涌神山来白鸟，云浮仙阙见黄金。
此中何处无人世，只恐难酬壮士心。

顺治三年，福州被清兵破城，南明政权唐王朱聿键逃至汀州被俘而死，本来拥立朱聿键的郑芝龙降清。郑芝龙之子郑成功等率所部入海，坚持抗清。顾炎武作《海上四首》咏其事，这里选第一首。此首写作者登山望海，所发感慨。首联开门见山，但所见到的是：太阳落山，海上雾气蒙蒙；秋萧千里，满目凄凉。这都是诗人登临望海的气象，落日、海气、清光统统笼罩在一派黄昏秋色之中，诗人怎不触景生情呢？所以，颔联接着写回顾十多年来清兵入侵，战争不断，民不聊生的境况。一个"老"字，深化了"天若有情天亦老"的内涵，表明了长期的战争给人民带来了深重苦难，天地为之动容；一个"深"字，不仅高度概括了人民所蒙受的深重灾难，更体现诗人对百姓遭殃的深切关注。"十年天地干戈老"是依律诗平仄要求，将"干戈、天地"词序颠倒。以上两句精练老到，情辞沉重，写得十分感人。登临望海，自然会见到海上岛屿，就联想到仙山的传说。所以，颈联转写仙境，拓宽诗意：相传渤海中有神仙所住的蓬莱、方丈、瀛洲三神山，山上白鸟飞翔，云层里若隐若现黄金色的宫阙。两句诗联想丰富，虚实结合，亦真亦幻，表达出令人神往的地方，人民可以过着幸福的生活。这里也表达向往郑成功等爱国人士所去海上抗清斗争。因此引出尾联，是说：海上岛屿也可以过人世间的生活，但那弹丸之地怎么能作为长期抗清的根据地呢？又怎么能实现壮士的心愿呢？结尾又是转意之笔，这种担心并非无理由，后来浙东抗清斗争还是以失败告终。

　　此诗由登临望海为起兴，首联写海气纷侵，秋萧苍茫；颔联写长期战乱，生灵涂炭；颈联假借仙境，暗含抗清；尾联望海感慨，壮士难酬。全诗头尾呼应，结构严谨；有承有转，自然无痕；有景有情，相互交融；有实有虚，皆有寓意；同时意境雄浑，沉郁悲壮，格调如杜。正如林昌彝《射鹰楼诗话》所说："无限悲浑，故独超千古，直接老杜。"张维屏《国朝诗人征略》也说："得杜之神，而非袭其貌者所可比也。"还有人把此组诗与杜甫《秋兴八首》相比，评价之高，实在难得。

　　论曰：情辞感慨生，暗示国亡倾。铺述深沉厚，诗风追杜声。

陈维崧

陈维崧（1625-1682），字其年，号迦陵，今江苏宜兴人。出身显贵，后家道衰败。康熙十八年举博学鸿词科，授翰林院检讨。能诗词，一生作词千余首。有《湖海楼诗文词全集》《陈迦陵文集》等。

南乡子·邢州道上作

秋色冷并刀，一派酸风卷怒涛。并马三河年少客，粗豪，皂栎林中醉射雕。　　残酒忆荆高，燕赵悲歌事未消。忆昨车声寒易水，今朝，慷慨还过豫让桥。

平仄仄平平（韵），平仄平平仄仄平（韵）。平仄平平平仄仄（句），平平（韵），仄仄平平仄仄平（韵）。　　平仄仄平平（韵），仄仄平平仄仄平（韵）。仄仄仄平平仄仄（句），平平（韵），仄仄平平仄仄平（韵）。

《南乡子》为词牌名，又名"好离乡""蕉叶怨"。双调五十六字，上下片各五句、四平韵。

这首词吟咏古代侠义人物，寄托自己落拓不遇的情怀。"邢州"即今河北邢台。该词为词人大约在康熙七年南游开封、洛阳的途中所作。上片写道上眼见之景。起笔二句是说：秋色犹如并刀那样寒光闪闪，秋风也如惊涛卷起凄声阵阵。"并刀"指并州出产的刀具。周邦彦有词"并刀如水"，形容十分锋利，闪耀着寒光。"酸风"指北风，也指寒风，能使人眼目酸疼的风。李贺有诗"东关酸风射眸子"，形容凄风凛冽。这两句借深秋之景点明季节，而且比喻奇特尖新，为下面人物出场做好铺垫。在这样的恶劣环境里，居然有一群少年猎手，带着酒兴在树林中打猎，并马飞驰,弯弓射箭,如此粗犷豪迈。"三河"泛指黄河中游一带。"皂栎"是两种落叶乔木。一个"醉"字,更是醉态淋漓,神情毕现。"粗豪"两字,更是豪迈气概,笔力千钧。词的下片由"三河年少客"引发开去,写怀古之情。过片两句,由"醉射"引出"残酒",由所见转入所忆,由赞扬变为悲歌,由写少年转写古人。一个"忆"字,承上启下,过渡自然。"荆高"指战国时燕国的荆轲与高渐离。他们在燕市饮酒,酒酣时,高渐离击筑,荆轲和而歌。开始很高兴,然后相对流泪。后来荆轲去刺秦,在易水又是击筑而歌。词人追忆从前这个典事,感慨不已,所以说"燕赵悲歌";而这个故事至今流传着,所以也说"事未消"。词的结尾三句联系自己南下历程而感叹:在易水想起了荆轲、高渐离,到了邢台又想起豫让,他们都能仗义舍身报答知己。"豫让桥"在邢台北面。"豫让"是春秋时晋国智伯的门下士,智伯被赵襄子杀死,豫让暗藏桥下,谋刺赵,不成,于是伏剑自杀。词人缅怀三位壮士,是借古人的悲壮事迹抒写自己心中的感慨,所以说"慷慨还过豫让桥"。

这首词是作者路过燕赵之地,由眼前所见三河少年的粗豪尚武形象,继而由地理联想古代人物的悲壮,抒发壮怀激烈的雄心。用典贴切,联想自然,豪气奔放,感慨悲壮,相承紧密,转折无痕。尤其在后片的行文上,前两句总述,后两句分叙,在分叙之前分别冠以"忆昨"和"今朝",既说明词人夜以继日在"邢州道上"奔波,又体现词气连贯,给人以一气呵成之感,从艺术上明显效法"苏辛"之笔,体现粗豪奔放风格。

论曰:寻思行侠义,落拓寄情愁。用典精言切,词风豪放悠。

朱彝尊

朱彝尊（1629-1709），字锡鬯，号竹垞，又号醧舫，今浙江嘉兴人。康熙十八年举博学鸿词科，授翰林院检讨。博通经史，词风清丽，为浙西词派的创始者。有《曝书亭集》等。

长亭怨慢·雁

结多少悲秋俦侣，特地年年，北风吹度。紫塞门孤，金河月冷，恨谁诉？回汀枉渚，也只恋江南住。随意落平沙，巧排作、参差筝柱。　　别浦，惯惊移莫定，应怯败荷疏雨。一绳云杪，看字字悬针垂露。渐欹斜、无力低飘，正目送、碧罗天暮。写不了相思，又蘸凉波飞去。

仄中仄中平中仄（韵），中仄平中（句），仄中平仄（韵）。仄仄平平（句），中平平仄（句），仄平仄（韵）。仄平平仄（句），平仄仄平平仄（韵）。中仄仄平平（句），中中仄（读），中平平仄（韵）。　　中仄（韵），仄平平中仄（句），中仄中平平仄（韵）。中平仄仄（句），仄中仄中平平仄（韵）。中中中（读），中仄平平（句），仄中仄（读），中平平仄（韵）。仄中仄平平（句），中仄中平平仄（韵）。

《长亭怨慢》为姜夔自度中吕宫曲，或作《长亭怨》，无"慢"字。双调九十七字，前片为十句，后片为九句，各五仄韵。

这首词是咏雁。而雁乃候鸟，为避寒暑，春来北上，秋至南迁，年年如此。历代咏雁的诗词不少，不时会读到大雁的意境，但没有一首是纯粹写雁的。此词也不例外，借咏秋雁南飞过程，抒发明朝亡国与身世之感。

词的上片写秋雁从塞北飞往江南的情景。开头就说：年年秋天，北风总是吹到塞外，悲秋的大雁成群结队飞向南方。起笔从远处着眼，气象阔大，点明了气候时序的变化，仿佛在告示着时代变迁和清兵南下。所以用"北风吹度"来形容，一个"度"字极有力量。这里的"北风"以及下句的"紫塞""金河"，事实上都象征着来自北方的满清贵族势力。而北方的边塞孤独无奈，冷月空照广漠，满腔的哀怨向谁倾诉呢？"紫塞"与"金河"对举，互文见义，高度概括边塞情景；一个"孤"字和一个"冷"字，给人以一种极为无助悲凉的感觉，这难道不是身世之感吗？词人由于抗清失败，飘零四海，先后到过山西、山东、北京等地，但都无助抗清事业，此恨何诉？秋雁只在弯曲的汀渚上憩息，心里还是向往江南。它们落在沙滩上，像是筝上参差错落的弦柱。词人体物入微，观察细致，把群雁行迹过程描述得生动，比喻也贴切；而把主观感受注入其中，实际上是对自己漫长的羁旅生涯感到厌倦，流露出想回江南的心愿，发出"也只恋江南住"的感叹。

　　词的下片寄托了词人的无限感慨。开头句承上启下，是说：雁群飞临水滨，落下又惊起，似乎败荷疏雨都使雁群惊恐不安。一个"惯"字，表达了群雁南迁过程中，一直都在怀着警觉和不安。这正是自己时时担心清廷追捕的生动写照。不能在此久留，还是继续飞行吧！大雁又升空高飞远去，它们像一条悬绳挂在云端。这里不但写得精彩，而且含意深味，让人想起"命悬一线"的感觉，这是心里不安的外在表现。这样的飞雁还不疲惫吗？在暮色苍茫的天际中，只见雁群渐渐欹斜低飘，已经无力去想念故土了；但也没有停留下来，又蘸着冷波离去。词的结尾"写不了相思"，是化用南宋词人张炎《解连环·孤雁》中的"写不成书，只寄得，相思一点"词句，意为：故国已经灭亡了，如今不但书写不成，连一点相思都没有了。意味叠加，其感情显然更为沉痛。

　　此词紧扣住"雁"字来写，表面上写一路南迁过程的情景，实际上是层层寄托着词人身世之感和对故国之念，委婉含蓄，寄喻殊深，全词充满着苍凉悲凄的气氛。在谋篇上，借雁喻人，有描述有抒情，有远景有近景，有天上飞有地上栖，有环境渲染有心理活动，从而形成多层面的词情深化和立体感的画意呈现，增强了艺术的感染力。清代诗词评论家陈廷焯《白雨斋词话》评曰："感慨身世，以凄切之情，发哀婉之调，既悲凉，又忠厚，是竹垞直逼玉田（张炎）之作，集中亦不多见。"

论曰：倚声填雁阕，托意诉南移。情景相交合，苍凉入画词。

屈大均

屈大均（1630—1696），字翁山、介子，号菜圃，今广东番禺人。曾参与反清活动，广州陷后削发为僧，后还俗，一心想抗清复明。诗有李白、屈原的遗风，后人辑有《翁山诗外》等。

读陈胜传

闾左称雄日，渔阳谪戍人。
王侯宁有种？竿木足亡秦。
大义呼豪杰，先声仗鬼神。
驱除功第一，汉将可谁伦？

"陈胜"是我国历史上第一次大规模农民起义的领袖，《史记》将其列入世家。诗人从抗清斗争立场出发，发现其与自己的思想有共鸣之处，遂写下这首五律。首联中的"闾左"指居住在里巷左边的贫民，这里指陈胜。"渔阳"为古郡名。"谪戍"即调去守边。两句是说：陈胜起兵称雄时，还是一名调去守边的贫民。点明陈胜身份，暗含抗清斗争不应鄙视贫民百姓的意思。颔联中的"宁"是岂之意。"竿木"指起义，贾谊《过秦论》云

"斩木为兵,揭竿为旗"。前句直接引用陈胜豪言"王侯将相宁有种乎";后句赞扬陈胜敢于揭竿而起,与秦朝抗争。颈联引用《史记·陈涉世家》所载故事:陈胜置书有"陈胜王"的丹帛于鱼腹中,又安排吴广在丛祠中作狐鸣"大楚兴,陈胜王"。两句意为起义前利用迷信,大造舆论,表明陈胜足智多谋。言外之意是:抗清也要以智取胜,懂得谋划斗争。最后得出结论:"驱除功第一,汉将可谁伦?""伦"即比的意思。陈胜的起义为后人驱除暴秦树立了榜样,建立了首功,汉朝哪个将相可与他相比?呼应"王侯宁有种"句,收束有力深刻。

这首诗借咏历史人物,寄托自己的抗清思想,表现自己恢复故国的强烈愿望。诗言朴实,笔力雄劲,慷慨中带有奇气,才华横溢,不愧为"岭南三大家"之冠。颔联对仗句中"有"与"亡"似乎不工,但"亡"另有一个"无"的意思,恰与"有"字成为工对,这是"借对"之法。对此,律诗中有讲究。

论曰:借咏古人物,含怀自喻明。才华奇气出,笔力迈豪情。

吴伟业

吴伟业(1609-1672),字骏公,号梅村,今江苏太仓人。明崇祯年间进士,官至少詹事,后辞官归隐。诗尤著名,有《梅村家藏稿》。

遇旧友

已过才追问,相看是故人。
乱离何处见,消息苦难真。
拭眼惊魂定,衔杯笑语频。
移家就吾住,白首两遗民。

诗人《矾清湖》——诗云："嗟予遇兵火，百口如飞凫。"是说清军下江南，百姓在战乱中逃难的情景。此诗正是在这样的背景下遇见旧友而作。首联紧扣题中"遇"字，写路遇情境——由"已过"到"追问"再到"相看"后确认，一连串动作，生动地再现了离乱之中人们行色匆匆的场景，起笔引人入胜，正如沈德潜《清诗别裁集》中所说："起语得神，与'乍见翻疑梦'同妙。"但我觉得比它更胜一筹："乍见翻疑梦"只是照面而怀疑，表达心理活动。吴伟业却是擦肩而过，觉得面熟，回过头来追问一下，算是初步打消疑虑；单方面确认还不行，再来双方相看打量，最后才确认是旧友。短短十个字包含无限之精彩——遇见一个老朋友，本来是非常容易认的，却变得如此难认，侧面反映出在战乱中人们紧张迷茫的精神面貌。所以颔联接着说：战乱中的分离，彼此无法相见，即使有什么消息，也是苦于真假难辨，请老朋友原谅我的"无礼"怀疑。一个"苦"字，道出了两人情谊的深厚。颈联又说：彼此生还相见，已经十分庆幸；擦干眼泪再好好看看，终于惊魂落定，举杯畅饮。诗的结尾是说：请朋友搬过来一起住，反正我们都是"遗民"。诗人以"遗民"自称，既表明同患难，又特别交代是明朝遗留下来的人，说明明代已消亡了。尾句点醒全篇，耐人寻味。

此诗通过一个偶然遇友情节的描写，以小见大，深刻反映出明末清初社会动乱的真实情况，具有较高的历史价值。顾炎武说过诗"须有益于天下"。这类题材不能简单理解为情趣，其反映了离乱中人们的普遍感受，也具有典型意义。全诗主题突出，结构紧凑，一气贯注，诗意含蓄，情调苍凉，不愧为一首佳作。

论曰：开篇奇笔出，遇友婉情词。暗示沧田变，卒章醒悟知。

王士祯

原名王士禛（1634—1711），字子真，又字贻上，号阮亭，又号渔洋山人，世称王渔洋。今山东桓台人。顺治年间进士，官至刑部尚书。清初诗词理论家，创神韵派。有《带经堂全集》。

真州绝句五首·其四

江干多是钓人居，柳陌菱塘一带疏。
好是日斜风定后，半江红树卖鲈鱼。

王士祯在康熙元年任扬州推官时写下《真州绝句五首》，这里选其四。"真州"即今江苏省仪征市。首句从江边起笔，写江岸边居住着许多打渔人。"江干"即江边。一个"居"字，说明渔民有房屋住，条件还算不错。次句点缀这里的风景：柳树下的道路和菱荷池塘分布得疏疏落落，看来居住环境很美。一个"疏"字，用得恰到好处，如画面留有空白一样，虚实相间，也含有明丽爽朗的意思。第三句写落日风定的情景：日斜了，风也停止了。由动到静的变化，说明渔民劳动一天该休息了，所以用"好是"领起。写到这里可以收笔了，却有人在叫卖鲈鱼。循声望去，那里晚霞照射着江边的树木，给抹上一层红色，又映在江水面里，江中岸边连成一片红色。以景结尾，含蓄耐味。

从这首绝句可以看出，王士祯的诗言清俊，风格清新，极富有诗情画意，而且手法含蓄，有一种只可意会而不可言传的韵味，这就是他所倡导的"神韵"之笔。再看一首《江上》："吴头楚尾路如何？烟雨秋深暗白波。晚趁寒潮渡江去，满林黄叶雁声多。"此诗描写了江北淮南在深秋时节里的风景——江上白波涌起，烟雨飘飘，天色阴暗，此时赶路人耳闻雁声、眼见黄林、身感寒潮，给人一种沉沉的感觉，意味深长，笔法同样空灵淡远，体现出"色相俱空"的艺术风格。

论曰：此绝传神韵，诗情画意呈。功归语清俊，风格爽然明。

郑燮

郑燮（1693-1765），字克柔，号板桥，今江苏兴化人。早年潦倒，乾隆元年进士，历任山东范县、潍县知县。后借病辞归，以卖画为生，擅长画竹，工诗善书。有《板桥全集》。

潍县署中画竹呈年伯包大中丞括

衙斋卧听萧萧竹，疑是民间疾苦声。
些小吾曹州县吏，一枝一叶总关情。

"年伯"，古称同榜考取的人为"同年"，称"同年"的父辈为"年伯"。"中丞"，清代将巡抚称为中丞。郑板桥于乾隆年间任山东潍县知县时，曾画过一幅《风竹图》，并题诗其上呈送山东巡抚包括。诗人由竹子联想到民间疾苦，表示自己无限关切——借题发挥，写赠给上司，等于是为民请命。首句说明身份。"衙斋"指官衙中供官员居住和休息之所。这里不言"官邸""府第"等，既表明自己的官阶较低，又有谦逊之意——因为这是要呈送上司的，谦虚点好。首句是说：有一天，他忙中偷闲，静卧休息，却听到外面竹子的摇动声音。次句由萧萧声联想到民间疾苦声，这种联想非常巧妙——竹林"萧萧声"与民间"疾苦声"很相近，所以妙趣横生地着一个"疑"字，很委婉地表达出对百姓的关心。实际上，他在任期间确实很关心百姓疾苦，后来因擅自开仓赈济，触犯了贪官污吏的直接利益，而被诬告罢官。第三句又直陈自己官职卑微：作为一个普通县官，关心民生是分内的事。说明不是向上司摆功劳，也不会让上司感觉是在说他。

官场上说话非常小心谨慎，体现在诗里也是如此。结句语带双关：一方面是说画竹要一枝一叶地画；另一方面是在打比方，对民众疾苦，无论事情大小轻重，都会放在心上，虚实相间，意味深长。

这首诗的可贵之处是诗人对人民疾苦的关怀和爱憎分明，这种政治上的进步倾向在古代是非常难得的。他在另一首题画诗《竹石》中也云："咬定青山不放松，立根原在破岩中。千磨万击还坚劲，任尔东西南北风。"体现出他坚挺刚劲的风骨——无论哪个方向袭来的狂风，只要能为民做事请愿，他都会挺身而出。这种叛逆色彩是不会融入世俗社会之中的。所以诗人后来辞官归去，卖画为生，绝不同流合污，正是题画诗的自我写照。板桥的诗语言质朴，明白如话，把自己的风格情怀寄寓题画诗当中，达到了完美神合。但真率有余，锤炼不够，这也正体现他所反对的"言外有言，味外有味"的写作主张。

论曰：诗心听竹响，道是苦民声。一韵双关语，千言难敌赢。

纳兰性德

纳兰性德（1655-1685），字容若，满洲正黄旗人，大学士明珠长子。康熙十五年进士，曾官一等侍卫。作词主情致，尤工小令。后人辑有《纳兰词》。

蝶恋花·出塞

今古河山无定据。画角声中，牧马频来去。满目荒凉谁可语？西风吹老丹枫树。　　从前幽怨应无数。铁马金戈，青冢黄昏路。一往情深深几许？深山夕照深秋雨。

中仄中平平仄仄（韵）。中仄平平（句），中仄平平仄（韵）。中仄中平平仄仄（韵），中平中仄平平仄（韵）。　　中仄中平平仄仄（韵）。中仄平平（句），中仄平平仄（韵）。中仄中平平仄仄（韵），中平中仄平平仄（韵）。

《蝶恋花》原为唐教坊曲，后为词牌名，本名"鹊踏枝"，因宋晏殊词改今名。双调六十字，前后段各五句、四仄韵。

这首出塞词，当为纳兰性德于康熙二十一年奉命与副统郎谈等出塞远赴梭龙途中所作。词人时年二十八岁，过后三年就病故。此词写关外情况，抒发历史感慨。词的上片写景，首句以议论开篇——"今古河山无定据"，从简洁的语言里看出历史兴亡的沉重感。"今古"二字，包括古往今来，哪个朝代都一样，摆脱不了兴亡盛衰之规律。中原逐鹿，你争我夺，谁也没有久据，所以说"无定据"。接着，词人从眼前的牧马联想到古战场的战马，仿佛是在悲凉的画角声中来去频繁，匆匆急逝，进而感到历代王朝如同牧马一样匆匆过往。所以，词人发出感叹道："满目荒凉谁可语？西风吹老丹枫树。"此景此情，有谁与我谈论这个历史话题？历史已经一去不复返了，只看见眼前的西风吹老了枫树。言外之意是：树都这样了，何况人呢？词人从议论开始，一次又一次带进历史的回忆中，极具纵深感。词的下片借出塞抒情，过片一句"从前幽怨应无数"也是从议论写起，然后承上片"牧马"而来。"从前幽怨"指过去各民族、各部族间的战事，也是总结历代无次数的争斗，所以说"应无数"。下面特写镜头转向"青冢"上。"青冢"这里指王昭君墓，相传青冢上草色常青，故名。杜甫《咏怀古迹》一诗云："一去紫台连朔漠，独留青冢向黄昏。"意为只剩下一座青冢而已！王昭君是历史的牺牲品，流露出对她的同情。末二句卒章显志，以景结情，抒发了作者的感触：回顾历史，一往情深，如夕阳所照在深山中的绵绵秋雨，谁也不知道这个"深几许"。词意深沉含蓄，浑如李煜词言"别是一般滋味在心头"。

吴世昌《词林新词话》云："此首通体俱佳。唯换头'从前幽怨'不叶，可倒为'幽怨从前'。"词人通过"出塞"所见，描绘了眼前荒凉的景象，意在回顾历史，得出了"今古河山无定据"的王朝更替历史规律。因此，毛泽东批注"看出兴亡"，肯定了这首词的思想意义。

有人说纳兰性德是李煜的后声，颇有苍凉沉郁之风格。又如《长相思·山一程》："山一程，水一程，身向榆关那畔行，夜深千帐灯。风一更，雪一更，聒碎乡心梦不成，故园无此声。"这是随康熙巡游，写山海关外的情况。跟皇帝出游，对大多数人来说，那是非常荣光的事；可词人却写出风雪"聒碎乡心"，彻夜不眠，感慨深沉，这与他的身份不相称。

论曰：出塞倚声阕，词言通体佳。兴亡千古事，容若又情怀。

龚自珍

龚自珍（1792-1841），字璱人，号定盦，一作定庵，今浙江杭州人。三十八岁中进士，做过内阁中书、礼部主事等职。四十八岁辞官南归，晚年居住昆山羽琌山馆，又号羽琌山民。清代思想家、诗人、文学家和改良主义的先驱者。今人辑有《龚自珍全集》。

己亥杂诗（节选）

其五

浩荡离愁白日斜，吟鞭东指即天涯。
落红不是无情物，化作春泥更护花。

其一百二十五

九州生气恃风雷，万马齐喑究可哀。

我劝天公重抖擞，不拘一格降人材。

道光十九年（己亥年），诗人因不满朝政，托父病辞官回乡；不久又北上接家眷，往返九千里，历时八个多月，共写315首七言绝句。这一大型组诗乃杂述见闻、感想以及回忆往事等，故题为《己亥杂诗》

其五这首诗是诗人辞官南归时所作。前两句写刚走出京城的情景和心境：眼前黄昏日落的凄暗景象，不免产生了无限的离愁。用"浩荡"形容"离愁"，既开拓了通常离愁别绪的丰富感情，又体现了诗人狂放的个性本色。紧接着马鞭向东一挥，从此以后便到天涯去了。这两句内容丰富，有含蕴时局的暗淡，有表达自己的离愁，有体现豪放的性格，也有脱离樊笼的欢快，叙事抒情完美地结合起来，在一离一去中勾勒出自己离京的情景。但不管怎样，自己毕竟是愤然离去的，所以用"落红"来自比飘零的身世。然而，诗人笔锋一转，却道"不是无情物"，崇高的形象突然出现在眼前，表明了自己的心志，要化作"春泥更护花"。所谓"落红更护花"，说明自己虽然是辞官，但还要为国家尽最后一份力量，希望变革图强早日实现。全诗情融于物，自比贴切，构思新颖，寓意深刻，最后两句成为千秋传诵的名句。龚自珍《书汤海秋诗集后》论诗时曾说："诗与人为一，人外无诗，诗外无人。"他自己的创作正好践行了这一理念。

诗人经过镇江时，当地正值祭祀玉皇、风神和雷神，道士请他撰写祷告词，于是借题发挥写下其一百二十五这首诗。首句以议论开篇——有风雷激荡才能有九州生机，这是自然界法则；并推及社会现象，指出国家要朝气蓬勃、欣欣向荣，就必须要有新鲜活力。此句犹如风雷震耳发聩，令人惊醒。次句回到现实来：当局死气沉沉，令人窒息，像万马都得了哑病似的，听不到一点声音，实在令人可悲。不是在写祷告吗？正好向玉皇上帝诉说人间的情况。最后两句向苍天发出呼唤：我奉劝老天爷要重新振作起来，让各式各样的人才涌现，发表各种见解，改变这种万马齐暗的局面。诗人已经辞官归乡了，可心里还是想着国家大事，真切希望国家能奋发图强，充满朝气，生机勃勃，这正是"落红更护花"的生动写照。诗人借题发挥，抒情议论相结合，既是诗，又是文，明言暗喻，构思巧妙，把艺术性和思想性高度融合，具有独特的思想启发意义，不愧是思想家，体现了诗歌创作的典型特色。

论曰：一组诗心韵，风流绝句工。明言兼暗喻，入律又情融。

林则徐

林则徐（1785—1850），字元抚，又字少穆、石麟，晚号俟村老人等，今福建福州人。嘉庆十六年进士，清朝末期的政治家、思想家和爱国诗人，官至一品，曾任湖广、陕甘和云贵总督，两次受命钦差大臣，以虎门禁烟、坚定抗英而著名。魏源将他及幕僚翻译的文书合编为《海国图志》。

赴戍登程口占示家人二首·其二

力微任重久神疲，再竭衰庸定不支。
苟利国家生死以，岂因祸福避趋之！
谪居正是君恩厚，养拙刚于戍卒宜。
戏与山妻谈故事，试吟断送老头皮。

林则徐本来抗英有功，却遭投降派诬陷，被道光帝遣送新疆伊犁，效力赎罪。他在西安与妻子话别，写下此诗。"口占"意为信口吟成。首联是说：以我个人的微薄之力，担当国家重任，早已感到身心疲惫。如果再干下去，必定体力不支。两句以谦辞语出，先叙述当时的生病情况，所以说"力微"；再谦虚称自己才能平庸，故称"衰庸"——总之正处在体弱平庸的状态。这里有"说反话"之意,字里行间透露出对发配边疆的不满。颔联是说:如果是有利于国家的事,哪怕牺牲自己,我也愿意去做,岂能考虑是祸而避之、是福而趋之。诗人把个人的生死置之度外,所以说"生死以",这是化用《左传·昭公四年》中的"何害?苟利社稷,死生以之"之意。此联正因表现出林则徐的高尚品德而成为百姓传诵的名句,这是全诗的思想闪光点。颈联是说:自己被贬谪边地是皇上的恩赐,是我生性愚拙,只能做一名戍卒小兵。"养拙"犹言藏拙、守拙。"刚"即恰好、刚好。"正是"与"刚于"也是正话反说,实为表达愤懑情绪,故作旷达之语,叩谢皇恩浩荡。尾联是化用宋代杨朴和苏轼的典故。一是宋真宗召隐者杨朴问话:最近是否有人给你写诗?杨朴说:我妻子有写一首,云"更休落魄耽杯酒,且莫猖狂爱咏诗。今日捉将官里去,这回断送老头皮"。杨朴借此诗表达不愿入朝为官。二是东坡赴诏狱,妻子送出门而哭。东坡开玩笑说:"子独不能如杨(朴)处士妻作一首诗送我乎?"妻子听后失笑。典故出自《东坡志林》,诗人这是戏与妻子谈此事,以劝慰老妻。尾句写得幽默风趣,说出牢骚话来,诙谐中暗含苦涩。

此诗正体现"口占"之特点,但句句肺腑之言,真情流露,从中也看到了林则徐的爱国情怀和泰然处世的高大形象。尤其颔联两句,林昌彝评之曰:"盖文忠公矢志公忠,乃心王室,故二句诗常不去口。"(《射鹰楼诗话》卷二)

论曰:口占也佳致,真心难语中。几多含反话,一戏味无穷。

谭嗣同

谭嗣同(1865-1898),字复生,号壮飞,今湖南浏阳人。自幼随父宦游,后从事变法维新活动,曾为候补知府、军机章京。

戊戌变法失败后，被捕就义。今人辑有《谭嗣同全集》。

潼关

　　终古高云簇此城，秋风吹散马蹄声。
　　河流大野犹嫌束，山入潼关不解平。

　　诗人青年时，一次从浏阳起身，前往其父谭继洵兰州任职地，途经潼关，被眼前壮丽的景色所吸引，写下这首赞美诗。"潼关"为关名，故址在今陕西潼关县北，历来是东西往来的要隘。首句写远望，谓潼关好像是天上的高云簇拥起来的一座城，给我们描绘了苍莽雄关的气象。"终古"即自古，强调自古以来都是这样高耸。接着次句写秋风：秋风阵阵，吹散了"马蹄声"。这是形容秋风之大，掩盖了马脚触地的声音。本来秋风让人感觉到凄凉萧瑟，但诗人以轻捷、有力的笔调，表现出一种策马奔腾的豪情，感到快乐自由，这是哀景写乐情。前句写视觉，后句写听觉，动静结合，共同渲染雄浑气象。接下来两句，则转写河山：黄河好像不受山谷原野的束缚，从群山中冲决而出，奔流平原。而群山也仿佛在力戒平坦，一山高过一山，不知道什么叫平坦。此两句写得很精彩，勾勒出新奇的姿态，既呈现出山河的壮阔雄伟，又把潼关写活了。尤其用"犹嫌束""不解平"之词，生动地把自己傲岸不羁的性格表现出来，雄奇的潼关仿佛是诗人心态的化身。全诗看似写景，实则写情、写心，巧妙地把心情融入写景之中，寄寓着诗人要求冲破罗网的约束，追求人生自由的愿景。

　　论曰：诗风豪迈出，健笔任纵横。结句来神韵，山川不解平。

袁枚

袁枚（1716-1797），字子才，号简斋，晚年自号仓山居士、随园先生，今浙江杭州人。乾隆四年进士，曾任江宁等县知县，三十四岁即告归。此后定居江宁小仓山随园，吟咏其中。有《小仓山房文集》《随园诗话》等。

箴作诗者

倚马休夸速藻佳，相如终竟压邹枚。
物须见少方为贵，诗到能迟转是才。
清角声高非易奏，优昙花好不轻开。
须知极乐神仙境，修炼多从苦处来。

袁枚对诗歌创作有理论研究，创立了"性灵派"，就是真性情、真感受；同时，还告诫作诗者要勤学苦练，不要急于求成。正是基于这个观点，诗人写了这首诗。首联引经据典发议论。"倚马"即通常所说的"倚马才""倚马可待"，就是表明文思敏捷，诗文写得快，也有"速藻"之意。出自晋代袁虎倚在马前草拟文稿事。《世说新语·文学》载，桓温叫袁虎起草公文，"唤袁倚马前令作。手不辍笔，俄得七纸，殊可观"。此联前句就是说：不要自夸能像袁虎一样快速地写好文章。后句用三个历史人物来说明："相如"即汉代司马相如，写作迟缓；"邹枚"分别指邹阳和枚乘，他们才思敏捷，写作快速。这三个人都是汉辞赋家，但论作赋成就，相如胜过邹、枚。用历史公论来说明问题，很有说服力。颔联紧承上联，表达正面观点。前句引俗语来说理：诗正像物以稀为贵一样，在精不在粗，在少不在多。这个观点既是历史的总结，又有现实指导意义。纵观历代名家名作，他们一生所写的诗大多千把首左右，就是诗仙李白那么豪情万丈，也只有一千首存今；诗圣杜甫自以"诗是吾家事"，也不超一千五百首；张若虚甚至以一首《春江花月夜》"孤篇盖全唐"。袁枚在《续诗品·矜严》中说："我饮仙露，何必千钟；寸铁杀人，宁非英雄。"他清楚地看到了物以少为贵这一世间常理。清朝乾隆皇帝一生共写四万多首诗，是古人中写得最多的一个，但被人记住几首？而当今社会，据说有三四百万人写诗，每天都有十来万首发表在网络上，可谓是蔚为大观，但作品质量如何？恐怕大家心中有数。今天读袁枚的"箴诗"颇有感触。颔联后句谈到作诗不贵快速问题：作诗要迟缓下笔，能沉住气精心构思，才能写出有才华的作品。袁枚在《随园诗话》中也说："作诗能速不能迟，亦是才人一病。"袁枚所说的"迟"，不是天生迟钝，而是有才而不炫才，精益求精。所以，这个"迟"还包含不要急于出"成果"之意。他还说"爱好由来下笔难，一诗千改始心安"，强调诗成还要不厌其烦地修改，多改才能出成果，这也是"迟"的内涵。颈联承上启下，用比喻来说理。"清角"是古乐曲名。"角"是古代宫、商、角、徵、羽五音之一，其声音调很高，但奏之不易。《韩非子·十过》载，晋平公要师旷给他演奏清角，师旷说"不行，那是大合天地鬼神之乐曲"，结果一奏，天昏地暗。所以前句是说：清角乐声音高雅，是不容易演奏的。后句用"昙花"比喻，有"昙花一现"之说：昙花很美，却不轻易开放；即使开了，时间也很短，一般人还看不见。说明此花不易得，也就是说好的诗歌不易得。因"非易奏"，故需多练；也因"不轻开"，故需耐心等待。尾联又用佛、仙的修行作比喻，说明需要锤炼功夫：要达到极乐神仙的境界，必须经过艰苦的修炼。用"神仙境"比喻诗歌创作的最高境界，非常高妙。

  这是一首谈理诗，是对作诗者的经验之谈。杜甫称"戏为"，元好问有专论，两者都用七绝而论；而袁枚却用七律之论，且能写出如此韵味的诗歌，实为少见。此诗以议论见长，且巧妙用典，援古为例，生动比喻，层层递进，深入浅出，入情入理，谆谆告诫，对后来人提出诚恳意见，无不道理，实在难得。今天我把它放在最后一篇，且当归结之意，以此共勉。

论曰：说理入情致，评章援古师。箴言堪浅出，入室可为期。

附：

乡曲馀话

诗体

（一）纵观古诗，题材繁多，可达三十几类。马一浮归结为四端：一曰慕俦侣，二曰忧天下，三曰观无常，四曰乐自然。何种归法，不尽完善，洋洋大观，眼花缭乱。选题作诗，因个人阅历有限，不可拳脚齐出，留他几手即可；然深耕细作，必会丰收在望。题材也要不断创新，像陶渊明独创田园诗，千古流芳。

（二）如何叙事？乐府、歌行、长律较为合适，便于情节铺写。然切忌面面俱到、平铺直叙、流水记账、主题不突出。要如木工引墨，求正直开，去头截尾，再刨边角料，修为正材。框架合理，繁简恰当，情融事中，事融情中，情节生动，感染力强。《木兰诗》《孔雀东南飞》等较为出色。

（三）咏物作法，应效《诗经》，要么作铺垫，要么作渲染，有的甚至不作主角处理。要实物观察，抓住本质，紧扣形神，翻出新意，物外功夫，在于寄托人的感情，不要人言亦言，不要过于粘物而写成说明书，此乃大忌也。屈原《橘颂》，诗中有人，物中有我，可作一例观之。

（四）咏人作品，古诗多为怀人，像思人、送人、悼人一类也，关键在于分清关系，掌握分寸，怀其人品，思其离别，送其远行，悼其平生。咏人定要真情流露，真切有味，事为骨，情为肉，骨肉相连，感动人心。我们以王维的"遍插茱萸少一人"、苏轼的"但愿人长久，千里共婵娟"为例，可窥一斑，体味真情。

（五）咏史和怀古，有人硬要别裁，其实可不必"斤斤计较"。如果真的要说区别，顶多就是左手跟右手的关系，初学者不必纠结，两者题材都是抚事寄慨，或借古喻今，或借史鉴戒。如王安石《浪淘沙令·伊吕两衰翁》词，借伊吕两翁以自况，发无限感慨。

（六）以诗咏时事，自古有之。白居易主张"文章合为时而著，歌诗合为事而作"，时事题材大量出现。现在有人一听新闻就写一首，把诗写成新闻稿，不亦乐乎。其实这种作法，跟白居易的"误导"有关系。诗写时事不是任务，而是心灵的感悟，要"有病呻吟"。

（七）山水如画，早在《诗经》《离骚》里面就有描绘，到了曹操《观沧海》应该是完整的山水诗，再到谢灵运已是集大成者了。借山水抒情成为诗人的目的，定要情景理交融，单纯写景实在没有必要——你不写，景色照样在那儿；写不好，反污山水美景。

（八）田园风光是传统题材，《诗经·豳风·七月》生动描写劳作和贫苦情景，到陶渊明成为大手，对后世影响深远。这类题材写作可望而不可求，没有亲身经历和体会，是难以言状的。有一首七绝，说是路过村庄，看到婴儿在房里睡觉，老农在田间劳作休息喝小酒。这种造作既不真实，又不合逻辑，是住在城里写农村的典型案例。

（九）感遇，也可称感事，最早是陈子昂开始的——陈作《感遇诗三十八首》，为唐五言古诗建立典范。杨士弘有解释："感遇云者，谓有感而寓于言，以摅其意也。"吴昌祺也注释："感遇者，感于所遇也。"吴的解释最简单明白。实际上陈的《感遇诗三十八首》与阮籍的《咏怀八十二首》和庾信的《拟咏怀二十七首》没有区别，均为随遇感发。时下有人写成发牢骚，这就不对了。

（十）自叙诗，自古有之。韦应物从一个卫士变成一个诗人，安史之乱后才开始读书作诗。他在《逢杨开府》中自叙："读书事已晚，把笔学题诗。"杜甫也有自叙诗："七龄思即壮，开口咏凤凰。"郁达夫的《自述诗十八首》，对自己的平生作了回顾，成了宝贵资料。自嘲诗也有同功之处。

（十一）诗咏情性，这类作品很多，几乎成为诗人的雅兴，可称闲情诗。古代诗人有许多逃避现实，过着隐居生活，闲情逸致成为生活的重要组成部分。白居易的诗以闲适诗最多，这类作品多以饮酒、品茗以及游玩为题材，沉醉在自娱自乐之中。但这类写作很容易成为消极悲观，或"浅斟低唱"代名词，初学者定要注意。当代生活节奏快，压力大，哪有时间去享受？此诗非不能作，要作就要作好，不要沦为"二流子"。

诗法

（十二）所谓白描手法，并非喝白开水，一点味道都没有。白描需要生动形象，"孤帆远影碧空尽，唯见长江天际流"是也；白描不拒绝言情，"举头望明月，低头思故乡"是也。抓住这两方面，"白法"就到手了。

（十三）什么是"平淡"？从外表看，语言如实说来，字字读得懂，句句听得清；从内在看，却有丰富的感染力和生活气息，读来韵味隽永，在平淡的外衣下，里面一定是炽热的。苏东坡评价陶渊明诗说"质而实绮，癯而实腴"，说的就是这个道理。如陶渊明"众鸟欣有托，吾亦爱吾庐"，又"平畴交远风，良苗亦怀新"，这两句很"平淡"，但通过"亦"字，体现物我情融，耐人寻味。如果不融入思想感情的"平淡"，就不会产生共鸣和艺术魅力。"平淡"是一种更高的艺术境界。

（十四）人名、地名入诗，是否"不拘平仄"？纵观历代格律诗，许多诗作都很在意"平仄"，也就是音律问题。如元稹《酬李甫见赠》"杜甫天才颇绝伦，每寻诗卷似情亲"、曹之谦《寄元遗山》"诗到夔州老更工，只今人仰少陵翁"，两诗中的"杜甫"与"少陵"同指一人，但因"平仄"问题就不好互换，"夔州"

这个地名也是讲究"平仄"的。李白《峨眉山月歌》："峨眉山月半轮秋，影入平羌江水流。夜发清溪向三峡，思君不见下渝州。"诗中连用五个地名，没有一字出律。可见，作格律诗词的人还是要认真对待。

（十五）一首绝句，第三句是关键，然发句不可小觑。纵观佳绝，首句往往起得突兀，引人入胜，如春笋拔地而起，如鱼儿突跃水面；也往往一句抓住全篇，控制全诗的中心思想。如王昌龄的"秦时明月汉时关"、王维的"风劲角弓鸣"、吴均的"春从何处来"等，都是以起句著名的。起句和转句都是固定的，只要同时抓住这两句之关键，佳绝就离你不远了。

（十六）写景之目的在于抒情，不要把景写得"很像"，也不要把自己丢在一边。王国维说过的"物皆着我之色彩"的"有我之境"，既写景又写我，达到物我神合。如陶渊明的诗句"秋菊盈园""松菊犹存""芳菊开林耀""秋菊有佳色""采菊东篱下"等，无不把"我"与菊花等同起来。苏轼云："因采菊而见山，境与意会，此句最有妙处。"

（十七）如何做到诗中有画？以王维诗句为例。一要颜色搭配。如"漠漠水田飞白鹭，阴阴夏木啭黄鹂"中的"白鹭"与"黄鹂"形成色彩谐调。二要立体架构。如"大漠孤烟直，长河落日圆"中的"直"与"圆"形成横竖画面。三要动感构成。如"忽过新丰市，还归细柳营"两句形成飞动画面。四要远近对比。如"白水明田外，碧峰出山后"两句把近景和远景绘就层次画面。五要动静结合。如"月出惊山鸟，时鸣春涧中"两句中以动衬静的画面。六要把握总体。如"日落江湖白，潮来天地青"两句呈现整体画面。

（十八）如何捕捉细节描绘？以杜甫诗句为例。一从细微景物描写。如"群胡归来血洗箭，仍唱胡歌饮都市"句，通过"血洗箭"来反映战争的灾难；又如"夜阑更秉烛，相对如梦寐"句，通过"更秉烛"反映睡不着的情形。二从身边琐事描写。如

"白头搔更短，浑欲不胜簪"句，通过搔头细节反映忧思的情怀；又如"见耶背面啼，垢腻脚不袜"句，通过"背面啼"反映父子之间的感情。三从行为细致描写。如"微风燕子斜"中的"斜"，形象表达含意；又如"引颈嗔船逼"中的"嗔"，表达小鹅的"生气"情绪。

（十九）写诗与绘画艺术是相通的，画树先得画树干，定树形、勾轮廓、把握总印象，然后再添枝加叶，愈画愈细，把细节补充好，这样就富有层次感，一步一步引向深入。贺知章《咏柳》便是成功的一例。

（二十）诗句中复辞可归纳为八法：一是 ABAC 式。如白居易诗"一岁一枯荣"。二是 AB-AC 式。如杜甫诗"暂时相赏莫相违"。三是 BA-A 式。如李商隐诗"不问苍生问鬼神"。四是 BA-CA 式。如刘禹锡诗"道是无晴却有晴"。五是 AB-AB 式。如文天祥诗"零丁洋里叹零丁"。六是 AA-AA 式。如杨万里诗"低低檐入低低寺，小小盆盛小小花"。七是 A-A-A 式。如何佩玉诗"一花一柳一鱼矶"。八是 AABB-BBAA 式。如刘希夷诗"年年岁岁花相似，岁岁年年人不同"。

（二十一）所谓"点化"，就是触类而长之，在继承借鉴上要有所创新，做到"因旧而益妍"。如《潘子真诗话》提到沈云卿的两句诗"船如天上坐，人似镜中行"。后来杜子美《小寒食舟中作》"春水船如天上坐，老年花似雾中看"的诗句，虽有所袭，然语益工也。

（二十二）袁枚曾云："诗贵翻案。"言者容易，作者不易。弄不好，翻入臭水沟，浑身异味。王安石的"一鸟不鸣山更幽"，想翻新于王籍的"鸟鸣山更幽"，结果死句无味。翻案贵在新，新在情理，新在事实，新过旧识，新过意境。秦始皇焚书坑儒，怕是读书人造反。章碣的《焚书坑》——"坑灰未冷山东乱，刘项原来不读书"，这个翻历史案非常成功，当之品鉴。故而，切忌标新好异，奇谈怪论，走火入魔。

（二十三）情景如何交融？应是情乐景乐、情悲景悲。然写作并非易事，即使高手有时亦难完美。谢灵运的《登池上楼》，前景是"池塘生春草，园柳变鸣禽"，是何等的清新春色，又是何等的清脆悦耳！却在其后写出"祁祁伤豳歌，萋萋感楚吟"的伤悲来，前后不协调。也有以悲景写乐、以乐景写悲，但要反衬手法。杜甫《春望》"感时花溅泪，恨别鸟惊心"，本是鸟语花香的美景，因感时忧国、思亲之情视物，物也就生情了，花露似为泪，鸟鸣似惊啼，反衬出悲痛来。

（二十四）绿叶衬红花，真切真色，美丽可爱。诗者要让诗花开得鲜艳，同样需要点缀妆扮。像沈佺期《古意》诗"卢家少妇郁金堂，海燕双栖玳瑁梁"，以"郁金堂""玳瑁梁"来妆点，贴切合度，色泽情韵俱高。切不可像罗隐《桃花》诗"数枝艳拂文君酒，半里红敲宋玉墙"，写桃花把文君、宋玉给牵连进去，节外生枝，语无着落，反觉无味。犹如描好的桃花，涂错了颜色，不伦不类。

（二十五）触景生情本是常理，然有诗者不知景在何处。景在所能触也，摸得到，看得见，不可移花接木，胡拼乱凑，泛泛而吟。如郭祥正《凤凰台次李白韵》写景句："风摇落日催行棹，潮卷新沙换故洲。"而李白《登金陵凤凰台》写景句："三山半落青天外，一水中分白鹭洲。"郭句可移到别处用，李句切不可移。固也，两者一比，高下自见。

诗评

（二十六）眼下诗人偏爱鸿雁，不时来个"雁南归"之类语，甚为纳闷。雁为何物？雁为常见之候鸟，如鸿雁、豆雁、白额雁等，每年春分后飞回北方的西伯利亚一带，秋分后又飞往南方。雁在北方筑巢繁殖，北方才是它的家，秋分向南飞只为"过冬"。而"归"是返回，回到本处之意，故而"雁南归"名不副实，有违常理，"雁南飞""雁北归"才是也。毛泽东《清平乐·六盘山》中的"天高云淡，望断南飞雁"，一首著名歌曲《雁南飞》中的歌词"雁南飞，雁南飞……已盼春来归"，都准确表达雁之候鸟的特性。作诗时应从时空角度考虑，忌犯逻辑性、方向性的错误。

（二十七）诗忌华而不实、三纸无驴、唯工求胜、唯巧首要、施藻为炫、见石称玉、闻香吟麝、字月为姊、呼风作姨、拉虎皮作威、逢物必冠以金玉等字、摆花弄草、色彩浓丽、争奇斗艳，品不出托意，看不出寄心，浑如"花间词""昆体诗"，不可效也。诗以意为贵，以情为重。诗也有生命，写出有血有肉的作品才是上乘的。

（二十八）"颂诗"非不能作，要作就要认真，切忌迎合心态、粉饰他人、娱乐自己、愚弄百姓，历史是不会认账的。"上车不落则著作，体中何如则秘书"，梁朝一批"著作郎"和"秘书郎"沦为笑料，作品如丑妇熏香水、擦胭脂、穿锦衣，岂能久传？

（二十九）模拟古作，切忌全盘接受，应学其精华，留存时代物。诗无代谢，何以新意？古人用"滴漏"，今人用"滴答"，有何不可？

（三十）诗词要不要逻辑思维？答案是肯定的。有句诗"数双宿鹭共霞飞"，既然是"宿鹭"了，怎么能飞呢？又如温庭筠的"鸡声茅店月，人迹板桥霜"与欧阳修的"鸟声茅店雨，野色板桥春"，一比就知道逻辑思维的重要性。"鸟声"与"雨"没有内在必然的联系，而"鸡声"与"月"就有时间上的联系，故温的诗句更出色。再如王维的"劝君更尽一杯酒，西出阳关无故人"，也是基于逻辑推理的。不要轻易否定任何的思维方式，多一种思考，多一份完美。

（三十一）《沧浪诗话》有云："近代诸公乃作奇特解会，遂以文字为诗，以才学为诗，以议论为诗……终非古人之诗也。"严羽所说的"近代"应该是指宋代，而且说"非古人之诗"。他是推崇"盛唐气象"的，以上三种现象在盛唐诸公诗中就有了。以杜甫为例，强调"读书破万卷，下笔如有神"的"才学"实践，对事缘和典故常有信手拈来之妙。如《题张氏隐居二首·其二》首联"之子时相见，邀人晚兴留"，便是文言入诗；颈联"杜酒偏劳劝，张梨不外求"，也是口语化入诗，而且还用典。《戏为六绝句》更是创造性地以诗论诗，全篇议论。严羽好像没有看到宋之前就有这些现象。但要强调的是，不要过多地采用这三种方法写诗，尤其是全篇都采用，那就会失去诗的形象性。

（三十二）有人提出"不宜用词来填写人物"，听后一头雾水。忽然想起王国维的《人间词话》，为什么命名"人间"呢？他认为词的目的更多是在"描写人生之本质"。柳永的许多词是为歌女而写，对人物的描写惟妙惟肖，如《蝶恋花·伫倚危楼风细细》一词说"衣带渐宽终不悔，为伊消得人憔悴"；还有人物对话都入词，如《忆帝京·薄衾小枕凉天气》一词说"系我一生心，负你千行泪"等。还有朱彝尊的《长亭怨慢·雁》咏雁词。从词史发展过程来看，词的内容是不断扩展的，不应限制什么题材可以入词、什么题材不可以入词。

（三十三）有人说过："第一个把美女比作鲜花的是天才，第二个重复这一比喻的是庸才，第三个重复这一比喻的是蠢才。"如何理解这话？《诗经·周南·桃夭》始言"桃之夭夭，灼灼其华"，此后，以桃花比美女已成泛滥，如曹植的"南国有佳人，容华若桃李"、韦庄的"依旧桃花面，频低柳叶眉"、崔护的"去年今日此门中，人面桃花相映红"等。又如"春风比作剪刀"的，有贺知章的"二月春风似剪刀"、苏东坡的"今岁东风巧剪裁"、杜甫的"剪取吴淞半江水"等。第一次用"剪"来比喻有新鲜感，之后的"剪柳、剪花、剪山水、剪颜色、剪四季风光"等等，真有"剪不断，理还乱"的感觉。借用古诗词，如果不经改造而益妍，就会有陈词滥调之感，就会犯上"俗套"，陷入窠臼与平庸之危险。

（三十四）作诗如何选字？颇有讲究。许多读本都拿"推敲"说事。其实，推门、敲门事件本身是贾岛之事，韩愈当时也没有看到贾岛是用推或用敲，以此事作炼字之例，非诗家之事。以当时的真实情况表达出来，有何不可？用字的首要选项是"准"，当求精到、精炼，传情达意。如果布虚构伪，造景画像，必然成为虚情假意。炼字不当从虚处始，当从实处致。如范成大《催租行》一诗中的"踉跄里正敲门来"，"敲"字正是从实情处致。古诗词中很难见到"推门"一词。

（三十五）不浮艳，不荡声，才是诗作的最美风景。赏析一首诗，不要被辞藻华丽所迷惑，也不要被陈词滥调所掩盖。当今有种现象值得深思：有的遇到艰涩难懂的诗，反而点赞有加；遇到明白易晓的诗，却是不屑一顾。

（三十六）岑参《白雪歌送武判官归京》诗句"忽如一夜春风来，千树万树梨花开"固然有妙喻，把白色春花比喻雪，但仅靠此喻就能赢得千古绝唱吗？显然是不够的。应该得力于语言的自然流畅——写诗能用自然而又生动的语言说出来是不容易的；应该得力于感情的自然流露——此句没有用典，没有雕琢，直接用口语表达出来，达到出神入化的境地；应该得力于话中包含丰富的内容——内地人对边疆风光的惊喜，对春天的渴望，对朋友的感情，在字里行间透露出来，感人至深。如果从中能得到启示，你的诗作肯定会更上一层楼。

（三十七）王维有诗句："大漠孤烟直，长河落日圆。"《红楼梦》里的香菱想来：烟如何直？觉得直字似无理。其实，这是有理的，是有根据的。这烟并非炊烟，应是狼烟。唐代段成式《酉阳杂俎》云："狼粪烟直上，烽火用之。"宋代陆佃《埤雅》云："古之烽火用狼粪，取其烟直而聚，虽风吹之不斜。"只是王维在这里用得恰到好处，是有理由的。

（三十八）傅长虞的"日月光太清"、陈后主的"日月光天德"，这种"偷用"，《诗苑类格》说是"钝贼"。又如，白居易的"相去六千里,地绝天邈然。十书九不达,何以开忧颜"、黄庭坚的"相望六千里,天地隔江山。十书九不到,何用一开颜",这样模仿也是不可取的。再看释惠崇《访杨云卿淮上别墅》诗中额联"河分冈势断,春入烧痕青",前句是抄司空曙的,后句是抄刘长卿的。时人就作诗嘲笑:"河分冈势司空曙,春入烧痕刘长卿。不是师兄多犯古,古人诗句犯师兄。"如此沿袭前人,古人称为"偷语"。这种犯古当然不好。现在网络发达,一搜便知,作者要注意。

(三十九)许浑有诗句是自己抄自己的。如《呈裴明府》中的"江村夜涨浮天水,泽国秋生动地风",又在《汉水伤稼》里全用这一联;又如《酬和杜侍御》中的"因过石城先访戴,欲朝金阙暂依刘",又在《寄三州守》中提到"镜中非访戴,剑外欲依刘";再如《松江怀古》中的"晚色千帆落,秋声一雁飞",又在《深春》里提到"故里千帆外,深春一雁飞"等。许多诗都相重,这种现象可称为"胸中不富"也。你写得再多,仿佛只是重复某个事件、某个风格而已。这种现象虽不算偷,但也是病,切忌!

(四十)王维《和贾舍人早朝大明宫之作》:"绛帻鸡人送晓筹,尚衣方进翠云裘。九天阊阖开宫殿,万国衣冠拜冕旒。日色才临仙掌动,香烟欲傍衮龙浮。朝罢须裁五色诏,佩声归向凤池头。"诗中"绛帻、尚衣、翠云裘、衣冠、冕旒、衮龙"这些词尽管有所侧重,但总觉得像逛衣服专卖店一样,物象高度重合,当避。

诗者

(四十一)先做人,后作诗,此乃天道也。仰慕屈原者,不一定读懂《离骚》,但都能看到"吾将上下而求索"的身影;尊杜甫为诗圣,并非他的诗歌篇篇精彩,但都能记住"安得广厦千万间"的高怀。故而,人品诗品,两者合一,岂能分割?

(四十二)心有假意,诗有伪情,自古小人有才者亦多矣。

宋之问揣度帝心，靡丽颂德，武后赐锦袍也。李绅的《悯农二首》，可谓悯农之心可表，可他是个大酷吏，人见人怕。阮大铖是个大奸臣，臭名昭著，其诗言不由衷，情辞乖违，然有人赞赏不已。当今也有讨好人的伪诗，其心不真，其志又伪，视诗词为精美玩具，没有敬畏可言。伪诗游词与"诗言志"相差甚远，诗品与人品均为纯正者甚少，时代呼唤真诗人。

（四十三）骚人不能浮躁，一写诗就想出名，把"秒赞"当骄傲，把"流量"当质量，把"点击"当点赞，甚至花钱买"名声"，如此折腾，实在没必要。只要诗写得好，诗本身会帮你说话，历史会记住你的。陶渊明在世以及逝世后六十多年里都不被重视，直到梁朝萧统才对陶的作品开始重视，此后其文学地位被普遍认同。那些当时出名的诗人谁能记得？所以，作诗不图虚名，只求实在。

（四十四）牢骚不可取，也有伤风雅。毛泽东诗曰："牢骚太盛防肠断，风物长宜放眼量。"人生不如意者十之八九，面对挫折、苦难，应有豁达之情怀、向上之态度、博大之胸襟、非凡之气度。真有不平话，何不效子昂？《感遇》风雅达，来人步韵和。

（四十五）作诗者，不可心存高傲，应像竹子一样虚心向上。傲气入心，身骨易碎；目空一切，境界全无。即便是一流高手，也难保不出三四流作品。切忌唯我独尊、瞧不起人家、不与人为伍、高昂走路。"满招损，谦受益。"杜甫已为我们树立榜样："转益多师是汝师。"

（四十六）诗者，人心之乐也，知心之赏也，用心之作也。有诗心，可道一人之心，可言天下之心；无诗心，就不必勉强读诗、作诗。这颗心与文学修养有关，与人格修养有关，也与人的天赋有关。叶燮《原诗·内篇》云："有是胸襟以为基，而后可以为诗文。"没有高洁的胸襟、高贵的灵魂、高雅的情趣、高尚的道德，即便吟千言万语，也只是海市蜃楼，风吹即散。

（四十七）心有真伪性，诗亦有真伪。赏读者，需要双目如电，一触见原形；作诗者，需要心言相契，一笔不能违。以私怀名利而作伪，以掩盖真相而作伪，以违背良心而作伪，以讨好权贵而作伪等，统统归为"违情曲笔"之造作。《文心雕龙·情采》就反对"为文造情"，认为"言与志反，文岂足征"。诗者需有敬畏之心，拒绝伪诗，切忌以诗欺人欺己！

（四十八）诗人也是历史学家。杜甫诗里记载着大量的历史事件，可以足证。《新唐书·杜甫传》云："甫又善陈时事，律切精深，至千言不少衰，世号'诗史'。"诗者的天赋是爱祖国、爱人民，这是诗人的"第一功课"。诗人应在杜甫身上学习悲悯情怀、忧患意识，在自己的笔下也能留下时代的风貌。

（四十九）言诗者不能诗，能诗者不言诗。对此，社会上常有所讥，何故也？言诗者究法多矣，法愈多弊愈多，如陷泥潭不能自拔，坐而论道的诗法反而成为诗人的紧箍咒。而能诗者，往往只凭天赋、才情、阅历，随心吟唱，天马行空，看似有理，也是无理，正是诗之本质。自古两者都有别，难怪陈衍在《诗品平议》中议钟荣诗篇"未闻传其只字，存其片羽"。

（五十）诗人在给自己编辑诗稿时，也是有删存的，但删存往往很伤脑筋。有一些诗因时代局限性出不了台面，但不一定是不好的。陶渊明、杜甫在世时的作品大都不被看好，许多选本都不收他们的诗。按今天的话讲，就是没有必要入选。可现在，人人仿效学习。当时以为是"稗"，弄不好今朝变成"稻"。只要你有信心，认为有价值的，就大胆存稿，不要为此烦恼，用时间来证明。

（按：作者笔名为樟林乡曲，故自称为《乡曲馀话》）

后记：诗从学问来

诗是一门学问，需要以严谨和敬畏的态度来读之、作之，也应该作为"诗道"来问之。

大学问家朱熹曾把书比作"方塘"，因为它里面流淌着"源头活水"，只有不断努力学习，才能获得你想要的东西。诗圣杜甫说过"读书破万卷，下笔如有神"，这是至理名言。俗话也说"熟读唐诗三百首，不会作诗也会吟"，同样道出"读"的重要性。所以，我们学写诗词，先得从读书开始。中国是一个诗的国度，诗词作品浩如烟海，你一辈子都读不完。那么，怎样学习才能见效快呢？我以为，应在博览群书的基础上注重选读和精读。

古代诗歌史必须通览。中国从先秦时代开始，历经几千年的风风雨雨，各种文化积淀深厚。我们必须全面了解诗歌的概况，做到胸有成竹，涵养文化基础，明确自己的目标和方向。

《诗经》和《离骚》，泽被后世，不可不读。孔子曾曰"不学诗，无以言"，谓之重要。尽管对初学者来说有难度，但也要啃下来，取其精华，窥其风雅，学其技巧，效其人格。这两部作品正好是现实主义和浪漫主义艺术创作的两大源头，其崇高地位不可撼动。

古风和乐府不可或缺，择其要读。汉末《古诗十九首》，刘勰称之为"五言之冠冕"；曹操父子的作品，刘勰称其为"建安风骨"；阮籍、嵇康为正始文学，刘勰称"嵇志清峻，阮旨遥深"；到了西晋，虽然有形式主义的诗风，但"潘江陆海"名气很大，值得一览；东晋陶渊明更是大手，语言清新自然，情景交融，更要认真对待；接下来的谢灵运、谢朓等，创作了大量的山水诗；鲍照还继承汉魏乐府的传统，创作一些乐府诗等等，这些诗歌语言质朴，感情真挚，意味深厚，掩映千古，值得饱览。

诗到唐代以后，五言七言、古体近体已经成熟。但我觉得，更要注意学习各种体裁。我比较赞成林黛玉教香菱学诗的做法，选择名家名作来读：五绝可学王维、孟浩然、杨万里等，七绝可学李白、王昌龄、杜牧、王士禛等，五律可学王维、孟浩然、杜甫等，七律可学杜甫、李商隐、陆游等，择其名作精读。词的选读方面，吴梅在《词学通论》中有段话，可以参考："余谓承十国之遗者，为晏、欧。肇慢词之祖者，为柳永。具温韦之情者，为张先。洗绮罗之习者，为苏轼。得骚雅之意者，为贺铸。开婉约之风者，为秦观。集古今之成者，为邦彦。"其中列举的几位词家，应该是我们膜拜的对象。当然，还有李清照、辛弃疾，不妨选其作品一读。但也要注意学习他们各自的优点，不可全盘接受。如学柳永词，应效仿技巧，特别是慢词方面的优点；其思想内容大多没有积极意义，不可仿效。

　　类比学习法也值得提倡。中国诗歌的题材十分丰富，品类繁多，在人类与自然、历史与现实的交互作用下，产生出无穷无尽的事物，创作题材也是无穷无尽，而且这些作品都有不同的风格和技法。古诗题材归纳起来有二十几类：叙事、传奇、游仙、玄言、咏史、怀古、军旅、边塞、田园、山水、感遇、言志、相思、爱情、友谊、亲情、饮酒、品茗、节令、风俗、咏物、题画、花鸟、谈理、论艺、闺意、宫词等，真是洋洋大观。我们可以合并归类学习，在相互比较中见长，达到事半功倍的效果。

　　诗话和诗论方面要兼顾学习。历史上许多诗人都有自己的创作理论研究，并留下了一些宝贵的书籍，这也是我们的必修课。司空图的《二十四诗品》、严羽的《沧浪诗话》、王国维的《人间词话》、施蛰存的《唐诗百话》等论诗书籍，是非常不错的选择。当然，学习这类东西，也要勤于思考，领会悟透，不可囫囵吞枣。比如，严羽提出"以盛唐为法"，批评宋诗"以文字为诗，以才学为诗，以议论为诗"，认为"诗有别材，非关书也；诗有别趣，非关理也"。我对此就有不同的看法。事实上，诗并不排斥议论，不排斥思想哲理，不排斥逻辑。诗"吟咏情性"没错，但不能"不涉理路"。如温庭筠的"鸡声茅店月，人迹板桥霜"与欧阳修的"鸟声茅店雨，野色板桥春"，一比就知道逻辑思维的重要性："鸟声"与"雨"没有内在必然的联系，而与"月"就有时间上的联系，所以温的诗句更出色。再如王维的"劝君更尽一杯酒，西出阳关无故人"，也是基于逻辑推理的。杜甫的《戏为六绝句》，更是创造性地以诗论诗，全篇议论。《蜀相》中的"出师未捷身先死，长使英雄泪满襟"，也有议论倾向。所以，严羽的有些观点是片面的，我们需要鉴别。

以上是谈如何"读"的问题，下面谈如何"作"的问题。

我喜作格律诗词，所谓"戴着脚镣跳舞"。初学者写作须有效法，理解法的含义；然后等你翅膀长硬了，再从法中解脱出来，在原法的更高层次上创新发展。杨万里的学诗过程是一个例证。杨早年学江西诗派。他说："予之诗，始学江西诸君子，既又学后山五字律，既又学半山老人七字绝句，晚乃学绝句于唐人。"在这过程中，他认识到江西诗派的弊端后，毅然将早期所作的千余首江西体诗全部烧掉，从中解脱出来，另辟蹊径，创造出自己的"诚斋体"风格，对后世影响深远。

首先要端正作诗态度。诗词是一种高雅作品，大家都用"玉"来形容，可以说是人类高雅艺术的价值倾向，是人类永远心仪的文学作品。当前有几种现象值得我们去克服：第一种是没有任何思想，看到什么就写什么，跟风随潮流，从来没有自己的见解和感情。第二种是作伪诗词，找一些陈词滥调，设计一个作品，表面上看很美，内容上空洞无物，没有真情实感，属于"游词"一类。第三种是只关心自己的小情绪，不关注民生，不关注社会，社会价值不高。所以，学写诗如同学做人，有好的人品才会有好的诗品。

其次要"转益多师"。杜甫诗曰："别裁伪体亲风雅，转益多师是汝师。"要学古人，也要学新人，找一流的老师非常重要。

我们要向何人学，须认真谨慎选择，防止走弯路，要入正门，走得远。所以，在学写过程中，名师指点、诗友切磋非常需要。借得春风来化雨，这就需要虚心请教，"程门立雪"。这里要克服一种心态，即虚荣心作祟：想马上出成绩，爱听好话，看到有人点赞就自以为是，听到有人捧场就不得了，所谓获奖以后就了不得。其实，写诗不是用来显耀自己，而是堪能带来一种境界。

第三是诗词取材问题。从理论上讲，无事不入诗，题材是十分丰富的，也是写不尽的。但一个人精力有限、阅历所限、兴趣不同，再加上时代要求不一样，不可能什么都涉及、都能写。所以，选择题材成为诗人必须考虑的问题。蓝棣之先生说过："一切文学经典都是有病呻吟。"我们选材创作要有目的性，要"为天地立心，为生民立命"，从"文须有益于天下"出发，结合自己的见识，有规划地选择题材写作，少一些应景而作、应时而作、酬和而作。各种题材的创作技巧也不一样，要掌握各类题材的写作技巧，不能用一种要求去涵盖所有的题材创作。比如用写山水风景之法来写叙事诗，显然是有区别的。有些题材古人新人都没有涉及过，要勇于探索，开辟新天地。题材选得好、选得对，会为写作增添不少色彩。

第四是要在实地上去找灵感。有些题材（如自然景物）确实要这样做。有人问唐相国郑启："相国近有新诗否？"对曰："诗思在灞桥风雪中驴子上，此处何以得之？"杨万里也认为"闭门觅句非诗法，只是征行自有诗"，"春花秋月冬冰雪，不听陈言只听天"，提出师法自然的创作理念。古人还提出很多类似看法，这是共同的创作体会，值得借鉴学习。现在有些人在家里想当然，凭一条消息，凭一个报道，再从百度搜索，然后就凑一首诗来，此种方法实在不可取。岑参的"忽如一夜春风来，千树万树梨花开"，为什么成为千古绝唱呢？如果当时没有到实地去看这般风景，哪有这样精彩的诗句？杜甫的许多名句，也都是从细致观察中描写出来的。如"微风燕子斜"，"斜"字表达生动。又如

"引颈嗔船逼","嗔"字把小鹅的"生气"情绪表达了出来。所以，要写好诗，确实要多走多看，只有到外面去广泛接触自然万物才会有灵感。

当然，如何写好诗还有许多体会和经验，每个人都有可能提出不同的看法，这跟个人的阅历有很大关系。我在诗词集《菊解闲人意》的后记里也讲过："诗如婴儿，一生下来就有自己的胎记，这胎记就是诗人的阅历和心历。"

诗是一门学问。只有富于学问，诗才会博丽。学问修养不足，就没办法驱遣学问为写诗服务。在学写过程中，应做到学以聚之、问以辩之、作以用之。

此书也是基于以上思考而作，但有班门弄斧之感，敬请大家海涵。

郑金辉
2023 年 2 月 8 日完稿于莆阳